# G⊙NE

Michael Grant

# G⊙NE

# Honger

Vertaald door Maria Postema

Van Holkema & Warendorf

Voor Katherine, Jake en Julia

Vijfde druk 2011

ISBN 978 90 475 0906 6
NUR 285
© 2009 Van Holkema & Warendorf
Uitgeverij Unieboek | Het Spectrum bv, Postbus 97, 3990 DB Houten

www.unieboekspectrum.nl
www.gone.nu

Oorspronkelijke titel: *Hunger – A Gone Novel*
Oorspronkelijke uitgave: © 2009 HarperTeen, an imprint of
HarperCollins Publishers, New York

Tekst: Michael Grant
Vertaling: Maria Postema
Omslagontwerp: Teo van Gerwen Design, Waalre en
www.blacksheep-uk.com
Omslagfoto's: Superstock
Zetwerk binnenwerk: ZetSpiegel, Best

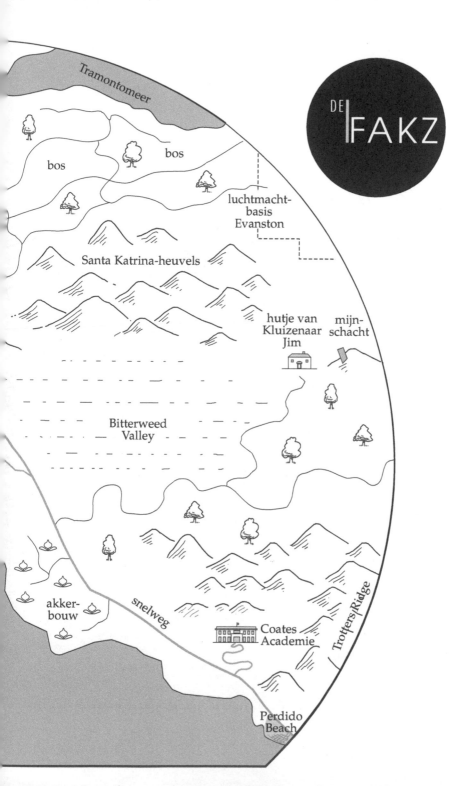

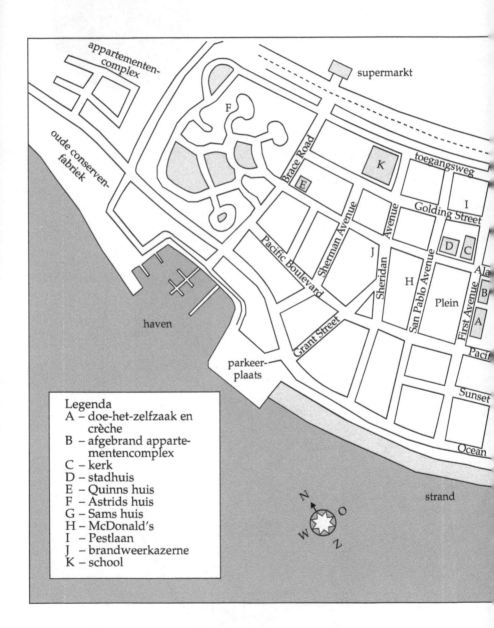

appartementen-
complex

oude conserven-
fabriek

supermarkt

F

Brace Road

toegangsweg

K

E

Golding Street

I

Sherman Avenue

Avenue

D

C

Pacific Boulevard

Sheridan

J

San Pablo Avenue

Ala

H

B

Plein

First Avenue

A

haven

Grant Street

Paci

parkeer-
plaats

Sunset

Legenda
A – doe-het-zelfzaak en
crèche
B – afgebrand apparte-
mentencomplex
C – kerk
D – stadhuis
E – Quinns huis
F – Astrids huis
G – Sams huis
H – McDonald's
I – Pestlaan
J – brandweerkazerne
K – school

Ocean

N
O
W
Z

strand

PERDIDO
BEACH | CALIFORNIË

bergen

zinepomp

FAKZ-muur

bedrijventerrein

snelweg

rotsen

golfbaan

weg naar de

Kliftop-
bos

Kliftop-
hotel

Kliftopweg

kliffen

Fourth Avenue

Eastern Avenue

ue

rd

G

vard

Hoektand
Rotsen

golfbreker

# Een

Sam Temple lag op zijn surfplank. En er waren golven. Echte, rollende, beukende, schuimende, naar zout ruikende golven met witte koppen erop.

En daar dreef hij, op zo'n zestig meter voor de kust: de perfecte plek om een golf te pakken. Op zijn buik, met zijn handen en voeten in het water, bijna verdoofd van de kou, terwijl zijn rug in zijn wetsuit op hetzelfde moment lag te bakken in de zon.

En daar was Quinn. Hij peddelde naast hem, wachtend op de juiste golf, een golf die hen zou optillen en terug op het strand zou smijten.

Met een ruk werd Sam wakker, zijn mond vol stof.

Hij knipperde met zijn ogen en keek om zich heen naar het dorre landschap. Hij wierp automatisch een blik naar het zuidoosten, waar de zee was. Kon-ie niet zien vanaf hier. En er waren al heel lang geen golven meer.

Sam zou zijn ziel verkopen om nog één keer een echte golf te kunnen pakken.

Met de rug van zijn hand veegde hij het zweet van zijn voorhoofd. De zon leek wel een lasbrander, het was veel te vroeg voor deze hitte. Sam had te weinig geslapen. Te veel gedoe aan zijn hoofd. Gedoe. Altijd al dat gedoe.

De hitte, het geronk van de motor en het ritmische gebonk van de jeep die moeizaam over de stoffige weg naar beneden zwoegde, zorgden er samen voor dat zijn oogleden weer omlaagzakten. Hij

11

kneep zijn ogen dicht, heel hard, en sperde ze toen weer wijd open om zichzelf te dwingen wakker te blijven.

De droom bleef hangen. Knaagde aan hem. Hij zou het allemaal veel beter aankunnen, zei hij tegen zichzelf, de angst, de last van al die onbenulligheden en verantwoordelijkheden die constant op zijn schouders drukte, als er nog golven waren. Maar er waren al drie maanden geen golven meer, hooguit wat rimpelingen.

Drie maanden na het begin van de FAKZ had Sam nog steeds niet leren autorijden. Dat zou alleen nog maar meer gedoe opleveren, weer iets wat hij moest doen, waar hij geen zin in had. En daarom zat Edilio Escobar achter het stuur van de jeep, en Sam op de bij-rijdersstoel. Albert Hillsborough zat stijf en stilletjes op de achter-bank, met naast hem een jongen die E.Z. heette en die meezong met zijn iPod.

Sam haalde zijn vingers door zijn haar, dat veel te lang was. Het was al meer dan drie maanden niet geknipt. Zijn hand zat meteen onder het stof. Gelukkig hadden ze nog steeds elektriciteit in Per-dido Beach, dus ook licht, en warm water, wat misschien nog wel fijner was. Hij kon niet meer in de koude zee surfen, maar hij kon in elk geval nog wel naar de lange, hete douche uitkijken die hij zou nemen wanneer ze straks weer terug waren.

Een douche. Misschien een paar minuutjes alleen met Astrid. Een maaltijd. Nou ja, geen echte maaltijd, nee. Een blik met iets slijmerigs erin kon je geen maaltijd noemen. Als ontbijt had hij haastig een blik kool naar binnen gewerkt.

Je stond ervan te kijken wat je allemaal kokhalzend door je strot kreeg als je maar genoeg honger had. En iedereen in de FAKZ had honger, Sam ook.

Hij deed zijn ogen dicht, niet omdat hij nog wilde slapen, maar omdat hij Astrids gezicht duidelijk voor zich wilde zien.

Dat was het enige goede aan de hele situatie. Hij had geen moe-der meer, geen hobby, geen privacy, geen vrijheid meer, zijn hele vertrouwde wereld was weg... maar hij had nu wel Astrid.

Vóór de FAKZ had hij altijd gedacht dat ze onbereikbaar was. Nu ze een stel waren, leken ze onafscheidelijk. Maar hij vroeg zich af of hij ooit meer gedaan zou hebben dan van een afstandje verlangend naar haar staren als de FAKZ niet was gekomen.

Edilio trapte voorzichtig op de rem. Verderop werd de weg bijna onbegaanbaar. Iemand had diepe geulen in de onverharde weg gemaakt: ongelijkmatige, hoekige banen.

Edilio wees naar een tractor met een ploeg erachter. De tractor lag midden in een akker op zijn kant. Op de dag waarop de FAKZ was begonnen, was de boer verdwenen, samen met alle andere volwassenen, maar de tractor was gewoon doorgegaan, had de weg aan gort geploegd, was rechtstreeks de volgende akker op gereden en pas tot stilstand gekomen toen hij in een irrigatiegreppel was gekanteld.

Edilio reed stapvoets over de voren en trapte toen het gaspedaal weer in.

Er was niet veel te zien langs de weg: kale grond, braakliggende akkers en vergeeld gras met af en toe een paar eenzame bomen erop. Maar verderop werd het heel groen.

Sam draaide zich om en zei tegen Albert: 'Wat is dat?'

'Kool,' zei Albert. Albert zat in de tweede klas van de middelbare school. Hij was een smalle, gereserveerde jongen met een gesteven kaki broek aan, een lichtblauwe polo en bruine instappers, een stijl die een veel ouder iemand als 'zakelijk sportief' zou omschrijven. Niemand had ooit echt veel aandacht aan hem besteed, hij was gewoon een van het handjevol zwarte leerlingen op de Perdido Beach School. Maar tegenwoordig werd Albert door niemand meer genegeerd: hij had de McDonald's in de stad heropend en gerund. Tot de hamburgers en de frietjes en de kipnuggets op waren, tenminste.

Er was zelfs geen ketchup meer.

Alleen de herinnering aan hamburgers deed Sams maag al knorren. 'Kool?' herhaalde hij.

Albert knikte naar Edilio. 'Dat zegt Edilio. Hij heeft het gisteren ontdekt.'

'Kool?' vroeg Sam aan Edilio.

'Je gaat er wel van ruften,' zei Edilio met een knipoog. 'Maar we kunnen niet al te kieskeurig zijn.'

'Koolsla zou wel lekker zijn,' zei Sam. 'Ik zou nu trouwens ook met alle plezier een rauwe kool opeten.'

'Weet je wat ik als ontbijt heb gehad?' vroeg Edilio. 'Een blik *succotash*.'

'Wat is dat precies?' vroeg Sam.

'Limabonen met maïs. En dan gehusseld.' Edilio remde af bij de rand van het veld. 'Wel even iets anders dan gebakken eieren met worstjes.'

'Is dat het nationale ontbijt van Honduras?' vroeg Sam.

Edilio snoof. 'Als je arm bent, bestaat het nationale ontbijt van Honduras uit een maïstortilla en een restje bonen, met als je geluk hebt een banaan erbij. En als je pech hebt, krijg je alleen de tortilla.' Hij zette de motor af en trok aan de handrem. 'Dit is niet de eerste keer dat ik honger heb.'

Sam ging overeind staan in de jeep, rekte zich uit en sprong op de grond. Hij was sportief gebouwd, maar hij had zeker geen imponerend lijf. Hij had bruin haar met een paar goudblonde lokken erin, blauwe ogen en hij was zongebruind tot aan zijn botten. Misschien was hij iets langer dan gemiddeld, misschien had hij een iets betere conditie dan de meeste andere kinderen, maar er was zeker geen toekomst als American footballspeler voor hem weggelegd.

Sam Temple was een van de twee oudste mensen in de FAKZ. Hij was vijftien.

'Hé, dat lijkt wel sla,' zei E.Z. terwijl hij het snoer van zijn oordopjes zorgvuldig om zijn iPod wikkelde.

'Was dat maar waar,' zei Sam somber. 'Tot nu toe hebben we avocado's: prima, en meloenen: helemaal geweldig. Maar verder vinden we alleen maar broccoli en artisjokken. Heel veel artisjokken. En nu dus kool.'

'Misschien krijgen we uiteindelijk ook wel weer sinaasappels,' zei Edilio. 'De bomen zagen er nog goed uit. Die vruchten waren gewoon rijp, maar omdat niemand ze geplukt heeft, zijn ze gaan rotten.'

'Astrid zegt dat er allerlei dingen op ongewone tijden rijp worden,' zei Sam. 'Dat het niet gaat zoals het normaal gaat.'

'Zoals Quinn zo graag zegt: "Normaal is hier niet meer aan de orde",' zei Edilio.

'En wie gaat al deze dingen oogsten?' vroeg Sam zich hardop af. Dat was wat Astrid een retorische vraag zou noemen.

Albert wilde iets zeggen, maar hield zijn mond toen E.Z. zei: 'Zeg, ik ga dus nu een van die kolen halen. Ik sterf van de honger.' Hij wikkelde zijn oordopjes weer los en stak ze in zijn oren.

De kolen stonden in lange rijen ongeveer dertig centimeter van elkaar af, en de rijen lagen ongeveer zestig centimeter uit elkaar. De grond was droog en brokkelig. De kolen leken meer op kamerplanten met dikke bladeren dan op iets wat je ook daadwerkelijk in je mond zou willen stoppen.

Dit veld verschilde niet veel van de stuk of tien andere akkers die Sam tijdens deze boerderijrit al had gezien.

Nee, verbeterde Sam zichzelf, er was wél een verschil. Hij kon niet precies benoemen wat het was, maar het voelde anders. Hij fronste zijn wenkbrauwen en probeerde te bedenken waarom hij het idee had dat er iets niet klopte; hij wist niet waarom, maar dit veld zag er anders uit.

Misschien was het stiller.

Sam nam een slok uit zijn waterfles. Hij hoorde Albert zachtjes tellen en met zijn hand boven zijn ogen een aantal getallen vermenigvuldigen. 'Grove schatting, als ik ervan uitga dat een kool ruim een pond weegt, even denken, dan hebben we volgens mij ruim dertienenhalfduizend kilo kool.'

'Ik wil er niet eens over nadenken hoeveel scheten dat bij elkaar zijn,' riep E.Z. over zijn schouder terwijl hij vastberaden het veld in liep.

E.Z. zat in de achtste groep, maar hij leek ouder. Hij was lang voor zijn leeftijd, een beetje stevig. Dun, asblond haar tot op zijn schouders. Hij droeg een shirt van het Hard Rock Cafe in Cancún. De naam E.Z., *easy*, paste goed bij hem: hij was makkelijk in de omgang, kletste makkelijk, lachte makkelijk en als er ergens lol te beleven was dan was E.Z. van de partij. Na zo'n vijfentwintig rijen bleef hij staan en zei: 'Dit lijkt me de perfecte kool voor mij.'

'Hoe weet je dat nou?' riep Edilio terug.

E.Z. haalde een van zijn oordopjes uit zijn oor en Edilio herhaalde zijn vraag.

'Ik heb geen zin om nog verder te lopen. Dit moet de goede kool zijn. Hoe krijg ik dat ding uit de grond?'

Edilio haalde zijn schouders op. 'Ik denk dat je een mes nodig hebt.'

'Nee joh.' E.Z. stopte het oordopje weer terug, boog zich voorover en begon aan de plant te rukken. Zijn inspanningen leverden hem een handvol bladeren op.

'Dat bedoel ik dus,' zei Edilio.

'Waar zijn de vogels?' vroeg Sam, die eindelijk doorhad wat er niet klopte.

'Welke vogels?' zei Edilio. Toen knikte hij. 'Je hebt gelijk, bij al die andere velden stikte het van de meeuwen. Vooral 's ochtends.'

Er waren nogal wat meeuwen in Perdido Beach. Vroeger leefden die van de stukjes aas die de vissers lieten liggen en van de etensresten rond de prullenbakken. Maar er waren geen etensresten meer in de FAKZ. Niet meer. Daarom hadden de ondernemende meeuwen zich nu op de velden gestort om met de kraaien en de duiven om de gewassen te vechten. Een van de redenen waarom het voedsel dat ze vonden vaak niet meer te eten was.

'Ik denk dat ze geen kool lusten,' merkte Albert op. Hij slaakte een zucht. 'Ik ken echt niemand die wél kool lust.'

E.Z. ging op zijn hurken voor zijn kool zitten, wreef even in zijn handen en wurmde ze toen onder de bladeren om de kool uit de grond te kunnen wrikken. Toen viel hij achterover op zijn billen. 'Au!' riep hij.

'Toch niet zo makkelijk, hè?' pestte Edilio.

'Aah! Aah!' E.Z. sprong overeind. Hij hield zijn rechterhand vast met zijn linkerhand en staarde ernaar. 'Nee, nee, nee.'

Sam had niet echt geluisterd. Hij zat ergens anders met zijn gedachten en zocht de omgeving af naar de vogels die er niet waren, maar de angst in E.Z.'s stem deed hem met een ruk zijn hoofd opzij draaien. 'Wat is er aan de hand?'

'Ik ben gebeten!' riep E.Z. 'O, het doet zo'n pijn. Het doet zo'n pijn! Het...' E.Z. begon te gillen. De gil begon laag en werd steeds hoger en hysterischer.

Sam zag een soort zwart vraagteken op E.Z.'s broekspijp zitten. 'Een slang!' zei hij tegen Edilio.

E.Z.'s arm begon te stuiptrekken en ging woest op en neer. Het zag eruit alsof hij werd vastgegrepen door een onzichtbare reus die nu zo hard en snel hij kon aan zijn arm stond te zwengelen.

E.Z. gilde en gilde en begon wild in het rond te dansen. 'Ze zitten in mijn voeten!' huilde hij. 'Ze zitten in mijn voeten!'

Sam stond even aan de grond genageld – heel even maar. Maar toen hij er later aan terugdacht leek het zo lang. Te lang.

Hij sprong naar voren en rende naar E.Z. toe, maar Edilio wierp zich op Sam en duwde hem tegen de grond.

'Wat doe je?' vroeg Sam woest terwijl hij zich los probeerde te rukken.

'Kijk dan, jongen. Kijk dan!' fluisterde Edilio.

Sams gezicht lag op nog geen meter van de eerste rij kool. De aarde bewoog. Wormen. Wormen zo groot als kousenbandslangen kronkelden door de aarde omhoog. Tientallen. Misschien wel honderden. Ze waren allemaal op weg naar E.Z., die vol pijn en verbazing bleef schreeuwen.

Sam kwam overeind, maar hij liep niet dichter naar het veld toe. De wormen kropen niet voorbij de eerste strook omgeploegde aarde. Alsof er een muur stond die hen allemaal binnen de akker hield.

E.Z. wankelde ongecontroleerd op Sam af, alsof hij tijdens het lopen geëlektrocuteerd werd; zijn ledematen schokten en vlogen alle kanten op, als een krankzinnige marionet waarvan de helft van de touwtjes was doorgesneden.

Sam stond een meter bij hem vandaan – als hij zijn arm uitstrekte kon hij hem aanraken – toen hij de worm door de huid van E.Z.'s keel zag komen.

En toen een uit zijn kaak, net voor zijn oor.

E.Z. hield op met gillen en zakte in elkaar op de grond, waar hij slap in kleermakerszit bleef zitten.

'Help me,' fluisterde hij. 'Sam...'

E.Z. keek Sam smekend aan. Zijn ogen werden steeds doffer, tot er uiteindelijk niets meer was dan een lege blik.

Sam stak zijn handen op, zijn palmen naar buiten gekeerd.

'Sam, niet doen!' riep Albert. En toen zachter: 'Hij is al dood. Hij is al dood.'

'Albert heeft gelijk, man. Niet doen, je moet die beesten niet verbranden. Nu blijven ze nog op die akker, als je ze aanvalt komen ze straks achter ons aan,' siste Edilio. Zijn sterke handen drukten nog steeds op Sams schouders alsof hij Sam wilde tegenhouden, hoewel Sam geen pogingen meer deed om zich los te rukken.

'En je moet hem ook niet aanraken,' snikte Edilio. *'Perdóneme,* sorry dat ik het zeg, maar raak hem alsjeblieft niet aan.'

De zwarte wormen krioelden over en door E.Z.'s lichaam. Als mieren die over een dode kever krioelen.

Het leek een eeuwigheid te duren voor de wormen weer wegkronkelden en terug de grond in kropen. E.Z.'s lichaam was onherkenbaar geworden.

'Ik heb hier een touw,' zei Albert, die eindelijk de jeep uit kwam. Hij probeerde een lasso te knopen, maar zijn handen beefden te hevig. Hij gaf het touw aan Edilio, die er een lus in maakte en na drie pogingen eindelijk E.Z.'s rechtervoet te pakken kreeg. Samen sleepten ze hem van het veld.

Eén trage worm kroop E.Z.'s lichaam uit en wilde terug naar de akker glijden. Sam griste een kei ter grootte van een softbal van de grond en verbrijzelde de rug van het beest. De worm hield op met kronkelen.

'Ik kom wel terug met een graafmachine,' zei Edilio. 'We kunnen hem niet mee naar huis nemen, hoor, hij heeft twee kleine broertjes. Die hoeven dit echt niet te zien. We begraven hem hier wel.'

'Als die beesten zich verspreiden...' voegde hij er nog aan toe.

'Als ze zich naar de andere akkers verspreiden, gaan we allemaal dood van de honger,' zei Albert.

Sam moest zijn uiterste best doen om niet over te geven. Sinds het begin van de FAKZ had hij verschrikkelijke dingen gezien, maar dit was wel het allergruwelijkste.

Hij veegde zijn handen schoon aan zijn spijkerbroek. Hij wilde terugslaan. Hij zou willen dat hij het veld in lichterlaaie kon zetten, alles kon verbranden tot zover zijn handen reikten, net zolang tot alle wormen zwart en verschrompeld waren.

Maar er stond eten op die akker.

Sam knielde naast het lichaam op de grond. 'Je was een goeie jongen, E.Z. Sorry. Ik... sorry.' Er kwam nog steeds muziek uit E.Z.'s iPod, een beetje blikkerig, maar wel herkenbaar.

Sam tilde het glimmende ding op en drukte op pauze.

Toen stond hij op en schopte de dode worm opzij. Hij hief zijn handen, alsof hij een geestelijke was die het lichaam wilde zegenen.

Albert en Edilio wisten wel beter. Ze deden allebei een stap achteruit.

Er schoot een fel wit licht uit Sams handpalmen.

Het lichaam brandde, verkoolde, werd zwart. Er klonken harde, knappende geluiden toen zijn botten door de hitte kapotsprongen. Na een tijdje hield Sam op. Er was alleen nog as over, een berg grijszwarte as die net zo goed het restant van een gezellige barbecue in iemands achtertuin had kunnen zijn.

'Je kon niets voor hem doen, Sam,' zei Edilio, want hij kende die uitdrukking op het gezicht van zijn vriend, die grauwe, gekwelde blik vol schuldgevoel. 'Het is de FAKZ, man. Het is gewoon de FAKZ.'

# Twee

Het dak stond scheef op het huis. Door het gat tussen de afgebrokkelde muur en het verzakte dak prikte de verschroeiend felle zon een straal recht in Caines oog.

Caine lag op zijn rug te zweten met zijn hoofd op een kussen zonder sloop. Zijn blote benen zaten verstrikt in een klam laken, dat ook de helft van zijn naakte romp bedekte. Hij was weer wakker – hij dacht van wel, in elk geval.

Hij hoopte van wel.

Dit was zijn bed niet. Het was van een oude man die Mose heette, de terreinopzichter van de Coates Academie.

Mose was natuurlijk verdwenen, samen met alle andere volwassenen. En alle oudere kinderen. Iedereen – bíjna iedereen – ouder dan vijftien. Weg.

Waarheen?

Dat wist niemand.

Gewoon weg. Naar ergens buiten de muur. Uit de gigantische vissenkom die ze de FAKZ noemden. Misschien waren ze wel dood. Misschien ook wel niet. Maar hoe dan ook, ze waren weg.

Diana trapte de deur open. Ze droeg een dienblad met daarop een fles water en een blik kikkererwten.

'Kan ik binnenkomen?' vroeg ze.

Hij gaf geen antwoord. Hij begreep niet waarom ze dat vroeg.

'Is je lijf bedekt?' vroeg ze met een geïrriteerde ondertoon in haar stem. Ze zette het dienblad op het tafeltje.

20

Caine nam niet de moeite om antwoord te geven. Hij ging overeind zitten en werd meteen duizelig. Hij pakte het water.

'Waarom is dat dak zo naar de klote? Stel dat het gaat regenen.' Hij
was verbaasd toen hij zijn eigen stem hoorde. Schor. Alle vleiende
overtuigingskracht die er normaal gesproken in lag, was verdwenen.

Diana toonde geen medelijden. 'Ben je nou behalve gek ook nog
dom geworden?'

Er schoot een vreemde herinnering door hem heen, als een
droom, en hij kreeg een ongemakkelijk gevoel. 'Heb ik daar iets
mee te maken?'

'Je hebt het dak opgetild.'

Hij draaide zijn handen om om naar zijn palmen te kijken. 'Is
dat zo?'

'Je had weer eens een nachtmerrie,' zei Diana.

Caine draaide de fles open en dronk. 'Nu weet ik het weer. Ik
dacht dat het dak me zou verpletteren. Ik dacht dat er iets op het
huis zou stappen en het in elkaar zou duwen, en mij eronder zou
vermorzelen. Toen heb ik teruggeduwd.'

'Tuurlijk, joh. Eet je erwten.'

'Ik vind erwten niet lekker.'

'Niemand vindt erwten lekker,' zei Diana. 'Maar dit is geen restaurant. En ik ben geen serveerster. We hebben alleen erwten. Dus
eet die erwten nou maar. Je moet echt iets eten.'

Caine fronste zijn wenkbrauwen. 'Hoe lang ben ik al zo?'

'Ben je al hoe?' zei Diana spottend. 'Als een psychiatrische pa-
tiënt die niet weet of hij in de werkelijkheid of in een droom leeft?'

Hij knikte. De geur van de erwten maakte hem misselijk. Maar
hij had plotseling wel honger. En nu wist hij het weer: er heerste
een voedseltekort. Zijn geheugen kwam terug. De vreemde waan-
ideeën vervaagden. Hij was nog niet in zijn normale doen, maar
het ging de goede kant op.

'Drie maanden, zo ongeveer,' zei Diana. 'We hadden net dat
grote gevecht in Perdido Beach gehad. Jij vertrok met Roedelleider
naar de woestijn en was drie dagen weg. Toen je terugkwam was
je bleek, uitgedroogd en... nou ja, zoals je nu bent.'

'Roedelleider.' Caine kromp in elkaar bij dat woord en de gedachte aan het beest dat erbij hoorde. Roedelleider, de dominante coyote, die op de een of andere manier een beperkte vorm van spraak had verworven. Roedelleider, de trouwe, eerbiedige dienaar van... van *het*. Van het. Van dat ding in de mijnschacht.

De Duisternis, noemden zij het.

Caine zakte opzij, maar voor hij van het bed kon rollen ving Diana hem op; ze pakte hem bij zijn schouders om hem overeind te houden. Ze zag de waarschuwing in zijn ogen, vloekte binnensmonds en kon nog net de prullenmand onder zijn neus duwen voor hij overgaf.

Er kwam niet zoveel uit. Alleen een beetje geel vocht.

'Heerlijk,' zei ze met opgetrokken bovenlip. 'Laat die erwten bij nader inzien toch maar staan. Ik heb geen zin om ze weer naar buiten te zien komen.'

Caine spoelde zijn mond met wat water uit de fles. 'Waarom zijn we hier? Dit is het huisje van Mose.'

'Omdat jij te gevaarlijk bent. Op Coates wil iedereen dat je bij ze uit de buurt blijft tot je weer normaal bent.'

Hij knipperde met zijn ogen toen er nog een herinnering kwam bovendrijven. 'Ik heb iemand pijn gedaan.'

'Je dacht dat Chunk een of ander monster was. Je schreeuwde een woord. *Gaiaphage*. En daarna heb je Chunk door een muur gesmeten.'

'Gaat het weer goed met hem?'

'Caine. In films kan iemand die door een muur is gegooid opstaan alsof er niets aan de hand is. Maar dit was geen film. Dit was een bakstenen muur. Chunk zag eruit als een dood beest langs de kant van de weg. Je weet wel, zo'n aangereden wasbeer waar dan nog een auto overheen rijdt en nog een en nog een en nog een, en dat dan een paar dagen lang.'

Ook bij Diana zelf kwamen haar wrede woorden wel erg hard aan. Knarsetandend zei ze: 'Sorry. Het was gewoon niet erg fraai. Ik heb Chunk nooit gemogen, maar ik krijg dit niet uit m'n kop, nou goed?'

'Ik geloof dat ik ze niet meer allemaal op een rijtje had,' zei Caine.

Diana veegde met een boos gebaar een traan weg. 'Vraag één: noem een voorbeeld van een understatement.'

'Maar volgens mij gaat het al veel beter met me,' zei Caine. 'Niet dat ik al weer helemaal beter ben. Nog niet helemaal. Maar wel beter.'

'Nou, hoera,' zei Diana.

Voor het eerst in weken keek Caine eens goed naar haar gezicht. Diana Ladris was beeldschoon, met grote donkere ogen, lang bruin haar en een mond die standaard op meesmuilend stond.

'Ik had jou ook door een muur kunnen smijten,' zei Caine. 'Maar toch ben je voor me blijven zorgen.'

Ze haalde haar schouders op. 'Het is een harde nieuwe wereld. Ik kon kiezen: bij jou blijven of het met Drake proberen.'

'Drake.' Die naam riep duistere beelden op. Dromen of werkelijkheid? 'Waar is Drake?'

'Hij speelt Caine de tweede. Hij is nu zogenaamd jouw plaatsvervanger. Als je het mij vraagt, hoopt-ie stiekem gewoon dat je doodgaat. Hij heeft een paar dagen geleden de supermarkt overvallen en wat eten gestolen. Hij zou er nog populair van worden ook. Die kinderen zien het allemaal niet zo scherp meer als ze honger hebben.'

'En mijn broer?'

'Sam?'

'Voor zover ik weet is dat de enige broer die plotseling mijn leven is binnengewandeld, of vergis ik me nou?'

'Worm is een paar keer naar de stad geweest om te kijken hoe het er daar aan toegaat. Hij zegt dat ze nog steeds een redelijke voedselvoorraad hebben, maar dat ze zich wel zorgen maken. Vooral sinds die overval van Drake. Maar Sam heeft alle touwtjes in handen.'

'Geef mijn broek eens,' zei Caine.

Diana deed wat hij vroeg en draaide zich opzichtig om toen hij hem aantrok.

'Hoe is hun verdediging?' vroeg Caine.

23

'De supermarkt wordt nu zwaar bewaakt, dat is het voornaamste. Er zitten nu constant vier jongens met geweren op het dak.'

Caine knikte. Hij beet op zijn duimnagel, een oude gewoonte. 'En de freaks?'

'Ze hebben Dekka, Brianna en Taylor. En Jack. Misschien hebben ze nog wel meer freaks die van pas zouden kunnen komen, dat wist Worm niet zeker. Ze hebben Lana om mensen te genezen. En Worm denkt dat ze iemand hebben die een soort hittegolf kan afvuren.'

'Net als Sam?'

'Nee, Sam is een vlammenwerper. Deze jongen is meer een magnetron. Je ziet geen vlammen of zo, maar je hoofd is wel opeens zo heet als een burrito in een combi-oven.'

'Dus er zijn nog steeds mensen die nieuwe gaven ontwikkelen,' zei Caine. 'Hoe zit dat hier?'

Diana haalde haar schouders op. 'Wie zal het zeggen? Niemand is zo gek om dat bij Drake te melden. In de stad hebben ze tenminste nog een soort respect voor mutanten. Maar hier zijn ze bang dat ze vermoord worden.'

'Ja,' zei Caine. 'Dat was fout. Het was fout om de freaks zo hard aan te pakken. We hebben ze nodig.'

'Dus Sams mensen hebben misschien wel nieuwe muffen, en bovendien hebben zij ook die machinegeweren nog. En ze hebben Sam,' zei Diana. 'Dus zullen we nu eens niet zo stom zijn om te proberen het tegen ze op te nemen?'

'Muffen?'

'Afkorting voor mutant. Gemuteerde freaks. Muffen.' Diana haalde haar schouders op. 'Muffen, muta's, freaks. We hebben geen eten meer, maar bijnamen genoeg.'

Caines shirt hing over de rug van een stoel. Hij stak zijn arm ernaar uit, wiebelde en leek bijna om te vallen. Diana greep hem beet om hem te ondersteunen. Met een boze blik staarde hij naar haar hand op zijn arm. 'Ik kan best lopen.'

Hij keek op en zag zichzelf in de spiegel boven het dressoir. Hij herkende zichzelf bijna niet. Diana had gelijk: hij was bleek, met ingevallen wangen. Zijn ogen leken te groot voor zijn gezicht.

'Ik kan wel merken dat je beter wordt: je bent nu alweer een cha-grijnige eikel.'

'Ga Worm eens halen. Worm en Drake. Ik wil hen allebei spreken.'

Diana bleef staan waar ze stond. 'Ga je me nog vertellen wat er in de woestijn met jou en Roedelleider is gebeurd?'

Caine snoof. 'Dat wil je niet weten.'

'Jawel,' hield Diana vol. 'Anders vroeg ik het niet.'

'Het doet er niet toe. Ik ben er weer, dat is het belangrijkste,' zei Caine zo stoer als hij kon.

Diana knikte. Door de beweging viel haar haar naar voren en het streelde over haar volmaakte wang. Haar ogen glansden voch-tig. Maar haar volle lippen waren nog steeds vertrokken in een afkeurende uitdrukking.

'Wat betekent het, Caine? Wat betekent "gaiaphage"?'

Hij haalde zijn schouders op. 'Ik weet het niet. Ik heb dat woord nog nooit gehoord.'

Waarom loog hij tegen haar? Waarom leek het hem zo gevaarlijk als ze zou weten wat het betekende?

'Ga hen halen,' zei Caine bevelend. 'Ga Drake en Worm halen.'

'Zou je het niet een beetje rustig aan doen? Tot je zeker weet dat je weer... Ik wou "normaal bent" zeggen, maar dat is misschien een beetje te veel gevraagd.'

'Ik ben er weer,' herhaalde Caine. 'En ik heb een plan.'

Ze hield haar hoofd schuin en keek hem sceptisch aan. 'Een plan.'

'Ik moet een paar dingen doen,' zei Caine en hij sloeg zijn ogen neer, omdat hij haar om de een of andere reden niet aan kon kijken – hij snapte zelf ook niet goed waarom niet.

'Caine, doe dat nou niet,' zei Diana. 'Sam heeft je levend laten gaan. Dat doet-ie niet nog een keer.'

'Wil je dat ik met hem ga onderhandelen? Dat we er samen uit komen?'

'Ja.'

'Nou, dat was dus precies mijn plan, Diana. Ik ga onderhande-len. Maar ik heb eerst iets nodig om mee te onderhandelen. En ik weet precies wat ik moet hebben.'

Astrid Ellison was met Kleine Pete in de verwilderde achtertuin toen Sam haar het nieuws en de worm kwam brengen. Pete was aan het schommelen. Of liever gezegd, hij zat op de schommel en Astrid duwde hem. Hij scheen het wel leuk te vinden.

Het was een saai, geestdodend karwei om de schommel te duwen, vooral omdat haar broertje geen woord sprak, zelfs geen enthousiaste kreten slaakte. Pete was vijf jaar, nog maar net, en zwaar autistisch. Hij kon wel praten, maar hij deed het bijna nooit. Hij was eigenlijk alleen nog maar afstandelijker geworden sinds het begin van de FAKZ. Misschien was het wel haar schuld: ze hield zijn therapie niet bij, deed nooit meer die onzinnige, nutteloze oefeningen met hem waarmee autisten zogenaamd zouden leren om beter met de werkelijkheid om te gaan.

Kleine Pete had uiteraard zijn eigen werkelijkheid geschapen. En op een aantal zeer belangrijke punten had hij ieders werkelijkheid geschapen.

De tuin was niet Astrids tuin, het huis was niet haar huis. Drake Merwin had haar huis platgebrand. Maar aan één ding was geen gebrek in Perdido Beach, en dat was woonruimte. De meeste huizen stonden leeg. En hoewel veel kinderen in hun oude huizen waren blijven wonen, riepen voor sommige hun oude slaapkamers en woonkamers te veel pijnlijke herinneringen op. Astrid was de tel kwijtgeraakt, zo vaak had ze een kind in tranen zien uitbarsten en horen vertellen over hun moeder in de keuken, hun vader die het gras maaide, hun oudere broer of zus die de afstandsbediening altijd inpikte.

Veel kinderen voelden zich eenzaam. De FAKZ was vol eenzaamheid, angst en verdriet. Dus gingen kinderen vaak bij elkaar wonen, wat uiteindelijk een soort studentenhuizen opleverde.

In dit huis woonden Astrid, Maria Terrafino en Maria's broertje John, en Sam was hier ook steeds vaker te vinden, Officieel woonde Sam in een leegstaand kantoor op het stadhuis, waar hij op de bank sliep, magnetronmaaltijden at en gebruikmaakte van wat vroeger een openbaar toilet was geweest. Maar het was er erg donker en ongezellig, en Astrid had al meer dan eens gevraagd of hij niet bij hen in wilde trekken. Ze vormden tenslotte bijna een gezin. Eigenlijk stonden zij ook samen aan het hoofd van de FAKZ, en waren zij de plaatsvervangende moeder en vader van alle moederloze en vaderloze kinderen.

Astrid hoorde Sam nog voordat ze hem zag. Perdido Beach was altijd al een ingeslapen stadje geweest, maar nu was het er vaak zo stil als in de kerk. Sam was met zijn eigen sleutel naar binnen gekomen en riep nu haar naam terwijl hij van de ene kamer naar de andere liep.

'Sam,' riep ze. Maar hij hoorde haar pas toen hij de achterdeur opendeed en de veranda op liep.

Ze had aan één blik genoeg om te zien dat er iets verschrikkelijks was gebeurd. Sam kon zijn gevoelens nooit goed verborgen houden, niet voor haar in elk geval.

'Wat is er gebeurd?' vroeg ze.

Hij gaf geen antwoord, liep over het onverzorgde gazon vol onkruid naar haar toe en sloeg zijn armen om haar heen. Ze knuffelde hem geduldig, in de wetenschap dat hij het zou vertellen als het weer ging.

Hij begroef zijn gezicht in haar haar. Ze voelde zijn adem in haar hals tegen haar oor kietelen. Ze hield van het gevoel van zijn lichaam tegen het hare. Vond het fijn dat hij haar wilde vasthouden. Maar er was niets romantisch aan deze omhelzing.

Na een tijdje liet hij haar los. Hij liep naar de schommel en begon Kleine Pete te duwen, alsof hij iets te doen moest hebben.

'E.Z. is dood,' zei hij plompverloren. 'Ik was met Edilio een rondje langs de akkers aan het maken. Ik, Edilio en Albert, en E.Z. was mee voor de gezelligheid. Kun je nagaan. E.Z. hoefde daar niet eens te zijn, hij wilde gewoon graag mee en ik zei "goed" omdat ik het gevoel heb dat ik de hele tijd alleen maar "nee, nee, niet doen" zeg tegen iedereen, en nu is hij dood.'

Hij duwde de schommel harder dan zij had gedaan. Kleine Pete kiepte bijna achterover.

'O nee. Wat is er gebeurd?'

'Wormen,' zei Sam mat. 'Een soort worm. Of slang. Ik weet het niet. Er ligt een dooie op het aanrecht. Ik hoopte dat jij... Ik weet niet wat ik hoopte. Jij bent immers de mutatiedeskundige, om het zo maar te zeggen. Toch?'

Dat van die deskundige zei hij met een wrang glimlachje. Astrid was helemaal geen deskundige op welk gebied dan ook. Ze was gewoon de enige die de moeite nam om te proberen een soort systematische, wetenschappelijke logica te ontdekken in de FAKZ.

'Blijf hem maar gewoon duwen, dan houdt hij het nog wel even vol,' zei Astrid over haar broertje.

Het beest lag in een doorzichtige plastic zak op het aanrecht in de keuken. Het leek meer op een slang dan op een worm, maar niet op een gewone slang.

Ze duwde voorzichtig op de zak en hoopte dat hij echt dood was. Daarna legde ze een stuk bakpapier op het granieten aanrechtblad en liet de worm daarop vallen. Ze zocht in de rommella naar een meetlint en probeerde de contouren van het beest zo goed mogelijk te volgen.

'Achtentwintig centimeter,' zei ze.

Vervolgens pakte ze haar fototoestel en maakte een stuk of tien foto's vanuit alle hoeken, waarna ze het gedrocht met een vork weer in de plastic zak schepte.

Astrid kopieerde de foto's naar haar laptop en sleepte ze naar een map die 'Mutaties – Foto's' heette. De map bevatte tientallen afbeeldingen. Vogels met vreemde klauwen of snavels. Slangen met kleine vleugeltjes. Foto's van grotere slangen met grotere vleugels. Op één van veraf genomen afbeelding leek een ratelslang te staan, maar met de afmetingen van een kleine python en leerachtige vleugels met de spanwijdte van een zeearend.

Ze had een onscherpe foto van een coyote die twee keer zo groot was als een normale coyote. En een close-up van de bek van een dode coyote, met daarin een opvallend korte tong die griezelig veel op een mensentong leek. De map bevatte ook een serie bizarre JPEG-bestanden van een kat die was samengesmolten met een boek.

Op andere foto's stonden kinderen, van wie de meeste er normaal uitzagen, hoewel de jongen die Orc heette net een monster was. Ze had een foto van Sam met een felgroen licht uit zijn hand-palmen. Ze had een hekel aan die foto, omdat hij zo'n verdrietige uitdrukking op zijn gezicht had terwijl hij voor haar camera zijn kunsten vertoonde.

Astrid opende de wormfoto's en zoomde in om ze beter te kunnen bekijken.

Kleine Pete kwam binnen met Sam in zijn kielzog.

'Moet je die bek eens zien,' zei Astrid vol ontzag. De worm had een bek als een haai. Hij had honderden kleine tanden, te veel om te kunnen tellen. De worm leek te grijnzen – zelfs nu hij dood was leek hij te grijnzen.

'Wormen hebben geen tanden,' zei Astrid.

'Ze hádden geen tanden. Nu wel,' zei Sam.

'Zie je die dingen die aan alle kanten uit zijn lijf steken?' Ze tuurde met samengeknepen ogen naar het scherm en zoomde nog verder in. 'Het lijken wel minipeddels of zo. Een soort piepkleine pootjes, en dan duizenden achter elkaar.'

'Ze kropen E.Z. in. Volgens mij gingen ze dwars door zijn handen. Door zijn schoenen. Door zijn lijf.'

Astrid huiverde. 'Die tanden kunnen overal doorheen, zo te zien. En die pootjes stuwen hem verder wanneer hij eenmaal in zijn slachtoffer zit.'

'Er kropen duizenden van die beesten over die akker,' zei Sam. 'E.Z. liep eroverheen en toen vielen ze hem aan. Maar Albert, Edilio en ik stonden aan de rand, wij zijn die akker niet op gegaan, en ons lieten ze met rust.'

'Territoriumdrift?' vroeg Astrid met gefronste wenkbrauwen. 'Dat komt bijna nooit voor bij primitieve dieren. Territoriumdrift wordt over het algemeen geassocieerd met hogere levensvormen. Honden en katten hebben een territorium. Wormen niet.'

'Je neemt dit allemaal wel erg kalm op,' zei Sam op een toon die nog net niet beschuldigend klonk.

Astrid keek naar hem, stak haar hand uit en leidde zijn gezicht met zachte dwang weg van de akelige foto zodat hij zijn blik in plaats daarvan wel op haar moest richten. 'Je bent niet naar me toe gekomen om me gillend weg te zien rennen zodat jij mij heel stoer kon troosten.'

'Dat is waar,' gaf hij toe. 'Sorry. Je hebt gelijk: ik ben hier niet heen gekomen om met mijn vriendin Astrid te praten. Ik wilde met Astrid het Genie praten.'

Astrid had die bijnaam nooit erg leuk gevonden, maar ze had hem geaccepteerd. Hij gaf haar een plek in de verbijsterde, bange FAKZ-gemeenschap. Ze was geen Brianna, Dekka of Sam, ze had geen superkrachten. Ze had alleen haar hersenen en haar talent om logisch na te denken als de situatie daarom vroeg.

'Ik zal hem ontleden en kijken of ik daar iets wijzer van word. Gaat het wel?'

'Tuurlijk joh. Waarom zou het niet gaan? Vanochtend was ik nog verantwoordelijk voor 332 mensen. Nu zijn het er nog maar 331. En ergens denk ik bijna: hupsakee, weer een mond minder om te voeden.'

Astrid boog zich voorover en gaf hem een kusje op zijn mond. 'Ja, het is echt klote om jou te moeten zijn,' zei Astrid. 'Maar jij bent de enige Sam die we hebben.'

Dat leverde haar een somber glimlachje op. 'Dus ik moet mijn mond houden en gewoon doorgaan?'

'Nee, je moet nooit je mond houden. Je moet me alles vertellen. Wat dan ook.'

Sam sloeg zijn ogen neer om haar niet aan te hoeven kijken. 'Alles? Goed dan, wat dacht je hiervan: ik heb het lichaam verbrand. Het lichaam van E.Z. Ik heb de zooi verbrand die er uiteindelijk nog van over was.'

'Hij was dood, Sam. Wat had je dan moeten doen? Je kon hem daar toch niet als aas voor de vogels en de coyotes laten liggen?'

Hij knikte. 'Ja, je hebt gelijk. Dat weet ik wel. Maar daar gaat het niet om. Het probleem is dat toen hij verbrandde… Hij rook naar gebraden vlees, en ik…' Zijn stem stokte, hij kon niet verder praten. Ze wachtte rustig af terwijl hij zijn emoties onder controle probeerde te krijgen. 'Er lag een achtstegroeper te verbranden, en mij liep het water in de mond.'

Astrid kon het zich maar al te goed voorstellen. Alleen al bij de gedachte aan gebraden vlees begon ze te watertanden. 'Dat is een heel normale, fysiologische reactie, Sam. Het is een deel van je hersenen dat automatisch wordt ingeschakeld.'

'Tja,' zei hij, niet overtuigd.

'Hoor eens, je kunt niet gaan lopen kniezen omdat er iets akeligs is gebeurd. Als jij wanhopig wordt, is de rest dat binnen de kortste keren ook.'

'Die kinderen hebben mij helemaal niet nodig om zich wanhopig te voelen,' zei hij.

'En binnenkort laat je mij je haar knippen,' zei Astrid terwijl ze hem naar zich toe trok en met één hand door zijn haar woelde. Ze wilde dat hij het drama van die ochtend uit zijn hoofd zette.

'Hè?' Hij keek verbaasd op omdat ze zo plotseling van onderwerp veranderde.

'Je ziet eruit alsof je rechtstreeks uit een of andere hardrockband uit de jaren zeventig bent gestapt. En trouwens,' voerde ze aan, 'Edilio's haar mocht ik óók knippen.'

Sam verwaardigde zich een klein glimlachje. 'Ja, dat heb ik gezien. Misschien dat ik hem daarom de hele tijd per ongeluk Bart Simpson noem.'

Toen ze hem een boze blik toewierp, voegde hij er nog aan toe: 'Komt door die stekeltjes, snap je?' Hij probeerde haar te zoenen, maar ze ontweek hem.

'Tjonge jonge, wat ben je toch gevat,' zei ze. 'Zal ik jouw hoofd dan maar gewoon kaalscheren? Of epileren met hete was? Als je me blijft beledigen, noemen ze jou straks Hómer Simpson in plaats van Bart. Zal me benieuwen of Taylor dan nog steeds zo smachtend naar je kijkt.'

'Ze kijkt niet smachtend naar me.'

'Nee hoor. Tuurlijk niet.' Plagerig duwde ze hem weg.

'En misschien ben ik wel heel knap met maar twee haren,' zei Sam. Hij keek naar zichzelf in het weerspiegelende glazen deurtje van de magnetron.

'Zegt het woord "narcistisch" je iets?' vroeg Astrid.

Sam schoot in de lach. Hij wilde haar vastpakken maar zag toen dat Kleine Pete naar hem keek. 'Dus. Maar goed. Hoe is het met K.P.?'

Astrid wierp een blik op haar broertje, die op een barkruk in de keuken zwijgend naar Sam zat te staren. Of in elk geval richting Sam – ze wist nooit zeker waar hij nou precies naar keek.

Ze wilde Sam vertellen wat er met Kleine Pete was gebeurd, wat hij tegenwoordig deed. Maar Sam had al genoeg aan zijn hoofd. En nu was hij net even opgewekt, dat kwam bijna nooit meer voor.

Ze zou hem een andere keer nog wel vertellen dat het kind met de sterkste krachten van de FAKZ... hoe zou je moeten omschrijven wat er met Kleine Pete aan de hand was?

Dat hij gek werd? Nee, dat dekte de lading niet.

Er was geen goede uitdrukking voor wat er met Kleine Pete gebeurde. En dit was hoe dan ook niet het juiste moment.

'Prima,' loog Astrid. 'Je kent Petey toch.'

# Drie

Lana Arwen Lazar had al vier huizen versleten sinds ze naar Perdido Beach was gekomen. Ze had in eerste instantie een prima huis gehad, maar dat was het huis van waaruit Drake Merwin haar had gegijzeld. Daarna was het een akelige plek geworden.

Vervolgens had ze een tijdje bij Astrid gewoond, maar ze was er al snel achter gekomen dat ze liever alleen was, met haar labrador Patrick als enige gezelschap. Toen was ze in een huis bij het plein getrokken. Maar daar kon iedereen haar weer veel te makkelijk bereiken.

Lana wilde niet makkelijk te bereiken zijn. Als iedereen haar kon bereiken had ze geen privacy.

Lana had genezende gaven. Dat had ze voor het eerst ontdekt op de dag dat de FAKZ was ontstaan, toen haar opa verdween. Ze hadden in een pick-up gereden, en door de plotselinge verdwijning van de bestuurder was de auto een ravijn in gestort.

Lana's verwondingen waren zo hevig dat ze eraan had moeten bezwijken. Dat was ook bijna gebeurd. Maar toen had ze ontdekt dat ze een gave had die misschien wel nooit aan het licht was gekomen als de nood niet zo verschrikkelijk hoog was geweest.

Ze had zichzelf genezen. Ze had Sam genezen toen hij was neergeschoten, en Cookie, wiens schouder was opengereten, en heel veel gewonde kinderen na het verschrikkelijke Thanksgivinggevecht.

De kinderen noemden haar de Genezer. In de FAKZ was ze bijna

33

net zo'n grote held als Sam. Iedereen keek tegen haar op. Iedereen had respect voor haar. Sommigen, vooral kinderen die hun leven aan haar te danken hadden, bejegenden haar zelfs met ontzag. Lana wist bijvoorbeeld zeker dat Cookie zijn leven voor haar zou geven. Hij had in een hel geleefd tot zij hem had gered.

Maar dat ze als een heldin werd vereerd, weerhield kinderen er niet van om haar constant, dag en nacht, lastig te vallen met al hun pijntjes en problemen: als ze een losse tand hadden, als ze verbrand waren in de zon, als ze hun knie geschaafd of hun teen gestoten hadden.

Daarom was ze weggegaan uit de stad en woonde ze nu in een kamer in het Kliftop Hotel.

Het gebouw stond tegen de FAKZ-muur aan, de blinde, ondoordringbare barrière die hun nieuwe wereld afbakende.

'Rustig aan, Patrick,' zei ze toen de hond haar een kopstoot gaf omdat hij zo graag wilde ontbijten. Lana trok het deksel van het blik hondenvoer open en duwde Patrick opzij terwijl ze de helft van de inhoud op een bord lepelde dat op de grond stond.

'Kijk eens. Jemig, je zou denken dat je nooit iets te eten kreeg.'

Terwijl ze het zei vroeg ze zich af hoe lang ze Patrick nog te eten zou kunnen geven. Er waren al kinderen die hondenvoer aten. En er liepen uitgemergelde honden door de straten die door het afval wroetten, naast kinderen die ook door het afval wroetten op zoek naar etensrestjes die ze weken geleden hadden weggegooid.

Lana was helemaal alleen in Kliftop. Honderden kamers, een zwembad vol algen, een tennisbaan die door de muur drastisch was ingekort. Ze had een balkon dat een prachtig uitzicht bood op het strand onder haar en op de veel te kalme zee.

Sam, Edilio, Astrid en Dahra Baidoo – die de rol van apotheker en verpleegster op zich had genomen – wisten waar ze was en kwamen wel naar haar toe als het echt nodig was. Maar verder wist bijna niemand haar te vinden, en dat gaf haar een zekere mate van controle over haar leven.

Ze keek verlangend naar het hondenvoer en vroeg zich niet voor het eerst af hoe het zou smaken. Waarschijnlijk beter dan de verbrande aardappelschillen met barbecuesaus die zij had gegeten.

Ooit was er heel veel eten geweest in het hotel. Maar op bevel van Sam hadden Albert en zijn ploeg alles opgehaald en naar de supermarkt gebracht. Waar Drake vervolgens een flink deel van de toch al geslonken voorraad uit had gestolen.

Nu was er geen eten meer in het hotel. Zelfs niet in de minibarretjes in de kamers, die ooit vol hadden gelegen met gevulde chocoladerepen, chips en nootjes. Nu was er alleen nog maar alcohol over. Alberts ploeg had de sterkedrank laten staan, omdat ze niet zo goed wisten wat ze daarmee aan moesten.

Lana had de kleine bruine en witte flesjes niet aangeraakt. Nog niet.

Alcohol was de reden dat ze uit haar huis in Las Vegas was verbannen. Ze had een fles wodka uit het huis van haar ouders gesmokkeld, zogenaamd voor een oudere jongen die ze kende.

Dat was in elk geval het opgepoetste verhaal dat ze haar ouders had wijsgemaakt. En toen hadden ze haar alsnog naar de afgelegen boerderij van haar opa gestuurd om 'na te denken over wat je hebt gedaan'.

Hier, in de wereld van de FAKZ, werd Lana als een soort heilige beschouwd. Maar zij wist wel beter.

Toen de koffie was doorgelopen had Patrick zijn eten opgegeten. Lana schonk een beker vol en deed er een zoetje en wat poedermelk bij, zeldzame luxeartikelen die ze in de karretjes van de kamermeisjes had gevonden.

Ze liep het balkon op en nam een slokje.

Ze had de stereo aanstaan, de cd-speler die in de kamer stond. Iemand, waarschijnlijk een gast die eerder in deze kamer had gelogeerd, had een stokoude cd van Paul Simon achtergelaten, en die had ze op een dag zomaar een keer opgezet.

Er stond een nummer op over de duisternis. Over hoe de duisternis verwelkomd werd. Het was bijna een uitnodiging. Ze had het telkens opnieuw gedraaid.

Soms hielp muziek haar om dingen te vergeten. Maar dit nummer niet.

Vanuit haar ooghoek zag ze iemand op het strand. Ze ging weer naar binnen en pakte een verrekijker die ze uit de bagage van een al lang geleden verdwenen toerist had gejat.

Op de rotsige pier die de zee in liep, speelden twee kleine kinderen die niet ouder konden zijn dan zes. Gelukkig waren er geen golven. Maar de rotsen waren op sommige plekken net lukraak neergesmeten scheermesjes, scherp en glad. Ze moest eigenlijk...

Straks. Ze had al genoeg verantwoordelijkheden. Ze was geen verantwoordelijk iemand, en ze was het spuugzat dat het haar telkens opgedrongen werd.

Langzaamaan sloop er een aantal slechte, volwassen gewoontes in bij de bewoners van de FAKZ. Sommige daarvan, zoals koffie drinken, waren niet zo erg. Maar andere – blowen, roken, alcohol drinken – waren een stuk schadelijker. Lana kende zes kinderen van wie bekend was dat ze vaak dronken. Ze hadden gevraagd of zij hen van hun katers kon verlossen.

Anderen rookten stukje bij beetje de zakjes wiet op die ze in de slaapkamers van hun ouders of oudere broers en zussen hadden gevonden. En je zag elke dag wel kinderen, sommige nog maar acht jaar oud, hoestend en proestend sigaretten roken in een poging om stoer te zijn. Ze had één keer een kind uit groep drie gezien dat een sigaar probeerde aan te steken.

Dat kon Lana allemaal niet genezen.

Soms wou ze dat ze terug was in het hutje van Kluizenaar Jim. Ze had al vaak teruggedacht aan het vreemde huisje in de woestijn met zijn eigenzinnige gazonnetje, dat nu wel helemaal bruin en verdord zou zijn. Dat was na het ongeluk haar toevluchtsoord geweest, en later nog een keer, toen ze aan de coyoteroedel was ontkomen.

De hut zelf was tot de grond toe afgebrand. Er was alleen nog maar as over. En goud natuurlijk. De goudvoorraad van Kluizenaar Jim was misschien gesmolten, maar hij lag vast nog steeds onder de vloer.

Het goud. Uit de mijn...

De mijn...

Ze nam een grote slok uit de plastic beker en verbrandde haar tong. Door de pijn kon ze zich beter concentreren.

De mijn. Die dag stond haar nog helder voor de geest, maar met de helderheid van een nachtmerrie die je je nog goed kunt herinneren.

Op dat moment wist ze nog niet dat er door de FAKZ helemaal geen volwassenen meer waren. Ze was de mijn in gegaan om de kluizenaar te zoeken; ze hoopte in elk geval zijn verdwenen pick-up te vinden om daarmee naar de stad te kunnen rijden.

Ze had de kluizenaar dood aangetroffen in de mijnschacht. Hij was niet verdwenen, hij was dood. Wat betekende dat hij al voor het begin van de FAKZ was vermoord.

De coyotes waren achter haar aan gekomen en hadden haar dieper de mijn in gedreven. En daar had ze... *het* gevonden. Het ding. De Duisternis, noemden de coyotes het: de Duisternis.

Ze wist nog hoe haar voeten zo zwaar als bakstenen waren geworden. Hoe haar hart steeds langzamer was gaan kloppen, hoe het bonkte, en hoe elke bonk aanvoelde als een mokerslag. Ze herinnerde zich de doodsangst, een angst die veel dieper ging dan gewoon ergens bang voor zijn. De bleekgroene gloed die haar aan pus had doen denken, aan een ziekte, een gezwel.

Ze was in een soort droomtoestand geraakt... Haar oogleden waren zwaar, ze kon niet meer nadenken, ze had het gevoel dat er iets in haar hoofd kroop, ze...

*Kom bij me.*

'Ah!'

Ze had de beker fijngeknepen. Haar hele arm zat onder de hete koffie.

Lana zweette. Haar ademhaling ging moeizaam. Ze ademde diep in en het was alsof ze zich toen pas weer herinnerde hoe dat ook alweer moest.

Hij zat nog steeds in haar hoofd, dat monster in de mijnschacht. Hij had haar in zijn macht. Soms wist ze zeker dat ze zijn stem hoorde. Vast een waanidee. Het was vast niet de Duisternis zelf. Die was mijlenver weg. Diep onder de grond. Hij kon niet…

*Kom bij me.*

'Ik kan het niet vergeten,' fluisterde ze tegen Patrick. 'Het laat me niet los.'

Toen ze zich net na haar avontuur in de woestijn bij deze vreemde kindergemeenschap had aangesloten, was Lana bijna tot rust gekomen. Bijna. Want ze had van begin af aan het gevoel gehad dat er schade was aangericht, een verborgen wond waarvan ze niet kon zeggen waar hij zat, behalve dan binnen in haar.

Die onzichtbare, onwerkelijke, ongenezen wond was weer opengegaan. Eerst had ze nog tegen zichzelf gezegd dat hij vanzelf wel zou verdwijnen. Dat hij zou genezen. Er zou een mentaal korstje op komen. Maar als dat echt zo was, als ze aan het genezen was, waarom deed hij dan elke dag meer pijn? Waarom was die angstaanjagende stem van een zwak gefluister in de verte uitgegroeid tot een doordringend gemompel?

*Kom bij me. Ik heb je nodig.*

De vasthoudende, eisende stem was verstaanbaar geworden.

'Ik word gek, Patrick,' zei Lana tegen haar hond. 'Hij zit in me, en ik word gek.'

Maria Terrafino werd wakker en rolde haar bed uit. Ochtend. Ze zou eigenlijk verder moeten slapen; ze was doodmoe. Maar ze wist dat ze niet meer in slaap zou vallen. Ze had van alles te doen.

Alles op zijn tijd. Eerst strompelde ze naar de badkamer en trok met haar blote voet de weegschaal over de tegels naar zich toe. De weegschaal moest op een speciale plek staan: keurig parallel aan de spiegel boven de wastafel, met de rechterbovenhoek van de weegschaal precies in de hoek van de tegel.

Ze trok haar nachtpon uit en stapte op de weegschaal.

Kijken. Eraf.

Nog een keer kijken. Eraf.

Bij de derde keer was het officieel.

Zevenendertig kilo.

Ze had achtenvijftig kilo gewogen toen de FAKZ was begonnen.

Ze was nog steeds dik. Ze had nog steeds kwabben op bepaalde plekken. Wat iedereen ook zei. Maria zag het toch zeker zelf, het vet. Geen ontbijt voor haar dus. En dat was helemaal niet erg, want het ontbijt op de crèche bestond uit havermoutpap met poedermelk en een zakje zoetstof. Best gezond – en veel en veel lekkerder dan wat de meeste kinderen aten – maar niet de moeite waard om voor aan te komen.

Maria nam haar Prozac, twee pilletjes tegen opgezette slijmvliezen en een multivitaminetablet in. De Prozac hield de depressies goeddeels op afstand en de slijmvliespilletjes hielpen tegen de honger. De vitamines hielden haar gezond, hoopte ze.

Ze kleedde zich snel aan: T-shirt, joggingbroek, gympen. Alles was te groot. Ze had zich vast voorgenomen om geen strakke kleren te dragen tot ze echt was afgevallen.

Ze liep het washok in, haalde de katoenen luiers uit de droger en propte ze in een plastic zak. Ze hadden nog een paar wegwerpluiers op voorraad, maar die bewaarden ze voor noodgevallen. Een maand geleden waren ze op katoen overgegaan. Het was vies en iedereen had er een hekel aan, maar, zoals Maria tegen haar mopperende hulpkrachten had gezegd, op de Pampersfabriek hoefden ze niet meer te rekenen.

De trap af, met de zak bonserdebons achter zich aan.

Sam zat met Astrid en Kleine Pete in de keuken. Maria wilde hen niet storen – en ook geen gezeur aan haar hoofd over dat ze moest ontbijten – en sloop zachtjes de voordeur uit.

Vijf minuten later was ze op de crèche.

De crèche had het zwaar te verduren gehad tijdens het grote gevecht. De muur tussen de crèche en de doe-het-zelfzaak was weggeblazen. Nu zat er een plastic zeil voor het gapende gat, dat bijna elke dag opnieuw vastgeplakt moest worden. Het was een herinnering aan het feit dat ze op het randje van een ramp hadden gestaan. De coyoteroedel was tot in dit lokaal gekomen en had de kinderen gegijzeld terwijl Drake Merwin zelfvoldaan had toegekeken.

In de crèche liep Maria's broer John naar haar toe.

'Hé Maria,' zei John. 'Wat doe jij hier? Jij hoort in je bed te liggen.'

John had de ochtenddienst, van vijf uur 's ochtends tot twaalf uur 's middags, van het ontbijt tot net aan het middageten. Maria zou het eigenlijk om twaalf uur van hem overnemen en in één ruk doorwerken tot tien uur 's avonds. Middageten, avondeten en bedtijd, met na afloop een uur om de roosters door te nemen en schoon te maken. Daarna had ze tijd om thuis beneden in de kelder op de loopband te joggen en ondertussen een dvd te kijken. Dat was het schema. Acht uur slapen en 's ochtends een paar uur vrij.

Maar in werkelijkheid was ze 's avonds vaak nog wel twee of drie uur extra aan het trainen. Om die laatste pondjes eraf te krijgen. Op de loopband, in de kelder, waar Astrid haar niet hoorde en dus ook niet kwam vragen wat ze aan het doen was.

Meestal kreeg ze minder dan zevenhonderd calorieën per dag binnen. Op een heel goede dag de helft daarvan.

Ze gaf John een knuffel. 'Hoe gaat het, broertje van me? Wat is er vandaag weer allemaal aan de hand?'

John las de lijst voor die hij in zijn basketbalschrift had opgeschreven. 'Pedro heeft een losse tand. Hij heeft ook een ongelukje gehad vannacht. Zosia zegt dat Julia haar heeft gestompt, dus die hebben ruzie en willen niet met elkaar spelen. Collin heeft koorts volgens mij... hij is hoe dan ook nogal chagrijnig, zeg maar. Vanochtend heb ik Brady betrapt toen ze probeerde weg te lopen. Ze wilde haar moeder gaan zoeken.'

De lijst ging maar door en ondertussen kwamen sommige kinderen op Maria afgerend om haar te knuffelen, een kusje te halen, hun kapsel te laten bewonderen of 'goed zo' te horen omdat ze hun tanden op de juiste manier gepoetst hadden.

Maria knikte. De lijst was zo ongeveer elke dag hetzelfde.

Een jongen die Francis heette, kwam binnen en schoof Maria lomp opzij. Toen hij besefte wie hij net aan de kant had geduwd, draaide hij zich met een boze blik om en zei: 'Nou, daar ben ik dan.'

'Eerste keer?' vroeg Maria.

'Hoezo, moet ik nou m'n excuses aanbieden? Ik ben geen babysitter.'

Ook dit tafereel herhaalde zich elke dag sinds het weer rustig was geworden in Perdido Beach. 'Goed, nu moet jij eens even goed naar mij luisteren,' zei Maria. 'Ik weet dat jij hier niet wilt zijn, en dat kan me geen bal schelen. Niemand wil hier zijn, maar er moet voor de kleintjes gezorgd worden. Dus laat dat stoere gedoe maar achterwege.'

'Waarom kun jij niet gewoon voor die kinderen zorgen? Jij bent tenminste nog een meisje.'

'Ik ben geen meisje,' merkte John op.

Maria zei: 'Zie je die schildersezel? Daar hangen drie lijsten aan, een voor elke hulpkracht van vandaag. Kies er maar een uit. Dat moet je doen. Alles wat op die lijst staat. En je doet het met een glimlach.'

Francis beende naar de ezel en bekeek de lijsten.

John zei: 'Ik wed om een koekje dat hij niet die met de luier-dienst kiest.'

'Daar hoeven we niet om te wedden,' zei Maria. 'En er zijn trouwens geen koekjes meer.'

'Ik mis koekjes,' zei John weemoedig.

'Hé,' riep Francis. 'Dit zijn allemaal klotelijsten.'

'Ja,' beaamde Maria. 'Dat klopt.'

'Dit is allemaal klote.'

'Wil je alsjeblieft niet de hele tijd "klote" zeggen? Ik wil niet dat de peuters je na gaan praten.'

'Nou, als ik jarig ben, stap ik eruit,' zei Francis mokkend.

'Best. Dan zal ik je daarna niet meer inroosteren. Kies een lijst uit en doe wat erop staat. Ik heb geen zin om Sams tijd te moeten verspillen door te vragen of hij even hierheen wil komen om je te motiveren.'

Francis stampte terug naar de ezel.

'Dan "stapt hij eruit",' zei Maria tegen John en ze trok een gri-mas. 'Hoeveel kinderen hebben hun magische verjaardag nou al gehad? Er zijn er nog maar twee gepoeft. Iedereen heeft het erover. Maar niemand doet het.'

De FAKZ had iedereen boven de vijftien laten verdwijnen. Niemand wist waarom. Maria in elk geval niet, hoewel ze Sam en Astrid een keer had horen fluisteren op een manier die deed vermoeden dat zij wel eens meer zouden kunnen weten dan ze toegaven.

Een veertienjarige die vijftien werd, verdween ook. Poef. Als hij het liet gebeuren. Als hij besloot om 'eruit te stappen'.

Bijna iedereen wist nu wat er dan gebeurde. Dat de tijd opeens heel langzaam leek te gaan. Dat er iemand zou verschijnen van wie je hield en die je vertrouwde, en dat diegene je zou wenken, zou zeggen dat je de FAKZ moest verlaten. En dat die persoon in een monster veranderde als je je verzette.

Je had een keuze: in de FAKZ blijven, of... Maar niemand wist wat die 'of' inhield. Misschien kon je zo wel terug naar de oude wereld. Misschien ging je wel naar een heel nieuwe plek.

Of misschien ging je wel dood.

Maria zag dat John haar indringend aan stond te kijken. 'Wat is er?' vroeg ze.

'Jij zou toch niet...'

Maria glimlachte en woelde door zijn rode krullen. 'Nooit. Ik zou jou nooit in de steek laten. Mis je papa en mama?'

John knikte. 'Ik moet de hele tijd denken aan al die keren dat ik ze boos heb gemaakt.'

'John...'

'Ik weet het wel. Ik weet wel dat het er niet toe doet. Maar het voelt alsof...' Hij kon de juiste woorden niet vinden, dus maakte hij een beweging alsof hij een mes door zijn hart stak.

Er trok iemand aan de achterkant van Maria's shirt. Ze keek om en haar hart zonk in haar schoenen toen ze een klein jongetje zag staan. Ze was zijn naam vergeten, maar het kleine jongetje dat achter hem stond heette Sean, dat wist ze nog wel. Ze wist ook waarom ze hier waren. Beide jongens waren onlangs vijf geworden. En de leeftijdsgrens voor de crèche was vier. Als je vijf werd, moest je weg, en dan ging je hopelijk naar een huis waar een paar oudere kinderen met verantwoordelijkheidsgevoel woonden.

'Hé jongens. Wat is er?' vroeg Maria terwijl ze zich vooroverboog om hen aan te kunnen kijken.

'Eh...' zei de voorste. En toen barstte hij in tranen uit.

Ze moest het niet doen, ze wist dat ze het niet moest doen, maar ze kon het niet laten en sloeg haar armen om het jongetje heen. En toen begon Sean ook te huilen, dus hij werd ook omhelsd, en John kwam er ook bij, en Maria hoorde zichzelf 'natuurlijk' zeggen, natuurlijk mochten ze terugkomen, alleen vandaag, heel eventjes maar.

# Vier

De Coates Academie was niet meer wat hij geweest was. De gevel van het hoofdgebouw was door gevechten zwaar beschadigd geraakt. In het witgekalkte steen zat zo'n groot gat dat je een heel klaslokaal op de eerste verdieping kon zien, een dwarsdoorsnee van de vloer eronder en een rafelige scheur die bijna tot aan de bovenrand van het raam van de benedenverdieping liep. Het glas in de ramen was grotendeels verdwenen. De kinderen hadden hun best gedaan om zich tegen wind en regen te beschermen door met breed plakband plastic zeilen over de gaten te plakken, maar dat was losgeraakt en nu hing zowel plastic als plakband slap naar beneden, af en toe zachtjes wapperend in een licht briesje. Het gebouw zag eruit alsof er een oorlog was gevoerd. En dat was ook zo.

Het terrein was een puinhoop. Het gras, dat vroeger altijd zo keurig gemaaid werd dat het er bijna griezelig onberispelijk bij lag, was nu op sommige plekken omhooggeschoten en op andere juist zo geel als hooi geworden. Er kroop onkruid door het grind van de ronde oprit waar ooit de gezinswagens, suv's en chique sedans van ouders in de rij hadden gestaan.

In grote delen van de school was de riolering kapot en waren de stinkende wc's overgelopen. Met de bijgebouwen, het kunstlokaal en de slaapvertrekken was het minder slecht gesteld, maar Drake wilde per se in het hoofdgebouw blijven wonen. Hij was in het kantoor van de schoolpsycholoog getrokken, waar hij vroeger altijd heen moest voor begeleiding en onderzoeken.

Droom je nog steeds dat je dieren pijn doet, Drake?

Nee Doc, ik droom dat ik jou pijn doe.

Hij had het kantoor omgetoverd tot wapenkamer. Drakes vuurwapens, negen in totaal, van jachtgeweren met telescoopvizieren tot pistolen, lagen uitgestald op een tafel. Ze waren allemaal ongeladen, op twee na, de wapens die hij bij zich droeg. De munitie voor de andere wapens had hij verstopt: Drake vertrouwde niemand. De munitie – waar je in Drakes ogen nooit genoeg van kon hebben – lag achter de plafondtegels in de schachten van de airconditioning.

Drake zat een dvd te kijken op het plasmascherm dat hij had gestolen. Het was *Saw II*. De geluidseffecten waren fantastisch. Drake had het geluid zo hard gezet dat een van de resterende ruiten ervan rammelde. Daarom hoorde hij het eerst ook niet toen Diana zei: 'Hij wil je spreken.'

Drake voelde haar aanwezigheid en draaide zich om. Hij liet zijn tentakelarm knallen, de arm die hem de bijnaam Zweephand had gegeven, en zette het geluid uit. 'Wat moet je?' snauwde hij boos.

'Hij wil je spreken,' herhaalde Diana.

O, wat vond hij die angst in haar ogen geweldig. Stoere Diana, spottende, sarcastische, superieure Diana. Bange Diana. Ze was als de dood voor hem, en voor wat hij met haar zou kunnen doen.

'Wie wil mij spreken?'

'Caine. Hij is wakker.'

'Hij is al wel eerder wakker geweest,' zei Drake.

'Hij is weer bij. Zo goed als. Hij is weer bij en hij wil jou en Worm spreken.'

'O ja? Nou, hij merkt het wel als ik zin heb om naar hem toe te komen.' Hij klapte met zijn zweep en zette het geluid weer aan. 'Ja hoor, nou heb ik het beste stuk gemist. Waar is de afstandsbediening? Ik kan niet terugspoelen zonder de afstandsbediening.'

'Zal ik tegen Caine zeggen dat hij moet wachten?' vroeg Diana onschuldig. 'Geen probleem, hoor. Ik zeg gewoon dat je het te druk hebt om naar hem toe te komen.'

Drake haalde diep adem en keek haar kwaad aan. Langzaam kroop de zweep naar haar toe; het uiteinde trilde verwachtingsvol, zo graag wilde het zich om haar nek wikkelen.

'Toe maar, doe het dan,' zei ze uitdagend. 'Ga je gang, Drake. Neem het maar tegen Caine op, als je durft.'

Zijn koude ogen knepen samen, heel even maar, maar hij wist dat ze het had gezien en dat maakte hem woedend.

Vandaag niet. Nog niet. Pas als Caine met Sam had afgerekend.

Drake rolde zijn zweephand op; hij sloeg hem altijd in lussen om zijn middel. Maar de arm was nooit helemaal stil, dus het leek altijd net of hij werd fijngeknepen door een grijs-roze anaconda, alsof Drake de prooi was.

'Dat zou je wel willen hè, Diana? Dat ik tegen Caine zou vechten. Ik moet je helaas teleurstellen. Ik ben volkomen trouw aan Caine. We zijn broers, hij en ik. Niet zoals hij en Sam, maar meer als bloedbroeders.' Hij gaf haar een knipoog. 'De broederschap van de Duisternis, Diana. Caine en ik zijn allebei bij hem geweest. We hebben allebei oog in oog met hem gestaan.'

Drake wist dat Diana brandde van nieuwsgierigheid naar wat er in die mijnschacht zat, naar het ding waarvan Drake zijn arm had gekregen toen Sam zijn oude arm eraf had gebrand. Maar Drake was niet van plan een tipje van de sluier op te lichten. Hij wilde dat ze onzeker was. Dat ze zich zorgen maakte. 'Op naar de baas.'

Caine zag er stukken beter uit. De onbekende ziekte die hem de afgelopen drie maanden had verteerd en hem in een wereld vol koorts en nachtmerries gevangen had gehouden, leek nu eindelijk uitgeraasd.

Voor Chunk was het al te laat.

Drake glimlachte bij de herinnering. Hij dacht aan hoe Chunk met z'n dikke reet door de lucht was gevlogen, recht tegen een blinde muur op, zo hard dat hij er zelfs doorheen was gegaan. Wat een prachtig gezicht was dat geweest, zeg.

Daarna was er niemand – ook Drake niet – zo gek om nog bij Caine in de buurt te komen. Drake was nu nog steeds op zijn hoede. Alleen Diana was wanhopig genoeg om bij Caine te blijven, zijn bevuilde lakens te verschonen en hem met een lepel soep te voeren.

'Je ziet er goed uit, Caine,' zei Drake.

'Ik zie er beroerd uit,' zei Caine. 'Maar mijn hoofd is helder.'

Drake betwijfelde dat. Hij was zelf maar een paar uur bij de Duisternis geweest en zijn hoofd was nog steeds niet helder, nog lang niet. Soms hoorde hij de stem in zijn hoofd. Hij hoorde hem. En hij wist haast zeker dat Caine hem ook hoorde.

Als je die stem eenmaal hoorde, ging hij nooit meer weg, dacht Drake. Hij vond dat een geruststellend idee.

'Worm, ben je er?' vroeg Caine.

'Ja, hier.'

Drake maakte bijna een sprongetje van schrik. Worm stond nog geen meter bij hem vandaan, niet helemaal onzichtbaar maar ook niet helemaal zichtbaar. Hij was een mutant en kon zich als een kameleon camoufleren. Als je naar Worm keek wanneer hij zijn kracht aanwendde, zou je op zijn hoogst een soort trilling in de omgeving opmerken, een vervorming van het licht.

'Kappen,' gromde Caine.

Worm werd meteen zichtbaar en nu stond er gewoon een kleine gluiperige snotneus. 'Sorry,' zei hij. 'Ik had gewoon... Ik wist niet...'

'Maak je geen zorgen, ik ben niet in de stemming om iemand door een muur te gooien,' zei Caine droog. 'Ik wil dat je iets voor me doet, Worm.'

'Moet ik weer naar Perdido Beach?'

'Nee. Nee, dat verwacht Sam juist,' zei Caine. 'We blijven uit de buurt van Perdido Beach. We hebben de stad niet nodig. Ze mogen de stad hebben. Voorlopig, tenminste.'

'Ja, laat ze maar houden wat wij toch niet kunnen krijgen. Heel nobel van je,' zei Diana spottend.

'Het gaat niet om de grootte van het grondgebied,' zei Caine. 'Het gaat om kracht. Niet om krachtén, Drake, maar om kracht.'

47

Hij legde zijn hand op Worms schouder. 'Worm, jij bent de spil van deze onderneming. Zonder jouw gave zal het niet lukken.'

'Ik weet niet of ik nog meer te weten kan komen in Perdido Beach,' zei Worm.

'Laat Perdido Beach toch zitten. Ik wil de macht over de kracht. De krachtcentrale.' Caine gaf Diana een knipoog en sloeg Drake op zijn schouder. Hij probeerde hen met zijn vertrouwde charmes weer in hem te laten geloven. Maar Drake trapte er niet in. Caine had een zwak lichaam en een gestoorde geest. Hij kwam lang niet zo zelfverzekerd over als vroeger: Caine was slechts een schim van zijn oude zelf. Maar wel een schim die iemand door een muur kon gooien. Drakes zweephand trilde even tegen de onderkant van zijn rug.

'De kerncentrale houdt de stad in leven,' zei Caine. 'Als wij de elektriciteit in handen hebben, geeft Sam ons alles wat we willen.'

'Denk je niet dat Sam dat ook heeft bedacht? En dat hij de kerncentrale waarschijnlijk laat bewaken?' zei Diana.

'Ik weet wel zeker dat er bewakers zijn. Maar ik weet ook zeker dat die Worm niet zullen zien. Dus kruipen maar, kleine Worm. Kruip overal doorheen en vertel me wat je ziet.'

Worm en Diana draaiden zich allebei om en liepen de kamer uit, de een opgetogen, de ander laaiend. Drake bleef staan.

Caine leek verbaasd, misschien zelfs wel een beetje ongerust. 'Wat is er, Drake?'

'Diana,' zei Drake. 'Ik vertrouw haar niet.'

Caine zuchtte. 'Tja, volgens mij mag jij Diana gewoon niet zo.'

'Het gaat er niet om dat ik dat ku…' Hij had op het punt gestaan om het k-woord te zeggen, maar Caines ogen vlamden op en Drake verbeterde zichzelf vlug. 'Het gaat er niet om dat ik haar niet mag. Het gaat om haar en Computer Jack.'

Nu had hij Caines volledige aandacht. 'Waar heb je het over?'

'Jack. Hij heeft nu ook een gave. En dan heb ik het niet over zijn technische kwaliteiten. Worm heeft hem gezien in Perdido Beach. Ze hebben daar toch zo'n graafmachine? Die gastarbeider stond een graf te graven, en die graafmachine viel erin. Worm zegt dat

Jack dat ding eruit haalde. Hij tilde hem gewoon uit dat gat, alsof het een fiets was.'

Caine ging op de rand van zijn bed zitten. Drake had de indruk dat Caine al een tijdje wilde gaan zitten, dat het hem nog steeds heel veel moeite kostte om langer dan een paar minuten achter elkaar te staan.

'Klinkt alsof-ie minstens twee strepen heeft. Misschien wel drie,' zei Caine.

Dat streepjessysteem had Diana bedacht, gebaseerd op de manier waarop het bereik van mobiele telefoons werd aangeduid. Diana's eigen gave was dat ze kon voelen hoe sterk iemands krachten waren.

Drake wist dat er maar van twee mensen bekend was dat ze vier strepen hadden: Sam en Caine. Het vermoeden bestond dat Kleine Pete daar ook bij hoorde, omdat hij had laten zien over fenomenale krachten te beschikken. Maar niemand maakte zich echt zorgen over een debiele kleuter van vijf.

'Precies, Jack heeft misschien wel drie strepen. Maar Diana beweert van niet. Zij zegt dat hij nul strepen had toen zij hem las. En vooruit, misschien komen sommige krachten pas later naar boven, wie weet. Maar van nul naar drie?' Drake haalde zijn schouders op. Hij hoefde het niet verder aan te dikken, want hij wist dat Caine, zelfs een zieke, verzwakte Caine, nu in zijn hoofd één en één bij elkaar optelde.

'We weten nog steeds niet waarom Jack is overgelopen naar Sam,' zei Caine zacht.

'Misschien heeft iemand hem wel opgestookt,' zei Drake.

'Misschien,' zei Caine, die niet wilde toegeven dat dat tot de mogelijkheden behoorde. 'Zorg dat iemand haar in de gaten houdt. Jij niet, ze weet dat jij al op haar let. Maar iemand moet een oogje in het zeil houden.'

Het ergste aan de FAKZ was het eten, vond Duck Zhang. Eerst was het nog één groot feest: chocoladerepen, chips, frisdrank, ijs. Maar na een paar weken was dat allemaal op. Ze hadden er misschien wel langer mee kunnen doen als ze er niet zo slordig mee om waren gegaan – ze hadden het ijs laten smelten, zich volgepropt met koekjes en de rol vervolgens laten liggen op een plek waar de honden erbij konden, en het brood laten verschimmelen. Tegen de tijd dat ze al het snoepgoed en de snacks erdoorheen hadden gejaagd, waren alle vlees- en kipproducten (op spek, worstjes en ham na) en alle groenten (behalve aardappels en uien) over datum of verrot, en daar was niets meer aan te doen. Duck had samen met een groepje boze kinderen al die spullen uit de supermarkt moeten halen en dagenlang rottende sla en stinkend vlees staan scheppen. Maar wat moest je anders, als Sam Temple je recht aankeek, je aanwees en 'jij' zei. Die jongen kon je zo verbranden. En hij was en bleef wel de burgemeester, natuurlijk.

Daarna hadden ze de soep-uit-blik-droge-cornflakes-en-crackers-met-kaas periode gehad.

Op dit moment zou Duck alles overhebben voor een blik soep. Als ontbijt had hij een potje asperges gegeten. Die smaakten naar kots en iedereen wist dat je pis ervan ging stinken.

Maar er zaten ook goede kanten aan de FAKZ. Het fijnste aan de FAKZ, vond Duck Zhang, was het zwembad. Het was niet echt zíjn zwembad, maar dat had het net zo goed wel kunnen zijn, want hij dreef er nu ook weer in. Op een maandagochtend ergens begin maart waarop hij normaal gesproken op school gezeten zou hebben.

Geen school. Alleen maar zwembad. Dat verzachtte de honger een beetje.

Hij zat in groep acht, hij was klein voor zijn leeftijd en had een Aziatisch uiterlijk, ook al woonde zijn familie al sinds de jaren dertig in Amerika. Vroeger waren zijn ouders bang geweest dat hij te dik werd. Nou, hier in de FAKZ was niemand te dik. Niet meer.

Duck was dol op water. Maar niet op de zee. Hij was bang voor de zee. Hij kon de gedachte maar niet van zich afzetten dat er een hele wereld verscholen lag onder de golven, een wereld die hij niet kon zien, terwijl zij hem wél konden zien. En zij, dat waren inktvissen, octopussen, vissen, alen, kwallen en vooral haaien.

Zwembaden daarentegen waren geweldig – daarin kon je helemaal tot op de bodem kijken.

Maar hij had nog nooit een eigen zwembad gehad. Perdido Beach had geen gemeentebad, dus vroeger kon hij alleen zwemmen als hij bij een vriend was met een zwembad in de tuin, of als hij op vakantie was met zijn ouders en ze in een hotel met een zwembad logeerden.

Maar nu de kinderen in Perdido Beach in principe overal mochten gaan wonen en vrij waren om te doen en laten wat ze wilden, had Duck een volmaakt, geheim privézwembad gevonden. Hij wist niet van wie het was geweest, maar diegene had het goed voor elkaar gehad. Het zwembad was groot, had de vorm van een nier en aan één kant was het drie meter diep zodat je kon duiken. Alles was bedekt met prachtige blauwgroene tegels, met een gouden zonnestralenpatroon op de bodem. Nu hij wist hoe hij het chloor moest verversen en de filters moest schoonmaken, was het water glashelder.

Er stond een mooie smeedijzeren tafel met een parasol op het terras en een paar bijzonder comfortabele strandstoelen waar hij op kon liggen als hij zin had. Maar hij wilde niet op de stoelen liggen. Hij lag lekker op een luchtbed in het water. Naast hem dobberde een fles water op zijn eigen luchtbedje. Hij had een stoere Ray-Ban-zonnebril op, had zich licht ingesmeerd met sunblock en was – in één woord – gelukkig. Hongerig, maar gelukkig.

Soms, als Duck zich extra goed voelde, leek het wel of hij het luchtbed niet eens nodig had om te blijven drijven. Soms, als hij echt heel erg gelukkig was, leek het net of zijn rug minder zwaar op het plastic drukte. Alsof hij lichter geworden was of zo. Hij was zelfs een keer wakker geworden uit een fijne droom en toen was hij een meter of wat naar beneden gevallen, het water in. Zo voelde het tenminste, want het hoorde natuurlijk gewoon bij de droom.

Op andere momenten, als hij zich ergens boos om voelde, omdat hij zich een honende opmerking herinnerde bijvoorbeeld, leek hij zwaarder te worden en dan was het net of het luchtbed dieper het water in zakte.

Maar Duck was maar zelden heel erg gelukkig of heel erg boos. Meestal was hij gewoon tevreden.

'Jiiieee-haaa!'

De kreet kwam volslagen onverwacht. Net als de enorme plons die erop volgde.

Duck ging overeind zitten op zijn luchtbed.

Er klotste water over hem heen. Er lag iemand in het water. In zíjn water.

Er sjeesden nog twee jongens naar de rand van het zwembad en er klonken nog twee kreten, gevolgd door nog twee bommetjes.

'Hé!' riep Duck.

Een van de kinderen was een eikel die Zil heette. De andere twee herkende Duck niet direct.

'Hé!' riep hij nog een keer.

'Had je het tegen ons?' vroeg Zil op hoge toon.

'Dit is mijn zwembad,' zei Duck. 'Ik heb het gevonden en ík heb het schoongemaakt. Ga zelf maar een zwembad zoeken.'

Duck was zich ervan bewust dat ze alle drie groter waren dan hij. Maar hij was boos genoeg om zich dapper te voelen. Het luchtbed onder hem begon te zinken en hij vroeg zich af of een van de jongens het lek had geprikt.

'Ik meen het, hoor,' schreeuwde Duck. 'Rot een eind op.'

'Hij meent het,' zei een van de jongens spottend.

Opeens dook Zil naast hem omhoog en greep Duck in zijn nek. Duck werd onder water getrokken, hij hapte naar adem, verslikte zich en kreeg water in zijn neus.

Hij kwam met moeite weer boven en spartelde met zijn armen om te blijven drijven, maar die waren plotseling zo zwaar als lood.

De jongens grepen hem weer beet – ze stoeiden vooral en probeerden hem niet echt pijn te doen, maar hij werd wel weer onder water geduwd. Dit keer kwam hij helemaal tot aan de bodem van het zwembad en hij moest met zijn benen trappen om naar de oppervlakte te komen en lucht te kunnen happen. Hij greep het luchtbed vast, maar een van de jongens trok het met een luid ge-giechel weg.

Plotseling werd Duck woedend. Er was maar één fijn ding in zijn leven, dit zwembad, dat was het enige fijne, en nu werd dat zomaar verpest.

'Ga eruit!' schreeuwde hij, maar het laatste woord klonk als blub-blub-blub en hij zonk als een baksteen.

Wat was er aan de hand? Opeens kon hij niet meer zwemmen. Hij lag op de bodem van het zwembad, in het diepe gedeelte, met drie meter water boven zich. Hij trapte tegen de tegels en pro-beerde weer omhoog te schieten, maar de tegels barstten onder zijn voeten; er dwarrelden brokstukjes door het water.

Nu sloeg de paniek toe. Wat deden ze met hem?

Hij trapte nog een keer, met twee voeten, zo hard als hij kon. Maar in plaats van dat hij naar de oppervlakte dreef, doorboorden zijn voeten de tegels. Hij ging helemaal niet omhoog, integendeel, hij zonk nog steeds. Zijn voeten zakten door de tegels, schraapten door ruwe specie en brokkelend beton, verdwenen in de modder daaronder.

Dat was onmogelijk.

Onmógelijk.

Duck Zhang zakte door de bodem van het zwembad. Door de grond onder de bodem van het zwembad. Alsof hij in drijfzand stond.

Tot zijn knieën.

Tot zijn dijen.

Tot zijn middel.

Hij sloeg wild om zich heen, maar daardoor zakte hij alleen nog maar sneller.

De afgebroken tegels krasten langs zijn zij. Modder glibberde zijn zwembroek in.

Zijn longen brandden. Zijn blik werd wazig, zijn hoofd bonsde, en toch bleef hij maar door de compacte aarde vallen, alsof de grond zelf uit niets dan water bestond.

Toen de tegels tot zijn borst kwamen, spreidde hij zijn armen om te

53

voorkomen dat hij verder zou vallen, maar zijn armen ploegden dwars door de tegels en het beton daaronder en de grond dááronder, en dat wervelde allemaal rond zijn hoofd in een troebele, modderige wolk.

Het water uit het zwembad stroomde van bovenaf achter hem aan en perste zich in zijn mond en neus. Hij was een stop die vastzat in een afvoer.

De wereld van Duck Zhang tolde om hem heen. Hij zag vreemde flitsen van trappelende voeten boven hem, fonkelend zonlicht, en toen werd zijn blikveld steeds kleiner, steeds smaller, tot de duisternis het licht verdrong.

Eerst was het nog grappig geweest. Zil Sperry vond het leuk om Duffe Zhang te overvallen: Hank, Antoine en hij waren stiekem om het huis geslopen terwijl ze elkaar af en toe een speelse duw gaven en hun gegiechel probeerden te onderdrukken.

Hank had Ducks geheime zwembad ontdekt. Hank was een geboren spion. Maar het was Zils idee geweest om te wachten tot Duck het helemaal had schoongemaakt, het chloor had ververst en de filter weer aan de praat had gekregen.

'We laten hem eerst al het werk doen,' had Zil betoogd. 'En dan pakken we het van hem af.'

Antoine en Hank waren toffe gasten, peinsde Zil, maar als er serieus denkwerk moest worden verricht of plannen moesten worden gesmeed, dan stond hij er alleen voor.

Ze hadden hem totaal verrast. Duck had vast in zijn broek gezeken. Stomme duffe Duck. Wat een huilebalk.

Maar toen was het helemaal misgegaan. Duck was als een baksteen gezonken. Steeds dieper. En plotseling was het met zonlicht bespikkelde water veranderd in een angstaanjagend sterke draaikolk. Hank had op de traptreden gestaan en kon nog net uit het zwembad springen. Maar Antoine zwom met Zil in het diepe toen Duck de stop eruit trok.

Zil had ternauwernood het uiteinde van de duikplank kunnen vastgrijpen. Het water zoog hem omlaag, trok zijn zwembroek bijna uit. Zijn grabbelende vingertoppen konden zich met moeite aan het schuurpapieren oppervlak van de plank vasthouden.

Antoine was weggespoeld en meegesleurd in de draaikolk. Door de kracht van het water was hij tegen het chromen trapje geslagen, en vervolgens had hij een van zijn dikke benen tussen het trapje en de wand van het zwembad kunnen wurmen. Hij had mazzel dat hij zijn enkel niet had gebroken.

Hank trok Zil veilig op het droge. Samen hielpen ze Antoine, die moeizaam omhoog klauterde en als een gestrande walvis op de kant in elkaar zakte.

'Gast, we waren bijna verdronken,' hijgde Antoine zwakjes.

'Wat gebeurde er?' vroeg Hank. 'Ik kon het niet goed zien.'

'Duck, jongen,' zei Zil met bibberende stem. 'Hij zonk gewoon door het water – hij bleef maar zakken, zeg maar.'

'Ik werd bijna meegezogen,' zei Antoine, nog net niet in tranen.

'Je werd bijna doorgespoeld, kun je beter zeggen,' zei Hank. 'Je was net een dikke roze drol die door de plee ging.'

Zil kon er niet om lachen. Hij was vernederd. Hij was voor schut gezet. Hij had zich uit alle macht doodsbang moeten vastklampen. Hij draaide zijn handpalmen naar boven en keek naar zijn geschaafde, ruwe vingertoppen. Ze brandden.

Hij zag voor zich hoe hij aan die duikplank had gebungeld, met zijn zwembroek halverwege zijn kont, terwijl het water hem omlaag probeerde te trekken.

Er was niets grappigs aan.

Zil zou niet toestaan dat er iets grappigs aan zou zijn.

'Waar lachen jullie om?' vroeg hij boos.

'Het was best wel...' begon Antoine.

Zil onderbrak hem. 'Het is een freak. Duck Zhang is een gemuteerde freak die geprobeerd heeft ons te vermoorden.'

Hank keek hem scherp aan en aarzelde heel even, maar nam toen Zils woorden over. 'Ja. Die freak wilde ons vermoorden.'

'Dit is echt niet oké,' beaamde Antoine. Hij ging overeind zitten en sloeg zijn handen om zijn gekneusde enkel. 'Hoe konden wij nou weten dat hij een gemuteerde freak was? We zaten gewoon een beetje te dollen. Het lijkt wel alsof we ons nu de hele tijd bij alles wat we doen zorgen moeten maken of iemand normaal is of een of andere freak.'

Zil stond op en keek het lege zwembad in. Het gat op de bodem had een kartelrand van gebroken tegeltanden. Een gapende muil die Duck had verzwolgen en die Zil ook bijna te pakken had gekregen. Of hij nou leefde of dood was, Duck had Zil voor schut gezet. En iémand zou daarvoor boeten.

# Vijf
## 104 uur, 5 minuten

'Kogels zijn snel. Daarom worden ze gebruikt,' zei Computer Jack minachtend. 'Als ze langzaam gingen, had je er niks aan.'

'Ik ben ook snel,' zei Brianna. 'Daarom ben ik de Wind.' Ze hield haar hand boven haar ogen tegen de zon en tuurde naar het beoogde doel, een TE KOOP-bord aan de rand van een stuk bouwgrond op de heuvelhelling.

Jack haalde zijn zakcomputer tevoorschijn en drukte een paar toetsen in. 'De langzaamste kogel gaat 330 meter per seconde. Ik heb een boek gevonden waar allerlei van dat soort nutteloze feiten in staan. O, wat mis ik Google.' Hij leek echt even geëmotioneerd. Zijn stem stokte bij het woord 'Google'.

Brianna lachte stilletjes. Computer Jack was gewoon zo ontzettend Computer Jackerig. Maar hij bleef schattig, op zijn eigen opgelaten, onaangepaste, twaalf-jaar-en-nog-maar-net-in-de-puberteit-, baard-in-de-keel-achtige manier.

'Maar goed, er gaan dus 3600 seconden in een uur. Dat is bijna 1,2 miljoen meter per uur, oftewel 1200 kilometer per uur. Da's ongeveer net zo snel als het geluid. Er zijn ook kogels die sneller gaan.'

'Ik durf te wedden dat ik dat kan,' zei Brianna. 'Ja, dat kan ik echt wel.'

'Ik wil niet schieten met dat pistool,' zei Jack met een twijfelachtige blik op het pistool in haar hand.

'Ah, toe nou, Jack. We staan aan de overkant van de snelweg en we richten op de heuvels. Wat kan er nou helemaal gebeuren? Je schiet hooguit een stekelleguaan neer, nou en?'

'Ik heb nog nooit geschoten,' zei Jack.

'Elke sukkel kan schieten,' stelde Brianna hem gerust, hoewel ze zelf ook nog nooit een wapen had afgevuurd. 'Maar het zal wel een terugslag geven, dus je moet het goed vastpakken.'

'Maak je daar maar geen zorgen over. Ik heb een stevige hand.'

Het duurde even voor Brianna doorhad dat hij dat ironisch bedoelde. Ze had iemand wel eens horen zeggen dat Jack ook een gave had. Dat hij verschrikkelijk sterk was.

Hij zag er niet sterk uit. Hij zag eruit als een sulletje. Hij had warrig blond haar en een scheve bril. En het leek altijd alsof hij niet echt door die bril keek, maar alleen zijn eigen spiegelbeeld zag in de glazen.

'Goed. Ga maar klaarstaan,' droeg Brianna hem op. 'Je houdt het pistool stevig vast en je richt op dat bord. Laten we eerst...'

Het pistool ging af voor ze kon uitpraten. Een ongelooflijk harde knal, een wolk blauwe rook en een opvallend prettige geur.

'Ik wou dus zeggen: laten we eerst een keer schieten om het uit te proberen,' zei Brianna.

'Sorry. Ik duwde per ongeluk een beetje tegen de trekker.'

'Ja, ja. Een beetje. Richt het nou maar gewoon. Op dat bord daar, niet op mij.'

Jack hief het pistool. 'Moet ik aftellen?'

'Ja.'

'Op nul?'

'Op nul.'

'Klaar?'

Brianna duwde haar gympen in de grond en bukte zich, met één arm gebogen voor zich en de andere achter zich, alsof ze tijdens het rennen versteend was.

'Klaar.'

'Drie. Twee. Eén.'

Brianna sprong weg, een fractie van een seconde voor Jack de trekker overhaalde. Meteen besefte ze dat ze een fout had gemaakt: de kogel was achter haar, achtervolgde haar.

Het was toch een stuk fijner om achter de kogel aan te gaan dan om de kogel achter jou aan te krijgen.

Brianna vloog. Ze vloog bijna letterlijk. Als ze haar armen zou spreiden en een windvlaag in haar rug kreeg zou ze minstens vijftien meter vliegen, want ze rende sneller – een heel stuk sneller – dan een vliegtuig dat over de startbaan scheurt om op te stijgen.

Ze rende raar – net als alle hardlopers bewoog ze haar armen op en neer, maar bij elke beweging draaide ze haar handpalmen naar achteren. Bij bijna alle mutanten van de FAKZ liepen hun krachten via hun handen.

De lucht gierde langs haar oren. Haar korte haar waaide strak naar achteren. Haar wangen trilden, haar ogen traanden. Ze hapte naar adem, maar dat viel niet mee met deze orkaansnelheden.

Haar omgeving werd een kleurige streep; voorwerpen schoten zo snel voorbij dat haar hersenen ze niet konden verwerken. Lichtflitsen zonder duidelijke vorm.

Ze wist uit ervaring dat ze haar voeten straks in ijs zou moeten leggen om de zwelling tegen te gaan. Ze had expres al twee pijnstillers geslikt van tevoren.

Ze was snel. Onmogelijk snel.

Maar ze was niet sneller dan een kogel.

Ze waagde een blik over haar schouder.

De kogel kwam dichterbij. Ze zag hem: een wazig, grijs vlekje dat in een spiraalbeweging achter haar aan kwam.

Brianna dook naar rechts, een halve pas maar.

De kogel zoefde loom voorbij.

Brianna sprintte erachteraan, maar hij sloeg al in de grond – nog niet eens in de búúrt van het bord – toen ze er nog een meter of vier vandaan was.

Ze remde onmiddellijk af en gebruikte de helling om langzaam tot stilstand te komen.

Jack stond driehonderd meter verderop. De hele race was in een seconde gelopen, hoewel het voor Brianna's gevoel veel langer had geduurd.

'Is het gelukt?' riep Jack.

Ze liep op wat zij tegenwoordig een sukkeldrafje vond – hooguit honderdtwintig, misschien honderdvijftig kilometer per uur – naar hem toe en lachte.

'Echt wel,' zei ze.

'Ik heb je niet eens gezien. Je was hier. En toen was je daar.'

'Daarom heet ik de Wind,' zei Brianna met een opgewekte knipoog. Maar toen herinnerde haar maag haar eraan dat ze zojuist alle calorieën van vandaag had verbrand. Hij rammelde zo hard dat ze zeker wist dat Jack het ook kon horen.

'Je weet natuurlijk wel dat "wind" ook gedefinieerd kan worden als een licht briesje, hè?' zei Jack betweterig.

'En jij weet natuurlijk wel dat ik je acht keer kan slaan voor je ook maar met je ogen kunt knipperen, hè?'

Jack knipperde met zijn ogen.

Brianna glimlachte.

'Hier,' zei Jack behoedzaam. Hij gaf haar het pistool aan, met de kolf naar voren. 'Pak aan.'

Ze propte het in de rugzak aan haar voeten. Vervolgens pakte ze een blikopener en het blik pizzasaus dat ze had bewaard uit haar tas, draaide het blik open en dronk de kruidige drab op die erin zat.

'Hier.' Ze gaf het blik aan Jack. 'Er zit nog een beetje in.'

Hij zei niets maar hield het blik ondersteboven en wachtte geduldig tot er nog een laatste klodder rode saus zijn mond in gleed. Toen likte hij de binnenkant van het blik schoon en lepelde met zijn wijsvinger de laatste restjes op waar hij met zijn tong niet bij kon.

'En, Jack, vertel eens. Was er niet ooit sprake van dat jij de telefoons weer aan de praat zou krijgen?'

Jack aarzelde, alsof hij niet zeker wist of hij het wel moest vertellen. 'Ze doen het weer. Zodra Sam me een seintje geeft dat ik ze aan mag zetten, in elk geval.'

Brianna staarde hem aan. 'Hè?'

'Het was eigenlijk heel makkelijk op te lossen. We hebben drie zendmasten, een hier in Perdido Beach, eentje langs de snelweg, en nog een op de heuvelrug. Er is een computer die de nummers controleert om te kijken of de rekening wel betaald is en dat soort dingen, om het nummer goed te keuren, zeg maar. Die computer bevindt zich dus niet in de toren, maar buiten de FAKZ. Ik heb het programma zo aangepast dat alle nummers worden goedgekeurd.'

'Kan ik mijn moeder bellen?' vroeg Brianna. Ze wist wel wat het antwoord was, maar de vraag was er al uit voor ze de oplaaiende hoop had kunnen vermorzelen.

Jack keek haar verbaasd aan. 'Nee, natuurlijk niet. Dat zou betekenen dat je door de FAKZ-muur heen zou kunnen.'

'O.' Ze voelde een scherpe steek van teleurstelling. Net als de meeste andere kinderen in de FAKZ had Brianna geleerd om met het verlies van ouders, grootouders en oudere broers en zussen om te gaan. Maar de hoop om echt met ze te kunnen praten...

Brianna miste haar moeder het meest. Er zat een groot leeftijdsverschil tussen Brianna en haar kleine zusjes. Haar vader was na de scheiding uit haar leven verdwenen. Haar moeder was hertrouwd – met een eikel – en had toen met hem de tweeling gekregen. Brianna vond de tweeling verder best lief, maar die kinderen waren acht jaar jonger dan zij, dus ze kon niet echt leuke dingen met ze doen of zo.

Brianna's stiefvader had erop gestaan dat ze naar Coates ging. Zijn excuus was dat haar cijfers achteruit gingen. Wat een doorzichtige smoes. Er hadden heel veel kinderen moeite met wiskunde en die werden ook niet allemaal hupsakee naar Coates gestuurd.

Brianna had haar moeder bewerkt en die was tegen haar stiefvader in verzet gekomen. Dit zou haar laatste jaar worden op Coates. Volgend jaar ging ze weer terug naar de Nicolet School in Banning. Waar ze thuishoorde. Niet dat er op Nicolet helemaal geen vervelende kinderen zaten, maar in elk geval geen Caines, geen Benno's, geen Diana's en zeker geen Drakes.

Op Nicolet had nog nooit iemand haar handen in een blok beton gegoten om haar vervolgens te laten verhongeren.

En het zou bovendien ontzettend cool zijn om al haar oude vrienden versteld te doen staan met haar nieuwe gave. De ogen zouden uit hun kassen puilen. Hun hoofden zouden ontploffen. Ze kon in haar eentje het hele hardloopteam vormen.

'Er zijn geen satellieten om verbinding mee te leggen,' vertelde Jack verder op dat pedante toontje van hem. Hij was op een bepaalde manier echt best schattig. En ze vond hem op een bepaalde manier ook interessant. Maar vooral schattig, omdat hij zo vreselijk onbeholpen was en ondertussen zo angstaanjagend slim. Hij was haar zelfs al eerder opgevallen, toen Coates gewoon nog een treurige rotplek was en Jack er in de buitenste kringen van Caines kliek maar zo'n beetje bij hing.

'Waarom heeft Sam dat nog helemaal niet verteld?' vroeg Brianna. 'Waarom staat het systeem nog steeds uit?'

'Als we het weer aanzetten, kunnen de Coatesleerlingen het ook gebruiken, tenzij we de zendmast op de heuvelrug buiten werking stellen. Of ik moet een manier vinden om het hele autorisatieprogramma te vervangen zodat alleen bepaalde nummers goedgekeurd worden. En dat zou een behoorlijke programmeerklus worden omdat ik dan helemaal van voren af aan zou moeten beginnen.'

'O.' Brianna keek hem met samengeknepen ogen aan. 'Nou, we zouden natuurlijk niet iets willen doen waar Caine en Drake en die heks van een Diana ook bij gebaat zijn. Of wel soms?'

Jack haalde zijn schouders op. 'Tja, voor Drake was ik bang. Iedereen is bang voor Drake, laten we wel wezen. Maar Caine en Diana zijn altijd aardig tegen me geweest.'

Brianna vond dat antwoord maar niets. De zogenaamd geïnteresseerde glimlach die ze voor hem had opgezet verdween als sneeuw voor de zon. Ze stak haar handen omhoog. De littekens van Drakes wrede 'metselwerk' waren verdwenen, maar de herinnering aan die mishandeling en de gruwelijke verhongering die erop volgde, vooral nu dat gevoel weer terug was, was nog vers. 'Tegen mij waren ze niet zo aardig.'

'Dat is waar,' gaf Jack toe. Hij sloeg zijn ogen neer. 'Maar toch. Ik bedoel: ze hebben allemaal – Sam en Astrid en zo – gevraagd of ik wilde kijken hoe het moest, met de telefoons bedoel ik, en dat heb ik gedaan. Ik wilde... Ik bedoel... ik heb het gedaan, zeg maar. Ik heb het gedáán. Ze werken weer. Dus ik vind dat we het systeem weer moeten aanzetten.'

Brianna's uitdrukking verstrakte. 'Nee. Niet als de Coatesleerlingen er ook profijt van hebben. Ik wil niet dat hun levens er ook maar een greintje makkelijker op worden. Ik wil dat ze lijden. Ik wil dat ze op alle mogelijke manieren lijden. En dan wil ik dat ze doodgaan.'

Ze zag de schrik in de ogen achter die scheve bril. Jack was al net als de meeste andere mensen, dacht Brianna licht verbitterd bij zichzelf: hij nam haar niet serieus. Natuurlijk straalde ze altijd iets cools uit – ze was wel de Wind, tenslotte. Ze was een superheldin, dus ze was haast verplicht om ook zo over te komen. Maar ze was ook Brianna. Een gewoon meisje.

'O, was dat te hard?' vroeg ze, en ze liet expres haar irritatie doorschemeren in haar stem.

'Een beetje,' zei Jack.

'O ja? Nou, bedankt voor de hulp. Doei,' zei Brianna. En voor hij nog meer stomme dingen kon zeggen, was ze weg.


Duck werd wakker.

Hij was helemaal gedesoriënteerd. Hij lag plat op zijn rug. Hij was nat en hij had alleen een zwembroek aan. Het was donker.

Hij had het koud. Zijn vingertoppen waren gevoelloos. Hij trilde.

Hij voelde iets hards en scherps tussen zijn schouderbladen en verschoof een beetje zodat het minder pijn zou doen. Hij keek verbijsterd om zich heen. Er kwam een flauw lichtschijnsel van boven. Zonnestralen die zwakjes tegen de wanden van een lange buis naar beneden weerkaatsten.

Duck probeerde logisch na te denken. Hij wist alles nog: hoe hij naar de bodem van het zwembad was gezonken, en toen dóór de bodem van het zwembad was gezonken. Hij wist nog dat hij stikte in het water en dat zijn longen brandden. Er zaten krassen op zijn zij en op de onderkant van zijn armen.

En nu lag hij hier, in een gat. Een diep gat. Op de bodem van een modderige schacht die hij op de een of andere manier zelf had gecreëerd door in de aarde te vallen.

Door in de áárde te vallen?

Hij had geen flauw idee hoe diep hij onder de grond lag. Maar aan het licht in de verte te zien lag hij minstens zes meter diep. Zes meter. Onder de grond.

Zijn hart kneep samen van angst. Hij was levend begraven. Hij zou nooit door die smalle schacht vol aarde terug naar boven kunnen klimmen.

Nooit.

'Help!' riep hij. Hij hoorde een vage echo.

Duck besefte dat hij zich niet in een afgesloten ruimte bevond. Er was zuurstof. En de ondergrond was te hard en te ruw om aarde te kunnen zijn. Hij ging op zijn knieën zitten en stond toen langzaam op. Een paar centimeter boven zijn hoofd zat een plafond. Hij strekte zijn armen opzij en voelde links een muur, en rechts niets.

'Het is een pijp,' zei Duck tegen de duisternis. 'Of een tunnel.'

Het was naar beide kanten aardedonker.

'Of een grot.'

'Wat is er gebeurd?' vroeg Duck aan de grot. Zijn tanden klapperden van de kou. En van de angst. Er klonk weer een zwakke echo, maar geen antwoord.

Hij keek op naar het licht en gilde nog een paar keer: 'Help! Help!' Maar de kans dat iemand hem zou horen was nihil. Tenzij Zil en de jongens die hem hadden lastiggevallen hulp waren gaan halen, natuurlijk. Dat zou toch kunnen? Ze zouden toch wel hulp gaan halen, ook al waren het eikels? Ze zouden hem hier niet zomaar laten liggen.

En toch zag hij geen bezorgde gezichten van bovenaf op hem neerkijken.

'Kom op, Duck. Denk na.'

Hij was in een tunnel, of iets dergelijks, diep onder de grond. De bodem was nat en modderig. Maar de tunnel voelde verder niet erg vochtig, dus het was waarschijnlijk geen rioolbuis. En hij was zelf ook een stuk minder modderig dan hij zou moeten zijn.

'Ik ben door de grond gevallen. Daarna ben ik zo goed als verdronken, flauwgevallen en toen ben ik hier tot stilstand gekomen. Het water is langs me heen gestroomd en heeft me grotendeels schoongespoeld.'

Hij was al blij dat hij dat had uitgepuzzeld.

Voorzichtig zette hij een paar stappen de tunnel in, met zijn handen voor zich uit gestrekt. Hij was bang. Banger dan hij in zijn hele leven ooit was geweest. Zelfs nog banger dan op de dag waarop de FAKZ was begonnen, of op de dag van het grote gevecht, toen hij zich met een zaklamp en een paar stripboeken in een kast had verstopt.

Nu zat hij hier beneden, helemaal alleen. Zonder Iron Man. Zonder Sandman. Zonder de Dark Knight.

En het was koud.

Duck hoorde het geluid van zijn eigen gesnik en besefte vol afschuw dat hij aan het huilen was. Hij probeerde ermee op te houden. Dat viel niet mee. Hij wílde huilen. Hij wilde huilen om zijn moeder en vader en oma en tantes en ooms en zelfs om zijn vervelende broer en om de hele, hele, héle wereld die was verdwenen en hem in dit graf in de steek had gelaten.

'Help! Help!' huilde hij, en weer kwam er geen antwoord.

Hij had twee opties, allebei even duister: de donkere tunnel die zich naar links uitstrekte, en de donkere tunnel die zich naar rechts uitstrekte. Hij voelde een heel licht, bijna onmerkbaar zuchtje wind over zijn gezicht strijken. Het leek van links te komen.

Naar de zuurstof toe. Niet ervandaan.

Heel voorzichtig begon Duck door de tunnel te lopen, met zijn handen als een blinde voor zich uit gestoken.

Het was zo donker dat hij zijn hand niet kon zien als hij hem voor zijn neus hield. Geen licht. Nog geen sprankje.

Algauw merkte hij dat het makkelijker ging als hij met één hand de wand volgde. Het was een rotsachtig oppervlak, ruw en vol putjes, maar de bobbels en uitsteeksels voelden afgesleten. De grond onder zijn voeten was oneffen, maar niet onbegaanbaar.

'Deze grot moet ergens heen leiden,' zei Duck tegen zichzelf. Het geluid van zijn eigen stem werkte geruststellend. Het was echt. Het was bekend.

'Ik hoop maar dat het een tunnel is. Een tunnel maak je niet voor niets.' En vervolgens, na een tijdje: 'Een tunnel moet in elk geval ergens heen leiden.'

Hij probeerde te bedenken welke richting hij uit ging. Ging hij naar het noorden, het zuiden, het oosten, het westen? Nou, hopelijk niet te ver naar het westen in elk geval, want dan zou hij bij de zee uitkomen.

Hij liep, begon af en toe weer te huilen en liep dan nog wat verder. Hij kon niet zeggen hoe lang hij al beneden was. Hij had geen idee hoe laat het was. Maar hij besefte al snel dat de plek waar hij naar beneden was gevallen in vergelijking met deze gang steeds gezelliger werd. Daar was ook niet veel licht geweest, maar toch in elk geval nog een beetje. En hier was helemaal geen licht.

'Ik wil hier niet doodgaan,' zei hij, en hij had er meteen spijt van dat hij die gedachte hardop had uitgesproken. Door het te zeggen werd het echt.

Op dat moment stootte hij zijn hoofd tegen iets wat daar niet hoorde te zijn, en hard ook.

Duck vloekte en voelde met zijn hand aan zijn voorhoofd of hij bloedde, maar toen besefte hij dat zijn voeten de grond in zakten. 'Nee!' jammerde hij.

Hij zakte niet verder. Hij zat tot aan zijn knieën in de grond. Maar daar was hij gestopt. Hij was niet verder gezakt. Heel voorzichtig, heel behoedzaam trok hij zijn benen uit de samengepakte aarde.

'Wat gebeurt er met me?' wilde hij weten. 'Waarom...' Maar op dat moment drong het antwoord tot hem door. Hij wist het en hij kon niet geloven dat hij daar niet eerder op gekomen was.

'O jemig, ik ben een freak.'

'Ik ben een muf!'

'Ik ben een muf met een supersneue gave.'

Hij wist niet precies wat zijn mutantenkracht was. Blijkbaar kon hij recht door de grond zakken. En dat sloeg nergens op. Bovendien had hij nog nooit geprobeerd om zoiets te doen. Hij had zeker weten nog nooit: 'Zakken!' gezegd.

Hij liep weer verder, waarbij hij goed oppaste voor zijn hoofd, en probeerde na te gaan wat er was gebeurd. Beide keren dat hij was gezakt was hij boos geweest, dat was de eerste aanwijzing. Hij had de verhalen gehoord over Sam, die pas ontdekt had wat hij kon toen hij heel bang of heel boos werd.

Maar Duck was nu al best een tijd bang. Hij was al bang sinds het begin van de FAKZ. Pas als hij boos werd, gebeurde het opeens.

Het. Wat het ook was.

'Als ik boos genoeg word, zak ik misschien wel helemaal door de aarde. Kom ik er in China weer uit. Kan ik mijn betovergrootouders zien.'

Hij sloop nog een stukje verder, naar een zacht schijnsel.

'Licht?' zei hij. 'Is dat echt licht?'

Het was in elk geval geen helder licht. Het was geen gloeilamp. En ook geen zaklamp. Het was zelfs geen ster. Het was meer een soort minder duistere duisternis. Wazig. Zo ver weg dat hij geen flauw idee had wat het zou kunnen zijn.

Duck was ervan overtuigd dat hij hallucineerde. Hij wilde graag licht zien, maar hij vreesde dat het niet echt was. Hij vreesde dat hij het zich maar verbeeldde.

Maar toen hij dichterbij kwam, leek het steeds minder waarschijnlijk dat het een waanvoorstelling was. Er hing echt een soort gloed. Als de lichtgevende wijzerplaat van een klok; een bleek, koud, ongezond uitziend licht.

Zelfs nu Duck vlak bij de gloed was, had hij niet genoeg licht om zijn omgeving goed te kunnen zien, op de contouren van de rotsen hier en daar na. Pas toen hij was blijven staan en een tijd ingespannen met samengeknepen ogen voor zich uit had gestaard, kon hij zien dat de gloed vooral over de grond liep. En dat hij uit een zijtunnel van de hoofdgrot kwam. Het was een smalle schacht, veel nauwer dan de hoofdgrot, die, zo leek het tenminste, langzaamaan breder was geworden.

Als hij deze nieuwe schacht in ging, kon hij in elk geval weer wat zien. Niet veel, maar een beetje. Als bewijs dat hij niet blind was.

Maar een stemmetje in zijn achterhoofd riep heel hard: 'Nee!' Zijn intuïtie zei dat hij moest vluchten.

'Daar is licht. Dat moet toch ergens heen leiden,' probeerde Duck zichzelf te overtuigen.

Maar ook al was Duck nooit een erg oplettende leerling geweest en had hij maar weinig wetenschappelijke kennis paraat, hij was wel een groot fan van *The Simpsons*. Hij had deze gloed al eerder gezien, of in elk geval een getekende versie daarvan. En die kwam in meerdere stripverhalen voor.

'Het is straling,' zei hij.

Dit klopte niet, besefte hij opeens vol oprechte verontwaardiging. Iedereen zei dat alle straling was verdwenen na het grote ongeluk met de kerncentrale dertien jaar geleden, toen de meteoriet was ingeslagen. Maar waar zou die gloed anders door veroorzaakt moeten worden? Blijkbaar was het spul de ondergrondse kieren en spleten in gesijpeld.

Ze hadden gelogen. Of misschien hadden ze er gewoon niet bij stilgestaan.

'Geen goed idee om die kant op te gaan,' zei hij tegen zichzelf.

'Maar het is alleen maar licht,' jammerde hij, en hij begon te huilen van frustratie omdat hij geen andere keus leek te hebben dan het pikkedonker weer in te gaan.

En toen hoorde Duck iets.

Hij verstarde. Hij spitste zijn oren.

Een vaag, ruisend geluid. Heel zacht.

Een lange stilte. En toen was het er weer. Swoesj. Swoesj.

Hij had het nog niet eerder gehoord doordat hij zich zo op de gloed had geconcentreerd. Het was een geluid dat hij kende. Water. En het kwam, gelukkig, niet uit de radioactieve schacht.

Duck haatte de zee. Maar alles bij elkaar haatte hij deze grot nog net iets meer.

Hij liet de gloed achter zich en sloop, voorzichtig voor zich uit tastend, bang om nog een keer zijn hoofd te stoten, verder door het pikkedonker.

# Zes
**96 uur, 22 minuten**

'Luister eens, Albert, ik wil niet horen dat we een probleem hebben waar ik niets aan kan doen,' zei Sam bijna grommend. Hij beende in een stevig tempo van het stadhuis naar de kerk ernaast. Albert en Astrid liepen met hem mee en deden hun best om hem bij te houden.

De zon zakte weg in de oceaan. De laatste stralen wierpen een lang rood uitroepteken over het water. Er dreef een bootje op, een van de kleine motorbootjes. Sam zuchtte. Straks donderde er natuurlijk weer een kind in zee.

Plotseling bleef Sam staan, waardoor Albert en Astrid tegen elkaar op botsten. 'Sorry. Het was niet de bedoeling om zo boos te klinken. Ik ben wel boos, maar niet op jou, Albert. Maar ik moet zo wél tegen iedereen zeggen wat ze moeten doen, en het spijt me zeer, maar monsterwormen maken het er niet makkelijker op.'

'Stel het dan nog een paar dagen uit,' zei Albert kalm.

'Uitstellen? Albert, jij was degene die al weken, nee, máánden geleden zei dat we iedereen aan het werk moesten zetten.'

'Ik heb nooit gezegd dat we ze aan het werk moesten zetten,' protesteerde Albert. 'Ik zei dat we een manier moesten verzinnen om ze te betalen, zodat ze uit zichzelf zouden gaan werken.'

Sam was niet in de stemming. Absoluut niet. Iedereen vond het erg als er iemand doodging, maar voor hem voelde het alsof hij persoonlijk tekort was geschoten. Híj had de leiding gekregen, en dat betekende dat het zijn schuld was als er iets misging. Hij was verantwoordelijk geweest voor E.Z., want die stond onder zíjn bescherming. En nu was E.Z. een berg as.

Sam ademde diep in. Hij wierp een sombere blik op het kerkhof op het plein. Drie maanden geleden was Sam officieel tot burgemeester gekozen en in die tijd waren er al drie graven bij gekomen. E.Z. zou geen graf krijgen, alleen een gedenkteken. Als het zo doorging, was het plein binnenkort vol.

De deur van de kerk stond open. Altijd. Dat kwam doordat de deur en een groot gedeelte van het dak zwaar beschadigd waren geraakt tijdens het grote Thanksgiving-gevecht. De brede houten deuren waren weggeblazen. De zijkanten van de ingang waren wankel en werden overeind gehouden door een stenen plaat langs de bovenkant, waardoor het geheel eruitzag als een scheve Stonehenge-monoliet.

Het had niet veel gescheeld of Caine had de hele kerk in elkaar laten storten, maar het gebouw was sterk en driekwart ervan stond nog altijd overeind. Een deel van de troep, maar niet veel, was opgeruimd, hoewel het eigenlijk alleen maar de zijstraat in was gesleept. Net als zo veel andere ambitieuze projecten waren de werkzaamheden stil komen te liggen toen de kinderen het bijltje erbij neer hadden gegooid en niet meer overgehaald konden worden om nog verder te gaan.

Sam ging rechtstreeks naar de voorkant van de kerk en liep de drie lage treden op naar wat hij in gedachten nog steeds het podium noemde, ook al had Astrid geduldig uitgelegd dat het eigenlijk het koor heette. Het grote kruis was niet meer op de juiste plek teruggehangen en stond nu ergens in een hoek. Als je goed keek, kon je nog steeds de bloedvlekken zien op de plekken waar het ooit de schouder van Cookie had verbrijzeld.

Pas toen hij zich omdraaide, besefte Sam hoe leeg de kerk was. Er zouden bijna tweehonderdvijftig kinderen moeten zijn, de crèche en de mensen die op diverse plekken de wacht hielden niet meegerekend. Maar er waren nu hooguit tachtig aanwezigen, en de helft daarvan was zo jong dat Sam wist dat ze daar gedumpt waren door hun oudere broers of zussen, die zo een gratis oppas hadden geregeld.

Astrid en Albert gingen op de voorste bank zitten. Kleine Pete was op de crèche. Nu Moeder Maria meer hulp had bij de opvang kon Astrid Pete daar af en toe alleen laten, maar nooit heel lang. Zolang Pete verdiept was in zijn computerspelletje kon iedereen voor hem zorgen. Maar als Pete overstuur raakte...

Moeder Maria Terrafino zelf zat twee banken verderop, te bescheiden om zich bij het leidersgedeelte voor in de kerk te voegen. Sam stond ervan te kijken hoe goed Maria eruitzag. Ze was afgevallen. Van al dat werken, waarschijnlijk. Of misschien vond ze het eten gewoon niet lekker, de blikken die mensen vroeger, in het pre-FAKZ-tijdperk, bij voedselinzamelingen gedoneerd zouden hebben. Hoe dan ook, ze was behoorlijk dun, een bijvoeglijk naamwoord dat normaal gesproken niet op Maria van toepassing was. Modellendun.

Lana Arwen Lazar hing onderuitgezakt in een van de achterste rijen. Ze zag er moe uit, en een beetje chagrijnig. Lana keek heel vaak chagrijnig. Maar ze was er in elk geval, en dat kon van de meeste kinderen niet gezegd worden.

Sam knarste met zijn tanden, boos dat er maar zo weinig mensen kwamen opdagen bij de gemeentevergadering. Wat hadden die lui in vredesnaam voor belangrijkere dingen te doen?

'Ten eerste,' zei hij, 'wil ik zeggen dat ik het heel erg vind van E.Z. Hij was een goeie jongen. Hij verdiende het niet om...' Heel even kon hij bijna niet verder praten doordat hij opeens vanuit het niets overmand werd door emoties. 'Ik vind het heel erg dat hij dood is.'

Iemand begon hardop te snikken.

'Hoor eens, ik zeg het maar meteen: we hebben 332... Sorry, 331 monden die gevoed moeten worden,' zei Sam. Hij zette zijn handen in zijn zij en ging wijdbeens staan. 'De situatie was al slecht, wat de voedselvoorraden betreft. Maar na die overval van de Coatesleerlingen... nou ja, nu is het niet slecht meer, nu is het wanhopig.'

Dat liet hij even tot hen doordringen. Maar in hoeverre konden kinderen van zes en acht zoiets echt bevatten? Zelfs de oudere kinderen keken eerder wezenloos dan geschrokken.

'Er zijn 331 kinderen,' herhaalde Sam. 'En we hebben misschien nog eten voor een week. Dat is kort. Het is niet veel eten. En jullie weten allemaal dat het eten dat we wél hebben vreselijk vies is.'

Daar reageerde het publiek wel op. De jongere kinderen begonnen allerlei braak- en kokhalsgeluiden te maken.

'Zo kan-ie wel weer,' snauwde Sam. 'Kappen nou. Waar het dus om gaat, is dat de situatie echt wanhopig is momenteel.'

'En het eten in alle huizen dan?' riep iemand.

Het licht van de ondergaande zon scheen door de beschadigde voorgevel van de kerk en verblindde Sam. Hij moest twee stappen naar links doen om het te ontwijken. 'Ben jij dat, Hunter?'

Hunter Lefkowitz was een jaar jonger dan Sam en had lang haar, net als bijna iedereen, op de paar kinderen na die het initiatief hadden genomen om hun eigen haar te knippen. Vóór de FAKZ was hij nooit populair geweest op school. Maar, peinsde Sam, de dingen waar je vroeger populair door werd, waren nu niet erg belangrijk meer.

Hunter had geleidelijk aan bepaalde krachten gekregen. Sam had geprobeerd dat stil te houden, omdat hij vermoedde dat Caine spionnen naar Perdido Beach stuurde. Hij wilde Hunter als een geheim wapen kunnen inzetten als het weer tot een gevecht met de groep van Caine zou komen. Maar het was moeilijk om iets geheim te houden op een plek waar iedereen elkaar kende.

'Hunter, we hebben alle huizen doorzocht en al het eten naar de supermarkt gebracht,' ging Sam verder. 'Het probleem is dat al het fruit en de groente zijn verrot toen wij ons vol zaten te proppen met chips en koekjes. Al het vlees is bedorven. We zijn stom en onverschillig geweest, en daar is nu niets meer aan te doen.' Sam slikte de verbittering die hij voelde en de woede om zijn eigen stompzinnigheid weg. 'Maar er groeit eten op onze akkers. Misschien zouden we liever andere dingen eten, maar er is genoeg om nog maanden – vele maanden – van te kunnen leven als we dit voedsel oogsten voor het wegrot en de vogels het opeten.'

'Misschien worden we wel gered, dan hoeven we ons helemaal geen zorgen te maken,' zei een andere stem.

'Misschien leren we wel om van de lucht te leven,' mompelde

Astrid binnensmonds, maar hard genoeg om in elk geval door een paar mensen gehoord te worden.

'Waarom gaan jullie het eten niet gewoon terughalen bij Drake en die gedrochten daarboven?'

Dat was Zil. Hij keek tevreden terwijl hij een goedkeurende klap op zijn rug kreeg van een eng joch dat Antoine heette, een van de leden van Zils kliek.

'Omdat daar kinderen bij zouden omkomen,' zei Sam botweg. 'We zouden misschien met veel mazzel wat eten kunnen redden, en uiteindelijk zouden we nog meer graven moeten delven op het plein. En bovendien zou het probleem daarmee nog niet opgelost zijn.'

'Laat jouw muffen dan tegen hun muffen vechten,' zei Zil.

Sam hoorde de term 'muf' steeds vaker de laatste tijd. 'Gedrocht' werd tegenwoordig ook veel gezegd. Elk nieuw woord leek nog net iets grover dan het vorige.

'Ga zitten, Zil,' zei Sam. 'Er zitten zesentwintig kinderen in het... zijn we het erover eens? Noemen we het een leger?' vroeg hij aan Edilio.

Edilio zat op de eerste rij. Hij boog zich voorover, liet zijn hoofd hangen en keek ongemakkelijk. 'Sommige kinderen noemen het zo, en ik weet echt niet hoe we het anders moeten noemen. Een militie of zo? Uiteindelijk doet het er waarschijnlijk ook niet toe.'

'Er werken veertien kinderen voor Moeder Maria, inclusief de mensen die verplicht een dagje moeten meehelpen,' zei Sam terwijl hij zijn lijst afvinkte. 'Brandweercommandant Ellen heeft in de kazerne zes kinderen tot haar beschikking die in noodgevallen te hulp kunnen schieten. Dahra runt in haar eentje de apotheek, Astrid is mijn adviseur en Jack is verantwoordelijk voor de techniek. Er werken vierentwintig kinderen voor Albert, om de supermarkt te bewaken en de rantsoenen uit te delen. Met mij erbij zijn dat achtenzeventig kinderen die verschillende taken verrichten.'

'Als ze tenminste komen opdagen,' zei Maria Terrafino hard. Dat leverde haar wat nerveus gelach op, maar Maria had een grimmige trek om haar mond.

'Inderdaad,' beaamde Sam. 'Als ze tenminste komen opdagen.

Er moeten meer mensen aan het werk, dat is het punt. Dat eten moet geoogst worden.'

'Wij zijn nog maar kinderen,' zei een jongen uit groep zeven, en hij moest giechelen om zijn eigen grap.

'En binnenkort zijn jullie heel hongerige kinderen,' snauwde Sam. 'Kinderen die doodgaan van de honger. Luister nou eens: straks gaan er mensen dood. Van de honger.'

'Dood. Van de honger.' Hij herhaalde het nog eens met alle nadruk die hij in zijn stem kon leggen.

Hij ving een waarschuwende blik op van Astrid en haalde diep adem. 'Sorry. Het was niet mijn bedoeling om zo te schreeuwen. Maar het gaat gewoon echt heel erg slecht.'

Een meisje uit groep vier stak haar vinger op. Sam zuchtte – hij wist al wat er ging komen, maar hij gaf haar toch het woord.

'Ik wil gewoon naar mijn moeder.'

'Dat willen we allemaal,' zei Sam ongeduldig. 'We willen allemaal onze oude wereld terug. Maar dat kunnen we blijkbaar niet voor elkaar krijgen. Dus zullen we deze wereld leefbaar moeten maken. En dat betekent dat we eten nodig hebben. En dat betekent dat we kinderen nodig hebben om het eten te oogsten, in de auto's te laden, in te vriezen, klaar te maken, en...' Hij gooide zijn handen in de lucht toen hij besefte dat hij naar rijen en rijen wezenloze blikken stond te kijken.

'Als jij denkt dat we die groente gaan plukken ben je echt niet goed bij je hoofd.' Dat was Howard Bassem, die tegen de achtermuur geleund stond. Sam had hem niet zien binnenkomen. Sam keek rond, op zoek naar Orc, maar hij zag hem niet. En Orc was niet iets... nee, iemand, toch nog iémand, ondanks alles... die je makkelijk over het hoofd zag.

'Weet jij een andere manier om aan eten te komen?' vroeg Sam.

'Dacht je soms dat we niet wisten wat er met e.z. is gebeurd?'

Sam verstrakte. 'Natuurlijk weten we allemaal wat er met e.z. is gebeurd. Niemand probeert dat geheim te houden. Maar voor zover wij weten, zitten de wormen alleen in dat ene koolveld.'

'Welke wormen?' wilde Howard weten.

Goed, dus ze wisten nog níét allemaal wat er met E.Z. was gebeurd. Sam had Howard op dat moment graag een klap verkocht. Het zou alles alleen maar erger maken als hij nu nog een keer moest vertellen hoe E.Z. aan zijn gruwelijke eind was gekomen.

'Ik heb een van de wormen onderzocht,' zei Astrid, die leek aan te voelen dat Sam op het punt stond zijn geduld te verliezen. Ze liep niet naar het koor maar ging voor haar bank staan en draaide zich om naar het publiek, dat nu een en al oor was. Behalve dan twee kleuters die deden wie er het hardst kon duwen.

'De wormen die E.Z. hebben gedood, zijn gemuteerd,' zei Astrid. 'Ze hebben honderden tanden. Met hun lijf kunnen ze beter door vlees boren dan door de aarde.'

'Maar voor zover wij weten, zitten ze alleen in dat ene koolveld,' herhaalde Sam.

'Ik heb de worm ontleed die Sam had meegenomen,' zei Astrid. 'En ik heb iets heel raars ontdekt. De wormen hebben heel grote hersenen. Ik bedoel, de hersenen van een gewone regenworm zijn zo onontwikkeld dat als je ze eruit haalt, de worm gewoon blijft doen wat hij normaal ook altijd doet.'

'Eigenlijk net als mijn zusje,' riep een jongen, die meteen een verontwaardigde stomp van zijn zus kreeg.

Howard schoof verder de kerk in. 'Dus die wormen van E.Z. zijn slim.'

'Ik wil niet zeggen dat ze kunnen lezen of vierkantsvergelijkingen kunnen oplossen,' zei Astrid. 'Maar eerst hadden ze hersenen die alleen uit een klompje cellen bestonden en die slechts de negatieve fototropie van het organisme regelden, en nu hebben ze hersenen met gedifferentieerde helften die in verschillende, vermoedelijk gespecialiseerde, stukken zijn opgedeeld.'

Sam boog zijn hoofd om zijn glimlach te verbergen. Astrid kon heel goed in begrijpelijke taal uitleggen wat ze bedoelde. Maar als iemand haar irriteerde – zoals Howard nu – dan gooide ze er gewoon flink wat extra lettergrepen tegenaan om de ander zich dom te laten voelen.

Howard bleef staan, wellicht even aan de grond genageld door het woord 'fototropie', maar hij herstelde zich snel. 'Luister eens, het komt er gewoon op neer dat je doodgaat zodra je zo'n veld met van die enge E.Z.-pieren in loopt. Toch?'

'De grote hersenen bevestigen de mogelijkheid dat deze dieren een territoriumdrift zouden kunnen hebben. Het gaat erom dat de kans heel groot is dat, als ik uitga van wat Sam, Edilio en Albert hebben gezien, deze wormen binnen hun territorium zullen blijven. Het koolveld, in dit geval.'

'O ja?' zei Howard. 'Nou, ik ken iemand die zonder problemen door dat veld zou kunnen lopen.'

Dus daar ging het om, dacht Sam. Bij Howard draaide alles uiteindelijk om Orc.

'Het zou inderdaad best kunnen dat Orc bestand is tegen de wormen,' zei Sam. 'Dus?'

'Dus?' herhaalde Howard. Hij grijnsde. 'Dus, Sam, Orc kan die kolen voor jou uit de grond halen. Maar daar wil hij natuurlijk wel iets voor terug hebben.'

'Bier?'

Howard knikte, een klein beetje opgelaten misschien, maar niet heel erg. 'Hij vindt het lekker. Zelf krijg ik het niet door m'n keel. Maar als Orcs manager mag ik natuurlijk ook niet vergeten worden.'

Sam klemde zijn tanden op elkaar. Hij kon niet ontkennen dat dit wel eens een oplossing voor het probleem zou kunnen zijn. En ze hadden nog best veel bier in de supermarkt.

'Als Orc het wil proberen, vind ik het prima,' zei Sam. 'Regel het maar met Albert.'

Maar Astrid vond het niet prima. 'Sam, Orc is alcoholist geworden. Wil je hem echt bier geven?'

'Eén blikje bier voor een dag werken,' zei Sam. 'Daar kan Orc toch niet erg dronken van...'

'Geen sprake van,' zei Howard. 'Orc heeft een krat per dag nodig. Vier sixpacks. Het is tenslotte wel hartstikke heet daar in het veld als je kool uit de grond moet halen.'

Sam wierp een blik op Astrid. Haar gezicht stond strak. Maar Sam was verantwoordelijk voor 331 kinderen. Die wormen konden Orc vast niets doen. En hij was zo sterk dat hij in een week makkelijk 13.500 kilo kool uit de grond kon trekken. 'Bespreek het na de vergadering maar met Albert,' zei Sam tegen Howard.

Astrid was woest, maar ze ging wel weer zitten. Howard wees even met een zwierig vingertje naar Sam om aan te geven dat ze een deal hadden.

Sam zuchtte. Deze vergadering verliep helemaal niet zoals gepland. Het was altijd hetzelfde liedje. Hij begreep heus wel dat kinderen kinderen waren, dus hij was gewend aan de onvermijdelijke onderbrekingen en het kattenkwaad van de kleintjes. Maar dat zelfs zo veel oudere kinderen, kinderen die al op de middelbare school zaten, niet waren komen opdagen, was wel erg ontmoedigend.

En om het nog erger te maken, had hij honger gekregen van al dat gepraat over eten. De lunch was niet erg plezierig geweest. De honger was nu bijna altijd aanwezig. Hij voelde zich hol. Het was het enige waar hij mee bezig was, terwijl hij eigenlijk over allerlei andere dingen moest nadenken.

'Hoor eens mensen, ik ga een nieuwe regel afkondigen. Het klinkt misschien heel hard, maar het is nodig.'

Toen ze het woord 'hard' hoorden, lette bijna iedereen op.

'Jullie kunnen niet meer de hele dag maar een beetje op de Wii spelen en dvd's kijken. Iedereen moet aan de slag op de velden. Dat is de nieuwe regel: iedereen van zeven jaar en ouder moet drie dagen per week groente en fruit oogsten. Vervolgens kan Albert de dingen invriezen die ingevroren kunnen worden, of er op een andere manier voor zorgen dat we het eten kunnen bewaren.'

Er hing een doodse stilte. Wezenloze blikken.

'Morgen staan er dus twee schoolbussen klaar voor vertrek. Er kunnen ongeveer vijftig kinderen in een bus en er moeten zo veel mogelijk mensen mee, want we gaan meloenen plukken en dat is veel werk.'

Nog meer wezenloze blikken.

'Goed, laat ik het zo makkelijk mogelijk zeggen: ga je broers en zusjes en vrienden en iedereen boven de zeven halen en zorg dat je morgenochtend om acht uur op het plein staat.'

'Maar hoe…'

'Kom nou maar gewoon,' zei Sam minder vastberaden dan hij wilde. Zijn frustratie ebde weg en maakte plaats voor uitputting en moedeloosheid.

'Kom nou maar gewoon,' aapte iemand hem met een kinderachtig stemmetje na.

Sam deed zijn ogen dicht, en heel even leek het bijna alsof hij stond te slapen. Toen deed hij ze weer open en wist een zwak glimlachje tevoorschijn te toveren. 'Kom. Alsjeblieft,' zei hij zachtjes.

Hij liep de drie treden af en de kerk uit, en diep vanbinnen wist hij dat bijna niemand zou doen wat hij vroeg.

# Zeven

88 uur, 54 minuten

'Hier stoppen, Panda,' zei Drake.

'Waarom?' Panda zat achter het stuur van de terreinwagen. Hij kreeg steeds meer zelfvertrouwen als chauffeur, maar omdat hij nou eenmaal Panda was, reed hij nog steeds niet harder dan vijftig kilometer per uur.

'Omdat ik het zeg,' zei Drake geïrriteerd.

Worm wist waarom ze stopten. En Worm wist waarom Drake dat vervelend vond. Het was te gevaarlijk om over de snelweg naar de kerncentrale te rijden. In de drie maanden die Caine had liggen hallucineren en gestoorde dingen had geroepen, waren ze op Coates steeds zwakker geworden terwijl ze in Perdido Beach nog steeds behoorlijk sterk waren. Drakes overval op de supermarkt was gelukt, maar meer durfde hij niet uit te halen.

Worm wist dat. Hij was al heel vaak in Perdido Beach geweest. In de stad hadden ze ook niet veel eten, maar nog altijd meer dan op Coates. Hij baalde omdat hij eigenlijk meer van dat eten zou moeten kunnen stelen, maar zijn kameleongave werkte niet op dingen die hij bij zich droeg. Verder dan een pakje poedersoep of een mueslireep onder zijn shirt kwam hij eigenlijk niet. Niet dat er nog ergens mueslirepen te vinden waren tegenwoordig. En ook geen poedersoep trouwens.

'Goed, Worm, we gaan lopend verder,' zei Drake. Hij zwaaide zijn portier open en stapte de weg op. Worm gleed over de stoel naar buiten en ging naast Drake staan.

Worm heette eigenlijk Tyler. Zijn medeleerlingen op Coates gingen ervan uit dat hij zijn bijnaam had verkregen doordat hij altijd bereid was bizarre uitdagingen aan te gaan – met name het eten van wormen. Als klasgenoten hem uitdaagden zei hij altijd: 'Wat krijg ik ervoor?' Vroeger had hij ze vaak zover gekregen dat ze hem dan geld of snoep gaven.

Hij had over het algemeen geen hekel aan wormen en insecten. Hij vond ze altijd wel grappig kronkelen voor hij ze doormidden beet en een eind aan hun wormenleventje maakte.

Maar Worm heette al zo voor hij naar Coates kwam, voor hij de reputatie kreeg van de jongen die alles uitprobeerde. Hij was Worm genoemd toen uitkwam dat hij de gesprekken tussen leraren en ouders tijdens de ouderavonden op zijn oude school had opgenomen. Hij had de gesprekken op Facebook gezet, waarna ze zich als een computervirus hadden verspreid en elk kind met een psychisch probleem, een leerachterstand of een bedplasprobleem te kijk had gestaan – zijn halve klas dus, zo ongeveer.

Worm was niet alleen voor straf naar Coates gestuurd, maar vooral ook voor zijn eigen veiligheid.

Worm schuifelde zenuwachtig opzij terwijl Drake zijn tentakel afrolde, uitstrekte en toen weer om zijn middel sloeg. Worm mocht Drake niet. Niemand mocht Drake. Maar als ze tijdens hun stiekeme tocht naar de kerncentrale betrapt zouden worden, zou Drake waarschijnlijk al het vechten voor zijn rekening nemen en kon Worm gewoon verdwijnen. 's Nachts was hij volkomen onzichtbaar.

Ze lieten Panda achter met de strikte opdracht om hier te blijven wachten tot ze terugkwamen. En hier, dat was dus op dit binnenweggetje dat telkens van asfalt op grind overging, alsof de mannen die het hadden aangelegd niet hadden kunnen kiezen welk materiaal ze wilden gebruiken.

'Het is nog ruim drie kilometer naar de hoofdweg,' zei Drake. 'Beetje doorlopen dus.'

'Ik heb honger,' klaagde Worm.

'Iedereen heeft honger,' snauwde Drake. 'Niet zo zeiken.'

Ze liepen van de weg af, een of andere akker op. Ze kwamen moeizaam vooruit omdat er voren in de aarde waren geploegd, dus ze moesten oppassen dat ze niet struikelden. Er groeide hier iets, maar Worm had geen idee wat; hij wist alleen dat het een of andere plant was. Hij vroeg zich af of hij het zou kunnen eten: zo veel honger had hij.

Misschien lag er wel eten in de centrale. Misschien kwam hij wel iets tegen tijdens zijn verkenningstocht.

Ze wandelden zwijgend verder. Drake was niet zo van de gezellige kletspraatjes, en Worm ook niet.

De lichten van de snelweg waren al van veraf zichtbaar. Bij het zien van die felle lichten dacht je, zelfs nu nog, automatisch aan drukbezochte benzinestations met snackbars en fastfoodrestaurants, bedrijvige winkels, auto's en vrachtwagens. Even ten zuiden van Perdido Beach had een hele rij van dat soort restaurants naast elkaar gelegen, met een enorme supermarkt ernaast, en een snoepwinkel waar...

Worm kon het niet uitstaan dat dat er allemaal gewoon nog was, net buiten de FAKZ-muur. Als er tenminste nog een buiten was.

Chocolaatjes. Worm zou bijna zijn oor afsnijden om vijf minuten in die snoepwinkel te mogen zijn. Hij vond de bonbons met nootjes erin het lekkerst. O, en die met frambozencrème. En die met bruine suiker. Die met karamel waren ook lekker.

Allemaal buiten hun bereik. Het water liep hem in de mond. Zijn maag deed pijn.

Het was zo stil in de FAKZ, dacht Worm. Stil en leeg. En als het plan van Caine slaagde, was het binnenkort ook nog donker.

Er waren maar een paar gedeeltes van de snelweg verlicht. Het stuk dat door de stad liep, en het gedeelte hier, bij de afslag naar de kerncentrale. Worm en Drake bleven angstvallig uit de buurt van het felle licht.

Worm keek naar links, naar de stad. De weg was uitgestorven. En naar rechts ook. Hij wist dat er aan de overkant van de snelweg ergens een wachthuis stond op de toegangsweg. Maar dat zou geen probleem moeten zijn.

'Je mag niet over de weg. Je moet door de weilanden,' zei Drake tegen hem.

'Hè? Hoezo? Er is toch niemand die me ziet.'

'Omdat er bij de centrale misschien wel infraroodcamera's hangen, debiel, daarom. We weten niet of je daar ook onzichtbaar op bent.'

Worm moest toegeven dat dat inderdaad een probleem zou kunnen zijn. Maar het vooruitzicht om nog een paar kilometer heuvelopwaarts te lopen en dan ook weer naar beneden te moeten, door hoog gras en over onzichtbare greppels, was niet erg aanlokkelijk. Hij zou vast verdwalen. En dan zou hij nooit op tijd terug zijn voor het ontbijt.

'Oké,' zei hij, ook al was hij absoluut niet van plan om te doen wat Drake zei.

Plotseling krulde die enge tentakel van Drake om hem heen. Drake kneep zo hard dat Worm bijna geen adem meer kon halen.

'Dit is heel belangrijk, Worm. Verpest het nou niet.' Drakes ogen waren ijskoud. 'En als je dat wel doet, sla ik je zo hard dat de vellen erbij hangen.'

Worm knikte. Drake liet hem los.

Worm huiverde terwijl de tentakel wegkronkelde. Hij leek op een slang. Heel erg. En Worm had een hekel aan slangen.

Worm schakelde zonder enige moeite zijn camouflage in. Hij dacht alleen maar even aan verdwijnen en wreef met zijn handen over zijn borst, alsof hij zijn shirt gladstreek. Hij zag de verwarde blik in Drakes gemene ogen, die niet goed meer konden bepalen waar ze Worm precies moesten zoeken. Hij wist dat hij zo goed als onzichtbaar was. Hij stak zijn middelvinger op naar Drake.

'Mazzel,' zei Worm en hij stak de snelweg over.

Worm liep door de weilanden tot hij een flink eind bij Drake uit de buurt was. Door het dunne streepje maan dat aan de hemel stond, zag hij niet meer dan af en toe een rots of een struikje. Hij botste vol tegen een laaghangende boomtak op en viel op zijn billen; zijn mond bloedde.

Daarna boog hij af en ging terug naar de weg. Die lag in een bocht hoog boven de glinsterende oceaan, en bood een mooi maar ook wat verontrustend uitzicht. De zee had altijd iets onheilspellends, vond Worm.

Misschien was hij inderdaad wel zichtbaar op infraroodbeeld, maar dat was dan jammer. Hij kon altijd nog het voorbeeld van Computer Jack volgen en overlopen. Dan had hij natuurlijk wel een probleem als Drake hem ooit te pakken zou krijgen.

Hij nam Drakes dreigementen serieus. Heel serieus.

Worm was vaak geslagen. Zijn vader had losse handjes en gaf hem altijd om het minste of geringste een mep, of, als hij echt goed dronken was, een vuistslag. Maar zijn vader kende ook zijn grenzen: hij was altijd bang dat Worms moeder hem zijn voogdijschap zou afnemen. Niet dat zijn vader nou zoveel van hem hield, maar hij haatte zijn ex-vrouw en zou nooit iets doen waar zij beter van zou worden.

In de ergste periode, toen zijn vader vaak met zijn vriendin in de kroeg zat te zuipen en daarna altijd ruzie met haar maakte, had Worm geleerd hoe hij zich het best kon verstoppen. Zijn lievelingsplek was op zolder, want die stond vol dozen, en achter die dozen was net genoeg ruimte om onder het dak te kunnen kruipen en tussen het isolatiemateriaal op de dwarsbalken te gaan liggen. Daar had zijn vader hem nooit gevonden.

Het leek wel een eeuwigheid te duren voor de fel verlichte kerncentrale eindelijk in beeld kwam. Eerst ving hij een glimp op tussen de heuvels door, toen zag hij verderop bij een bocht in de weg een lichtschijnsel op het asfalt. Het duurde nóg een eeuwigheid voor hij bij het tweede wachthuis was, dat midden op de weg stond en van waaruit een hek van harmonicagaas en prikkeldraad zich naar beide kanten uitstrekte.

Caine had gezegd dat het hek, dat nog maar door één Coatesleerling was gezien, misschien onder stroom stond. Worm was niet van plan dat risico te nemen. Hij liep heuvelopwaarts langs het hek, van de weg af, tot hij honderd meter bij het wachthuis vandaan was. Hij vond een stok en begon de aarde bij de onderkant van het hek weg te graven. Het gat hoefde niet diep te zijn, hij was niet groot.

Worm voelde zich erg kwetsbaar. Zolang hij met de stok in de weer was, was hij zichtbaar: stokken kon hij niet camoufleren. De maan, die eerst nog nauwelijks licht leek te geven, voelde nu opeens als een schijnwerper die recht op hem gericht was. En de kerncentrale zelf was als een enorm, angstaanjagend beest dat in elkaar gedoken naast het water zat, vlammend fel in het donker.

Worm schoof op zijn rug onder het hek door. Hij kreeg allemaal aarde in zijn shirt, maar hij werd niet geëlektrocuteerd. Niet dat hij echt dacht dat het hek onder stroom stond. Maar je kon niet voorzichtig genoeg zijn.

Worm stond op, klopte het zand van zijn lijf en liep met grote stappen de helling af richting de kerncentrale.

Hij had honger. Hij zou heus wel rondsnuffelen en alles doen wat Drake hem had opgedragen. Maar eerst ging hij op zoek naar eten.

Sam probeerde te slapen. Hij wilde wanhopig graag slapen.

Hij lag in de logeerkamer van het huis van Astrid, Maria en John. In het donker. Op zijn rug. Naar het plafond te staren.

Beneden in de keuken stonden zes blikken eten. Hij had honger. Maar hij had zijn rantsoen voor vandaag al gehad. Hij moest het goede voorbeeld geven.

Maar hij had nog steeds honger, en de honger had geen boodschap aan het goede voorbeeld.

Eten beneden. En Astrid aan het eind van de gang.

Dat was een ander soort honger. En ook daarin moest hij het goede voorbeeld geven.

Ik ben een en al goede voorbeelden, dacht hij somber bij zichzelf.

Niet dat Astrid... Hoewel, hoe kon hij dat zo zeker weten?

In zijn hoofd gonsde een bizarre lijst met dingen die hij nog moest doen. Hij moest iedereen aan het werk zetten om de gewassen te oogsten. Hij moest ervoor zorgen dat iedereen zijn vuilnis naar één centrale plek bracht: 's nachts namen de ratten de straten over en schoten dan haastig van afvalberg naar afvalberg.

Hij moest een lijst maken van jongere kinderen die bij oudere kinderen in huis geplaatst moesten worden. Er waren kinderen van vijf en zes die zonder begeleiding woonden. Dat was te gek voor woorden. En gevaarlijk. Een van hen had vorige week een föhn in het bad gegooid en kortsluiting veroorzaakt in huis. Pure mazzel dat er niemand geëlektrocuteerd was. En twee weken daarvoor had een jongen uit groep vier die ook alleen woonde zijn huis in brand gestoken. Expres, zo leek het. Zodat er iemand, wie dan ook, aandacht aan hem zou besteden. De vuurzee had al drie huizen in de as gelegd voor iemand het aan de brandweer had gemeld. Tegen de tijd dat Ellen met de enorme, oude brandweerauto naar de plek des onheils was gereden, was het vuur al bijna weer uit zichzelf gedoofd.

De jongen had het overleefd, met pijnlijke brandwonden die door Lana waren genezen. Maar pas nadat het ventje uren had liggen kronkelen en huilen van de ondraaglijke pijn.

Zou Astrid nog wakker zijn? Lag zij daar ook in het donker? Net als hij? Dacht ze aan dezelfde dingen?

Nee. Zij lag te denken dat ze hem een stomme sukkel vond omdat hij Albert toestemming had gegeven om Orc om te kopen met bier. Dat hij gewetenloos was. Dat hij zijn verstand begon te verliezen.

Misschien had ze wel gelijk.

Dit hielp niet. Dit hielp helemaal niet als je heel nodig moest gaan slapen. Het hielp niet om de lijst door te nemen van dingen die je moest doen, en de lijst met dingen die je niet kón doen.

Was het heel erg gestoord dat hij alleen nog maar kon fantaseren over een blik chili con carne, het laatste nog enigszins smakelijke voedsel dat hij had gegeten? Hoe lang was dat geleden? Een week? Hij fantaseerde over chili uit blik. Over hamburgers. IJs. Pizza. En over Astrid, in haar eigen bed.

Hij vroeg zich af hoe het zou voelen om dronken te zijn. Vergat je dan alles? Drank hadden ze nog genoeg in de FAKZ, hoewel sommige kinderen die voorraad ook al hadden aangebroken.

Kon hij hen daarmee op laten houden? Moest hij die moeite

überhaupt doen? Als ze toch doodgingen van de honger, waarom zouden ze dan niet mogen drinken?

Kleine kinderen die rum dronken. Hij had het gezien. En wodka. Ze trokken een vies gezicht omdat het zo afschuwelijk smaakte en brandde, en vervolgens namen ze nog een slokje.

Voedselvergiftiging vorige week: twee kinderen die iets hadden opgegeten wat ze tussen het vuilnis hadden opgescharreld. Ze waren doodziek Dahra's geïmproviseerde ziekenhuis in gewankeld. Veertig graden koorts. Overgeven. Ze hadden het water uitgespuugd, net als de paracetamol die Dahra in hun mond had gestopt. Gelukkig had Lana hen uiteindelijk kunnen redden, maar het had niet veel gescheeld. Lana's gave werkte beter bij wonden, bij dingen die kapot waren.

Er zouden nog meer elektrocuties volgen. Meer branden. Meer vergiftigingen. Meer ongelukken. Zoals die jongen die van het dak was gevallen. Hij was twee verdiepingen naar beneden gestort, en niemand had het zien gebeuren. Zijn zus had zijn lichaam gevonden.

Hij lag nu begraven op het plein, naast de slachtoffers van het gevecht.

Caine leefde nog steeds. Drake. Roedelleider. Ze waren er allemaal nog steeds, ergens. Sam had zichzelf wijsgemaakt dat hij niets meer met ze te maken had, tot Drake en zijn ploeg de supermarkt hadden overvallen.

Vroeger kon je als je een paar dollar had gewoon de telefoon oppakken en dan stond er dertig minuten later een bezorger met een gigantische pizza voor je neus.

Gesmolten, bobbelige, goudbruine kaas. Vettige peperoni. Hupsakee. Alsof het niks was. Hij zou zijn ziel geven voor een pizza.

Astrid geloofde in God, dus nee, die lag waarschijnlijk niet in bed aan hem te denken. Hoogstwaarschijnlijk niet. Hoewel ze zich niet terugtrok als ze zoenden. Ze hield van hem, dat wist hij zeker. En hij hield van haar. Zielsveel.

Maar er waren nog andere gevoelens, naast de liefde. Ze hoorden wel bij dat gevoel van liefde, maar ze waren toch ook net een beetje anders.

En Chinees. O man, van die kleine plastic bakjes vol zoetzure kip en citroenkip en Chinese garnalen. Hij had Chinees eten nooit bijzonder lekker gevonden. Maar het was veel beter dan blikken vol sperziebonen en halfgare kidneybonen en dingen die tortilla's moesten voorstellen, gebakken van een mengsel van bloem, olie en water.

Er zou straks waarschijnlijk wel iemand komen om hem wakker te maken, alleen sliep hij dan niet. Ze kwamen bijna elke nacht. 'Sam, er staat iets in brand.' 'Sam, er is iemand gewond geraakt.' 'Sam, iemand heeft een auto in de prak gereden.' 'Sam, we hebben Orc betrapt terwijl hij straalbezopen zonder reden ruiten aan het ingooien was.'

Ze zouden niet zeggen: 'Sam, de pizza is er.'

Astrid zou niet zeggen: 'Sam, daar ben ik dan.'

Sam dommelde in. Astrid kwam binnen. Ze stond in de deuropening, beeldschoon in haar kanten nachtjapon, en zei: 'Sam, rustig maar, E.Z. leeft nog.'

Zelfs in zijn slaap wist Sam dat het een droom was.

Een uur later verscheen Taylor vanuit het niets. Ze had zich naar zijn kamer geteleporteerd (zij noemde het 'springen') en zei: 'Sam, wakker worden.'

Geen droom dit keer. Taylor was vaak degene die het slechte nieuws kwam brengen. Of Brianna, net wie er beschikbaar was. Zij waren de snelste communicatiemiddelen.

'Wat is er, Taylor?'

'Ken je Tom? Tom O'Dell?'

Sam dacht van niet. Zijn hoofd was wazig. Hij leek maar niet wakker te kunnen worden.

'Nou, Tom heeft dus ruzie gemaakt met zijn buurmeisjes, Sandy en... en ik weet even niet meer hoe dat andere meisje heet. Tom is vrij ernstig gewond geraakt omdat Sandy hem met een bowlingbal heeft geslagen.'

Sam zwaaide zijn benen over de rand van zijn bed maar kon zijn ogen niet openhouden. 'Hè? Waarom heeft ze hem met een bowlingbal geslagen?'

'Ze zegt dat Tom haar kat vermoord heeft,' zei Taylor. 'En dat hij hem op de barbecue in zijn achtertuin aan het roosteren was.'

Dat drong eindelijk tot Sams slaperige hersenen door. 'Oké. Oké.' Hij stond op en grabbelde om zich heen naar zijn spijkerbroek. Hij voelde zich allang niet meer opgelaten als iemand hem in zijn onderbroek zag.

Taylor gaf hem zijn broek aan. 'Hier.'

'Spring maar terug. Zeg maar dat ik eraan kom.'

Taylor verdween, en heel even probeerde Sam tegen zichzelf te zeggen dat dit gewoon nog een droom was. Wat kon hij nou aan een dode kat doen?

Maar het was zijn plicht om te gaan. Als hij zijn plichten zou verzaken, zou dat niet goed overkomen.

'Ik moet het goede voorbeeld geven,' mompelde hij binnensmonds terwijl hij geruisloos langs Astrids kamerdeur sloop.

# Acht

Orsay Pettijohn stond als aan de grond genageld. Ze zag twee jongens, de eerste mensen die ze in drie maanden had gezien, en ze waren allebei bizar, eng. Monsterlijk, in het geval van die ene jongen.

De een was een soort duivel met een dikke tentakel op de plek waar zijn rechterarm had moeten zitten.

De ander… heel even wist ze niet zeker of de ander er wel was. Hij kwam tevoorschijn, en dan verdween hij weer.

De jongen met de enge tentakel staarde de onzichtbare na. Hij was niet helemaal onzichtbaar, merkte Orsay toen de jongen door een baan licht liep, maar wel bijna. De jongen met de pythonarm zuchtte, vloekte binnensmonds en deed het piepende portier van een Toyota open, die op de een of andere manier vijftien meter van de weg was gereden.

De jongen wilde zo te zien het raampje opendoen, maar de accu was leeg. Hij trok een pistool, richtte op het raampje aan de be-stuurderskant en haalde de trekker over. De knal was zo hard dat Orsay onwillekeurig een kreet slaakte. Ze had bijna verraden dat ze daar zat, maar het geluid van het schot overstemde haar gil.

Orsay zat in het donker gehurkt op de grond en wachtte. Ze wist bijna zeker dat de jongen met de pythonarm in slaap zou vallen.

En dan zou het weer beginnen.

Orsay woonde in het huis van de opzichter in het nationale park Stefano Rey toen iedereen verdween.

Ze was verbijsterd geweest. Ze was bang geweest.

Ze was ook opgelucht geweest.

Nog geen drie maanden daarvoor had ze haar vader om hulp gesmeekt.

'Hoe bedoel je?' had hij gevraagd. Hij had over een stapel papieren gebogen gezeten. Er kwam een hoop papierwerk kijken bij de baan van parkopzichter. Het was meer dan verdwaalde wandelaars opsporen en ervoor zorgen dat kampeerders geen bosbranden veroorzaakten met hun geroosterde marshmallows.

Ze had zijn aandacht willen trekken. Zijn volledige aandacht. Geen net-alsof-aandacht terwijl hij eigenlijk met zijn werk bezig was. 'Papa, volgens mij word ik gek of zo.'

Die verklaring had haar een bedenkelijke blik opgeleverd. 'Heeft dit weer met je moeder te maken? Want ik heb al gezegd dat ze er nog niet klaar voor is om je weer te zien. Ze houdt heel veel van je, maar ze kan de verantwoordelijkheid nog niet aan.'

Dat was een leugen, maar wel een goedbedoelde. Orsay wist dat haar moeder drugsverslaafd was. Ze wist dat haar moeder al een paar keer in een afkickkliniek had gezeten, waarna er telkens een 'normale' periode volgde waarin ze Orsay onder haar hoede nam, naar school stuurde en gezellige familiedinertjes organiseerde. Ze was altijd net lang genoeg normaal dat Orsay dacht: misschien dit keer wel. Tot ze dan achter in een kastje weer van die troep vond, of haar moeder half bewusteloos onderuitgezakt op de bank aantrof.

Haar moeder was verslaafd aan heroïne. Ze was heel lang stiekem verslaafd geweest, en had de eerste jaren, toen ze nog getrouwd was met de vader van Orsay en ze in Oakland woonden, de schijn goed weten op te houden. Orsays vader had bij het hoofdkantoor van de parkdienst gewerkt.

Maar de verslaving van haar moeder was steeds verder uit de hand gelopen en al snel kon ze het niet meer geheimhouden. Ze scheidden. Orsays moeder deed geen moeite om de voogdij te krijgen. Haar vader nam een baan aan in Stefano Rey, ver weg van de stad en zijn ex-vrouw.

Sindsdien leidde Orsay een eenzaam leven. Haar school bestond uit een videoverbinding met een klas helemaal in Sunnyvale, één keer per dag.

Af en toe sloot ze kortstondig vriendschap met een van de kinderen die hier met hun ouders kwamen kamperen. Dan hadden ze een paar leuke dagen waarin ze zwommen, visten en wandelden. Maar het ging nooit verder dan een dagje hier en een dagje daar.

'Papa. Ik probeer je iets belangrijks te vertellen. Het gaat niet om mama. Het gaat om mij. Er is iets mis met me. Er is iets heel erg raars aan de hand met mijn hoofd.'

'Lieverd, je bent een puber. Natuurlijk is er iets mis met je hoofd. Anders zou je geen puber zijn. Het is normaal dat je begint te denken aan... nou ja, ande...'

En op dat moment was haar vader verdwenen.

Vader aanwezig.

Vader niet meer aanwezig.

Ze had gedacht dat ze hallucineerde. Ze had gedacht dat ze nu echt gek was geworden.

Maar haar vader was echt weg. Net als opzichter Assante en opzichter Cruz en opzichter Swallow.

En iedereen op het kampeerterrein.

De satellietverbinding deed het niet meer. De mobiele telefoons deden het niet meer.

Ze had die hele eerste dag gezocht, maar er was niemand meer. In elk geval niet op de kampeerterreinen waar ze makkelijk kon komen.

Ze was doodsbang geweest.

Maar die nacht had ze een stilte over haar murw gebeukte hersenen voelen neerdalen. Voor het eerst in weken.

Die griezelige, dreigende, bizarre, fragmentarische visioenen van mensen en plaatsen die ze niet kende, waren verdwenen. Daarvoor in de plaats kwam... niet echt stilte. Maar het was wel weer rustig. Haar hoofd en dromen waren weer van haarzelf.

Ondanks haar angst had Orsay geslapen. De werkelijkheid was in een nachtmerrie veranderd, maar het was nu in elk geval wel haar éígen nachtmerrie.

Op de tweede dag had Orsay door het park gelopen tot ze op de muur was gestuit. En toen wist ze dat het echt was wat er met haar gebeurde.

De muur was ondoordringbaar. Het deed pijn als je hem aanraakte.

Ze kon niet naar het noorden. De enige uitweg liep naar het zuiden, naar het stadje Perdido Beach, een heel eind – bijna dertig kilometer – verderop.

Orsay had zich kranig geweerd. Ze was verschrikkelijk eenzaam, maar dat was ze al een hele tijd. En het feit dat ze zich geestelijk weer gezond voelde, woog bijna op tegen de volledige afzondering.

Ze had genoeg eten gevonden in de voorraadschuur, en toen dat op was op de kampeerterreinen.

Een tijdje had ze gedacht dat ze misschien wel de enige nog levende persoon ter wereld was. Maar toen had ze een groepje kinderen gezien dat door het bos trok. Ze waren met z'n vijven. Vier jongens en een meisje, allemaal ongeveer even oud als Orsay, op één jonger jongetje na, dat misschien vier of vijf was.

Ze had ze een tijdje gevolgd, zonder zich te laten zien. Ze maakten zo veel herrie dat ze makkelijk van een afstand te horen waren. Het waren geen ervaren woudlopers zoals Orsay.

Die nacht, toen ze in slaap vielen, was Orsay verwachtingsvol, hoopvol, dichterbij geslopen…

En toen begon het.

De eerste droom was van een jongen die Edilio heette. Ze zag flitsen van een dag vol bizarre gebeurtenissen: een enorme boot die door de lucht vloog en op zijn hoofd terechtkwam, een hotel op een klif, een achtervolging in een jachthaven.

Vlak achter Edilio's droom drongen de beelden van een jongen die Quinn heette zich op. Het waren droevige dromen, donker en somber en vol emoties, met alleen een paar donkere gedaantes erin.

Maar toen raakte het kleine jongetje in zijn REM-slaap, en zijn dromen hadden alle andere weggevaagd. Het was alsof de dro-

93

men van de anderen op kleine tv'tjes werden uitgezonden terwijl de droom van de kleuter op een IMAX-bioscoopscherm met surround sound werd vertoond.

Angstaanjagend dreigende beelden.

Schitterend mooie beelden.

Dingen die op de een of andere manier tegelijkertijd prachtig en doodeng waren.

Er zat geen logica in. Ze sloegen nergens op. Maar ze kon niet wegkijken, kon zich niet onttrekken aan de waterval van beelden, geluiden en gevoelens, alsof ze werd weggeblazen door een tornado.

De jongen, Kleine Pete, had haar gezien. Mensen zagen haar wel vaker in hun droom, hoewel ze meestal niet wisten wie ze was of wat ze daar deed. Ze deden haar meestal af als het zoveelste onlogische element in een willekeurige droom.

Maar Kleine Pete was zijn eigen droom in gestapt en was naar haar toe gekomen. Hij had haar recht aangekeken.

'Pas op,' zei Kleine Pete. 'Een monster.'

En op dat moment had Orsay gevoeld dat er achter haar iets duisters op de loer lag. Iets duisters, als een zwart gat dat het licht uit de droom van Kleine Pete verzwolg.

Het zwarte ding had een naam. Een woord dat Orsay niet begreep. Een woord dat ze nog nooit had gehoord. In de droom had ze haar hoofd afgewend van Kleine Pete om naar de duisternis te kijken, om te vragen hoe dat ding heette. Om te vragen wat 'gaiaphage' betekende.

Maar Kleine Pete had heel licht geglimlacht. En zijn hoofd geschud, alsof hij een dom kind wilde berispen dat op het punt had gestaan een gloeiend hete kachel aan te raken.

En toen was ze wakker geworden; ze was de droom uit gegooid als een ongenode gast op een feestje.

Nu, maanden later, kromp ze nog steeds in elkaar als ze eraan dacht. Maar ze verlangde er ook naar. Er was geen nacht voorbijgegaan waarin ze niet had gewild dat ze nog een keer in het slapende hoofd van Kleine Pete kon kijken. Ze koesterde de fragmenten die ze zich nog kon herinneren, probeerde diezelfde roes weer te voelen, maar dat mislukte iedere keer.

Ze had bijna geen eten meer, alleen nog gedroogde voedselpakketten, van die superzoute maaltijden in een zak die door soldaten en sommige kampeerders werden gegeten. Ze zei tegen zichzelf dat ze nu eindelijk het park uit zou gaan om eten te zoeken. Alleen om eten te zoeken.

Nu keek Orsay van een veilige afstand, verborgen in het donker, toe hoe een echt, bestaand monster, een jongen met een dikke, sterke tentakel in plaats van een arm, afscheid nam van een jongen die zomaar onzichtbaar werd.

Ze wachtte tot hij de strijd tegen de slaap verloor.

En toen, ja hoor, de vreemdste visioenen.

Drake. Zo heette hij. Ze hoorde de echo van zijn naam in haar hoofd.

Drake Merwin.

Zweephand.

Ze dwaalde voor haar gevoel heel lang door dromen vol pijn en woede. Ze moest zich schrapzetten tegen de herinneringen aan de fysieke pijn die constant terugkeerden in de dromen van de jongen.

In de droom van Drake zag Orsay nog een andere jongen, een jongen met doordringende ogen, een jongen die dingen door de lucht liet vliegen.

En ze zag een jongen die vuur uit zijn handen liet komen.

Toen zag ze het meisje, het beeldschone meisje met het donkere haar en de donkere ogen. En de boze, haatdragende visioenen werden nog akeliger.

Veel akeliger.

Vóór de grote verdwijning was Orsay wekenlang gekweld door dromen waarvoor ze zich niet kon afsluiten, en veel dromen van volwassenen zaten vol schokkende beelden die niet geschikt waren voor kinderogen.

Maar in een droom als deze had ze nog nooit gezeten.

Ze beefde en had het gevoel dat ze geen lucht meer kreeg.

Ze wilde wegkijken, zichzelf behoeden voor de afschuwelijke nachtmerries van deze gestoorde jongen. Maar dat was het ellendige van haar afwijking: ze kon de dromen niet tegenhouden. Het was alsof ze vastgebonden in een stoel zat en haar ogen met klemmen werden opengehouden, zodat ze gedwongen was om naar die misselijkmakende beelden te kijken.

Alleen afstand kon haar beschermen. Snikkend kroop Orsay weg, naar de woestijn, zonder op de stenen te letten die in haar knieën en handpalmen sneden.

De dromen vervaagden. Langzaam kreeg Orsay haar ademhaling weer onder controle. Dit was een verkeerde beslissing geweest: ze had nooit het park uit moeten komen.

Ze had tegen zichzelf gezegd dat ze op zoek ging naar eten. Maar diep in haar hart wist ze dat ze eigenlijk om een andere reden het bos had verlaten. Ze wilde zo graag weer de stem van een ander mens horen.

Nee, dat was ook niet helemaal waar.

Ze miste de dromen. De goede en de slechte. Ze merkte dat ze ernaar hunkerde. Ze had ze nodig. Ze was verslaafd.

Maar dit wilde ze niet. Dit niet.

Ze zat met dichtgeknepen ogen op het zand en wiegde zachtjes heen en weer terwijl ze probeerde de...

De tentakel krulde zich om haar lijf, kneep haar fijn, kneep de lucht al uit haar longen voor ze kon gaan gillen.

Hij stond achter haar. Hij was wakker geworden toen ze was weggekropen, en hij had haar gevonden en nu, nu...

O, nee...

Hij tilde haar op en draaide haar om, zodat ze hem aan moest kijken. Zijn gezicht zou knap geweest zijn als ze niet had geweten wat er achter die ijskoude ogen schuilging.

'Jij,' fluisterde hij, en zijn adem streek langs haar gezicht. 'Jij zat in mijn droom.'

Duck had de oorzaak van de zeegeluiden gevonden. Het was namelijk de zee.

Zo leek het tenminste. Hij kon het water niet zien. Het was hier net zo donker als in de rest van de tunnel. Maar het rook zout. En het bewoog zoals een deinende watermassa normaal gesproken bewoog; het rolde naar zijn tenen en trok zich dan weer terug. Maar hij zag niets.

Hij zei tegen zichzelf dat het donker was buiten, voorbij de opening van de grot. Dat hij daarom niets zag. Het was nu duidelijk dat dit waarschijnlijk een zeegrot was, een grot die in het land was uitgesleten doordat het water eeuwenlang constant tegen de rotsen had geslagen. En dat betekende dat er waarschijnlijk een weg naar buiten was.

In gedachten zag hij voor zich hoe de grot uitkwam op het strand onder Kliftop. Of ergens daar in de buurt. Hoe dan ook, het ging om dat uitkomen.

Waarschijnlijk.

'Je zegt de hele tijd "waarschijnlijk" alsof het dan ook echt zo is,' zei hij.

'Niet waar,' protesteerde hij. 'Ik dacht het alleen, ik zei het niet.'

'O, nee hè. Ik voer een discussie met mezelf.'

'Niet echt, ik denk gewoon hardop.'

'Nou, probeer dan eens wat meer te denken en wat minder te discussiëren.'

'Hoor eens, ik ben hier al zo'n honderd uur beneden! Ik weet niet eens hoe laat het is. Misschien zijn er al wel drie dagen voorbij!'

Hij bukte zich en voelde nat zand. Er klotste water over zijn vingers. Het was koud. Maar ja, alles was hier koud. Duck had het ondertussen al een hele tijd koud. En je kwam maar langzaam vooruit als je niet zag waar je heen ging.

Hij bracht zijn natte vingers naar zijn tong. Zout, zeker weten. Dus ja, dit was inderdaad de zee. En dat betekende dat deze grot inderdaad op de zee uitkwam, ja. Wat betekende dat het een groot raadsel was waarom hij helemaal geen licht zag.

Hij huiverde. Hij had het zo koud. Hij had zo'n honger. Hij had zo'n dorst. Hij was zo bang.

En plotseling besefte hij dat hij niet alleen was.

Het ritselende geluid klonk anders dan het klotsende-water-geluid. Heel anders. Het was beslist een droog geluid. Alsof iemand dode bladeren langs elkaar wreef.

'Hallo?' riep hij.

'Geen antwoord,' fluisterde hij.

'Dat weet ik heus wel, ik heb het toch zelf gehoord. Of niet gehoord, bedoel ik,' zei hij. 'Is daar iemand?'

Weer dat geritsel. Het kwam van boven zijn hoofd. Toen een kwetter-kwetter-kwetter-geluid, zacht maar duidelijk hoorbaar. Hij hoorde bijna alles nu hij niets meer aan zijn ogen had. Hij had alleen zijn gehoor. Als iets een geluid maakte, dan hoorde hij dat. En er had iets een geluid gemaakt.

'Zijn jullie vleermuizen?' vroeg hij.

'Want als het vleermuizen waren, zouden ze natuurlijk meteen antwoord geven.'

'Vleermuizen. Vleermuizen zijn niet erg.' Hij bazelde maar wat.

'Vleermuizen moeten naar buiten kunnen, toch? Ze kunnen niet de hele tijd in een grot blijven hangen. Ze moeten naar buiten kunnen vliegen om... om bloed te drinken.'

Duck stond verstijfd van schrik te wachten op de vleermuizen-aanval. Hij zou hem nooit zien aankomen. Als ze achter hem aan zouden komen, zou hij het water in springen. Ja. Of... of hij kon boos worden en misschien wel door de grond zakken en dan zou hij veilig in de aarde zitten.

'Ja, jezelf levend begraven, dat is nog eens een goed plan.'

De vleermuizen – als het vleermuizen waren – schenen niet de behoefte te voelen om hem aan te vallen en zijn bloed te drinken, dus Duck boog zich weer over de vraag wat nu eigenlijk zijn volgende stap moest worden. In theorie zou hij in het water kunnen springen en de zee in kunnen zwemmen.

In theorie. In de praktijk zag hij nog geen hand voor ogen.

Hij hurkte in een droog hoekje van de grot, ver uit de buurt van het water. En in een gedeelte waar net iets minder rare ritselgelui-den leken te zijn.

Hij sloeg zijn armen om zijn lijf en bibberde.

Hoe was hij hier terechtgekomen? Hij had nog nooit iemand kwaad gedaan. Hij was niet een of andere slechterik, hij was nog maar een jongen. Net als andere kinderen. Hij wilde internetten en spelletjes spelen en tv-kijken en muziek luisteren. Hij wilde zijn stripboeken lezen. Hij wilde niet door de grond kunnen zakken.

Wat was dat nou ook voor stomme gave?

'De Zakker,' mompelde hij.

'Zwaarteman,' antwoordde hij.

'De Menselijke Boor.'

Hij wist zeker dat hij hier nooit zou kunnen slapen. Maar toch sliep hij. In de ergste nacht van zijn leven zweefde Duck Zhang door vreemde nachtmerries; hij sliep, werd wakker, en in een soort tussentoestand vroeg hij zich af of hij langzaam gek aan het worden was. Hij droomde over eten. Op een gegeven moment droomde hij dat hij achternagezeten werd door een pizza die hem wilde opeten. En hij zou willen dat de pizza dat maar gewoon zou doen.

Toen werd hij eindelijk wakker en zag...

Zag!

Het licht was schemerig, maar het was genoeg.

'Hé! Ik kan zien!' riep hij uit.

Het eerste wat hij zag, was dat de grot niet op de buitenlucht uitkwam. De opening van de grot lag onder water. Het licht schemerde door het blauwgroene water heen. De openlucht kon niet heel ver weg zijn, hooguit een meter of dertig, maar hij zou er onder water naartoe moeten zwemmen.

Het tweede wat hij zag, was dat de grot groter was dan hij had gedacht. Hij was heel breed; je zou er wel vijf of zes schoolbussen in kunnen parkeren en dan had je nog ruimte over.

Het derde wat hij zag, waren de vleermuizen.

Ze hingen dicht opeen gepakt aan het plafond van de grot. Ze hadden leerachtige vleugels en grote, gele, knipperende ogen. Het waren er duizenden.

Ze staarden naar hem.

En toen bedacht hij opeens dat vleermuizen 's nachts niet in hun grot bleven – ze gingen 's nachts naar buiten en verstopten zich overdag.

En normaal gesproken waren vleermuizen ook niet blauw.

En plotseling lieten ze zich vallen en klapten hun vleugels open. Hij werd omhuld door een wervelwind van leer.

Hij dook het water in. IJskoud. Hij schopte met zijn benen om vooruit te komen, naar het licht. Veel veiliger onder water, zelfs als er haaien of kwallen of...

Het water om hem heen kolkte en bruiste.

Hij schreeuwde belletjes.

Er zwommen duizenden vleermuizen om en langs hem heen. Ze draaiden hem rond in een waterhoos en sloegen hem met natte vleugels die opeens heel erg op zwemvliezen leken.

Hij stikte haast in het zoute water, trappelde en dwong zijn armen om paniekerig verder te crawlen.

Na vijftien seconden had hij geen lucht meer. Maar hij zag nog steeds geen uitweg. Moest hij teruggaan?

Hij stopte. Verstijfde op zijn plek. Had hij nog genoeg adem om terug te kunnen zwemmen? En wat dan? Moest hij dan in een grot leren leven?

Duck trapte met zijn voeten en ploegde verder, zonder nog goed te weten welke kant hij op ging. Naar voren of terug?

Of zwom hij gewoon in rondjes?

Eindelijk was hij bij de oppervlakte. Zijn hoofd kwam boven water terwijl tienduizenden vleermuizen van alle kanten om hem heen uit het water wervelden, boven hem opzij zwenkten en toen honderd meter verderop weer loodrecht de zee in doken.

Het was niet ver naar het strand. Hij hoefde er alleen maar naartoe te zwemmen. Voor de watervleermuizen terugkwamen.

'Als je maar niet boos wordt,' zei Duck tegen zichzelf. 'Dit is niet het goede moment om te zinken.'

# Negen

Het was ochtend. De bussen stonden op het plein. Edilio zat wijd gapend achter het stuur van de ene. En Ellen, de brandweercommandant, was de chauffeur van de andere. Ellen was een klein, donker, heel serieus meisje. Sam had haar nog nooit zien lachen. Ze leek hem heel bekwaam, maar ze had zich nog niet echt hoeven bewijzen. Maar ze kon goed autorijden.

Helaas had noch Ellen, noch Edilio veel kinderen te vervoeren.

Astrid was er wel, met Kleine Pete – om morele steun te bieden zeker, dacht Sam.

'Ik geloof niet dat we twee bussen nodig hebben,' zei Sam.

'Aan een minibus heb je denk ik wel genoeg,' beaamde Astrid.

'Wat hebben die lui toch?' vroeg Sam woedend. 'Ik heb gezegd dat er honderd kinderen nodig zijn en dan komen er dertien? Vijftien, hooguit?'

'Het zijn nog maar kinderen,' zei Astrid.

'We zijn allemáál nog maar kinderen. En binnenkort zijn we allemaal heel erg hongerige kinderen.'

'Ze zijn gewend dat hun ouders en leraren zeggen wat ze moeten doen. Je moet strenger zijn. Meer van: "Hé jij daar, ga eens aan het werk. Nu."' Ze dacht even na en zei toen: '"Want anders."'

'Want anders wat?' vroeg Sam.

'Want anders... dat weet ik niet. We gaan geen mensen laten verhongeren, als het even kan. Ik weet niet "wat anders". Ik weet alleen dat je niet van kinderen mag verwachten dat ze zich uit zichzelf voorbeeldig gedragen. Toen ik klein was, gaf mijn moeder me een gouden ster als ik lief was en als ik niet lief was, mocht ik bijvoorbeeld bepaalde dingen niet meer doen.'

'Wat moet ik dan? Tegen driehonderd kinderen in zeventig of tachtig verschillende huizen zeggen dat ze geen dvd's meer mogen kijken? Hun iPods afpakken?'

'Het valt inderdaad niet mee om de vader van driehonderd kinderen te moeten zijn,' gaf Astrid toe.

'Ik ben niemands vader,' zei Sam bijna grommend. De zoveelste slapeloze nacht op rij had hem een rothumeur bezorgd. 'Ik ben zogenaamd de burgemeester, niet hun vader.'

'Die kinderen zien het verschil niet,' merkte Astrid op. 'Ze hebben ouders nodig. En dus rekenen ze op jou. En op Moeder Maria. Zelfs op mij, tot op zekere hoogte.'

Dat vond Kleine Pete wel een goed moment om de lucht in te zweven. Hij kwam zo'n dertig, veertig centimeter los van de grond en bleef daar hangen, met zijn armen gespreid en zijn tenen naar beneden gericht.

Sam zag het onmiddellijk. Astrid niet.

'Wat krij…'

Sam kon alleen maar staren en vergat de lege schoolbussen.

Kleine Pete zweefde. Zijn altijd aanwezige gameboy was op de grond gevallen. Een meter of wat voor hem kwam langzaam iets tevoorschijn.

Het was niet groter dan Kleine Pete zelf. Het was een poppengezicht met dode ogen op een lijf dat de vorm van een bowlingkegel had, glanzend rood met gouden accenten.

'Nestor,' zei Kleine Pete bijna blij.

Sam herkende het ding. Het was de matroesjkapop die op het dressoir van Kleine Pete stond. Zo'n Russische poppetje dat hol is vanbinnen en waar allemaal kleinere poppetjes in passen. Sam wist niet hoeveel het er waren. Hij had Astrid er wel eens naar gevraagd, en toen had ze gezegd dat het een souvenir uit Moskou was van een oom die veel reisde.

Eigenlijk had Astrid de pop gekregen, maar Kleine Pete was er van begin af aan dol op geweest. Hij had hem zelfs die naam gegeven: Nestor. En omdat Kleine Pete zich nooit zo aangetrokken voelde tot speelgoed, had hij hem mogen houden van Astrid.

'Nestor,' herhaalde Kleine Pete, maar nu op een onzekere, bezorgde toon.

Terwijl Sam verbijsterd toekeek, begon de matroesjka te veranderen. Er kwamen rimpels in de gladde, gelakte buitenkant. De kleuren vloeiden in elkaar over en vormden nieuwe patronen. Het vreemde, geschilderde gezichtje werd dreigend.

Er groeiden armen uit de zijkant, een soort takjes. De takjes werden dikker, van vlees, met klauwen.

En de geschilderde glimlach van de pop barstte open en liet een stel vlijmscherpe tanden zien.

Kleine Pete probeerde het beeld te pakken, maar het zwevende ding leek wel van teflon: de handen van Kleine Pete gleden eroverheen en het ding glipte telkens als een bolletje kwik opzij. Hij kon het niet aanraken.

'Geen armen,' zei Kleine Pete.

De armen van de pop verslapten, verschrompelden en gingen letterlijk in rook op.

'Petey. Ophouden,' siste Astrid.

'Wat is dat?' vroeg Sam dringend. 'Wat is dat voor ding?'

Astrid gaf geen antwoord. 'Petey. Stoel bij het raam. Stoel bij het raam.' Dat was een activeringszin die Astrid gebruikte om Kleine Pete rustig te krijgen. Soms werkte het. Soms ook niet. Maar Sam had niet het idee dat Kleine Pete nu van streek was; hij leek eerder gefascineerd. Het was raar om zo'n levendige, bijna schrandere betrokkenheid op het gezicht van Kleine Pete te zien, dat normaal gesproken altijd zo uitdrukkingsloos stond.

De mond van de pop ging open. Alsof hij iets wilde zeggen. Zijn ogen richtten zich met een boosaardige blik vol haat op Kleine Pete.

'Nee,' zei Kleine Pete.

De mond klapte dicht en werd weer een geschilderde streep. De woedende ogen werden dof en veranderden weer in geschilderde stipjes.

Astrid maakte een geluid dat klonk als een haastig gesmoorde snik. Ze deed een stap naar voren, fluisterde 'sorry' en sloeg Pete hard tegen zijn schouder.

Het had onmiddellijk effect. Het wezen verdween. Pete viel in een hoopje op het bruine gras.

'Weet je zeker dat...' begon Sam.

Kleine Pete kon – nou ja, niemand wist precies wat hij kon. Het enige wat Sam en Astrid wisten, was dat Kleine Pete verreweg de sterkste mutant van de FAKZ was.

'Ik moet hem wel tegenhouden,' zei Astrid grimmig. 'Het wordt alleen maar erger. Het begint met Nestor. Dan komen de armen. En dan de mond en de ogen. Alsof hij tot leven probeert te komen. Alsof...' Ze knielde neer naast Kleine Pete en trok hem tegen zich aan.

Sam wierp een priemende blik richting de bussen. Het antwoord op zijn onuitgesproken vraag – had iemand Pete gezien? – werd gegeven door de openhangende monden van de kinderen die met hun neus tegen de stoffige ruiten gedrukt stonden.

Edilio was nu klaarwakker en rende naar hen toe.

Sam vloekte binnensmonds. 'Is dit al eerder gebeurd, Astrid?'

Opstandig stak ze haar kin in de lucht. 'Een paar keer.'

'Je had me wel eens mogen waarschuwen.'

'Jez... Wat was hier aan de hand?' vroeg Edilio.

'Vraag maar aan Astrid,' snauwde Sam.

Astrid gaf Kleine Pete zijn gameboy en trok hem voorzichtig overeind. Ze sloeg haar ogen neer en weigerde Sams beschuldigende blik te beantwoorden. 'Ik weet niet wat het is. Een soort nachtmerrie of zo, maar dan overdag.' De wanhoop in haar stem was duidelijk te horen.

'Die pop, of wat het dan ook was,' zei Sam, 'dat ding vocht tegen Pete, en Pete vocht terug. Alsof het tot leven probeerde te komen.'

'Ja,' fluisterde Astrid.

Edilio was behalve hen de enige die wist wat Kleine Pete had gedaan. Edilio was degene die in de kerncentrale de videoband had opgehaald waarop te zien was hoe Kleine Pete, die tijdens het kernongeluk bij zijn vader in de centrale was, niet begreep wat er aan de hand was en vervolgens in zijn paniek de FAKZ had veroorzaakt. Edilio vroeg wat Sam dacht. 'Er vocht iets tegen Kleine Pete?' vroeg Edilio. 'Jemig, wie of wat is nou sterk genoeg om het tegen Kleine Pete op te nemen?'

'We praten hier verder met niemand over,' zei Sam resoluut. 'Als iemand ernaar vraagt, dan zeg je dat het waarschijnlijk een soort...'

'Een soort wat?' vroeg Edilio.

'Dat het een soort gezichtsbedrog was,' opperde Astrid.

'Ja, dat geloven ze vast,' zei Edilio sarcastisch, en toen haalde hij zijn schouders op. 'Ze hebben wel wat anders aan hun hoofd. Hongerige mensen verdoen hun tijd niet met vragen.'

Als andere kinderen zouden horen wat Kleine Pete had gedaan... en wat hij kon... dan zou hij nooit meer veilig zijn. Caine zou zijn uiterste best doen om het vreemde jongetje gevangen te nemen, en misschien wel te vermoorden.

'Edilio, ik wil dat je iedereen in één bus zet. Daarna rij je met een paar van je jongens door de straten, je gaat alle deuren langs en verzamelt zo veel mogelijk kinderen. Als de bus helemaal vol zit, neem je ze mee om meloenen te plukken, of iets anders, maakt niet uit.'

Edilio keek bedenkelijk maar zei: 'Prima, meneer de burgemeester.'

'Astrid. Jij gaat met mij mee.' Sam beende weg, met Astrid en Kleine Pete in zijn kielzog.

'Zeg, je hoeft tegen mij niet zo arrogant te doen, hoor,' riep Astrid tegen zijn rug.

'Ik zou het gewoon waarderen als je het even kwam melden als er weer zoiets bizars gebeurt, dat is alles.' Sam liep door, maar Astrid greep hem bij zijn arm. Hij bleef staan en keek schuldbewust om zich heen om te zien of er niemand in de buurt was die hen zou kunnen horen.

'Wat had ik dan moeten zeggen?' vroeg Astrid op een gespannen fluistertoon. 'Kleine Pete ziet ze vliegen? Hij zweeft de lucht in? Wat had je daaraan willen doen?'

Hij hief zijn handen in een sussend gebaar. Maar zijn stem klonk nog net zo boos. 'Ik probeer gewoon op de hoogte te blijven, nou goed? Het lijkt wel of ik een spel speel waarvan om de haverklap de regels veranderen. En op dit moment zijn de regels blijkbaar monsterwormen en hallucinerende kleuters. Ach ja. Ik kan er niets aan doen, maar het is fijn om van tevoren even gewaarschuwd te worden.'

Astrid wilde iets zeggen, maar bedacht zich. Ze haalde een paar keer diep adem om te kalmeren. Een stuk beheerster zei ze: 'Sam, ik vond dat je wel genoeg verantwoordelijkheden had. Ik maak me zorgen om je.'

Hij liet zijn handen zakken en zijn stem werd zacht. 'Het gaat best.'

'Niet waar,' zei Astrid. 'Je slaapt niet. Je hebt nooit een moment voor jezelf. Je geeft jezelf de schuld van alles wat fout gaat. Je maakt je zorgen.'

'Ja, ik maak me zorgen,' zei hij. 'Vannacht was er een jongen die een kat had doodgemaakt en opgegeten. En terwijl hij me dat vertelde, stond hij aan één stuk door te huilen. Te snikken. Hij had zelf een kat gehad. Hij hield van katten. Maar hij had zo'n honger dat hij hem had gepakt en...'

Sam kon niet verder praten. Hij beet op zijn lip en probeerde de opkomende wanhoop van zich af te schudden. 'Astrid, we redden het niet. We redden het niet. Iedereen is...' Hij keek haar aan en begon bijna te huilen. 'Hoe lang zal het nog duren voor kinderen ergere dingen gaan doen dan katten vermoorden?'

Toen Astrid geen antwoord gaf, zei Sam: 'Dus ja, ik maak me inderdaad zorgen. Kijk nou eens rond. Hoe denk je dat we er over twee weken aan toe zijn? Over twee weken zitten we hier in Darfur, of iets wat daarop lijkt, als we nu geen oplossing verzinnen. En ik wil er niet eens over nadenken hoe we er over dríe weken aan toe zijn.'

Hij wilde naar zijn kantoor lopen maar botste tegen twee jongens op die woest tegen elkaar stonden te schreeuwen. Het waren twee broertjes, Alton en Dalton. Het was duidelijk dat ze al een tijd aan het ruziën waren.

Normaal gesproken zou dat niet echt iets bijzonders zijn – er werd constant ruziegemaakt door iedereen – maar deze twee jongens hadden allebei een pistoolmitrailleur om hun schouders hangen. Sam was als de dood dat een van Edilio's soldaten iets stoms zou doen met zijn wapen. Kinderen van tien, elf en twaalf jaar oud waren nou niet bepaald het Amerikaanse leger.

'Wat is hier aan de hand?' snauwde Sam.

Dalton wees met een beschuldigende vinger naar zijn broer. 'Hij heeft mijn chocoladetoffees gejat.'

Alleen al bij het horen van het woord chocoladetoffees begon Sams maag te rammelen.

'Had jij dan...' Hij moest zichzelf dwingen om niet alleen aan het snoep te denken. Snoep! Waar had Dalton in vredesnaam nog snoep vandaan gehaald? 'Zoek het zelf maar uit,' zei Sam en hij liep door, maar bleef toen weer staan. 'Wacht eens even. Horen jullie niet in de kerncentrale te zijn?'

Alton gaf antwoord. 'Nee, we hebben nachtdienst gehad. We zijn vanochtend met het busje teruggekomen. En ik heb die stomme chocoladetoffees niet gestolen. Ik wist niet eens dat-ie chocoladetoffees hád.'

'Wie heeft ze dán gestolen?' vroeg zijn broer verhit. 'Ik heb er elke dienst twee gegeten. Eén aan het begin en één aan het eind. Gisternacht heb ik er één gegeten toen we begonnen en ik heb ze allemaal geteld. Ik had er nog zeven. En toen ik er vanochtend nog eentje wilde nemen, was de doos leeg.'

Sam zei: 'Is het al bij je opgekomen dat het ook een van de andere bewakers geweest kan zijn?'

'Ja, maar dat is niet zo,' zei Dalton. 'Heather B. en Mike F. waren bij het wachthuis. En Josh lag de hele tijd te slapen.'

'Hoe bedoel je, Josh lag te slapen?' vroeg Sam.

De broers keken elkaar met bijna precies dezelfde schuldbewuste blik aan. Dalton haalde zijn schouders op. 'Josh slaapt af en toe. Da's verder niet zo'n probleem – hij wordt heus wel wakker als er iets gebeurt.'

'Josh moet toch de beveiligingscamera's in de gaten houden?'

'Hij zegt dat hij niks ziet. Er gebeurt nooit iets. Het zijn alleen maar beelden van de weg, de heuvels en de parkeerplaats en zo.'

'Wij zijn wakker gebleven. Bijna de hele tijd,' zei Alton.

'Bijna. Hoe lang is "bijna"?'

Sam kreeg geen antwoord.

'Nou, doorlopen. Vooruit. En geen ruzie meer maken. Je had sowieso geen eten mogen achterhouden, Dalton. Je verdiende loon.' Hij wilde dolgraag aan de jongen vragen waar hij dat snoep had gevonden, en of er nog meer lag, maar dan zou hij een verkeerd signaal afgeven. Hij moest het goede voorbeeld geven.

Maar toch, dacht Sam, stel je voor dat er nog ergens snoep was? Ergens in de FAKZ?

De bus van Edilio reed langzaam weg. Ellen zat er ook in en Sam nam aan dat Edilio zo zou uitstappen om met een paar van zijn soldaten kinderen voor de oogst te rekruteren.

Sam zag al voor zich hoe het er bij elk huis aan toe zou gaan. Ze zouden jammeren. Klagen. Wegrennen. En vervolgens een slome poging tot fruitplukken doen die haast niets zou opleveren omdat die kinderen geen zin hadden om urenlang in de brandende hitte te werken.

Hij dacht even aan E.Z. Aan de wormen. Vanochtend ging Albert met Orc naar het koolveld om te kijken of hij echt onkwetsbaar was, zoals Howard had gezegd. Hopelijk zou het goed uitpakken.

Heel even vroeg hij zich bezorgd af of de wormen zich misschien al verspreid zouden hebben. Maar zelfs als dat zo was, dan zaten ze vast niet in het meloenenveld. Dat lag anderhalve kilometer bij de kool vandaan.

Anderhalve kilometer was een heel eind, als je een worm was.

'Bier,' brulde Orc.

Albert gaf Howard een roodblauw blik bier aan. Budweiser. Daar had Albert het meest van, en Orc leek geen voorliefde voor één bepaald merk te koesteren.

Howard trok het lipje open en stak het door het bestuurdersraampje naar achteren. Orc griste het weg terwijl ze over de on-verharde weg vol kuilen reden.

Orc zat in de laadbak van de pick-up. Hij was te groot om in een kleiner voertuig te passen, te groot om voorin in de cabine te kunnen zitten. Howard reed. Albert zat naast hem, weggedrukt in de hoek door een grote plastic koelbox met het logo van de universiteit van Californië in Santa Barbara erop. De box zat vol met bier.

'Wij hadden vroeger echt wat vaker samen moeten chillen,' zei Howard tegen Albert.

'Vroeger wist je niet eens dat ik bestond,' antwoordde Albert.

'Hè? Kom nou, joh. Er zaten nog geen tien zwarte *brothers* bij ons op school. Je dacht toch niet dat ik er eentje totaal over het hoofd had gezien?'

'We hebben dezelfde huidskleur, Howard. Dat betekent nog niet dat we familie zijn,' zei Albert koeltjes.

Howard lachte. 'Ja, jij was altijd zo'n nerd. Jij las te veel. Dacht te veel na. Had te weinig lol. Echt zo'n braaf jochie; als je mammie maar trots op je was. En moet je nou toch eens kijken: in de FAKZ ben je opeens een hele kerel.'

Daar luisterde Albert niet naar. Hij had er geen behoefte aan om herinneringen op te halen. Niet met Howard in elk geval, en met iemand anders eigenlijk ook niet. De wereld van vroeger kwam nooit meer terug. Albert hield zich alleen maar met de toekomst bezig.

Alsof hij zijn gedachten kon lezen, zei Howard: 'Jij bent altijd plannen aan het maken, hè? Ik heb gelijk, geef het maar toe. Jij bent superzakelijk.'

'Ik ben net als iedereen: ik probeer gewoon een manier te vinden om te overleven,' zei Albert.

Howard gaf geen rechtstreeks antwoord. 'Weet je hoe ik erover denk? Sam, da's de baas. Punt. Astrid en Edilio? Die tellen mee omdat ze bij Sam horen. Maar jij jongen, jij doet je eigen ding, weet je.'

'Welk ding bedoel je precies?' vroeg Albert zo neutraal mogelijk.

'Er werken vijfentwintig kinderen voor jou, man. Jij bent de baas over het eten. Zal ik je eens wat zeggen? Ik weet dat jij ergens een voedselvoorraad hebt.'

Albert verblikte of verbloosde niet. 'Als ik een geheime voedselvoorraad heb, waarom heb ik dan zo'n honger?'

Howard lachte. 'Omdat jij een slimme kerel bent die het helemaal goed wil doen, daarom. Ik ben ook slim. Op mijn eigen manier.'

Albert zei niets. Hij wist welke kant dit gesprek op ging en hij had absoluut geen zin om Howard een voorzet te geven.

'Wij zijn allebei slim. We zijn allebei zwart in een spierwitte stad. Jij hebt het eten. Ik heb Orc.' Hij gebaarde met zijn duim over zijn schouder naar het monster. 'Misschien komt er wel een moment waarop je wat brute kracht nodig hebt om al die ambitieuze plannen van je te kunnen uitvoeren.'

Albert draaide zich opzij naar Howard, want hij wilde dit heel duidelijk stellen, zonder het risico verkeerd begrepen te worden. 'Howard?'

'Ja?'

'Ik ben trouw aan Sam.'

Howard gooide zijn hoofd in zijn nek en lachte. 'O man, ik maak maar een grapje, joh. We zijn toch allemaal trouw aan Sam. Sam, Sam, de laserschietende surfman.'

Ze waren bij het dodelijke koolveld aangekomen. Howard stopte en zette de motor uit.

'Bier,' schreeuwde Orc.

Albert stak zijn hand in het ijskoude water van de koelbox. Hij gaf Howard een blik aan. 'Dit is voorlopig de laatste, hierna moet hij eerst aan het werk.'

Howard gaf het blik aan Orc.

Orc schreeuwde: 'Maak open, idioot. Je weet toch dat ik dat lipje niet openkrijg.'

Howard pakte het blik weer terug en trok het lipje open. Het klonk net als een blikje fris, maar er kwam een zure geur uit. 'Sorry Orc,' zei Howard.

Orc greep met een vuist zo groot als een bowlingbal het blik vast en goot de inhoud in zijn keel.

De vingers van Orc konden geen kleine voorwerpen meer vasthouden. Elke vinger was zo dik als een salamiworst. Elke knokkel was gemaakt van iets wat akelig veel leek op nat grind en ook zo aanvoelde. Grijze kiezels die losjes op elkaar aansloten. Zijn hele lichaam, op de laatste paar vierkante centimeters van zijn norse mond, de linkerhelft van zijn gezicht en een klein gedeelte van zijn wang en nek na, was bedekt met – of gemaakt van – datzelfde glibberige, grijze grind. Hij was altijd al groot geweest, maar nu was hij nog dertig centimeter langer en minstens een meter breder.

Het kleine stukje dat nog menselijk aan hem was, was eigenlijk het engst. Alsof iemand het vel van een levend mens had gesneden en op een stenen beeld had geplakt.

'Nog een,' gromde Orc.

'Nee,' antwoordde Albert vastberaden. 'Eerst eens zien of je dit wel echt kunt.'

Orc rolde zichzelf over de rand van de pick-up en ging rechtop staan. Albert voelde de hele auto heen en weer schudden. Orc liep naar Alberts portier en stak zijn afzichtelijke gezicht door het raam. Albert schoof achteruit in zijn stoel en greep de koelbox vast.

'Ik kan dat biertje zo pakken,' zei Orc. 'Je houdt me echt niet tegen.'

'Ja, je zou het inderdaad kunnen pakken,' beaamde Albert. 'Maar je hebt het Sam beloofd.'

Dat moest Orc even verwerken. Hij was traag en dom, maar niet zo dom dat hij de waarschuwing niet opmerkte die in Alberts woorden besloten lag. Orc wilde geen ruzie met Sam.

'Best. Ik zal eens naar die wormen gaan kijken.' Orc boerde en wankelde naar de akker. Hij droeg wat hij meestal droeg: een met grove steken in elkaar genaaide korte broek van canvas. Albert nam aan dat Howard die voor zijn vriend had gemaakt. Er waren geen broeken of shirts in Orcs maat.

Howard hield zijn adem in toen Orc de akker op stampte. Net als Albert, overigens. Alle afgrijselijke details van E.Z.'s dood stonden voor altijd in Alberts geheugen gegrift.

Hij werd onmiddellijk aangevallen.

De wormen kolkten de aarde uit, kronkelden in een razend tempo naar Orcs stenen voeten en stortten zich op zijn onnatuurlijke vlees.

Orc bleef staan. Hij staarde omlaag naar de beesten.

Knerpend langzaam draaide hij zich om naar Albert en Howard en zei: 'Kietelt een beetje.'

'Pluk eens een kool,' riep Howard bemoedigend.

Orc bukte zich, woelde met zijn stenen vingers door de aarde en tilde een kool op. Hij keek er even naar en gooide hem vervolgens richting de pick-up.

Albert deed het portier open en boog zich behoedzaam over de kool. Hij weigerde uit de auto te stappen. Nog niet. Pas als ze het zeker wisten.

'Howard, ik heb een stok nodig of zoiets,' zei Albert.

'Waarvoor?'

'Ik wil even in die kool prikken, zodat we zeker weten dat er geen worm in zit.'

Op de akker bleven de wormen het monster aanvallen, maar ze beten hun tanden stuk op zijn stenen vlees. Orc schepte nog drie kolen uit de grond. Toen stampte hij weer terug.

De wormen kwamen hem niet achterna. Aan de rand van het veld gleden ze van Orc af en kropen terug in de grond.

'Bier,' eiste Orc.

En Albert gaf hem bier.

Hij vroeg zich af hoe het Sam verging bij zijn poging om de kinderen op de velden aan het werk te zetten. 'Vast niet zo best,' mompelde hij in zichzelf.

Het antwoord op het voedselprobleem was eigenlijk heel simpel: boerderijen hadden boeren nodig. En die boeren moesten gemotiveerd worden. Ze moesten betaald worden. Net als iedereen. Mensen deden niet zomaar iets omdat het gedaan moest worden, ze deden iets voor het geld, voor de winst. Maar Sam en Astrid waren te dom om dat in te zien.

Nee, niet te dom, zei Albert tegen zichzelf. Als Sam er niet was geweest, had Caine nu de macht gehad. Sam was geweldig. En Astrid was waarschijnlijk de slimste inwoner van de hele FAKZ.

Maar Albert was ook slim, in bepaalde opzichten. En hij had de moeite genomen om zelf verder te leren, door in de stoffige, donkere openbare bibliotheek boeken te lezen die eigenlijk slaapverwekkend waren.

'Die kerel van mij heeft zo een nieuw biertje nodig,' zei Howard, en hij gaapte achter zijn hand.

'Die kerel van jou krijgt één biertje per honderd kolen,' zei Albert.

Howard wierp hem een vuile blik toe. 'Jemig, je doet net alsof je die blikken van je eigen centen hebt betaald.'

'Nee,' zei Albert. 'Ze zijn van de gemeenschap. Op dit moment tenminste nog wel. Eén biertje per honderd kolen.'

De twee uur daarna groef Orc kolen uit. En dronk bier. Howard speelde een spelletje op een draagbare spelcomputer. Albert dacht na.

Wat dat betreft had Howard gelijk: Albert had erg veel nagedacht sinds die dag waarop hij de verlaten McDonald's was binnengewandeld en hamburgers was gaan bakken. Daar had hij veel aanzien mee verworven binnen de gemeenschap. En met het Thanksgiving-diner dat hij had georganiseerd en dat vlekkeloos verlopen was, had hij een bescheiden heldenstatus verworven. Hij was natuurlijk geen Sam – er was maar één Sam. Hij was zelfs geen Edilio of Brianna; hij kwam niet eens in de buurt van de grote helden die in dat verschrikkelijke gevecht tussen Caines meute en de kinderen uit Perdido Beach waren opgestaan.

Maar op dat moment dacht Albert daar allemaal niet aan. Hij dacht aan wc-papier en batterijen.

En toen begon Orc te schreeuwen.

Howard ging overeind zitten en sprong de auto uit.

Albert verstijfde.

Orc gilde en sloeg tegen zijn gezicht, tegen het gedeelte dat nog menselijk was.

Howard rende naar hem toe.

'Howard, niet doen!' schreeuwde Albert.

'Ze hebben hem te pakken! Ze hebben hem te pakken!' jammerde Howard angstig.

Orc sloeg wild om zich heen, strompelde verder en rende toen naar de pick-up; zijn enorme stenen voeten maakten vijftien centimeter diepe afdrukken in de aarde.

Een van de wormen zat op zijn gezicht.

In zijn gezicht.

Hij struikelde bij de rand van het veld en kwam hard op neutraal terrein terecht.

'Help! Howard, help me dan!' jammerde Orc.

Albert kwam eindelijk uit zijn verdoofde toestand en begon te rennen. Toen hij dichterbij kwam zag hij de worm zitten: het was er maar één, maar zijn zwarte slangenkop zat diep in het roze vlees van Orcs wang.

Nu zag Albert ook de razendsnelle pootjes die de worm het strakke vlees in stuwden.

Orc had de staart van het beest in zijn vuist en trok er hard aan. Maar de worm wilde niet loslaten. Orc trok zo hard dat het leek alsof hij zijn laatste levende huid zou lostrekken van het stenen vel eromheen.

Howard begon ook aan de worm te rukken. Hij huilde en vloekte en trok, ondanks het feit dat hij nu zelf gevaar liep omdat de worm Orc misschien wel zou loslaten om zich vervolgens op Howard te storten.

'Bijt hem!' riep Albert.

'Mijn tong!' loeide Orc, maar zijn stem werd vervormd toen de worm nog weer twee centimeter dieper zijn wang in drong.

'Bijt hem dan, Orc,' riep Albert. Toen knielde hij neer en gaf Orc met alle kracht die hij in zich had een vuistslag tegen de onderkant van zijn kin.

Het voelde alsof hij tegen een bakstenen muur ramde.

Met een schreeuw viel Albert achterover op de grond. Hij wist zeker dat zijn hand gebroken was.

Orc gilde niet meer. Hij deed zijn mond open en spuugde de kop van de worm uit, samen met een bloederige klodder spuug.

Het lijf van de worm viel uit zijn gezicht. Orc gooide het op de grond.

Er zat een gat van twee centimeter doorsnee in Orcs gezicht.

Het bloed gutste langs zijn hals en verdween in de stenen van zijn huid als regen die op kurkdroge aarde valt.

Orc staarde Albert aan. 'Je hebt me geslagen,' zei hij toonloos.

'Die gast heeft je leven gered, Orc,' zei Howard. 'Die gast heeft je leven gered.'

'Volgens mij heb ik mijn hand gebroken,' zei Albert.

'Bier,' zei Orc.

Howard rende weg om aan zijn verzoek te voldoen.

Orc gooide zijn hoofd achterover en kneep in het blik tot het lipje opensprong. Het gele vocht spoot zijn mond in.

Minstens de helft ervan stroomde als roze schuim uit het bloederige gat in zijn wang.

# Tien

'Ze zat in mijn dromen, in mijn hoofd. Ik heb haar zelf gezien,' zei Drake.

'Nu ben je echt je laatste restje verstand verloren,' zei Diana.

Ze zaten in de eetzaal. Niemand at. Een maaltijd op Coates bestond uit een paar blikken die werden neergezet zodat de kinderen erom konden vechten. Sommige kinderen hadden al gekookt gras gegeten om hun honger enigszins te stillen.

In de galmende, verlaten, beschadigde eetzaal waren nu Caine, Drake, Worm, Diana en het meisje dat zei dat ze Orsay heette aanwezig.

Ze was hooguit twaalf, schatte Diana.

Diana had een blik opgevangen in de ogen van het meisje. Angst, natuurlijk, want ze was immers door Drake meegesleurd zodra Worm uit de kerncentrale was teruggekeerd. Maar dat was niet alles: het meisje, Orsay, keek naar Diana alsof ze haar herkende.

Het was geen prettige blik. Haar uitdrukking liet de haren in Diana's nek rechtovereind staan.

'Ik heb haar nog nooit gezien, maar ik zag haar in een droom die ik had.' Drake keek het meisje vol haat aan. 'En toen ik wakker werd had ze zich stiekem een eindje verderop verstopt.'

Diana vond het een vreemde gewaarwording om met Drake in dezelfde ruimte te zijn en te merken dat hij iemand op dit moment meer haatte dan haar.

Caine zei: 'Oké Drake, nou weten we het wel. Vroeger zou ik ge-

116

zegd hebben dat je gek geworden was, maar nu...' Met een lome hand gebaarde hij naar Diana. 'Lees haar. Ik ben benieuwd.'

Diana stond op en ging naast het meisje staan, dat met bange, uitpuilende ogen naar haar opkeek.

'Je hoeft niet bang te zijn. Niet voor mij, in elk geval,' zei Diana. 'Ik wil alleen maar even je hand vasthouden.'

'Wat is er gebeurd? Waarom wil niemand het uitleggen? Waar zijn alle volwassenen? Waar zijn jullie docenten?' Orsay had een stem met ingebouwde trilling, alsof ze altijd zenuwachtig was geweest en dat ook altijd zou zijn.

'Wij noemen het de FAKZ. De Fall-out Alley KinderZone,' zei Diana. 'Heb je wel eens gehoord over dat ongeluk met de kerncentrale jaren geleden? Fall-out Alley?'

'Zeg. Je moest haar lézen van Caine, geen geschiedenisles geven,' snauwde Drake.

Diana wilde tegen hem in gaan, maar ze werd heel ongemakkelijk van Orsays uitdrukking, die blik vol angst maar ook medelijden waarmee ze naar Diana keek. Het was alsof Orsay iets wist over Diana, alsof ze een dokter was die een fatale diagnose had gesteld, maar nog niet de moed had verzameld om het te vertellen.

Diana pakte Orsays hand. Zodra ze die vasthad, wist ze hoeveel strepen Orsay had. De vraag was of ze Caine de waarheid moest vertellen. In Caines universum waren er maar twee categorieën mutanten mogelijk: de freaks die onvoorwaardelijk trouw waren aan Caine, en de freaks die zo snel mogelijk uit de weg geruimd moesten worden.

Orsay had in elk geval minder dan vier strepen. Had ze die wel gehad, dan had Caine haar hoogstwaarschijnlijk meteen aan Drake overgedragen.

'Nou, vooruit,' gromde Drake.

Diana liet de hand van het meisje los. Ze negeerde Drake en praatte alleen tegen Caine. 'Ze heeft er drie.'

Caine zoog zijn adem in en leunde achterover in zijn stoel. Hij keek het doodsbenauwde meisje peinzend aan. 'Vertel me eens iets over jouw gave. Als je me de waarheid vertelt, en niets voor me achterhoudt, dan overkomt je niks. Als je tegen me liegt, dan weet ik dat ik je nooit zal kunnen vertrouwen.'

Orsay keek op naar Diana alsof ze steun zocht bij een vriendin. 'Doe wat hij zegt,' zei Diana.

Orsay vouwde haar handen. Met samengeperste knieën en haar hakken naar buiten boog ze haar schouders zo ver naar voren dat het leek alsof ze ze tegen elkaar wilde duwen.

'Het is een maand of vijf geleden begonnen, volgens mij. Het gebeurde meestal 's nachts. Ik dacht dat ik gek werd. Ik wist niet waar het vandaan kwam. Opeens zaten er allemaal beelden en soms ook geluiden in mijn hoofd: pratende mensen, flitsen van gezichten en plaatsen... Soms duurde het maar heel kort, een paar seconden, maar soms ging het wel een halfuur door, het ene beeld na het andere, allerlei bizarre dingen, mensen die achtervolgd werden, mensen die vielen, mensen die... nou ja, seks en zo hadden, zeg maar.'

Ze sloeg haar ogen neer en keek opgelaten naar haar ineengestrengelde vingers.

'Ja, het is duidelijk, jij bent reuze lief en onschuldig,' sneerde Drake.

Diana vroeg: 'Hoe ben je erachter gekomen dat het dromen van andere mensen waren?'

'Het gebeurde eigenlijk alleen 's nachts,' zei Orsay. 'En toen had ik op een nacht een heel levensechte droom over het gezicht van een vrouw, een heel aardige vrouw met rood haar. Maar ze was nog niet eens in het park. Ze kwam pas de volgende ochtend aan. Ik had haar nog nooit gezien, niet in het echt, alleen in de dromen van haar man. Toen had ik het door.'

'Dus je hebt al die tijd in dat park gezeten? Dan zul je wel eenzaam geweest zijn.' Caine liet een zweem van zijn glimlach, een fractie van zijn charme zien om haar op haar gemak te stellen.

Orsay knikte. 'Ik ben het wel gewend om eenzaam te zijn.'

'Kun je goed geheimen bewaren?' vroeg Diana. Ze liet haar stem achteloos klinken, maar ze keek Orsay doordringend aan, in de hoop dat de boodschap zou overkomen, dat ze zou beseffen hoe groot het gevaar was waarin ze verkeerde.

Orsay knipperde met haar ogen. Ze wilde iets zeggen, en knipperde toen nog een keer. 'Ik heb nog nooit tegen iemand gezegd wat ik had gezien,' zei ze.

Caine zei: 'Interessante vraag, Diana.'

Diana haalde haar schouders op. 'Een goede spion moet discreet zijn.'

Caine trok een niet-begrijpend gezicht en Diana zei snel: 'Ik bedoel, daar denk je toch aan, neem ik aan? Worm kan hooguit ergens naar binnen glippen en wat gesprekken afluisteren. Maar Orsay zou echt hun dromen in kunnen stappen.' Caine bleef sceptisch kijken en Diana voegde er vlug aan toe: 'Ik vraag me af waar Sam over droomt.'

'Echt niet,' zei Drake. 'Geen sprake van. Je hebt toch gehoord wat ze zei: ze belandt in de dromen van iedereen die toevallig in de buurt is. Dat betekent dat ze ook in onze hoofden komt. Geen sprake van.'

'Ik denk niet dat ze graag in jouw dromen wil zitten, Drake,' zei Diana.

Drake rolde zijn arm af en sloeg hem bliksemsnel om Orsay heen, die verstijfd van schrik een kreet slaakte. 'Ik heb haar naar Coates gebracht. Ze is van mij. Ik bepaal wat er met haar gebeurt.'

'En wat zou je dan met haar willen doen?' vroeg Diana.

Drake grijnsde. 'Ik weet het niet. Misschien braad ik haar wel om haar op te eten. Vlees is vlees, nietwaar?'

Diana wierp een snelle blik op Caine, in de hoop dat ze een teken van walging zou zien, een bevestiging dat Drake te ver ging. Maar Caine knikte alleen, alsof hij Drakes eis serieus in overweging nam. 'We zullen eerst eens kijken hoe groot haar bereik is. Orsay, tot welke afstand vang je iemands dromen op?'

Orsay gaf klappertandend en bevend van angst antwoord. 'Niet verder dan... dan... dan van de opzichterswoning tot het dichtstbijzijnde gedeelte van het kampeerterrein.'

'En hoe ver is dat?'

Ze probeerde haar schouders op te halen, maar Drake kneep haar als een python fijn en wikkelde elke keer dat ze uitademde zijn arm nog wat strakker om haar heen. 'Een meter of zestig,' zei Orsay.

'Het huisje van Mose,' zei Diana. 'Dat ligt twee keer zo ver van de campus.'

'Ik zei toch "nee"?' dreigde Drake. 'Ze zat in mijn hoofd.'

'We weten al dat het daar afschuwelijk is,' zei Diana.

'Ik ben het hier niet mee eens, Caine,' zei Drake. 'Je staat bij me in het krijt. Je hebt me nodig. Ik wil niet dat je je hiermee bemoeit.'

'Jij wilt niet dat ik me ermee bemoei?' herhaalde Caine. Nu ging Drake te ver.

Caine sprong op, waardoor zijn stoel achteroverviel. Hij hief zijn handpalmen. 'Wou je me echt uitdagen, Drake? Ik gooi je zo door de muur naar de kamer hiernaast, zo snel dat je niet eens tijd hebt om haar los te laten.'

Drake kromp in elkaar. Hij wilde antwoord geven, maar kreeg de kans niet. Caines kalme en beheerste houding van een paar seconden geleden was verdwenen en hij ging helemaal door het lint.

'Stomme lomperik,' tierde Caine. 'Denk je nou echt dat je mij kunt vervangen? Dacht je nou echt dat jij, als ik er niet meer was, naar de stad zou kunnen gaan om Sam en de rest uit te schakelen? Je kon niets eens van Orc winnen! Jij kunt niks!' schreeuwde hij terwijl het speeksel in het rond vloog. Zijn lippen bewogen zo snel ze konden, maar ze konden zijn razernij niet bijhouden.

Het bloed was weggetrokken uit Drakes verbeten gezicht. Zijn ogen gloeiden van boosheid, zijn arm trilde haast oncontroleerbaar. Hij zag eruit alsof hij elk moment kon stikken in zijn eigen opgekropte woede.

'Ik heb hier de hersenen!' gilde Caine. 'Ik heb hier de hersenen! Ik heb de hersenen en de macht, de echte macht, ík heb vier strepen, als enige. Ik ben de enige. Ik! Waarom denk je dat ik drie dagen bij de Duisternis moest blijven? Waarom denk je dat... Waarom denk je dat hij nog steeds in mijn... in mijn...'

Caines stem klonk op slag heel anders. Heel even keek hij alsof hij zou gaan huilen. Hij vermande zich, schraapte zijn keel en slikte moeizaam. Hij wankelde en greep de rug van een stoel vast om te blijven staan.

Toen zag hij de niet erg medelijdende blik in Diana's ogen en de koude, triomfantelijke haaienuitdrukkking op Drakes gezicht.

Caine brulde. Een verwarde, krankzinnige brul. Hij stak zijn armen uit en richtte zijn handen op de grond aan beide zijden van Drake.

Er klonk een oorverdovend geraas toen het marmer openscheurde en de grond ontplofte in een fontein van versplinterde vloertegels en gruis.

De zuil van stenen en brokstukken schoot omhoog, stuitte met geweld op het hoge, toch al zwaar gehavende plafond en viel als een regen van puin weer naar beneden terwijl Caines gebrul langzaam wegstierf.

Het enige geluid was het luide, valse geroffel waarmee het gruis op de grond viel.

Caine staarde voor zich uit. Wezenloos.

Het duurde te lang, maar niemand durfde iets te zeggen. En toen, alsof iemand een knop had omgezet, werd Caines uitdrukking weer menselijk. Hij glimlachte een beetje beverig.

'We kunnen dit meisje goed gebruiken, Drake,' zei Caine kalm. Vervolgens wendde hij zich tot Orsay. 'Dat is toch zo? We kunnen jou toch gebruiken? Zul je alles doen wat ik zeg? En alleen mij gehoorzamen?'

Orsay probeerde iets te zeggen, maar kreeg nog geen fluistertoon uit haar keel. Ze knikte verwoed.

'Goed zo. Want als ik ooit aan je begin te twijfelen, Orsay, dan geef ik je aan Drake. En dat wil je niet.'

Caine zakte uitgeput in elkaar. Zonder nog iets te zeggen wankelde hij naar de deur.

Lana klopte haar hond Patrick op zijn dikke vacht. 'Klaar?'

Patrick maakte het kleine jankgeluidje dat 'Toe nou, dan gaan we!' betekende.

Lana stond op en controleerde de strook klittenband waarmee haar iPod om haar arm zat. Ze drukte de felgele koptelefoon nog een keer stevig op haar hoofd – haar oren waren te klein voor de normale oordopjes.

Ze zocht de afspeellijst 'hardlopen' op. Maar ze ging natuurlijk niet echt hardlopen. Van rennen werd de honger ondraaglijk. Ze wandelde alleen. En niet zo ver als ze gerend zou hebben.

Vroeger, voor de FAKZ, deed ze het allebei nooit. Maar net als zo veel andere dingen was ook daar verandering in gekomen. Als je zonder water door de woestijn strompelde, terwijl je geen idee had waar je heen ging en vervolgens gevangen werd genomen door een supersnelle coyoteroedel, kwam je vanzelf tot het besef dat je misschien eens iets aan je conditie zou moeten doen.

Ze vond het fijn om in stilte te beginnen. Ze hield van het geluid van haar gympen, eerst bijna geruisloos op de vloerbedekking van het hotel, en dan lekker hard op het asfalt.

Haar route begon bij de ingang van Kliftop. Het hotel had automatische deuren en die deden het nog steeds. Het bleef heel raar dat de sensor na al die tijd nog steeds geduldig op het teken wachtte dat hij de deuren naar de buitenwereld wijd open moest zetten.

Vanaf Kliftop liep ze omlaag richting Town Beach. Dan dwars door de stad – maar niet langs het plein – en over de snelweg terug naar Kliftop om het rondje af te maken. Tenzij ze te verzwakt was door de honger. Dan sneed ze dat laatste stukje af.

Ze wist dat ze beter geen calorieën kon verbranden als het niet nodig was. Maar ze kon er niet mee ophouden. Als ze ermee op zou houden, de hele dag op bed zou blijven liggen, dan zou ze het opgeven. En Lana hield niet van opgeven, van zwichten. Ze was niet gezwicht voor de pijn, niet voor Roedelleider, niet voor de Duisternis.

Ik zwicht niet, zei ze tegen zichzelf.

*Kom bij me. Ik heb je nodig.*

Toen ze bij het eind van de oprijlaan was en aan de afdaling ging beginnen, drukte Lana op haar iPod. Er klonk een nummer van Death Cab for Cutie in haar oren.

Maar ze hoorde die andere tekst, een zacht gefluister dat als een tweede lied door het eerste heen schemerde.

Ze had nog geen honderd meter gelopen toen twee kleine kinderen haar probeerden tegen te houden door met hun handen in de lucht te zwaaien om haar aandacht te trekken.

Lana vond dat ze er hartstikke gezond uitzagen. Ze zwaaide kort terug en hoopte dat dat voldoende zou zijn.

Maar de twee kleintjes deden een stap opzij om haar de weg te versperren. Ze bleef licht hijgend staan, hoewel ze nog lang niet buiten adem zou moeten zijn, en rukte de koptelefoon van haar hoofd.

'Wat is er?' snauwde ze.

Ze stonden een beetje aarzelend te dralen voor ze het er eindelijk uit gooiden.

'Joey heeft een losse tand.'

'Nou en? Hij is gewoon aan het wisselen, dat is heel normaal.'

'Maar het doet pijn. En jij moet zorgen dat het ophoudt.'

'Ik móét?' herhaalde Lana. 'Luister eens, als je een of andere gapende wond hebt waar allemaal bloed uit stroomt mag je me lastigvallen. Niet als je een beetje hoofdpijn hebt, of een geschaafde knie of een losse tand.'

'Jij bent gemeen,' zei de jongen.

'Ja. Ik ben gemeen.' Lana zette haar koptelefoon weer op haar hoofd en liep verder. Ze was boos op de kinderen en nog bozer op zichzelf omdat ze tegen hen geschreeuwd had. Maar er kwamen altijd kinderen naar haar toe, waar ze ook was. Ze stoorden haar als ze zat te eten. Ze zeurden aan haar hoofd als ze op haar balkon een boek zat te lezen. Ze bonsden op haar deur als ze zat te poepen.

Het was bijna nooit iets wat een wonder vereiste. Want Lana begon haar gave steeds meer als iets wonderbaarlijks te beschouwen. Niemand had er een betere verklaring voor.

En met wonderen moest je niet te lichtzinnig omspringen.

Hoe dan ook, ze had recht op een eigen leven. Ze was niet het slaafje van de stad. Ze was haar eigen baas.

*Kom bij me.*

Lana beet op haar lip. Ze negeerde hem, die stem, de hallucinatie, wat het ook mocht wezen.

Ze zou hem gewoon negeren.

Ze zette de muziek harder.

Toen ze bij de stad kwam, boog ze af van het strand. Misschien moest ze wat meer door de achterafstraatjes lopen. Misschien moest ze wat vaker een andere route nemen zodat ze niet zo makkelijk te vinden was.

Zolang ze maar langs dezelfde weg terugging: heuvelopwaarts naar Kliftop. Naar de FAKZ-muur. Niet om hem aan te raken, maar om er heel dicht bij te komen, hijgend en zwetend, met die onvermijdelijke steek in haar zij.

Ze had het gevoel dat ze die muur elke dag van dichtbij moest bekijken. Het was een soort toewijding. Een toetssteen. Om haar eraan te herinneren dat ze hier was, hier en nu. Ze was niet meer dezelfde persoon als vroeger. Ze zat gevangen op deze plek en in dit leven. Dat was niet haar eigen keuze: het was de keuze van de muur.

*Kom bij me. Ik heb je nodig.*

'Het is niet echt,' riep Lana.

Maar het was wél echt. Ze wist dat het echt was. Ze kende die stem. Ze wist waar hij vandaan kwam.

Ze wist dat ze de stem niet kon buitensluiten. Ze kon die stem alleen het zwijgen opleggen door ervoor te zorgen dat hij nooit meer iets zou kunnen zeggen. Zij kon het slachtoffer worden van de stem, of ze kon de stem slachtoffer van háár laten worden.

Waanzin. Waanzin die gelijk stond aan zelfmoord. Ze sloeg een langzaam nummer over en zette iets heel wilds op. Iets wat hard genoeg was om haar gestoorde gedachten uit te bannen.

Ze voerde haar tempo op. Ze liep steeds sneller, rende bijna. Haar armen pompten op en neer en Patrick moest grote sprongen maken om haar bij te houden. Maar ze ging niet snel genoeg om de pickup voor te blijven die toeterend op haar af kwam scheuren.

Ze haalde haar koptelefoon weer van haar hoofd en schreeuwde: 'Wat nou weer?'

Maar dit was geen losse tand of geschaafde knie.

Albert en Howard sprongen de auto uit. Howard hielp Orc uit de laadbak. De jongen – het monster – wankelde alsof hij dronken was. Dat was hij waarschijnlijk ook, dacht Lana. Maar hij had misschien ook wel een goed excuus.

Er zat een gat in een van de laatste menselijke delen van zijn lichaam, zijn wang. Er zat een korst van opgedroogd bloed op zijn gezicht en er stroomde nog steeds vers rood bloed naar zijn hals.

'Wat is er gebeurd?' vroeg Lana.

'De pieren,' antwoordde Howard. Hij werd heen en weer geslingerd tussen een soort milde paniek en opluchting omdat hij eindelijk bij de Genezer was. Hij hield Orcs elleboog vast, alsof Orc door Howards slappe lijf ondersteund moest worden.

'Zit er een worm in zijn lijf?' vroeg Lana behoedzaam.

'Nee, we hebben de worm eruit gekregen,' stelde Albert haar gerust. 'We hoopten alleen dat jij hem zou kunnen helpen.'

'Ik wil niet nog meer stenen op me,' zei Orc.

Dat begreep Lana wel. Orc was een doodnormale bullebak geweest en had nooit last gehad van speciale gaven of dat soort dingen, tot de coyotes hem in de woestijn te pakken hadden gekregen. Ze hadden hun tanden flink in zijn lijf gezet. Hadden 'm half opgegeten. Het was nog erger dan alles wat Lana had moeten doorstaan. Na die tijd waren alle plekken die ze hadden weggekauwd uit zichzelf opgevuld met grind, waardoor Orc nu praktisch onverwoestbaar was.

Hij wilde dat laatste stukje van zijn menselijke lichaam niet ook nog eens kwijt, het lapje roze huid rond zijn mond en een gedeelte van zijn hals.

Lana knikte.

'Je mag niet zo heen en weer schommelen, Orc. Ik wil niet dat je boven op me valt,' zei ze. 'Ga maar op de grond zitten.'

Hij zakte te snel door zijn knieën en begon te giechelen.

Lana legde haar hand op het weerzinwekkende gat.

'Niet nog meer stenen,' herhaalde Orc.

Zijn wang hield vrijwel direct op met bloeden.

'Doet het pijn?' vroeg Lana. 'Die stenen, bedoel ik. Ik begrijp dat het gat pijn doet.'

'Nee. Ze doen geen pijn.' Orc sloeg met zijn vuist tegen zijn andere arm, zo hard dat een menselijke arm meteen verbrijzeld zou zijn. 'Ik voel ze nauwelijks. Zelfs die zweep van Drake voelde ik nauwelijks toen we aan het vechten waren.'

Plotseling begon hij te snikken. De tranen rolden uit zijn menselijke ogen over wangen van vlees en kiezels.

'Ik voel niets meer behalve...' Met een dikke stenen vinger wees hij naar het vel op zijn gezicht.

'Ja,' zei Lana. Haar irritatie was verdwenen. Orc had het misschien nog wel zwaarder dan zij.

Lana haalde haar hand weg om te zien of het al opschoot. Het gat was kleiner geworden. Er zat nog steeds een aangekoekte korst omheen, maar het bloedde niet meer.

Ze legde haar hand weer terug. 'Nog een paar minuten, Orc.'

'Ik heet Charles,' zei Orc.

'Is dat zo?'

'Dat is zo,' beaamde Howard.

'Wat deden jullie eigenlijk in dat wormenveld?' vroeg Lana.

Howard wierp een verbolgen blik op Albert, die zei: 'Orc was kool aan het plukken.'

'Ik heet Charles Merriman,' herhaalde Orc. 'Ze zouden me af en toe eens bij mijn echte naam moeten noemen.'

Lana en Howard keken elkaar aan.

Nu, dacht Lana, nú wil hij zijn oude naam terug. Nu de pestkop die altijd vol trots zijn monsternaam had gedragen echt een monster was geworden, wilde hij dat ze hem Charles noemden.

'Je bent genezen,' verklaarde Lana.

'Is het nog gewoon huid?' vroeg Orc.

'Ja,' verzekerde Lana hem. 'Nog steeds menselijk.'

Lana pakte Albert bij zijn arm en trok hem opzij. 'Waarom heb je hem in hemelsnaam dat wormenveld in gestuurd?'

Albert keek verbaasd. Hij had niet verwacht dat hij een uitbrander zou krijgen. Heel even dacht Lana dat hij ging zeggen dat ze zich met haar eigen zaken moest bemoeien. Maar dat deed ze niet, en Alberts schouders zakten omlaag, alsof hij alle lucht uit zijn lijf had geblazen.

'Ik probeer alleen maar te helpen,' zei Albert.

'Door hem met bier te betalen?'

'Ik heb hem betaald met wat hij wilde, en Sam vond het goed. Je bent zelf ook bij die vergadering geweest,' zei Albert. 'Hoor eens, hoe krijg je iemand als Orc anders zover dat hij uren in de brandende zon gaat werken? Astrid schijnt te denken dat iedereen wel gaat werken als we het ze gewoon vragen. En sommige kinderen zullen dat misschien ook wel doen. Maar Orc?'

Lana begreep wel wat hij bedoelde. 'Goed dan. Ik had je niet zo moeten aanvallen.'

'Maakt niet uit. Ik ben het wel gewend,' zei Albert. 'Nu ben ik opeens de slechterik. Maar weet je wat het is – ik kan er niets aan doen dat mensen zijn zoals ze zijn. Als we willen dat die kinderen aan het werk gaan, dan moeten we daar iets tegenover stellen.'

'Als ze niet werken, gaan we allemaal dood van de honger.'

'Ja. Daar ben ik me van bewust,' zei Albert sarcastisch. 'Maar ja, die kinderen weten dat we hen niet zullen laten verhongeren zolang er nog eten is. Dus zij denken: laat iemand anders maar lekker al het werk doen. Laat iemand anders maar kolen en artisjokken plukken.'

Lana wilde weer verder met haar ronde. Ze moest naar de eindstreep, naar de FAKZ-muur. Maar Albert had iets fascinerends. 'Nou, vooruit. Hoe krijg je mensen dan aan het werk?'

Hij haalde zijn schouders op. 'Je moet ze betalen.'

'Met geld, bedoel je?'

'Ja. Maar het meeste geld zat natuurlijk in de portemonnees en tasjes die samen met de volwassenen zijn verdwenen. En daarna hebben een paar kinderen het geld dat nog in de kassa's en zo zat gestolen. Dus als we het oude geld gaan gebruiken, geven we een paar dieven heel veel macht. Dat is dus een probleem.'

'Waarom zou iemand werken voor geld als ze weten dat het eten toch gedeeld zal worden?' vroeg Lana.

'Omdat sommigen dat geld ergens anders aan zullen besteden. Kijk, sommige kinderen kunnen eigenlijk niks. Die gaan dus eten plukken voor geld. En dan geven ze dat geld uit aan een kind dat

dat eten misschien voor hen klaar kan maken of zo. En dat kind heeft weer een paar nieuwe gympen nodig en weer een ander kind heeft een heleboel gympen verzameld en daar een winkel mee ingericht.'

Lana besefte dat haar mond openhing. Ze lachte. Voor het eerst in vrij lange tijd.

'Best. Lach maar,' zei Albert en hij draaide zich om.

'Nee, nee, nee,' zei Lana haastig. 'Ik lach je niet uit. Maar jij bent de enige die echt een plan bedacht heeft, zeg maar.'

Albert keek zowaar een beetje opgelaten. 'Nou ja, Sam en Astrid werken keihard.'

'Ja. Maar jij kijkt vooruit. Jij denkt echt na over hoe we er iets van kunnen maken.'

Albert knikte. 'Zo zou je het wel kunnen zeggen, denk ik.'

'Goed van je, hoor,' zei Lana. 'Ik moet ervandoor. Met Orc gaat het ook weer goed. Voor zover dat mogelijk is, in elk geval.'

'Bedankt,' zei Albert, en hij leek oprecht dankbaar.

'Hé, laat me die hand eens zien,' zei Lana.

Albert leek niet te begrijpen waar ze het over had. Hij keek naar zijn eigen hand, die dik en blauw was van de klap die hij tegen Orcs stenen gezicht had gegeven.

'O ja,' zei Albert, terwijl Lana zijn hand kort in de hare nam. 'Nogmaals bedankt.'

Lana zette haar koptelefoon weer op en deed een paar stappen. Toen bleef ze staan. Ze draaide zich om en hing de koptelefoon om haar hals. 'Zeg, Albert. Over dat geld.'

'Ja?'

Ze aarzelde, want ze wist dat ze op dit moment een ketting-reactie op gang bracht. Ze wist dat het gevaarlijk was, op het krankzinnige af. Het was griezelig, alsof het lot had ingegrepen in de vorm van Albert, om haar te laten zien hoe ze haar eigen half uitgewerkte doel zou kunnen bereiken. 'Zou goud ook goed zijn? Als geld, bedoel ik?'

Alberts ogen keken priemend in de hare. 'Moeten wij misschien een keer samen praten?'

'Ik geloof het wel,' zei Lana.

'Kom maar langs bij de club vanavond.'

'De wat?'

Albert grijnsde. Hij viste een half vel papier uit zijn broekzak en gaf het aan haar.

Lana keek even naar het papier. En toen weer naar hem. Ze lachte en gaf het terug. 'Ik zal er zijn.'

Ze liep weer verder. Maar haar gedachten hadden een andere koers genomen. Albert maakte plannen voor de toekomst; hij liet niet zomaar alles over zich heen komen. Dat moest zij ook doen. Plannen maken. Iets doen. Niet zomaar alles over je heen laten komen.

Ze had gelijk, ze moest een plan bedenken.

*Kom bij me.*

Misschien doe ik dat wel, dacht Lana. En misschien vind je dat als puntje bij paaltje komt wel helemaal niet leuk.

# Elf

'Moeder Maria wil graag nog twee extra kinderen rekruteren,' zei Astrid tegen Sam.

'Oké. Goedgekeurd.'

'Dahra zegt dat we nog maar heel weinig kinderparacetamol en kinderibuprofen hebben, en ze wil toestemming om de pillen voor volwassenen te halveren.'

Sam spreidde hulpeloos zijn handen. 'Hè?'

'We hebben nog maar heel weinig kinderpillen en Dahra wil nu gewone pillen doormidden breken.'

Sam leunde achterover in de leren stoel die ontworpen was voor een volwassen man. 'Oké. Best. Goedgekeurd.' Hij nam een slok water uit een fles. Er zat een merklabel omheen, maar het water dat erin zat kwam uit de kraan. De borden van het avond-eten – walgelijke, zelfgemaakte spliterwtensoep die aangebrand rook en een kwart kool per persoon – waren opzijgeschoven naar de zijkant van het bureau waar vroeger de ingelijste foto's van het gezin van de burgemeester hadden gestaan. Sam had in tijden niet zo lekker gegeten. De verse kool had opvallend goed gesmaakt.

Op de borden zaten alleen nog een paar vegen: de tijd dat kinderen hun bord niet leegaten was voorbij.

Astrid blies haar wangen bol en zuchtte. 'Iedereen vraagt de hele tijd waarom Lana er niet is als ze haar nodig hebben.'

'Ik kan Lana alleen vragen om ernstige dingen te genezen. Ik kan niet van haar verlangen dat ze hier vierentwintig uur per dag rondloopt om elk pijntje te behandelen.'

Astrid keek op de lijst die ze op haar laptop had samengesteld. 'Dit ging inderdaad over een gestoten teen die "pijn deed".'

'Wat staat er nog meer op die lijst?' vroeg Sam.

'Nog 305 dingen,' zei Astrid.

Toen Sam wit wegtrok, zei ze toegeeflijk: 'Nou vooruit, eigenlijk zijn het er maar 32. Ben je nou niet opgelucht dat het er niet echt 300 zijn?'

'Dit is gekkenwerk,' zei Sam.

'Volgende: de Judsons en de McHanrahans hebben ruzie over hun gezamenlijke hond. Ze krijgt van beide gezinnen te eten – ze hebben nog steeds een grote zak brokken – maar de Judsons noemen haar Schatje en de McHanrahans noemen haar Poepie.'

'Dat is een grapje.'

'Dat is geen grapje,' zei Astrid.

'Wat is dat voor herrie?' wilde Sam weten.

Astrid haalde haar schouders op. 'Zo te horen heeft iemand z'n stereo eens even lekker hard gezet.'

'Dit gaat zo niet, Astrid.'

'Die muziek niet?'

'Dit. Dit gedoe waarbij ik elke dag honderd stomme vragen moet aanhoren waar ik over moet beslissen. Alsof ik de vader van de hele stad ben. Ik moet naar het geklaag van kleine kinderen luisteren omdat ze van hun grote zus in bad moeten, en tussenbeide komen omdat ze ruzie hebben over welke berenkleertjes van wie zijn, of over hondennamen. Hóndennamen?'

'Ze zijn nog zo klein,' zei Astrid.

'Sommige van die kinderen ontwikkelen krachten waar ik bang van word,' gromde Sam, 'maar ze kunnen niet beslissen wie welke mooie handdoek mag gebruiken? Of ze *De kleine zeemeermin* of *Shrek* III zullen kijken?'

'Nee,' zei Astrid. 'Dat kunnen ze niet. Ze hebben een vader of moeder nodig. En dat ben jij.'

Sam worstelde zich meestal gelaten en hooguit een beetje mopperig door deze dagelijkse dosis onzin heen. Maar vandaag werd het hem voor zijn gevoel eindelijk te veel. Gisteren was e.z. dood-gegaan. Vanochtend had hij machteloos moeten toekijken hoe er bijna niemand kwam opdagen om te werken. Edilio was twee uur bezig geweest om kinderen te verzamelen, en toen was hij alsnog teruggekeerd met een treurige hoeveelheid meloenen, nauwelijks genoeg voor de peuters op de crèche. En als klap op de vuurpijl had Duck Zhang een of ander krankzinnig verhaal opgehangen over dat hij door de grond in een radioactieve tunnel vol water-vleermuizen was gevallen.

De enige die daadwerkelijk productief was geweest, was Orc. Hij had een paar honderd kolen geplukt voordat de wormen hem bijna hadden afgeslacht.

'Wat is dat voor muziek?' vroeg hij boos, gewoon omdat hij tegen iets of iemand wilde schreeuwen. Sam stampte naar het raam en gooide het open. De muziek, voornamelijk dreunende bassen, klonk meteen nog veel harder.

Beneden op het plein was alles donker, op de lantaarnpalen en een stroboscooplamp na die ze door het raam van de McDonald's zagen knipperen.

'Wat krijgen we...'

Astrid kwam naar hem toe en ging naast hem staan. 'Wat is daar aan de hand? Geeft Albert een feestje?'

Sam gaf geen antwoord. Hij liep zonder nog iets te zeggen de kamer uit, geïrriteerd, boos, en stiekem blij dat hij nu een excuus had om die stomme vragen van die kinderen niet meer te hoeven beantwoorden en hun stomme problemen niet meer te hoeven oplossen.

Hij liep met twee treden tegelijk de trap af naar de begane grond. Beende de grote voordeur door, waarbij hij net deed alsof hij de groet van de jongen die Edilio bij het stadhuis op wacht had gezet niet hoorde, en stampte over de grote marmeren treden naar de straat.

Quinn liep net langs, duidelijk op weg naar de McDonald's.

'Hé gast,' zei Quinn.

'Weet jij wat er aan de hand is?' vroeg Sam.

'Het is een club.' Quinn grijnsde. 'Sjonge, jij werkt echt te hard volgens mij. Iedereen weet ervan.'

Sam staarde hem aan. 'Het is een wát?'

'De McClub, gast. Je hebt alleen wat batterijen of wc-papier nodig.'

Sam stond helemaal perplex. Hij overwoog even om Quinn om opheldering te vragen, maar toen kwam Albert de McDonald's uit, keurig gekleed, alsof hij naar een diploma-uitreiking ging of zo. Hij droeg een donker tweedjasje, een iets lichtere pantalon en een lichtblauw, gestreken overhemd met een nette boord. Toen hij Sam zag, stak hij zijn hand uit.

Sam negeerde de hand. 'Albert, wat gebeurt hier allemaal?'

'Er wordt hoofdzakelijk gedanst,' zei Albert.

'Pardon?'

'Er zijn kinderen aan het dansen.'

Op dat moment kwam Quinn erbij en hij duwde Sam opzij om Alberts nog steeds uitgestoken hand te schudden. 'Hé, gast. Ik heb batterijen.'

'Leuk dat je er bent, Quinn. De entreeprijs is vier D-batterijen, of acht penlites, of tien minipenlites, of twaalf C-batterijen. Of een combinatie daarvan, daar komen we wel uit.'

Quinn groef in zijn broekzak en haalde vier minipenlites en drie D-batterijen tevoorschijn. Hij gaf ze aan Albert, die ze goedkeurde en in de plastic zak stopte die bij zijn voeten stond.

'Goed, dit zijn de regels: geen eten, geen alcohol, geen haantjesgedrag, niet vechten, en als ik zeg dat het tijd is, dan wordt daar niet over gediscussieerd. Zul je je aan deze regels houden?'

'Gast, denk je dat ik hier zou zijn als ik eten had? Dan zat ik dat nu wel thuis op te peuzelen.' Quinn legde zijn hand op zijn hart alsof hij trouw zwoer aan de vlag en zei: 'Ja.' Hij gebaarde met zijn duim over zijn schouder naar Sam. 'Aan hem hoef je het niet te vragen, hoor. Sam danst nooit.'

'Veel plezier, Quinn,' zei Albert, en hij deed de deur open om hem binnen te laten.

Sam stond met open mond te kijken. Hij wist niet of hij boos moest worden of bewonderend moest lachen.

'Wie heeft gezegd dat dit mocht?' vroeg Sam.

Albert haalde zijn schouders op. 'Degene die ook heeft gezegd dat ik de McDonald's draaiende mocht houden tot het eten op was: niemand. Ik heb het gewoon gedaan.'

'Ja, maar toen gaf je het eten gratis weg. Nu vraag je een toegangsprijs. Dat is niet oké, Albert.'

'Probeer je winst te maken?' Dat was Astrid, die achter Sam aan was gekomen, met Kleine Pete in haar kielzog.

Binnen was de hiphopmuziek overgegaan in een nummer dat Sam toevallig heel erg leuk vond: het absurd verslavende 'Into action' van Tim Armstrong. Als hij ooit nog eens zou dansen, dan zou dit liedje daar wel eens verantwoordelijk voor kunnen zijn.

Albert keek Astrid en Sam bedachtzaam aan. 'Ja. Ik probeer winst te maken. Ze kunnen betalen met batterijen, wc-papier en keukenrollen. Allemaal dingen waar op een gegeven moment gebrek aan zal zijn.'

'Probeer je al het wc-papier van de stad te verzamelen?' vroeg Astrid schril. 'Is dit een grap?'

'Nee, Astrid, dit is geen grap,' zei Albert. 'Luister eens, op dit moment gebruiken kinderen het als speelgoed. Ik zag een paar kleintjes die gewoon voor de lol met rollen over hun gazon aan het gooien waren. Dus…'

'Dus jouw oplossing is om alles af te pakken?'

'Wil je liever dat het verspild wordt?'

'Ja, dat wil ik,' zei Astrid verontwaardigd. 'Dat heb ik in elk geval liever dan dat jij alles voor jezelf houdt. Je bent echt ontzettend hufterig bezig.'

Alberts ogen schoten vuur. 'Luister Astrid, nu kinderen weten dat ze ermee kunnen betalen om de club in te mogen, zullen ze het ook niet meer verspillen.'

'Nee, nu geven ze het allemaal aan jou,' kaatste ze terug. 'En wat gebeurt er als ze het nodig hebben?'

'Dan is er nog wat over omdat ik het waardevol heb gemaakt.'

'Voor jou, ja.'

'Voor iedereen, Astrid.'

'Je maakt misbruik van kinderen die te dom zijn om dat in te zien. Sam, doe er wat aan.'

Sams gedachten waren afgedwaald van het gesprek, zijn hoofd zat vol muziek. Met een schok kwam hij weer terug in de werkelijkheid. 'Ze heeft gelijk, Albert, dit is fout. Je hebt geen toestemming gevraagd...'

'Ik had niet het idee dat ik toestemming nodig had om die kinderen een leuke tijd te bezorgen. Als ik ze nou bedreigde en zei: "Geef me al je wc-papier en je batterijen", maar dat doe ik niet. Ik draai gewoon wat muziek en zeg: "Als je wilt komen dansen, dan moet je daar iets voor betalen."'

'Jongen, ik vind het prima dat je ambitieus bent en zo,' zei Sam. 'Maar ik moet hier nu een eind aan maken. Je hebt nota bene niet eens toestemming gekregen, laat staan dat je ons gevraagd hebt of je een toegangsprijs mocht heffen.'

Albert zei: 'Sam, ik heb echt verschrikkelijk veel respect voor jou. En Astrid, jij bent veel slimmer dan ik. Maar ik zie niet in waarom jullie het recht zouden hebben om dit tegen te houden.'

Dat was de druppel voor Sam. 'Oké, ik heb geprobeerd om aardig te blijven. Maar ík ben de burgemeester. Ik ben gekozen, zoals je je waarschijnlijk nog wel kunt herinneren, aangezien je volgens mij zelf op me gestemd hebt.'

'Dat is ook zo. En ik zou zo weer op je stemmen. Maar Sam en Astrid, jullie zien dit echt verkeerd. Deze club is zo ongeveer de enige plek waar die kinderen samen plezier kunnen hebben. Thuis zitten ze alleen maar bang en verdrietig honger te lijden. Als ze aan het dansen zijn, vergeten ze hun honger en hun verdriet. Het is goed dat ik dit doe.'

Sam keek Albert met een doordringende blik aan, een blik die de kinderen in Perdido Beach altijd erg serieus namen.

Maar Albert gaf geen krimp. 'Sam, hoeveel meloenen heeft Edilio opgehaald met de kinderen die gedwongen aan het werk moesten?'

'Niet veel,' gaf Sam toe.

'Orc heeft een hele láding kool geplukt voor de wormen zijn zwakke plek ontdekten. Omdat Orc betaald kreeg voor zijn werk.'

'Hij heeft gewerkt omdat hij de jongste alcoholist ter wereld is en jij hem betaald hebt met bier,' snauwde Astrid. 'Ik weet wel wat jij wilt, Albert. Jij wilt alles voor jezelf hebben en de grote, belangrijke vent uithangen. Maar zal ik je eens wat vertellen? We leven in een geheel nieuwe wereld, en nu hebben we de kans om daar een bétere wereld van te maken. Het hoeft niet zo te zijn dat een paar mensen alles hebben en de rest niets. Iedereen kan evenveel krijgen.'

Albert schoot in de lach. 'Iedereen kan evenveel honger lijden. Binnen een week of wat kan iedereen doodgaan van de honger.'

Een groepje kinderen dat wegging duwde de deur open. Sam herkende hen, uiteraard. Hij kende tegenwoordig iedereen in de stad, in ieder geval van gezicht, maar vaak ook bij naam.

Ze kwamen blij naar buiten, lachend en giechelend.

'Hé, grote Sam,' zei een van hen.

Een ander zei: 'Je moet naar binnen, joh, het is hartstikke leuk.'

Sam knikte even ter bevestiging.

De beslissing kon niet langer uitgesteld worden. Hij moest de club sluiten of het feest gewoon laten doorgaan. Als hij de club niet sloot, gaf hij toe aan Albert en kreeg hij waarschijnlijk weer zo'n stomme ruzie met Astrid, die zou denken dat hij haar niet serieus nam.

Voor de zoveelste keer had Sam spijt als haren op zijn hoofd dat hij ooit zijn burgemeestersrol had aanvaard.

Sam wierp een snelle blik op het horloge om Alberts pols. Het was bijna negen uur.

'Ik wil dat je de tent sluit,' zei hij vastberaden. 'De boel gaat dicht. Om halfelf. Die kinderen hebben hun slaap hard nodig.'

Binnen in de club kwam Quinn langzaam los op de muziek. Skapunk, leuk. Straks misschien nog wat hiphop. En een paar gouwe ouwen.

Je moest het Albert nageven: hij had de Mac omgetoverd tot een prima danstent. De gewone lampen waren allemaal uit, alleen de lichtbakken boven de kassa stonden aan. Maar er waren geen Happy Meals of Big Mac menu's op te zien: Albert had alles bedekt met roze vloeipapier zodat ze een zachte gloed uitstraalden, net genoeg om het wit van hun ogen en de tanden in hun lachende monden te laten oplichten.

Hunter, zat die niet in groep acht? Hij draaide de cd's en stond te scratchen achter de draaitafel. Hij was natuurlijk geen echte dj, maar hij was goed genoeg. Best een aardige jongen, dacht Quinn, hoewel het gerucht de ronde deed dat hij tegenwoordig over verwoestende krachten beschikte. Ze zouden vanzelf wel merken of hij aardig zou blijven, of dat hij net zo arrogant zou worden als sommige andere freaks. Zoals Brianna bijvoorbeeld, die zichzelf nu opeens 'de Wind' noemde en van anderen verlangde dat ze dat ook deden. Alsof ze een soort superheld was of zo. De Wind. En dan te bedenken dat hij haar ooit best leuk had gevonden.

Ze stond nu trouwens als een bezetene te dansen. Af en toe versnelde ze even, haar voeten flitsten alle kanten op en ze stuiterde zo snel op en neer dat het leek alsof ze elk moment door het restaurant kon gaan vliegen.

Ze had tegen iedereen die het maar wilde horen verkondigd dat ze een kogel had verslagen. 'Ik ben nu officieel sneller dan een kogel. Net als Superman.'

In een andere hoek vertelde een raar jochie dat Duck heette een of ander bizar verhaal vol visvleermuizen en een ondergrondse stad of zoiets onzinnigs.

En dan had je Dekka nog. Ze zat in haar eentje haast onmerkbaar mee te knikken met de muziek en keek naar Brianna. Niemand kende Dekka echt goed. Ze was een van de Coatesleerlingen, een van de kinderen die bevrijd waren uit handen van Caine en Drakes wrede betonblokbehandeling.

Dekka had een bepaalde uitstraling waardoor je het gevoel kreeg dat ze sterk en een beetje gevaarlijk was. Dat had vast iets met vroeger te maken, dacht Quinn, met een bepaalde gebeurtenis uit haar verleden, net als bij bijna alle Coatesleerlingen. Coates stond bekend als een school voor lastige rijkeluiskinderen. Ze waren niet allemaal rijk, en ze waren ook niet allemaal lastig, maar bij de meerderheid zat toch echt een steekje los.

Quinn schoof tussen twee zesdegroepers door, een jongen en een meisje die aan het dansen waren. Met z'n tweeën. Toen Quinn zo oud was, zou hij nooit zo intiem met een meisje gedanst hebben. Dat deed hij trouwens nog steeds niet. Maar de situatie was nu natuurlijk ook anders. Als je in groep zes zat, was je al... al van middelbare leeftijd, of zo. Hij was oud. Bijna vijftien en oud, oud, oud.

Zijn verjaardag zat eraan te komen. De vraag was wat hij ging doen. Zou hij blijven of eruit stappen?

Sinds Sam het had overleefd, hadden de meeste kinderen die vijftien werden hun fatale verjaardag overleefd. Sam had uitgelegd hoe dat moest.

Computer Jack, die toen nog bij Caine hoorde, had op Coates met een heel snel toestel een vastgebonden jongen gefotografeerd op het moment dat hij de ll, de Laatste Leeftijd, bereikte. Toen hij in Perdido Beach kwam wonen, had hij over die opname verteld. Hij had onthuld dat de wereld op dat ene noodlottige moment waarop jij de eeuwigheid naderde, opeens vertraagde en met een slakkengang voorbijkroop. En dan zag je een verleider die je wenkte, je aansprak en je vroeg om naar de andere kant te komen.

Maar de verleider was niet echt. Het was een leugenaar, een duivel, dacht Quinn, een duivel. Hij botste met zijn rug tegen iemand op en draaide zich om om sorry te zeggen.

'Hoi Quinn.' Het was Lana. De muziek stond zo hard dat Quinn bijna moest liplezen. De Genezer praatte met hem!

'O. Hoi Lana. Leuk dit, hè?' Hij maakte een onbeholpen gebaar naar het restaurant.

Lana knikte. Ze zag er een beetje somber uit, een beetje ellendig. Dat leek Quinn onmogelijk. Lana stond direct onder Sam wat heldenstatus betreft, met het verschil dat sommige mensen bijna een hekel leken te hebben aan Sam, terwijl niemand een hekel had aan

Lana. Sam zei soms dat je dingen moest doen – de vuilnis ophalen, voor de kleintjes zorgen op de crèche, iemand neerschieten met een machinegeweer – maar het enige wat Lana deed was mensen genezen.

'Ja. Best leuk,' zei Lana. 'Maar ik ken eigenlijk niemand.'

'Wel waar. Jij kent iedereen.'

Lana schudde spijtig haar hoofd. 'Nee, iedereen kent míj. Dat denken ze tenminste.'

'Nou, je kent mij toch,' zei Quinn en hij trok gauw een scheef gezicht, zodat ze wist dat hij heus niet zo arrogant was om te denken dat hij haar gelijke was.

Maar zo vatte ze het ook helemaal niet op. Ze knikte, heel ernstig, alsof ze zou gaan huilen. 'Ik mis mijn ouders.'

Quinn voelde de plotselinge, scherpe steek die hij in het begin van de FAKZ zo ongeveer elk uur had gevoeld, en nu nog maar een paar keer per dag. 'Ja. Ik ook.'

Lana stak haar hand uit, en na een moment van verbijsterde aarzeling pakte Quinn hem vast.

Lana glimlachte. 'Is het goed als ik gewoon je hand vasthoud zonder dat ik iets genees, zeg maar?'

Quinn lachte. 'Ik weet niet precies wat ik mankeer, maar zelfs jij kunt dat niet genezen.' En toen vroeg hij: 'Wil je dansen?'

'Ik sta hier al een uur te wachten om met Albert te kunnen praten en jij bent de eerste die het vraagt,' zei ze. 'Ja. Ik wil best wel dansen.'

Er was net een rapnummer ingestart met een rauwe, ronduit obscene tekst. Het was al een paar jaar oud maar nog steeds opzwepend, en extra interessant omdat het een liedje was waar drie maanden geleden nog niemand in deze ruimte naar mocht luisteren.

Quinn en Lana dansten en stootten een paar keer zelfs met hun heupen tegen elkaar aan. Toen ging Hunter op een andere sfeer over met een relatief langzaam, dromerig nummer van Lucinda Williams. 'Dit vind ik zo'n mooi nummer,' zei Lana.

'Ik... ik weet niet hoe ik moet schuifelen,' zei Quinn.

'Ik ook niet. Kom, we proberen het gewoon.'

En dus hielden ze elkaar opgelaten vast en schommelden een beetje heen en weer. Na een tijdje legde Lana haar gezicht op Quinns schouder. Hij voelde haar tranen in zijn nek.

'Het is wel een droevig liedje,' zei Quinn.

'Droom jij wel eens, Quinn?' vroeg Lana.

Die vraag overviel hem. Ze moest gevoeld hebben dat hij in elkaar kromp, want ze keek naar zijn gezicht om in zijn ogen naar een verklaring te zoeken.

'Ik heb nachtmerries,' zei hij. 'Over het gevecht. Je weet wel. Het grote gevecht.'

'Je was heel erg dapper. Je hebt die kinderen in de crèche gered.'

'Niet allemaal,' zei Quinn kortaf. Hij zweeg even terwijl hij terugdacht aan zijn droom. 'Er was een coyote. En een kind. En... en... Nou ja, ik had hem dus wel, zeg maar, iets eerder kunnen neerschieten, begrijp je? Maar ik was bang dat ik dat kind zou raken. Ik was zo bang dat ik dat kleine kind zou raken, dat ik niet schoot. En toen was het dus zeg maar te laat. Snap je?'

Lana knikte. Ze toonde geen medelijden, en vreemd genoeg vond Quinn dat juist prettig. Want als jij het niet was, en jíj was daar niet geweest, en jíj had geen machinegeweer vastgehouden met je vinger verstijfd om de trekker, en jíj had je eigen stem niet in een schreeuw als een open slagader uit je keel horen komen, en jíj had niet gezien wat hij had gezien, dan had je het recht niet om medelijden te hebben, want dan begreep je er niets van. Je begreep er niets van.

Niets.

Lana knikte alleen maar, legde haar handpalm op zijn hart en zei: 'Dat kan ik niet genezen.'

Hij knikte en vocht tegen zijn tranen, alweer – hoe vaak waren die sinds die verschrikkelijke nacht al niet over zijn wangen gestroomd? Even kijken, drie maanden, dertig dagen in een maand, dat zou dan een keer of duizend zijn. Misschien wel vaker. Niet minder, niet als je de keren meerekende dat hij eigenlijk wel had wíllen huilen maar toch zijn zorgeloze Quinn-glimlach op zijn gezicht had geplakt omdat hij anders snikkend op de grond zou zijn gevallen. 'Nou, dat is dus mijn treurige verhaal,' zei hij na een tijdje. 'En het jouwe?'

Ze hield haar hoofd schuin en keek hem schattend aan, alsof ze zich afvroeg of ze hem in vertrouwen zou nemen. Hem, nota bene. Wispelturige Quinn. Onbetrouwbare Quinn. Quinn, die Sam had verraden om uiteindelijk zelf door Caine en Drake gemarteld te worden. Quinn, die bijna Astrids dood op zijn geweten had gehad. Quinn, die nu alleen maar getolereerd werd omdat hij, toen het tijdens het grote gevecht echt uit de hand was gelopen, uiteindelijk had ingegrepen door die trekker over te halen en...

'Heb je ooit iemand ontmoet die je daarna niet meer uit je hoofd kon zetten?' vroeg Lana aan hem. 'Alsof diegene na de ontmoeting voor altijd een stukje van jou in zijn macht had?'

'Nee,' zei Quinn ietwat teleurgesteld. 'Maar die gast mag wel in zijn handjes knijpen.'

Lana was zo verbluft dat ze begon te lachen. 'Nee. Niet zo'n jongen. Misschien wel helemaal geen jongen. Misschien... nou ja, niet op de manier die jij bedoelt. Het is meer als een vishaak, zeg maar. Alsof iemand me als een soort worm aan een vishaak heeft geprikt. En aan het eind van een vishaakje zit toch een weerhaak? Zodat je hem er niet uit kunt trekken zonder jezelf helemaal open te scheuren?'

Quinn knikte zonder het echt te begrijpen.

'En het rare is dus eigenlijk: je wílt haast dat de visser je binnenhaalt. Je hebt zoiets van: oké, jij hebt die haak in mijn lijf geprikt, en het doet pijn, maar ik kan hem er niet uit halen, want hij zit vast. Haal me dan maar binnen. Doe maar wat je moet doen en blijf dan verder uit mijn dromen, want het zijn allemaal nachtmerries.'

Quinn begreep nog steeds niet waar ze het over had, maar hij kon het beeld van een vis die weerloos werd binnengehaald niet meer van zich af zetten. Quinn wist wanneer iemand wanhopig was. Hij had alleen nooit verwacht dat de allerpopulairste persoon uit de FAKZ wanhopig zou zijn.

Het ritme van de muziek veranderde weer. Het was wel weer mooi geweest met de langzame muziek, iedereen wilde uit z'n dak gaan, en Hunter zocht een technonummer op dat Quinn niet kende. Hij begon te dansen, maar Lana had er geen zin meer in.

Ze legde haar hand op zijn schouder en zei: 'Ik zie dat Albert alleen staat, en ik moet met hem praten.' Zonder nog iets te zeggen draaide ze zich om.

Quinn bleef achter met het gevoel dat zijn nachtmerries, hoe verschrikkelijk ze ook waren, nog altijd niet zo erg waren als die van de Genezer.

# Twaalf

De ruzie met Astrid over Alberts club was niet bepaald aangenaam geweest.

Meestal sliep Sam in het huis waar Astrid samen met Maria in woonde. Maar deze nacht niet.

Het was niet hun eerste ruzie. En het zou waarschijnlijk ook niet hun laatste zijn.

Sam haatte ruzies. Als hij het aantal mensen bij elkaar optelde met wie hij echt kon praten, kwam hij uit op twee: Edilio en Astrid. Zijn gesprekken met Edilio gingen meestal over officiële zaken. Zijn gesprekken met Astrid waren altijd serieuzer, hoewel ze ook wel luchtige dingen bespraken. Maar tegenwoordig leek het wel alsof ze het alleen nog maar over werk hadden. En er ruzie over maakten.

Hij was verliefd op Astrid. Hij wilde met haar praten over alles wat ze wist, over geschiedenis, zelfs over wiskunde, over de grote vraagstukken van het universum die zij dan uitlegde en die hij dan bijna begreep.

En hij wilde met haar vrijen, om het maar even ronduit te zeggen. Met haar zoenen, haar haar strelen, haar dicht tegen zich aan voelen – dat was soms het enige wat hem ervoor behoedde gek te worden.

Maar in plaats van te zoenen en over de sterren of zo te praten, maakten ze ruzie. Het deed hem denken aan zijn moeder en stiefvader. Geen fijne herinneringen.

Hij sliep die nacht op de doorgezakte stretcher in zijn kantoor en werd vroeg wakker, nog voor zonsopgang. Hij kleedde zich aan en sloop naar buiten voordat de eerste kinderen langskwamen om hem met nog meer problemen lastig te vallen.

Het was stil op straat. Dat was het tegenwoordig meestal. Sommige kinderen hadden toestemming om auto te rijden, maar alleen voor officiële zaken, dus er was geen verkeer. Op de zeldzame momenten dat er een auto of pick-up voorbijkwam, hoorde je die al lang voor je hem zag.

Nu hoorde Sam een motor. Heel ver weg. Maar het klonk niet als een auto.

Hij was bij het lage stenen muurtje aan de rand van het strand. Hij sprong erop en zag meteen waar het geluid vandaan kwam. Een lage motorboot, zo'n platte vissersboot met een spitse neus, puf-puf-pufte met een slakkengangetje door het water. Nu de dageraad de nachtelijke hemel grijs kleurde, kon Sam net een silhouet onderscheiden. Hij wist vrij zeker dat hij de jongen in het bootje herkende.

Sam liep naar de rand van het water, zette zijn handen als een megafoon aan zijn mond en riep: 'Quinn!'

Quinn leek in de weer met iets wat Sam niet kon zien. 'Ben jij dat, bro?' riep hij terug.

'Ja. Wat ben je aan het doen?'

'Wacht even.' Quinn bukte zich en legde iets in de boot. Toen draaide hij de boot richting de kust. Hij stuurde het bootje het strand op, zette de motor af en sprong het zand op.

'Wat ben je aan het doen, joh?' vroeg Sam opnieuw.

'Ik ben aan het vissen, gast. Aan het vissen.'

'Vissen?'

'We willen toch eten?' zei Quinn.

'Maar je kunt toch niet zomaar besluiten om een boot te pakken en te gaan vissen?' zei Sam.

Quinn keek verbaasd. 'Waarom niet?'

'Waarom niet?'

'Ja, waarom niet? Niemand gebruikt die boot. Ik heb visgerei gevonden. En ik doe ook nog gewoon mijn wachtdiensten voor Edilio.'

Sam was met stomheid geslagen. 'Heb je al iets gevangen?'

Quinns tanden lichtten wit op in de duisternis. 'Ik heb een boek over vissen gevonden en gewoon precies gedaan wat daarin stond.' Hij boog zich voorover en tilde iets zwaars uit de boot. 'Hier. Je kunt 'm nu in het donker niet goed zien, maar ik durf te wedden dat-ie minstens negen kilo weegt. Hij is gigantisch.'

'Dat meen je niet.' Ondanks zijn rothumeur begon Sam te grijnzen. 'Wat is het?'

'Een heilbot, volgens mij. Ik weet het niet zeker. Hij lijkt niet echt op de vissen in mijn boek.'

'Wat wil je ermee gaan doen?'

'Nou,' zei Quinn bedachtzaam, 'ik denk dat ik eerst ga proberen er nog een paar te vangen, en dan ga ik er een stel opeten, en misschien wil Albert wat ik niet opeet daarna wel ruilen voor iets anders. Je kent Albert: hij vindt vast wel een manier om ze in de Mac te frituren en er vissticks van te maken of zo. Ik vraag me of hij nog wat ketchup heeft.'

'Ik weet niet zeker of dat wel zo'n goed idee is,' zei Sam.

'Hoezo niet?'

'Omdat Albert geen dingen meer weggeeft. Niet meer.'

Quinn stootte een zenuwachtig lachje uit. 'Luister eens, ga me nou niet vertellen dat ik dit niet mag doen. Ik doe er toch niemand kwaad mee?'

'Dat zeg ik ook helemaal niet,' zei Sam. 'Maar Albert gaat die vis verkopen aan iedereen die hem geeft wat hij wil: batterijen, wc-papier, en weet ik veel wat hij allemaal nog meer in handen wil krijgen.'

'Sam. Ik heb hier negen kilo eiwitten in mijn handen.'

'Ja. En die moeten toch naar de mensen die daar niet genoeg van binnenkrijgen? Maria moet die vis aan de kleintjes geven. Die krijgen niet meer te eten dan wij, en zij hebben het harder nodig.'

Quinn zette zijn hakken in het natte zand. 'Luister, als jij niet wilt dat ik de vis aan Albert verkoop of met hem ruil, prima. Maar deze vis is nu van mij, toch? Wat moet ik er dan mee doen? Iemand zal 'm straks toch op ijs moeten leggen, anders bederft-ie. Ik kan toch niet zomaar een beetje door de stad gaan sjouwen en stukken vis uitdelen?'

Opnieuw kreeg Sam het benauwd van de stortvloed aan onbeantwoordbare vragen die op hem afgevuurd werden. Moest hij nu echt besluiten wat Quinn met die vis ging doen?

Quinn ging verder. 'Ik wil alleen maar zeggen dat ik deze vis en alle andere die ik nog vang naar Albert wil brengen, omdat hij een grote koelkast heeft en ze dan in elk geval goed blijven. En bovendien, je weet hoe hij is: hij kan ongetwijfeld een manier verzinnen om ze schoon te maken en te bakken en...'

'Goed dan,' viel Sam hem in de rede. 'Best. Je doet maar. Geef die vis voor deze ene keer maar aan Albert. Tot ik een soort, weet ik veel, een soort regel heb bedacht.'

'Bedankt, man,' zei Quinn.

Sam draaide zich om en liep terug naar de stad.

'Je had gisteren moeten komen dansen, gast,' riep Quinn hem na.

'Je weet toch dat ik nooit dans.'

'Sam, als er iemand wat ontspanning kan gebruiken, dan ben jij het wel.'

Sam probeerde niet naar Quinn te luisteren, maar zijn meelevende, bezorgde toon irriteerde hem. Die gaf aan dat hij zijn gedachten niet goed verborgen hield. Dat zijn chagrijnige, zelfmedelijdende stemming duidelijk voelbaar was, en dat was niet goed. Slecht voorbeeld.

'Hé, gast?' riep Quinn.

'Ja?'

'Heb je dat gekke verhaal van Duck Zhang gehoord? Niet dat met die grot, maar dat stuk over die vliegende visvleermuizen, zeg maar?'

'Wat is daarmee?'

'Volgens mij heb ik er een paar gezien. Ze schoten zo het water uit. Maar het was wel donker, natuurlijk.'

'Oké,' zei Sam. 'Mazzel, gast.'

Terwijl hij over het strand liep, mompelde hij: 'Mijn leven bestaat uit visverhalen en chocoladetoffees.'

Er zat hem iets dwars. En niet alleen zijn ruzie met Astrid. Iets. Iets met chocoladetoffees.

Maar de vermoeidheid sloeg toe en verdreef zijn onuitgewerkte gedachte. Hij werd zo op het stadhuis verwacht. Nog meer stompzinnigheden om over te beslissen.

Hij hoorde Quinn 'Three little birds' van Bob Marley zingen in zichzelf. Of misschien was het wel voor Sam bedoeld.

Toen begon de buitenboordmotor weer te pruttelen.

Sam voelde een hevige steek van jaloezie.

'Maak je maar geen zorgen,' zei Quinn, een regel uit het liedje dat hij zong.

'Dat doe ik wél.'


'Caine?'

Geen antwoord. Diana klopte nog een keer op de deur.

'Honger in het donker,' jammerde Caine met een griezelige, vervormde stem. 'Honger in het donker, honger in het donker, honger, honger.'

'O nee hè, is het weer zover?' zei Diana tegen zichzelf.

Tijdens zijn drie maanden durende periode van gekte had Caine op allerlei verschillende manieren geschreeuwd, gehuild en getierd. Maar deze zin was het vaakst herhaald. Honger in het donker.

Ze duwde de deur open. Caine lag te spartelen in zijn bed. Het laken was om zijn lichaam gedraaid en zijn armen probeerden iets onzichtbaars weg te slaan.

Caine was van het huisje van Mose verhuisd naar de bungalow waar vroeger de directrice van de Coates Academie met haar man had gewoond. Het was een van de weinige plekken op Coates die nog niet beschadigd en overhoop gehaald waren. De kamer had een groot, comfortabel bed met zijdezachte lakens en aan de muur hing van die dertien-in-een-dozijnkunst die je bij woonwarenhuizen kunt kopen.

Diana liep snel naar het raam terwijl Caine weer losbarstte en als een verloren ziel jammerde over honger in het donker. Ze trok de jaloezieën omhoog die de kamer verduisterden en het vroege, bleke zonlicht stroomde door het raam naar binnen.

Caine ging met een ruk overeind zitten. 'Wat is er?' zei hij. Hij knipperde een paar keer verwoed met zijn ogen en huiverde. 'Wat doe jij hier?'

'Je deed het weer,' zei Diana.

'Wat?'

'"Honger in het donker." Een van je grootste knallers. Soms maak je er "honger in de duisternis" van. Je hebt het wekenlang gemompeld, gekreund en geschreeuwd, Caine. Duisternis, honger, en dat ene woord: "gaiaphage".' Ze ging op de rand van het bed zitten. 'Wat betekent dat toch allemaal?'

Caine haalde zijn schouders op. 'Ik weet het niet.'

'De Duisternis. Drake heeft het daar ook vaak over. Dat ding in de woestijn. Dat ding dat hem zijn arm heeft gegeven. Het ding dat jou mesjogge heeft gemaakt.'

Caine gaf geen antwoord.

'Het is een soort monster, hè?' vroeg Diana.

'Een soort, ja,' mompelde Caine.

'Is het een soort gemuteerd kind? Of meer zoals de coyotes, een gemuteerd beest?'

'Het is wat het is,' zei Caine kortaf.

'Wat wil het?'

Caine keek haar achterdochtig aan. 'Wat kan jou dat schelen?'

'Ik woon hier, weet je nog? Ik moet samen met iedereen in de FAKZ wonen. Dus ja, ik zou het wel graag willen weten als een of ander kwaadaardig iets ons allemaal gebruikt voor...'

'Niemand gebruikt mij,' snauwde Caine.

Diana zweeg en wachtte tot zijn woede wegebde. Toen zei ze: 'Het heeft je gek gemaakt, Caine. Je bent jezelf niet meer.'

'Heb jij Jack naar Sam gestuurd om hem te waarschuwen? Heb jij gezegd dat hij aan Sam moest vertellen hoe hij de poef kon overleven?'

Die vraag had Diana niet verwacht. Ze had al haar zelfbeheersing nodig om de angst niet op haar gezicht te laten zien. 'Denk je dat?' Ze perste er een grimmig glimlachje uit. 'Dus daarom word ik continu in de gaten gehouden.'

Caine ontkende het niet. 'Ik ben verliefd op je, Diana. Je hebt de afgelopen drie maanden voor me gezorgd. Ik wil niet dat je iets overkomt.'

'Waarom bedreig je me?'

'Omdat ik plannen heb. Ik wil een aantal dingen doen. En ik moet weten aan wiens kant je staat.'

'Ik sta aan mijn kant,' zei Diana. Dat was een eerlijk antwoord. Ze wist niet of ze overtuigend genoeg zou kunnen liegen. Als hij dacht dat ze loog...

Caine knikte. 'Ja, hoor. Best. Sta jij maar aan je eigen kant, daar kan ik mee leven. Maar als ik merk dat je Sam helpt...'

Diana besloot dat het tijd was om de boze vriendin uit te hangen. 'Hoor eens, sneue kerel, ik had een keus. Een keus die Sam me heeft geboden nadat hij jou op je lazer had gegeven. Ik hád met hem mee kunnen gaan. Dat zou slim geweest zijn. Dan zou ik nooit meer bang voor Drake hoeven zijn. En ik zou er ook geen last van hebben dat jij elke keer met je tengels aan me wilt zitten als je je eenzaam voelt. En ik zou sowieso beter eten. Maar ik heb ervoor gekozen om bij jou te blijven.'

Caine ging wat rechterop zitten. Hij boog zich naar haar toe en zijn blik sprak boekdelen.

'O, daar gaan we weer.' Diana rolde met haar ogen.

Maar toen hij haar zoende liet ze hem begaan. En na een paar seconden vol ijskoude onverschilligheid kuste ze hem terug.

Toen legde ze haar handpalm op zijn blote borst en duwde hem terug in zijn kussen. 'Zo is het wel weer genoeg geweest.'

'Het is nog lang niet genoeg, maar ik zal het er maar mee moeten doen,' zei Caine.

'Ik ga,' zei Diana. Ze liep naar de deur.

'Diana?'

'Wat?'

'Ik heb Computer Jack nodig.'

Ze verstarde met haar hand op de deurklink. 'Hij zit niet verstopt op mijn kamer of zo, hoor.'

'Ik wil dat je naar me luistert, Diana, en niets zegt. Goed? Hoor je me? Je zegt niets. Dit is een eenmalig aanbod. Gratie. Wat er ook gebeurd is tussen jou, Jack en Sam, het is allemaal vergeven en vergeten als... als jij Jack voor me haalt. Zand erover. Maar ik heb Jack nodig. En snel.'

'Caine...'

'Hou je kop,' siste hij. 'Doe jezelf een lol, Diana. Niets. Zeggen.'

Ze slikte haar boze weerwoord in. De dreiging in zijn stem was overduidelijk. Hij meende het. Dit keer meende hij het.

'Haal Jack voor me. Maakt niet uit hoe je het doet. Je kunt Worm inzetten. Desnoods zet je Drake in. Of Roedelleider, als die van pas komt. Het interesseert me niet hoe het gebeurt, maar ik wil dat Jack hier binnen twee dagen voor mijn neus staat. De tijd gaat nu in.'

Diana moest haar uiterste best doen om te blijven ademen.

'Twee dagen, Diana. En je weet wat er gebeurt als je het niet doet.'

Albert hield een oogje op een van zijn werknemers die zijn club aan het vegen was en las ondertussen over het smeltpunt van diverse soorten metaal – lood en goud, vooral goud – toen Quinn met een kruiwagen de McDonald's binnen kwam.

In de kruiwagen lagen drie vissen. Eentje was erg groot voor een vis. De andere twee hadden wat normalere afmetingen.

Alberts twééde gedachte was: dit biedt mogelijkheden.

Zijn éérste gedachte was: ik heb honger en ik zou best een lekker stukje gebakken vis lusten. Hij zou zelfs rauwe vis kunnen eten. De hevigheid van zijn honger overviel hem. Hij probeerde de honger te negeren en at zelf heel weinig terwijl hij ervoor zorgde dat zijn mensen altijd zoveel mogelijk in hun maag hadden. Maar als er dan iemand binnenkwam met echte, onvervalste vis...

'Wow,' zei Albert.

'Ja. Vet hè?' zei Quinn, en hij keek glimlachend als een trotse ouder op zijn vissen neer.

'Zijn ze te koop?' vroeg Albert.

'Ja. Alles wat ik zelf niet op kan. En we moeten wat naar Maria brengen voor de kleintjes.'

'Uiteraard.' Albert knikte. Hij dacht even na. 'Ik heb niets om beslag mee te maken. Maar ik kan ze denk ik wel door wat bloem wentelen om ze toch een beetje knapperig te maken.'

'Jongen, ik lust ze rauw,' zei Quinn. 'Ik kon mezelf onderweg hiernaartoe al nauwelijks bedwingen.'

'Wat wil je hebben voor alle drie?' vroeg Albert.

Quinn stond met zijn mond vol tanden. 'Gast, weet ik veel.'

'Goed,' zei Albert. 'Wat dacht je hiervan: je mag gratis de club in. En je krijgt net zo veel vis als je op kunt. En je houdt iets heel belangrijks van me tegoed, maar dat is voor later.'

'Iets heel belangrijks?'

'Heel belangrijk,' beaamde Albert. 'Luister, ik ben met wat dingetjes bezig. Ik heb een paar plannen. En nu we het er toch over hebben, daar wilde ik jouw hulp eigenlijk voor inroepen.'

'Juist ja,' zei Quinn sceptisch.

'Ik vraag of je me wilt vertrouwen, Quinn. Jij vertrouwt mij, en ik vertrouw jou.'

Albert wist dat hij Quinn daarmee over de streep zou trekken. Niemand zei ooit tegen Quinn dat hij hem vertrouwde.

Albert veranderde heel subtiel een beetje van onderwerp. 'Hoe heb je die vissen gevangen, Quinn?'

'Eh, nou, het was niet zo moeilijk, hoor. Ik heb met een net wat kleine visjes opgeschept uit de getijdenpoeltjes en ondiep water, je weet wel, van die mini's die je niet kunt eten. Die heb ik als aas gebruikt. Er zijn allerlei hengels en boten en zo. En daarna moet je gewoon ongelooflijk veel geduld hebben.'

'Dit zou wel eens heel belangrijk kunnen zijn,' zei Albert bedachtzaam. En daarna: 'Goed, ik heb een voorstel voor je.'

Quinn grijnsde. 'Ik luister.'

'Ik heb vierentwintig mensen in mijn ploeg. Hun voornaamste taken zijn de supermarkt bewaken en het eten ronddelen. Maar er valt tegenwoordig niet zoveel meer te bewaken en rond te delen. Dus.'

'Dus?'

'Dus, ik geef jou zes van mijn beste mensen. De zes betrouwbaarste mensen die ik kan bedenken. Jij gaat hen trainen en leren vissen.'

'O ja?' Er kwam een denkrimpel in Quinns voorhoofd.

'En jij en ik, wij worden partners in de vishandel. Zeventig-dertig. Ik geef jou de vissers, vervoer de vis, zorg dat hij goed blijft, bereid hem en deel hem rond. En van alle eventuele winst krijg ik zeventig procent en jij dertig.'

Quinn trok een wenkbrauw op. 'Pardon? Hoezo krijg jij zeventig procent?'

'Ik moet al mijn werknemers betalen,' legde Albert uit. 'Jouw dertig procent is helemaal voor jou alleen.'

'Het is dertig procent van niks,' zei Quinn.

'Misschien. Maar dat zal niet lang duren.' Albert grijnsde en sloeg Quinn op zijn schouder. 'Je moet hoop blijven houden, jongen. De toekomst ziet er een stuk zonniger uit. We hebben vis.'

Moeder Maria rook het voor ze het zag.

Vis. Gebakken vis.

De kinderen roken het ook. 'Wat ruik ik?' riep Julia, terwijl ze met een zwiepende zwarte paardenstaart naar de deur rende.

Er brak haast een rel uit. De peuters verdrongen zich rond Quinn, die de gebakken vis op een met servetjes bedekt dienblad van de McDonald's naar binnen had gedragen.

'Oké, oké, rustig maar, er is genoeg voor iedereen,' piepte Quinn.

Maria kon zich niet bewegen. Ze wist dat ze de kinderen tot de orde moest roepen, maar de geur verlamde haar.

Gelukkig had Francis – die eerst nog zo'n stennis had getrapt omdat hij het zo vreselijk vond om op de crèche te moeten werken – na die eerste dag besloten dat hij het niet erg vond om nog een dagje te komen. En nog een. Hij was hard op weg een vaste kracht te worden. Toen hij zijn arrogante houding eenmaal had laten varen, bleek dat hij eigenlijk heel goed was met kinderen.

'Goed, kleine mensjes,' riep Francis, 'allemaal achteruit. We lopen langzaam bij het eten vandaan.'

'Sorry, ik had waarschijnlijk even moeten laten weten dat ik eraan kwam,' zei Quinn schaapachtig terwijl hij door een zee van kinderen waadde en de vis hoog boven tientallen graaiende vingertjes hield.

Maria vouwde haar handen in elkaar terwijl ze toekeek hoe Francis en de andere hulpkrachten de kinderen in een rij opstelden. De geur van de vis was ongelooflijk. Haar maag rammelde en het water liep haar in de mond.

Ze werd er misselijk van.

'Goed, jongens, we hebben tweeëndertig stukjes,' zei Quinn. 'Hoe willen jullie dit aanpakken?'

Francis keek even naar Maria, maar die kon niet reageren. Het leek wel alsof ze aan de grond genageld stond.

'Iedereen begint met een half stukje,' besloot Francis. Toen waarschuwde hij: 'En wie graait krijgt niets.'

'Maria, jij en je mensen kunnen ook wat nemen hoor, er is genoeg,' zei Quinn.

Maria knikte. Ze kon het niet. Niet voor haar. Maar voor de anderen wel. Uiteraard.

'Gaat het wel?' vroeg Quinn.

Maria beet op haar tanden en perste er een bibberig glimlachje uit. 'Natuurlijk. Heel erg fijn dat je dit komt brengen. De kinderen hebben al heel lang... Ze hebben eiwitten nodig... ze...'

'Goed hoor,' zei Quinn, duidelijk verbijsterd.

'Laat wat over voor de baby's,' zei Maria dringend tegen Francis. 'Dan pureren we het in de blender.'

Overal in het lokaal was gesmak te horen. Veel van deze kinderen vonden vis waarschijnlijk vies. Vroeger. Zelfs twee weken geleden hadden ze hun neus er nog voor opgetrokken. Maar nu? Niemand sloeg eiwitten af. Diep vanbinnen voelden ze dat ze er behoefte aan hadden. Hun lichamen zeiden dat ze moesten eten.

Maar Maria's lichaam zei dat ze níét moest eten.

Het zou een zonde zijn, zei ze tegen zichzelf. Een zonde om de vis eerst op te eten en hem vervolgens weer uit te kotsen. Dat kon ze de kleintjes niet aandoen.

Maria wist dat er iets mis was met de manier waarop ze zich gedroeg. Ze werd omringd door honger waar de kinderen niets aan konden doen, maar haar honger werd helemaal alleen door haarzelf veroorzaakt. Ze hoorde een waarschuwing, maar heel ver weg, nauwelijks hoorbaar. Alsof er iemand twee straten verderop naar haar stond te schreeuwen.

'Kom nou, Maria, dit moet je echt even proeven,' drong Francis aan. 'Heerlijk.'

Maria was niet in staat om antwoord te geven. Ze draaide zich zwijgend om en liep naar de wc, achtervolgd door de schrokkende geluiden van uitgehongerde kinderen.

# Dertien
## 45 uur, 36 minuten

Sam klopte op de voordeur. Meestal deed hij dat niet. Astrid had al heel vaak gezegd dat hij gewoon naar binnen kon lopen.

Maar hij klopte toch.

Het duurde even voor ze opendeed.

Ze kwam kennelijk net onder de douche vandaan. Na het eten deed Astrid vaak oefeningen, terwijl Kleine Pete dvd's keek. Haar blonde haar plakte aan haar nek en er liepen een paar slierten over haar ene oog, waardoor ze hem ergens een beetje aan een piraat deed denken. Ze droeg een badjas en had een handdoek vast.

'Zo. Met hangende pootjes teruggekomen?' vroeg Astrid.

'Moet ik kruipen?' vroeg Sam.

Daar dacht Astrid even over na. 'Nee, je ellendige blik is voldoende.'

'Ik heb je de hele dag niet gezien.'

'Het zou ook heel bijzonder zijn geweest als je me wél had gezien. Ik had er even geen behoefte aan om gezien te worden.'

'Kan ik binnenkomen?'

'Vraag je nu of je binnen mág komen? "Kan" is bedoeld om uit te drukken dat men ergens toe in staat is. "Mag" is correct als men om toestemming vraagt.'

Sam glimlachte. 'Je weet dat ik het alleen maar sexy vind als je dat doet.'

'Is dat zo? Misschien moet ik je er dan ook nog even op wijzen dat zowel "kunnen" als "mogen" modale werkwoorden zijn. Het

Engels kent negen modale werkwoorden. Zal ik ze opnoemen?'

'Doe maar niet,' zei hij. 'Zo veel opwinding kan ik niet aan.'

Sam sloeg zijn arm om haar heen, trok haar tegen zich aan en kuste haar op de mond.

'Slapjanus,' zei ze plagerig toen hij haar weer losliet. 'Nou, kom binnen. Ik heb nog wat heerlijke okra's uit blik, een aangebrande, zelfgemaakte tortilla van tarwebloem en een halve krop van Orcs kool over van het avondeten, mocht je honger hebben. Als je de tortilla oprolt met reepjes kool en wat okra's erin en dan dertig seconden in de magnetron doet, heb je iets heel vies wat nog wel redelijk gezond is.'

Sam liep naar binnen en deed de deur achter zich dicht. Kleine Pete zat voor de televisie en keek naar *How the Grinch stole Christmas*. Jim Carrey, totaal onherkenbaar onder een dikke laag schmink, wreef vergenoegd in zijn handen.

'Die dvd heeft hij gekregen voor Kerstmis,' legde Astrid uit.

'Ik weet het nog,' zei Sam.

Kerstmis was voor niemand erg leuk geweest. Kerstmis zonder ouders. Zonder oudere broers en zussen. Of opa's en oma's. Zonder al die maffe familieleden die je alleen met de feestdagen zag.

Sam had op de zolder een kunstboom gevonden die hij naar beneden had gesleept om op te zetten. Hij stond er nog steeds, hoewel ze de versieringen eraf hadden gehaald en terug in de doos hadden gedaan.

Iedereen had zijn best gedaan. Albert had een diner georganiseerd, hoewel dat niet kon tippen aan zijn Thanksgiving-feest. Rond Kerstmis waren er geen taarten en koekjes meer, en vers fruit en verse groente waren iets uit het al bijna vergeten verleden.

'We moeten geen ruzie maken over... nou ja... politiek,' zei Sam.

'Wil je liever dat ik het altijd met je eens ben?' vroeg Astrid, en haar toon verried dat ze klaar was om weer opnieuw te beginnen.

'Nee. Ik wil dat je tegen me zegt hoe je over dingen denkt. Ik heb je nodig,' gaf Sam toe. 'Maar dat is nou juist het punt: ik heb je nodig. Dus als we het niet eens zijn, moeten we in het dagelijks leven niet boos op elkaar worden.'

Astrid leek op het punt te staan de discussie weer aan te gaan, maar uiteindelijk slaakte ze alleen maar een lange, vermoeide zucht. 'Nee, je hebt gelijk. We hebben al genoeg aan ons hoofd.'

'Fijn,' zei hij.

'Heb je wel geslapen vannacht? Je ziet er moe uit.'

'Dat ben ik ook wel, geloof ik,' zei hij. 'Het was een lange dag. Zeg, wist jij dat Quinn is gaan vissen? Hij heeft iets heel groots gevangen vanochtend.'

'Nee, dat wist ik niet. Mooi.' Ze keek bezorgd. 'Daar hadden we eerder aan moeten denken. Aan vissen, bedoel ik.'

'We zullen wel nooit overal aan denken, vrees ik,' zei Sam vermoeid. Dat was het probleem als er één iemand de leiding had. Iedereen verwachtte dat diegene alle antwoorden had en ze dachten zelf niet meer na over de oplossing. Quinn was helemaal in zijn eentje op dit nieuwe idee gekomen. En nu klopte hij bij Albert aan voor hulp, en niet bij Sam.

'Wat gaat hij met die vis doen?'

'We hebben vanochtend een groot deel naar de crèche gebracht. Hebben die kleintjes eindelijk weer wat eiwitten binnen.'

'Een groot deel?' Ze trok een wenkbrauw op. 'En wat doet Quinn met de rest? Hij gaat het toch niet oppotten, mag ik hopen?'

'Hij…' Sam zweeg. Het laatste waar hij zin in had, was een ruzie over Quinn, Albert en vis. 'Zullen we het daar morgen over hebben? Het belangrijkste is dat de kleintjes vandaag weer wat eiwitten hebben gegeten. Kunnen we daar niet gewoon blij om zijn?'

Astrid legde haar hand tegen zijn wang. 'Ga naar bed.'

'Ja, mevrouw.'

Hij sjokte de trap op, maar hij voelde zich beter dan hij zich de hele dag had gevoeld. Onderweg kwam hij Maria tegen, die naar beneden ging. 'Hoi Maria. Ga je weer aan het werk?'

'Wat zou ik anders moeten doen?' zei ze. 'Sorry, dat klonk wel erg kattig.'

'Als er iemand kattig mag zijn dan ben jij het wel,' zei Sam. 'Maar zeg, krijg jij wel genoeg te eten?'

Maria leek hevig te schrikken. 'Hè?'

'Ik vroeg me af of je wel genoeg te eten krijgt. Omdat je nogal afgevallen bent. Niet onaardig bedoeld hoor, je ziet er goed uit.'

'Dank je,' wist Maria uit te brengen. 'Ik eh... ja. Ja, ik eet hartstikke veel.'

'Heb je vanochtend wat van die vis gekregen?'

Maria knikte. 'Ja. Echt heerlijk.'

'Oké. Tot morgen.'

Sam sliep in wat vroeger een logeerkamer was geweest. Het was een fijne kamer met een eigen badkamer en superzachte handdoeken. Sam hield hem heel netjes en schoon, want op de een of andere manier voelde het nog steeds niet als zíjn kamer. Hij kon zich niet eens voorstellen dat het ooit zijn kamer zou worden. Dit huis was van... tja, goede vraag. Maar het was in elk geval niet van hem.

Wat hem er niet van weerhield om tussen de dekens te stappen en bijna onmiddellijk met een overvol hoofd in slaap te vallen.

Maar hij vond geen rust in zijn dromen. Hij droomde over zijn moeder, maar het was niet zijn echte moeder, zijn moeder van vlees en bloed. Dit was het wezen dat hem had geroepen tijdens wat anders de poef geworden zou zijn.

Gefeliciteerd met je vijftiende verjaardag, Sam. Stap dan nu maar uit de FAKZ en kom naar... naar wat, dat wist niemand.

Het was een soort illusie. Je zag wat je wilde zien. En toch had het op dat moment zo verschrikkelijk echt geleken. In zijn droom beleefde Sam dat moment opnieuw.

Hij zag Caine, zijn twee-eiige tweelingbroer, in een cirkel van verschroeiend licht. Hij zag hun moeder. En hij zag een meisje van een jaar of twaalf met een dikke paardenstaart. Hij vroeg zich vaag af wat dat meisje daar deed. Er was geen meisje geweest tijdens de poef. Niet binnen die vervreemdende cirkel. Geen meisje.

Maar nu ging die droom over in een andere. Sam stond onder aan het bordes van het stadhuis en er rolden blikken zo groot als vuilnisbakken van de trap. Het begon met een blik bonen. En nog een. En toen een blik ravioli. De blikken kwamen steeds sneller naar beneden en nu probeerde Sam de trap op te lopen, maar dat lukte niet, want elke keer als hij zijn voeten optilde, kwam er weer een nieuw blik op hem af gedenderd.

Nu was het een stortvloed van kleine blikjes. Het leken wel insecten die onder zijn voeten door snelden. Hij struikelde, gleed uit, viel in een waterval van blikken en kon niet meer overeind komen.

In zijn droom keek hij op en zag een meisje. Weer datzelfde meisje, met een dikke bos bruin haar dat in een lange paardenstaart bij elkaar gebonden was. Het meisje. Ze stond boven aan de trap. Maar zij was niet degene die die blikken gooide.

De blikken veranderden in chocoladetoffees. In blikken, vreemd genoeg, maar met het vertrouwde logo erop. De blikken bleven maar naar beneden rollen en tuimelen, zodat Sam telkens weer struikelde en nu helemaal bedolven lag onder de blikken.

Sam merkte dat er iemand naast hem stond. Geen mens, maar een worm of een insect, hij kon het niet goed zien.

Het enorme beest pakte een chocoladetoffee, die nu niet meer in een blik zat maar in een gigantische doos.

Sam werd met een ruk wakker.

Astrid schudde hem heen en weer en schreeuwde recht in zijn gezicht, doodsbang. 'Word wakker!'

Hij kwam zo snel overeind dat hij Astrid bijna omver duwde. 'Wat is er?'

'Petey,' huilde Astrid. Haar ogen waren groot van angst.

Sam rende naar Petes kamer. Midden in de gang bleef hij abrupt staan. De deur stond open.

Pete lag in zijn bed. Hij bewoog niet. Zijn ogen waren gesloten. Zijn gezicht stond vredig. Hij sliep. Maar hoe hij kon slapen ging Sams verstand te boven, want de kamer om Pete heen was gevuld met monsters.

Letterlijk gevuld. Van muur tot muur. Tot aan het plafond.

Monsters. Genoeg voor honderden nachtmerries. Ze glibberden onder zijn bed vandaan. Ze kropen uit zijn kast. Ze zweefden rond alsof het heliumballonnen waren. Alsof er een miniatuurversie van een Thanksgiving-ballonnenoptocht Petes kamer was binnengewandeld.

Een van de kleinere monsters had drie paar paarse vleugels, rond-tastende tentakels die uit zijn buik hingen en een kop als het uitein-de van een injectiespuit, met bloedrode oogbollen aan het puntje.

Het grootste monster was een afschuwelijk harig wezen, een soort grizzlybeer met klauwen van bijna een halve meter.

Er waren monsters die alleen maar uit scherpe kantjes leken te bestaan, alsof ze waren opgebouwd uit scheer- en keukenmessen. Er waren monsters van gloeiend magma. Er waren monsters die vlogen en monsters die kropen.

'Is het net als de vorige keer? Toen op het plein?' fluisterde Sam beverig.

'Nee. Kijk maar: ze hebben schaduwen,' zei Astrid dringend. 'Ze maken geluid. Ze stinken.'

Het grote harige beest veranderde voor hun ogen. De bruine vacht werd langzaam wit, en kreeg toen opeens een groene kleur.

Zijn bek bewoog.

Ging open.

Er kwam een geluid uit als van een stikkende kat. Een griezelig gemiauw.

Toen klapte de bek met een hoorbare tik dicht. De snuit smolt en verdween onder een net aangegroeide vacht.

'Hij probeerde iets te zeggen,' fluisterde Astrid.

Een mosterdkleurig wezen dat ergens wel wat op een hond leek, met een blinde kop als een pikhouweel waar voelsprieten en twee steeltjes op zaten, kreeg zwevend in de lucht een andere vorm. Zijn poten veranderden van platte kussentjes in spiesen met een scherpe punt en weerhaakjes. De weerhaakjes klapten open en dicht, alsof het beest ermee oefende om te kijken hoe hij ze het best kon gebruiken.

En toen het eindelijk een vaste vorm had aangenomen, probeerde ook dit monster te praten. Dit keer klonk het zelfs nog onsamen-hangender: een tsjirpend, insectachtig geluid dat wegstierf zodra er een vlezig vlies over zijn bek groeide.

'Kunnen ze ons zien?' vroeg Sam zich hardop af.

'Ik weet het niet. Zie je hoe ze naar Petey staren?'

Het was een absurd idee om te denken dat je van de koppen van deze monsters iets zou kunnen aflezen – sommige hadden vijf ogen, sommige maar één, sommige hadden knarsende, vlijmscherpe tanden en helemaal geen ogen. Maar toch leken ze met een soort ontzag naar Kleine Pete te kijken, die zich nergens van bewust was en zachtjes lag te snurken.

Een slang zo lang als een python zweefde voorbij en begon toen te kronkelen. Er groeiden piepkleine duizendpootpootjes uit zijn lijf die deden denken aan de koolwormen, alleen leken deze pootjes zelfklevend, alsof ze van klittenband waren.

Uit de bek van de slang klonk gesis. Het werd steeds harder en hield toen ineens op: de hele kop van de slang was simpelweg verdwenen.

'Ze proberen iets te zeggen,' zei Astrid. 'Maar iets houdt ze tegen. Iets wil voorkomen dat ze praten.'

'Of iemand,' zei Sam. 'Als ze ons aanvallen...' Hij hief zijn handen.

Astrid duwde ze meteen weer naar beneden. 'Nee, Sam. Straks raak je Petey nog.'

'Wat gebeurt er als hij wakker wordt?'

'De vorige keren verdwenen de verschijningen gewoon. Maar dit is anders. Kijk dan. Die gordijnen, die zijn helemaal verschroeid waar dat... dat lavading is geweest.'

Sam hakte de knoop door. 'Maak hem wakker.'

'Maar stel nou dat...' begon ze.

'Luister, misschien doen ze niets. Maar misschien ook wel. En als dat zo is, dan verbrand ik ze voor jullie iets overkomt.'

'Als het lukt,' zei hij erachteraan.

'Pete,' riep Astrid met trillende stem.

Tot op dat moment hadden de monsters de twee fragiel uitziende mensen die met open mond in de deuropening stonden nog niet opgemerkt. Maar nu draaide elk oog, elk paar ogen, elke trillende voelspriet hun kant op. Het gebeurde zo plotseling dat Sam dacht dat hij de oogbollen op hun plek hoorde klikken.

Rode ogen, zwarte ogen, gele spleetjesogen, ronde blauwe ogen, in totaal misschien wel vijftig ogen staarden Sam en Astrid aan.

'Probeer het nog eens,' fluisterde Sam. Hij strekte zijn armen weer uit en richtte zijn handpalmen op de monsters, klaar voor de aanval.

'Pete,' zei Astrid dringender.

De monsters verroerden zich. Ze bewogen bijna als één lijf, sommige log, andere bliksemsnel, maar allemaal tegelijk, als bewegende Disneypoppen die met één en dezelfde knop bediend werden. Ze draaiden zich om naar Sam en Astrid.

De een na de andere bek ging open. Er kwamen geluiden uit. Gegrom en gesis, gekras en gegrauw; geluiden als staal dat over porselein getrokken wordt, als tsjirpende krekels, als het geblaf van dolle honden. Geen woorden, maar geluiden die woorden wilden zijn, hun uiterste best deden om woorden te worden.

Het was een en al woede en frustratie. En het hield zo plotseling op dat het was alsof iemand de stekker van de stereo eruit had getrokken.

De monsters staarden Sam en Astrid woedend aan, alsof het hun schuld was dat ze niets meer konden uitbrengen.

Sam vloekte zacht.

'Loop achteruit. Door de gang,' droeg Sam haar op. 'Dan moeten ze één voor één naar ons toe komen en ligt Pete niet in de vuurlinie.'

'Sam...'

'Dit is even niet zo'n goed moment voor een discussie, Astrid,' zei Sam knarsetandend. 'Loop langzaam achteruit.'

En dat deed ze. Hij ook, voetje voor voetje, zijn armen omhoog, zijn mutantenwapens in de aanslag.

Maar hij zou ze nooit allemaal te pakken kunnen nemen als ze achter hen aan kwamen. Nooit. Een paar misschien, als ze überhaupt zouden verbranden. Hoe verbrandde je een wezen van magma?

Stap voor stap liepen ze tot halverwege de gang. Drie meter. Vier. De monsters zouden door de gang op hem af moeten komen. Gunstiger zou de situatie niet worden. En Pete zou dan niet rechtstreeks onder vuur komen te liggen.

'Roep hem nog eens. Harder.'

'Hij reageert niet altijd.'

'Probeer het maar.'

'Pete,' schreeuwde Astrid, haar stem luid van angst. 'Petey, wakker worden! Wakker worden, wakker worden!'

Door de deuropening zag Sam de zwevende monsters, dat wil zeggen de wezens die geen vleugels hadden, met een erg realistisch aandoende plof op de grond vallen. De planken van de vloer sprongen op door de klap.

Het monster met de zes vleugels beet het spits af. Snel als een libel zoefde hij recht naar Astrid toe.

Er schoot een verzengend groenwit licht uit Sams handen. Het gevleugelde beest vloog in brand, maar het had al te veel vaart gemaakt.

Sam liet zich vallen, tastte achter zich om Astrid naar de grond te trekken, en merkte dat zij al omlaag was gedoken. Het vlammende lijk, met verschrompelde vleugels als brandende bladeren, schoot over hen heen.

Maria Terrafino struikelde de gang in. 'Wat gebeurt er?'

'Maria! Terug! Terugterugterug!' schreeuwde Sam.

Maria sprong haar kamer weer in toen de mosterdkleurige, blinde hond met de voelsprieten en de steeltjes aanviel; zijn poten tikten en krasten op het hout.

Er schoot iets blauws uit de steeltjes. Een van Sams handen zat opeens onder het slijm, dik als havermoutpap en kleverig als fotolijm.

Sam vuurde nog eens met zijn andere hand. Het ding vloog in brand, ging langzamer lopen, maar bleef niet staan.

En nu verdrongen alle nachtmerries zich bij de deuropening, ze duwden elkaar opzij om erlangs te komen, om te kunnen aanvallen, en toen...

Toen waren ze weg.

Gewoon verdwenen.

Allemaal, op de nog nasissende resten van het insect met de zes vleugels en de slijmspuitende hond na. Astrid rende de kamer van

Kleine Pete in en Sam volgde haar op de voet. Kleine Pete zat met starende, open ogen rechtop in bed.

Astrid wierp zich op de dekens en sloeg haar armen om hem heen. 'O, Petey, Petey,' huilde ze.

Sam liep snel naar het raam. Het gordijn dat eerder verschroeid was, stond nu in brand. Hij trok het met een harde ruk naar beneden om het vuur uit te kunnen stampen, en door zijn wilde beweging stootte hij een plank vol matroesjkapoppetjes omver. Sam trapte de vlammen uit. Zijn voet kwam op een van de vrolijk rood geschilderde poppen terecht en verbrijzelde de buitenste laag. De pop die erin zat, rolde het vuur in.

Sam stampte alles uit.

'Hebben jullie een brandblusser?' vroeg hij. Ondertussen probeerde hij de vieze troep van zijn hand te vegen, maar zonder veel succes. 'Voor de zekerheid. We zouden...'

Maar op dat moment zag hij iets door het raam wat bijna net zo angstaanjagend was als de monsters. Aan de overkant van de straat stond een meisje. Ze keek omhoog, naar hem.

Ze had grote donkere ogen en een dikke bos bruin haar in een paardenstaart.

Het meisje uit zijn droom.

Sam rende de kamer uit, denderde de trap af en stormde naar buiten.

Het meisje was nergens meer te bekennen.

Sam rende weer naar binnen, naar de doodsbange Maria en Astrid. Die laatste zat tot zijn verbazing nota bene aantekeningen te maken op een blocnote terwijl ze tegelijkertijd haar broertje knuffelde.

'Wat...' begon Sam.

'Ze pasten zich aan, Sam,' onderbrak Astrid hem dringend. 'Heb je dat gezien? Ze veranderden waar we bij stonden. Ze brachten wijzigingen aan in hun fysieke verschijningsvorm. Ze ontwikkelden zich.'

Ze schreef iets op, veegde de tranen van haar wangen en schreef verder.

'Wat is er aan de hand?' vroeg Maria Terrafino op een verlegen, timide fluistertoon, alsof ze het gevoel had dat ze hen stoorde.

Sam draaide zich naar haar om. 'Maria. Je mag hier niets over zeggen.'

'Het komt door hem, hè?' vroeg Maria terwijl ze naar Kleine Pete keek, die nu zat te gapen en al bijna weer indommelde. 'Er is iets met hem.'

'Er zijn een heleboel dingen met hem, Maria,' bekende Sam vermoeid. 'Maar het blijft tussen ons. Daar moet ik op kunnen vertrouwen.'

Maria knikte. Ze leek niet te kunnen beslissen of ze zou blijven om erover te praten of terug naar haar kamer zou gaan, waar alles tenminste nog redelijk normaal was. Het normale won.

'Dit is niet goed,' fluisterde Astrid terwijl ze haar broertje weer instopte.

'Vind je?' vroeg Sam schril.

Astrid streelde het voorhoofd van Kleine Pete. 'Petey, dat mag je nooit meer doen. Straks raakt er nog iemand gewond. Misschien raak ík wel gewond. En wie moet er dan voor je zorgen?'

'Zo is dat, geen monsters meer, Petey,' zei Sam.

'Geen monsters meer,' herhaalde Astrid.

Kleine Pete deed zijn ogen dicht. 'Geen monsters meer,' zei hij met een grote gaap.

'Door mij werd hij stil,' voegde Kleine Pete er nog aan toe.

'Werd wie stil?' vroeg Sam.

'Petey? Wie?' vroeg Astrid smekend. 'Wie? Wie was het? Wat wilde hij zeggen?'

'Honger,' zei Kleine Pete. 'Honger in het donker.'

'Wat betekent dat?' vroeg Astrid.

Maar Kleine Pete was in slaap gevallen.

# Veertien
**36 uur, 47 minuten**

'En vanaf dat moment werd ze zo.' Worm – de zichtbare Worm – gebaarde naar Orsay, die met haar knieën tegen elkaar gedrukt en hangende schouders op de trappen voor de Coates Academie zat.

Caine keek met meer dan gemiddelde interesse op haar neer. Hij raakte Orsays kruin even aan en zag hoe ze in elkaar kromp. 'Ze heeft hem gezien. Denk ik,' zei hij.

Diana gaapte. Ze had nog steeds haar zijden pyjama aan met een dichtgeknoopte kamerjas eroverheen, alsof het koud was. Het was nooit echt koud in de FAKZ.

Worm kon bijna niet meer op zijn benen staan en moest moeite doen om zijn ogen open te houden.

'Wat gebeurde er op het moment dat ze zo van de wereld raakte?' vroeg Caine aan Worm.

'Hè?' Worms hoofd klapte naar voren en hij werd met een schok weer wakker. 'Ze zat in een droom van Sam. Iets over blikken eten. En toen begon er opeens een soort enge lichtshow in een van de andere kamers van het huis en het leek wel alsof Orsay drugs op had of zo.'

'Wat weet jij van drugs?' vroeg Diana.

Worm haalde zijn schouders op. 'Joe junior, mijn broer, die blowde heel veel.'

Caine knielde voor Orsay neer en duwde voorzichtig haar hoofd omhoog. 'Kom eruit,' zei hij.

Geen reactie. Hij gaf haar een harde klap, maar die was niet

166

kwaadaardig bedoeld. Zijn handpalm liet een roze vlek achter op haar wang.

Orsays ogen knipperden. Ze zag eruit als iemand die uren te vroeg wakker wordt.

'Sorry,' zei Caine. Hij zat heel dicht bij haar. Zo dichtbij dat hij haar adem kon inademen. Zo dichtbij dat hij haar hart hoorde bonken als dat van een in het nauw gedreven konijntje. 'Ik moet weten wat je hebt gezien.'

Haar mondhoeken trokken naar beneden, als in een grof getekende karikatuur van angst en verdriet en nog iets anders.

'Toe nou,' zei Caine vleierig. 'Ik weet niet wat je hebt gedroomd, maar het kan nooit zo erg zijn als wat ik heb meegemaakt. Ik heb zulke verschrikkelijke dromen gehad, dat wil je niet eens weten.'

'Ze waren niet verschrikkelijk,' zei Orsay met een klein stemmetje. 'Ze waren... overweldigend. Ik wilde meer.'

Caine schoof een stukje achteruit. 'Waarom ben je dan zo over de zeik?'

'In zijn dromen... In zijn dromen is de wereld... Alles is zo...' Ze gebaarde met haar handen, alsof ze een vorm probeerde uit te beelden van iets waar geen woorden voor waren.

'In Sams dromen?' vroeg Caine, half sceptisch en half boos.

Orsay keek hem scherp aan. 'Nee. Nee, niet die van Sam. Sams dromen zijn simpel. Daar zit geen magie in.'

'Vertel er dan eens over. Dáárom heb ik je daarheen gestuurd.'

Orsay haalde haar schouders op. 'Hij... ik weet het niet. Hij maakt zich zorgen, of zo. Hij is in de war,' zei ze onverschillig. 'Hij denkt dat hij alles verkeerd doet en hij wil eigenlijk alleen maar weg van alles. En hij denkt natuurlijk heel veel aan eten.'

'Dat arme manneke toch,' zei Diana. 'Al die macht. Al die verantwoordelijkheid. Snik snik.'

Caine lachte. 'Het is blijkbaar toch niet zoals hij had verwacht, de baas zijn.'

'Volgens mij is het precies zoals hij had verwacht,' wierp Diana tegen. 'Volgens mij heeft hij dit allemaal nooit gewild. Volgens mij wilde hij het liefst gewoon met rust gelaten worden.' Die laatste zin kwam er nogal vinnig uit.

'Ik laat mensen niet met rust als ze me belazeren,' zei Caine. 'Bedankt voor deze nuttige informatie, Diana.'

Hij kwam overeind. 'Goed. Sam is bang. Maar niet voor mij. Mooi zo. Hij maakt zich zorgen over zijn domme baantje als burgemeester van Nerdstad. Prima.' Hij tikte op Orsays kruin. 'Hé. Heeft Sam nog iets over de kerncentrale gedroomd?'

Orsay schudde haar hoofd. Ze was weer ergens anders, in een soort zombieachtige trance, terug in een of andere bizarre hallucinatie, van haarzelf of misschien wel van iemand anders.

Caine klapte in zijn handen. 'Goed. Sam maakt zich niet druk over de kerncentrale. De vijand,' zei hij met een weids gebaar, 'heeft de blik naar binnen gericht, niet naar buiten. We zouden elk moment kunnen toeslaan. Ware het niet...'

Hij keek Diana doordringend aan.

'Ik ga hem heus wel halen,' zei ze.

'Ik kan het niet zonder Jack, Diana.'

'Ik ga hem halen,' zei ze.

'Wil je Jack? Ik haal hem zo voor je,' zei Drake.

Caine zei: 'Jij denkt aan de oude Jack, Drake. Vergeet niet dat Jack tegenwoordig superkrachten heeft.'

'Zijn krachten kunnen me gestolen worden,' gromde Drake.

'Diana gaat Jack voor me halen,' zei Caine. 'En dan doen we het licht uit en voeden we de...' Hij hield abrupt zijn mond en knipperde verward met zijn ogen.

'Voeden?' herhaalde Drake verbaasd.

Caine hoorde hem bijna niet. Zijn hersenen leken te struikelen, een stap over te slaan, als een kras op een dvd waarbij het beeld even in pixels uiteenvalt voor de film weer verdergaat. Het vertrouwde Coatesterrein draaide voor zijn ogen.

Voeden?

Wat had hij daarmee bedoeld?

Wíe had hij daarmee bedoeld?

'Jullie kunnen gaan,' zei hij afwezig.

Niemand maakte aanstalten om weg te lopen, dus hij verduidelijkte: 'Ga weg. Ga weg en laat me met rust!'

En daarachteraan zei hij: 'En zij blijft hier.'

Toen Diana en Drake weg waren, knielde Caine opnieuw voor Orsay neer. 'Jij hebt hem gezien, hè? Je hebt hem daar gevoeld. Hij heeft je geest aangeraakt. Ik voel het.'

Orsay ontkende het niet. Ze keek hem onverschrokken aan. 'Hij zat in de dromen van dat kleine jongetje.'

'Het kleine jongetje?' Caine fronste zijn wenkbrauwen. 'Van Kleine Pete? Bedoel je die?'

'Hij had het kleine jongetje nodig. Het duistere ding, de gaiaphage, hij was...' Ze zocht naar een woord, en het woord dat ze vond verbaasde haar. 'Hij was aan het leren.'

'Aan het leren?' Caine greep haar arm heel stevig vast, kneep de uitleg uit haar lijf. Ze kromp in elkaar. 'Wát leerde hij?'

'Hoe hij moet scheppen,' zei Orsay.

Caine staarde haar aan. Hij moest het vragen. Hij moest vragen wat ze bedoelde. Wat zou de Duisternis scheppen? Wat kon hij leren van de geest van een autistische kleuter?

'Ga naar binnen,' fluisterde Caine. Hij liet haar arm los. 'Nu!'

Toen hij alleen was, speurde hij zijn gedachten af, zijn geheugen. Hij staarde naar de bomen aan de rand van het terrein, alsof de verklaring zich daar misschien in de schaduwen van de vroege ochtend schuilhield.

'En dan doen we het licht uit en voeden we...'

Hij had zich niet zomaar versproken. Het was niet... niets. Er had een echt, tastbaar idee achter gezeten. Iets wat gedaan moest worden.

*Honger in het donker.*

Hij had het gevoel dat iemand een touw om zijn hersenen had geslagen. Iemand die hij niet kon zien, iemand die ver weg onzichtbaar in het donker stond. Het touw verdween in het geheimzinnige duister, maar aan deze kant zat het aan hem vast.

En elders hield de Duisternis het andere eind vast. Hij trok eraan wanneer hij maar zin had.

Alsof Caine een vis aan een haakje was.

Hij kroop de trap op. Het graniet was koud. Hij voelde zich kwetsbaar en belachelijk zoals hij hier zat, bijna dubbelgeklapt, met zweetdruppels op zijn voorhoofd.

De Duisternis had hem nog steeds in zijn greep. Hij speelde met hem, liet de lijn vieren, liet hem denken dat hij los was en trok het touw dan weer strak aan om zeker te weten dat de haak nog in zijn hoofd zat. Hij matte hem af.

Speelde met hem.

Er schoot een bijna vergeten herinnering door Caines hoofd. Hij zag zijn 'vader', op een ligstoel, met donkere zoutvlekjes op zijn lichtbruine jack, en in zijn hand had hij een lange, soepele hengel die hij van voren naar achteren bewoog.

Dat was de enige keer dat Caine met zijn 'vader' was gaan vissen, maar het had bepaald geen Tom-Sawyer-en-Huckleberry-Finn-gevoel opgeroepen. Caines vader – de man die hij in zijn jeugd altijd zijn vader had genoemd – was geen man van persoonlijk contact, van wormen in een emmer en bamboehengels.

Ze waren op reis in Mexico. Caines 'moeder' was in Cancún achtergebleven om te winkelen, en Caine had de geweldige eer gekregen om zijn vader te mogen vergezellen op wat uiteindelijk een zakenreis bleek, vermomd als vader-en-zoon-visuitje.

Caine en zijn vader, een jongen die Paolo heette en diens vader, en een meisje dat... nou ja, hij wist niet meer hoe zij heette. De drie vaders deden zaken en visten op zwaardvis op een motorjacht van ruim twintig meter.

Hoe heette dat meisje nou toch ook alweer?

O jemig, ze heette Diana. Niet dezelfde Diana natuurlijk, een heel ander meisje, niet erg aantrekkelijk, rood haar, uitpuilende ogen, heel anders.

Diana had hen, Caine en Paolo, naar het krappe voorste gedeelte geleid, waar het anker en de touwen en zo werden opgeborgen. Daar had ze een korte, strak gerolde joint tevoorschijn gehaald.

Paolo, een Italiaanse jongen die een paar jaar ouder was dan Caine, had zijn schouders opgehaald en heel stoer 'oké dan' gezegd. Caine had het gevoel gekregen dat hij in de val zat. Op deze boot. Met die twee kinderen. Met die joint.

In de val.

Caine had zich wel eens beter gevoeld.

Hij zat in de donkere, vochtige, krappe ruimte, nam hijsjes van de joint en wilde dat hij ergens anders was, waar dan ook.

Paolo had geprobeerd het meisje te versieren, de Diana uit het pre-Dianatijdperk. Ze had hem afgewimpeld en uiteindelijk was Paolo weggegaan om te kijken of hij ergens iets te eten kon scoren. Het meisje was naast Caine komen zitten en had heel duidelijk te kennen gegeven dat zij graag optimaal gebruik wilde maken van de effecten van de wiet en het feit dat ze met z'n tweetjes waren.

Caine had haar afgewezen, maar zij had gezegd: 'O, jij vindt jezelf zeker te cool, hè? Jij voelt je te goed voor mij, hè?'

'Jij zegt het.'

'O ja? Zal ik je eens wat vertellen? Jouw vader heeft mijn vader nodig. Zal ik naar boven gaan en tegen mijn vader zeggen dat jij me hebt gedwongen om te blowen? Wat denk je dat er dan gebeurt? Dan gaat jouw vaders deal niet door en hij zal jou de schuld geven.'

Haar ogen schitterden triomfantelijk. Ze had hem. Ze had hem aan haar haak, net zoals de luidruchtige, lachende mannen aan dek hun stomme vissen aan de haak sloegen.

Ze wist het zeker, die Diana.

Maar Caine had gelachen. 'Ga dan.'

'Ik doe het, hoor,' zei ze.

'Best. Ga maar.'

Die dag had hij een fundamentele waarheid ontdekt: je kunt niet in de val van andere mensen zitten, je kunt alleen in de val zitten van je eigen angst. Ga de confrontatie aan en win.

Die dag, die dag op die boot, was Caine minder bang geweest dan het meisje. En hij had intuïtief aangevoeld dat hij zou winnen.

Ga de confrontatie aan en win.

Het probleem was nu alleen dat Caine oprecht en verschrikkelijk bang was voor het wezen in de mijn. Bang tot in zijn botten. Tot in de diepste, verste, geheimste uithoeken van zijn ziel.

Hij kon de Duisternis niet overbluffen. De Duisternis wist dat hij bang was.

Er lag een strak touw om zijn geest en zijn ziel. Het andere uiteinde van dat touw was in handen van dat duistere ding onder in die mijnschacht. Caine stelde zich voor dat hij het touw zou doorsnijden, dat hij een bijl zou pakken, die hoog boven zijn hoofd zou heffen en met al zijn kracht zou laten neerkomen...

Meedogenloos en niet bang. Net zo als hij bij Diana was geweest.

Bij beide Diana's.

'Je moet,' fluisterde hij tegen zichzelf.

'Je moet het doorsnijden,' zei hij.

'Misschien doe ik dat wel,' mompelde hij.

Maar hij betwijfelde ten zeerste of hij dat zou kunnen.

'Hij heeft honger,' zei Kleine Pete.

'Je bedoelt dat jij honger hebt,' verbeterde Astrid hem automatisch. Alsof het grootste probleem van Kleine Pete zijn incorrecte grammatica was.

Ze zat in Sams kantoor op het stadhuis. Er liepen allerlei kinderen in en uit, kinderen met verzoeken of klachten. Sommige dingen kon Astrid zelf afhandelen. Andere dingen schreef ze op voor Sam.

Wat één ding betreft had Sam gelijk: dit kon zo niet doorgaan. Kinderen die binnenkwamen om te vragen of iemand de ruzie met een broertje of zusje kon beslechten, die vroegen of ze een dvd voor twaalf jaar en ouder mochten kijken, en vroegen of Sam kon bepalen hoe lang ze hun beugel nog moesten inhouden. Het was belachelijk.

'Hij heeft honger,' zei Kleine Pete. Hij zat over zijn gameboy gebogen en was ingespannen met een spelletje bezig.

'Wil je iets eten?' vroeg Astrid afwezig. 'Ik kan wel iets gaan zoeken voor je.'

'Hij kan niet praten.'

'Je kunt best praten, Petey, als je het maar probeert.'

'Hij mag niet praten van mij. Hij zegt slechte woorden.'

Astrid keek naar hem. Er lag een zweem van een glimlach om de lippen van Kleine Pete.

'En hij heeft honger,' fluisterde Kleine Pete. 'Honger in het donker.'

'Omdat Sam het heeft gezegd, daarom,' zei Edilio voor misschien wel de tienduizendste keer. 'Omdat we allemaal heel erg veel honger zullen krijgen als we het eten niet oogsten, daarom.'

'Mag ik een andere keer?' vroeg de jongen.

'Luister eens, kerel, iedereen wil een andere keer. Maar er liggen meloenen te wachten die geplukt moeten worden, dus stap nou maar gewoon die bus in. O, en neem een hoed mee, als je die hebt. Kom op.'

Edilio hield de voordeur van het huis open en wachtte tot het joch zijn *Fairly OddParents*-pet had gevonden. Zijn humeur, dat toch al niet zo best was, werd er gedurende de ochtend niet beter op. Er zaten nu achtentwintig kinderen in de bus, die allemaal mopperden, naar de wc wilden, honger en dorst hadden en kibbelden, zeurden en huilden.

Het was al bijna elf uur. Tegen de tijd dat ze eindelijk op die akker zouden zijn, was het twaalf uur en wilden ze middageten. Hij was vast van plan om te zeggen dat ze hun lunch zelf moesten plukken. Pluk je lunch maar, daar ligt hij. Ja, ik heb het over die meloenen. Het kan me niet schelen dat je geen meloen lust, dat is je lunch.

Dertig kinderen, met hem erbij. Als ze vier uur hard zouden doorwerken, konden ze misschien zeventig tot tachtig meloenen per persoon oogsten. Dat leek veel, tot je het door driehonderd hongerige monden deelde en je besefte dat je heel wat meloen moest eten om je een beetje verzadigd te voelen.

Edilio maakte zich vooral zorgen over het feit dat veel meloenen al lagen te rotten op het veld. Dat de vogels zich er al op stortten. En over het feit dat niemand ver genoeg vooruitdacht om zich af te vragen wat ze voor het volgende seizoen moesten zaaien.

Het voedsel rotte weg. Er werd niet gezaaid. Er was geen irrigatie. Zelfs als ze de gewassen oogstten die er nu waren, was het slechts een kwestie van tijd voor iedereen zou verhongeren. En dan was er geen houden meer aan.

Zijn schatting bleek veel te optimistisch. Het was al bijna één uur 's middags toen ze bij het veld aankwamen, na een helse bus-rit waarbij twee achtstegroepers vol met elkaar op de vuist waren gegaan.

En ja hoor, het eerste wat de kinderen zeiden was: 'Ik heb honger.'

'Nou, daar ligt je lunch,' zei Edilio terwijl hij een weids handge-baar naar het veld maakte, zeer voldaan dat hij het ze eens even flink kon inwrijven.

'Die ronde dingen?'

'Dat zijn meloenen,' zei Edilio. 'En die zijn zelfs heel erg lekker.'

'En de wormen dan?' vroeg een van de meisjes.

Edilio zuchtte. 'Die zitten in het koolveld, niet hier. Dat ligt hier minstens anderhalve kilometer vandaan.'

Maar ze kwamen niet in beweging. Ze gingen allemaal gehoor-zaam in een rij staan, maar ze bleven dicht bij de bus en ver van de rand van het veld.

Edilio zuchtte. 'Goed dan. De gastarbeider zal wel eens even het goede voorbeeld geven.'

Hij slenterde naar het veld, boog zich voorover, draaide een van de meloenen los en hield hem omhoog zodat ze hem konden zien.

Hij werd gered door pure mazzel. Doordat hij de meloen liet vallen.

Hij keek omlaag naar de meloen en zag de aarde bewegen.

Edilio sprong overeind, een wilde reactie waardoor hij bijna struikelde, maar hij bleef op zijn benen staan en rende ervandoor.

Hij rende sneller dan hij ooit had gerend. Zijn laarzen stampten over de kronkelende wormen, sneller, sneller, sneller tot hij op zijn buik op de grond viel.

De grond naast het veld.

Hij trok zijn voeten in en begon verwoed zijn laarzen te onderzoeken. Er zaten tandafdrukken in de zijkanten en de hielen. Maar geen gaten.

De wormen waren er niet doorheen gekomen.

Edilio keek naar de geschrokken gezichten van de kinderen om hem heen. Hij had op het punt gestaan om hen ongeduldig het veld op te sturen. De meesten droegen gympen. En ze hadden geen idee hoe de wormen eruitzagen.

Als hij iets minder lang geaarzeld had, zou hij 49 kinderen de dood in gejaagd hebben.

'Terug in de bus,' zei Edilio bibberig. 'Iedereen terug in de bus.'

'En onze lunch dan?' vroeg iemand.

# Vijftien | 30 uur, 41 minuten

Sam pakte de lijst van Astrid aan. Zijn ogen gleden over de eerste punten op het papier en hij moest zijn best doen om het niet meteen in elkaar te frommelen.

'Niets bijzonders?' vroeg hij.

Astrid schudde haar hoofd. 'Niets bijzonders. Ik denk dat je vooral veel plezier zult beleven aan…'

Computer Jack stormde binnen alsof hij haast had.

Het was niet de bedoeling dat iedereen zomaar binnen kwam stormen, maar Jack was niet zomaar iemand.

'Wat is er aan de hand, Jack?' vroeg Sam terwijl hij zich in de veel te grote leren stoel liet zakken achter het bureau dat ooit van de echte burgemeester, en heel even van Caine, was geweest.

Jack was in alle staten. 'Ik wil het telefoonnetwerk weer aanzetten.'

Sam knipperde met zijn ogen. 'Hè? Ik dacht dat er iets ernstigs aan de hand was en dat je daarom zo woest binnenkwam.'

'Iedereen vraagt de hele tijd wanneer ik de telefoons ga repareren,' zei Jack, zichtbaar over de rooie. 'Iedereen vraagt het, en ik moet de hele tijd stomme leugens verzinnen. Ze denken dat het me niet gelukt is.'

'Jack, hier hebben we het al over gehad. Ik ben je heel dankbaar voor al het werk dat je hebt verzet. Jij bent de enige die dat voor elkaar zou kunnen krijgen. Maar jongen, we hebben nu even iets anders aan ons hoofd, goed?'

Jack werd rood. 'Jij hebt zelf gevraagd of ik het wilde doen. Ik heb tegen iedereen gezegd dat ik het ging doen. En nu mag het niet van jou. Het is niet eerlijk.' Zijn bril besloeg bijna van verontwaardiging.

'Luister eens, Jack. Wil je echt dat Caine en Drake iedereen in de stad kunnen bellen die ze willen? Wil je dat Caine de kinderen kan bereiken? Ze kan bedreigen? Ze mooie praatjes kan verkopen? Ze misschien wel eten zal bieden in ruil voor wapens of zo? Je hebt toch gezien hoe goed hij iedereen de eerste keer een rad voor ogen heeft gedraaid.'

'Jij wilt gewoon overal de macht over houden,' zei Jack beschuldigend.

Die kwam hard aan. Sam wilde gaan schreeuwen, maar hij hield zich in. Hij moest heel even zijn uiterste best doen om zijn kalmte te bewaren en kon niets zeggen.

Natuurlijk wil ik overal de macht over houden, wilde hij zeggen. Natuurlijk wilde hij niet dat Caine de kinderen allerlei leugens influisterde. De kinderen waren wanhopig genoeg om naar iedereen te luisteren die ze een makkelijker leven bood, zelfs als dat Caine was. Snapte Jack niet dat ze op het randje van de afgrond stonden? Begreep Jack niet dat Sam de situatie nog maar nauwelijks in de hand had?

Misschien wel niet.

'Jack, de kinderen zijn bang. Ze zijn wanhopig,' zei Sam. 'Misschien is jou dat niet opgevallen, omdat jij druk bezig bent met andere dingen. Maar we zijn nog maar zo'n stukje,' en hij hield zijn duim en wijsvinger ongeveer twee centimeter uit elkaar, 'van de ondergang verwijderd. Wil jij echt dat er kinderen met Caine of Drake gaan praten om drie uur 's nachts en hun hart uitstorten, hun alles vertellen over hoe het er hier aan toe gaat? Wil je echt dat Caine weet hoe slecht we ervoor staan?'

Astrid kwam tussenbeide om Sams steeds bozer wordende tirade af te kappen. 'Jack, wat is er gebeurd dat je zo overstuur bent?'

'Niets,' zei Jack. En toen: 'Zil. Hij stond me af te zeiken waar iedereen bij was, over dat mijn hersenen het zeker niet goed meer doen omdat ik nu een mutant ben.'

'Pardon?' vroeg Sam.

'Hij zegt dat het IQ van mensen die krachten krijgen omlaag gaat, dat ze dom worden. Hij zei: "Het bewijs: onze arme Jack, voorheen Computer Jack, die een huis kan optillen maar de telefoons niet aan de praat krijgt."'

'Hoor eens, Jack, ik vind het heel vervelend dat hij dat soort kwetsende dingen zegt, maar ik moet nog van alles doen hier,' zei Sam, die zich nu echt begon te ergeren. 'Jij bent ons technische wonder. Jij weet dat, ik weet het, Astrid weet het, dus wat kan jou het schelen wat Zil denkt?'

'Hé, maar anders ga je toch gewoon verder met dat internetding dat je aan het uitproberen was?' opperde Astrid.

Jack wierp haar een vernietigende blik toe. 'Hoezo, zodat jullie dat vervolgens ook niet gaan gebruiken? Zodat ik nog meer voor gek sta?'

Sam zou graag tegen Jack snauwen, zeggen dat hij zijn mond moest houden, weg moest gaan, hem niet meer moest lastigvallen, maar dat zou geen goed idee zijn. Daarom haalde hij diep adem en zei zo geduldig mogelijk: 'Jack, ik kan je niets beloven. Ik heb heel erg veel aan mijn hoofd. Wat nu het allerbelangrijkste is, voor we ons met de techneutendingetjes gaan bezighouden, is...'

'Techneutendingetjes?' onderbrak Jack hem. Zijn stem klonk geschokt en verontwaardigd.

'Dat was niet lullig bedoeld. Ik bedoel alleen maar...' Maar hij vergat wat hij wilde zeggen toen Edilio in de deuropening verscheen. Hij rende niet naar binnen zoals Jack had gedaan. Hij stond daar alleen maar, heel bleek en ernstig.

'Wat is er?' vroeg Sam.

'De wormen. Ze zitten in het meloenenveld.'

'Ze verspreiden zich,' zei Astrid.

'Ik had al die kinderen bijna de dood in gejaagd,' zei Edilio. Hij keek alsof hij een spook had gezien. Hij stond te trillen.

'Oké. Genoeg geweest,' zei Sam, en hij schoof met een ruk zijn stoel naar achteren en stond op.

Eindelijk.

Eindelijk kon hij echt iets doen.

Hij zou zich zorgen moeten maken. En hij maakte zich ook zorgen. Maar toen hij doelbewust de kamer uit liep, voelde hij zich vooral opgelucht. 'Die lijst zal even moeten wachten, Astrid. Ik ga een paar wormen afmaken.'

Twee uur later stond Sam aan de rand van het meloenenveld. Dekka stond naast hem. Edilio had ze er in de open jeep heen gereden, maar hij zette geen voet meer op de grond.

'Hoe zie je dit precies voor je?' vroeg Dekka.

'Jij tilt ze op en ik steek ze in de hens,' antwoordde Sam.

'Ik kan maar een klein gebied per keer doen. Een cirkel van zes meter doorsnee misschien,' zei Dekka.

Het nieuws dat Sam korte metten ging maken met de pieren was als een lopend vuurtje rondgegaan. Tientallen kinderen waren snel in auto's en busjes gestapt en stonden nu op een veilige afstand te kijken. Sommige zagen eruit als toeristen of sportfans en hadden fototoestellen meegenomen.

Howard en Orc waren ook gekomen, tot Sams opluchting. Hij had iemand met een boodschap naar Howard gestuurd omdat hij Orcs hulp misschien nodig zou hebben.

'Problemen, Sammetje?' vroeg Howard.

'Nog meer wormen. We gaan kijken of we wat aan ongediertebestrijding kunnen doen.'

Howard knikte. 'Oké. En wat moet je dan met die kerel van mij?' Hij gebaarde met zijn duim naar Orc, die met zijn rug tegen een motorkap geleund stond. Hij was zo zwaar dat hij bijna de banden platdrukte en het ijzer indeukte.

'We krijgen nooit alle pieren dood,' zei Sam. 'Maar Astrid denkt dat ze misschien slimmer zijn dan de gemiddelde moorddadige mutantenworm. Dus we geven nu een boodschap af: met ons valt niet te spotten.'

179

'Is me nog steeds niet duidelijk wat Orc hier doet.'

'Hij is onze kanarie,' zei Sam.

'Onze wat?'

'Vroeger namen mijnwerkers een kanarie mee de mijn in,' zei Sam. 'Als er een giftig gas hing, ging de kanarie eerst dood. Als de kanarie bleef leven, wisten de mijnwerkers dat het veilig was.'

Howard had even een momentje nodig om dat idee te verwerken. Hij lachte sardonisch. 'Ik dacht altijd dat jij een zacht ei was, Sam. En nu zeg je opeens ijskoud dat je Orc gewoon keihard dat veld op wilt sturen om hem te laten opeten.'

'Vorige keer duurde het ook even voor ze bij zijn gezicht waren,' zei Sam. 'Als we nog ergens tekenen van wormen zien, komt hij meteen van het veld af.'

'Koud en hard,' zei Howard meesmuilend. 'Ik zal eens met mijn kerel gaan praten. Maar hij werkt niet voor niets. Dat weet je. Vier kratten bier.'

'Twee.'

'Drie.'

'Twee, en als je zo blijft zeuren, zal ik je eens laten zien hoe koud en hard ik kan zijn.'

Nu die afspraak rond was, keek Sam naar Dekka. 'Klaar?'

'Ja,' zei ze.

'Daar gaan we.'

Dekka hief haar handen hoog boven haar hoofd en richtte haar handpalmen op de dichtstbijzijnde rand van het meloenenveld.

Plotseling spoot er een donkere zuil van meloenen, wortels en aarde de lucht in. De wormen kronkelden duidelijk zichtbaar door de opstijgende wolk.

Sam tilde zijn eigen handen op tot schouderhoogte. Hij spreidde zijn vingers.

'Wat zal dit goed voelen,' mompelde hij.

Er schoten twee felle, groenwitte vuurbollen uit zijn handpalmen.

Meloenen ontploften als kleffe popcorn. Wortels verkoolden. Kluiten aarde rookten en smolten zwevend in de lucht.

De wormen gingen dood. Ze barstten open door de gloeiend

hete stoom van hun eigen kokende bloed. Of ze verschrompelden als slingers van as. Bij sommige gebeurde het allebei.

Sam liet zijn vlammenwerper van onder naar boven over de zuil gaan en richtte op alles wat hij zag bewegen. Op de plekken waar hij bleef hangen, werd de aarde zo heet dat hij rood opgloeide en in rondvliegende druppels magma veranderde.

'Oké Dekka, laat maar los!' riep Sam.

Dekka liet haar handen zakken. De zwaartekracht keerde terug. En de hele gesmolten, rokende zuil viel weer naar de grond, zo hard dat er een regen van vonken omhoogsprong. Een paar kinderen die te dichtbij stonden, gilden het uit toen er druppels zo heet als lava op hen neerkwamen.

Sam en Dekka deinsden allebei vlug achteruit, maar niet snel genoeg: Sam kreeg een druppel op zijn been, die dwars door zijn spijkerbroek vrat en sissend een traanvormige brandwond op zijn dij veroorzaakte.

'Waterfles!' riep hij. Hij greep haastig naar de fles die hem werd toegestoken en goot water over zijn been. 'Zo, dat doet pijn. Jemig. Au.'

'Ik zag een paar lekker knapperige piertjes,' riep Howard.

'Daar gaan we nog een keer, Dekka. Als je het aankunt.'

'Ik ben dol op meloen,' zei Dekka. 'Ik weiger ze aan die wormen te geven.'

Ze liepen een eind naar links en herhaalden de hele procedure. Daarna gingen ze naar een derde plek en deden het nog een keer.

'Oké, boodschap overgebracht,' zei Sam toen ze klaar waren. 'Eens kijken of ze het begrepen hebben. Howard?'

Howard wenkte Orc. De monsterjongen sjokte lusteloos naar het veld.

'Ga eerst maar een verbrand stuk in,' droeg Sam hem op.

Dat deed Orc. Als zijn stenen voeten last hadden van de verzengende hitte die de verschroeide aarde afgaf, dan liet hij dat niet merken.

'Oké,' zei Sam. 'Nu iets verder. Voorbij het verbrande stuk. Probeer eens een meloen te plukken?'

'Ik wil een biertje,' gromde Orc.

'Ik heb niets meegenomen,' zei Sam.

''t Was te verwachten,' zei Orc. Hij zwoegde door de verse, niet verbrande aarde. Hij boog zich voorover om een meloen te pakken en kwam weer overeind met twee kronkelende wormen rond zijn hand.

Orc wierp de wormen met een zwaai van zich af en liep tamelijk snel naar veiliger grondgebied.

Sam voelde de moed in zijn schoenen zakken. Hij had gefaald. Zelfs hierin.

En ondertussen had hij bier beloofd aan een alcoholistische jongen om hem als menselijk lokaas te kunnen gebruiken.

'Niet mijn beste dag, geloof ik,' zei hij tegen zichzelf.

De teleurgestelde kinderen langs de kant wierpen Sam heimelijke, bezorgde blikken toe. Hij negeerde iedereen en klom naast Edilio in de jeep.

'Wil jij mijn baan, Edilio?' vroeg hij.

'Voor geen goud, gast. Voor geen goud.'

Er wilde niets blijven plakken aan de FAKZ-muur. Dat had Lana ontdekt. Ze had handschoenen aangetrokken en geprobeerd om met plakband een schietschijf op de muur te plakken. Het plakband liet los. En met fotolijm lukte het ook niet.

Dan konden ze de muur dus niet opleuken met posters van hun favoriete bands.

Ze had ook met een spuitbus met verf geëxperimenteerd. Het was leuk om dingen uit te proberen. Leuk om je voor te stellen hoe de muur eruit zou zien als hij helemaal onder de graffiti zat. Maar de verf had een beetje gesist, alsof hij in een hete koekenpan werd gespoten. Toen was hij opgelost en verdwenen, tot er niets meer van te zien was.

Het was frustrerend. Lana had een schietschijf nodig. En ze vond het een mooi idee om op de muur te schieten.

Uiteindelijk had ze een ligstoel van het zwembadgedeelte naar de tennisbanen gesleept, omdat je daar het makkelijkst bij de muur kon komen. Ze had de stoel tegen de muur gezet – je kon er in elk geval wel dingen tegenaan zetten – en een schietschijf op de stoel geplakt.

Het was geen standaardschietschijf met een roos in het midden. Het was een foto die ze had gevonden. Een afbeelding van een coyote.

Toen haalde ze het pistool uit haar rugzak. Het was zwaar. Ze had geen idee welk kaliber het was. Ze had het gevonden in een van de huizen waar ze had gewoond, samen met twee dozen munitie.

Ze had uitgevogeld hoe ze het moest laden. Dat kon ze nu behoorlijk snel. In een patroonhouder pasten twaalf kogels. Er was ook een extra patroonhouder. Het was heel makkelijk om de lege patroonhouder eruit te halen en de nieuwe erin te drukken. De eerste keer dat ze het probeerde, was haar vinger helaas klem komen te zitten, maar ze was wel de Genezer, en dat had zo z'n voordelen.

Maar ze moest meer kunnen dan het vasthouden en laden.

Ze hief het pistool met één hand. Maar het was te zwaar om recht te kunnen houden, dus greep ze het met beide handen vast. Beter.

Ze richtte op de foto van de coyote.

Ze haalde de trekker over.

Het pistool sprong omhoog in haar hand.

De knal was veel harder dan op tv of in de film. Het klonk alsof de hele wereld de lucht in was gegaan.

Een beetje bibberig liep ze naar voren, om de foto te controleren. Niets. Ze had gemist. De FAKZ-muur achter het doelwit was natuurlijk ook volkomen onbeschadigd.

Lana richtte zorgvuldiger. Ze had goed opgelet toen Edilio zijn mensen trainde. Ze kende de basisprincipes. Ze zorgde ervoor dat ze de korrel midden in de keep had, en dat de bovenkanten van de korrel en keep op één lijn lagen. Toen liet ze het pistool zakken tot het vizier zich net onder de kop van de coyote bevond.

Ze vuurde.

Toen ze voor de tweede keer naar voren liep, zag ze dat ze een gat in de foto had geschoten. Niet precies op de plek waar ze op had gemikt. Maar ook niet ver daar vanaf.

Ze was zeer tevreden over dat gat in het papier.

'Zo te zien heb je au, Roedelleider.'

Lana schoot twee patroonhouders leeg op haar schietschijf. Het was maar de helft van de tijd raak, maar dat was beter dan nooit.

Toen ze klaar was, tuitten haar oren zo erg dat ze nauwelijks meer kon horen. Haar handen deden pijn en zaten vol blauwe plekken. Die kon ze makkelijk genezen. Maar ze vond het gevoel eigenlijk wel prettig, en de reden erachter ook.

Lana herlaadde de twee patroonhouders zorgvuldig, schoof er een terug in het pistool en stopte het wapen weer in haar rugzak.

*Kom bij me. Ik heb je nodig.*

Ze zwaaide de tas over haar schouder. De zon ging onder en wierp bleke, oranje schaduwen over de grijze FAKZ-muur.

Morgen. Nog even, en dan was ze er.

# Zestien

Ze wilde haar haar niet afknippen. Ze vond het lang veel mooier. Maar Diana nam Caines dreigement heel serieus. Ze moest Jack naar hem toe brengen.

En dus ging ze voor de spiegel staan en bracht de tondeuse die ze in het dressoir van de directrice had gevonden naar haar hoofd. Het had geen zin om het mooi te doen, het was niet nodig om uren met een schaar voor de spiegel te staan.

De tondeuse maakte een opvallend prettig, brommend geluid. Telkens als ze hem in een pluk haar duwde, veranderde het gebrom van toon.

Binnen een kwartier lag haar donkere haar in de wasbak en om haar heen op de grond. Ze had nu een zwart egelkopje met stekeltjes van ongeveer een centimeter; ze was net Natalie Portman in *V for Vendetta*.

Ze veegde haar haar in de prullenbak en spoelde de wasbak schoon.

Daarna haalde ze de laatste sporen make-up van haar gezicht. Aan haar geëpileerde wenkbrauwen kon ze niet veel doen, maar aan haar kleding des te meer. Op haar bed lag een zwart *World of Warcraft*-t-shirt klaar dat twee maten te groot was, een grijze capuchontrui, een slobberige jongensspijkerbroek en een paar jongensgympen. Haar ondergoed hield ze aan. Je kon het ook overdrijven, tenslotte.

Ze kleedde zich snel om en bekeek het resultaat in de manshoge spiegel die aan de binnenkant van de kastdeur hing.

Ze was nog steeds overduidelijk een meisje. Van veraf zou iemand zich misschien vergissen, maar van dichtbij beslist niet.

Ze ging na wat het probleem was. Aan haar lichaam lag het niet, dat was op de juiste plekken bedekt. Het probleem was dat ze nou eenmaal een meisjesgezicht had. Haar neus, haar ogen, haar lippen, zelfs haar tanden.

'Aan m'n mond kan ik weinig doen,' fluisterde ze tegen haar spiegelbeeld. 'Behalve dan niet lachen.'

En toen zei ze, alsof ze een discussie voerde met haar eigen spiegelbeeld: 'Je lacht toch nooit.'

Ze rommelde wat in de badkamer tot ze een EHBO-doos had gevonden. Even later had ze een wit verband op haar neusbrug. Dat hielp. Nu kon ze wel voor een jongen doorgaan. Misschien.

Ze liep de gang op. Er was niemand te zien, maar ze had ook niet anders verwacht. Het avondeten, voor zover je daarvan kon spreken, was al geweest. Iedereen was hongerig en slap, en had alleen energie om in zijn kamer op bed te liggen.

Diana was zo verstandig om geen auto mee te nemen. De ingang van Coates werd tegenwoordig weer bewaakt. Degene die op wacht stond zou haar zeker tegenhouden en Drake erbij roepen.

Misschien zou Drake haar wel laten gaan. Ze voerde immers Caines opdracht uit.

Maar misschien ook niet. Zou dit niet de ultieme gelegenheid zijn om Diana een 'ongeluk' te laten krijgen?

Daarom sloop ze door een zijdeur de slaapvertrekken uit, de deur die het dichtst bij het bos was. Ze was zich vreselijk bewust van het geknerp dat haar veel te grote jongensschoenen op het grind maakten en blij toen ze eenmaal op de veel zachtere dennennaalden en rottende bladeren stond.

Ze moest een eind lopen om het toegangshek te kunnen omzeilen. Het bos was donker. Als ze recht omhoog keek, zag ze de diepblauwe avondhemel. Maar onder de bomen was het al nacht.

Een uur lang baande ze zich een weg door braamstruiken en over geultjes. Ze was bang dat ze de weg niet meer terug zou kunnen vinden – een bos was een bos in Diana's ogen, en alle bomen leken op elkaar. Maar terwijl de nacht de schemering besloop, klom ze eindelijk een glibberige greppel uit en voelde asfalt onder haar voeten.

Ze had geen briljant plan om bij Jack te komen. Ze kon hem nou niet bepaald bewusteloos meppen en naar Caine dragen. Ze zou het met andere middelen moeten doen. Jack was stiekem altijd een beetje verliefd op haar geweest, hoewel hij daar nooit iets mee zou doen.

Jammer dat ze nu op een jongen leek.

Ze ging heuvelafwaarts tot aan de snelweg. Daar wierpen de schaarse lantaarnpalen die het nog deden in elk geval nog ver uit elkaar liggende lichtcirkels op het asfalt, en uit de lege etalages kwam een vage gloed van de laatste gloeilampen die nog niet waren opgebrand.

Toen ze Perdido Beach in liep was ze moe, deden haar voeten pijn en had ze dringend even rust nodig. Het zou een lange nacht worden, dat stond vast.

Diana liep door Sherman Avenue en sloeg vervolgens Golding Street in, op zoek naar een leegstaand huis. Die waren niet moeilijk te vinden. In maar heel weinig huizen was een sprankje licht te zien, en dit ene huis was zo aftands, zo verwaarloosd, dat ze ervan overtuigd was dat hier niemand woonde.

Binnen waren alle lichten uit, en ze moest een heleboel lampen proberen voor ze er een had gevonden die het nog deed: een kitscherige schemerlamp in een krappe en veel te volgepropte woonkamer. Dankbaar plofte ze in een luie stoel met ronde armleuningen en kanten kleedjes erop.

'Hier woonde een oud vrouwtje,' zei ze tegen de echoënde leegte.

Ze legde haar voeten op het salontafeltje – iets wat de vorige bewoonster ongetwijfeld ten zeerste zou hebben afgekeurd – en vroeg zich af hoe lang ze zou wachten voor ze zich weer op straat zou wagen. Jack woonde maar een paar straten verderop, maar dan moest ze wel eerst door het dichterbevolkte centrum heen.

'Ik zou er heel wat voor overhebben om tv te kunnen kijken,' mompelde ze. Hoe ging die serie ook alweer waar ze altijd naar keek? Iets met dokters en allerlei soapachtige verhaallijnen. Hoe kon ze de naam van dat programma nou vergeten zijn? Ze had er elke... elke wat? Op welke dag kwam het ook alweer?

Drie maanden en ze was haar favoriete serie straal vergeten.

'Mijn MySpace- en Facebookpagina's zijn vast nog online, in de gewone wereld,' peinsde ze hardop. De berichten en uitnodigingen stapelden zich natuurlijk onbeantwoord op. Waar ben je, Diana? Wil je mijn vriend worden? Heb je mijn groepsbericht gelezen?

Wat is er met Diana gebeurd?

Vul in: Diana is _____.

Diana is...

Ze vroeg zich af wat iedereen in de FAKZ zich afvroeg: waar waren alle volwassenen? Wat was er met de wereld gebeurd? Was iedereen 'daarbuiten' dood en was er alleen nog leven binnen deze bol? Wisten de mensen in de buitenwereld wat er was gebeurd? Was de FAKZ een soort gigantisch, ondoordringbaar ei dat op de kustlijn van Zuid-Californië was neergeploft? Was het een toeristische trekpleister? Stonden er busladingen nieuwsgierigen in de rij om een foto te kunnen maken van zichzelf voor de geheimzinnige koepel?

Diana is... weg.

Ze stond op en doorzocht de keuken. Voor zover ze in het schemerduister kon zien, waren de planken leeg. Die waren natuurlijk leeggehaald. Sam had vast alles naar één plek laten brengen.

De koelkast was ook leeg.

Diana is... uitgehongerd.

Maar in de rommella van de keuken vond ze wel een zaklamp die het nog deed. Daarmee verkende ze de enige andere kamer, de slaapkamer van het omaatje. Omakleren. Omapantoffels. Omabreinaalden in een bol wol.

Zou Diana als ze oud was nog steeds gevangen zitten in de FAKZ? 'Je bent al oud,' zei ze tegen zichzelf. 'We zijn nu allemaal oud.' Maar dat was niet waar. Ze waren gedwongen om zich ouder voor te doen, om zich heel volwassen te gedragen. Maar ze waren allemaal nog steeds kinderen. Zelfs Diana.

Er lag een boek naast het bed van het oude vrouwtje. Diana ging er meteen van uit dat het een bijbel was, maar toen ze haar zaklamp erover liet schijnen, zag ze glanzende reliëfletters oplichten. Het was een liefdesromannetje, met een of andere halfnaakte dame en een enge kerel in een soort piratenpak op de voorkant.

De oude vrouw had liefdesromannetjes gelezen. De dag waarop ze uit de FAKZ poefte, dacht ze waarschijnlijk: ik vraag me af of die pittige Caitlin haar ware liefde zal vinden in knappe Piratenman?

Zo moest zij Jack ook benaderen, dacht Diana. Door de mooie jonkvrouw in nood te spelen. Red me, Jack.

Zou Computer Jack daarop ingaan? Zou hij haar verhaal geloven? Zou hij haar piraat worden?

'Noem me maar Caitlin,' zei Diana met een grimas.

Ze wierp het boek opzij. Maar dat voelde op de een of andere manier toch niet goed. Dus pakte ze het weer op en legde het zorgvuldig terug op de plek waar de oude vrouw het had achtergelaten.

Ze liep de nacht in, op zoek naar een jongen die heel sterk was – en ook, hoopte ze, heel zwak.

Astrid stak de kabel in haar computer en het andere eind in het fototoestel dat Edilio op haar verzoek had meegenomen. Hij had gezegd dat een aantal kinderen foto's had gemaakt. De beste fotograaf was een jongen van elf die Matteo heette. Dit was zijn camera.

iPhoto opende en ze klikte op 'importeren'. De foto's kwamen allemaal in een flits voorbij tijdens het laden.

De eerste vijf waren van kinderen die kwamen kijken. Daarna zag ze een paar van het veld. Een begerige close-up van een meeloen. Sam met die koude, boze blik die hij soms in zijn ogen kon hebben. Orc die tegen een motorkap hing. Dekka, met een gereserveerde uitdrukking op haar gezicht, klaar om te beginnen. Howard, Edilio, nog een paar andere mensen.

Toen het moment waarop de grond omhoogkwam.

Het moment waarop Sam vuurde.

Toen de foto's geladen waren, ging Astrid ze allemaal langs, te beginnen met Dekka die de zwaartekracht tijdelijk uitschakelde. De jongen had een goed toestel en hij had een paar heel mooie foto's gemaakt. Astrid zoomde in en kon duidelijk verschillende wormen onderscheiden die in de lucht hingen. Of in de aarde.

Toen kwam er een spectaculaire foto waarop Sam voor het eerst zijn vurige kunsten vertoonde.

En nog een paar, die allemaal snel binnen een paar seconden geschoten waren. Sommige waren een beetje bewogen maar andere waren haarscherp. Matteo wist hoe hij met een fototoestel moest omgaan.

Astrid klikte verder, maar toen verstijfde ze. Ze sloeg de foto's op. Ze zoomde zo ver mogelijk in.

Een van de wormen had zich naar de camera gericht en zijn lijf zo gedraaid dat zijn bek vol tanden recht naar de camera wees. Niets bijzonders, ware het niet dat de volgende worm waar ze naartoe scrolde precies hetzelfde deed. Hij keek dezelfde kant op, met dezelfde uitdrukking.

En de volgende worm ook.

Ze vond negentien verschillende afbeeldingen van de wormen. Ze keken allemaal naar de camera. In de richting van de aanval.

Met hun duivelse, grijnzende koppen op Sam gericht.

Met trillende hand bewoog ze de muis naar een eerder album. Ze opende de foto's die ze van de dode worm had gemaakt die Sam voor haar had meegenomen. Ze zoomde in op het lelijke beest en liet zijn kop langzaam voorbijschuiven.

Sam kwam de kamer in. Hij kwam achter haar staan en legde zijn handen op haar schouders.

'Hoe gaat het, wijffie?' Zo noemde hij haar tegenwoordig wel vaker. Ze wist nog steeds niet of ze het leuk vond of niet.

'Zware avond,' zei ze. 'Petey is net twee uur lang over de rooie geweest. Hij zag opeens wat er met Nestor was gebeurd.'

'Nestor?'

'Zijn matroesjka, weet je nog? Die rode poppetjes in zijn kamer, die allemaal in elkaar passen? Je hebt er laatst een kapotgetrapt.'

'O ja. Sorry.'

'Jij kon er niets aan doen, Sam.' Ze wist niet zeker of ze het prettig vond dat hij haar 'wijffie' noemde, maar ze vond het in elk geval wel heel prettig om zijn lippen in haar hals te voelen. Maar na een paar seconden duwde ze hem van zich af. 'Ik ben aan het werk.'

'Wat zie je?' vroeg Sam.

'De wormen. Ze keken naar jou.'

'Ik was ze dan ook aan het roosteren,' zei Sam. 'Voor zover dat iets heeft geholpen.'

Astrid draaide zich om en keek naar hem op.

'O, die blik ken ik,' zei Sam. 'Toe maar, genie van me, vertel eens wat ik over het hoofd zie.'

'Waarméé keken ze naar jou?' vroeg Astrid.

Sam dacht even na. Toen zei hij: 'Ze hebben geen ogen.'

'Precies. Ik heb het net nog een keer gecontroleerd. Ze hebben geen ogen. Maar op de een of andere manier draaien ze zich, terwijl ze zomaar omhoogzweven en bestookt worden met vuurballen van lichtenergie, midden in de lucht om om allemaal dezelfde kant op te staren. Daar lijkt het in elk geval wel op. En ze staarden naar jou.'

'Fijn. Dus blijkbaar kunnen ze ergens mee zien. Het lijkt mij persoonlijk belangrijker dat ik er een stel heb afgeslacht en dat ze zich daar niet door laten afschrikken.'

Astrid schudde haar hoofd. 'Volgens mij heeft het helemaal geen effect gehad op ze. Ik weet niet zeker of we wel "ze" moeten zeggen. Stel dat ze net als mieren zijn? Dat er eigenlijk geen individuele wormen zijn, bedoel ik? Stel dat ze allemaal tot één groot superorganisme behoren? Als in een bijenkorf, zeg maar.'

'Dus dan zou er ergens een wormenkoningin zijn?'

'Het zou kunnen. Of misschien is het niet zo hiërarchisch en is er minder onderscheid.'

Hij kuste haar nek en er liep een prettige rilling langs haar rug.

'Heel goed, Astrid. Hoe maak ik ze dood?'

'Daar heb ik twee ideeën over. Het eerste is een praktische suggestie. Dat vind je vast een goed idee. Het tweede is wat krankzinniger. Dat vind je denk ik niet zo'n goed idee.'

Het was tijd om Kleine Pete naar bed te brengen. Ze stond op en riep hem met de activeringszin die hij begreep. 'Tukkiepukkie, tukkiepukkie.'

Kleine Pete keek haar wazig aan, alsof hij haar wel had gehoord maar niet begrepen. Toen kwam hij uit zijn stoel en liep gehoorzaam de trap op. Niet zozeer gehoorzaam omdat Astrid zo veel overwicht had, maar omdat hij in wezen zo geprogrammeerd was.

'Ik moet een rondje door de stad maken, en jij moet Petey naar bed brengen,' zei Sam. 'Vertel me de korte versie maar.'

'Oké,' zei Astrid. 'Terreinwagens die alleen op hun velgen rijden, zonder banden. De wormen kunnen niet door staal heen met hun tanden. Dat is het praktische voorstel.'

'Dat zou best eens kunnen werken, Astrid,' zei hij enthousiast. 'We rijden in jeeps, op stalen velgen, en dan halen we met haken aan lange stokken de meloenen en de kolen en zo binnen. Het zal enige oefening vergen, maar de plukkers zijn wel veilig, tenzij de pieren kunnen vliegen.' Hij grijnsde naar haar. 'Daarom mag je blijven, ondanks die irritante, superieure houding van je.'

'Het is geen superieure hóúding,' kaatste Astrid terug. 'Ik bén gewoon superieur.'

'Maar goed, wat is het krankzinnige voorstel?'

'Onderhandelen.'

'Hè?'

'Ze zijn te slim voor wormen. Ze zijn roofzuchtig en dat is niet normaal. Ze hebben een territoriumdrift en dat is niet eens mógelijk. Ze bewegen en gedragen zich als één wezen, en dat is absurd. Ze keken naar jou, maar ze hebben geen ogen. Ik heb natuurlijk geen bewijs, maar ik heb zo'n gevoel.'

'Een gevoel?'

'Volgens mij zijn het geen pieren. Volgens mij is het Pier.'

'Dus ik moet met een superworm gaan praten?' zei Sam. Hij schudde zijn hoofd en keek naar de grond. 'Niet lullig bedoeld hoor, uit dat plan met die jeeptractors blijkt maar weer eens dat jij de slimste persoon van de FAKZ bent. Maar uit dat andere blijkt waarom jij niet de baas bent, ook al ben je heel slim.'

Astrid onderdrukte de neiging om met een sarcastische opmerking op zijn neerbuigende woorden te reageren. 'Je moet onbevooroordeeld blijven, Sam.'

'En onderhandelen met het brein van een monsterworm? Ik dacht het niet, wijffie. Volgens mij is jóúw brein een beetje oververhit. Ik moet ervandoor.'

Hij probeerde haar te zoenen, maar ze ontweek hem. 'Welterusten. Hopen dat Petey vannacht geen interessante nachtmerries heeft, hè? O wacht, ik hoef me natuurlijk nergens druk over te maken. Het is waarschijnlijk gewoon mijn oververhitte brein.'

Computer Jack klikte met een sneltreinvaart door een duizelingwekkend aantal vensters. De cursor vloog over de pagina, klikte iets open, sloot het weer af, duwde iets opzij.

Het werkte niet.

Het zou kunnen werken. Misschien. Maar dan had hij eerst meer materiaal nodig. Een échte server. Een échte router.

Hij had een server gevonden, maar met lang niet zo veel capaciteit als hij wilde. Hij was oud, niet bepaald het nieuwste van het nieuwste, maar hij deed het nog. En er waren beslist genoeg pc's en Macs in de stad die hij met elkaar kon verbinden, genoeg om iedereen zijn eigen computer te kunnen geven, en dan waren er nog genoeg over om onderdelen van te jatten.

Maar hij had geen goede router. Een router maakte het verschil tussen een echt internet en gewoon een computer die door meerdere mensen werd gedeeld.

Een router met een grote capaciteit. Dat was de heilige graal.

Jack droomde van de dag waarop heel Perdido Beach Wi-Fi zou hebben. Dan kon iedereen een blog beginnen, databases opstarten, foto's plaatsen, en misschien kon hij wel een soort MySpace of Facebook opzetten, zo'n profielsite. En misschien een variant op YouTube, en misschien zelfs wel een Wiki. Wiki-FAKZ.

Hij zou het voor elkaar kunnen krijgen. Maar niet zonder meer en beter materiaal.

Hij zette zich af tegen zijn bureau. Dat had hij beter niet kunnen doen. De stoel vloog naar achteren, met hem er nog op, gleed weg, bleef haken achter een trui die op de grond lag, viel om en draaide gelukkig nog net opzij, zodat hij net niet met zijn hoofd tegen de dichte deur knalde.

Hij moest nog steeds wennen aan zijn kracht. Tot nu toe had hij er nog niets aan gehad. Het was eerder gevaarlijk dan handig.

Jack krabbelde overeind en zette de stoel weer rechtop.

Er werd op de deur geklopt. Het zou kunnen dat er werd geklopt, tenminste. Het klonk meer als een specht.

'Wie is daar?'

'De Wind.'

'Wie?'

'Brianna.'

Jack deed de deur open en daar stond ze. Ze droeg een jurk. Hij was blauw en kort, met dunne bandjes. Hij flapte het eerste eruit wat er in hem opkwam: 'Daar kun je toch niet in rennen?'

'Hè?'

'Eh...'

'Ik kan best...'

'Ik wilde niet...'

'Maakt niet uit...'

'Ik heb een router nodig,' zei hij.

Dat maakte een eind aan hun verwarrende conversatie.

'Een wat? Een router?'

'Ja,' zei Jack. 'Zonder een eh, goede router kan ik het, nou ja, niet voor elkaar krijgen, zeg maar.'

Brianna dacht daar even over na en vroeg toen: 'Zie ik er stom uit in deze jurk?'

'Nee. Je ziet er niet stom uit.'

'Dank je,' zei ze met een stem die droop van het sarcasme. 'Wat fijn om te horen dat ik er niet stom uitzie.'

'Oké,' zei hij, en hij voelde zich zélf stom.

'Nou, ik was gewoon op weg naar de club. Ik heb een paar batterijen. Dat is alles.'

'O. Mooi.'

'En?'

Jack haalde verbijsterd zijn schouders op. 'En... dus... veel plezier?'

Brianna staarde hem vijf heel erg lange seconden doordringend aan zonder haar ogen neer te slaan. En toen was ze ineens weg. Verdwenen.

Hij deed de deur dicht en liep terug naar zijn computer om een analyse van de stokoude server uit te voeren.

Zo'n vijf minuten later begon hij zich af te vragen of hij iets had gemist in het korte gesprek met Brianna.

Waarom was ze langsgekomen?

Zes maanden geleden dacht Jack nooit aan meisjes. Nu kwamen ze steeds vaker voor in zijn gedachten. Om nog maar te zwijgen van een aantal bijzonder gênante dromen.

In die goeie ouwe tijd had hij misschien op Google naar een verklaring gezocht. Maar nu niet. Zijn ouders hadden eigenlijk nooit met hem over de puberteit gepraat, over het feit dat zijn gedachten samen met zijn lichaam zouden veranderen. Hij wist wel dát er dingen veranderden, maar hij wist niet of het iets was wat hij kon tegenhouden.

Hij had een router nodig.

Of hij kon Brianna zoeken en... en met haar praten. Over die router, misschien.

Plotseling schoot er een gedachte door zijn hoofd, en die kwam zo hard aan dat hij het gevoel had dat zijn hart even stilstond: had Brianna gevraagd of hij met haar naar de club wilde? Waar gedanst werd?

Nee. Dat sloeg nergens op. Ze was niet haar hem toe gekomen om te vragen of hij met haar naar een dansfeest wilde. Toch?

Nee.

Misschien wel.

Het computerscherm lonkte naar hem. Computers gingen voor hem boven alles, dat was altijd al zo geweest. Hij zou zo wanhopig graag weer online gaan, terug naar Google. Terug naar Gizmodo, de gadgetsite. Terug naar... naar meer sites dan hij kon opnoemen.

Jack mocht wel gratis naar binnen bij Alberts club. Hij had Albert een halve dag geholpen met het opzetten van de geluidsinstallatie – een fluitje van een cent – en toen had hij een soort VIP-pasje gekregen. Dus als Brianna daar was, en ze echt wilde dat hij daar ook heen zou gaan, nou ja, dan kon dat dus.

Hij nam zijn besluit heel plotseling en voerde het ook heel plotseling uit, heel snel, om niet van gedachten te veranderen. Hij sprong naar de deur en kneep met zijn iets te gretige vingers de knop fijn. Nu kon hij niet meer draaien, maar Jack kon de deur makkelijk opentrekken. Die raakte wel een beetje beschadigd, maar niet al te ernstig.

Het was lawaaierig in de club – de geluidsinstallatie deed het zo te horen uitstekend – en het was veel te druk binnen. Albert hield een rij kinderen tegen bij de deur.

'Sorry jongens, maar er kunnen maximaal vijfenzeventig kinderen tegelijk in,' zei Albert. Toen zag hij Jack. 'Jack, hoe gaat-ie?'

'Wat? O, prima.' Jack wist niet goed hoe het nu verder moest. Hij wilde niet in de rij staan als Brianna niet eens binnen was.

'Je kijkt alsof je iets wilt vragen,' drong Albert aan.

'Eh nou, ik was eigenlijk op zoek naar Brianna. We hadden... het is... het is iets technisch. Ik denk niet dat je het zult begrijpen.'

'Wind is al binnen.'

Een van de kinderen in de rij zei: 'Ja, natuurlijk, Brianna is een freak. Die mogen altijd naar binnen.'

Een ander knikte. 'Ja, de freaks hoeven niet in de rij te staan. Ze hoefde vast ook niet te betalen.'

Albert zei: 'Hé zeg, ze was hier net iets eerder dan jullie en ze heeft ook gewoon in de rij gestaan. En betaald.' Toen zei hij tegen Jack: 'Ga maar naar binnen.'

'Zie je wel?' tetterde het eerste kind. 'Hij is er ook een.'

'Jongen, hij heeft het geluid geïnstalleerd,' zei Albert. 'Wat hebben jullie voor mij gedaan, behalve hier staan en tegen me zeuren?'

Jack schoof opgelaten langs Albert het restaurant in. Ongeveer de helft van de kinderen stond te dansen. De rest zat op stoelen en tafeltjes te praten. Het duurde even voor Jack gewend was aan de lichten en de herrie.

Hij keek om zich heen op zoek naar Brianna en probeerde nonchalant over te komen. Hij zag Quinn, die helemaal alleen stond te dansen, en Dekka, die stil en peinzend in een hoekje zat.

Er stond een jongen naast Dekka die niet bij haar hoorde, en die Jack in eerste instantie bekend voorkwam. Een jaar of twaalf misschien, niet ouder, met een kortgeschoren hoofd en een gaasverband op zijn neus. De jongen viel hem op omdat hij naar hem stond te staren. Zodra Jack oogcontact met hem maakte, keek de jongen weg.

Jack hoorde vrolijke, bemoedigende kreten en applaus. Hij keek naar de plek waar het geluid vandaan kwam en daar was Brianna. Ze danste in haar eentje – ze zou met niemand samen kunnen dansen – in haar eigen razende ritme, tien keer sneller dan de muziek.

Haar jurk wapperde in een blauwe wolk zo'n beetje om haar heen, alsof hij niet echt aan haar vastzat. Jack vond het een uitermate fascinerend effect. Brianna was niet extreem knap; mensen zouden haar uiterlijk waarschijnlijk eerder als 'lief' bestempelen. Maar ze had iets waardoor je haar moeilijk over het hoofd kon zien. En dat kwam niet alleen doordat ze de Wind was.

'Hup, Wind,' riep iemand.

Maar een andere stem riep: 'Hou toch eens op, stomme gemuteerde uitsloofster.'

Brianna bleef stokstijf staan. Haar jurk viel weer om haar lijf. 'Wie zei dat?'

Zil. Dezelfde eikel die Jack had gepest vanwege de telefoons.

'Ik,' zei Zil terwijl hij een stap naar voren deed. 'En je hoeft echt niet zo stoer te kijken. Ik ben niet bang voor je, freak.'

'Dat zou ik maar wel zijn als ik jou was,' siste Brianna.

Plotseling stond Dekka naast haar stoel, met haar uitgestoken hand tussen Brianna en Zil. 'Nee,' zei ze met haar zware stem. 'Dat doen we hier niet.'

Quinn viel haar bij. 'Dekka heeft gelijk, we moeten hier geen ruzie maken. Straks laat Sam de tent nog sluiten.'

'Misschien moeten we twee verschillende clubs hebben,' zei een brugklasser die Antoine heette. 'Eentje voor freaks en eentje voor gewone kinderen, zeg maar.'

'Doe es even normaal, joh,' zei Quinn.

'Ik vind het irritant dat ze de hele tijd doet alsof ze zo cool is, dat is alles,' zei Zil terwijl hij naast Antoine ging staan.

'Jij zou aan onze kant moeten staan, Quinn. Iedereen weet dat jij normaal bent,' zei Lance, een andere jongen. 'Nou ja... een soort van normaal. Je blijft natuurlijk Quinn.'

'Kappen,' gromde Dekka.

'Ik kan heus wel voor mezelf opkomen,' snauwde Brianna tegen Dekka. 'Ik kan die twee sulletjes makkelijk aan – ik sla ze zo snel neer dat ze het niet eens zien gebeuren.'

'Rustig nou maar,' zei Dekka tegen haar. 'Als jij jezelf nou gewoon een leuke avond bezorgt zonder je uit te sloven?'

Heel even keek Brianna alsof ze tegen Dekka in wilde gaan. Maar Dekka gaf geen krimp en wachtte rustig af.

Brianna slaakte een overdreven zucht. 'Prima. De Wind is geen herrieschopper. De Wind is een groot voorstander van leuke avonden.' Ze maakte een soort buiginkje naar Dekka, dat Dekka met een knikje beantwoordde.

De muziek werd weer harder gezet en iedereen ging weer dansen of zitten.

'Hé Jack,' zei Brianna. 'Je bent er.'

'Ja.'

'Mooi. Zou jij Dekka kunnen verslaan?' vroeg ze.

De vraag bracht hem van zijn stuk. Zijn mond viel open.

'Grapje. Het was maar een grapje,' zei Brianna. 'Dekka is eigenlijk heel erg cool. Maar niet zo cool als ik, natuurlijk.'

'Niemand is zo cool als jij,' flapte Jack eruit.

Brianna nam het compliment in ontvangst alsof daar überhaupt geen twijfel over bestond. 'Wil je dansen?'

'Ik weet niet hoe dat moet,' zei Jack.

'Echt niet?'

'Echt niet.'

'Ik kan het je wel leren.'

'Maar dan schaam ik me dood.'

Brianna haalde haar schouders op. 'Ze zullen je heus niet uitlachen, hoor.'

'O jawel.'

Brianna schudde haar hoofd. Op een normaal tempo. 'Nee joh. Iedereen hoopt dat jij de telefoons en het internet en zo kunt maken. Iedereen vindt je aardig. Nou ja, misschien niet áárdig, maar iedereen hoopt dat je het zult doen.'

'Ik heb toch gezegd dat de telefoons het alweer doen,' zei Jack.

Brianna kneep haar ogen tot spleetjes. 'Jack-O, kijk uit wat je zegt. Dat moet toch geheim blijven?' Toen keek ze over Jacks schouder naar iemand die vlak achter hem stond. 'Wat heb je gehoord?'

Jack draaide zich om en zag hoe de jongen met het kortgeschoren haar zijn schouders ophaalde. 'Hoezo? Ik heb niets gehoord.'

Die stem. Jack kende die stem.

'Zo is dat, je hebt niets gehoord,' zei Brianna scherp. 'En o wee als je herhaalt wat je niet gehoord hebt.'

Hij kende die stem.

Hij staarde naar de jongen met de stem.

En plotseling zag hij het.

'Kom, dan gaan we dansen,' zei Brianna terwijl ze Jack aan zijn arm meesleurde.

Hij trok zich los. 'Ik eh… ik moet ervandoor,' zei hij, terwijl hij zijn ogen niet van de 'jongen' kon afhouden.

'Niemand lacht je uit,' zei Brianna smekend.

Maar Jack schudde haar hand van zich af en vluchtte richting de deur.

'Oké, best, dan niet joh,' riep Brianna. 'Zak. Computer Zak.' Toen zei ze, zo hard dat iedereen het kon horen: 'Ik denk dat hij bang is voor meisjes.'

# Zeventien
**22 uur**

Diana liep achter Jack aan naar de uitgang van de McClub. Het was een opluchting om niet meer in de buurt van Brianna en Dekka te hoeven zijn. Die twee kenden Diana erg goed. En ze hadden geen enkele reden om haar te mogen.

Gelukkig had Dekka alleen maar oog voor Brianna, en was Brianna helemaal op Jack gericht. Diana had even doodsangsten uitgestaan toen Brianna haar rechtstreeks had aangesproken, maar ze had snel haar ogen neergeslagen en Brianna had haar niet herkend.

Jack ging naar buiten, negeerde Alberts beleefde 'tot ziens' en liep snel bij de club vandaan. Hij rende niet, maar het zag eruit alsof hij dat wel graag zou willen.

Ze haalde hem in. 'Jack.'

Hij bleef staan. Hij keek om zich heen, bang dat iemand hen misschien zou kunnen horen. 'Diana?' fluisterde hij.

'Mmmm. Jep. Wat vind je van m'n nieuwe haar?' Ze haalde haar hand over haar stekeltjes.

Voor een jongen die zo sterk was als tien volwassen mannen bij elkaar keek hij akelig nerveus.

'Wat doe je hier?'

'Ik heb je nodig, Jack.'

'Jij? Jij hebt míj nodig?'

Ze hield haar hoofd een beetje schuin en keek hem onderzoekend aan. 'Dus jij vindt Brianna wel leuk, hè? En ik dacht dat ík het meisje van je dromen was.'

Gezichten kregen in het harde licht van de straatlantaarns allemaal een blauwige gloed, maar Diana wist zeker dat hij bloosde. 'Kom,' zei ze, 'dan wandelen we naar het strand. Daar kunnen we rustig praten.'

Hij liep gehoorzaam achter haar aan – ze had niet anders verwacht. Misschien vond hij die schattige kleine Brianna ook best een beetje leuk, maar Diana had alle steelse blikken gezien die Jack in al die maanden dat ze hem kende op haar had geworpen. Ze klommen over het lage muurtje naar het strand en ploegden onder de sterrenhemel door het zand. Diana wou dat ze hier kon wonen, vlak bij de zee. Perdido Beach mocht dan vervallen en beschadigd zijn, het bruiste nog altijd veel meer dan de Angst Academie, zoals sommige kinderen Coates noemden.

'Wat wil je van me?' vroeg Jack. Zijn stem klonk wanhopig.

'Dus je hebt het mobiele telefoonnetwerk weer aan de gang gekregen. Ik vroeg me al af waarom het zo lang duurde,' zei Diana. 'Tegen mij zei je de hele tijd dat het niet zo moeilijk zou zijn.'

'Ik mag er niet over praten,' zei hij ongelukkig.

'Je mag het niet aanzetten van Sam, hè? Waarom niet?' Toen hij geen antwoord gaf, kwam ze zelf met een verklaring. 'Omdat wij er ook gebruik van zouden kunnen maken. Interessant. Die arme Caine: hij onderschat zijn broertje elke keer weer.'

Jack ploeterde moeizaam naast haar voort. Zijn sterke benen duwden zijn voeten te diep in het zand.

'Caine weet het nu natuurlijk van jou, dat je een mutant bent. Met een gave om rekening mee te houden bovendien.'

'Weet hij het?' Jacks stem schoot een octaaf omhoog.

Diana lachte in zichzelf. Nog altijd bang. Mooi zo. 'Jep. Hij weet alles. Hij weet dat het niet jouw schuld was dat je hier terecht bent gekomen. Hij weet dat het door mij kwam.'

'Moest je van hem je haar afknippen?'

Die vraag had Diana niet verwacht. Ze lachte. 'O, Jack toch. Nee. Caine heeft me vergeven. Je kent hem toch. Hij kan heel boos worden, maar uiteindelijk is hij heel vergevingsgezind.'

'Zo kwam hij op mij nooit over,' zei Jack.

Diana besloot daar niet op in te gaan. 'Hoe gaat het met je internetproject?'

'Ik heb een fatsoenlijke server nodig. En een goede router.'

'Zijn dat onderdelen?'

Door die vraag kon Jack even zijn superioriteit laten gelden. Ze hoorde het vertrouwde, schoolmeesterachtige toontje in zijn stem. 'Ja, dat zijn onderdelen.'

'Heb je overal al gekeken?'

'Ja.'

'Heb je op Coates gekeken toen je nog bij ons was?'

'Natuurlijk. Ik weet precies wat er op Coates aan technologie aanwezig is, en ook wat er in Perdido Beach allemaal is, denk ik.'

Goed, dacht Diana, dus dat was het aas waar ze Jack mee moest lokken. Natuurlijk. Wat had ze dan gedacht? Hij vond haar lekker en Brianna leuk, maar Jacks ware liefde bestond uit enen en nullen.

'En zelfs als je een router zou hebben, denk je dat je dan van Sam wel je eigen internet op mag zetten?'

De lange, heel erg lange aarzeling was de enige bevestiging die Diana nodig had.

Uiteindelijk zei hij: 'Dat weet ik niet.'

'Ik weet dat Sam een aardige jongen is,' gaf Diana toe. 'Aardiger dan Caine. Maar Caine heeft altijd respect gehad voor jouw talenten, Jack. Zelfs al vóór de FAKZ. Je weet dat je van hem altijd je ding mag doen.'

'Zou kunnen,' mompelde Jack.

'Laat ik het zo zeggen: zou je je ooit kunnen voorstellen dat Caine je zo'n moeilijke opdracht zou geven als het opzetten van een mobiel netwerk om het dan vervolgens in de prullenbak te gooien?'

Zijn stilte sprak boekdelen.

'We hebben je nodig, Jack,' zei Diana. 'We willen je terug.'

'Ik heb hier van alles te doen.'

Ze legde haar hand op zijn arm en hij bleef staan. Ze ging voor hem staan, zodat ze met hun gezichten naar elkaar toe stonden. Ze stond te dichtbij. Zo dichtbij dat ze zeker wist dat de harde schijf die op de plek van zijn hart zat als een bezetene aan het gonzen was.

Ze streelde met haar vingers over zijn gezicht. Niet te nadrukkelijk, niet echt als een belofte, maar net genoeg om hem van de wijs te brengen, die arme jongen.

'Kom terug, Jack,' verzuchtte Diana. 'Caine heeft een opdracht voor je. De grootste opdracht van je leven. De ultieme technologische uitdaging.' Die laatste drie woorden sprak ze heel langzaam uit, met dramatische stiltes ertussen.

Jacks ogen werden groot. 'Wat dan?'

'Iets wat alleen jij kunt,' zei ze. 'Alleen jij.'

'Je kunt het me toch wel vertellen?' smeekte hij.

'Het is iets heel groots, Jack. Groter dan alles wat je tot nu toe hebt geprobeerd. Grotere computers. Veel ingewikkelder programma's. Misschien is het wel te moeilijk – zelfs voor jou.'

Hij schudde zijn hoofd, heel lichtjes maar. 'Het is een valstrik. Je probeert me gewoon mee terug te lokken zodat Caine en Drake me een lesje kunnen leren.'

'Zo belangrijk ben je nou ook weer niet, jongen,' zei Diana. Tijd om het af te ronden. Tijd om hem erin te laten geloven. 'Jij bent maar goed voor één ding. Je bent niet Dappere Jack of Soldaat Jack, zelfs niet Minnaar Jack, hoewel ik weet dat jij ook zo je eigen sneue fantasietjes hebt. Jij bent Computer Jack. Van Sam mag je niet doen wat je kunt. Van Caine wel. En, Jack?'

'Ja.'

'Zo veel technologie. Zo'n grote uitdaging. En jij bent de enige die het kan doen.'

'Ik... ik moet er even over nadenken.'

'Nee, Jack. Nu. Het is nu of nooit.'

Ze draaide zich om en liep langzaam weg. Jack bleef vertwijfeld staan. Maar ze wist het. Ze had het gezien in zijn ogen.

'Hé. Er is iemand in mijn kamer geweest,' zei Zil Sperry terwijl hij de trap af rende.

Hunter Lefkowitz lag languit op de bank, met één been op de

armleuning, één been op de grond en twee armen achter zijn hoofd. Hij keek de dvd van *Superbad*. Hij had hem al minstens tien keer gezien en kende alle grappen.

'Hoe weet je dat nou, man? Jouw kamer is één grote teringzooi,' zei Hunter afwezig.

Zil liep de kamer in en drukte op de uitknop aan de zijkant van de televisie. 'Ik kan daar niet om lachen, freak. Er is iemand in mijn kamer geweest. Iemand heeft iets meegenomen wat van mij is.'

Hunter woonde met drie andere jongens in een huis: Zil, Hank en Harry. Ze waren al vrienden geweest voor de FAKZ. Ze zaten allemaal in de brugklas, en ze hadden elkaar gevonden in hun liefde voor de San Francisco Giants, een honkbalclub. In Perdido Beach was iedereen voor de Dodgers, en er woonden misschien een paar verdwaalde Angels-supporters. Maar Zil en Hank waren hier allebei op een ander moment vanuit het gebied rondom San Francisco naartoe verhuisd, Harry kwam uit de buurt van Lake Tahoe en Hunter hield gewoon van de Giants.

Daarom hadden ze zich verenigd en irriteerden ze de andere leerlingen op school door zich expres heel overdreven in oranje en zwart, de teamkleuren, te hullen. En in de zomer keken ze 's middags samen naar de wedstrijden.

Maar er waren geen sportploegen meer in de FAKZ. En er was ook geen televisie meer. De vier jongens waren de enige gemeenschappelijke interesse kwijt die hen bij elkaar had gehouden.

En de afgelopen tijd was er een verwijdering ontstaan tussen Hunter en de andere drie, om een reden die alleen in de FAKZ kon bestaan: Hunter was een freak. De andere drie waren normaal. Eerst hadden ze er nog met z'n allen over gepraat, zo van: maakt niet uit, op den duur kregen ze vast allemaal wel een gave, Hunter was gewoon de eerste.

Maar weken later waren de andere drie nog helemaal niet veranderd, terwijl Hunter in rap tempo een bijzonder sterke mutant aan het worden was. Zil vond dat vervelend.

Hij vond het met de dag vervelender worden.

'Hé man, zet dat ding aan,' zei Hunter terwijl hij boos naar de televisie wees.

'Geef terug, Hunter,' zei Zil.

'Wat moet ik je teruggeven, hansworst?'

Zil aarzelde. Toen zei hij: 'Dat weet je best.'

Hunter slaakte een diepe zucht en ging overeind zitten. 'Oké, je zegt dat ik iets van je gestolen heb en je wilt niet eens zeggen wat? Jemig, ga lekker een blokje om als je je zo verveelt, in plaats van mij te irriteren.'

'Blokje!' riep Zil beschuldigend.

Harry hoorde het geluid van hun harde stemmen en kwam de eetkamer uit, waar hij een ingewikkeld legobouwwerk aan het maken was.

'Wat is hier aan de hand?' vroeg Harry.

'Die muf hier heeft iets uit mijn kamer gestolen,' zei Zil.

'Je liegt,' snauwde Hunter terug. 'En scheld me niet uit.'

'Muf? Je bent toch een mutantenfreak? Waarom zou ik je dan niet zo noemen?'

'Wat is hier aan de hand?' vroeg Harry nog een keer, helemaal perplex.

'Geef terug,' zei Zil. 'Geef terug.'

'Stomme randdebiel, ik weet niet eens waar je het over hebt!' Hunter stond nu naast de bank en was rood van kwaadheid.

'De worst,' zei Zil. 'Je noemde me hansworst. En toen zei je "blokje". Dus doe nou maar niet alsof je dom bent. Je weet precies wat het was, want jij hebt het gestolen. Ik had nog een blokje worst.'

'Maak je daar zo veel heisa over?' vroeg Hunter ongelovig. 'En bovendien, waarom hou je dingen voor ons achter? Ik dacht dat we hier alles deelden in...'

'Hou je bek, gemuteerde freak,' schreeuwde Zil. 'Ik deel helemaal niks met jou. Met mensen misschien wel, maar niet met monsters.'

Ze hadden al wel eerder meningsverschillen gehad. Ruzies. En dit was niet de eerste keer dat Zil over Hunters krachten begon te zeuren. Maar dit was veel heftiger, en het zag ernaar uit dat een vechtpartij die ze vroeger misschien nog uit de weg hadden kunnen gaan, nu onvermijdelijk was. De vraag die door Hunters hoofd speelde, was: zou hij kunnen winnen? Zil was groter en sterker. Maar als er gevochten moest worden, nou goed, dan zou Hunter vechten. Hij kon nu niet meer terugkrabbelen.

'Achteruit, Zil,' waarschuwde Hunter.

'Hou je grote gemuteerde freakmuil, vuil gedrocht,' riep Zil. Hij balde gespannen zijn vuisten, klaar voor de aanval.

'Laatste kans,' waarschuwde Hunter.

Zil aarzelde, heel even maar. Hij draaide zich om en greep een lange, koperen pook die voor de open haard lag.

Hunter deinsde verschrikt achteruit. Zil kon hem wel doodslaan met die pook. Dit was niet zomaar een vuistgevecht.

Hij hief zijn handen, met de handpalmen naar buiten gekeerd.

Harry reageerde verbazingwekkend snel, probeerde tussen hen in te gaan staan, probeerde hen misschien te sussen, of misschien wilde hij gewoon wegrennen.

Toen slaakte Harry een kreet.

Hij klauwde naar zijn nek.

Hij draaide zich langzaam om en staarde Hunter ontzet aan. Zijn bril gleed van zijn neus. Zijn ogen rolden omhoog in hun kassen en hij zakte op de grond in elkaar.

Hunter en Zil stonden allebei verstijfd van schrik naar hem te kijken.

'Wat is er gebeurd?' vroeg Zil. 'Wat heb je met hem gedaan?'

Hunter schudde zijn hoofd. 'Niks. Niks, gast, ik heb niks gedaan.'

Zil zakte door zijn knieën en raakte Harry's nek aan. 'Hij is heet. Zijn huid is heet.'

Hunter deinsde achteruit. 'Ik heb niets gedaan, man.'

'Freak! Vieze gemuteerde moordenaar! Je hebt hem vermoord!'

'Hij is niet dood, hij ademt nog,' protesteerde Hunter. 'Ik wilde hem niet... Hij sprong tussen ons in...'

'Dus je wilde mij vermoorden!' gilde Zil.

'Jij wilde mij met die pook in elkaar slaan!'

'Wat heb je gedaan? Heb je je magische magnetronhanden aangezet en zijn hersenen geroosterd?'

Hunter keek vol afschuw naar zijn eigen handpalmen. Hij wilde niet dat het waar was, het mocht niet waar zijn. Hij had het niet zo bedoeld... Harry was zijn vriend...

'Dit meen je niet! Je bent een gemuteerde moordenaarsfreak!'

'Ik ga Lana halen. Die maakt hem wel beter,' zei Hunter. 'Hij redt het wel. Het komt allemaal goed.'

Maar toen zag hij hoe er een enorme blaar ontstond in Harry's nek, recht onder zijn schedel. De blaar was vijftien centimeter breed en zo groot als een sinaasappel, een harige blaas vol vocht.

Hunter rende de kamer uit, achtervolgd door de beschuldigingen die zijn vroegere vriend hem toeschreeuwde: 'Gemuteerde moordenaar! Gemuteerde moordenaar!'

Sam lag te slapen in de logeerkamer van Astrids huis toen hij iemand hoorde overgeven in de aangrenzende badkamer.

Hij was doodmoe, maar hij sleepte zich desondanks zijn bed uit, greep een t-shirt en klopte op de badkamerdeur. 'Hé,' zei hij.

'Wat is er?' vroeg Maria's beverige stem.

'Gaat het wel?'

'O, sorry. Heb ik je wakker gemaakt?'

'Ik dacht dat ik je hoorde overgeven. Ben je ziek?'

'Nee. Nee, het gaat prima.'

Hij zou gezworen hebben dat hij een snik in haar stem hoorde, dat die even oversloeg. 'Zeker weten?'

Haar stem werd krachtiger. 'Ja. Niets aan de hand, Sam. Sorry dat ik je wakker heb gemaakt. Ga maar weer slapen.'

Sam vond dat wel een goed idee. Hij stapte zijn bed weer in en schikte de kussens zoals hij ze graag had. Hij keek op de klok. Middernacht. Hij deed zijn ogen dicht. Maar hij wist dat hij niet zomaar weer in slaap zou vallen. In plaats daarvan denderde er een goederentrein door zijn hoofd, volgeladen met zorgen en fragmenten van zorgen. En dan was zijn grote vriend er ook nog, de honger. Het was moeilijk om in slaap te vallen met allerlei knopen in je maag.

Hij hoorde dat de wc werd doorgespoeld en het licht in de badkamer ging uit.

Stel dat Maria wel ziek was? Wie moest dan de crèche leiden? Astrid moest voor Kleine Pete zorgen, dus zij kon het niet doen. Hij probeerde in zijn hoofd een lijst te maken van kinderen van wie hij zeker wist dat ze zich volwassen genoeg zouden kunnen gedragen en die het aan zouden kunnen.

De enige kinderen die hij kon bedenken, zouden het waarschijnlijk alleen doen om toegang te krijgen tot de havermoutvoorraad van de crèche.

Hij had gedroomd, besefte hij ineens. Over chocoladetoffees. Hij had gedroomd over...

...chocoladetoffees.

Dat was wat er al die tijd al onbewust aan hem knaagde. Chocoladetoffees.

'Ik word gewoon gek van de honger, dat is het, ik word langzaam maar zeker gek.'

Hij kneep zijn ogen dicht, maar het knagende gevoel in zijn achterhoofd begon steeds harder te jengelen. Het liet hem niet los en eiste zijn aandacht.

Alton en Dalton hadden ruzie over chocoladetoffees. Over wie ze had gestolen.

*Is het al bij je opgekomen dat het ook een van de andere bewakers geweest kan zijn?*

*Ja, maar dat is niet zo. Heather B. en Mike F. waren bij het wachthuis. En Josh lag de hele tijd te slapen.*

*Hoe bedoel je, Josh lag te slapen?*

Chocoladetoffees. De kaart met de kerncentrale in het midden. De herinnering aan de dag van het grote gevecht.

Worm, de kameleon.

Worm.

De kerncentrale.

Sam sprong op alsof hij uit een kanon werd geschoten.

Hij trok zijn spijkerbroek aan en grabbelde verwoed naar zijn schoenen onder het bed. Hij schoof zijn voeten erin en rende naar de kamer van Astrid. Hij klopte niet maar gooide meteen de deur open.

Ze lag te slapen, een wirwar van blond haar op een kussen.

'Astrid. Wakker worden.'

Ze bewoog niet, dus hij greep haar blote schouder en voelde ondanks zijn haast stiekem toch een golf van opwinding. 'Wakker worden.'

Haar blauwe ogen schoten open. 'Wat? Petey weer?'

Plotseling was hij zich heel scherp bewust van het feit dat hij nog nooit in haar slaapkamer was geweest. Maar dit was niet het juiste moment om daarover na te denken.

'Worm. Hij heeft de chocoladetoffees gejat.'

Ze staarde hem aan. 'Maak je me daarvoor wakker?'

'In de kerncentrale. Alton en Dalton. Ze hadden allebei gelijk. Ze hebben geen van beiden dat snoep gestolen, en Josh ook niet. Er is iemand anders in de centrale geweest. Iemand die ze niet konden zien.'

'Waarom zou Worm in hemelsnaam naar de kerncentrale gaan?' vroeg Astrid zich af. Haar ogen werden groot toen het antwoord tot haar doordrong.

'Omdat ik een sukkel ben, daarom,' zei Sam boos. 'Ik moet naar Edilio. Jij hebt de leiding tot ik terug ben.'

'Misschien vergis je je wel,' zei Astrid.

Hij was al weg. Hij stormde de trap af, de koude nacht in. Hij trof Edilio in de brandweerkazerne, waar hij 's nachts meestal te vinden was.

'Wie houdt de wacht in de kerncentrale?' vroeg Sam nadat hij Edilio uit een diepe slaap had geschud.

'Josh, Brittney D., eh, Mickey en Mike Farmer.'

'Mike is betrouwbaar,' zei Sam. 'En die andere drie?'

Edilio haalde zijn schouders op. 'Ik moet roeien met de riemen die ik heb. Mickey is die jongen die een gat in de vloer van zijn huis heeft geschoten toen hij met een pistool aan het spelen was, waardoor de wasmachine in de kelder kapotging. Brittney is volgens mij wel oké. Erg gedreven. En van Josh weet ik het niet, hoor.'

Ze stapten de jeep in en reden een uur kriskras door de stad om Dekka, Brianna, Taylor, Orc en een aantal soldaten van Edilio op te halen. Het konvooi werd uitgebreid met een sedan en een gigantische SUV. Achter in die laatste auto lag Orc te ronken.

Ze hadden tien kinderen in drie voertuigen. Voor het stadhuis bleven ze staan. Sam ging op de stoep staan, zodat iedereen hem kon horen.

'Het spijt me dat ik jullie allemaal uit je warme bed heb gesleurd, maar volgens mij bereidt Caine een aanval op de kerncentrale voor,' zei hij.

'Mag ik erheen rennen om ze te waarschuwen?' smeekte Brianna.

'Als je zestien kilometer op volle snelheid rent, ben je helemaal uitgeput. Zeker met dat weinige eten.'

'Man, de Wind rent zestien kilometer in een minuut.' Ze knipte met haar vingers.

Sam aarzelde. Het was wel waar. Brianna kon daar veel sneller zijn dan zij. Maar het was ook waar dat ze daarna doodop zou zijn. Hij wist hoe ze was na dat soort afstanden. Dan was ze niet zomaar een beetje afgemat, maar zag ze eruit alsof ze elk moment dood kon neervallen.

'Ga maar. Maar hou je gedeisd.' Die laatste vier woorden sprak hij tegen een windvlaag.

Zijn reactie was vast zwaar overdreven, zei Sam tegen zichzelf. Een stel verdwenen chocoladetoffees vormden over het algemeen geen reden tot paniek. Hij zette zichzelf ongetwijfeld enorm voor schut.

Maar intuïtief wist hij dat hij gelijk had. Hij had gelijk, want als hij Caine was geweest dan had hij hetzelfde gedaan.

Hij had het moeten zien aankomen. Hij had het moeten zien aankomen en erop voorbereid moeten zijn. Net zoals hij voorbereid had moeten zijn op de overval op de supermarkt.

Ze reden weg van het plein. Langs het kerkhof dat Edilio had gebouwd en waar veel te veel grafzerken op stonden. Langs het verbrande appartementencomplex, de beschadigde crèche, de half-verwoeste kerk.

Sam zei tegen zichzelf dat hij zijn best had gedaan om alles bij te houden, dat hij de hele tijd allerlei onbenulligheden moest oplossen, dat hij zijn best had gedaan om de dreigende hongersnood een halt toe te roepen. Het hielp niet. Als Caine op de kerncentrale uit was...

Ze reden nog twee straten verder, en toen, midden op de donkere weg, rende Zil opeens woest met zijn armen zwaaiend het licht van hun koplampen in.

'Wat zal ik doen?' vroeg Edilio.

Sam vloekte binnensmonds. 'Stoppen. Eerst maar even horen wat er aan de hand is.'

Edilio trapte op de rem. Zil stormde naar hen toe, hijgend, buiten adem, verhit. Hij leunde op het raampje terwijl Sam het naar beneden liet glijden. 'Hunter. Die freak heeft Harry vermoord.'

Er kwam een soort diep gegrom uit Dekka's keel waardoor Zil een stap achteruit deed, maar hij bood niet zijn excuses aan. 'Het is zo, hij is een freak. Een van jullie. En hij heeft zijn freakkrachten gebruikt om Harry te vermoorden. Om niets.'

'Heb je Lana al gevonden?' vroeg Edilio.

'Ik weet niet waar ze is.'

'Grappig dat je de Genezer geen freak noemt,' merkte Dekka op.

'Lana zit in Kliftop,' zei Sam. 'Fijn. Nu was Brianna dus echt goed van pas gekomen. Goed, dan moeten we maar hopen dat ik spoken zie wat de kerncentrale betreft. Edilio, breng me naar het huis van Hunter en Zil. Zeg tegen je mensen dat ze terug naar het plein moeten gaan om daar op ons te wachten. Dan zul jij naar Kliftop moeten rijden om te kijken of je Lana kunt vinden. Goed?'

'Jep.'

'Dekka, als jij nou eens met mij meeging om te kijken wat er precies is gebeurd.'

'Ik ga nog een paar normalo's halen,' zei Zil. 'De normalo's moeten weten wat er aan de hand is.'

Sam wees naar hem door het open raampje. 'Wou je allerlei

mensen van hun broodnodige slaap beroven? Ik dacht het niet. Jij gaat met ons mee.'

'Echt niet. Met jou en Dekka zeker. Jullie zijn allebei freaks. Freaks houden elkaar altijd de hand boven het hoofd.'

'Doe niet zo stom, Zil,' zei Sam. 'Ik wil niet dat je midden in de nacht bij iedereen herrie gaat lopen schoppen.'

'Wat wou je eraan doen? Ga je me roosteren?' Zil spreidde zijn handen in een gebaar dat tegelijkertijd uitdagend en onschuldig was.

'Dit is echt onzin,' zei Sam. 'Stap in, Zil. We verdoen onze tijd met dit geruzie.'

'Echt niet, jongen. Echt niet.' Zil draaide zich om en liep snel weg.

'Moet ik hem tegenhouden?' vroeg Dekka.

'Nee,' zei Sam.

'Maar hij gaat herrie schoppen.'

'Zo te horen heeft Hunter al herrie geschopt. Rijden maar, Edilio. Hopelijk haalt Brianna de centrale en kan ze iedereen in elk geval wakker maken. Hoe langer ik erover nadenk, hoe meer ik begin te denken dat ik misschien te overdreven heb gereageerd. Ik denk niet dat Caine ons van de ene op de andere dag de oorlog zal verklaren.'

'Misschien hebben we wel onze eigen oorlog, gewoon hier in de stad,' zei Edilio.

# Achttien

Patrick vond het allemaal één groot feest. Zijn baasje was midden in de nacht opgestaan, dat was leuk. En bovendien stapte ze nu een pick-up in.

Quinn zat achter het stuur. Albert zat naast hem. De achterbank zou normaal gesproken een beetje krap zijn voor Lana en Cookie, die nogal groot was, maar Quinn had zijn stoel helemaal naar voren geschoven om bij de pedalen te kunnen. Patrick sprong naar binnen en ging bij Cookie op schoot liggen.

'Kan die hond niet in de laadbak?' stelde Albert voor.

'Zodat hij gaat blaffen naar alles waar we langskomen? En iedereen wakker maakt?'

'Goed dan,' zei Albert, terwijl hij Patrick een vuile blik toewierp. Lana vond het niet leuk aan Albert dat hij een hekel aan honden had, maar dit was niet het moment om daar een discussie over te beginnen.

Albert maakte in elk geval geen grapjes over dat ze Patrick wel op konden eten. Die had ze al van meerdere mensen moeten aanhoren.

De vier – vijf, als je Patrick meetelde – hadden afgesproken bij een garage langs de snelweg. De zware pick-up met extra lange cabine en vierwielaandrijving die daar stond, leek Albert uitermate geschikt voor de rit dwars door de woestijn en om het goud mee te vervoeren.

'Eens kijken of ik weet hoe ik dit ding moet besturen,' zei Quinn.

'Jij zei dat je kon autorijden,' zei Albert beschuldigend.

'Dat kan ik ook. In de jeep van Edilio in elk geval wel. Maar deze is veel groter.'

'Fijn,' mompelde Albert.

Quinn draaide het sleuteltje om en de motor brulde. Het klonk veel te hard, alsof de hele stad er wakker van zou worden.

'Oeps,' zei Quinn. Hij zette de auto op *drive* en het bakbeest sprong naar voren, hobbelde over de rand van de parkeerplaats en slingerde de snelweg op.

'Zeg, we hoeven niet dood, hoor,' riep Albert.

Quinn kreeg de auto weer onder controle en hij reed met een bedaarde vijftig kilometer per uur over het midden van wat ooit een drukke snelweg was geweest.

'Je kijkt een beetje chagrijnig, Albert,' zei Quinn schalks. 'Ga je me nog vertellen waar we eigenlijk heen gaan? Het is eh, even kijken, drie uur 's nachts? We gaan toch niemand vermoorden, hè?'

'Ik betaal je er toch voor, of niet soms?' snauwde Albert.

'Heb je het niet verteld?' vroeg Lana vanaf de achterbank. 'Albert, hij moet weten wat we gaan doen.'

Toen Albert geen antwoord gaf, zei Lana: 'We gaan goud halen, Quinn.'

Ze zag Quinns ogen in de omlijsting van de achteruitkijkspiegel. 'Eh. Sorry?'

'Bij het hutje van Kluizenaar Jim. Het goud,' legde Lana uit.

Er kwam een bezorgde blik in Quinns ogen. 'Sorry hoor, maar de laatste keer dat we daar waren, werden we bijna opgegeten door coyotes.'

'Maar nu kun je met een pistool omgaan. En je hebt een pistool bij je,' zei Albert rustig. 'En Cookie heeft ook een pistool. Jullie zijn getraind.'

'Dat is zo,' beaamde Cookie. 'Maar ik wil op niemand schieten, hoor. Tenzij ze de Genezer lastigvallen.'

'En waarvoor hadden we dat goud ook alweer nodig?' vroeg Quinn op een wat schrille toon.

'We hebben geld nodig,' zei Albert. 'Ruilhandel alleen is niet genoeg. We hebben een systeem nodig, en het systeem werkt beter als je een basis hebt voor je betaalmiddelen.'

'Juist ja.'

'Oké, luister, neem nou onze vishandel bijvoorbeeld,' zei Albert.

'Dat is nog niet echt een handel te noemen,' bromde Quinn. 'Gisteren had ik maar net genoeg om als aas te gebruiken.'

'Er zijn altijd goede en slechte dagen,' zei Albert ongeduldig. 'Op sommige dagen heb je juist heel veel vis. En stel nou dat je die wilt ruilen voor sinaasappels.'

'Klinkt eigenlijk best goed. Ken jij iemand die sinaasappels heeft?'

'Je hebt zo veel vissen dat je er een paar wilt ruilen voor sinaasappels, en een paar voor brood, en een paar voor iemand die je kamer komt schoonmaken. Dan moet je met die vissen in je hand naar drie verschillende plekken om mensen te betalen.'

'Gaan er nog meer mensen dood van de honger hier?' grapte Quinn. 'Jongen, sinaasappels? Brood? Hou op, joh.'

Albert negeerde hem. 'Maar als je geld hebt, en je niet alleen maar dingen hoeft te ruilen, dan kun je een markt opzetten waar iedereen de spullen die hij wil verkopen heen kan brengen, snap je? Alles op één centrale plek. En iedereen loopt rond met goudstukken, en niet met hun vis, of een kruiwagen vol maïs of weet ik veel wat, en probeert tot een overeenkomst te komen.'

Quinn zei: 'Maar ik zit dus hoe dan ook met die vis. Of ik nou rondloop op die markt van jou om ze te verkopen, of dat ik stilsta en er mensen naar me toe komen om te ruilen, ik...'

'Nee joh,' onderbrak Albert hem ongeduldig. 'Want jij verkoopt je vis aan iemand die hem aan anderen verkoopt. Jij moet vissen, want daar ben je goed in. Niet in vis verkopen, maar in vis vangen.'

Quinn fronste zijn wenkbrauwen. 'Ik verkoop ze aan jou, bedoel je.'

'Zou kunnen,' zei Albert knikkend. 'En dan verkoop ik ze aan Lana. Op die manier doe jij waar jij goed in bent, Quinn, en ik doe waar ik goed in ben, en om dat allemaal op rolletjes te laten lopen, hebben we een vorm van geld nodig.'

'Tja, nou, aangezien ik de hele nacht hiermee bezig ben, is er morgen misschien ook wel geen vis,' mopperde Quinn. Toen stelde hij de vraag die Lana al had verwacht: 'Waarom ben jij eigenlijk mee, Genezer?'

Het stoorde Lana als mensen haar met haar 'titel' aanspraken; ze wist zelf ook niet goed waarom. En de vraag die aan die titel voorafging, stoorde haar ook. Ze vond het een vervelende vraag. Ze ging even verzitten en staarde uit het raam.

'Zij is mee omdat ik een gids nodig heb,' zei Albert. 'En omdat ik haar betaal. Zodra ik het geld heb. Wat ons bij het onderwerp "krediet" brengt.'

Arme Albert, dacht Lana toen Albert overging op een lezing over het nut van krediet. Zo'n slimme jongen. Die werd op een dag nog eens eigenaar van de FAKZ. Maar hij had geen idee waarom ze was meegegaan.

Al het goud van de wereld was nog niet genoeg om haar te betalen voor wat ze van plan was. Goud kon de kille angst in haar hart niet wegnemen. En ze had niets aan goud als haar plan mislukte.

'Er zijn meer dingen op de wereld dan geld,' zei Lana, eigenlijk alleen tegen zichzelf.

'Zoals?' vroeg Albert.

'Vrijheid, bijvoorbeeld,' zei Lana.

Waarop Albert een heel verhaal begon over hoe je met geld vrijheid kon kopen. Lana vermoedde dat hij in de meeste gevallen wel gelijk zou hebben. Maar nu niet.

In dit geval niet.

Ze kon de Duisternis niet omkopen. Maar misschien, heel misschien... misschien kon ze hem wel doden.

Caine beet zwijgend op zijn duim en kauwde het rafelige randje van zijn nagel.

Panda zat achter het stuur. Computer Jack zat op de achterbank tussen Diana en Worm in geperst. Hun auto reed voorop. Er kwam een tweede auto, een SUV, achter hen aan, met Drake en vier van zijn soldaten erin. Allemaal gewapend.

Ze reden voorzichtig, daar had Caine op gestaan. Panda reed al veel beter, zekerder, maar hij was nog steeds maar dertien. Hij reed nog steeds een beetje angstig.

De suv achter hen kleefde ongeduldig aan hun bumper, ongetwijfeld aangespoord door Drake.

Over de snelweg, langs de leegstaande bedrijfspanden, zigzaggend om verongelukte auto's en gekantelde vrachtwagens heen. Allemaal brokstukken van de FAKZ, de troep die alle verdwenen mensen hadden achtergelaten.

Ze draaiden de weg naar de kerncentrale op.

'Niet van de weg af rijden,' waarschuwde Caine. 'Het is een heel eind vallen.'

'Maak je geen zorgen,' zei Panda.

'Ik doe mijn best,' zei Caine. Er was een klifwand links van hen, een dertig meter hoge afgrond naar de rotsen in de zee eronder. Caine vroeg zich af of hij zijn gave zou kunnen aanwenden om de auto tegen te houden, mochten ze toch over de rand duiken. Misschien moest hij dat eens gaan oefenen, kijken of hij zijn telekinetische gave kon gebruiken om een vallend voorwerp in de lucht te houden als hij er zelf in zat. Het kwam allemaal neer op het juiste evenwicht.

'Wat was dat?' riep Panda.

'Wat was wat?'

'Ik zag het ook,' zei Diana.

'Wat?' wilde Caine weten.

'Een soort streep. Alsof er iemand voorbijrende.'

Het was even stil. Toen vloekte Caine. 'Brianna. Sneller, Panda!'

'Ik wil niet over de rand...'

'Sneller,' siste Caine.

De walkietalkie kraakte. De stem van Drake. 'Zagen jullie dat?'

Caine drukte de knop in. 'Ja. Brianna. Of een wervelwind.'

'Ze komt eerder aan dan wij,' zei Diana.

'Ze is er al,' zei Caine.

'Kunnen we dit niet beter een andere keer doen?' vroeg Diana.

Caine lachte. 'Alleen omdat Brianna hier rondzoeft? Ik maak me helemaal geen zorgen om dat kind.' Valse bravoure. Het feit dat Brianna hier 'rondzoefde' zou kunnen betekenen dat ze in een hinderlaag werden gelokt. Of het zou kunnen betekenen dat Sam was gewaarschuwd en al onderweg was.

Hij drukte de knop van zijn walkietalkie weer in. 'Drake. Hou er rekening mee dat ze misschien al klaarstaan als wij aankomen.'

'Mooi zo. Ik heb zin om te vechten,' antwoordde Drake.

Caine draaide zich half om in zijn stoel om naar Diana te kijken. Haar bijna kale hoofd leidde hem af. Op de een of andere manier kon hij nu alleen nog maar naar haar ogen en lippen kijken. Hij gaf haar een knipoog. 'Drake maakt zich ook geen zorgen.'

Diana zei niets.

'Maak jij je zorgen, Panda?' vroeg Caine.

Panda was te bang om antwoord te kunnen geven. Hij had het stuur zo stevig vast dat zijn knokkels helemaal wit waren.

Aan Jack vroeg Caine niets. Hij deed het nog even rustig aan met Jack. Tot het computerbrein had gedaan wat hij wilde, in elk geval.

'We zijn bijna bij het toegangshek,' zei Worm.

Er stond een bakstenen wachthuis naast een hoog hek van harmonicagaas. Overal brandden felle lichten. Op het wachthuis stonden schijnwerpers die naar beide kanten omlaag op het hek gericht waren. En voorbij het hek zagen ze de kolossale kerncentrale zelf, gonzend en zoemend, een onheilspellend gevaarte in de nacht. Hij was nog kolossaler dan Caine zich had voorgesteld, en bestond uit meerdere gebouwen, waarvan het grootste op een gevangenis leek. Het was bijna een stadje op zich. De parkeerplaats was voor de helft gevuld met auto's, die glinsterden in het licht.

'Daar is Brianna,' riep Caine, en hij wees naar het meisje dat dubbelgeklapt het hek vasthield en er tevergeefs aan rukte. Ze wierp een angstige blik over haar schouder; haar gezicht was blauwwit in het licht van de koplampen. Ze schreeuwde iets wat Caine niet kon verstaan.

Vol frustratie rammelde ze aan het hek. Ze kon het niet openmaken en ze kon kennelijk ook niet de aandacht van iemand in het wachthuis trekken. Als er al iemand in het wachthuis was, tenminste.

Panda trapte op de rem en de auto kwam slippend tot stilstand.

Caine sprong eruit en hief zijn handen naar Brianna, maar ze was in een flits verdwenen en stond opeens halverwege de heuvel aan hun rechterhand.

'Hallo Brianna, lang niet gezien,' riep Caine naar haar.

'Hallo Caine. Hoe gaat het met dat been waar Sam de huid af heeft gebrand?'

Caine glimlachte naar haar. 'Iedereen de auto uit!' zei hij zachtjes. 'Nu!'

Panda, Jack en Diana stapten uit. Worm misschien ook wel – Caine zag hem niet, maar dat zei niet zoveel bij Worm.

'Wat komen jullie doen?' vroeg Brianna. Ze kauwde op haar kauwgom en probeerde nonchalant over te komen. Maar Caine kon zien dat ze nog niet hersteld was van de inspanning. Ze was moe. En ze had ongetwijfeld ook honger. Hij zou willen dat hij haar iets te eten kon aanbieden. Als een bot voor een hond. Even testen hoe trouw ze was.

Maar ze hadden geen eten meegenomen.

'O, niets bijzonders, Brianna,' antwoordde Caine. Hij liet zijn handen tot zijn middel zakken, met zijn armen gekruist over zijn borst, en draaide zijn handpalmen naar de auto achter hem. Toen wisselde hij met een snel gebaar zijn armen boven zijn hoofd en duwde ze hard omlaag.

De auto schoot de lucht in. Hij werd omhooggerukt alsof het een gigantische jojo was die zijn hele touwtje had afgerold.

De auto beschreef een strakke boog, vijf tot tien meter boven de grond, en vloog recht op Brianna af.

Hij kwam met donderend geweld op de heuvel terecht. De voorruit en alle andere ramen spatten in duizenden glinsterende stukjes uiteen. Alsof iemand binnenin een handgranaat had laten ontploffen. Twee van de banden liepen leeg. De motorkap schoot in zijn geheel los, wiekte door de lucht en viel neer.

Brianna stond zes meter verderop.

'Jeetje. Stoer zeg, Caine,' zei ze spottend. 'Jij vond dat zeker heel hard gaan, hè? Die auto vloog echt bliksemsnel door de lucht. Anders probeer je het toch gewoon nog een keer?'

'Ze daagt je uit, Caine,' zei Diana, terwijl ze naast hem ging staan. 'Ze probeert tijd te winnen. En misschien heeft iedereen die binnen op wacht staat het lawaai wel gehoord.'

Drakes auto was vlak achter die van hen gestopt. Hij sprong eruit en sprintte op Brianna af terwijl hij ondertussen zijn zweephand uitrolde.

Brianna lachte en stak haar middelvinger naar hem op. 'Toe maar, Drake. Pak me dan.' Drake haalde naar haar uit, maar ze stond opeens achter hem.

'Kappen, Drake,' riep Caine. 'Je krijgt haar toch niet te pakken. Op deze manier maken we alleen maar herrie en bovendien is het tijdverspilling.'

'Het hek zit dicht,' zei Brianna pesterig, die plotseling op een armlengte voor Caine stond. Toen ze tot stilstand kwam, trilde ze als een pijl die in zijn doel was gevlogen.

'Hek?' zei Caine. Hij richtte zijn handen op de verwoeste auto. Het voertuig kwam omhoog en tolde door de lucht, met een regen van glasscherven achter zich aan, als de staart van een komeet.

De auto knalde tegen het hek en rukte het los uit zijn fundering zodat het gaas zich om de auto wikkelde. Het hele gevaarte vloog met verwrongen hek en al nog twaalf meter verder voor het op de parkeerplaats neerstortte en doorschoof tot het tegen een bestelbusje tot stilstand kwam.

Het maakte zo veel herrie dat zelfs een dove er nog wakker van zou worden.

'En nu,' zei Caine, 'is het open. Dag Brianna.'

Het meisje keek hem woedend aan en verdween.

'Drake, zet twee jongens in het wachthuis,' beval Caine. 'We zullen dit klusje eens even klaren.'

Edilio zette de jeep op de oprit van Zil, Hunter, Hank en Harry. Sam en Dekka sprongen de auto uit. De voordeur van het huis stond op een kier.

'Edilio? Ga jij Lana zoeken. Misschien kun je onderweg Taylor oppikken, als die nog op het plein is. Zij kan je helpen zoeken.'

'Weet je zeker dat ik niet naar...'

'Ga Lana halen.' Hij gaf met zijn vlakke hand een klap op de motorkap ten teken dat er haast bij was. Edilio scheurde achteruit en reed de straat uit.

'Hoe gaan we dit aanpakken?' vroeg Dekka.

'We kijken eerst wat er precies aan de hand is. Als Hunter is doorgedraaid, til jij hem van de grond zodat hij niet weg kan rennen. Desnoods laat je hem tegen het plafond stuiteren, als het moet. Ik wil hem geen pijn doen, alleen maar met hem praten,' zei Sam. Hij klopte op de deur, die meteen verder openzwaaide. 'Hunter. Ben je daar?'

Geen antwoord.

'Ik ben het, Sam, en ik kom nu naar binnen.' Hij zei expres niets over Dekka. Dekka was een wapen dat hij liever achter de hand hield. 'Ik hoop niet dat er iets vervelends is gebeurd.'

Sam haalde diep adem en stapte over de drempel.

In de gang hing een schilderij van een aantrekkelijke maar ernstig kijkende vrouw met een weelderige bos rood haar. Iemand, vermoedelijk een van de huidige bewoners, had de afbeelding beklad door er met een viltstift zorgvuldig een snor op te tekenen.

De gang was een puinhoop – op een wandtafeltje lag een frisbee, in de kroonluchter hing een vieze sportsok en aan de muur hing een scheve, gebarsten spiegel. Het verschilde niet veel van de meeste andere huizen in een FAKZ zonder ouders.

De eerste kamer, links, was een deftige, donkere eetkamer. De keuken lag voor hen, aan het eind van de gang, na de trap. De woonkamer was verderop aan hun rechterhand. Dekka stak haar hoofd om de hoek van de eetkamer, gluurde onder de tafel en fluisterde: 'Niemand.'

Sam liep naar de woonkamer.

Daar was het een nog grotere troep dan in de gang: overal slingerden dvd's, al lang geleden leeggedronken blikjes en felgele speelgoedpijltjes. De familiefoto's – weer die roodharige vrouw, en een man die waarschijnlijk haar echtgenoot was – lagen omgevallen op de schouw en de boekenplanken waren bedekt met een dikke laag stof.

Sam kon Harry in eerste instantie niet ontdekken. Hij was tussen de bank en een grote salontafel gevallen. Maar toen hij nog een stap verder de kamer in liep, zag hij hem wel.

Harry lag op zijn buik en had een leeglopende blaar in zijn nek. Het beeld deed Sam denken aan een ballon drie dagen na een feestje.

Sam wilde de tafel opzijduwen, maar die was vastgeschroefd. 'Dekka?'

Dekka hief een van haar handen en de tafel kwam los van de grond. Sam gaf er een duw tegen. Het ding zweefde door de lucht tot het buiten Dekka's krachtveld kwam en weer neerviel.

Sam knielde naast Harry neer. Hij ontweek de blaar angstvallig en duwde twee vingers tegen Harry's hals. 'Ik voel niets,' zei Sam. 'Probeer jij het eens?'

Dekka keek zoekend om zich heen en pakte een klein doosje met een weerspiegelende buitenkant. Ze draaide Harry's hoofd opzij en hield het doosje vlak onder de neusvleugels van de jongen.

'Wat doe je?' vroeg Sam.

'Als hij ademt, zou je het moeten zien. Condens.'

'Volgens mij is hij dood,' zei Sam.

Ze stonden allebei op en deden een paar stappen achteruit. Dekka legde het doosje voorzichtig weg, alsof Harry lag te slapen en ze hem niet wakker wilde maken.

'Wat doen we hiermee?' vroeg Dekka zich hardop af.

'Dat is een heel goede vraag,' zei Sam. 'Ik wou dat ik net zo'n goed antwoord had.'

'Als Hunter hem heeft vermoord...'

'Ja.'

'Dat freaks-tegen-de-normalo's-gedoe...'

'Zover mogen we het niet laten komen,' zei Sam heftig. 'Als Hunter dit heeft gedaan... We zullen toch eerst moeten luisteren naar wat hij erover te zeggen heeft.'

'En misschien overleggen met Astrid, denk je niet?' stelde Dekka voor.

Sam lachte somber. 'Dan zegt ze dat we een rechtszaak moeten houden.'

'We kúnnen dit gewoon laten verdwijnen, zeg maar,' zei Dekka.

Sam gaf geen antwoord.

'Je begrijpt wel wat ik bedoel,' zei Dekka.

Sam knikte. 'Ja. Dat begrijp ik. We proberen niet te verhongeren. Proberen voorbereid te zijn voor het geval Caine iets van plan is. We zitten absoluut niet te wachten op een grote ruzie tussen freaks en normalo's.'

'Maar Zil zal er nooit z'n mond over houden, wat we ook doen,' merkte Dekka op. 'We zouden kunnen zeggen dat we hier geweest zijn, dat Harry hier niet was, dat we niets gevonden hebben. Maar dat zou Zil nooit geloven, en een heleboel kinderen zullen zijn kant kiezen.'

'Je hebt gelijk,' zei Sam. 'We kunnen het niet wegmoffelen.'

Ze stonden naast elkaar naar Harry te kijken. De blaar liep nog steeds heel, heel langzaam leeg.

Toen liepen ze terug naar de oprit, Sam voorop. Edilio kwam tien minuten later aangescheurd met Dahra Baidoo in de bijrijdersstoel.

'Hoi Dahra,' zei Sam. 'Fijn dat je er bent.'

'Ik heb Lana niet kunnen vinden,' zei Edilio. 'Ze is niet in haar kamer in Kliftop en haar hond was ook weg. Taylor springt momenteel rond om te kijken of ze haar ergens ziet. De anderen zijn nog op het plein, voor het geval we hen nodig hebben.'

Sam knikte. Hij was er wel aan gewend dat Lana op vreemde momenten plotseling verhuisde. De Genezer was een rusteloos meisje. 'Dahra, wil jij even gaan kijken? Binnen. Op de grond.'

Edilio keek Sam vragend aan. Sam schudde zijn hoofd en ontweek zijn blik.

223

Binnen een minuut was Dahra weer terug. 'Ik ben Lana niet, maar zelfs zij kan daar niets meer aan doen. Ze is Jezus niet,' zei ze fel. 'Ze kan de doden niet tot leven wekken.'

'We hoopten dat hij niet dood was,' zei Dekka.

'Hij is dood, nou goed,' zei Dahra. 'Is het een van jullie opgevallen dat de huid op zijn nek niet verbrand was? Dat het haar eromheen niet was verschroeid? Die blaar moet van binnenuit zijn opgezwollen. Wat betekent dat hij door iets van binnenuit is verhit. Dus jij bent in elk geval geen verdachte, Sam: ik heb jouw werk wel eens mogen aanschouwen. Jouw slachtoffers zien eruit als marshmallows die in het vuur zijn gevallen.'

'Zeg,' flapte Edilio er boos uit. 'Je hoeft echt niet zo lomp te doen tegen Sam, hoor.'

'Het geeft niet, Edilio,' zei Sam mild.

'Nee. Hij heeft gelijk,' zei Dahra. Ze raakte Sams schouder even aan. 'Sorry, Sam. Ik ben moe en ik vind het niet fijn om lijken te zien, oké?'

'Dat is het ook niet,' gaf Sam toe. 'Ga maar naar huis. Sorry dat we je hiervoor hebben laten komen.'

Ze keek Sam onderzoekend aan. 'Wat gaan jullie hieraan doen?'

Sam schudde zijn hoofd. 'Ik weet het niet, maar iedereen zal hoe dan ook wel boos worden, wat ik ook doe. Edilio kan je wel naar huis rijden.'

'Hoeft niet, het is maar vijf minuten lopen.' Dahra gaf hem nog een klopje op zijn schouder en liep de straat in.

Toen ze weg was, zei Sam: 'Dan moeten we maar eens met Hunter gaan praten, denk ik.'

'Denk je dat? Dit kun je niet zomaar door de vingers zien, hoor,' zei Edilio. 'Dit is moord.'

'Orc heeft Betty vermoord,' merkte Sam op. 'En Orc loopt ook nog steeds vrij rond.'

'Toen had jij de leiding nog niet,' zei Edilio. 'Toen hadden we nog geen systeem.'

'We hebben nog steeds geen systeem, Edilio. Ik ben er, en iedereen die een probleem heeft, komt mij lastigvallen,' zei Sam. 'Dat is geen systeem. Zie jij hier ergens een Hoge Raad? Ik zie jou en mij en nog ongeveer tien anderen die überhaupt hun best doen.'

'Dus je wilt zeggen dat we nu op het punt zijn aanbeland dat kinderen iemand kunnen vermoorden en daar gewoon mee wegkomen?'

Sam zakte in elkaar. 'Nee. Nee, natuurlijk niet. Ik ben gewoon... Laat maar.'

'Ik ga mijn jongens halen en Hunter zoeken,' zei Edilio. 'Maar ik wil één ding weten: stel dat hij niet mee wil komen? Of stel dat hij een van mijn jongens iets aan probeert te doen?'

'Dan kom je mij halen,' zei Sam.

Edilio leek niet erg blij met die instructie. Maar hij knikte en vertrok.

Dekka keek hem na. 'Edilio is een goeie jongen,' zei ze.

'Maar?'

'Maar hij is een normalo.'

'We gaan daar niet op die manier onderscheid tussen maken, tussen freak en normalo,' zei Sam stellig.

Dekka lachte bijna, maar net niet. 'Sam, dat is een heel nobel streven. En misschien geloof je er zelf ook echt in. Maar ik ben zwart en ik ben lesbisch, dus zal ik je eens vertellen waar ik inmiddels achter ben? Door wat ik zelf heb meegemaakt? Er wordt altijd onderscheid gemaakt.'

# Negentien

Ze reden de suv door het gat in het hek, zwenkten om de verwrongen berg harmonicagaas heen en kwamen met piepende banden tot stilstand op de parkeerplaats van de kerncentrale.

Alleen al de enorme omvang van de kerncentrale was intimide-
rend. De koeltorens waren zo hoog als wolkenkrabbers. Het grote,
ronde turbinegebouw zag er vijandig uit, als een gigantische gevangenis zonder ramen.

Er stond een nietig lijkend deurtje open. Er scheen geen licht
naar buiten, maar Caine kon toch een in elkaar gedoken gestalte
onderscheiden.

'Hé! Wat moeten jullie hier?' riep een jong stemmetje.

Caine herkende het joch niet en hij kon hem ook niet goed zien.
De centrale maakte erg veel herrie, dus Caine deed net alsof hij hem
niet verstond. Hij hield een hand achter zijn oor en riep: 'Wat zeg
je?'

'Blijf staan! Niet dichterbij komen.'

'Dichterbij komen? Oké.' Caine liep verder.

Diana en Jack bleven staan, maar Drake kwam met grote passen
aangebeend. Hij had een automatisch pistool in zijn normale
hand. Zijn zweep wriemelde en kronkelde langs zijn zij, als een
slang die niet kan wachten om toe te slaan.

'Blijf staan! Blijf staan, zei ik!'

Nog maar dertig meter tot de deur. Caine hield geen moment
zijn pas in.

'Blijf staan of ik schiet,' riep de stem bang, bijna smekend.

Caine bleef staan, met Drake aan zijn zij.

'Schieten?' vroeg Caine op een verbaasde toon. 'Waarom zou je in vredesnaam op me schieten?'

'Dat zijn onze obstructies.'

Caine lachte. 'Je kunt het niet eens goed zeggen. Wie ben jij eigenlijk? Als je me gaat neerschieten, moet ik toch op z'n minst weten hoe je heet.'

'Josh,' was het antwoord. 'Ik ben het, Josh.'

'"Ik ben het, Josh",' aapte Caine hem na met een kinderlijk stemmetje.

Drake grauwde: 'Ik zou er maar gauw vandoor gaan, Josh, anders krijg je ervan langs met het Zweephandje.'

De kogelregen die plotseling losbarstte was oorverdovend. Josh schoot in het wilde weg om zich heen en er vielen zelfs ruiten aan diggelen van geparkeerde auto's die een heel eind naar rechts stonden.

Caine zakte op de grond in elkaar.

Drake gaf geen krimp. Hij hief zijn pistool, richtte zorgvuldig en schoot.

Beng. Beng. Beng.

Bij elk schot deed hij een stap naar voren.

Josh jammerde van angst.

Beng. Beng. Beng.

Elke keer een keiharde knal. Elke keer een flits uit de loop van het pistool die Drakes uitdrukkingsloze, koude ogen deed oplichten.

Toen begon Drake te rennen. Recht op de deur af, met zijn pistool nog op dezelfde hoogte. Zelfs tijdens het rennen wist hij nog zorgvuldig en precies te vuren.

Josh schoot terug, maar opnieuw vlogen de kogels wild de nacht in; ze misten zelfs de geparkeerde auto's en haalden niets uit tegen Drake.

Beng. Beng.

Klik.

Caine bleef op de grond liggen en keek opgetogen toe terwijl

Drake kalm de patroonhouder uit het pistool haalde. De houder kletterde op het beton.

Drake hield het pistool vast met het puntje van zijn tentakel en viste een tweede patroonhouder uit zijn jachtvest. Met zijn hand sloeg hij het ding hard op zijn plek.

Josh schoot opnieuw. Zorgvuldiger, dit keer.

De kogels lieten de grond rond Drakes voeten vonken.

Drake hief het pistool bedachtzaam, vuurde en liep verder, vuurde en liep, vuurde en toen was Josh verdwenen, hij rende het gebouw in, schreeuwend om hulp, schreeuwend dat iemand hem echt moest komen helpen.

Caine stond op, enigszins beschaamd door Drakes koelbloedige optreden. Hij rende nu snel weg om Drake in te halen, die al door de deur het gebouw in gelopen was.

Weer een harde knal, maar het geluid klonk anders, gedempt. De deuropening werd even een hel verlichte rechthoek door de vlam die uit de loop sloeg.

Een kreet van pijn.

'Ik geef me over! Ik geef me over!'

Caine was nu bij de deuropening en liep de turbinehal in. Daar, op de grond tussen de gigantische, loeiende machines, meedogenloos verlicht door naargeestige tl-lampen, lag Josh helemaal verbijsterd in een donkere plas van zijn eigen bloed. Een van zijn benen lag in een onmogelijke hoek onder hem.

Heel even voelde Caine zich boos worden. Josh was nog maar een kind, niet ouder dan tien. Wat dacht Sam wel niet, dat hij kínderen op zulke posten zette?

'Niet schieten, niet schieten!' smeekte Josh.

Drake tilde zijn zweephand hoog de lucht in en liet hem sneller dan het geluid op Josh' opgeheven handen neerkomen.

Josh gilde en kronkelde van de pijn. Het gegil hield niet op.

'Laat hem toch,' snauwde Caine. 'Naar de controlekamer.'

Drake draaide zich met een dierlijke grom om naar Caine, zijn tanden ontbloot, zijn ogen wild. Ogen vol minachting en woede. Caine hief zijn handen, klaar voor de aanval, en wachtte tot zijn ondergeschikte zijn zweep tegen hem zou gebruiken.

Maar Drake gaf de jongen op de grond nog een trap tegen zijn gewonde been en liep vervolgens met grote passen verder. Josh kroop huilend richting de buitendeur.

Het leek allemaal zo onwerkelijk, een nachtmerrie. Drake marcheerde voorop met een rokend pistool en een trillende zweep. Caine hoorde Drakes soldaten achter hen aan komen, en Diana en Jack vormden de achterhoede.

'Deur is op slot,' riep Drake achterom.

Caine haalde hem in en probeerde de deurknop zelf. De deur was van massief staal, in een massief stalen deurpost, duidelijk bedoeld om een ontploffing of aanval te kunnen weerstaan. Als hij er een rechtstreekse telekinetische schokgolf op af zou sturen, zou de deur misschien openvliegen. Maar het zou ook kunnen dat zijn krachten in deze afgesloten gang zouden terugkaatsen zodat hij op zijn kont zou vallen. 'Die hebben we zo open.'

Caine keek om zich heen, op zoek naar een voorwerp dat zwaar genoeg was om te kunnen gebruiken. In de turbineruimte vond hij een stevige, stalen, rijdende gereedschapskist van ruim een meter hoog.

Caine liet de kist van de grond komen en smeet hem door de gang. Hij knalde hard tegen de gesloten deur.

Zijn actie werd onmiddellijk beloond met de prachtige aanblik van Drake die zich plat tegen de muur drukte om niet geraakt te worden door de moersleutels, contactdozen en schroevendraaiers die als granaatscherven uit de kist vlogen.

De gereedschapskist was zwaar beschadigd, de deur had nauwelijks een schrammetje.

Caine trok de kist terug en wierp hem opnieuw naar voren. Dit keer kwamen er nog meer stukken gereedschap uit en werd de kist als een harmonica in elkaar gedrukt. Maar met de deur gebeurde niets.

Caine voelde Diana's hand op zijn arm. 'Hé. Waarom laat je Jack niet even zijn gang gaan?'

Caine werd verscheurd door de angst om te falen als hij tevergeefs met de kist tegen de deur bleef bonken en de angst om door die computernerd voor schut gezet te worden. Dit was ondertussen net zozeer een krachtmeting tussen hem en Drake als een aanval op de kerncentrale.

'Laat maar eens zien wat je in huis hebt, Jack,' zei Caine.

Computer Jack kreeg een duwtje in zijn rug van Diana en kwam onzeker naar voren.

Hij legde zijn handen tegen de deur en probeerde zich met zijn gympen goed schrap te zetten tegen de grond. Hij duwde tegen de deur, maar zijn voeten gleden onder hem vandaan. Hij viel op één knie.

'Het is te glad,' zei Jack.

'We moeten door die deur voor Sam hier is,' zei Caine. 'We hebben gijzelaars nodig, en die controlekamer.'

Zijn blik viel op een zware moersleutel. 'Kijk uit.'

Caine liet de moersleutel omhoogzweven tot aan het plafond, draaide hem verticaal en dreef hem met een plotselinge beweging van zijn handen de grond in. Het ding ging dwars door de betegeling en het beton heen en bleef rechtop staan, als een klimhaak die in een rotswand is getimmerd.

Dat herhaalde hij nog drie keer, tot er meerdere zware roestvrijstalen voorwerpen in de vloer stonden.

'Oké, gebruik die maar.'

Jack zette zijn voeten tegen de stukken gereedschap, legde zijn handen op de deur en duwde zo hard hij kon.

Edilio kon Hunter niet vinden. Hij vond wel Zil met een stuk of tien kinderen om zich heen. En die hadden Hunter dan weer gevonden. Ze hadden hem in het nauw gedreven op de veranda van het huis waar Astrid en Moeder Maria woonden.

Edilio kon wel raden waarom Hunter daarheen was gegaan: Astrid zou rustig en redelijk reageren. Ze zou hem onderdak verlenen, al was het maar voor even.

Maar wat hier gebeurde, zag er allesbehalve rustig en redelijk uit. Astrid droeg een nachtpon. Haar blonde haar hing los en ongekamd over haar schouders. Ze stond boven aan de verandatrap en wees met een boze vinger naar Zil.

Hunter stond achter Astrid. Hij kroop niet echt achter haar weg, maar hij ging ook niet bepaald voor haar staan.

Zil en zijn vrienden – allemaal normalo's, zag Edilio, terwijl de moed hem in de schoenen zonk – waren boos. Of de meesten waren boos, sommigen stonden gewoon wat te klieren, opgetogen dat ze een excuus hadden om midden in de nacht uit bed te komen en door de stad te sjezen.

De meesten hadden iets van een wapen bij zich: honkbalknuppels, bandenlichters, dat soort dingen. Er was ook een jongen, zag Edilio bars, die een jachtgeweer in zijn handen had. Die jongen, Hank, was vroeger altijd een rustige gozer geweest, maar momenteel zag hij er niet erg rustig uit.

Edilio parkeerde de jeep langs de stoeprand. Hij had geen tijd gehad om zijn eigen mensen op te halen, hij was helemaal alleen. Iedereen keek op toen Edilio aankwam, maar ze bleven allemaal gewoon doorschreeuwen.

'Hij is een moordend monster,' riep Zil.

'Wat wou je met hem doen? Hem lynchen?' vroeg Astrid fel.

Het was even stil terwijl de kinderen probeerden te bedenken wat 'lynchen' betekende.

Maar Zil herstelde zich snel. 'Ik heb het zelf gezien. Hij heeft Harry vermoord met zijn gave.'

'Ik probeerde alleen maar te voorkomen dat jij mijn schedel zou inslaan!' schreeuwde Hunter.

'Je bent een gemuteerde leugenaar, vuile freak!'

'Ze denken dat ze alles maar mogen doen,' riep een andere stem.

Zo rustig mogelijk, maar hard genoeg om gehoord te kunnen worden, zei Astrid: 'We gaan niet iedereen onderverdelen in freaks en normale kinderen.'

'Dat hebben zij zelf gedaan!' riep Zil. 'De freaks doen altijd net of ze heel bijzonder zijn, alsof hun scheten niet stinken.'

Gelach.

'En nu gaan ze ons vermoorden,' schreeuwde Zil.

Boos gejoel.

Edilio rechtte zijn schouders en liep de groep kinderen in. Hij ging eerst naar Hank, de jongen met het geweer. Hij tikte hem op zijn schouder en zei: 'Geef dat ding maar aan mij.'

'Echt niet,' zei Hank. Maar hij kwam niet erg zelfverzekerd over.

'Wou je soms dat dat ding per ongeluk afging en iemands gezicht eraf knalde?' Edilio stak zijn hand uit. 'Geef nou maar aan mij, jongen.'

Zil draaide zich om naar Edilio. 'Zeg je ook tegen Hunter dat-ie z'n wapen aan jou moet geven? Nou? Hij heeft superkrachten, en dat mag wel, maar de normalo's mogen geen wapens bij zich hebben? Hoe moeten we ons dan verdedigen tegen de freaks?'

'Doe eens even rustig, joh,' zei Edilio. Hij deed zijn best om eerder vermoeid dan boos of bang te klinken. De situatie was al erg genoeg. 'Zil, wil jij het op je geweten hebben als dat geweer afgaat en Astrid wordt doodgeschoten? Denk daar maar eens over na.'

Zil knipperde met zijn ogen. Toen zei hij: 'Ik ben echt niet bang voor Sam, hoor.'

'Als er iets met haar gebeurt, krijg je met míj te maken,' zei Edilio, die zijn geduld begon te verliezen. 'Ik sla je neer voor Sam ook maar de kans krijgt.'

Zil snoof spottend. 'Ach, wat een brave jongen ben je toch, Edilio, lekker slijmen bij de freaks. Ik zal je eens wat vertellen, kerel van me, je bent maar gewoon een eenvoudige normalo, net als wij allemaal.'

'Dat heb ik niet gehoord,' zei Edilio vlak, en hij probeerde uit alle macht zijn zelfbeheersing terug te krijgen en rustig en beheerst te klinken, ook al kon hij zijn ogen nauwelijks van de dubbele loop van het geweer afhouden. 'Maar ik neem wel dat geweer in beslag.'

'Echt niet!' riep Hank, en meteen daarna klonk er zo'n harde knal dat Edilio dacht dat er een bom was afgegaan. De steekvlam uit de loop verblindde hem, alsof iemand met een fototoestel in zijn gezicht flitste.

Iemand gilde het uit van pijn.

Edilio wankelde achteruit en kneep zijn ogen dicht tegen de

lichtvlekken. Toen hij ze weer opendeed, lag het geweer op de grond en hield de jongen die het per ongeluk af had laten gaan en duidelijk heel erg geschrokken was zijn gekneusde hand vast. Zil bukte zich om het geweer op te rapen. Edilio zette twee stappen naar voren en schopte Zil in zijn gezicht. Terwijl Zil naar achteren viel, deed Edilio een uitval naar het wapen. Hij had geen idee waar de klap vandaan kwam die zijn knieën slap maakte en de sterretjes voor zijn ogen liet dansen.

Hij viel als een zak aardappelen op de grond, maar zelfs tijdens het vallen wierp hij zich nog naar voren, over het geweer heen.

Astrid schreeuwde en stormde de trap af om Edilio te beschermen.

Antoine, de jongen die Edilio had geslagen, tilde zijn knuppel op om Edilio nog een mep te geven, maar toen hij het ding naar achteren zwaaide, raakte hij Astrid in haar gezicht.

Antoine vloekte geschrokken. Zil riep: 'Nee, nee, nee!'

Edilio hoorde het geluid van wegrennende voetstappen. Ze gingen de oprit af, de straat op en galmden tegen de huizen.

Hij worstelde om overeind te komen. Dat viel niet mee. Zijn benen wilden niet blijven staan waar hij ze neerzette.

Astrid had haar ene hand over haar oog geslagen, maar met de andere ondersteunde ze Edilio.

'Gaat het?' vroeg Astrid. 'Ben je geraakt?'

'Volgens mij niet.' Edilio klopte op zijn lijf, op zoek naar wonden die hij niet had, behalve dan een steeds groter wordende bult op zijn kruin.

Zijn blik werd weer scherp en hij zag de rode striem waar de knuppel Astrid had geraakt. 'Dat wordt een blauw oog.'

'Het gaat best,' zei Astrid beverig maar vastberaden.

Zils bende was weg. Verdwenen. Ze waren nog maar met z'n drieën over: Edilio, Astrid en Hunter.

Edilio raapte het geweer op en hield het voorzichtig vast. 'Tja, het had erger kunnen aflopen. Niemand is neergeschoten.'

Astrid zei: 'Hunter, ga jij binnen eens wat ijs halen voor op Edilio's hoofd.'

'Ja. Tuurlijk,' zei Hunter en hij rende weg.

Toen Hunter buiten gehoorsafstand was, zei Astrid: 'Wat ga je doen?'

'Sam zei dat ik Hunter moest inrekenen.'

'Arresteren, bedoel je?' vroeg Astrid.

'Ja, want ik ben nu blijkbaar ook opeens politiecommissaris,' zei Edilio bitter terwijl hij aan de buil op zijn hoofd voelde. 'Ik kon me even niet meer herinneren wanneer ik me voor die taak had aangemeld.'

'Heeft Hunter Harry echt vermoord?'

Edilio knikte, een beweging die felle pijnscheuten veroorzaakte in zijn hoofd.

'Ja. Hij heeft hem echt vermoord. Misschien was het ook echt per ongeluk zoals hij zelf zegt, maar ik kan hem hoe dan ook maar beter meenemen en naar het stadhuis brengen.'

Astrid knikte. 'Ja. Ik praat wel even met hem, om uit te leggen dat het echt niet anders kan.'

Ze liepen samen naar binnen. Hunter stond niet in de keuken een ijskompres te maken. De glazen schuifdeuren naar de achtertuin stonden open.

Toen het gebonk begon, deinsde Brittney Donegal achteruit, weg van de deur. Mickey Finch en Mike Farmer stonden al aan de andere kant van de kamer, bij het directiekantoor van de centrale. Ze stonden te wachten tot Brittney zou zeggen wat ze moesten doen, want zelf hadden ze allebei geen flauw idee.

Brittney was een dik meisje van twaalf jaar, met een pukkelig gezicht en een opvallende bril met een dik, zwart, hoornen montuur. Ze droeg een te hoog opgesjorde joggingbroek en een roze blouse met ruches die minstens één maat te klein was. Haar dunne bruine haar was aan beide kanten van haar hoofd vastgesnoerd in strakke vlechtjes.

Ze droeg een slotjesbeugel die al drie maanden niet meer bijgesteld was. Een beugel die nu dus geen nut meer had, maar waarvan ze niet wist hoe ze hem los moest krijgen.

Brittney was stiekem een beetje verliefd geweest op Mike Farmer, maar op dit moment maakte hij nou niet bepaald een stoere indruk.

'We moeten hier weg, Britt,' piepte Mike.

'Als er ooit iets zou gebeuren, moesten we deze deur op slot doen en afwachten, zei Edilio,' wierp Brittney tegen.

'Ze zijn gewapend,' jammerde Mike.

Weer een verpletterende dreun. Ze maakten alle drie een sprongetje van schrik. Er kwam geen beweging in de deur.

'Wij ook,' zei Brittney.

'Josh is vast al veilig op weg naar de stad,' zei Mickey. 'Mike heeft gelijk, we moeten hier weg.'

Brittney wilde niets liever dan vluchten. Maar ze was een soldaat. Dat had Edilio tegen haar gezegd. Ze moesten de kerncentrale verdedigen.

'Ik weet dat we allemaal nog maar kinderen zijn,' zei Edilio altijd. 'Maar misschien zal het op een dag nodig zijn dat sommige kinderen het voortouw nemen en zich niet als gewone kinderen gedragen.'

Brittney was op het plein geweest tijdens het grote gevecht. Edilio was degene geweest die de coyote had vermoord die zich over haar heen had gebogen, naar haar keel had gehapt en toen zijn kaken als een berenval om haar been had geklemd.

Dankzij de Genezer had ze geen littekens aan de coyotebeet overgehouden. En ook niet aan de kogel die haar bovenarm had geschampt. De Genezer had alle wonden laten verdwijnen. Maar Brittneys kleine broertje Tanner was een van de kinderen die op het plein begraven lagen.

Edilio had met zijn graafmachine het graf gegraven.

Brittney koesterde geen romantische gevoelens voor Edilio, maar iets wat veel dieper ging. Ze zou nog liever voor eeuwig branden in de heetste vuren van de hel dan Edilio laten zitten.

Brittney had geen littekens, maar ze had wel nachtmerries, soms ook als ze niet lag te slapen. Mike was er die dag ook bij geweest, en hij was zwaarder gewond geraakt dan zij. Maar terwijl Mike bang en timide was geworden, was Brittney er fel en vastberaden uitgekomen.

'Ik schiet iedereen neer die door die deur komt,' zei Brittney hard, en ze hoopte dat het hard genoeg was om door degene aan de andere kant gehoord te worden.

'Ik niet hoor, ik ga ervandoor,' zei Mickey. Hij draaide zich om en vluchtte weg.

'Wil jij er ook vandoor?' vroeg Brittney uitdagend aan Mike.

'Lana is niet bepaald in de buurt momenteel,' zei Mike. 'Stel dat ze me neerschieten? Ik ben nog maar een kind, hoor.'

Brittney greep haar machinegeweer nog wat steviger beet. Het hing aan een band over haar schouder en ze was allang gewend aan het gewicht ervan. Ze had vier keer geoefend met schieten, tijdens Edilio's trainingsprogramma.

De eerste keer had ze het laten vallen en was ze in tranen uitgebarsten, waarna Edilio had gevraagd of ze het nog wel wilde afmaken.

Maar toen had Tanner haar laten weten dat hij bij haar was, met een zacht stemmetje dat tegen haar praatte als ze bang was en zei dat ze zich geen zorgen moest maken, dat hij in de hemel was met Jezus en de engelen. En dat hij zo gelukkig was, dat hij geen pijn meer had, dat hij niet bang of eenzaam meer was.

De keer daarna had ze niet losgelaten toen het geweer terugsloeg in haar handen. Sindsdien wist ze over het algemeen redelijk te raken waar ze op richtte.

'Als dat Caine is daarbuiten, dan zal ik hem krijgen,' zei Brittney. 'Ik haat hem. Ik haat wat hij heeft gedaan, bedoel ik. Ik haat de zonde, niet de zondaar. En ik ga hem neerschieten, zodat hij niet nog meer mensen pijn kan doen.'

Het gebonk was opgehouden. Nu was er iets anders aan de hand. De deur leek naar binnen te stulpen. Hij kraakte en kreunde. Er klonk een harde knal.

Hij hield het niet.

'Ga maar, Mike,' zei Brittney. Mike was zwak. Tja, sommige kinderen waren dat nu eenmaal. Ze moest het hem vergeven. 'Maar laat je pistool hier.'

'Waar zal ik het neerleggen?'

Brittney staarde naar de deur. Hij boog naar binnen, alsof hij onder grote druk stond. Er duwde iets tegenaan, of iemand die heel, heel erg sterk was.

'Op de grond. Onder het laatste bedieningspaneel. Zodat niemand het kan zien.'

'Ga jij niet mee?' vroeg Mike smekend.

Brittneys vinger krulde om de trekker. 'Nee. Ik geloof niet dat ik meega.'

Ze hoorde zijn voetstappen wegsterven in de gang. Ze verwachtte dat de deur elk moment kon meegeven. En dan zou ze waarschijnlijk naar de hemel gaan, naar haar kleine broertje.

'Heer, help me alstublieft om dapper te zijn,' zei Brittney. 'In Jezus' naam. Amen.'

'Het is niet erg als ik doodga, Tanner,' zei ze in een ander soort gebed, waarvan ze wist dat haar broertje het kon horen. 'Zolang Caine maar eerst doodgaat.'

# Twintig

**18 uur, 29 minuten**

Brianna was Sam niet tegengekomen op de weg naar de kerncentrale terwijl ze terug naar de stad sprintte. Hij was nergens te bekennen. De enige auto die ze had zien rijden, was een enorme pick-up met Quinn, Albert, Cookie en Lana erin. Ze had even overwogen of ze hen zou tegenhouden om te zeggen dat ze naar de kerncentrale moesten gaan, maar het waren geen van allen goede vechters. Quinn en Cookie waren allebei zogenaamd soldaat, maar ze moest Sam zien te vinden, niet dat nutteloze surfmaatje van hem.

Sam was niet bij het benzinestation. Hij was niet in het stadhuis of op het plein. Waar ze ook keek, hij was er niet.

En Brianna was bijna opgebrand. Ze was moe van het snelle lopen. Ze was nog niet zo verschrikkelijk uitgeput als je zou verwachten, gezien het feit dat ze zo'n vijfentwintig kilometer heen en weer had gerend door straten en achterafsteegjes. Maar toch moe. En de honger in haar lijf voelde als een leeuw die aan haar ingewanden klauwde.

Haar gympen lagen aan flarden. Alweer. Er waren geen Nike's voor mensen die sneller liepen dan een raceauto.

Ineens hoorde ze een harde knal. Het was moeilijk te bepalen waar het geluid vandaan kwam, maar toen zag ze plotseling kinderen rennen. Langzaam. Heel langzaam. Maar zo hard ze konden, die arme schapen.

'Wat is er aan de hand?' vroeg ze terwijl ze gierend afremde.

Niemand gaf antwoord. Een paar kinderen wierpen haar een angstige blik toe, maar ze zeiden niets.

Maar Brianna kon wel zien dat ze ergens vandaan renden, en niet ergens naartoe. Ze schoot de straat door en stond binnen twee hartslagen in de deuropening van Astrids huis.

'Hé. Is er iemand thuis?'

Astrid kwam naar buiten, met achter haar Edilio. Het was duidelijk dat het geen goede avond was voor die twee. Astrid had een rode buil op de zijkant van haar gezicht, naast haar oog. Edilio wreef voorzichtig over zijn hoofd en had een enorm jachtgeweer in zijn hand.

'Waar is Sam?' vroeg Brianna. 'Wat is er met jullie gebeurd?'

'Je hebt alle lol gemist,' zei Edilio zuur.

'Nee, niet waar, júllie hebben alle lol gemist!' riep Brianna. 'Caine heeft de kerncentrale aangevallen.'

'Hè?'

'Hij is er al. Hij, Drake, en nog een paar anderen.'

'En de kinderen die de wacht houden?' vroeg Edilio.

'Die heb ik niet gezien. Luister eens, Caine heeft een auto door het toegangshek gesmeten. Hij meent het.'

'Weet je waar Hunter woont?' vroeg Edilio.

Brianna knikte, maar dat ging zo snel dat je het niet kon zien. Dus zei ze ook nog: 'Ja.'

'Daar moet je heen. Daar heb ik Sam voor het laatst gezien. Zeg maar dat ik mijn troepen verzamel. Ik heb denk ik een halfuur nodig om iedereen weer bij elkaar te krijgen. Zeg maar tegen Sam dat ik hem zie bij de snelweg.'

'Je schoenen,' zei Astrid terwijl ze naar Brianna's schoenen wees. 'Welke maat heb je?'

'Zesendertig.'

'Ik pak wel even een paar uit mijn kast.' Maar voordat Astrid zich kon verroeren, was Brianna de trap al op en af gerend en zat ze op de veranda de veters van haar nieuwe New Balance-schoenen te strikken.

'Dank je,' zei ze tegen de verbijsterde Astrid.

'Vergeet niet...' begon Astrid, maar ergens tussen 'vergeet' en 'niet' was Brianna al bij Hunters huis gearriveerd.

Dekka kwam net met een gezicht dat op onweer stond de trap af. Het meisje gaf nauwelijks een krimp toen Brianna opeens voor haar neus stond.

'Hoi Wind,' zei Dekka. Ze glimlachte bijna.

'Is Sam daar?'

'Ja.'

Brianna ging zonder aankondiging voor Sam staan, die daar iets minder rustig op reageerde dan Dekka.

'Sam. Caine. Hij is bij de centrale. Ik heb Edilio al gevonden, die verzamelt zijn manschappen. Geef me een pistool, dan hou ik Caine zolang bezig.'

Sam vloekte hard. Het duurde even voor hij ermee op kon houden. Toen riep hij: 'Ik wist het wel! Ik wist het, en ik heb me laten afleiden.'

'Sam. Geef me een pistool.'

'Hè? Nee, Wind. Ik heb je nodig. Levend.'

'Ik kan daar binnen twee minuten zijn,' smeekte Brianna.

Sam legde zijn hand op haar schouder. 'Wind? Je hebt een taak. Jij bent de boodschapper, begrepen? Laat het vechten maar aan de soldaten over. Ga Edilio maar helpen met het verzamelen van zijn troepen. En kijk dan of je Lana ergens kunt vinden. Ik weet niet waar ze is en we zullen haar nodig hebben.'

'Ze rijdt met Quinn en Albert rond in een pick-up,' meldde Brianna.

'Wat?'

'Ze zitten in een pick-up en zijn al bijna op de snelweg.'

Sam gooide zijn handen in de lucht. 'Misschien hebben ze op de een of andere manier gehoord wat Caine van plan is. Misschien zijn ze onderweg naar de centrale.'

'Nee, volgens mij niet. Dan zou Albert er niet bij zijn. O, en iemand heeft Astrid geslagen.'

Sams gezicht verstarde. 'Hè?'

'Ze is niet ernstig gewond, maar er was een opstootje bij haar huis.'

'Zil,' zei Sam knarsetandend. Hij schopte woest tegen een stoel. Toen zei hij: 'Ga, Wind. Doe wat ik je gezegd heb.'

'Maar...'

'Ik heb geen tijd voor discussies, Wind.'

'Hé, jongens.' Quinn stak zijn hand uit om aan Alberts schouder te schudden. Hij was in slaap gevallen.

'Wat is er? Ik ben wakker. Wat is er?'

'We zijn verdwaald, gast.'

'We zijn niet verdwaald,' zei Lana vanaf de achterbank.

Quinn keek in de achteruitkijkspiegel. 'Ik dacht dat jij ook sliep.'

'We zijn niet verdwaald,' zei Lana.

'Nou, niet lullig bedoeld of zo, maar we zijn ook niet echt níét verdwaald. Dit is geen zandweg meer, dit is gewoon een soort open vlakte. Die overigens niet erg vlak is.' Ze waren van de snelweg af gegaan en een zijweg in geslagen. En daarna waren ze een zandweg op gereden. Die was eindeloos doorgegaan, zonder ook maar één klein fonkelend lichtje. En vervolgens was de zandweg steeds meer zand geworden en steeds minder weg.

'Als de Genezer zegt dat we niet verdwaald zijn, dan zijn we niet verdwaald,' bromde Cookie.

'We zijn er bijna,' zei Lana.

'Hoe weet je dat nou? Ik zou hier op klaarlichte dag niet eens de weg kunnen vinden. Laat staan midden in de nacht.'

Ze gaf geen antwoord.

Quinn wierp een blik op de weg en keek toen weer in de achteruitkijkspiegel. Het enige licht kwam van het dashboard, dus hij zag alleen de vage omtrek van haar gezicht. Ze keek uit het raam, niet in de richting die ze op reden, maar naar het noordoosten.

Hij kon haar uitdrukking niet zien, maar hij ving een bepaald gevoel op. Het zat 'm in de zuchten die ze af en toe slaakte. In de afwezige manier waarop ze over Patricks vacht aaide. In de gereserveerde klank van haar stem als ze iets zei.

'Gaat het wel goed met je?' vroeg Quinn.

Ze gaf geen antwoord. Het duurde heel lang. Te lang. Toen zei ze: 'Waarom zou het niet goed met me gaan?'
'Dat weet ik niet,' zei hij.
Lana zei niets.

Albert daarentegen was een open boek. Albert was – zolang hij wakker wist te blijven – ontzettend doelgericht. Hij keek recht voor zich uit. Soms zag Quinn hem knikken, alsof hij reageerde op een gesprek dat hij met zichzelf aan het voeren was.

Quinn was jaloers op Albert. Hij leek zo zeker van zichzelf. Hij leek precies te weten waar hij heen wilde, wie hij wilde zijn.

En Cookie had ook zijn eigen doel in het leven: Lana dienen. De grote jongen, voorheen pestkop, zou alles doen wat Lana hem opdroeg.

Er waren twee soorten kinderen in de FAKZ, peinsde Quinn, en het verschil zat 'm niet in 'freak' of 'normaal'. Er waren kinderen die slechter waren geworden, en kinderen die beter waren geworden. Iedereen was veranderd door de FAKZ. Maar sommige kinderen waren boven zichzelf uit gestegen. Albert was zo iemand. En Cookie, zij het op een heel andere manier, ook.

Quinn wist dat hij tot de eerste categorie behoorde. Hij was een van die kinderen die de FAKZ nooit te boven waren gekomen. Het verlies van zijn ouders was als een wond die nooit genas. Die nooit minder pijn ging doen. Dat kon toch ook niet?

Hij had meer verloren dan alleen zijn vader en moeder: hij was alles kwijt wat hij kende, alles wat hij was geweest. Ooit was hij cool geweest. Als hij daaraan terugdacht, kwam er een verdrietig glimlachje om zijn lippen. Quinn was cool. Uniek. Iedereen kende hem. Ze mochten hem niet allemaal, niet iedereen begreep hem, maar iedereen vond hem bijzonder.

En nu... nu was hij een onbeduidende inwoner van de FAKZ. Iedereen wist dat hij Sam aan Caine had verraden. Ze wisten dat Sam hem vergeven had. Ze wisten dat hij een beetje doorgedraaid was op de dag van het grote gevecht. Misschien wel meer dan een beetje.

De herinneringen aan zijn vader en moeder en zijn oude leventje waren ver weg. Als foto's in een oud album. Niet echt écht. Het waren de herinneringen van iemand anders, maar het was zíjn pijn; het was het leven van iemand anders, maar zíjn verlies.

De herinneringen aan het gevecht kon je niet eens herinneringen noemen, want herinneringen waren toch iets van vroeger? Het was misschien drie maanden geleden, maar voor Quinn was het niet iets uit het verleden. Het was in het hier en nu, altijd. Als een parallel leven dat gelijk opging met zijn eigen leven. Hij reed door de nacht, voelde het geweer rakketakketakken in zijn handen, zag de coyotes en de kinderen, allemaal kriskras door elkaar, door de lichtbanen van de kogels heen.

Vinger van de trekker. Te dichtbij om te schieten. Hij zou het kind raken. Hij kon het niet, hij durfde dat risico niet te nemen, en dus was de coyote met open muil naar voren gesprongen en...

Voor Quinn was het allemaal niet lang geleden, in een land hier ver vandaan. Het was nu. Hier.

'Goed,' zei Lana, en hij kwam weer terug in de werkelijkheid. 'Rustig aan, we zijn er bijna.'

Het licht van de koplampen streek over treurige struikjes, zand en rotspartijen. En toen over een houten, zwaar verkoolde balk. Quinn gaf een ruk aan het stuur om hem te ontwijken.

Hij trapte op de rem en reed toen een stuk langzamer verder.

In het licht van de koplampen zagen ze een gedeelte van een muur, niet meer dan een meter breed. Overal lag verkoold hout. Twee zwartgeblakerde blikken fruit of bonen of zoiets lagen omgevallen in de aarde.

Onwillekeurig vroeg Quinn zich af of er nog iets te eten zou liggen. Hij dacht terug aan die afschuwelijke nacht waarin hij bibberend in het hutje had zitten wachten tot de coyotes hem naar buiten zouden slepen en hem zouden doden.

Toen had Sam eindelijk laten zien wat hij echt kon uitrichten met zijn krachten. Voor het eerst had hij het verwoestende licht dat uit zijn handen schoot onder controle gehad.

Quinn remde en zette de auto op *park*.

'Hier was het,' zei hij zacht.

'Wat is hier gebeurd?' vroeg Albert.

Quinn doofde de koplampen en ze stapten alle vier de SUV uit. Het was doodstil. Veel en veel rustiger dan de vorige keer dat Quinn hier was.

Quinn zwaaide zijn machinepistool over zijn schouder en grabbelde naar de zaklamp die onder de stoel lag. Albert had ook een zaklamp. De twee lichtbundels streken over de omgeving, verlichtten een afgebroken balk, een verschroeid kleedje, een stuk keukengerei, een verbogen metalen stoel.

'Hier hebben we Lana voor het eerst ontmoet,' zei Quinn. 'We waren ontsnapt aan Caine en naar het park in het noorden gevlucht. Uiteindelijk besloten we om terug naar de stad te gaan en ervoor te vechten. Nou ja, Sam besloot dat.'

Hij bukte zich om een groot blik op te tillen. Het etiket was verkoold. Misschien zat er wel pudding in. Geroosterde pudding weliswaar, maar het blik leek nog heel. Hij bracht het naar de SUV en gooide het achterin.

'Hoe is die brand dan ontstaan?' vroeg Albert.

'Deels door Sam. Het was de eerste keer dat hij moedwillig zijn gave gebruikte. Niet uit paniek of zo, maar echt koelbloedig, hij wist precies wat hij deed. Je had het moeten zien, jongen.' Quinn wist het nog als de dag van gisteren. Het was het moment waarop duidelijk was geworden dat zijn oude vriend Sam hem mijlenver achter zich had gelaten. 'En de coyotes hadden het huis ook in brand gestoken.'

'Waar ligt het goud?' vroeg Albert, die eigenlijk niet erg geïnteresseerd was in het verhaal.

Quinn wachtte tot Lana het voortouw zou nemen, maar die leek vastgenageld aan de grond te staan en keek naar de bruine, verdorde resten van Kluizenaar Jims eigenzinnige poging om midden in dit droge, desolate landschap een gazon te onderhouden. Cookie stond vlak achter haar met zijn grote pistool in zijn riem gestoken, en wierp een boze blik op de dreigende nacht, klaar om zijn leven te geven voor het meisje dat hem van zulke ondraaglijke pijnen had verlost.

Patrick rende woest heen en weer naar alles wat nog maar enigszins overeind stond en besnuffelde het uitgebreid. Hij zette zelf geen geurvlaggen, hij rook alleen. Hij zag er onderdanig uit, met zijn staart bijna tussen zijn benen. De geur van Roedelleider was kennelijk nog sterk aanwezig.

'Deze kant op,' zei Quinn toen duidelijk werd dat Lana geen antwoord zou geven.

Moeizaam liep hij door de puinhopen. Er lag niet eens zo veel troep: het hutje was grotendeels in de as gelegd. Maar de laatste stukken versplinterd hout zaten vol spijkers, dus Quinn keek goed uit waar hij zijn voeten neerzette.

Hij bukte zich toen hij dacht dat hij op de goede plek was en begon de balkjes en dakpannen opzij te schuiven. Tot zijn verbazing was de planken vloer nog vrijwel intact. Het hout was verschroeid, maar niet verteerd door het vuur. Daar was het luik.

'Eens kijken of ik het open kan krijgen.' Hij deed zijn best, maar de scharnieren waren verbogen door het vuur. Albert en hij moesten het luik samen omhoogtrekken. Een van de scharnieren brak af en het luik klapte onhandig opzij.

Albert scheen met zijn zaklamp in het gat.

'Goud,' zei hij.

Alberts terloopse toon verbaasde Quinn een beetje. Hij had eerder een soort Gollem-achtig 'my preciousss' verwacht.

'Ja. Goud,' beaamde Quinn.

'Het is niet gesmolten,' zei Albert. 'Hitte stijgt op, dat verhaal. Zoals we op school hebben geleerd.'

'Zullen we gaan inladen? Ik word bloednerveus van deze plek,' zei Quinn. 'Niet zulke goede herinneringen.'

Albert bukte zich, tilde een goudstaaf uit het gat en legde hem met een bons op de grond. 'Zwaar, zeg.'

'Ja,' zei Quinn. 'Wat ga je met al dat goud doen?'

'Nou,' zei Albert, 'ik wil kijken of ik het kan smelten om er munten of iets dergelijks van te maken. Ik heb alleen niets om het in te gieten. Ik zat er eerst over te denken om een muffinbakblik te gebruiken. Ik heb een gietijzeren bakblik voor de kleinste muffins.'

Quinn grijnsde en schoot toen in de lach. 'Dus we gaan met gouden muffins betalen?'

'Wie weet. Maar ik heb eigenlijk al iets beters gevonden. Een van de kinderen die de huizen moesten doorzoeken, heeft iets gevonden waarmee een man zijn eigen munitie maakte. Kogelmallen.'

Ondertussen tilden ze nog meer goudbaren uit de grond. Ze stapelden ze kruislings op, als kinderen die een blokkentoren bouwen.

'Gouden kogels?' Quinn lachte niet meer. 'Gaan we gouden kogels maken?'

'Het maakt niet uit welke vorm ze hebben, als ze maar allemaal hetzelfde zijn. Voor de waarde, snap je?'

'Jemig hé. Kogels? Vind je dat niet een beetje... raar?'

Albert zuchtte geërgerd. 'Het is toch alleen het bolletje, niet met het kruit en alles erbij. Gewoon een bolletje.'

'Jeetje, nou, ik weet het niet, hoor.' Quinn schudde zijn hoofd.

'32 kaliber,' zei Albert. 'Kleiner had die man niet.'

'Waarom komt Cookie niet helpen?' vroeg Quinn zich af.

Lana gaf vanaf een eind verderop antwoord: 'Jongens, ik ga met Cookie kijken of ik nog eten kan vinden.'

'Oké,' zei Quinn.

Binnen een paar minuten hadden ze al het goud uit het gat getild.

Ze begonnen het in de pick-up te laden, een paar staven per keer. De goudbaren waren niet groot, maar wel zwaar. Tegen de tijd dat Albert en Quinn al het goud hadden versleept, droop het zweet van hun gezicht, ondanks de koude nacht.

Albert klom de auto in en trok een stuk zeildoek over het goud.

'Luister eens,' zei Albert terwijl hij de hoekjes vastbond, 'dit is niet iets waar we het met anderen over moeten hebben. Begrijp je wat ik bedoel? Dit is iets tussen ons vieren.'

'Wacht eens even, gast. Wil je dit ook niet aan Sam vertellen?'

Albert stapte de auto weer uit en ging recht tegenover Quinn staan. 'Ik probeer Sam echt niet van zijn plek te stoten of zo. Ik heb verschrikkelijk veel respect voor Sam. Maar dit plan werkt beter als het allemaal in één keer naar buiten komt.'

'Albert, ik ga niet liegen tegen Sam,' zei Quinn vlak.

'Ik vraag ook niet of je tegen Sam wilt liegen. Als hij ernaar vraagt, dan vertel je het gewoon. Als hij er niet naar vraagt...'

Toen hij zag dat Quinn nog steeds aarzelde, zei Albert: 'Hoor eens, Sam is een geweldige leider. Misschien is hij wel onze eigen George Washington. Maar zelfs Washington zat er wel eens naast. En Sam begrijpt me niet als ik zeg dat iedereen aan het werk moet.'

'Hij weet best dat er gewerkt moet worden,' wierp Quinn tegen. 'Hij wil alleen niet dat jij over andermans rug rijk wordt.'

Albert veegde het zweet van zijn voorhoofd. 'Quinn, waarom denk je dat mensen hard werken? Om rond te komen? Denk je dat jouw ouders alleen maar hard werkten om rond te komen? Kochten ze altijd nét genoeg eten? Hadden ze een huis dat maar net groot genoeg was? Of een auto die nog net niet uit elkaar viel?' Alberts stem klonk dringend. 'Nee, natuurlijk niet, mensen willen graag van het leven genieten. Ze willen meer. Daar is toch niets mis mee?'

Quinn lachte. 'Best, jij hebt dit al helemaal uitgedacht en je zult wel gelijk hebben. Wat weet ik er nou van? Maar goed, dacht je dat ik zo rechtstreeks naar Sam ren om te vertellen wat we hebben gedaan? Niet dus. Voor zover ik weet, ben ik dat niet verplicht.'

'Meer vraag ik niet van je, Quinn,' zei Albert. 'Ik zou je nooit vragen om te liegen.'

'Nee, nee,' zei Quinn cynisch. 'En de Genezer dan? Zij...' Hij keek om zich heen, want hij besefte plotseling dat hij haar en Cookie al een tijdje niet meer had gehoord.

'Lana!' riep hij.

En toen: 'Genezer!'

De nacht bleef stil.

Quinn scheen met de zaklamp in de cabine van de pick-up. Misschien lag ze daar te slapen of zo. Maar de cabine was leeg.

Hij liet het licht over de omgeving schijnen, over de palen waarop ooit de watertoren van Kluizenaar Jim had gestaan.

'Lana? Lana? We gaan zo,' riep Quinn.

'Waar is ze?' vroeg Albert. 'Ik zie haar en Cookie niet. En haar hond ook niet.'

'Lana! Genezer!' schreeuwde Quinn. Er kwam geen antwoord. Hij en Albert keken elkaar verbijsterd en geschrokken aan.

Quinn leunde door het raampje van de pick-up naar binnen om op de toeter te drukken, want dat móést ze wel horen. Hij verstijfde toen hij het gele notitieblaadje zag. Hij griste het van het stuur en las het bij het licht van zijn zaklamp hardop voor.

'Kom ons niet achterna,' las Quinn. 'Ik weet wat ik doe. Lana.'

'Juist,' zei Albert. 'Goed, nu móéten we het dus wel aan Sam vertellen.'

# Eenentwintig

**18 uur, 23 minuten**

Jack duwde uit alle macht tegen de deur.

De deur was stevig gebouwd. Heel erg stevig. Staal in staal.

Maar hij kreunde en kraakte, en Jack zag de kier tussen de deur en de deurpost steeds groter worden.

Zijn kracht verbijsterde hem. Hij had nauwelijks moeite gedaan om die kracht te leren beheersen. Hij had hem nooit echt getest. Hij vergat zelfs de hele tijd dat hij zo sterk was, omdat het voor zijn gevoel los van hem stond en ook altijd zou staan.

Jack was altijd een studiebol geweest. Hij vond het fijn om een studiebol te zijn. Hij was trots op zijn nerdstatus. Hij had er totaal geen behoefte aan om een supersterke mutant te worden. Sterker nog, zelfs toen hij daar zo tegen die deur stond te duwen, vroeg hij zich af of er niet een soort elektronisch slot op de deur zou zitten. Vroeg hij zich af waar het bedieningsgedeelte daarvan zich dan zou bevinden. Of hij misschien een draad zou kunnen doorknippen, of twee draden met elkaar zou kunnen verbinden, om zo de deur open te krijgen. Of het slot misschien computergestuurd was, want dan zou hij het kunnen hacken.

Dat soort gedachten hield Jack bezig. Dat soort gedachten vond Jack leuk.

Als een soort os tegen een stalen deur duwen? Dat was dom. Dat deden domme mensen. En Jack was niet dom.

'Volhouden, Jack,' zei Caine bemoedigend. 'Hij houdt het niet lang meer.'

249

'Ik zei toch dat hij sterk was. En jij dacht dat je wel hem wel even naar Coates kon halen, hè? Tss,' hoorde Jack Diana tegen Drake zeggen.

Nog een paar seconden en dan zou de deur het begeven, dat voelde hij.

'Als hij opengaat moet je je laten vallen, Jack,' zei Caine.

Jack wilde wel vragen waarom, maar door de inspanning zwollen de aderen in zijn nek op, werden zijn longen fijngeknepen, puilden zijn ogen uit en werd het hele idee van een gesprek voeren gewoon heel erg lastig.

'Zodra hij meegeeft, laat je je vallen, Jack,' herhaalde Caine. 'Misschien worden we wel beschoten.'

Wat? Beschoten?

Jack duwde iets minder hard.

'Niet verslappen,' waarschuwde Drake. 'Wij rekenen wel af met de mensen aan de andere kant.'

Jack hoorde het geluid van een haan van een pistool die gespannen werd. En een zacht, kwaadaardig lachje van Drake.

Hij zette zijn voeten schrap. Nog één flinke zet. En dan naar de grond.

Opeens werd hij bang. Beschoten worden hoorde niet bij de afspraak.

Hij duwde hard. Zo hard hij kon.

Plotseling bezweek de deur, maar niet zoals Jack had verwacht. Het bovenste hengsel brak af en het slot knapte. De deur hing nog in de deurpost: hij was kromgebogen, maar werd nog door één hengsel op zijn plek gehouden. Als hij hem nog een duw gaf, zou de deur naar binnen zwaaien.

Jack schrok zich dood toen het pistool afging.

Hij liet zich op de grond vallen en sloeg zijn handen over zijn hoofd, over zijn oren.

Hij gilde: 'Vermoord me niet, alsjeblieft!' maar niemand hoorde hem nu er van beide kanten werd geschoten. Degene in de controlekamer schoot korte salvo's door de kieren. Rakketakketak!

Drake vuurde snel achter elkaar losse kogels af.

Ze ketsten met een felle ping tegen het staal en vlogen de gang weer in.

Drake schreeuwde, Caine schreeuwde, Jack schreeuwde, en aan de andere kant van de deur gilde een meisjesstem van woede en angst.

Toen sloeg Caine toe. Hij liet zijn eigen krachten los op de beschadigde deur.

De stalen deur knalde naar binnen.

Hij schoof door over de vloer en zwiepte de benen onder een meisje vandaan dat bleef schieten terwijl ze viel, zodat de kogels uit haar mitrailleur alle kanten op vlogen.

Jack lag nog steeds op de grond en snikte: 'Vermoord me niet, alsjeblieft!' Drake sprong over hem heen met zijn pistool in zijn hand en zijn zweep uitgerold.

Jack lag op zijn zij en zag een bizar tafereel: het meisje kon niet meer opstaan, haar benen lagen in vreemde hoeken onder haar, maar toch draaide ze het geweer, dat nog steeds kogels afvuurde, naar Drake.

Drakes zweephand knalde.

Het meisje richtte haar geweer recht op Drakes borst.

Klik.

Leeg.

Drakes zweep raakte haar.

Een gil van pijn.

Nog een.

'Hou op!' riep Diana.

Caine rende de kamer in, waarbij hij per ongeluk tegen Jacks hoofd schopte.

Weer haalde Drakes zweep uit, en nu schreeuwde hij vol bezeten verrukking, kraaiend en vloekend.

Jack kroop verblind door tranen naar voren. Hij kende dat meisje. Hij kende haar. Brittney. Hij had altijd geschiedenis met haar. Ze zat drie rijen achter hem.

Opnieuw sloeg Drake toe.

Het lege geweer viel uit Brittneys hand.

Haar striemen bloedden, haar benen waren verbrijzeld door de klap van de deur, tranen en bloed stroomden over haar gezicht. Diana vloekte en tierde tegen Drake en Caine deed niets om die psychopaat tegen te houden. Jack wilde 'het spijt me, het spijt me' huilen, maar hij kon de woorden niet vinden.

Diana rende naar Drake en greep hem bij de schouder van zijn zweeparm. 'Kappen nou, gore...'

Drake draaide zich om zodat hij met zijn gezicht naar Diana kwam te staan. Hij trok zijn lippen op en brulde naar haar, hij brulde als een beest, zijn speeksel vloog alle kanten op.

'Ze heeft gelijk: zo kan-ie wel weer,' zei Caine uiteindelijk.

'Zeg tegen je vriendin dat ze uit mijn buurt moet blijven!' bulderde Drake tegen Caine.

Caine keek Drake ijskoud aan. 'Jij hebt je lol gehad. We zijn hier niet voor jouw plezier.'

Jack was verbijsterd. Hij kon zijn ogen niet van Brittney afhouden. Ze kreunde, probeerde overeind te komen en zakte toen op de grond in elkaar. Bewusteloos of dood, dat wist Jack niet.

Ze had bij hem in de klas gezeten.

Hij kénde haar.

'Aan het werk,' zei Caine.

Diana richtte haar bloeddoorlopen ogen vol haat en verdriet op Jack. Ze veegde haar tranen weg. 'Jack is gewond.'

'Hè?' vroeg Caine. 'Jack?'

Jack was niet gewond. Hij kwam overeind en schaamde zich dat hij daar zo bang op de grond lag. Maar zijn linkervoet zwikte onder hem vandaan. Verbaasd keek hij naar beneden en zag dat zijn broek vanaf de knie helemaal rood en nat was.

'Hij verliest heel veel bloed,' zei Diana.

Het was het laatste wat Jack hoorde voor de vloer omhoogkwam en tegen zijn gezicht sloeg.

Lana hoorde Quinn schreeuwen. Ze hoorde het getoeter. Ze was nog maar honderd meter bij de auto vandaan, net buiten het bereik van de priemende stralen van de zaklampen.

Cookie liep vastberaden naast haar en zei niets, hoewel hij vast zijn twijfels had.

Lana hoopte dat Quinn en Albert niet achter haar aan zouden komen. Ze had geen zin om uit te leggen wat ze van plan was.

Patrick hoorde de toeter ook, en ze fluisterde: 'Rustig, jongen. Ssst.'

Lana had expres een paar stevige laarzen aangetrokken – een hele verbetering vergeleken met de vorige keer dat ze deze route had gelopen. Haar grote pistool zat in haar schoudertas, nog zo'n verbetering. En ze had Cookie bij zich.

Mocht Roedelleider hen hier vinden, dan was het haar bedoeling dat een van hen – en ze hoopte dat zij dat was en niet Cookie – hem door zijn kop zou schieten.

In haar tas zaten ook nog een fles water, een blik champignons en een kool. Niet erg veel eten, vooral niet voor zo'n grote jongen als Cookie, maar ze ging ervan uit dat ze in de schuur bij de mijn nog wel een paar blikken met het een of ander zou aantreffen. Kluizenaar Jim had daar vast wel een klein voorraadje aangelegd.

Hoopte ze.

De vorige keer dat ze deze weg had afgelegd was ze op zoek geweest naar de pick-up van Jim, in de hoop dat ze daarmee naar Perdido Beach zou kunnen rijden. Ze had het goud toen al ontdekt en geconcludeerd dat de zonderlinge kluizenaar een goudzoeker moest zijn. Ze had de bandensporen gevolgd naar het vervallen, verlaten mijnstadje in een kloof tussen de rotsen. Ze had Jims auto wel gevonden, maar zijn sleutels niet. Toen had ze Jim zelf ontdekt: hij lag dood in de mijnschacht.

Nu wist ze waar de sleutels waren.

Toen, voordat er zo verschrikkelijk veel was gebeurd, zou ze het doodeng gevonden hebben om de zakken van een lijk te doorzoeken. Maar dat was de oude Lana. De nieuwe Lana had dingen meegemaakt die nog veel en veel erger waren.

Ze wist waar ze de sleutels kon vinden. En waar de pick-up stond. En ze kon zich ook de grote lpg-tank – vol vloeibaar petroleumgas – nog herinneren waar Jim de smeltoven mee stookte.

Haar plan was simpel: sleutels pakken. Met de hulp van Cookie de gastank in Jims pick-up zetten. Auto en tank naar de ingang van de mijn rijden. Tank opendraaien en het gas de mijnschacht in laten vloeien.

Lont aansteken en wegrennen.

Ze wist niet of een ontploffing het ding in de mijn zou doden. Maar ze hoopte het wel te begraven onder vele tonnen rots.

De Duisternis had haar geroepen in haar dromen en haar dagdromen. Hij had zijn haak in haar hoofd geslagen en ze wist dat hij haar langzaam binnenhaalde.

*Kom bij me. Ik heb je nodig.*

Hij wilde haar.

'*Hello darkness, my old friend*,' zong Lana half fluisterend in zichzelf. 'Ik kom weer met je praten.'

# Tweeëntwintig

Toen Jack bijkwam, had hij pijn.

Hij was verplaatst. Iemand had hem omgedraaid. Hij ging te snel overeind zitten. Hij was duizelig, en heel even dacht hij dat hij weer zou flauwvallen.

Een van zijn broekspijpen was met een ruk opengescheurd om de wond bloot te leggen. Vlak boven zijn knie was een blauw, met bloed doordrenkt verband om zijn been geknoopt. Het deed pijn. Het brandde alsof iemand een gloeiend hete pook in zijn lijf stak.

Diana stond naast hem. Het duurde even voor hij haar herkende met haar geschoren hoofd. 'Deze heb ik in een van de kantoren gevonden. Hier, neem maar.' Ze legde vier ibuprofenpillen in zijn hand. 'Het is twee keer de aanbevolen hoeveelheid, maar ik denk niet dat je er dood aan zult gaan.'

'Wat is er gebeurd?' vroeg hij schor.

'Kogel. Maar hij heeft je alleen geschampt. Hij heeft eigenlijk een soort keurig gleufje in je been gekerfd. Het zal nog wel pijn doen, maar het bloeden is al gestelpt.'

'Nou, vooruit Jack, zet je eroverheen,' zei Caine. Hij klonk gefrustreerd en ongerust. Het ging allemaal helemaal niet zoals hij had gepland. 'Je weet waarom je hier bent.'

Er kwamen twee soldaten van Drake de kamer in, luid scheldend op Mickey Finch en Mike Farmer, die met hun handen op hun rug gebonden werden meegesleurd. Ze waren gevonden in de kantoren, verstopt onder de bureaus. 'O, mooi zo,' zei Caine luchtig, 'daar zijn de gijzelaars.'

'We zeiden dat ze al hun wapens op de grond moesten gooien, en die imbeciel deed het gewoon,' jubelde een van de bullebakken. 'Wij hadden alleen een jachtgeweer en een pistool en die gast had een mitrailleur en toch gaf hij zich over. Wat een watje. Die ander was niet gewapend.'

Mickey en Mike zagen er bang en doodongelukkig uit. Ze werden nog bleker toen ze Brittney op de grond in een plas bloed zagen liggen.

Drake beende naar hen toe, duwde Mike opzij en pakte de mitrailleur. Hij liet zijn tentakel over de kolf en de haan glijden en hield het wapen bijna eerbiedig vast, met een haast verliefde blik in zijn koude, blauwe ogen. 'Prachtig. Dat ding van dat meisje was waardeloos, maar deze is fantastisch. Geweldig.'

'Misschien moeten jullie je even samen terugtrekken,' zei Diana.

'Met dit geweer ben ik sterker dan alle freaks,' zei Drake.

'Ja, zelfs nog sterker dan Caine,' beaamde Diana opgewekt. 'Dan kun jij de baas worden, hè?'

Jack keek als versteend toe en kon zich nog steeds niet concentreren op zijn zogenaamde taak.

Waarom had hij zich hierin laten meeslepen? Nog geen drie meter verderop lag een meisje dat misschien wel doodging, als ze niet al dood was. Als hij drie stappen zette zou hij in haar bloed staan, net zoals hij nu in het zijne stond.

'Jack,' zei Caine. 'Concentreer je. Aan het werk. Nu!'

Jack kwam hoofdschuddend naar voren. Hij had het gevoel dat hij droomde en zijn oren tuitten nog van het vuurgevecht. Zijn been brandde en zijn natte broek plakte aan zijn huid. Hij liep voorzichtig naar de dichtstbijzijnde computer en ging moeizaam in de bureaustoel zitten. Het beeldscherm was oud. De software zag er oud uit. De computer had niet eens een muis, hij werd helemaal met het toetsenbord bediend.

De moed zakte hem nog dieper in de schoenen. Als de computer zulke oude software had, zou hij allerlei toetsencommando's moeten uitvoeren en dat was hij helemaal niet gewend. Hij trok een la open in de hoop dat hij daar een gebruiksaanwijzing zou aantreffen, of in elk geval een spieklijst.

'En, wat denk je ervan?' vroeg Caine. Hij legde zijn hand op Jacks schouder, een vriendelijk gebaar dat Jack gerust moest stellen. Voor de eerste keer in zijn leven besefte Jack dat hij zich wilde omdraaien om Caine een mep te verkopen. Een harde.

'Het is volslagen onbekende software,' zei Jack.

'Maar dat gaat jou lukken. Toch?'

'Het zal wel even duren,' zei Jack. 'Ik moet eerst uitzoeken hoe het werkt.'

De hand verstevigde de greep op zijn schouder. 'Hoe lang, Jack?'

'Zeg, ik ben gewond, ja! Ik ben neergeschoten!' Toen Caine hem zwijgend aanstaarde, zei hij zachter: 'Ik weet het niet. Dat hangt ervan af.'

Hij voelde Caines spanning, de opgekropte woede die voortkwam uit zijn angst.

'Dan zou ik maar gauw aan de slag gaan, als ik jou was.' Caine liet hem los en draaide zich om naar Drake. 'Zet de gijzelaars in de hoek.'

'Oké,' zei Drake afwezig. Hij stond nog steeds met zijn machinegeweer te knuffelen.

Caine liep met grote passen naar hem toe en sloeg de loop van het geweer opzij. 'Hé. Werk aan de winkel. Brianna kan hier elk moment zijn. En anders Taylor wel. En dan sta jij een beetje te lapzwansen.'

Brittney lag roerloos op de grond en maakte geen enkel geluid. Leefde ze nog? vroeg Jack zich af. Hij dacht aan haar zware verwondingen, en nu hij wist hoeveel pijn een schampwond al deed, vroeg hij zich af of ze misschien beter dood kon zijn.

Jack vond een stokoude, dunne multomap; veel hoekjes waren gescheurd en overal staken verkrulde notitieblaadjes uit om bepaalde pagina's terug te kunnen vinden.

Hij bladerde er langzaam doorheen, op zoek naar een handleiding waarin stond welke codes hij moest gebruiken. Anders kon hij niets beginnen. Zonder muis stond hij machteloos – hij had nog nooit een computer zonder muis gezíén, laat staan ermee gewerkt. Bizar dat zulke dingen nog bestonden.

'Diana,' beval Caine. 'Lees onze gijzelaars eens. Ik wil er niet opeens achter komen dat ze een of andere gave hebben. Drake? Hoe gaat het?'

'Ik ga de draden spannen,' zei Drake.

'Mooi zo,' zei Caine.

Jack wierp een snelle blik opzij en zag dat Drake een klos gladde, vrij dunne maar zo te zien erg sterke draad in zijn hand had. Hij inspecteerde de deuropening, alsof hij iets zocht.

Drake haalde zijn schouders op, duidelijk niet blij met wat hij zag. Hij begon het ene eind van de draad om het middelste gebroken hengsel te winden dat nog steeds in de deurpost zat. Het was een hoge deur met drie hengsels, eentje net boven ooghoogte, een vlak boven de grond en eentje daartussenin.

Drake leidde de draad van de deur naar een zware, ijzeren archiefkast die tegen de muur stond. Hij trok de klos door de greep van een van de laden en trok hem stevig aan. Hij knipte de draad af met een tangetje en wikkelde het uiteinde om het gespannen gedeelte, waardoor de draad nog strakker kwam te staan.

Diana stapte weg van de twee gijzelaars en zei: 'Allebei oké. Die ene heeft misschien één streepje, maar dan is het nog niet eens duidelijk wat zijn gave is. Als hij überhaupt iets bruikbaars kan.'

'Mooi,' zei Caine.

Diana slenterde terug, plofte in de bureaustoel naast Jack en staarde chagrijnig naar het scherm voor haar neus.

'Wat is Drake aan het doen?' fluisterde Jack.

Diana keek hem met futloze ogen aan. 'Hé. Jack wil weten wat je aan het doen bent, Drake. Waarom leg je het hem niet even uit?'

'Jack is heel hard aan het werk,' kwam Caine tussenbeide. 'Hij heeft het druk.'

Jack boog zich haastig weer over de map. Daar: een lijst van de functietoetsen. Hij fronste zijn wenkbrauwen en begon alle toetsen langs te gaan: hij drukte ze in, keek wat er gebeurde, ging naar de volgende en werkte zo stap voor stap de hele lijst af.

Drake was klaar met de draad. Hij dook eronderdoor en verdween door de gang in de richting waar ze vandaan waren gekomen, terwijl hij ondertussen nog meer draad afrolde.

'Ik ben in de hoofddirectory,' meldde Jack. 'Dit is echt ontiegelijk oud. Volgens mij is het DOS of zo.'

Onwillekeurig begon hij toch gefascineerd te raken door de uitdaging die voor hem lag. Dit was computerarcheologie. Hij was een taal aan het ontcijferen die nog pre-Windows was, pre-Linux, pre-alles. Het leidde zijn aandacht af van de pijn. Grotendeels.

'Ik hoop niet dat je al te smoorverliefd op Brianna bent, Jack,' zei Diana.

'Ik? Nee joh. Echt niet.' Jack voelde dat hij rood werd. 'Nee. Doe niet zo stom.'

'Ja ja.'

Hij dook de directory in en probeerde van alles uit, op zoek naar functies die er misschien niet eens waren, commando's die misschien niet eens bestonden.

Daar was Drake weer. Hij floot opgewekt in zichzelf. 'Keurige plakjes,' zei hij. 'Dat worden keurige plakjes.'

'Mooi zo,' zei Caine. 'Dat is één. Nu de valstrik voor Taylor. Denk eraan, we willen niet dat iemand op Jack schiet of de apparatuur raakt.'

'Ik weet wat ik doe,' zei Drake. Hij wees met zijn tentakel naar een van zijn twee bullebakken. 'Jij daar. Geef me dat jachtgeweer.'

Toen de jongen hem gehoorzaamd had, liet Drake hem een paar minuten door de kamer lopen om bepaalde lijnen te kunnen testen met het vizier. 'Goed. Jij hebt een heel eenvoudige taak. Zodra Taylor hier opduikt, schiet je haar neer.'

Het joch trok wit weg. 'Moet ik haar neerschieten?'

'Nee, je mag kiezen,' zei Drake. 'Je kunt haar neerschieten, of niet. Wat jij wilt.'

De jongen slaakte een zucht van opluchting.

'Maar als je haar niet neerschiet...' Drake liet zijn zweeparm knallen en de tentakel wikkelde zich om de keel van de jongen.

'Als je haar niet neerschiet, als je het vergeet, als je je laat afleiden, als je mist... Dan sla ik je tot ik bot zie.'

Drake lachte vrolijk en wikkelde zijn arm weer los. 'Volgens mij zijn we er klaar voor,' deelde hij mee. 'Taylor kan een flinke lading hagel verwachten. En als kleine Brianna besluit om hier met honderdvijftig kilometer per uur naar binnen te stormen, loopt ze tegen de draad.'

'Gaat er dan een alarm af?' vroeg Jack.

Drake lachte alsof hij nog nooit zoiets grappigs had gehoord.

'Keurige plakjes,' zei Drake. 'Flinterdun.'

Jack keek niet naar Drake. Hij keek naar Diana. In haar ogen zag hij niets dan duisternis.

'Aan het werk, Jack,' zei Caine.

De McClub was dicht. Er hing een bordje op de deur waarop stond: SORRY, WIJ ZIJN GESLOTEN. MORGEN WEER OPEN.

Duck wist niet goed waarom hij hiernaartoe gekomen was. Natuurlijk was de tent dicht – het was al na middernacht. Hij had gewoon behoefte aan gezelschap gehad. Hij had gehoopt dat er nog iemand was. Maakte niet zoveel uit wie.

In de drie dagen – nou ja, eigenlijk vier, aangezien het al morgen was – sinds Duck door de bodem van het zwembad was gevallen, was zijn leven er zowaar nog slechter op geworden. Ten eerste was hij zijn privé-oase van rust kwijt, want het zwembad was uiteraard niet meer te redden. Hij had nog een tijdje naar een nieuw zwembad gezocht, maar geen enkel ander bad kwam ook maar in de buurt van het eerste.

Ten tweede was er niemand die hem geloofde. Iedereen lachte hem uit. Niemand nam de moeite om bij het zwembad te gaan kijken of er misschien echt een gat in zat. En Zil en die rottige vriendjes van hem deden natuurlijk geen enkele poging om zijn verhaal te bevestigen.

Als hij mensen vertelde over zijn bizarre, ongevraagde gave, wilden ze dat hij het voordeed. Maar Duck wilde het niet voordoen. Dan zou hij boos moeten worden, en hij was van nature niet boos aangelegd.

Bovendien zou hij dan door de grond zakken. En Duck had dat de eerste keer niet bepaald plezierig gevonden. Het was pure mazzel geweest dat hij bewusteloos was geraakt, anders was hij misschien wel dwars door de grot heen gevallen, helemaal tot aan de gloeiend hete kern van de aarde. Dat beeld had hij in elk geval in zijn hoofd. Hij zag voor zich hoe hij door de grond zou zakken, door de aardkorst en de mantel en al die andere lagen die hij vast allemaal op school had geleerd maar die hij zich nu niet meer kon herinneren, helemaal tot aan de grote kern van gesmolten metaal en rots.

In zijn hoofd zag dat eruit als die scène aan het eind van *The Lord of the Rings*. Hij zou net als Gollem een paar seconden in de lava zwemmen en dan verbranden.

Maar dat beeld was bijna een opluchting vergeleken met die andere mogelijkheid: dat hij simpelweg levend begraven zou worden. Dat hij dertig meter de grond in zou vallen en zichzelf niet zou kunnen bevrijden. Hij zou langzaam stikken terwijl de aarden muren van het gat instortten. Er zouden kluiten op zijn omhoog gekeerde gezicht vallen, de aarde zou zijn ogen vullen, zijn mond, zijn neus...

Hij greep de deurklink van de McClub beet om niet te vallen. De beelden waren nachtmerries die hij ook had als hij wakker was. Ze slopen steeds vaker zijn gedachten in.

Het hielp ook niet dat niemand zijn probleem serieus nam. Iedereen lachte om zijn verhaal. Ze vonden het allemaal reuze grappig. Dat hij door de bodem van het zwembad was gevallen. Dat hij in een grot terecht was gekomen. En een radioactieve zijgrot had gezien. Dat er blauwe vleermuizen waren geweest. Dat hij halfnaakt en bibberend uit de golven was gekropen. Dat hij vanaf het strand de klif op had moeten klimmen, met een blije grijns omdat hij anders door de boosheid misschien zou vallen en zou blijven vallen. Het klimmen was het makkelijkst geweest. Hij had zich licht van opluchting gevoeld.

Toen hij zijn verhaal had verteld, hadden de kinderen gebruld van het lachen. De eerste dag had hij nog een beetje meegedaan.

Hij vond het leuk om mensen aan het lachen te maken. Maar al snel was hij van iemand die grappige verhalen vertelde in een mikpunt van spot veranderd.

'Dus jouw gave is dat je zó dik wordt dat je door de grond zakt?' Dat was Hunter, die zichzelf een echte komiek vond. 'Dan ben jij dus eigenlijk *Fat*man?'

Nou, toen was het hek van de dam: van Fatman ging het naar de Gezakte Jongen, de Grottenman, de Zinker, de Mijnwerker, maar het vaakst hoorde hij toch de Menselijke Boor.

Ze snapten niet dat het niet grappig was. Niet echt. Niet als je erover nadacht. Niet als je de hele nacht lag te woelen en nauwelijks kon slapen omdat je bang was dat je in je droom misschien boos werd en dan naar een langzame, pijnlijke dood zou zakken.

Hunter had ook zijn verhaal over de blauwe vleermuizen belachelijk gemaakt. 'Gast – of moet ik je de Menselijke Boor noemen? Gast, vleermuizen slapen overdag en vliegen 's nachts. Maar jouw blauwe vleermuizen werden volgens jou wakker toen het licht werd. Hoe kan dat nou? Bovendien ben jij de enige die ze ooit gezien heeft.'

'Ze zijn blauw, net als de lucht, dus je ziet ze niet als ze overvliegen of door het water schieten,' had Duck tevergeefs opgemerkt.

Hij liet de deur van de club los. Het was waarschijnlijk maar beter dat het restaurant gesloten was. Hij was eenzaam, maar misschien was eenzaamheid nog minder erg dan spot.

Duck keek verloren om zich heen. Het was al laat. Er was niemand meer op straat. Vroeger zouden zijn ouders hem jaren huisarrest gegeven hebben als ze erachter kwamen dat hij 's nachts buiten was.

Er was niemand op het plein. 's Nachts was het hier eng, met alle graven, de donkere contouren van de verwoeste kerk tegen de sterrenhemel en de verbrande ruïne van het appartementencomplex. Er waren een paar lichten aan in het stadhuis – niemand nam 's avonds de moeite een ronde te maken en alle lampen uit te doen. De straatlantaarns waren ook nog steeds aan, hoewel sommige waren opgebrand en andere, vooral die rond het plein, in het gevecht of door toedoen van vandalen kapot waren gegaan.

Het plein was nu een plek van geesten. Geesten en langgerekte schaduwen.

Lusteloos ging Duck weer op weg naar huis. Zijn zogenaamde huis. Hij moest langs de kerk. Die was wel donker. Hij werd alleen nog verlicht als ze er vergaderden, omdat de oorspronkelijke verlichting het niet had overleefd. Ze haalden nu altijd lampen aan een verlengsnoer uit het stadhuis. Meestal dacht er wel iemand aan om de stekker uit het stopcontact te rukken als de bijeenkomst voorbij was.

De stoep aan de kant van de kerk werd versperd door puin, waaronder enorme brokken metselwerk. Niemand had het ooit opgeruimd, en dat zou ook wel nooit gebeuren. Duck liep midden op straat, want hij durfde niet door de schaduwen langs de kant van de weg.

Hij hoorde geschuifel in de kerk. Vast een hond. Of ratten.

Maar toen klonk er een dringend gefluister: 'Duck! Hé Duck!'

Duck bleef staan. De stem kwam uit de richting van de kerk.

'Duck!' fluisterde de stem, iets harder dit keer.

'Wat? Wie is dat?' vroeg Duck.

'Ik ben het, Hunter. Niet zo hard praten. Ze vermoorden me als ze me vinden.'

'Hè? Wie?'

'Kom eens hier, Duck, ik kan niet de hele tijd heen en weer schreeuwen.'

Met tegenzin – met heel veel tegenzin, want hij vermoedde dat het een valstrik was – stak Duck de straat over.

Hunter zat gehurkt achter een brok puin waar nog steeds een stuk gebrandschilderd glas in zat. Toen Duck eraan kwam, stond hij op, waardoor het licht op zijn gezicht viel. Hij zag er niet uit alsof hij een grap uithaalde. Hij keek bang.

'Wat is er?' vroeg Duck.

'Kom hier, man, straks zien ze ons nog.'

Duck klom over het puin en schaafde zijn scheenbeen.

'Goed,' zei Duck toen hij in Hunters stenen schuilplaats zat. 'Wat moet je?'

'Heb je iets voor me, gast? Ik heb geen avondeten gehad.'

'Eh... sorry?'

'Ik heb honger,' zei Hunter.

'Iedereen heeft honger,' antwoordde Duck. 'Ik heb een pot vlees-jus gedronken als avondeten.'

Hunter zuchtte. 'Ik ga dood van de honger. Ik heb geen avond-eten gehad, en ook bijna niks tussen de middag. Ik wilde het bewaren.'

'Waarom zit je hier?'

'Vanwege Zil. Hij zit met de normalo's achter me aan.'

Nu kreeg Duck echt het gevoel dat er een bijzonder uitgebreide grap met hem werd uitgehaald, of dat hij in iemand anders' droom terecht was gekomen. 'Zeg, als je hier zit om me in de maling te nemen, doe het dan maar gewoon, dan ben ik ervan af.'

'Nee, man. Helemaal niet. Het spijt me dat ik je gepest heb en zo. Ik wilde gewoon erbij horen, snap je?'

'Nee. Ik snap niet wat je bedoelt, Hunter.'

Hunter aarzelde en keek alsof hij zich eruit wilde bluffen. Maar toen zakte hij in elkaar en ging met een plof op de grond zitten. Duck knielde onhandig naast hem neer. Het ongemakkelijke ge-voel werd er niet beter op toen hij een veelbetekenend gesnuf hoorde. Hunter zat te huilen.

'Wat is er gebeurd, joh?' vroeg Duck.

'Zil. Je kent Zil toch wel, hè? We hadden ruzie. Hij ging helemaal door het lint. Hij wilde me vermoorden met een pook, dus wat moest ik anders doen?'

'Wat héb je dan gedaan?'

'Ik stond in mijn recht,' zei Hunter. 'Ik stond volledig in mijn recht. Alleen heb ik Zil niet geraakt omdat Harry opeens naar voren rende. Hij kwam tussenbeide.'

'Oké.'

Hunter snifte weer. 'Nee, man, niet oké. Harry viel keihard op de grond. Ik richtte niet eens op hem, hij had helemaal niets ge-daan. Je moet me helpen, Duck,' smeekte Hunter.

'Ik? Waarom? Je pest mij alleen maar.'

'Ja, oké, je hebt gelijk,' gaf Hunter toe. Hij huilde niet meer, maar zijn stem klonk nu zo mogelijk nog dringender. 'Maar luister, we zitten in hetzelfde schuitje.'

'Eh... hoezo?'

'We zijn freaks, jongen. Je snapt het niet, hè?' Door de irritatie kreeg Hunter zijn zelfbeheersing terug. Het gesnuf hield op. 'Gast, Zil probeert alle normalo's tegen ons op te zetten. Tegen ons allemaal.'

Duck schudde verward zijn hoofd. 'Waar heb je het over, joh?'

Hunter pakte zijn arm en hield hem stevig vast. 'Het is wij tegen zij. Snap je dat dan niet? De freaks tegen de normalo's.'

'Niet waar,' zei Duck schamper. 'Ten eerste heb ik niemand iets gedaan. En ten tweede is Sam een freak en Astrid is normaal, en Edilio ook. Dus dan kunnen ze toch nooit allemaal tegen ons zijn?'

'Denk je dat ze jou niet zullen pakken?' vroeg Hunter zonder antwoord te geven op Ducks vraag. 'Denk je dat je veilig bent? Best. Ga maar. Ren maar naar huis. Doe maar alsof je neus bloedt. Het is wij tegen zij. Je komt er vanzelf wel achter, als jij degene bent die zich moet verstoppen.'

Duck maakte zich los uit Hunters greep. 'Ik zal kijken of ik je iets te eten kan brengen, gast. Maar ik ga me niet met jouw problemen bemoeien.'

Duck klom weer over de brokstukken heen en liep naar de straat.

Hij hoorde de woorden die Hunter hem nasiste: 'Het zijn de freaks tegen de normalo's, Duck. En jij bent een freak.'

Jack zweette alsof hij in de sauna zat. Zijn been deed pijn. Heel erg.

Maar de draden waren erger.

De draden.

Brianna zou ze nooit zien. Ze zou naar binnen rennen, zo snel als een kogel. Ze zou op volle snelheid de draden in rennen en dan zou ze in stukken worden gesneden. Als een draadsnijder die door een blok emmentaler ging.

Jack zag het akelig goed voor zich.

Hij zag hoe Brianna de draden raakte. Hoe ze doormidden werd gesneden. Hoe haar benen nog een paar stappen door zouden rennen voor ze beseften dat ze geen lijf meer droegen.

'Haal die draden weg,' zei Jack. De woorden waren eruit voor hij het besefte. Hij was niet van plan geweest om ze hardop te zeggen. Hij had ze er gewoon uit geflapt.

Alleen Diana hoorde hem.

Hij keek even opzij en zag een zweem van een glimlach om haar lippen.

Maar Drake was druk bezig en Caine stond te tieren en ze hoorden hem geen van beiden.

Jack haalde zijn handen van het toetsenbord.

'Je moet die draden doorknippen,' zei hij met verstikte stem.

Nu verstarde Caine. Nu draaide Drake zich vliegensvlug om.

'Wát?' vroeg Drake.

'Knip die draden door,' zei Jack. 'Anders hou ik...'

De zweep kwam neer op zijn nek en rug. Het was hetzelfde gevoel als de kogelwond, maar op deze gevoelige huid kwam het nog veel harder aan.

Jack schreeuwde het uit van schrik en pijn.

Drake hief zijn arm om nog een keer toe te slaan, maar Caine gilde: 'Nee!'

Even leek het of Drake Caines bevel in de wind wilde slaan, maar uiteindelijk wikkelde hij alleen zijn tentakel om Jacks keel. Hij kneep hard en Jack voelde het bloed in zijn hoofd bonzen.

Caine liep naar hem toe en vroeg vriendelijk: 'Wat is het probleem, Jack?'

'De draden,' zei Jack, die nauwelijks geluid uit zijn keel kreeg. 'Ik vind dat jullie fout bezig zijn.'

Caine knipperde met zijn ogen. Hij leek oprecht verbijsterd en keek vragend naar Diana.

Diana zuchtte. 'Kalverliefde,' zei ze. 'Jack is kennelijk over me heen. De hoofdrol in Jacks stoute dromen wordt tegenwoordig door een ander meisje gespeeld.'

Caine lachte ongelovig. 'Ben je verliefd op Brianna?'

'Ik ben niet... het is niet...' perste Jack eruit.

'O, toe nou, Jack. Doe niet zo idioot,' soebatte Caine. 'Laat hem los, Drake. Jack moet zich gewoon weer even concentreren. Hij weet niet meer wat belangrijk is.'

Drake trok zijn tentakel terug en Jack haalde diep adem. Zijn nek en rug deden zo'n pijn dat hij de wond op zijn been helemaal vergat.

'Jack toch,' zei Caine als een teleurgestelde leraar. 'Je zult toch moeten accepteren dat er af en toe vervelende dingen gebeuren, jongen.'

'Niet met Brianna,' zei Jack.

Jack zag Caines gezicht rood worden, een waarschuwingsteken. Maar hij wist dat Caine hem nodig had. Caine zou hem niet vermoorden, hoe boos hij ook werd, dat wist Jack zeker. Drake zou zich misschien door zijn woede laten leiden, maar Caine niet.

'Denk je dat zij jou zou beschermen?' vroeg Caine. 'Straks komt ze hier naar binnen gezoefd, misschien heeft ze wel een pistool bij zich, en dan schiet ze iedereen neer die ze ziet, Jack. Nou, aan het werk, en laat het nemen van de grote beslissingen maar aan mij over.'

Jack boog zich weer over zijn toetsenbord en wilde zijn handen erop leggen. Maar hij kon het niet. Hij verstarde met zijn vingertoppen een centimeter boven de toetsen.

Niet Brianna. Zij niet. Niet op die manier.

'Laat mij dan met haar praten,' zei Jack. 'Misschien kan ik haar overhalen om naar jouw kant over te lopen.'

'Mag ik dit alsjeblieft afhandelen?' smeekte Drake. 'Ik weet zeker dat hij dan weer aan het werk gaat.'

'Ja, Drake,' zei Diana. 'Martel hem gewoon net zolang tot hij weer aan de slag gaat. Misschien wordt hij wel zo boos dat hij de hele kamer vol laat lopen met straling, maar daar kom je natuurlijk nooit achter. Tot je haar begint uit te vallen.'

Daar had Jack nog helemaal niet aan gedacht. Maar nu wel. Diana had gelijk, ze konden nooit zeker weten waar hij precies mee bezig was.

Caine beet weer op zijn duim, zijn vaste zenuwtrek als hij gefrustreerd was.

'Drake, snij die draden door. Jack, verzin een manier om het licht in Perdido Beach uit te doen. Anders zeg ik niet alleen tegen Drake dat hij de draden weer moet ophangen, maar ook dat hij jou moet slaan tot hij te moe is om zijn arm op te tillen.'

Jack hield zijn gezicht zorgvuldig in de plooi om niet te laten merken hoe blij hij was met deze overwinning.

Drake wilde protesteren, maar Caine snauwde: 'Doe het nou maar gewoon, Drake. Doe het nou maar.'

Jack voelde een soort warmte door zijn lijf stromen. Hij had nog nooit zoiets gevoeld. De gloeiende pijn in zijn nek en rug was er nog, en de bijna vergeten pijn in zijn been ook. Maar de pijn was ondergeschikt aan dit gevoel van... iets. Hij wist niet goed hoe hij het moest benoemen.

Hij had zijn mond opengedaan om iemand anders te beschermen. Misschien zou Brianna het wel nooit te weten komen, maar hij had zojuist heel veel op het spel gezet voor haar. Zijn leven, om precies te zijn.

Diana teemde: 'Ons kleine nerdje wordt groot.'

Jack begon op zijn toetsenbord te hameren.

'Maar hij is nog zo naïef,' zei Diana erachteraan.

Ergens zat het Jack dwars dat ze dat woord gebruikte. Hij wist wel zo ongeveer wat dat betekende, 'naïef'. Maar hij zat nu in de goede directory, en hij moest commando's leren, reeksen ontcijferen...

# Drieëntwintig

'Ze hebben ongetwijfeld iemand bij het hek neergezet,' zei Sam. 'Het is hier om de hoek. Parkeer hier maar.'

Edilio remde en de twee auto's achter hen stopten ook. Dekka zat achter het stuur van een forse SUV met daarin ook Orc en Howard. In de derde auto zaten een paar soldaten van Edilio. Meer mensen had Sam niet bij elkaar kunnen krijgen. Hij was nog bij meer kinderen langsgegaan, maar die durfden niet mee toen hij had gezegd dat hij het tegen Caine en Drake ging opnemen.

De angst voor Caine en vooral voor Drake zat er goed in in Perdido Beach.

Sam draaide zich om in zijn stoel om naar Brianna en Taylor te kunnen kijken die op de achterbank zaten. 'Goed, dames, het probleem is als volgt: ik moet weten waar Caines handlangers zijn. Ik neem aan dat hij er in elk geval een paar bij het hek heeft staan. Gewapend, uiteraard. Ze moeten waarschijnlijk iedereen neerschieten die eraan komt.'

'Ik kan wel naar binnen en naar buiten springen voor ze kunnen schieten,' zei Taylor. Ze klonk niet heel enthousiast.

'Sam, ik kan binnen een halve minuut de centrale in rennen, rondkijken en weer terug zijn,' betoogde Brianna. 'Ze zien me waarschijnlijk niet eens.'

'Als jij zo snel gaat dat ze je niet kunnen zien, hoe kun jij hén dan zien?' vroeg Edilio.

Ze wees naar gezicht. 'Snelle ogen, Dillio, heel snelle ogen.'

269

Sam en Edilio grijnsden allebei, maar niet lang.

'Goed, luister, Brianna,' zei Sam. 'Je gaat tot het hek. Dat is geen voorstel – ik zeg dat je niet verder mag.'

'Maar ik kan heel snel op en neer,' wierp Brianna tegen.

'Wind, ik wil dat je naar me luistert: je gaat niet naar binnen.'

Brianna trok een pruillip. 'Jij bent de baas, baas.'

'Goed,' zei Sam. 'Ga...' Hij zweeg toen hij besefte dat hij tegen het luchtledige praatte.

'Allang weg,' merkte Edilio op. 'Houdt niet van wachten.'

'Ik kan ook helpen,' zei Taylor een beetje beledigd.

'Jij komt straks aan de beurt,' zei Sam.

Dekka stapte de suv uit. 'Heb je Wind weggestuurd?'

'Ja. Ze kan elk moment terug zijn,' zei Edilio.

'Ik ben er klaar voor,' zei Dekka. 'Ik moest even de auto uit – Orc laat de hele tijd onwijs vieze scheten.'

'Kool,' zei Taylor.

'Ze komt eraan. Je weet hoe Brianna is,' zei Edilio.

Ze wachtten. Sam hield zijn ogen op de weg gericht – alsof hij haar zou kunnen zien als ze aan kwam rennen.

'Duurt lang,' zei Taylor. 'Voor haar doen dan.'

Niemand zei iets. Ook niet toen er twee minuten voorbij waren. En toen drie minuten. Vijf eindeloze minuten.

'O jemig,' fluisterde Dekka. 'Brianna.' Ze deed haar ogen dicht en leek te bidden.

'Ze zou nu terug moeten zijn,' zei Sam ellendig. 'Als ze nog zou komen.'

Hij was misselijk van ellende. Misselijk tot op het bot.


Lana voelde dat ze steeds banger werd. Maar ze was erop voorbereid. Ze wist dat het zou gebeuren.

'Wat is dit hier?' vroeg Cookie, die ongetwijfeld ook iets voelde, maar alleen de spoken uit het verleden, niet het levende, ziedende kwaad dat nu zo dichtbij was.

'Vroeger was hier een mijnstadje,' zei Lana. 'Hier woonden goudzoekers, in, weet ik veel, 1800 of zo.'

'Cowboys, zeg maar?'

'Zoiets ja, denk ik.'

Ze liepen door het spookstadje, het verpauperde, bouwvallige, in elkaar gestorte plaatsje waar iemand vast ooit een toekomstige wereldstad voor ogen had gehad.

Je kon nog steeds zien waar de hoofdstraat had gelopen. En Lana nam aan dat als je je er echt in verdiepte, je ook nog zou kunnen uitpuzzelen welke houtstapel het hotel was geweest, of de saloon, de ijzerhandel, wat dan ook. Hier en daar stond nog een wankel muurtje of een gammele schoorsteen met een zilverkleurig randje eromheen. Maar de daken waren al lang geleden ingezakt, de winkelpuien omgevallen. Misschien waren de verzwakte gebouwen ingestort door een aardbeving of iets dergelijks. Of misschien gewoon door de tijd.

Er was maar één gebouw dat nog min of meer overeind stond: de grof in elkaar gezette schuur waar Kluizenaar Jim zijn met gas gestookte smeltoven en zijn pick-up had verborgen.

'Daar gaan we heen,' zei Lana met een knikje richting het bouwsel.

Lana's blik gleed naar het pad dat achter de schuur de heuvel op liep. Ze wist dat ze dat pad zou moeten volgen, dat ze de heuvel op moest klimmen naar de mijnschacht, en in de broekzak van de verschrompelde mijnwerker naar zijn sleutels moest wroeten.

Ze kon wel leukere dingen bedenken. Ze was nu al zo dicht bij het ding in de mijnschacht dat haar ziel er koud en donker van werd. Ze voelde dat hij er was, de Duisternis, en ze had het akelige vermoeden dat hij haar aanwezigheid ook al had opgemerkt.

Wist de Duisternis dat ze eraan kwam?

Wist hij ook waarom?

Wist zíj waarom? Wist ze het zeker?

'Ik weet waarom ik hier ben,' zei Lana. 'Dat weet ik.'

'Natuurlijk,' zei Cookie. Hij scheen te denken dat ze hem terechtwees.

Patrick was stil en bang. Hij was het ook niet vergeten.

Ze kwamen bij de schuur. Lana controleerde de lpg-tank. Een meter gaf aan dat hij nog halfvol was. Dat zou genoeg moeten zijn.

Ze knielde neer en bekeek de onderkant van de tank. Hij stond in een soort stalen houder, die weliswaar verroest was maar gelukkig niet ergens aan vastgeschroefd was. De stellage stond gewoon op de grond. Mooi zo.

'We moeten die tank in die truck zien te krijgen, Cookie. Ik ga zo meteen de sleutels halen en dan rijden we de pick-up achteruit tot aan de tank. Maar laten we eerst maar eens even kijken hoe het allemaal werkt.'

'Prima, Genezer.'

Ze duwde haar been tegen de onderkant van de tank en zag dat hij tot haar heup kwam. Ze liep naar de pick-up en controleerde hoe hoog de laadbak was.

Mooi. Mooi zo. Ze waren ongeveer even hoog. De tank was misschien vijf centimeter lager, dus dat betekende dat ze hem moesten optillen. Optillen en duwen. Maar er was vast een bepaald systeem voor, dat kon niet anders, want vroeger had Kluizenaar Jim de tank toch ook in zijn pick-up moeten zetten om hem te kunnen bijvullen.

'Cookie. Kijk eens of je ergens een gereedschapskist ziet.'

Eerst controleerde ze of het kraantje van de tank goed dicht zat.

Toen rommelde ze door de gereedschapskist die Cookie had gevonden tot ze een moersleutel tegenkwam die op de nippel paste. Er was geen beweging te krijgen in het koppelstuk waarmee de slang van de oven aan de tank zat.

'Zal ik het eens proberen?' stelde Cookie voor.

Cookie was minstens twee keer zo zwaar als Lana. Het koppelstuk gaf mee.

Lana wees naar de dakspanten. Daar hing een zware ketting naar beneden aan een aantal katrollen. Aan het eind van de ketting zat een haak, en aan de stellage waar de tank in stond, zat een oogbout.

'Jim moest zijn tank natuurlijk af en toe laten bijvullen, en met die ketting tilde hij hem in zijn auto.'

Cookie trok de haak naar beneden. De ketting rammelde en kwam soepel omlaag langs de goed geoliede katrol.

Cookie hees zich log omhoog op de houder en stak de haak door de oogbout.

'Oké. Mooi,' zei Lana. 'Dan ga ik nu de sleutel halen.'

Iets in haar toon maakte Cookie blijkbaar ongerust. 'Nou, eh, Genezer, wij kunnen beter meegaan. Patrick en ik. Het is niet veilig buiten.'

'Dat weet ik,' zei Lana. 'Maar als er iets misgaat, wil ik zeker weten dat iemand die ik vertrouw voor Patrick kan zorgen.'

Dat had niet bepaald een geruststellend effect op Cookie. Zijn ogen werden groot en zijn kin begon te trillen.

'Maar wat zal er dan misgaan?'

'Waarschijnlijk niets.'

'Goed, ik ga mee,' zei Cookie.

Lana legde haar hand op zijn grote onderarm. 'Cookie, je moet me vertrouwen.'

'Zeg dan in elk geval wat er aan de hand is,' smeekte hij.

Lana aarzelde. Ergens wilde ze heel graag dat Cookie en Patrick met haar meegingen naar de mijningang. Maar ze maakte zich zorgen om Patrick. En ze maakte zich nog meer zorgen om wat er met Cookie zou kunnen gebeuren.

Vroeger was Cookie een grote, domme pestkop geweest, een soort tweederangs Orc. Hij was nog steeds niet de slimste. Maar zijn hart was veranderd door dagen vol pijn, en alle boosaardigheid die ooit in hem had gezeten, was verdwenen. Cookie had nu een soort puurheid over zich; hij was een en al onschuld in Lana's ogen. Een ontmoeting met de Duisternis zou dat in één klap teniet kunnen doen. Het wezen in de mijn had haar ziel besmeurd, en ze wilde niet dat haar zorgzame en trouwe beschermer hetzelfde zou overkomen.

Lana pakte haar tas en haalde er een brief in een witte, dichtgeplakte envelop uit. Ze gaf de brief aan Cookie. 'Als er iets gebeurt, moet je die aan Sam of Astrid geven. Goed?'

'Genezer...' Hij wilde de brief eigenlijk niet aannemen.

'Cookie. Pak aan.' Ze legde de envelop in zijn hand en vouwde zijn vingers eromheen. 'Goed zo. Oké, ik wil dat je nog iets anders doet terwijl ik weg ben.'

'Wat dan?'

Ze perste er een glimlachje uit. 'Ik heb zo'n honger dat ik bijna zin krijg om Patrick op te eten. Wil je hier een beetje rondscharrelen en kijken of je iets te eten kunt vinden? Ik ben over een kwartier terug.'

Ze draaide zich om naar de deur en stortte zich in de nacht voor hij nog verder kon tegensputteren.

Lana liet haar hand in haar tas glijden en sloeg haar vingers om de koude kunststof kolf van haar pistool. Ze haalde het eruit en hield het langs haar zij.

Ze zou die sleutel van de dode mijnwerker te pakken krijgen. Als Roedelleider zou proberen haar tegen te houden, zou ze hem neerschieten.

En als... en als ze zichzelf niet kon dwingen om die grot weer uit te gaan, als ze in plaats daarvan steeds verder zou lopen, steeds verder, richting de Duisternis, omdat ze hem niet kon weerstaan, ja dan...

Taylor was Brianna niet. Wind zag zichzelf als een superheldin. Taylor wist dat ze maar een gewoon meisje was. Ze was net als andere meisjes, alleen had zij de vreemde gave om aan een plek te kunnen denken en daar dan ogenblikkelijk te verschijnen.

En nu kwam Brianna wel heel erg laat terug. De Wind was nooit laat. Brianna wist niet hoe dat moest, te laat komen. Er was iets gebeurd.

Dus nu was het Taylors beurt. Ze voelde het, ze wist het. Maar Sam vroeg het niet. Hij stond daar maar naar de weg te staren, alsof hij Brianna zo kon dwingen weer terug te komen.

Taylor had Dekka nog nooit zo overstuur gezien. Normaal gesproken reageerde Dekka altijd heel stoïcijns, maar nu waren er barstjes in haar harde buitenkant gekomen.

Edilio had zijn pokerface opgezet. Hij keek recht naar voren en wachtte geduldig op nadere instructies.

Niemand wilde Sam onder druk zetten. Maar iedereen wist dat het met de minuut moeilijker werd om iets te doen.

Het was aan Taylor. Sam wilde haar niet sturen. Dus het was aan haar.

Ze zou alles voor hem doen. Alles. Je zou waarschijnlijk wel kunnen zeggen dat ze een soort van verliefd op hem was, ook al was hij ouder dan zij en helemaal smoor op Astrid.

Sam had Taylors leven gered. Ze zou gek geworden zijn als hij haar niet had gered.

Caine had besloten dat alle freaks op Coates die niet wilden meewerken onder de duim gehouden moesten worden. Hij was erachter gekomen dat de meeste krachten door hun handen leken te lopen, en met de hulp van Drake had hij snelle en grondige maatregelen getroffen.

'Inmetselen' noemden ze het, de procedure waarbij iemands handen in een blok beton werden gegoten. De blokken wogen bijna twintig kilo. Alleen al door het gewicht konden de kinderen geen kant meer op. Eerst hadden de slaafjes van Caine hen met borden op de grond als honden gevoerd. Taylor en de anderen, onder wie ook Brianna en Dekka, hadden als beesten kommen cornflakes en melk opgelikt.

Toen was er ruzie uitgebroken tussen de kinderen aan wie Caine de leiding op Coates had toevertrouwd terwijl hij zelf de macht in Perdido Beach ging overnemen.

Ze kregen steeds minder vaak te eten. En toen helemaal niet meer. Taylor had onkruid gegeten dat door het grind omhoogstak.

Als Sam er niet was geweest, zou ze nu dood zijn.

Ze was hem veel verschuldigd. Alles.

Zelfs, besefte ze met een steen in haar maag, het leven dat hij haar had teruggegeven.

'Ben zo terug,' zei ze.

Voor Sam of iemand anders iets kon zeggen, was ze weg. Ze ging alleen maar naar het eind van de weg om naar het hek te kijken, niet ver, niet zo ver als ze met haar teleportatie zou kunnen komen.

Het ene moment stond ze bij Sam, Edilio en Dekka. Een milliseconde later stond ze in haar eentje in het donker, met haar vrienden net uit het zicht achter haar.

Het was alsof je de televisie op een andere zender zette. Alleen zat zij dan ín de tv.

Taylor haalde beverig adem. Het hek lag nog geen vijftig meter verderop. De kerncentrale erachter was fel en angstaanjagend.

Caine verwachtte vast dat ze naar het wachthuis of rechtstreeks de centrale in zou springen. Maar ze deed geen van beide.

Een fractie van een seconde later stond ze op de heuvel boven het wachthuis en struikelde omdat ze op een steil stuk terecht was gekomen.

Ze wist haar evenwicht te bewaren, keek snel om zich heen, zag niemand en sprong naar de schaduwen achter een geparkeerde vrachtwagen net naast het hek.

'Ah!'

Ze hoorde een verraste kreet en Taylor wist dat ze de verkeerde plek had uitgekozen.

Er zaten twee jongens, twee van Drakes bullebakken, allebei gewapend met geweren, precies op die plek, recht naast haar, verscholen achter de vrachtauto. Ze lagen in een hinderlaag.

De verbazing vertraagde hun reacties. Ze zag het in hun ogen.

'Te langzaam,' zei Taylor.

Ze schreeuwden en draaiden hun geweren opzij, maar ze was al weg.

Ze kwam een meter voor Sam terecht, die nog steeds naar de weg staarde.

'Taylor. Wat doe je?' vroeg hij.

Hij had helemaal niet gemerkt dat ze weg was geweest. Ze lachte van opluchting. 'Twee gewapende jongens achter een vrachtwagen, net voorbij het hek, aan de linkerkant. Volgens mij is er niemand in het wachthuis zelf. Het is een hinderlaag. Als jullie naar het wachthuis waren gegaan, hadden zij jullie in de rug kunnen schieten. Ze hebben me gezien.'

Nu was het Sams beurt om paf te staan.

'Ben jij...'

'Ja.'

'Maar dat...'

276

'Moest wel. En ik heb Brianna nergens gezien.'

'Instappen,' zei Sam. Hij sprong in de jeep. 'Dekka?'

'Ik ga al,' zei Dekka, en ze trok een sprintje naar haar eigen auto. Edilio schreeuwde naar zijn jongens dat zij ook weer moesten instappen.

'Bedankt,' zei Sam over zijn schouder.

Taylor werd ongelooflijk blij van dat ene woord van dank. 'Ik kan wel...' begon ze, maar ze wilde eigenlijk niet dat Sam ja zou zeggen.

'Nee,' zei hij stellig. 'Hou je gedeisd.' Tegen Edilio zei hij: 'Recht naar de poort, maar je stopt voor je er bent. We moeten snel zijn, voor ze kunnen bedenken wat ze moeten doen. Maar denk eraan, er is nóg een jongen. De jongen die Taylor níét gezien heeft.'

'Jep,' zei Edilio. 'Daar zijn we op voorbereid.'

Taylor vroeg zich af waar ze het over hadden, maar dit was niet het moment voor een vraagspelletje.

De jeep scheurde de bocht om en raasde de heuvel af naar het hek. Edilio ging op de rem staan en het scheelde niet veel of Dekka's suv was achter op de jeep geknald. De derde auto volgde iets langzamer.

Sam stond al buiten en Dekka sprong nog tijdens het rijden haar eigen auto uit.

Ze stormden allebei de heuvel af.

Taylor hoorde dat Sam instructies naar Dekka schreeuwde. Even later zweefde de vrachtwagen, al die tonnen staal, de lucht in.

Taylor zag de bullebakken er met open mond naar kijken.

Sam hief zijn handen. 'Hé, luister eens,' zei hij tegen de twee verbijsterde bruten. 'Jullie kunnen kiezen. Je laat je wapen vallen, rent weg en blijft leven. Of je richt die geweren op mij en verbrandt.'

De geweren kletterden op de stenen en de twee jongens staken hun handen in de lucht.

'Hebben jullie iets te eten voor ons?' vroeg de ene.

Dekka liet de vrachtwagen weer vallen.

Hij maakte een enorm kabaal, hij dreunde en wankelde heen en weer maar bleef wel overeind staan.

'Hebben jullie Brianna gezien?' vroeg Dekka.

'Nee,' zei de jongen.

'Maar als ze naar binnen is gegaan, komt ze niet meer terug,' zei de ander, die heel stoer probeerde te klinken, ook al had hij zijn handen in de lucht.

'Taylor,' zei Sam. 'Controleer het wachthuis.'

Taylor sprong het wachthuis in. Ze was extreem alert, klaar om meteen weer naar buiten te springen, maar ze zag niemand.

Door het raam zag ze hoe Edilio's soldaten de laatste auto uit sprongen met hun mitrailleurs in de aanslag. Howard stapte bang en in elkaar gedoken de SUV uit. En heel langzaam, alsof hij een oude man met jicht was, kwam ook Orc naar buiten. Howard viel helemaal in het niet naast hem.

Taylor sprong naar hen toe. 'Er is niemand in het wachthuis,' meldde ze. 'En ik heb Brianna ook niet gezien.'

Dekka keek naar Sam. 'Als iemand dat meisje iets heeft aangedaan, dan komt hij er niet mee weg.'

'Dekka, we moeten dit slim aanpakken,' zei Sam.

'Nee, Sam,' zei Dekka, onverwacht fel en meedogenloos. 'Iedereen die dat meisje iets aandoet, gaat dood.'

Taylor verwachtte dat Sam Dekka terecht zou wijzen. Maar hij zei: 'We houden allemaal van haar, Dekka. We zullen de juiste keuze maken.'

Taylor sprong naar Dekka toe en legde haar hand op Dekka's sterke schouder. Het meisje beefde.

# Vierentwintig

Sam wilde het liefst dat Caine naar hém toe zou komen. Dat zou het beste zijn. Zo zou het moeten. Een rechtstreeks gevecht, buiten, zonder obstakels. De vorige keer dat ze op die manier hadden gevochten, had Sam gewonnen.

Maar Caine zou niet naar buiten komen.

Het gevecht was nog maar nauwelijks begonnen en hij was nu Brianna al kwijt.

Arme Wind.

'Wat gaan we doen?' vroeg Edilio. Hij stond aan Sams zij. Edilio stond altijd aan zijn zijde, en Sam was hem daar innig dankbaar voor. Maar nu, in de schaduw van de dreigend oprijzende kerncentrale, terwijl hij voor zich zag hoe Brianna het volgende gat in het plein zou vullen, zou hij willen dat Edilio zijn mond hield en hem met rust liet.

Maar Sam was de jongen die de beslissingen moest nemen. Winnen of verliezen. Goed of fout. Leven of dood.

'Ik had Astrid mee moeten nemen,' zei Sam. 'Zij kent de centrale beter dan wie dan ook.'

'Ze zijn vast in de controlekamer,' zei Edilio. 'Maakt niet uit wat Caine van plan is, de controlekamer heeft hij sowieso nodig.'

'Ja.'

'Er zijn maar twee manieren om daar te komen, als ik het me goed herinner. Via het turbinegebouw of achterlangs door alle kantoren. Beide ingangen worden waarschijnlijk bewaakt.'

'Ja.'

'Aan beide kanten moet je door smalle gangetjes. Als we door het turbinegebouw gaan, zullen ze zich misschien redelijk gedeisd houden, omdat ze bang zijn dat ze anders de centrale beschadigen, denk je ook niet?'

Sam keek hem scherp aan. 'Je hebt gelijk. Dat zou heel goed kunnen – dat ik daar zelf niet opgekomen ben. Caine wil niet dat de centrale wordt verwoest.'

Edilio haalde zijn schouders op. 'Tja, ik ben niet zomaar je knappe Mexicaanse hulpje, hoor.'

Sam glimlachte. 'Je bent geen Mexicaan. Je komt uit Honduras.'

'O ja,' zei Edilio droog. 'Dat wil ik nog wel eens vergeten.' Toen zei hij op een serieuze toon: 'Caine is hier niet naartoe gekomen om de centrale te vernietigen. Hij is hier om hem in handen te krijgen, om hem ergens voor te gebruiken. Die jongen heeft geen zin om in het donker te moeten zitten, en wij ook niet.'

'Maar hij zal wel tot het uiterste gaan om zijn doel te bereiken,' zei Sam.

'Ja. Hij zal nooit rustig naar buiten komen zodat wij hem kunnen opsluiten, dan...'

Howard deed een paar stappen opzij en kwam naast hen staan. 'Blijven we hier de hele nacht staan? Orc zegt dat hij nu iets wil doen, en dat hij anders liever naar huis gaat om te slapen.'

'Ik verkeerde in de veronderstelling dat het misschien beter was om eerst een paar minuten na te denken,' snauwde Sam. 'We zijn Wind waarschijnlijk ook al kwijt. Maar als jij liever hebt dat Orc daar in zijn eentje naar binnen stormt: prima hoor, ga maar.'

'Nee, nee,' zei Howard, en hij sloop meteen weer weg.

Sam legde zijn hand op Edilio's schouder en kneep er even in. 'Misschien heeft hij gijzelaars.'

'Ja,' beaamde Edilio. 'Mijn jongens. Mike, Mickey, Brittney en Josh.'

'Goed, dan zijn we ons daar in elk geval van bewust,' zei Sam. Hij keek Edilio even recht in de ogen en Edilio gaf hem een heel licht knikje terug.

'Het plan is als volgt. Taylor springt naar binnen met een geweer en begint te schieten. Eén, twee, drie keer, dan springt ze weer weg. En dan gaan we allemaal tegelijk naar binnen, recht door de turbinehal.'

'Oké,' zei Edilio. 'Recht door de turbinehal.'

Heel ontspannen zwaaide hij zijn rugzak van zijn schouder en begon erin te rommelen. Hij riep een van zijn soldaten, een jongen die Steve heette. 'Hé, Steve, waar is mijn Snickers? Ik weet zeker dat die in mijn rugzak zat.'

Steve fronste zijn wenkbrauwen en kwam naar hem toe. De zakken van zijn legerbroek puilden uit.

Edilio trok een pistool uit zijn rugzak, maar het was te groot, te fel gekleurd en te plastic om echt te kunnen zijn. Hij pompte het één keer op en neer, zette het tegen zijn heup en schoot.

Er spoot een dunne straal waterige, gele verf uit die tien meter ver reikte.

Op hetzelfde moment trok Steve twee spuitbussen uit zijn broekzakken, richtte en spoot.

Edilio en Steve spoten in een kring, ze draaiden een rondje en raakten kinderen, auto's en struikgewas.

'Daar!' riep Sam.

Worm was 's nachts bijna helemaal onzichtbaar. Maar zijn camouflage werkte een stuk minder goed met een gele verfstreep over zijn borst.

Worm nam de benen; ze zagen alleen een op en neer dansende, fluorescerende schicht voorbijschieten. Hij rende zo hard hij kon en riep: 'Doe de deur open! Doe de deur open!'

Dekka nam haar positie in. 'Het moet er echt uitzien, maar je moet het niet overdrijven,' fluisterde Sam.

Plotseling struikelde Worm. De zwaartekracht verdween, maar hij trappelde verder tot hij buiten Dekka's bereik was, kwam weer overeind en bonkte tegen de deur.

'Mooi gedaan,' zei Sam.

De deur ging open en Worm viel door de donkere opening.

'Denk je dat hij het gehoord heeft?' vroeg Edilio.

'Jazeker. Hij brengt op dit moment waarschijnlijk verslag uit aan Caine. Dus we gaan nu naar binnen, hard en snel.'

'Hoe?' vroeg Edilio.

'Recht door de muur,' zei Sam grimmig. 'Howard! Orc!' riep hij. Hij wees naar de deur van de turbineruimte, die achter Worm weer was dichtgeslagen. 'Bonk die deur in. Edilio, jij gaat met je beste man met hen mee. Maak zo veel mogelijk herrie. Het moet er overtuigend uitzien. De rest komt met mij mee.'

'Zo veel mogelijk herrie,' herhaalde Edilio op een bezorgde toon.

Sam greep Edilio's schouder nog wat steviger vast. 'Als ik ooit een Mexicaans hulpje nodig heb, ben jij de enige die in aanmerking komt.'

'Ja, vast.'

'Klaar?'

'Nee.'

'Goed, dan gaan we,' zei Sam. Op luide toon herhaalde hij: 'We gaan!'

Ze renden naar de deur waar Worm doorheen was gegaan. Dwars over de parkeerplaats in een bizarre optocht. Edilio, Steve en nog een andere soldaat duwden Orc half voor hen uit terwijl Howard uit strategisch oogpunt wat langzamer rende om in de relatief veilige achterhoede te blijven hangen.

Sam, Dekka en de overige soldaten liepen met hen mee maar bogen toen af, doken naar links en renden langs het gebouw.

Taylor bleef met twee jongens achter om rugdekking te bieden.

Orc rende recht op de deur af. Hij beukte er als een stier op volle snelheid zonder aarzelen tegenaan. Het geluid van de dreun galmde over de parkeerplaats.

De metalen deur deukte in, maar gaf niet mee. Orc deed een stap achteruit en trapte er met zijn stenen voet tegenaan. Hij viel op zijn rug, maar de deur vloog open.

Er kwam een kogelregen door de deuropening.

Orc bleef liggen. De anderen sprongen opzij.

Edilio begon met een oorverdovend lawaai terug te schieten.

De steekvlammen uit de loop van zijn pistool leken wel een stroboscoop.

Sam en Dekka renden weg, vlak langs de muur.

'Hier ongeveer, denk ik,' zei Sam hijgend.

Ze deden allebei een paar stappen van de muur vandaan en Sam hief zijn handen.

Er vloog een verzengend groen vuur uit Sams naar buiten gekeerde handpalmen. De bakstenen muur gloeide rood op. Het metselwerk vertoonde vrijwel direct allerlei barsten, en toen kwam Dekka naar voren. De zwaartekracht onder de muur hield op te bestaan.

De muur begon te scheuren. Stukken mortel en steen vlogen recht omhoog. Sommige kleinere brokjes vatten vlam en zweefden brandend verder. De muur stond op instorten, maar het ging niet snel genoeg.

'Orc!' riep Sam.

De monsterjongen rolde overeind en kwam haastig naar hen toe.

'Dekka, loslaten!' riep Sam.

Het groene vuur doofde, de zwaartekracht keerde met een regen van gruis en puin weer terug en daardoorheen rende Orc. Met één enorme schouder bonkte hij tegen de beschadigde muur. De stenen brokkelden af als een op de grond gevallen kruimeltaart.

Orc liep achteruit, gooide zich weer tegen de muur en vloog erdoorheen. Sam sprintte achter hem aan, maar in tegenstelling tot Orc was hij niet ongevoelig voor de hitte die hij zelf had gecreëerd. Het leek wel alsof hij een oven in rende. Hij schampte langs een stuk gloeiend hete baksteen en slaakte een kreet van pijn.

Sam verstarde.

Daar, achter de muur, was niet de controlekamer. In plaats van de controlekamer in te stormen en Caine te overrompelen, stond hij in een personeelsruimte vol ouderwetse, metalen archiefkasten.

Het hele plan was zojuist in duigen gevallen. De afleidingsmanoeuvre was zinloos geworden.

Dekka stond recht achter Sam. 'Nou, daar gaat het verrassings-element,' zei ze.

Hij had geen tijd om zijn fout te betreuren, zei Sam tegen zich-zelf, maar het was wel een heel zuur moment. Als ze Caine had-den kunnen verrassen, hadden ze levens kunnen redden. Dan had hij misschien de gijzelaars kunnen bevrijden.

'Deze muur wordt makkelijker,' zei Sam. 'Dekking!'

Dekka sprong achter een rij archiefkasten terwijl Sam de binnen-muur bestookte. De temperatuur in de archiefkamer steeg binnen de kortste keren van bloedheet naar bloedlink.

Binnen een paar seconden hadden Sams vuurbollen de verf en de muurplaten weggebrand, maar daarachter, in de muur, was een tussenwand opgetrokken van dof, grijs metaal.

'Dat is om de straling tegen te houden!' riep Sam tegen Dekka. 'Die muur is van lood.'

Het lood smolt snel waar het door Sams verzengende licht werd geraakt. Het droop langs de muur, vormde plassen op de grond en alles waar het tegenaan kwam vloog meteen in brand.

Maar nu was de archiefkamer echt veel te heet. Er was geen zuurstof meer en Sam werd duizelig, hij kon zich niet concentre-ren en wist niet meer wat hij aan het doen was.

'Orc! Pak hem!' riep Dekka terwijl ze snakkend naar adem door het gat rende.

Sam voelde dat hij werd opgetild. Het was op een vreemde ma-nier heel prettig. Buiten kwam hij door de onverwacht koude lucht op zijn gezicht met een schok terug in de werkelijkheid.

Hij keek naar rechts. De turbineruimte werd nog steeds met ko-gels verdedigd. Edilio stond plat tegen de muur en kon niets doen behalve herladen en blindelings naar binnen schieten. Zijn solda-ten hadden de opdracht gekregen om achter geparkeerde auto's dekking te zoeken.

De aanval mislukte.

Sam stond op en vocht tegen zijn misselijkheid en duizelingen. Hij ging weer met zijn gezicht naar de muur staan. Hij zou door het gat kunnen schieten, dwars door de kamer daarachter, en dan zo van buitenaf de loden tussenwand raken. Maar zijn dodelijke stralen waaierden uit op zo'n afstand. En hij zou geen tijd hebben om de vlammen op en neer te laten gaan om het gat groter te maken.

Hij hief zijn handen en vuurde zijn krachten af. De loden wand smolt snel weg. Maar het was te laat, wist Sam. Te laat om Caine nog te kunnen verrassen. Te laat.

En niet genoeg.

Er ontstond een roodomrande opening, ongeveer zo groot als een mangat, waar tranen van gesmolten lood vanaf druppelden.

Toen riep een bekende stem: 'Sam!'

Sam luisterde niet.

'Sam, over drie seconden duw ik een van mijn gijzelaars door dat gat dat jij net hebt gemaakt!' riep Caine. 'Eén!'

Sam maakte het gat zo groot als hij kon door aan de randen zo veel mogelijk lood weg te smelten.

'Twee!'

Hij mocht niet ophouden, zei Sam tegen zichzelf.

Maar als hij niet ophield, zou Caine zijn dreigement uitvoeren, dat wist hij heel, honderd procent zeker. Caine kon met zijn krachten letterlijk een van de gijzelaars het vurige gat in slingeren dat Sam in de muur brandde.

Sam liet zijn handen zakken. Het vuur doofde.

'Dat is beter,' riep Caine.

'Als je nu naar buiten komt, laat ik je er misschien nog heelhuids van afkomen, Caine,' blufte Sam.

'Weet je wat het is, broertje van me,' riep Caine terug. 'Ik heb hier twee van jouw mensen. Laat je eens even horen, jongens.'

'Ik ben het, Sam, Mike Farmer! Mickey is hier ook. En Brittney. Brittney is… gewond.'

Sam wierp een snelle blik op Dekka. Ze keek hem met een hard, uitdrukkingsloos gezicht aan. Caine had gezegd dat hij twee gijzelaars had. Dus hij ging ervan uit dat Brittney dood was.

En geen woord over Brianna. De Wind was niet gegijzeld. Maar, zei Sam tegen zichzelf, Mike had haar niet genoemd. Dus ze lag in elk geval ook niet dood in die kamer.

Bij de deuropening van de turbinehal werd niet meer geschoten. Edilio stond nog steeds met zijn wapen in de aanslag, maar hij wist niet wat hij nu moest doen.

'Laat hen gaan, Caine,' zei Sam vermoeid.

'Ik denk niet dat ik dat ga doen,' antwoordde Caine.

Sam haalde zijn hand door zijn haar, woest van frustratie. 'Wat wil je?' vroeg hij. 'Waar ben je in hemelsnaam mee bezig?'

'Ik heb de kerncentrale in handen, dat lijkt me duidelijk,' zei Caine. 'Niet zo slim van je om die kwijt te raken, Sam.'

Daar had Sam geen antwoord op.

'En weet je wat ik nu ga doen, Sam? Ik ga de stroom in Perdido Beach uitschakelen.'

'Als je dat doet, zitten jullie zelf ook in het donker,' schreeuwde Sam terug.

'Dat zou je denken, hè?' zei Caine met een lachje. 'Maar dat blijkt dus niet zo te zijn. We kunnen vanaf hier kennelijk bepaalde delen van het net uitschakelen zonder de andere delen te treffen.'

'Volgens mij bluf je, Caine. Ik heb die controlekamer gezien. Jij zou er een week over doen om daar wijs uit te worden.'

Caine lachte ontspannen. 'Ja, je hebt helemaal gelijk, broertje. Joh, ik zou er waarschijnlijk wel een máánd over doen. En Diana is ook niet zo'n techneut. En Drake, nou ja, je kent Drake. Maar...'

Sam wist wat er ging komen. Hij deed zijn ogen dicht en liet zijn hoofd hangen.

'Gelukkig heeft onze gemeenschappelijke vriend Jack hier de slag al aardig te pakken. Sterker nog... Hoe gaat het, Jack? Heb je het al?'

Er klonk een onduidelijk gemompel, nauwelijks hoorbaar. Toen zei Caine honend: 'Zal ik je eens wat vertellen, Sam?'

Sam weigerde antwoord te geven.

'Jack hier zegt dat het licht in Perdido Beach zojuist is uitgegaan.' Caine liet een triomfantelijk gekakel horen.

Sam ving Taylors blik op. Ze was naar hem toe geteleporteerd. 'Ga kijken,' zei hij.

Het meisje knikte kort en verdween.

'Heb je Brianna gestuurd om het te controleren?' riep Caine. 'Of Taylor?'

Sam zei niets. Hij wachtte.

Taylor kwam naast hem weer tevoorschijn.

'Ik ben naar een bocht in de weg gesprongen vanwaar je de stad kunt zien liggen,' meldde ze.

'En?'

# Vijfentwintig
17 uur, 54 minuten

Duck had onderweg naar huis een hele discussie met zichzelf gevoerd. Hunters probleem was niet zijn probleem, zei hij tegen zichzelf. Goed, misschien was hij nu ook een freak, net als Hunter, maar wat dan nog? Hij had een stomme, nutteloze gave – waarom zou hij dan Hunters leed moeten delen?

Hunter was een eikel. En alle mensen die Duck aardig vond, waren normaal. Bijna allemaal. Hij vond Sam natuurlijk ook aardig, op een soort afstandelijke manier. Maar jemig, moest hij nou echt opeens een kant kiezen in een gevecht waarvan hij niet eens had geweten dat het aan de gang was?

Maar goed, hij vond het ook geen prettig idee om Hunter zomaar hongerig in de puinhopen naast de kerk aan zijn lot over te laten. Dat was toch ook wel een beetje hardvochtig.

Toen hij in zijn betrekkelijk veilige huis was aangekomen, had Duck zichzelf ervan overtuigd dat hij gewoon niets moest doen. Maar toen praatte hij net zolang op zichzelf in tot hij weer van mening veranderde. En toen begon hij weer van voren af aan.

Hij merkte dat hij de keukenkastjes aan het doorzoeken was. Gewoon om even te kijken. Gewoon om te kijken of het überhaupt mogelijk was om Hunter te helpen.

Er was niet zoveel te zien in de keuken. Twee blikken groenten. Een pot hotdogsaus, maar niet eens van die lekkere zoete. Een halfvolle zak meel en wat olie. Hij had geleerd hoe hij een soort vieze tortilla moest bakken van het meel, een beetje water en olie. Dat was momenteel het lievelingsgerecht in de FAKZ, iets wat zelfs de onhandigste keukenklunzen nog wel voor elkaar konden krijgen.

Hij wilde er niet eens over nadenken wat ze binnen een week allemaal zouden eten. Duck had gehoord dat er op de akkers nog wel eten lag, maar niemand wilde het oogsten zolang de pieren er waren. Hij rilde als hij eraan dacht.

Maar die hotdogsaus kon hij eigenlijk wel missen. Niet echt gezonde kost, maar Hunter had behoorlijk wanhopig geklonken. En tegenwoordig at iedereen van alles waar ze vroeger nog van over hun nek gingen.

Plotseling zag Duck echte hotdogs voor zich. Dampend hete worstjes in een zacht wit broodje.

Ducks tante kwam uit Chicago. Zij had hem geleerd wat er allemaal op een echte hotdog uit Chicago ging. Hoeveel ingrediënten waren het ook alweer? Zeven? Hij vroeg zich af of hij ze allemaal nog wist.

Mosterd. Saus. Uien. Tomaten.

Het water liep hem in de mond. Maar ja, het water zou hem ook in de mond lopen bij de gedachte aan een echte hotdog met spruitjes erbovenop.

Hij hakte de knoop door. Dit ging niet om de freaks tegen de normalo's. Dit ging om de vraag of hij Hunter daar zomaar de hele nacht kon laten zitten.

Nee dus. Hij zou hem de saus brengen en als Hunter een schuilplaats nodig had, dan zou hij hier in de kelder van zijn huis mogen logeren.

Duck liet de saus in zijn jaszak glijden en ging met grote tegenzin de nacht weer in.

Binnen een paar minuten was hij terug bij de kerk.

'Hunter. Yo, Hunter,' fluisterde hij schor.

Niets.

Geweldig. Heel fijn. Hij werd dus toch in de maling genomen.

Hij draaide zich om en wilde weglopen, toen er een groep van een stuk of zeven, acht kinderen de hoek om kwam. Zijn oog viel bijna meteen op de honkbalknuppels die ze bij zich droegen.

Zil liep voorop.

'Daar is er een!' roep Zil, en voor Duck ook maar kon reageren, stormden de jongens op hem af.

'Alles goed?' vroeg Duck.

De jongens omsingelden hem. Het was overduidelijk dat ze op een knokpartij uit waren, maar Duck was vastbesloten ze geen excuus te geven om te gaan slaan.

'Alles goed?' zei Zil spottend. 'De Menselijke Boor wil weten of alles goed is.' Hij gaf Duck een duw. 'Een van jouw soortgenoten heeft mijn beste vriend vermoord, dus nee, alles is niet goed.'

'We zijn het zat,' viel een andere jongen hem bij.

Er werd instemmend gemompeld.

'Jongens, ik heb niemand kwaad gedaan,' zei Duck. 'Ik was gewoon...'

Hij wist niet wat hij gewoon was. De vijandige ogen om hem heen werden spleetjes.

'Gewoon wat, freak?' wilde Zil weten.

'Aan het wandelen, joh. Wat is daar mis mee?'

'We zijn op zoek naar Hunter,' zei Hank.

'We gaan hem ervan langs geven.'

'Ja. En misschien zijn gezicht een beetje verbouwen,' zei Antoine. 'Ik denk dat hij knapper is als zijn neus aan de zijkant zit.'

Ze lachten.

'Hunter?' zei Duck, en hij deed zijn best om onschuldig te klinken.

'Ja. De Magnetronman. Het moordende monster.'

Duck haalde zijn schouders op. 'Ik heb hem niet gezien.'

'Wat heb je daar in je zak?' vroeg Zil. 'Hij heeft iets in zijn zak.'

'Wat? O, dat is niets. Het...'

De honkbalknuppel haalde met feilloze precisie uit. Duck voelde de klap tegen zijn heup op de plek waar de saus in zijn jaszak zat. Hij hoorde het soppende geluid van nat glas dat aan diggelen wordt geslagen.

'Hé!' riep Duck.

Hij wilde hen opzijduwen, maar zijn voeten kwamen niet van

hun plek. Hij keek niet-begrijpend naar beneden en zag dat hij tot zijn enkels in de stoep was gezakt.

'Jullie moeten me ook niet zo boos maken!' riep hij wanhopig.

'Jullie moeten me niet zo boos maken,' herhaalde Zil op een pesterig, kinderachtig toontje.

'Hé man, hij zakt weg!' riep een van hen.

Duck stond tot halverwege zijn kuiten in de grond. Hij zat vast. Hij keek in Zils minachtende ogen en zei smekend: 'Toe nou, waarom pesten jullie me zo?'

'Ja hè hè, omdat je een muta bent, natuurlijk,' zei Zil. 'Wat dacht je dan?'

'Jullie willen Hunter toch?' vroeg Duck. 'Hij zit daar, achter al die zooi.'

'Is dat zo?' zei Zil. Hij knikte naar zijn bende en ze klommen allemaal over de puinhopen om hun eigenlijke slachtoffer te zoeken. Iemand, Duck zag niet wie, sloeg met zijn knuppel het gebrandschilderde stuk glas kapot.

Duck haalde diep adem. 'Denk aan iets leuks, denk aan iets leuks,' fluisterde hij. Hij zakte niet meer, maar hij zat nog steeds vast. Hij wiebelde zijn voet heen en weer. Uiteindelijk wist hij één voet los te trekken – zonder schoen. De andere voet kwam er makkelijker uit, en nog met schoen ook.

Duck rende ervandoor.

'Hé, kom terug!'

'Hij heeft gelogen, Hunter is hier helemaal niet!'

'Pak hem!'

Duck rende zo hard hij kon en gilde ondertussen: 'Leuke dingen, leuke dingen, ha ha ha ha!', terwijl hij zijn mond in een grijns wrong in een wanhopige poging zijn woede niet de overhand te laten krijgen.

Hij haalde de overkant van de straat. Er zat een flinke afstand tussen hem en Zils bende, maar het was niet genoeg om zijn huis in te kunnen rennen en de deur op slot te doen voor ze hem te pakken zouden krijgen.

'Help! Help me!' riep hij.

Zijn volgende stap kwam zwaar neer.

De stap daarna verbrijzelde de tegels.

De derde stap ging dwars door de stoep en hij viel hard voorover.

Zijn kin knalde op het beton en ging er krakend doorheen, als een rots door glas.

Hij viel weer door de grond. Maar dit keer met zijn gezicht naar beneden.

Hij werd onmiddellijk omsingeld door Zil en de anderen. Ze sloegen hem op zijn rug. Op zijn billen. Het deed geen pijn. Het voelde alsof ze hem met strootjes sloegen in plaats van met knuppels. En toen konden ze er niet meer bij, omdat hij nu door het beton heen was en de aarde in zakte.

'Eén monster minder,' hoorde hij Zil triomfantelijk juichen.

En toen: 'Wat is er gebeurd?'

'Alle lichten zijn uit,' zei iemand bang.

Er klonk een angstig gevloek, en het geluid van wegrennende voetstappen.

Duck Zhang lag op zijn buik in de aarde en zakte dieper en dieper.

Maria lag in het donker in bed, gleed met haar handen over haar buik en voelde het vet dat daar zat. Misschien nog een paar weekjes diëten, dacht ze. En dan zou ze 'er' zijn. Waar dat ook mocht wezen.

De fles water op haar nachtkastje was leeg. Maria stapte futloos uit bed. Ze trok de badkamerdeur open en deed het licht aan. Heel even zag ze iemand die ze niet herkende, iemand met ingevallen wangen en holle ogen.

En toen werd alles donker.

In de kelder van het stadhuis, in de naargeestige kamer die de kinderen het ziekenhuis noemden, hield Dahra Baidoo de hand van Josh vast.

Hij bleef maar huilen.

Hij kwam van het gevecht om de kerncentrale. Een van Edilio's soldaten had hem gebracht.

'Ik wil naar mijn moeder, ik wil naar mijn moeder.' Josh schommelde ontredderd en beschaamd heen en weer, en wat Dahra ook zei, het drong niet tot hem door.

'Ik wil naar mijn moeder,' huilde hij.

'Ik wil gewoon naar mijn moeder.'

'Ik zet een dvd op,' zei Dahra. Ze had geen andere oplossing. Ze had dit vaker meegemaakt, met meer kinderen dan ze kon bijhouden. Soms werd het kinderen gewoon te veel. Ze knapten, als een stok die te ver wordt doorgebogen. Kapot.

Dahra vroeg zich af hoe lang het zou duren voor zij ook brak.

Hoe lang nog voor ook zij huilend haar armen om zich heen zou slaan en schommelend om haar moeder zou vragen?

Plotseling gingen de lichten uit.

'Ik wil naar mijn moeder,' huilde Josh in het donker.

John Terrafino zat als een zombie in de crèche en keek met een half oog naar een televisie zonder geluid terwijl hij ondertussen een chagrijnige baby van tien maanden de fles gaf. Er zat geen melk of babyvoeding in het flesje. Er zat water in, vermengd met dunne havermoutpap en een heel klein beetje gepureerde vis.

Er was geen enkel babyboek waarin dit werd aangeraden. De baby was ziek. Hij werd met de dag zieker. John dacht niet dat de baby, die ook John heette, nog lang zou leven.

'Stil maar,' fluisterde hij.

De televisie ging uit.

Astrid had eindelijk Kleine Pete in bed gekregen. Ze was uitgeput en maakte zich zorgen. Haar oog deed pijn en er zat een akelige, geelzwarte kneuzing rond de plek waar de honkbalknuppel haar had geraakt. Het ijs dat ze erop had gelegd had wel geholpen, maar niet veel.

Ze moest slapen, het was al één uur 's nachts, maar dat zat er niet in. Nog niet. Ze moest eerst weten hoe het met Sam was. Ze wou dat ze met hem mee had kunnen gaan naar de kerncentrale.

Niet dat ze daar veel zou kunnen betekenen, maar dan wist ze in elk geval wat er aan de hand was.

Het was vreemd hoe Sam in slechts drie korte maanden een voor haar gevoel onmisbaar onderdeel van haar leven was geworden. Meer nog, eigenlijk. Een onmisbaar onderdeel van haarzelf. Een arm, een been. Een hart.

Ze hoorde herrie op straat. Er kwam iemand aangerend. Ze verstijfde en verwachtte elk moment stampende voeten op haar veranda. Maar er kwam niemand.

Was dat Hunter die terugkwam? Of was Zil nog steeds trammelant aan het schoppen? Ze kon niets tegen hem beginnen. Ze had geen gave, geen krachten waar ze iets aan had in elk geval. Ze kon alleen maar dreigen en soebatten.

Toen ze bij het raam was, lag de straat er alweer rustig en verlaten bij.

Ze hoopte dat Hunter zich ergens had verstopt. Ze moesten bedenken hoe ze die situatie gingen aanpakken en dat zou nog heel lastig worden. Er was weinig voor nodig om de situatie uit de hand te laten lopen. Maar vanavond zou er nog niets worden opgelost.

Hoe zou het Sam vergaan? Was het hem gelukt om Caine tegen te houden?

Was hij gewond?

Was hij dood?

God, alsjeblieft niet, bad ze.

Nee. Hij was niet dood. Ze zou het voelen als het wel zo was.

Ze veegde een traan weg en zuchtte. Ze wist zeker dat ze niet zou kunnen slapen. Met geen mogelijkheid. Ze ging achter haar computer zitten en legde haar trillende handen op het toetsenbord. Ze moest iets nuttigs doen. Iets. Alles om maar niet de hele tijd aan Sam te hoeven denken.

Onder aan het scherm zag ze de vertrouwde pictogrammen van Safari en Firefox. Ze kon de webbrowsers wel openen, maar dan zou ze er alleen maar aan herinnerd worden dat ze geen internetverbinding had.

Astrid opende de mutatiemap en bekeek alle bizarre foto's. De kat die met een boek was versmolten. De slangen met de vleugeltjes. De meeuwen met roofvogelklauwen. De worm.

Ze opende een Worddocument en begon te typen.

De enige constante lijkt vooralsnog dat alle wezens – mensen en dieren – gevaarlijker worden door de mutaties. De mutaties verschijnen vooral in de vorm van wapens.

Ze hield op met typen en dacht daar even over na. Het was niet helemaal waar. Sommige kinderen hadden gaven ontwikkeld die volslagen nutteloos leken te zijn. Sam had zelfs wel eens gezegd dat hij zou willen dat er meer kinderen een 'serieuze' gave hadden ontwikkeld, zoals hij het noemde. En dan had je Lana nog, wier gave beslist geen wapen was.

Wapens of verdedigingsmechanismen. Het is natuurlijk goed mogelijk dat ik simpelweg nog niet genoeg mutaties heb bestudeerd om daarover te kunnen oordelen. Maar het zou mij beslist niet verbazen als de mutaties overlevingsmechanismen blijken te zijn. Dat is immers waar de evolutie om draait: overleven.

Maar was dit wel evolutie? Bij evolutie was sprake van een serie toevalstreffers die in de loop van miljoenen jaren tot ontwikkeling leidden, en niet van een plotselinge explosie aan radicale veranderingen. Evolutie was gebaseerd op bestaand DNA. Wat hier in de FAKZ gebeurde, wees op een radicale breuk met miljarden jaren aan dieren-DNA. Snelheid kon in je genen zitten, maar er was geen gen voor teleportatie, of voor het tijdelijk uitschakelen van de zwaartekracht, of voor telekinese.

Er was geen genetische code die bepaalde dat je vuur uit je handpalmen kon laten schieten.

Het komt erop neer dat ik niet weet

Het scherm werd zwart. De kamer was donker.

Astrid stond op en liep naar het raam. Ze trok de gordijnen open, keek naar buiten en zag alleen maar duisternis. Alle lichten in de hele straat waren uit.

Ze liep naar buiten, de veranda op.

Duisternis. Overal. Er kwam geen sprankje licht uit de huizen om haar heen.

Een paar huizen verderop riep iemand woedend: 'Hé!'

Caine had de kerncentrale in handen. Sam had gefaald.

Astrid slikte een snik weg. Als Sam gewond was... Als...

Astrid voelde de angst als ijzige vingers door haar nachtpon kruipen. Ze struikelde de keuken weer in. Ze trok de rommella open en vond na enig speurwerk een zaklamp. De lichtstraal die eruit kwam was zwak en doofde al na een paar seconden.

Maar in die paar seconden had ze een kaars gevonden.

Ze probeerde hem aan te steken aan het fornuis. Maar het gas brandde niet, omdat er elektriciteit nodig was voor de vonk.

Lucifers. Een aansteker. Er waren vast wel ergens lucifers.

Maar zonder licht zou ze die nooit vinden. Ze had een kaars, maar kon hem niet aansteken.

Astrid schuifelde op de tast naar de trap en liep naar de kamer van Kleine Pete. De gameboy lag naast zijn bed, waar hij hem altijd legde. Als hij wakker werd en merkte dat hij weg was, zou hij door het lint gaan. Hij zou... ze kon met geen mogelijkheid voorspellen wat hij zou doen.

Ze liep met de gameboy terug naar beneden en doorzocht bij het licht van het display de rommella. Geen lucifers, maar wel een gele aansteker.

Ze drukte het knopje in en stak de kaars aan.

Ze was zo druk geweest met zoeken dat ze heel even niet aan Sam gedacht had. Maar ze kon niet ontkennen dat Sam naar de kerncentrale was gesneld om Caine tegen te houden. En dat hem dat niet gelukt was. De enige vraag was nu: had hij het overleefd?

Er borrelde een regel van een oud gedicht omhoog in Astrids bijna fotografische geheugen. 'Het midden houdt geen stand,' fluisterde ze tegen de spookachtig verlichte keuken. Ze hoorde de strofe in haar hoofd:

*Alles valt uiteen; het midden houdt geen stand;*
*De wereld wordt in anarchie gedompeld;*
*Het bloeddonk're tij krijgt de vrije loop, en overal*
*verdrinkt de rite van de onschuld;*
*De besten zijn niet overtuigd, de slechtsten*
*vol hartstochtelijke hevigheid.*

'Alles valt uiteen; het midden houdt geen stand,' herhaalde Astrid.

Het midden misschien niet. Maar zelfs hier in de FAKZ zou God toch wel luisteren en over Zijn kinderen waken?

'Laat Sam alstublieft ongedeerd zijn,' fluisterde ze tegen de kaars.

Ze sloeg een kruis en knielde voor het aanrecht alsof het een altaar was.

'Heilige aartsengel Michaël, verdedig ons in de strijd. Wees onze bescherming tegen de boosheid en de listen van de duivel.'

Vroeger had ze zich de duivel altijd voorgesteld als een beest met hoorntjes en een staart als ze dit gebed opzei. Maar nu had de duivel het gezicht van Caine gekregen. En toen het gebed verderging over 'de boze geesten, die tot verderf van de zielen over de wereld rondgaan', zag ze in gedachten een jongen voor zich met een doodse blik en een slangenarm.

# Zesentwintig

'Wat wil je, Caine?' riep Sams stem van buiten. Hij klonk boos, gefrustreerd. Verslagen.

Caine boog zijn hoofd. Hij genoot van het moment. Hij had gewonnen. Hij had zichzelf pas sinds vier dagen weer enigszins onder controle. En nu had hij Sam al verslagen.

'Vier dagen,' zei hij, net hard genoeg om door de anderen in de kamer gehoord te kunnen worden. 'Langer had ik niet nodig om Sam Temple te verslaan.' Hij keek Drake doordringend aan. 'Vier dagen,' sneerde Caine. 'En wat heb jij bereikt in de drie maanden dat ik ziek was?'

Drake staarde terug, maar sloeg toen zijn ogen neer. Zijn wangen waren rood en er zat een gevaarlijke fonkeling in zijn ogen, maar hij kon niet op tegen Caines triomfantelijke blik.

'Hou dat maar in je achterhoofd als je besluit dat het eindelijk tijd is om het tegen mij op te nemen, Drake,' fluisterde Caine.

Caine draaide zich om naar de anderen en keek stralend naar zijn team. Naar Jack, die als een vies, bloederig hoopje mens achter de computer zat en zo verdiept was in zijn werk dat hij nauwelijks in de gaten had wat er gebeurde. Naar Worm, die telkens zichtbaar en dan weer onzichtbaar werd. Naar Diana, die net deed alsof ze niet onder de indruk was. Hij knipoogde naar haar, maar hij wist dat ze niet zou reageren. Naar de twee soldaten van Drake, die maar een beetje rondlummelden.

'Wat ik wil?' schreeuwde Caine terug door het verschroeide gat

298

in de muur. Hij riep het nog een keer, met de nadruk op elk woord. 'Wat. Ik. Wil?'

En toen had Caine een black-out. Heel even, net voor hij zich weer herstelde, wist hij niet meer wat hij wilde. Niemand hoorde zijn aarzeling. Maar Caine voelde hem.

Wat wílde hij eigenlijk?

Hij zocht naar een antwoord en vond er een dat ermee door kon. 'Jou, Sam,' zei hij poeslief. 'Ik wil dat je hier helemaal in je eentje naar binnen loopt. Dat wil ik.'

De gijzelaars, Mickey en Mike, keken elkaar ongelovig aan. Caine kon wel raden wat ze dachten: Sam, hun grote held, had gefaald.

Sams gesmoorde stem was nog net verstaanbaar. 'Dat zou ik best willen doen. Het zou waarschijnlijk een opluchting zijn, eerlijk gezegd.' Hij klonk mat. Hij klonk verslagen. Wat een heerlijk, schitterend geluid, dacht Caine. 'Maar we weten allemaal hoe ver jij gaat als er niemand is die je tegenhoudt. Dus, nee.'

Caine slaakte een diepe, overdreven zucht. Hij grijnsde van oor tot oor. 'Ik was al bang dat je zo zou reageren, Sam. Dus ik heb een ander voorstel. Ik heb een ruil in gedachten.'

'Een ruil? Wat voor wat?'

'Eten voor licht,' zei Caine. Hij legde zijn hand om zijn oor alsof hij luisterde. Tegen Diana fluisterde hij: 'Hoor je dat? Dat is het geluid van mijn broer die beseft dat hij verslagen is. Die beseft dat hij net mijn... Tja, wat is hij net geworden? Hoe zal ik het eens noemen? Mijn dienaar? Mijn slaafje?'

Sam riep: 'Volgens mij ben jíj juist degene die in de problemen zit, Caine.'

Caine knipperde met zijn ogen. In zijn achterhoofd begon een waarschuwend lampje te flitsen. Hij had zojuist een fout gemaakt. Hij wist niet welke, maar hij had een fout gemaakt.

'Ik?' schreeuwde Caine. 'Ik dacht het niet. De lichtknop is van mij, broertje.'

'Ja, dat zal best,' riep Sam. 'Jij bent omsingeld. En als er op Coates al een voedseltekort heerst, dan heb je vast niet veel eten bij je. Dus dan zul je wel snel honger krijgen, ben ik bang.'

Caines grijns bevroor.

'Zo, dat is een onverwachte ontwikkeling,' zei Diana droog.

Caine beet op zijn duimnagel en riep: 'Zeg, broertje van me, ben je vergeten dat ik hier twee van jouw mensen in gijzeling heb?'

Het was heel lang stil en Caine zette zich schrap, in de veronderstelling dat Sam hem misschien nog vanuit een andere hoek zou aanvallen. Uiteindelijk zei Sam, en hij klonk tegelijkertijd grimmiger en zelfverzekerder: 'Ga je gang, Caine, doe maar wat je wilt met de gijzelaars. Dan heb je geen gijzelaars meer. Maar wel nog steeds honger.'

'Ik laat Drake gewoon zijn gang gaan met die gijzelaars, hoor,' dreigde Caine. 'Dan kun je ze horen gillen.' Hij voelde zijn wangen heet worden. Hij wist wat Sam zou antwoorden. Hij hoefde er niet lang op te wachten.

'Als ik iemand hoor gillen, staan we binnen twee seconden binnen,' zei Sam. 'Het zal er bloederig aan toe gaan, en dat wil ik liever voorkomen. Maar je weet dat ik genoeg mensen heb met genoeg superkrachten om het te doen.'

Caine beet op zijn duimnagel. Hij keek even naar Diana, in de hoop dat zij met een oplossing zou komen, een idee waar hij iets aan had. Drakes blik ontweek hij zorgvuldig.

'Dus ik heb een beter idee,' riep Sam. 'Wat zou je ervan zeggen als je van mij tien minuten kreeg om uit die kamer te komen? En dan beloof ik je dat jullie terug naar Coates mogen.'

Caine perste er een lachje uit, maar het klonk bijna grommend. 'Ik dacht het niet, Sam. De centrale is van mij. En jij mag terug naar een pikdonkere stad.'

Er kwam geen antwoord.

De stilte sprak boekdelen. Sam hoefde niets meer te zeggen. En Caine hád niets meer te zeggen. Hij had het gevoel alsof er een band om zijn borst werd aangetrokken. Alsof elke ademhaling moeite kostte.

Er klopte iets niet. Er klopte iets heel erg niet. De angsten die in zijn nachtmerries tot leven kwamen, laaiden op, alsof het vloed werd in zijn hoofd. Hij zat in de val.

'Niet verslappen,' mompelde Drake toen zijn soldaten sceptische, bezorgde blikken met elkaar wisselden.

Diana draaide rond in haar stoel. 'En nu, Onverschrokken Leider? Hij heeft gelijk: we hebben geen eten.'

Caine kromp in elkaar. Hij haalde zijn hand door zijn haar. Zijn hoofd voelde warm aan.

Hij draaide zich snel om, want hij had het gevoel dat er iemand van achteren op hem af sloop. Er was niemand, alleen dat meisje, Brittney, op de grond.

Waarom had hij dit niet zien aankomen? Waarom had hij zich niet gerealiseerd dat hij hier in de val zou zitten? Zelfs als hij op de een of andere manier de kinderen op Coates zou kunnen bereiken, dan waren dat nog altijd veel minder mensen dan het aantal hulptroepen dat Sam zou kunnen inschakelen.

En er zou niemand komen. Niet hiernaartoe. Niet als Sam het gebouw omsingeld had.

Sam kon binnen een paar uur vijftig mensen om de kerncentrale gezet hebben. En wat kon Caine doen? Wat kon hij dóén?

Ze hadden de kerncentrale in handen. Ze hadden het licht in Perdido Beach uitgedaan. Maar nu zaten ze in de val. Het was onvoorstelbaar.

Caine fronste zijn wenkbrauwen en probeerde zich te concentreren. Waarom had hij dit gedaan? Binnen een minuut was zijn stemming omgeslagen van jubelende triomf naar deerniswekkende vernedering.

Wat had hij gedaan? Het sloeg nergens op. Het leverde hem niets op. Hij had alleen maar gedacht: je moet die centrale veroveren. Veroveren en vasthouden. En dan...

En dan...

Caine had het gevoel dat hij viel, zijn hoofd tolde en tolde alsof de grond zich onder hem had geopend.

Het besef was onverwacht en angstaanjagend. Hij had de centrale helemaal niet veroverd om eten te krijgen voor zijn mensen, zelfs niet om te laten zien dat hij sterker was dan Sam. Hij had dit helemaal niet gedaan omdat hij het zelf wilde.

Met een lijkbleek gezicht staarde Caine naar Drake.

'Het is voor hem,' zei Caine. 'Het is allemaal voor hem.'

Drakes ogen knepen niet-begrijpend samen.

'Hij heeft honger,' fluisterde Caine. Het deed pijn om in Diana's ogen te zien hoe het haar langzaam begon te dagen toen hij het hardop zei: 'Hij heeft honger in het donker.'

'Hoe weet je dat?' wilde Drake weten.

Caine spreidde hulpeloos zijn handen. Hij kon het niet uitleggen. Hij zou het niet onder woorden kunnen brengen.

'Daarom heeft hij me laten gaan,' zei Caine, meer tegen zichzelf dan tegen Diana of Drake. 'Daarom heeft hij me vrijgelaten. Om dit te kunnen doen.'

'Probeer je me nou te vertellen dat we een of andere koortsdroom van jou aan het verwezenlijken zijn?' vroeg Diana ongelovig, niet wetend of ze moest lachen of huilen. 'Probeer je me nou te vertellen dat we dit allemaal gedaan hebben omdat dat monster uit de woestijn in jouw hoofd zit?'

'Wat moeten we voor hem doen?' vroeg Drake gretig, niet boos. Als een hond die graag zijn baas tevreden wil stellen.

'We moeten het naar hem toe brengen. We moeten hem voeden,' zei Caine.

'Waarmee?'

Caine zuchtte en keek naar Jack. 'Met het eten dat zijn duisternis verlicht. Hetzelfde spul dat Perdido Beach verlicht. Het uranium.'

Jack schudde langzaam zijn hoofd. Hij begreep het wel, maar hij wílde het niet begrijpen. 'Caine, hoe moeten we dat doen? Hoe moeten we uranium uit de reactorkern halen? Hoe moeten we het kilometers door de woestijn vervoeren? Het is zwaar. Het is gevaarlijk. Het is radioactief.'

'Caine, dit is krankzinnig,' zei Diana smekend. 'Wou je radioactief uranium door de woestijn gaan slepen? Wat heb je daaraan? Wat hebben wíj daaraan? Wat is het nut daarvan?'

Caine aarzelde. Hij fronste zijn wenkbrauwen. Ze had gelijk. Waarom zou hij de Duisternis dienen? Dat beest mocht lekker zelf voor zijn eten zorgen. Caine had zijn eigen problemen, zijn eigen behoeften, zijn eigen...

Het gebrul dat door de kamer klonk was zo hard dat de muren ervan leken te trillen. Het wierp Caine op zijn knieën. Hij sloeg zijn handen over zijn oren in een poging zich ervoor af te sluiten, maar het ging maar door, terwijl hij in elkaar kromp en wegdook en het plotselinge verlangen om zijn darmen te legen probeerde te onderdrukken.

Het hield op. De stilte galmde.

Langzaam deed Caine zijn ogen open. Diana keek hem aan alsof hij gek was geworden. Drake stond ongelovig naar hem te staren en leek elk moment in lachen uit te kunnen barsten. Jack keek alleen bezorgd.

Ze hadden het niet gehoord. Dat onmenselijke gebrul waar je je niet tegen kon verzetten was alleen voor hem bedoeld geweest.

Straf. De gaiaphage zou gehoorzaamd worden.

'Wat is er met je aan de hand?' vroeg Diana.

Drake kneep zijn ogen tot spleetjes en grijnsde zelfgenoegzaam. 'Het is de Duisternis. Caine bepaalt niet meer wat er gebeurt. We hebben een nieuwe leider.'

Diana verwoordde wat Caine dacht. 'Arme Caine,' zei ze. 'Jij arme, verknipte jongen.'

Lana vond elke stap veel te hard klinken, alsof ze op een gigantische bassdrum liep. Haar benen waren stram, haar knieën leken vastgeschroefd. Ze voelde elke kiezel, alsof ze op blote voeten liep.

Haar hart bonsde zo hard dat de hele wereld het waarschijnlijk zou kunnen horen.

Nee, nee, het was gewoon haar verbeelding. Het enige geluid was het zachte cornflakegeknisper van haar gympen over het grind. Haar hart klopte alleen voor háár oren. Ze was zo stil als een muis.

Maar ze was ervan overtuigd dat hij haar wel kon horen. Hij was net een uil die 's nachts met oren en ogen op zoek is naar een prooi. Hij keek en wachtte en ze kon sluipen wat ze wilde, maar voor hem klonk ze als een fanfare, voor dat ding, de Duisternis.

De maan stond aan de hemel. Of het ding dat doorging voor de maan. De sterren straalden. Of iets wat heel erg op sterren leek. Zilverachtig licht viel hier en daar op een uitstekend takje van het struikgewas, op de groeven van een rotsblok, en wierp verder alleen maar diepe schaduwen.

Lana liep behoedzaam verder en klemde haar tanden dapper op elkaar. Ze had het pistool in haar rechterhand, langs haar zij, ze voelde het tegen haar bovenbeen. Uit haar broekzak stak een zaklamp, die nu nog uit stond.

Jij denkt dat je mij in je macht hebt. Je denkt dat je mij kunt laten doen wat jij wilt. Niemand heeft mij in zijn macht. Niemand laat mij doen wat hij wil.

Er knipperden twee lichtpuntjes in het donker voor haar.

Lana verstijfde.

De lampjes keken naar haar. Ze bewogen niet.

Lana hief het pistool en richtte, precies tussen de twee lampjes.

De nacht lichtte een fractie van een seconde op door het schot.

En in die flits zag ze de coyote.

Toen was hij verdwenen. Haar oren tuitten.

Onder aan het pad hoorde ze een houten deur piepen en toen dichtgeslagen worden. Cookies stem riep: 'Lana! Lana!'

'Niets aan de hand, Cookie. Ga naar binnen. Doe de deur op slot. Nu!' riep ze.

De deur ging met een klap weer dicht.

'Ik weet dat je er bent, Roedelleider,' zei Lana. 'En dit keer ben ik niet zo weerloos.'

Lana liep verder. De knal en de kogel – die zijn doel bijna zeker weten niet had geraakt – hadden haar rustig gemaakt. Ze wist nu dat de gemuteerde coyoteleider er was en haar in de gaten hield. Ze wist zeker dat de Duisternis ook op de hoogte was.

Goed. Prima. Beter. Geen geheimzinnig gedoe meer. Ze kon zo die mijn in stampen en de sleutel bij het lijk pakken. En dan zou ze weer terugstampen naar de schuur waar Cookie met Patrick op haar wachtte.

Het pistool voelde lekker in haar hand.

'Toe dan, Roedelleider,' zei ze poeslief. 'Je bent toch niet bang voor een kogel, hè?'

Maar haar bravoure ebde weg toen ze de ingang van de mijn naderde. Het maanlicht bestreek de dwarsbalk boven de ingang met een heel lichte, zilveren glans. Daaronder wachtte een zwarte muil gulzig tot hij haar kon verzwelgen.

*Kom bij me.*

Verbeelding. Er was geen stem.

*Ik heb je nodig.*

Lana knipte de zaklamp aan en richtte de straal op de opening van de grot. Ze had net zo goed op de nachtelijke hemel kunnen richten. Het bleef aardedonker.

De zaklamp in haar linkerhand. Het pistool zwaar in haar rechter. Ze rook de kruitgeur van de kogel die ze had afgevuurd. Hoorde het geknerp van het grind. Voelde haar zware armen en benen. Haar geest was in een soort droomtoestand, al haar concentratie gericht op één eenvoudige taak.

Ze kwam bij de ingang van de mijnschacht. Daarboven, balancerend op de smalle richel, stond Roedelleider op haar neer te grommen.

Ze richtte haar zaklamp op hem en volgde de straal met haar pistool, maar de coyote sprong weg.

Hij probeert me niet tegen te houden, besefte Lana. Hij kijkt alleen. De ogen en oren van de Duisternis.

De mijningang in. De straal stokte toen hij vond wat hij zocht.

Zijn gezicht leek wel gemummificeerd; de vergeelde huid lag strakgespannen over de botten die geduldig wachtten tot ze erdoorheen konden prikken. De ruwe, opgelapte spijkerstof van zijn kleding leek bijna nieuw vergeleken met zijn uitgedroogde vel en het verdorde gras op zijn hoofd.

Lana knielde naast hem neer. 'Dag Jim,' zei ze.

Ze moest nu kiezen tussen het pistool en de zaklamp. Ze legde het pistool op Jims ingevallen borst.

Ze vond zijn rechterbroekzak. Een spijkerbroek van Wrangler.

De zak was ruim, ze kon er makkelijk in. Maar hij was leeg. Ze kon ook vrij makkelijk bij zijn achterzak, maar die was ook leeg.

'Sorry hiervoor.' Ze pakte de tailleband van zijn broek en rolde hem naar haar toe zodat ze bij de andere achterzak kon. Het lijk bewoog vreemd, het was te licht, het verschoof te makkelijk nu er zo veel gewicht verdampt was.

Leeg.

'Mens dood.'

Ze herkende die stem meteen. Het was een stem die je nooit zou vergeten. Het was het hoge, ingeslikte gegrom van Roedelleider.

'Ja, dat heb ik gezien,' zei Lana. Ze was trots op haar kalme toon. Binnen in haar laaide haar paniek hoog op – er was nog maar één zak over, en stel dat de sleutels daar niet in zaten?

'Ga naar de Duisternis,' zei Roedelleider.

Hij stond een meter of vier verderop, gespannen, klaar voor de aanval. Zou ze het pistool kunnen pakken voor Roedelleider haar te pakken kreeg?

'De Duisternis heeft tegen me gezegd dat ik de zakken van deze meneer hier moest rollen,' zei Lana. 'De Duisternis heeft zin in een kauwgumpje. Dacht dat Jim misschien nog een pakje had.'

Gedurende haar tijd als Roedelleiders gevangene had Lana respect gekregen voor de meedogenloze vastberadenheid van de coyoteleider, voor zijn sluwheid, zijn kracht. Maar niet voor zijn intelligentie. Hij bleef, ondanks de mutatie waardoor hij kon praten, een coyote. Zijn referentiekader bestond uit het jagen op knaagdieren en het heersen over zijn roedel.

Lana duwde het lijk van zich af en rolde het terug zodat ze bij de laatste zak kon. Het pistool viel kletterend op de rotsgrond, met Kluizenaar Jim tussen Lana en het wapen.

Nu zou ze het nooit meer kunnen pakken voor Roedelleider haar te pakken kreeg.

Lana tastte naar de broekzak.

Er zat iets kouds in met een harde rand.

Ze trok de sleutels tevoorschijn, kneep haar vuist eromheen en duwde ze toen in haar eigen zak.

Lana boog zich over die arme, dode Jim en zocht met haar zaklamp over de grond tot ze het pistool gevonden had.

Roedelleider liet een diep gegrom horen.

'De Duisternis heeft er zelf om gevraagd,' zei ze.

Haar vingers sloten zich om het pistool. Langzaam, met krakende knieën, kwam ze overeind.

'Ik ben iets vergeten. Ik moet nog iets pakken,' zei ze. Ze liep recht op de coyote af.

Maar dat werd Roedelleider te veel.

'Loop naar de Duisternis, mens.'

'Loop naar de hel, coyote,' antwoordde Lana. Ze bewoog haar zaklamp niet, ze liet niet merken wat ze ging doen, ze rukte gewoon het pistool omhoog en schoot.

Eén keer. Twee keer. Drie keer. Beng beng beng!

Elk schot was als een bliksemflits. Een stroboscoop.

Ze hoorde het bijzonder bevredigende geluid van een coyote die jankt van de pijn.

In het flitslicht zag ze Roedelleider springen. Ze zag hem hard op de grond vallen, ver voor hij zijn doel bereikt had.

Ze rende hem voorbij, rende blindelings en roekeloos over het pad, en tijdens het rennen schreeuwde ze. Maar het was geen bange schreeuw.

Het was een uitdagende schreeuw.

Een triomfantelijke schreeuw.

Ze had de sleutel.

# Zevenentwintig

Brianna kwam bij.

Het duurde even voor ze wist waar ze was.

Toen voelde ze de pijn en werd het haar allemaal weer duidelijk. Pijn in haar linkerarm, linkerheup, linkerkuit, linkerenkel.

Ze had een spijkerjasje aangehad met daaronder een T-shirt, een korte broek en gympen. De jas was weggeschaafd, weggebrand langs haar linkerschouder en arm. In haar korte broek zat aan dezelfde kant een ovalen gat van acht centimeter.

De huid eronder was bloederig. Ze was met volle snelheid over het dak geschoven. Het beton was net schuurpapier geweest.

Het deed verbazingwekkend veel pijn.

Ze lag op haar rug en staarde naar de nepsterren. Haar hoofd deed pijn. Haar handpalmen lagen open, maar dat was niets vergeleken met de bloederige lappen vlees langs haar zij.

Brianna kwam overeind en hapte naar adem. Ze had het gevoel dat ze in brand stond. Ze keek omlaag en verwachtte bijna echte vlammen.

Het was akelig licht op het dak van de kerncentrale, dus ze kon haar verwondingen veel te goed zien. Het bloed kreeg een blauwige kleur in het kille licht. Ze was niet levensgevaarlijk gewond, zei ze geruststellend tegen zichzelf, ze zou niet doodgaan. Maar o jemig, wat deed het veel pijn, en dat zou nog wel een tijdje duren ook.

'Dat krijg je ervan als je met een paar honderd kilometer per uur op beton smakt,' zei ze tegen zichzelf. 'Ik zou eigenlijk een helm en een leren pak moeten dragen. Net als motorrijders.'

Die gedachte bood een welkome afleiding. Heel even bedacht ze wat voor soort superheldenkostuum ze voor zichzelf zou maken. Een helm, zwart leer, wat bliksemschichten. Te gek.

Het had erger kunnen aflopen, zei ze tegen zichzelf. Voor ieder ander zou het erger zijn afgelopen, want toen ze tegen het dak knalde, had haar lijf stuurloos naar beneden willen duikelen. Dan had ze haar armen, benen en nek gebroken.

Maar zij was de Wind, niet ieder ander. Zij was zó snel dat ze haar handpalmen en voeten nog ternauwernood plat tegen het beton had kunnen slaan om zo een dodelijke val in een uitermate pijnlijke schuiver te veranderen.

Ze hinkte op een normaal tempo naar de rand van het dak. Maar de zijkanten liepen rond in plaats van gewoon netjes in een hoek van negentig graden, dus ze kon niet recht naar beneden kijken, hoewel ze wel het fel verlichte toegangshek en de parkeerplaats kon zien. Daarachter lagen de donkere bergen en de nog donkerder zee.

'Oké, dit was geen goed idee,' gaf Brianna toe.

Ze had geprobeerd te vliegen. Daar kwam het op neer. Ze had geprobeerd om haar enorme snelheid naar een soort stuiterende, gesprongen vorm van vliegen te vertalen.

Op dat moment had het heel logisch geleken. Sam had haar verboden om naar de controlekamer van de kerncentrale te gaan. Maar tegelijkertijd moest ze wel haar best doen om zicht op de situatie te krijgen, en kijken waar Caines mensen opgesteld zouden kunnen zijn. Ze had gedacht: waar heb ik nou een beter uitzicht dan vanaf het dak van het turbinegebouw?

Ze speelde al een hele tijd met het idee om eens een keer een poging tot vliegen te doen. Ze had het basisprincipe uitgewerkt, en dat kwam erop neer dat ze heel hard zou rennen, boven op iets hoogs zou springen en vervolgens op iets nog hogers. Je hoefde er geen Einstein voor te zijn. Als je een beekje overstak door van rots naar rots te springen, deed je in wezen precies hetzelfde. En als je de trap met twee treden tegelijk op liep misschien ook wel.

Alleen had de 'trap' in dit geval bestaan uit een geparkeerd be-stelbusje en een laag kantoorgebouwtje, met het turbinegebouw als laatste tree.

De eerste twee treden waren geen probleem geweest. Ze had vaart gemaakt tot ze bijna vijfhonderd kilometer per uur liep, was op het busje gesprongen, had zich afgezet, was met behoud van bijna al haar snelheid op het kantoor geland, had zes verschroei-ende stappen gezet om weer op tempo te komen en had de sprong gewaagd naar het dak van de enorme betonnen kolos.

En toen was het misgegaan.

Ze had het platte stuk van het dak net niet gehaald en was in plaats daarvan op de ronde hoek terechtgekomen. Het was meer een soort buikschuiver dan het vliegtuig-komt-neer-op-landings-baan-idee dat ze in gedachten had gehad.

Ze had het beton op zich af zien vliegen en had als een gek met haar voeten getrappeld. Daardoor had ze kunnen voorkomen dat ze naar beneden gleed en een heel eind naar de grond zou vallen, maar doordat ze zich wanhopig naar voren had gestort, kwam ze zo on-beheerst op het dak terecht dat het bijna haar dood was geworden.

En nu, nu ze dan eindelijk op haar hoge uitkijkpost zat, kon ze bijna niets zien.

'Sam vermoordt me,' mompelde Brianna.

Toen boog ze haar knie. 'Au.'

Het dak was minstens honderd meter lang en zeker dertig meter breed. Ze wandelde – langzaam – naar de andere kant. Al snel had ze de toegangsdeur gevonden, een stalen deur in een bakstenen gebouwtje boven op het dak. Die leidde natuurlijk naar de tur-binehal, en van daaruit naar de controlekamer.

'Tja, natuurlijk is er een deur,' mompelde Brianna. 'Ik doe denk ik maar net alsof ik daar van begin af aan naar op zoek was.'

Ze probeerde de deurknop. Hij zat op slot. Hij zat heel erg op slot.

'Oké, dat is vervelend,' zei Brianna.

Ze had ontzettend veel dorst. En nog meer honger. Haar dorst en honger waren vaak extreem hevig als ze gerend had. Ze vrees-de dat ze niet erg veel te eten zou vinden op dit parkeerplaatsachtige dak. Maar misschien wel water. Er stonden een paar gigantische airconditioners, stuk voor stuk zo groot als een villa. Bij airconditioners werd toch altijd condens gevormd?

Ze zoefde kreunend en steunend met gematigde snelheid naar het dichtstbijzijnde airconditioningsgebouw, ging naar binnen en knipte het licht aan. Haar hart maakte een sprongetje toen ze een donutdoos op de grond zag staan. In een flits stond ze ernaast. Maar er zat alleen wat vloeipapier in met een paar hard geworden kruimels roze glazuur en een stuk of zes felgekleurde spikkels erop.

Brianna likte het papier af. Wat had ze al lang geen zoetigheid meer geproefd. Maar uiteindelijk werd de knagende pijn in haar buik er alleen maar erger van.

Ze zag een uitsteeksel van wit plastic waarvan ze hoopte dat het een waterbuis was. Ze keek om zich heen, op zoek naar een stuk gereedschap, en vond een klein ijzeren kistje met een paar moersleutels en een schroevendraaier erin. Binnen een paar seconden had ze de pijp opengedraaid en vulde ze haar buik met ijskoud water. Toen liet ze het water over haar schaafwonden stromen terwijl ze het uitschreeuwde van de pijn.

Daarna liep ze met de grote, zware schroevendraaier naar de stalen deur. Ze stak hem in het gat tussen de klink en de deurpost en duwde. Hij gaf niet mee. Zelfs niet een klein beetje.

Gefrustreerd ramde ze de schroevendraaier tegen de deur. Er sprong een vonk af en er kwam een kras op het staal. Dat was alles.

'Geweldig. Ik zit vast op het dak,' zei ze.

Brianna wist dat ze medische hulp moest hebben. Een bezoekje aan Lana zou ideaal zijn. En anders had ze in ieder geval verband en antibiotica nodig.

Maar dat was allemaal niets vergeleken met de honger. Nu de adrenaline wegebde, ging de honger als een brullende leeuw tot de aanval over. Ze had aan het begin van de avond al honger gehad. Maar vervolgens had ze zeker veertig kilometer gerend. Op een heel erg lege maag.

Wat een belachelijke situatie was dit. Niemand wist dat ze hier was. Ze kon waarschijnlijk niet hard genoeg schreeuwen om boven het lawaai van de centrale uit te komen. En zelfs als ze dat wel zou kunnen, dan zou ze het waarschijnlijk niet doen, want als Sams plan om de een of andere reden mislukt was, dan zou Caine degene zijn die haar hoorde.

Toen zag ze de duif.

'O help,' fluisterde Brianna. 'Nee.'

Toen: 'Waarom niet?'

'Eh... gatverdamme?'

'Het is gewoon een soort kip.'

Ze haalde de donutdoos. Ze scheurde het papier in kleine reepjes. Ze vond een stokoude krant en verscheurde die ook. Ze vond een houten pallet en met behulp van een zaag uit de gereedschapskist en haar bovenmenselijke snelheid had ze binnen de kortste keren een bergje hout.

Helaas hadden de werklui geen lucifers laten liggen. Maar als je een stalen voorwerp met supersnelheid langs beton streek, vlogen de vonken eraf. Het was een eentonig werkje, maar na een tijdje knetterde er een vuurtje voor haar neus. Een vrolijk vuurtje midden op dat grote dak.

En nu lagen er twee soezende duiven zachtjes te koeren in hun slaap. De een was grijs, de ander een soort van roze.

'Roze,' besloot ze.

De kans dat een gewoon kind ze te pakken zou kunnen krijgen was vrijwel nihil. Maar zij was niet normaal. Zij was de Wind.

De duif had niet eens tijd om in elkaar te duiken. Ze greep hem beet, vouwde haar hand om zijn golfballenkopje en brak met een ruk zijn nek.

Na twee minuten in het vuur waren bijna alle veren weggebrand. Vijf minuten later barstte de vogel open.

Toen was haar geduld op. Met de schroevendraaier peuterde ze flintertjes vlees uit de stevige borst van de duif, die ze meteen in haar mond stopte.

Dit was veel en veel lekkerder dan alles wat ze in weken had gegeten.

'De Wind,' zei ze terwijl ze op haar hurken naast het vuur zat. 'De nachtmerrie van elke duif.'

Ze ging liggen en genoot na van haar maaltijd.

Zo meteen zou ze opstaan en bedenken hoe ze van dit dak moest komen.

Maar nu ze iets in haar maag had, voelde ze eindelijk hoe moe ze was na de hele dag belachelijk snel belachelijke afstanden te hebben afgelegd.

'Ik rust gewoon nog heel even ui...'

Duck zakte op zijn buik naar beneden; zijn mond zat vol aarde en stenen.

Hij kokhalsde, stikte bijna. Hij kreeg geen lucht.

Zijn hoofd bonsde. Het bloed bonsde in zijn oren. Zijn borstkas ging wanhopig op en neer, maar kreeg niets binnen.

Het was voorbij.

Hij ging dood.

Wild van paniek sloeg hij om zich heen. Zijn armen ploegden moeiteloos door de samengepakte aarde, alsof hij in water zwom.

Hij kon geen bewuste handelingen meer verrichten; zijn benen en armen maaiden in een soort laatste stuiptrekkingen rond terwijl zijn hersenen op zwart gingen en zijn longen gierden.

'Duck! Duck! Ben je daar?'

Een stem, miljoenen kilometers verderop.

Duck probeerde heel snel overeind te gaan zitten en het lukte hem om zijn lijf te draaien. Maar zijn hoofd botste op nog meer aarde en hij moest zijn inspanningen bekopen met een regen van grind in zijn gezicht. Hij probeerde zijn ogen open te doen, maar ze zaten meteen vol zand. Hij spuugde aarde uit en merkte dat hij weer kon ademen. Hij had met zijn gespartel ruimte voor zichzelf gecreëerd.

'Duck! Gast! Leef je nog?'

Duck wist niet zeker wat hij daarop moest antwoorden. Voorzichtig bewoog hij zijn armen en benen en hij kwam tot de conclusie dat dat nog ging, zij het in beperkte mate.

Plotseling werd hij overspoeld door paniek. Hij was levend begraven!

Hij probeerde te schreeuwen, maar het geluid werd gesmoord en nu viel hij weer verder, dieper de aarde in.

Nee. Nee. Nee.

Hij moest het laten ophouden. Hij moest de boosheid laten ophouden.

Door de boosheid schoot hij rechtstreeks naar het midden van de aarde.

Denk aan iets wat niet akelig is, waar je niet boos van wordt, zei hij tegen zichzelf.

Aan iets waar je blij van wordt.

Levend begraven!

Blij... blij... het zwembad... het water... drijven...

Duck zakte niet meer.

Dat was goed. Goed! Blij. Drijven. Blij, blij, denk aan leuke dingen. Koekjes. Hij was dol op koekjes. Koekjes waren heerlijk.

En... en... en Sarah Willetson, die toen die ene keer naar hem had geglimlacht. Dat was fijn. Daar had hij een fijn, warm gevoel van gekregen; het had hem het idee gegeven dat meisjes hem op een dag misschien leuk zouden vinden.

En wat te denken van tv-kijken, basketbal op tv? Dat was ook leuk.

Hij zakte niet meer, zeker weten.

Geen probleem. Gewoon blij zijn. Wees blij dat je levend begraven bent.

'Duck?' Het was Hunters stem die naar hem riep. Het klonk alsof Hunter onder in een put zat. Maar het was natuurlijk andersom: Duck zat onder in een put.

'Blij, blij,' fluisterde Duck.

Hij was niet levend begraven, hij zat in de bioscoop. In het achterste gedeelte, zodat hij zijn voeten op het hekje kon leggen. En hij had popcorn. Met gesmolten boter erop natuurlijk, en extra zout. En een doos chocoladekoekjes.

Voorfilmpjes. Hij was dol op de voorfilmpjes. Voorfilmpjes en popcorn en o kijk, er stond een *slush puppie* in de bekerhouder van zijn stoel. Een blauwe, welke smaak dat ook mocht wezen. Een blauwe slush puppie.

Welke film was het? *Iron Man.*

*Iron Man* was fantastisch.

Hij hield van slush puppies. Van popcorn. Van zwembaden. Van meisjes.

Er schraapte iets langs zijn gezicht, langs zijn armen en benen en borst.

Niet aan denken, daar word je misschien ongelukkig en boos van en die gevoelens kun je nu even niet gebruiken. Daar raak je van in de put.

Heel diep.

Daar moest Duck om lachen.

'Hé. Duck.' De stem van Hunter. Hij klonk niet zo ver weg meer, helderder. Zat hij ook naar *Iron Man* te kijken?

Nee, maar Sarah Willetson wel. Sarah zat naast hem, ze at uit zijn bak popcorn, en o, geweldig, ze had een zak gele M&M's bij zich. Ze schudde er een paar in zijn hand. Vrolijke, felgekleurde bolletjes.

Het geschraap hield op.

'Duck?'

De stem was nu heel dichtbij.

Duck voelde een zacht briesje.

Hij deed zijn ogen open. Er zat nog steeds zand in. Hij veegde het weg. Het eerste wat hij zag was Hunter. Hunters hoofd.

De bóvenkant van Hunters hoofd.

Langzaam draaide Hunter met een blik vol ontzag zijn gezicht naar hem toe.

'Gast, je vliegt,' zei Hunter.

Duck keek om zich heen. Hij was niet meer levend begraven. Hij zat niet meer in het gat. Hij was het gat uit. Tegenover hem zag hij de kerk, en hij zweefde zo'n twee meter boven de grond.

'Wow,' zei Duck. 'Het werkt twee kanten op.'

'We moeten gewoon gaan. Zeg tegen Sam dat je op zijn voorstel ingaat. Dan kunnen we weg,' zei Diana.

'Ik zit in de rootdirectory,' zei Jack.

Brittney wist dat ze pijn zou moeten voelen. Haar lijf was helemaal kapot. Dat wist ze. Haar benen waren gebroken door de deur van de controlekamer toen die uit zijn hengels werd geblazen. Ze wist dat ze helse pijnen zou moeten uitstaan. Maar dat was niet zo.

Ze zou dood moeten zijn. Ze was door minstens één kogel geraakt.

Maar ze was niet dood. Helemaal niet.

Er lag zo veel bloed om haar heen. Meer dan genoeg om dood te bloeden, dat moest haast wel.

En toch...

'Iedereen blijft hier,' zei Caine.

Het leek wel of ze droomde. Ze voelde niet wat ze zou moeten voelen. Net zoals in een droom oorzaak en gevolg soms werden omgedraaid, of naast elkaar werden gezet, zonder enige logica.

'We hebben geen eten,' zei Diana.

'Misschien kan ik wat gaan halen,' zei Worm.

'Ja hoor, tuurlijk. Alsof je terug zou komen als je iets had gevonden,' sneerde Drake. 'We zijn hier niet om onszelf te eten te geven. We moeten hém te eten geven.'

'Zeg je dat met een hoofdletter h, Drake?' Diana's sarcasme was meedogenloos. 'Is hij je god geworden?'

'Hij heeft me mijn arm gegeven!' zei Drake. Brittney hoorde een harde knal, het geluid van Drakes zweephand.

Heel voorzichtig probeerde Brittney haar lichaam uit. Nee, ze kon haar benen niet bewegen. Ze kon alleen met één heup draaien, en dan nog maar een heel klein beetje.

Aan haar rechterarm had ze niets. Maar haar linkerarm functioneerde.

Ik zou dood moeten zijn, dacht Brittney. Ik zou bij Tanner in de hemel moeten zijn.

Ik zou dood moeten zijn.

Misschien ben je wel dood.

Nee. Niet voordat Caine dood is, dacht Brittney.

Ze vroeg zich af of ze een genezer was geworden, net als Lana. Iedereen wist hoe Lana haar gave had ontdekt. Maar Lana had vreselijk veel pijn geleden. En Brittney voelde niets.

Toch richtte ze haar gedachten op haar lamme rechterarm en stelde zich voor dat hij genas. Ze concentreerde zich tot het uiterste.

'We zitten in de val,' zei Diana bitter.

'Niet lang meer. We breken uit en we brengen hem wat hij nodig heeft,' zei Drake.

'Gaiaphage. Zo noemt Caine dat ding als hij een aanval heeft,' zei Diana. 'Hoor jij niet te weten hoe je god heet?'

Brittney voelde geen verandering in haar arm.

Ze kreeg een afschuwelijk vermoeden. Het was akelig stil in haar lijf. Ze luisterde. Ze deed haar uiterste best om het te horen, te voelen, dat altijd aanwezige kaboem... kaboem...

Haar hart. Het klopte niet.

'Gaiaphage?' vroeg Jack geïnteresseerd. 'Een "phage" is een computervirus. Een worm, om precies te zijn.'

Haar hart klopte niet.

Ze leefde niet meer.

Nee, dat was niet waar, zei ze tegen zichzelf. Dode dingen kunnen niet horen. Dode dingen kunnen niet hun ene hand bewegen en hun vingers een heel klein beetje dichtknijpen, zo licht dat niemand het ziet.

Er was maar één verklaring mogelijk. Caine en Drake hadden haar vermoord. Maar Jezus had haar niet opgenomen in de hemel zodat ze bij haar broertje kon zijn. Hij had haar deze kracht gegeven. De kracht om verder te leven, eventjes nog, ook al was ze eigenlijk dood.

Om lang genoeg te blijven leven om Zijn wil uit te voeren.

'Een phage is een code. Software die andere software eet, als het ware,' zei Jack wijsneuzerig.

Brittney wist precies waarvoor God haar had uitverkoren. Waarom Hij haar in leven had gehouden.

Ze kon nog zien, een heel klein beetje nog, hoewel haar ene oog dichtzat. Ze kon de vloer overzien, en zag de plek waar Mike het pistool had neergelegd, precies zoals ze hem had opgedragen.

Ze zou er met eindeloos geduld naartoe moeten schuiven. Millimeter voor millimeter. Met haast onmerkbare beweginkjes van haar heup en arm. Het pistool lag onder de tafel, helemaal in de hoek, zo'n twee, tweeënhalve meter verderop.

Satan was op aarde verschenen in deze kwaadaardige drie-eenheid van Caine, Drake en Diana. En Brittney was uitverkoren om hen tegen te houden.

Let op, Tanner, bad ze in stilte. Je zult trots op me zijn.

Quinn en Albert reden zwijgend terug naar Perdido Beach.

De pick-up was zwaarder omdat er vele kilo's goud in lagen.

Lichter omdat er twee kinderen en een hond ontbraken.

Uiteindelijk zei Quinn: 'We moeten het tegen Sam zeggen.'

'Van het goud?' vroeg Albert.

'Luister eens, we zijn de Genezer kwijtgeraakt.'

Albert liet zijn hoofd hangen. 'Ja.'

'Dat moet Sam weten. Lana is belangrijk.'

'Dat weet ik wel,' snauwde Albert. 'Dat heb ik zelf gezegd.'

'Ze is belangrijker dan een paar stomme goudstaven.'

Het duurde heel lang voor Albert antwoord gaf. Uiteindelijk zei hij: 'Luister, Quinn, ik weet wat je denkt. Hetzelfde als alle anderen. Je denkt dat ik alleen aan mezelf denk. Je denkt dat ik gewoon hebzuchtig ben of zo.'

'Is dat dan niet zo?'

'Nee. Nou ja, misschien wel,' gaf Albert toe. 'Goed, misschien wil ik graag belangrijk zijn. Misschien wil ik graag veel dingen hebben en de leiding nemen en zo.'

Quinn snoof. 'Tja. Misschien.'

'Maar dat betekent nog niet dat ik slecht ben, Quinn.'

Daar had Quinn niets op te zeggen. Hij voelde zich verschrikkelijk. Hij zou de schuld krijgen van het verlies van Lana Arwen Lazar. De Genezer. De onvervangbare Genezer. Sam zou van hem walgen. Astrid zou hem met zo'n kille, teleurgestelde blik aankijken.

Hij had het gewoon bij vissen moeten houden. Dat vond hij leuk. Vissen. Het was rustgevend. Dan kon hij alleen zijn en werd hij door niemand lastiggevallen. Nu zou zelfs dat verpest worden als hij met Alberts jongens moest gaan werken. Als hij ze les moest geven, ze moest begeleiden.

Sam zou ontploffen. Of anders gewoon Astrids kille, teleurgestelde blik lenen.

Ze reden de snelweg op.

'De straatlantaarns zijn uit,' zei Albert.

'Het is bijna ochtend,' zei Quinn. 'Misschien werken ze op een timer.'

'Nee, joh. Ze werken niet op een timer.'

Ze waren nu bij de rand van Perdido Beach en Quinn begon te beseffen dat er iets heel belangrijks heel erg mis was. Misschien nog wel belangrijker en misser dan de Genezer kwijtraken.

'Alles is donker,' zei Quinn.

Albert knikte. 'Er is iets gebeurd.'

Ze reden door pikdonkere straten naar het plein. Het was griezelig. Alsof de hele stad dood was. Quinn vroeg zich af of dat ook zo was. Hij vroeg zich af of de FAKZ een nieuwe fase was ingegaan. En alleen hij en Albert nog over waren.

Quinn stopte voor de McDonald's.

Maar net toen hij de pick-up wilde parkeren, viel zijn oog ergens op. Hij keerde de auto zodat de koplampen het stadhuis verlichtten.

Over de hele lengte van de muur, met letters van een halve meter hoog, was met een spuitbus een tekst neergekalkt. Bloedrode verf op witte stenen.

'Dood aan de freaks,' las Quinn hardop.

# Achtentwintig

De accu van de pick-up was leeg. Hij was al drie maanden niet gebruikt.

Maar Kluizenaar Jim was niet voor één gat te vangen. In de schuur stonden een benzineaggregaat en een acculader. Lana en Cookie hadden een uur nodig om uit te vogelen hoe ze het aggregaat moesten aanzetten en de accu eraan moesten bevestigen. Maar uiteindelijk draaide Lana het sleuteltje om en na een aantal pogingen sloeg de motor pruttelend aan.

Cookie reed de pick-up achteruit naar de gastank.

Het was een zware, zweterige klus om de tank in de laadbak van de pick-up te krijgen.

Toen ze klaar waren, was de nacht dat ook. Behoedzaam trok Lana de deur van de schuur open en keek naar buiten. In de schaduw van de heuvels kon je onmogelijk van een dageraad spreken, maar de hemel had een rozige kleur en de schaduwen waren nog steeds donker, maar nu grijs in plaats van zwart.

Dertig meter verderop lagen twaalf coyotes in een onregelmatige kring. Ze draaiden hun koppen haar kant op.

'Cookie,' zei Lana.

'Ja, Genezer?'

'Ik wil dat je het volgende doet. Ik rij straks weg in de pick-up, goed? Dan hoor je als het goed is een ontploffing en dan wacht je tien minuten. Ik kom terug. Misschien. En als ik niet terugkom, nou ja, dan moet je wachten tot de zon helemaal op is. 's Nachts zijn de coyotes gevaarlijker. Dan loop je terug naar het hutje, en van daaruit naar huis.'

'Ik blijf bij jou,' zei Cookie vastberaden.

'Nee.' Ze zei het zo beslist mogelijk. 'Dit is iets wat ik alleen moet doen. En jij moet doen wat ik zeg.'

'Ik laat je niet alleen met die honden.'

Lana zei: 'Die coyotes zullen het probleem niet zijn. En je moet hier echt weg, dat is heel belangrijk. Of je nou wel of geen ontploffing hoort. Als ik niet terugkom, moet je naar Sam. Om hem mijn brief te geven.'

'Ik wil voor je zorgen, Genezer. Zoals jij voor mij hebt gezorgd.'

'Dat weet ik wel , Cookie,' zei Lana. 'Maar ik wil dat je doet wat ik zeg. Goed? Sam moet weten wat er is gebeurd. Je moet hem alles vertellen wat we hebben gedaan. Hij is slim, hij begrijpt het wel. En zeg tegen hem dat hij Quinn niet de schuld moet geven, goed? Quinn kon er niets aan doen. Ik had wel een andere manier gevonden om het te doen als Quinn en Albert niet hadden geholpen.'

'Genezer...'

Lana legde haar hand op Cookies vlezige arm. 'Doe wat ik je vraag, Cookie.'

Cookie liet zijn hoofd hangen. Hij huilde openlijk en schaamde zich er niet voor. 'Goed, Genezer.'

'Lana,' verbeterde ze hem liefdevol. 'Ik heet Lana. Zo noemen mijn vrienden me.'

Ze knielde op de grond en kroelde door Patricks vacht op de manier die hij zo lekker vond. 'Ik hou van je, jochie,' fluisterde ze. Ze trok hem dicht tegen zich aan en hij jankte. 'Rustig maar. Maak je maar geen zorgen. Ik ben zo terug.'

Snel, voor ze zich kon bedenken, stapte ze in de auto. Ze startte de motor en knikte naar Cookie.

Cookie gooide de piepende deur van de schuur open.

De wachtende coyotes kwamen overeind. Roedelleider liep langzaam en onzeker naar voren. Hij liep mank. De vacht op een van zijn schouders was nat van het bloed.

'Dus ik heb je niet gedood,' fluisterde Lana. 'Ach, de dag is nog jong.'

Ze zette de pick-up in de laagste versnelling en haalde haar voet van de rem. De auto kroop langzaam naar voren.

Langzaam maar zeker, zo moest het, wist Lana. Het pad naar de ingang van de mijn zat vol kuilen. Het was smal, kronkelig en steil.

Ze draaide aan het stuur. Het viel niet mee. De pick-up was oud en stijf doordat er zo lang niet mee gereden was. En Lana's rijervaring was zeer beperkt.

De pick-up ging zo langzaam dat de coyotes haar stapvoets konden bijhouden. Ze liepen rond de auto met haar mee, als een soort escorte.

De pick-up maakte een woeste slinger toen ze het pad op draaide. 'Rustig, rustig,' zei ze tegen zichzelf. Maar ze kreeg haast. Ze wilde het achter de rug hebben.

Ze zag een beeld voor zich. Rode en oranje vlammen die uit de ingang van de mijn oplaaiden. Rondvliegend puin. Een oorverdovende klap. En dan het geluid van instortende rotsen. Tonnen en tonnen en tonnen. Ten slotte nog een wolk van stof en rook en dan was het voorbij.

*Kom bij me.*

'O, en of ik eraan kom,' zei Lana.

*Ik heb je nodig.*

Ze zou die stem het zwijgen opleggen. Ze zou hem onder een berg begraven.

Plotseling voelde ze een bons. Lana keek in de achteruitkijkspiegel en zag de snuit van Roedelleider, verminkt en vol littekens. Hij was in de laadbak gesprongen.

'Mens machine niet meenemen,' zei Roedelleider op zijn bizarre, grommende toon.

'Mens doet waar ze zin in heeft,' riep Lana achterom. 'Mens schiet jou in die lelijke rotkop van je, vieze stomme hond.'

Dat moest Roedelleider even verwerken.

De pick-up kroop hortend en stotend de heuvel op. Over de helft.

*Kom bij me.*

'Je zult er nog spijt van krijgen dat je me hebt uitgenodigd,' mompelde Lana. Maar nu de mijningang in zicht kwam, merkte ze dat ze nauwelijks kon ademhalen door het gebonk in haar borstkas.

'Mens uit. Mens lopen,' eiste Roedelleider.

Lana kon hem niet neerschieten. Dan zou het raam achter haar kapotgaan en dan konden alle coyotes zich op haar storten.

Ze was bij de ingang.

Ze zette de pick-up in z'n achteruit. Ze moest de auto keren. De pezen van haar witte handen stonden strak toen ze het stuur vastgreep.

De boosaardige kop van Roedelleider belemmerde haar zicht toen ze achterom wilde kijken om achteruit te kunnen rijden. Hij was maar een paar centimeter bij haar vandaan; er zat alleen een glasplaat tussen hen in.

Hij sprong naar voren.

'Aaah!'

Zijn snuit sloeg tegen het raam. Het glas bleef heel.

Lana wist zeker dat het glas niet kapot zou gaan. De coyotes hadden nog geen handen gekregen en ook niet geleerd hoe ze met gereedschap moesten omgaan. Ze konden niets anders dan met hun koppen tegen het glas slaan.

*Je bent van mij.*

'Niet waar,' zei Lana. 'Ik ben van mezelf.'

De laadbak van de pick-up schoof over de drempel van de mijn. De coyotes werden steeds wilder. Een tweede coyote nam een aanloop en sprong op de motorkap. Hij zette zijn tanden in de ruitenwisser en begon er woest aan te trekken.

'Mens, stop!' beval Roedelleider.

Lana reed de pick-up naar achteren. De achterwielen reden over het gemummificeerde lijk van de eigenaar van de auto heen.

De pick-up stond nu helemaal binnen, verder kon hij niet. Het plafond van de mijnschacht hing maar een paar centimeter boven de cabine. De wanden waren heel dichtbij. De pick-up zat als een kurk in de schacht. De coyotes, die de wanden op hen af zagen komen, werden door de pick-up in het nauw gedreven. Ze kozen ervoor om opzij te schuiven, terug naar de voorkant van de auto, waar ze om beurten grommend en grauwend de motorkap op en af sprongen en met hun grove klauwen machteloos tegen de voorruit krabbelden.

De truck bewoog niet meer, hij zat klem. De deuren konden niet meer open.

Dat was niet erg. Dat hoorde bij het plan.

Lana draaide zich om in haar stoel, richtte zorgvuldig om de grote tank in de laadbak niet te raken, en vuurde één keer.

De achterruit viel in miljoenen stukjes aan diggelen.

Trillend van angst en opwinding kroop Lana behoedzaam uit de cabine de laadbak in. Nu raakten de coyotes helemaal door het dolle heen. Ze probeerden zich door de krappe ruimte tussen de zijkanten van de pick-up en de wanden van de mijn te wringen om haar te kunnen pakken. Een ziedende kop bleef schuingedraaid steken tussen het dak en een dwarsbalk.

Ze keften en grauwden en Roedelleider riep: 'Mens, hou op!'

Lana was bij het kraantje van de lpg-tank en draaide het open. Onmiddellijk rook ze de rotte-eierengeur van het gas.

Het zou even duren voor het gas naar buiten zou stromen. Het was zwaarder dan lucht, dus het zou als een onzichtbare rivier over de schuin aflopende grond van de mijnschacht rollen. Het zou naar het diepste gedeelte van de mijn zakken. Het zou zich rond de Duisternis ophopen.

Zou hij het ruiken? Zou hij beseffen dat ze zijn lot bezegeld had? Had hij überhaupt een neus?

Lana rolde het lont uit dat ze had gemaakt. Het was een dun touw van dertig meter lang dat ze in benzine had gedrenkt. Ze had het meegenomen in een afgesloten plastic zak.

Ze pakte een lus en gooide hem de donkere mijn in. Hij hoefde niet ver.

De rest nam ze mee terug naar de cabine. Ze ging op de rem staan, zodat de remlichten de schacht in een hels rood licht zetten. Het gas was natuurlijk niet te zien.

Lana wachtte met haar handen om het stuur geklemd. In haar hoofd buitelden allerlei onsamenhangende beelden door elkaar, korte flitsen van haar gevangenschap bij de coyotes en haar ontmoetingen met de Duisternis.

De eerste keer had ze...

*Ik ben de gaiaphage.*

Lana verstarde.

*Je kunt me niet vernietigen.*

Lana kon nauwelijks ademhalen. Ze was bang dat ze zou flauwvallen. De Duisternis had nog nooit zijn naam gezegd.

*Ik heb je hiernaartoe gebracht.*

Lana stak haar hand in haar zak en voelde aan de aansteker. Het was heel simpele natuurkunde. De aansteker zou opvlammen. Hij zou het in benzine gedrenkte touw aansteken. De vlam zou over het touw schieten tot hij bij het gas was.

Het gas zou ontbranden.

Door de ontploffing zouden het plafond en de muren van de schacht instorten.

En misschien zou het wezen ook wel in vlammen opgaan.

Zij zou ook dood kunnen gaan. Maar als ze het overleefde, kon ze zelf eventuele brandwonden of andere verwondingen genezen. Daar gokte ze op: ze hoefde maar een paar minuten te blijven leven, dan kon ze zichzelf genezen.

En dan zou ze écht genezen zijn. De stem in haar hoofd zou verdwijnen.

*Je doet wat ik wil.*

'Ik ben Lana Arwen Lazar,' riep ze met alle schrille kracht die ze in zich had. 'Mijn vader hield van strips, dus hij heeft me vernoemd naar Lana Lang, de vriendin van Superman.'

*Je zult me dienen.*

'En mijn moeder heeft daar Arwen aan toegevoegd, naar de elfenprinses uit *In de ban van de ring*.'

*Ik zal jouw kracht gebruiken als de mijne.*

'En ik doe nooit, maar dan ook nooit wat anderen me opdragen.'

*Jouw kracht zal me vormgeven. Ik zal eten. Sterk worden. En met het li-*

*chaam dat ik met jouw kracht zal vormen, zal ik aan deze plek ontsnappen.*
*Jouw kracht zal me vrijheid geven.*

Lana zat te trillen. Ze werd licht in haar hoofd van de benzine-geur.

Nu of nooit.

Nu.

*Nooit.*

'Roedelleider!' schreeuwde Lana. 'Roedelleider! Ik ga deze mijn helemaal naar de klote blazen, Roedelleider. Hoor je me?'

'Roedelleider hoort,' grauwde de coyote.

'Als je niet als de wiedeweerga oprot met die vieze beesten van je, sterf je samen met de Duisternis.'

Roedelleider sprong met een bons op de motorkap. Zijn nekharen stonden overeind, zijn opengescheurde bek droop van het speeksel. 'Roedelleider niet bang voor mens.'

Lana greep het pistool en schoot. Van heel dichtbij.

Het geluid was verpletterend.

Er zat een gat in het glas met een spinnenwebpatroon eromheen, maar het raam viel niet aan diggelen zoals bij de achterruit wel was gebeurd.

Er spatte bloed op het raam.

Roedelleider jankte en sprong onbeholpen van de motorkap – hij was geraakt. Gewond.

Lana's hart sloeg over. Ze had hem geraakt. Met een zuivere voltreffer dit keer.

Maar de ruit zat er nog. Hij had uiteen moeten spatten. Dat was haar enige vluchtweg.

*Jouw kracht zal me vrijheid geven.*

'Ik geef je de dood!' tierde Lana.

Lana pakte het pistool vast en gebruikte het als een hamer, ze sloeg op het raam, tikte het weg, maar telkens maar een klein stukje per keer. Ze trapte er hard tegenaan. Het gaf mee, maar te langzaam.

De coyotes zouden te sterk voor haar zijn als ze haar nu gezamenlijk zouden aanvallen.

Maar de coyotes deden niets. Ze waren in de war en stuurloos nu hun leider gewond was.

Lana trapte als een bezetene, in paniek.

*Je gaat dood.*

'Als jij dan maar ook doodgaat!' gilde Lana.

Een groot stuk van het veiligheidsglas gaf mee en klapte om als een hard geworden laken.

Lana begon zich erdoorheen te duwen. Hoofd. Schouders.

Er sprong een coyote op haar af.

Ze schoot.

Ze duwde zich helemaal naar buiten, ze zat onder de krassen en haar huid lag open, maar ze voelde geen pijn. Op handen en knieën op de motorkap. Ze grabbelde naar het touw. Het vettige touw in haar ene hand. Het naar kruit ruikende pistool in de andere.

Ze vuurde in het wilde weg. Eén keer, twee keer, drie keer, de kogels sloegen scherven van de rotsen. De coyotes verspreidden zich en sloegen op de vlucht.

Ze legde het pistool op de motorkap.

Ze wroette de aansteker uit haar zak.

*Nee.*

Ze knipte de aansteker aan.

Het vlammetje was klein en oranje.

*Je doet het niet.*

Lana hield het vlammetje bij het uiteinde van het touw.

*Stop.*

Lana aarzelde.

'Jawel,' hijgde Lana.

*Je kunt het niet.*

'Wel,' snikte Lana.

*Je bent van mij.*

De vlam verbrandde haar duim. Maar die pijn was niets, helemaal niets bij de plotselinge, catastrofale pijn die in haar hoofd ontplofte.

Lana schreeuwde het uit.

Ze sloeg haar handen over haar oren. De aansteker verschroeide haar haar.

Ze liet het touw vallen.

Ze liet de aansteker vallen.

Lana had nooit gedacht dat dit soort pijn zou kunnen bestaan. Alsof haar hersenen uit haar hoofd waren gelepeld en haar schedel nu werd gevuld door brandende, gloeiend hete kolen.

Ze gilde van de pijn en rolde van de motorkap af.

Ze gilde en gilde en ze wist dat ze nooit meer op zou houden.

# Negenentwintig

'We wachten gewoon tot hij naar buiten komt,' zei Edilio tegen Sam. 'We gaan gewoon niet weg. Misschien kun je nog wel even een dutje doen.'

'Zie ik er zo slecht uit?' vroeg Sam, maar Edilio gaf geen antwoord.

'Edilio heeft gelijk, baas,' zei Dekka. 'We moeten gewoon geduld hebben en wachten. Misschien komt Brianna nog...' Ze kon haar zin niet afmaken en draaide zich snel om.

Edilio sloeg zijn arm om Sams schouders en trok hem weg bij Dekka, die nu stond te snikken.

Sam staarde naar de enorme berg beton en staal voor hem, de kerncentrale. Zijn ogen gleden over de parkeerplaats en keken langs de auto's naar de zee erachter. Het zwarte water fonkelde hier en daar door vage stipjes sterrenlicht, in een ongelijkmatige weerspiegeling van de nachtelijke hemel.

'Wanneer ben je jarig, Edilio?'

'Hou op, man. Je weet toch dat ik er niet uit stap,' zei Edilio.

'Denk je er niet eens over na?'

Edilio's stilte zei genoeg.

'Waar houdt dit op, Edilio? Of houdt het nooit op? Hoeveel van dit soort gevechten moeten we nog voeren? Hoeveel graven moeten er nog bij op het plein? Denk je daar wel eens aan?'

'Sam, ik delf die graven,' zei Edilio zacht.

'Ja,' zei Sam. 'Sorry.' Hij zuchtte. 'We winnen niet. Dat weet je toch wel, hè? En dan heb ik het niet over dit gevecht. Ik bedoel het grote gevecht. Om te overleven. Dat gevecht verliezen we. We hebben honger. Kinderen eten hun huisdieren op. We vallen uiteen in kleine groepjes die elkaar haten. Het loopt allemaal volledig uit de hand.'

Edilio wierp een snelle blik op Howard, die netjes op afstand bleef maar wel meeluisterde. Twee soldaten van Edilio stonden ook binnen gehoorsafstand.

'Kappen, Sam,' zei Edilio op een dringende fluistertoon. 'Iedereen rekent op jou. Je kunt niet zomaar zeggen dat we allemaal naar de klote gaan.'

Sam hoorde hem nauwelijks. 'Ik moet terug naar de stad.'

'Hè? Neem je me nou in de maling? We zijn hier zeg maar met iets belangrijks bezig, hoor.'

'Dekka kan Caine in de gaten houden. En bovendien, als hij uitbreekt dan is dat alleen maar goed, toch?' Sam knikte alsof hij zichzelf had overtuigd. 'Ik moet Astrid spreken.'

'Weet je, misschien is dat niet eens zo'n slecht idee,' zei Edilio. Hij liet Sam staan en liep naar Dekka, nam haar apart en begon dringend op haar in te praten. Dekka wierp een betraande, bezorgde blik op Sam.

'Kom, ik rijd je naar de stad,' zei Edilio.

Sam liep achter hem aan naar de jeep. 'Wat heb je tegen Dekka gezegd?'

'Ik zei dat jij moest kijken hoe het in de stad gaat nu alle lichten uit zijn.'

'En trapte ze daarin?' vroeg Sam.

Edilio gaf niet meteen antwoord. En hij keek Sam ook niet aan. 'Dekka is een taaie. Ze kan het wel aan in haar eentje.'

Ze reden in stilte naar Perdido Beach.

Het plein zag zwart van de kinderen. Zo veel kinderen waren er sinds het Thanksgiving-diner niet meer op één plek bij elkaar geweest.

Sam voelde honderd paar ogen op zich gericht toen hij met Edilio kwam aanrijden.

'Dit ziet er niet uit als een feestje,' zei Edilio.

Astrid maakte zich los uit de menigte, rende naar de auto en sloeg haar armen om Sam heen. Ze kuste hem op zijn wang en toen op zijn lippen.

Hij begroef zijn gezicht in haar haar en fluisterde: 'Is alles goed met je?'

'Het gaat beter nu ik weet dat je nog leeft,' zei Astrid. 'Er lopen hier een paar vreselijk bange en boze kinderen rond, Sam.'

Alsof dat het teken was waar ze op hadden gewacht, renden de kinderen naar voren en verdrongen zich allemaal rond Sam, Astrid en Edilio.

'Het licht is uit!'

'Waar was je?'

'We hebben geen eten meer!'

'De tv doet het niet meer!'

'Ik ben bang in het donker!'

'Er loopt een moordende mutantenfreak rond!'

'Er komt geen water uit de kraan!'

De kinderen die geen verwijten naar zijn hoofd slingerden, stelden klagelijke vragen.

'Wat moeten we doen?'

'Waarom heb je Caine niet tegengehouden?'

'Waar is de Genezer?'

'Gaan we nu allemaal dood?'

Sam duwde Astrid zacht en met tegenzin opzij om de confrontatie in zijn eentje aan te gaan. Elke vraag was raak. Elke vraag was een pijl die op zijn hart werd afgeschoten. Hij had zichzelf precies dezelfde dingen verweten. Dezelfde vragen gesteld. Hij wist dat hij dit een halt moest toeroepen. Dat hij om stilte moest vragen. Hij moest antwoorden geven, anders zouden de kinderen alleen maar banger worden.

Maar hij had geen antwoorden.

De bange, woedende aanval was oorverdovend. Overal waar hij keek, zag hij een ziedende muur van boze gezichten. Het verlamde hem. Hij wist wat hij moest doen, maar hij kon het niet. Op de een of andere manier had hij zichzelf wijsgemaakt dat ze het wel zouden begrijpen. Dat ze hem niet zo hard zouden aanpakken. Hem wat respijt zouden geven.

Maar ze waren doodsbang. Nog even en er brak echt paniek uit.

Astrid stond met haar gezicht naar de menigte en haar rug tegen de motorkap gedrukt en werd van alle kanten ingesloten. Ze riep luidkeels om stilte, maar niemand luisterde.

Edilio had zich omgedraaid om zijn geweer van de achterbank te pakken en op zijn schoot te leggen. Alsof hij dacht dat hij het misschien zou moeten gebruiken om Sam of Astrid of allebei te redden.

Daar was Zil. Hij baande zich een weg door de menigte, met vijf andere kinderen om zich heen die zich gedroegen alsof ze de bodyguards van een heel belangrijk persoon waren en mensen ruw opzijduwden. Sommige kinderen juichten hem toe, andere jouwden hem uit. Maar toen hij zijn hand omhoogstak, werden ze wel stil – of in elk geval rustiger – en leunden gespannen naar voren.

Zil zette één vuist in zijn zij en wees met zijn andere hand naar Sam. 'Jij bent toch zogenaamd de grote baas?'

Sam zei niets. De menigte verstomde, klaar voor de confrontatie tussen de twee jongens.

'Je bent de grote baas van de freaks,' riep Zil. 'Maar je kunt helemaal niets. Je kunt laserstralen uit je handen schieten, maar je kunt niet voor genoeg eten zorgen, en je kunt er niet voor zorgen dat de stroom niet uitvalt, en je doet niets aan Hunter, die freak die mijn beste vriend heeft vermoord.' Hij zweeg even om zijn longen vol te zuigen voor een laatste, woedende kreet: 'Iemand anders moet de leiding krijgen.'

Plotseling was het stil. Zil had de knuppel in het hoenderhok gegooid.

Sam knikte peinzend. Alsof hij het met Zil eens was. Maar toen ging hij, langzaam als een oude man, op de bijrijdersstoel van de jeep staan, zodat iedereen hem kon zien.

Sam voelde dat hij boos werd. Hij zat vol wrok. Woede.

Hij wist dat hij dat niet moest laten merken. Zijn stem bleef rustig, zijn gezicht uitdrukkingsloos. Hij torende boven Zil uit. 'Wil jíj de leiding, Zil? Gisteren rende je nog door de stad om mensen op de been te krijgen met wie je Hunter wilde lynchen. En we weten allemaal dat jij verantwoordelijk bent voor de graffiti die ik net zag toen ik de stad binnen reed.'

'Nou en?' vroeg Zil uitdagend. 'Nou en? Ik heb gewoon hardop gezegd wat iedereen denkt die geen freak is.'

Hij spuugde het woord 'freak' uit, liet het klinken als een belediging, een beschuldiging.

'Denk je echt dat het zal helpen als we iedereen in freaks en normalo's gaan verdelen?' vroeg Sam. 'Denk je dat het licht dan weer aangaat? Dat er dan weer eten op tafel staat?'

'En Hunter dan?' vroeg Zil. 'Hunter heeft Harry vermoord met zijn gemuteerde freakkrachten en jij doet er helemaal niets aan.'

'Ik had het nogal druk vannacht,' sneerde Sam sarcastisch.

'Dan moeten mijn jongens en ik hem dus wel zoeken,' zei Zil. 'Jij hebt het al zo druk met het niet voor eten zorgen, en met het niet tegenhouden van Caine en zo, en met het laten uitvallen van de stroom, dus dan halen wij Hunter wel.'

'En wat wou je dan met hem doen?' Dat was Astrid. De menigte was net genoeg teruggeweken om haar wat ademruimte te geven. 'Heb je daar al over nagedacht?'

Zil spreidde onschuldig zijn handen. 'Hé, we willen hem alleen te pakken krijgen voor hij nog iemand anders iets aandoet. Jij wilt zeker dat hij een proces krijgt of zo? Best. Maar dan gaan wij hem halen.'

'Niemand zegt dat je hem niet mag zoeken,' zei Sam. 'Je mag net zoveel door de stad lopen als je wilt. Dan kun je meteen al je graffiti bewonderen en tellen hoeveel ruiten je hebt ingegooid.'

'We hebben wapens nodig,' zei Zil. 'Ik ga het niet zonder wapens tegen een moordende freak opnemen. En die gastarbeider van jou zegt dat gewone mensen zoals wij geen wapens mogen dragen.'

Sam keek even omlaag naar Edilio om te zien hoe hij de belediging opnam. Edilio keek bars maar kalm. Kalmer dan Sam zich voelde.

'Hunter vormt inderdaad een probleem,' gaf Sam toe. 'We hebben een hele lijst met problemen. Maar onrust stoken tussen mensen met gaven en mensen zonder gaven, zoals jij nu probeert te doen, helpt absoluut niet. En mensen uitschelden ook niet. We moeten het samen doen.'

Toen Zil niet meteen antwoord gaf, ging Sam verder. Hij keek langs Zil om de hele groep toe te spreken. 'Het zit zo, mensen: we hebben een paar grote problemen. Het licht is uit. En het ziet ernaar uit dat een deel van de stad daardoor ook zonder water zit. Dus niet meer in bad of onder de douche gaan, goed? Maar volgens ons heeft Caine bijna geen eten meer, en dat betekent dat hij het niet lang zal uithouden in de kerncentrale.'

'Hoe lang dan nog?' riep iemand.

Sam schudde zijn hoofd. 'Dat weet ik niet.'

'Waarom kun jij hem daar niet wegjagen?'

'Omdat ik dat niet kan, daarom niet,' snauwde Sam iets te boos. 'Ik ben Superman niet, nou goed? Hoor eens, hij zit ín de centrale. De muren zijn dik. Hij heeft wapens, hij heeft Jack, hij heeft Drake, en hij heeft zijn eigen krachten. Ik kan hem daar niet weg krijgen zonder dat er mensen van ons doodgaan. Zijn er vrijwilligers?'

Stilte.

'Ja, dat dacht ik al. Jullie komen niet eens opdagen om meloenen te plukken, laat staan om Drake te verslaan.'

'Dat is jouw taak,' zei Zil.

'Juist ja,' zei Sam. De wrok die hij tot nu toe had onderdrukt borrelde omhoog. 'Het is mijn taak om fruit te plukken, het afval op te halen, het eten te rantsoeneren, Hunter op te pakken, Caine tegen te houden, elk stom ruzietje te beslechten en ervoor te zorgen dat de tandenfee bij iedereen langskomt. En wat is jóúw taak, Zil? O ja: jij spuit doodsbedreigingen op de muren. Fijn dat jij dat op je hebt genomen, ik zou echt niet weten wat we zonder jou zouden moeten.'

'Sam...' zei Astrid op een harde fluistertoon zodat alleen hij het kon horen. Een waarschuwing.

Te laat. Hij ging zeggen wat er gezegd moest worden.

'En de rest hier. Wie heeft er de afgelopen twee weken ook maar íéts gedaan, behalve gamen op je Xbox en films kijken? Ik zal jullie eens iets uitleggen. Ik ben jullie ouders niet. Ik ben een jongen van vijftien. Ik ben nog maar een kind, net als jullie allemaal. Ik heb helaas geen magische krachten waarmee ik eten tevoorschijn kan toveren. Ik kan niet even in mijn vingers knippen en al jullie problemen oplossen. Ik ben nog maar een kind.'

Zodra de woorden zijn mond uit waren, wist Sam dat hij te ver was gegaan. Hij had die fatale woorden gesproken die al zo vaak door anderen als excuus waren gebruikt. Hij had het al honderden keren gehoord: 'Ik ben nog maar een kind.'

Maar nu leek hij de woorden die uit zijn mond buitelden niet meer tegen te kunnen houden. 'Hoor eens, ik ben niet verder gekomen dan de brugklas. Dat ik toevallig bepaalde krachten heb, wil nog niet zeggen dat ik Perkamentus of George Washington of Martin Luther King ben. Voor dit alles was ik een doodnormale leerling met heel gemiddelde cijfers. Ik wilde alleen maar surfen. Als ik later groot was, wilde ik Dru Adler of Kelly Slater worden, gewoon een heel goede surfer, zeg maar.'

De menigte was nu muisstil. Natuurlijk waren ze stil, dacht het gedeelte van zijn hersenen dat nog wel goed functioneerde bitter. Het is altijd leuk om te zien hoe iemand in het openbaar instort.

'Ik doe mijn uiterste best,' zei Sam.

'Er zijn mensen doodgegaan vandaag… Ik… Ik heb het verpest. Ik had moeten bedenken dat Caine de kerncentrale zou kunnen aanvallen.'

Stilte.

'Ik doe mijn uiterste best.'

Niemand zei iets.

Sam ontweek Astrids blik. Als hij daar medelijden in zou zien, zou hij zichzelf echt niet meer in de hand hebben.

'Het spijt me,' zei hij.

'Het spijt me.'

Hij sprong de jeep uit. De menigte week uiteen. In een geschokte stilte liep hij weg.

Er kwamen maar weinig kinderen langs om Zil te feliciteren nu hij Sam Temple had ontmaskerd als een machteloze, nutteloze bedrieger. Een stuk minder dan hij had verwacht.

Maar Antoine was bij hem, en Lance, Hank en Turk. Die vier gasten waren nu zijn team. Zijn jongens. Die vier gasten hadden hem gisternacht bijgestaan toen hij Perdido Beach wakker had geschud.

Het was een duizelingwekkende, bizarre, wilde nacht geweest. Zil was van een gewone jongen opeens in een leider veranderd. Van het ene op het andere moment werd hij met een heel andere blik bekeken. Gisteren waren ze nog gelijken, en nu was hij overduidelijk de baas.

Dat was cool. Heel erg cool. Zil was nu de Sam van de normalo's. En de normalo's waren nog altijd ruim in de meerderheid.

Maar waarom werd hij nu dan niet omringd door meer kinderen? Hij kreeg wat knikjes en een paar schouderklopjes, maar hij kreeg ook een paar zeer wantrouwige blikken toegeworpen. En dat was niet goed. Niet nu hij, Zil Sperry, zich in een persoonlijke confrontatie niet door Sam Temple had laten afpoeieren.

Alsof hij zijn gedachten kon lezen, zei Lance: 'Maak je maar geen zorgen, ze komen wel. Ze zijn nu gewoon nog een beetje van de kaart.'

'Ze zijn nog steeds bang voor Sam,' zei Hank. 'Ze zouden bang voor ons moeten zijn.'

Hank was een kleine, magere, boze jongen met een rattengezicht. Hank zei de hele tijd dat hij mensen op hun lazer ging geven, zo vaak dat Zil op zijn tong moest bijten om niet tegen Hank te zeggen dat hij een dwerg was die niemand op zijn lazer zou geven.

Lance was een ander verhaal. Lance was lang, gespierd, knap en slim. Zil kon nauwelijks geloven dat Lance hem met respect bejegende, dat hij hem leider had laten worden en de beslissingen liet nemen. Vroeger was Lance een van de populairste leerlingen van de school geweest – in tegenstelling tot Hank, die door iedereen werd veracht.

'Hoi.'

Zil keek om, recht in het gezicht van een meisje dat hij vaag kende. Lisa. Zo heette ze. Lisa nog iets.

'Ik wilde alleen maar even zeggen dat ik het helemaal met je eens ben,' zei Lisa nog iets dweperig.

'Echt?' Zil had niet zo veel ervaring in het praten met meisjes. Hij hoopte dat hij niet rood zou worden. Niet dat dit meisje bloed-mooi was of zo, maar ze was best leuk. En ze droeg een rokje en make-up, terwijl de meeste meisjes in de FAKZ geen enkele moeite meer leken te doen om er leuk en 'meisjesachtig' uit te zien.

'De freaks zijn helemaal doorgeslagen,' zei Lisa, waarbij ze con-stant met haar hoofd knikte, als zo'n poppetje met een wiebel-hoofd.

'Inderdaad,' beaamde Zil bijna vermoeid. Hij snapte niet zo goed wat dit meisje van hem wilde.

'Ik ben echt blij dat je het tegen hem hebt opgenomen. Je bent echt zó dapper, weet je.'

'Dank je.' Zil merkte dat zijn eigen hoofd onwillekeurig ook op en neer begon te wiebelen. Toen wist hij niet meer wat hij moest zeggen, dus hij wrong er een ongemakkelijk glimlachje uit en liep naar de uitgang van de kerk.

'Mag ik...' begon Lisa.

'Wat?'

'Ik bedoel, gaan jullie nu iets doen of zo? Want dan zou ik mis-schien kunnen helpen,' zei Lisa.

Heel even voelde Zil een golf van paniek. Iets doen? Wat dan? Ze hadden het stadhuis al beklad en een paar ruiten ingegooid. Wat moesten ze dan nog meer doen zolang Hunter niet kwam opdagen?

Toen drong het tot hem door. Als hij nu niets deed, zou hij alles weer kwijtraken. Lance, Hank, Turk en zelfs Antoine zouden lang-zamerhand weer hun eigen gang gaan, of gewoon een van de vele groepjes jongens worden die maar een beetje rondlummelden en langzaam verhongerden.

Het was nog niet voorbij. Het mocht niet voorbij zijn.

'Ik kan je hulp eigenlijk wel gebruiken, ja,' zei Zil tegen Lisa. 'Ik heb allerlei plannen.'

'Wat ga je doen?' vroeg Lisa gretig.

'Ik ga ervoor zorgen dat de echte mensen weer de baas worden. Die freaks moeten weg. Zodat de stad weer van óns wordt, niet van hen.'

'Juist!' zei Turk.

'Wij zessen? Wij zijn nog maar het begin,' zei Zil.

'Zo is dat,' beaamde Hank.

'Zils club,' zei Turk.

Dat wuifde Zil bescheiden weg. 'Maar misschien moeten we ons vanaf nu de Mensenclub noemen.'

# Dertig

Caine was uitgeput in slaap gevallen op de bank van de directeur van de kerncentrale. Hij werd langzaam wakker. Gedesoriënteerd. Hij wist niet goed waar hij was. Hij deed zijn ogen open en alles om hem heen, het hele, stoffige interieur van het kantoor, leek te trillen.

Hij wreef in zijn ogen en ging overeind zitten.

Er zat iemand in de stoel van de directeur. Een groene man. Hij gaf groen licht, alsof er chemicaliën in zijn lijf brandden die hem een soort flauwe gloed gaven.

De man had geen gezicht en een grof lijf, als een kleipoppetje dat nog maar voor de helft af was. Toen Caine beter keek, zag hij talloze piepkleine kristallen: sommige waren minuscule puntjes, maar andere waren bijna zo groot als een suikerklontje. De kristallen waren constant in beweging, als rondsnellende mieren die over elkaar heen krioelden.

Caine deed zijn ogen dicht. Toen hij ze weer opendeed, was de verschijning verdwenen.

Een hallucinatie. Caine was wel gewend aan hallucinaties.

Bibberig kwam hij overeind. Hij was misselijk, alsof hij griep had of zo. Zijn gezicht was nat van het zweet. Zijn shirt plakte aan zijn huid.

Hij moest overgeven, maar er zat niets in zijn maag.

Door het glas kon hij de controlekamer in kijken. Hij zag Diana, die in haar stoel lag te slapen of te soezen, met haar voeten op het

339

bureau. Ze zag er vreemd uit zonder haar. Caine had Diana's haar altijd prachtig gevonden.

Jack lag met zijn hoofd op hetzelfde bureau te snurken. Zijn gezicht was een beetje opgezwollen en zijn babymond hing open.

De twee gijzelaars zaten tegen elkaar aan geleund en sliepen ook.

Het dode meisje, Brittney, lag op een hoopje op de grond. Iemand had haar verschoven. Zo te zien had iemand geprobeerd haar onder het bureau te duwen, zodat ze niet meer zo in de weg lag. De plas bloed was een langgerekte veeg geworden.

De enige die wakker was, was Drake. Hij stond met een stalen gezicht tegen een muur geleund; zijn zweeparm was om zijn middel gekruld en in zijn andere hand had hij een machinegeweer.

Caine wankelde. Hij ging rechtop staan, maakte zijn schouders breed en veegde het kwijl van zijn mond. Hij moest er sterk uitzien, want Drake zag er ook sterk uit, alsof híj de leiding had.

Caine vroeg zich af hoe lang het zou duren voor Drake het eindelijk tegen hem zou opnemen. Hij had niets gedaan in die lange maanden waarin Caine van de wereld was geweest. Maar nu was Caine weer de baas en hij wist dat Drake zich daar gruwelijk aan ergerde.

Caine haalde diep adem en liep naar de controlekamer. Hij was net bij de deur toen hij werd overvallen door een golf van herinneringen en bijna door zijn knieën zakte. Hij greep de deur vast en probeerde trillend te blijven staan.

Hij kwam tot hem als honger. Honger die verderging dan alles wat hij ooit zelf had gevoeld. Alsof zijn huid helemaal gevuld werd door een brullende, uitgehongerde tijger.

*Honger in het donker.*

Caine jammerde. Hij kon zich nog net inhouden voor hij het een tweede keer deed, maar het wanhopige geluid was zijn mond al uit geglipt. Had Drake het gehoord?

Laat me met rust, smeekte Caine in stilte tegen de stem in zijn hoofd. Ik doe wat je wilt, maar laat me alsjeblieft met rust.

Caine had zijn blik op de grond gericht en zag Drakes voeten. Drake was geruisloos naar hem toe gelopen. Of misschien was Caine te ver heen geweest om iets te horen.

'Alles goed?' vroeg Drake.

'Prima,' snauwde Caine.

Drake zei: 'Mooi. Wat fijn om te horen.'

Caine schoof hem opzij, waarbij hij Drake een flinke schouderduw gaf.

'Waarom slapen jullie allemaal?' vroeg Caine op luide toon. 'Misschien staat Sam wel buiten te wachten tot hij ons weer te grazen kan nemen.'

'Straks hoeven we ons niet meer druk te maken om Sam,' zei Drake. 'Niet als we hém gevoed hebben.'

Caine schopte tegen Jacks stoel en tegen de gijzelaar die het dichtst in de buurt zat. 'Wakker worden. Iedereen. Het is bijna licht buiten. Misschien is Sam wel iets van plan.'

'Waarom doe je zo vervelend?' wilde Diana weten. 'Heeft je monsterbaas je wakker gemaakt? Heeft hij zijn zweep in je hoofd laten knallen om je gek te maken?'

'Hou je kop!' zei Caine woest. 'Ik heb geen zin in dat gezeik van jou. Heeft er al iemand naar eten gezocht?'

'Denk je dat Sams mensen hier de afgelopen drie maanden niet naar eten hebben gezocht?' zei Diana, maar ze klonk iets minder vijandig dan normaal.

'Dat vroeg ik niet,' schreeuwde Caine. 'Ik vroeg of iemand al de moeite heeft genomen om naar iets te eten te zoeken, stelletje idioten. Ik hoef alleen maar ja of nee te horen.'

'Nee,' antwoordde Diana voor iedereen.

'Nou, kom dan van je luie reet af en ga zoeken,' zei Caine.

Diana kwam zuchtend overeind. 'Eigenlijk wel fijn om even de benen te strekken.'

Jack stond ook op, net als Drakes soldaten. Ze verdwenen alle vier in de gangen.

'Niet naar buiten,' riep Caine hen achterna.

Caine nam Drake apart. 'Is Jack er al uit?'

341

'Volgens mij wel. Hij leek erg tevreden met zichzelf voor hij in slaap viel.'

Caine knikte. 'We moeten er zo snel mogelijk vandoor.'

'Moeten we niet eerst proberen om Sam uit te schakelen?' vroeg Drake.

Caine lachte snuivend. 'Alsof dat zo makkelijk is. Als we eerst Sam konden uitschakelen, dan zou het allemaal een fluitje van een cent zijn.' Hij schudde zijn hoofd. 'Nee. Dat doen we niet. Als ze ons betrappen, gebruiken we het uranium om hen op afstand te houden.'

Drake kon een grijns niet onderdrukken. 'Door te dreigen dat we het boven op hen laten vallen?'

'We dreigen dat we het openbreken,' zei Caine. 'Dat we het in de lucht gooien en openbreken.'

'En dan geeft iedereen licht in het donker,' zei Drake, alsof dat iets was om blij van te worden.

'Ik zal maar één hand vrij hebben,' zei Caine. 'Dus misschien krijg je nu eindelijk de kans om dat geweer te gebruiken waar je zo dol op bent.'

'Moeten we Worm niet naar Coates sturen?' vroeg Drake. 'Om meer mensen te halen?'

'Die komen toch niet,' zei Caine vlak.

Caine hoorde tumult, en toen hij opzijkeek zag hij Computer Jack door de gang stormen, op de hielen gezeten door Diana, die hem tevergeefs probeerde tegen te houden. Als een peuter die een stier tot stilstand probeert te dwingen.

'Jij!' loeide Jack.

Hij zwaaide met zijn vuist en Caine zag een aantal draden als ragfijne slangen tussen zijn vingers kronkelen.

'Je zei dat je ze had weggehaald!' riep Jack beschuldigend.

'O jeetje, dan ben ik er zeker een paar vergeten,' zei Drake. 'Zeg, heb je je vriendinnetje ook gevonden toen je rondkeek?'

Jack verstarde. 'Wat?'

Drake had zijn arm uitgerold, klaar voor gebruik. 'Ze moet met een flinke snelheid tegen die draad op gerend zijn. Stormde er als een snijdende wind doorheen. O nee, ik zeg het verkeerd. De draad sneed recht door de Wind.'

'Ze... wat...' hijgde Jack.

'Ze was precies doormidden gesneden,' zei Drake, kraaiend van plezier. 'Het was echt een gaaf gezicht. Je had het vast interessant gevonden, al haar ingewanden, precies doormidden. Alsof ze tegen een vleesmes was gelopen.'

'Ik vermoord je,' fluisterde Jack.

'Dat durf...'

Maar Jack had Diana al opzij geworpen en rende recht op Drake af.

Drake wist hem een klap te verkopen met zijn zweephand, maar niet meer dan één. Jack stormde als een linebacker tegen hem op en Drake vloog door de kamer, alsof hij door een bus was geraakt.

Drake kwam hard op de grond terecht, maar rolde snel overeind en haalde opnieuw uit. Er klonk een harde knal en er verscheen een scheur in Jacks shirt.

Jack vertraagde geen moment en wilde zich alweer op Drake storten, maar plotseling kon hij zich niet meer bewegen. Zijn benen liepen wel, maar hij kwam niet vooruit.

Caine hield hem met één opgeheven hand op zijn plek, met een kracht waar niets tegen te beginnen viel.

'Laat me los, Caine,' riep Jack.

'Hij zit je gewoon op te fokken, idioot,' schreeuwde Caine. Hij vond het eigenlijk wel een zeer aanlokkelijk idee om Drake door Jack te laten vermoorden. Dan was hij meteen van een groot probleem verlost, aangezien Drake zich vroeg of laat tegen Caine zou keren. Maar op dit moment had hij Drake nog nodig voor eventuele gevechten.

Drake liet zijn tentakel richting Jack zwiepen, maar de zweep stopte halverwege toen hij midden in de lucht Caines onzichtbare barrière tegenkwam.

'Kappen jullie, allebei!' riep Caine.

'Als je me aanraakt dan vermoord ik je!' gilde Drake tegen Jack.

343

'Mond houden, zei ik!' loeide Caine. Hij duwde zijn handpalmen van zich af, de ene richting Jack en de andere richting Drake. De twee jongens vlogen allebei achteruit. Jack kwam hard op zijn rug terecht. Drake, minder zwaar en bovendien niet zo bovenmenselijk sterk als Jack, knalde tegen de muur en zakte op de grond in elkaar.

Caine merkte een beweging op in zijn ooghoek en zag nog net de ruggen van de twee gijzelaars die de kamer uit vluchtten.

Caine boog zich opzij om op hen te kunnen richten, maar ze waren al uit zijn blikveld verdwenen. Hij hoorde wegrennende voetstappen. 'Pak ze!' riep hij.

Maar Drake kwam slechts moeizaam overeind en aan Jack had hij op dit moment niets. Drakes twee bullebakken bleven stokstijf staan. Caine besefte dat ze Drake gehoorzaamden, dat ze zíjn bevelen afwachtten en niet die van Caine.

Hij draaide zich om, hief zijn handen, tilde beide nietsnutten van de grond en smeet ze met geweld door de gang achter de gijzelaars aan.

'Haal ze terug!' brulde Caine.

'Kijk uit!' riep Diana.

Er werd geschoten. Het klonk waanzinnig hard. Caine hoorde de kogels als zoemende libellen langs zijn oren suizen.

Brittney!

Niet dood. Ze had zich alleen dood gehouden en was langzaam, heel langzaam naar een pistool gekropen waarvan ze blijkbaar wist dat het daar verstopt lag.

Ze lag nog steeds als een zielig hoopje op de grond, ze kon niet staan, ze kon zelfs niet rechtop zitten en vuurde nu op haar zij het pistool af.

Caine sprong opzij terwijl de kogels om hem heen gierden.

Hij botste hard tegen een tafel op, struikelde achteruit en viel op zijn knieën. Hij hief zijn handen, maar de loop van het pistool bewoog sneller.

Maar niet zo snel als Drakes zweephand. Zijn arm knalde en wikkelde zich om Brittneys middel. Het pistool ging nog steeds af, maar de kogels sloegen nu in de muur en het plafond.

Woedend richtte Caine al zijn kracht op het meisje. Ze schoof over de vloer tegen de muur op, zo snel dat Drake werd meegesleurd omdat hij niet eens tijd had om zijn arm los te wikkelen.

Caine sprong overeind en bleef zijn kracht op Brittney richten. Hij tilde haar op en liet haar midden in de kamer hangen.

'Jij vuile...' zei Brittney, en toen schoot ze zelf als een kogel door de lucht.

Ze vloog door het gat dat Sam de vorige dag in de muur had gebrand.

Dat was niet Caines bedoeling geweest. Het meisje had geluk.

Of misschien had ze iemand die over haar waakte.

Buiten hoorde Dekka, die trouw op wacht stond, de schoten in de controlekamer.

Ze sprong naar de muur en net op dat moment vloog er iets door het uitgebrande gat. Het kwam neer met het onmiskenbare geluid van een mensenlijf dat op de grond ploft.

Dekka staarde ernaar en was te verbijsterd om te kunnen reageren.

Toen werd er rechts van haar ook geschoten in het turbinegebouw. Door de deuropening waren felle gele flitsen te zien.

Ze kwam weer tot zichzelf en rende naar de deur. Edilio's soldaten sprongen op van de grond en kwamen achter haar aan.

'Orc! Orc!' schreeuwde Dekka.

Ze hoorde het monster eerder dan dat ze het zag. Hij had achter in de terreinwagen liggen slapen. De vering kraakte toen hij uit de auto klom.

In de deuropening verschenen de silhouetten van twee van Caines soldaten. Ze richtten hun geweren op twee wegvluchtende gestalten.

Nog meer schoten, en een van de gedaantes viel zonder het ook maar uit te schreeuwen neer. Viel op zijn buik en bewoog niet meer. De ander rende, rende, rende.

'Ik had hem! Ik had hem!' riep iemand op een toon waar meer afschuw dan trots in doorklonk.

'Taylor!' riep Dekka. 'Leid ze af!'

'Ik spring al!' riep Taylor terug en ze verdween.

'O Jezus, volgens mij heb ik hem vermoord,' kreunde de stem.

Dekka stak haar handen in de lucht en de twee schutters zweefden van de grond. De een botste tegen de bovenkant van de deuropening. De ander gleed weer naar binnen en was toen buiten Dekka's bereik. Het schieten hield op. De gevluchte gijzelaar zakte hijgend achter een auto in elkaar.

Het ene moment rende Taylor nog naast Dekka.

Een fractie van een seconde later struikelde ze nog half rennend door de controlekamer van de kerncentrale.

'Geflipte psychopaat!' schreeuwde Caine tegen Drake.

Drake was lijkbleek geworden, alleen zijn koude ogen waren nog grijs. 'Ik heb net je leven gered!'

'Je was ontzettend stom bezig! Je zat Jack gewoon voor je eigen lol te treiteren,' riep Caine. 'En je ziet wat ervan komt. Ik moet jullie twee uit elkaar houden en je ziet wat ervan komt, stomme idioot!'

'Hé!' riep Diana.

Het duurde even voor Taylor haar herkende. Haar hoofd was bijna kaal.

'Hé!' riep Diana nog een keer terwijl ze naar Taylor wees. 'We hebben bezoek!'

Caine draaide zich vliegensvlug om en stak zijn dodelijke handen in de lucht, maar Taylor sprong door de kamer en stond opeens in de hoek achter hem.

'Jack, vuile verrader!' riep Taylor net voor ze de kamer uit sprong.

Taylor kwam recht voor Dekka's neus weer tevoorschijn. 'Ze gaan helemaal door het lint daarbinnen. We moeten nu toeslaan!'

Dekka bleef staan. In gedachten maakte ze vlug een rekensommetje. Zij had Orc, Taylor en zichzelf. Ze had drie soldaten van Edilio. Met de gijzelaars hoefden ze geen rekening meer te houden.

Maar Caine en Drake leefden allebei nog en waren allebei nog verschrikkelijk gevaarlijk. Bovendien hadden zij ook nog twee schutters, misschien wel meer.

'Nee,' zei ze ontmoedigd. 'Niet zonder Sam.'

'We moeten nu gaan, nú!' riep Taylor. Ze wees naar het bloederige hoopje mens op de grond. 'Kijk nou wat ze hebben gedaan. Kijk wat ze hebben gedaan! Kijk wat die beesten hebben gedaan!'

Dekka legde een kalmerende hand op haar schouder. 'Als we nu naar binnen gaan, verliezen we,' zei ze. En zelfs als Sam er wel zou zijn... Zoals Sam zich vannacht had gedragen, had ze hem nog nooit meegemaakt. Helemaal uitgeblust.

'Je bent gewoon bang,' zei Taylor.

'Niet zo drammen, Taylor,' waarschuwde Dekka. 'We zijn niet sterk genoeg. Simpel zat. Als we nu aanvallen, verliezen we. Dan heeft Sam nog meer lijken die Edilio kan begraven. Ik weet niet of Sam dat...' Ze zweeg. Te laat.

'Wat is er met Sam?' wilde Taylor weten.

Dekka haalde haar schouders op. 'Niets. Hij is gewoon moe, dat is alles. Ik denk niet dat hij op nog een gevecht zit te wachten vannacht.'

Taylor keek alsof ze nog wel even door wilde zeuren. Toen liet ze haar schouders hangen. 'Ach ja. Dan niet, joh.'

'Ga jij maar terug naar de stad. Zeg tegen Sam wat er is gebeurd. Wat je daarbinnen hebt gezien.'

'Heb ik maar een paar minuten voor nodig. Dat kan allemaal in één sprong,' zei Taylor.

'Ga dan maar gauw.'

Taylor verdween en Dekka schopte woedend tegen de aarde. Het was allemaal zo snel gegaan dat ze eigenlijk alleen maar had kunnen toekijken.

Mike Farmer kwam achter de vrachtwagen vandaan gekropen waar hij zich had verstopt. Mickey lag akelig stil op zijn buik. Het lichaam van Brittney was te gruwelijk om naar te kijken.

Opeens werd Dekka woedend op Sam. Hij was ervandoor gegaan en had haar de leiding gegeven. Nou, zij wilde de leiding helemaal niet. Sam was niet de enige die op zijn tandvlees liep.

Brianna... De naam was als een mes in haar buik dat stevig werd rondgedraaid.

Ze had nooit tegen Brianna gezegd wat ze voor haar voelde. En nu was het te laat.

Er viel iets voor Dekka's voeten en ze staarde omlaag. Het leek verdacht veel op kippenbotjes. Afgekloven kippenbotjes.

Dekka keek omhoog. Ze deed een paar stappen achteruit om het beter te kunnen zien.

Tien verdiepingen hoger stond iemand boven op het turbinegebouw in het spookachtige, felle licht met haar armen te zwaaien. Heel snel.

De tijd leek stil te staan. Dekka hield haar adem in. Ze tuurde omhoog – stel je voor dat ze het mis had. Ze wilde het pas geloven als ze het zeker wist.

'Wind?' fluisterde Dekka verbijsterd.

Dekka boog heel even haar hoofd om God te bedanken. Brianna. Levend.

Levend en net zo ongeduldig als altijd, zo te zien.

Brianna zou haar nooit kunnen horen met al dat lawaai van de kerncentrale. Hoe ze daarbovenop was gekomen was een raadsel, maar naar het verwoede gewapper van haar armen te oordelen, wilde ze graag naar beneden.

Dekka zwaaide terug. Ze liet zelfs bij wijze van hoge uitzondering een glimlachje zien. Brianna. Ze leefde.

Brianna zette haar handen in haar zij alsof ze wilde zeggen: 'Waar wacht je nog op?'

Dekka dacht even na. Toen wees ze naar een plek onder aan de muur, ver weg van de deur waar Caines jongens met geweren op de loer lagen.

Brianna knikte.

Dekka stak haar handen omhoog.

Brianna sprong van het dak. En bleef in de lucht hangen. Er was geen zwaartekracht meer die haar naar beneden trok.

Dekka haalde diep adem. Ze schakelde haar kracht heel even uit en Brianna viel. Toen zette ze hem weer aan, en Brianna bleef hangen. Uit. Aan. Tot Brianna ongeveer een meter boven de grond zweefde.

Dekka liet haar los en Brianna landde soepeltjes op de parkeerplaats, met gebogen knieën om de schok op te vangen. Dekka ondersteunde haar.

'Wat is hier allemaal aan de hand?' wilde Brianna weten. 'Ik hoorde schoten. Daar werd ik wakker van.'

'Ook fijn om jou weer te zien, Brianna,' zei Dekka droog. 'Iedereen dacht dat je dood was.'

'Nou, dat ben ik dus niet. Sjonge.'

Dekka schudde vol liefdevolle verbazing haar hoofd.

Ze gingen bij Mike achter de vrachtwagen zitten en lieten Edilio's soldaten met hun wapens in de aanslag de deur bewaken.

Mike was verbaasd. 'Hé, Drake zei tegen Jack dat je dood was. Jack geloofde hem en hij ging helemaal door het lint.'

Brianna grijnsde. 'O, is dat zo?'

'Echt wel. Hij stormde op Drake af alsof-ie Aragorn was. Probeerde hem te vermoorden. Toen zijn wij... Ik bedoel, toen ben ik... ontsnapt.' Hij barstte in tranen uit en begon met zijn handen voor zijn gezicht ongecontroleerd te snikken.

'Vinden jij en Computer Jack elkaar leuk?' vroeg Dekka. Ze hield haar toon zorgvuldig heel neutraal om niets van haar innerlijke beroering te laten merken. Dit was niet het juiste moment om Brianna met gevoelens op te zadelen die ze niet kon beantwoorden. Misschien zou ze zelfs wel boos worden op Dekka. Ze waren nou niet bepaald vriendinnen geweest toen ze nog op Coates zaten. Dekka wist niet eens of Brianna wel wist dat Dekka lesbisch was.

'Ik dacht van niet, eerlijk gezegd,' antwoordde Brianna zeer in haar sas. 'Maar blijkbaar wel.'

'Oké,' zei Dekka en ze slikte moeizaam. Het belangrijkste was dat Brianna nog leefde. En Mickey en Brittney niet meer. Dekka had de leiding en moest een aantal knopen doorhakken. 'Ga je me nog vertellen hoe je op dat dak terecht bent gekomen?'

'Eh... nee. Maar er is daarboven wel een deur die naar beneden leidt. Als ik een koevoet had of zo, dan kon ik hem openwrikken en naar binnen en weer naar buiten flitsen zonder dat ze het überhaupt in de gaten zouden hebben. Dan zal ik ze eens even...'

'Nee, nee,' zei Mike tussen twee snikken door. 'De draden hangen er nog.'

'Welke draden?' wilde Brianna weten.

'Drake. Hij heeft overal draden gespannen zodat je in stukken zou worden gesneden als je naar binnen zou rennen.'

Dekka zag de geschokte blik op Brianna's anders altijd zo zelfverzekerde gezicht.

'Daarom probeerde Jack Drake te vermoorden,' zei Mike. 'Jack zei dat hij ze allemaal weg moest halen, en Drake deed net alsof hij dat had gedaan, maar dat was dus niet zo.'

Dekka zei: 'Het is maar goed dat Jack je wel ziet zitten, Wind. Daardoor kon Mike ontsnappen.'

Brianna wist niet wat ze moest zeggen.

'Trek het je niet aan, meisje,' zei Dekka. 'Je hebt een zware dag achter de rug. We hebben allemaal een erg zware dag achter de rug.' Ze ging naast Mike zitten en legde haar arm om zijn schouder. 'Ik vind het heel erg van Mickey. Ik weet dat hij je beste vriend was.'

Mike schudde haar van zich af. 'Mickey kan jou helemaal niks schelen. Je bekommert je alleen maar om Brianna omdat zij ook een freak is, net als jij.'

Dekka besloot daar niet op in te gaan. Ze kon het Mike niet kwalijk nemen dat hij een beetje in de war was. Ze zou het hem zelfs niet kwalijk kunnen nemen als hij volledig zou instorten.

Tegen Brianna zei Dekka: 'Je bent er goed van afgekomen. Maar op dit moment is het belangrijk dat je naar andere mensen luistert, in plaats van gekke dingen uit te halen waardoor je vast komt te zitten op een dak terwijl wij je nodig hebben. Of erger nog, in stukken wordt gesneden.'

'Je hebt gelijk,' zei Brianna beteuterd. Toen, alweer iets meer haar vertrouwde, brutale zelf, zei ze erachteraan: 'Bedankt, mám.'

Geweldig vond Dekka dat. Die wilde roekeloosheid van Brianna. Ze vond het fantastisch. Het was totaal het tegenovergestelde van hoe Dekka zelf was. Ze zei nu niet tegen Brianna dat ze het geweldig vond, want op dit moment had Dekka de leiding. Zij was verantwoordelijk. Maar Brianna zou Brianna niet zijn zonder haar maffe uitspattingen.

Ze leefde. Ze leefde nog.

En ze vond Jack leuk.

Maar ze leefde.

# Eenendertig

*Kom bij me. Ik heb je nodig.*

'Ik kan geen adem meer halen,' zei Lana, hoewel ze zich afvroeg of ze wel echt met haar mond had gepraat, want ze had geen geluid gehoord en ook haar tong en lippen niet voelen bewegen.

*Door het gas krijg je geen zuurstof meer.*

O ja. Dat was het. Het gas. Eén vonk en... ergens moest ze een aansteker hebben. Eén vonk en ze was vrij. Dood. Doodvrij.

Ze lachte en het gelach veroorzaakte bloedrode dolken die in haar hoofd staken. Ze greep naar haar hoofd en schreeuwde het uit van de pijn. Ze hoorde niets. Ze voelde haar handen niet tegen haar slapen.

*Kruip naar me toe.*

Haar lichaam deed niets. Of wel? Zat ze op handen en knieën? Was haar lijf nog wel echt?

Was ze blind, of was het te donker om iets te kunnen zien?

Was ze bewusteloos geweest? Hoe lang?

Ze bewoog, ze wist zeker dat ze bewoog. Of misschien was het een briesje dat langs haar waaide.

*Ik verdrijf de koolwaterstofverbinding.*

De... wat? Kool... wat? Ze was duizelig. Haar hoofd tolde rond en rond en toen het uitgetold was, kwamen de messen weer terug om haar te steken, te martelen. Haar hoofd ontplofte. Haar hart bonkte in haar borst, probeerde te ontsnappen, brak haar ribbenkast open om uit haar lijf te kunnen komen.

Nee, allemaal hallucinaties. Waanzin en leugens.

Maar de pijn was echt. Die voelde ze, de pijn. En de angst.

*Het mengsel van zuurstof en stikstof stroomt.*

Lucht. In plaats van het gas. De pijn in haar hoofd werd er niet minder van. Maar haar hart ging langzamer.

Ze kon weer zien, een heel klein beetje maar; de koplampen van de pick-up wierpen een heel flauw lichtschijnsel door de mijnschacht naar de plek waar zij op haar buik op de rotsgrond lag. Lana bracht haar hand naar haar gezicht. Vingers. Ze zag ze niet echt, maar ze wist dat ze er waren.

Ze raakte haar gezicht aan. Ze voelde haar hand. Ze voelde haar wang. Nat van de tranen.

*Kom bij me.*

Nee.

Maar nu zat ze op haar handen en knieën en ze bewoog. De stenen schuurden haar handpalmen en knieën open.

Nee. Ik kom niet bij je.

Maar ze kwam. Bewoog. Handen en knieën. Kroop. In de richting van de pick-up.

Had ze zich ooit tegen hem kunnen verzetten?

*Nee.*

*Ik ben de gaiaphage.*

*Je bent van mij.*

Ik ben Lana Arwen Lazar. Mijn moeder heeft me vernoemd naar... Naar iets. Iemand... Mijn...

*Ik heb honger.*

*Jij zult me helpen om aan eten te komen.*

Laat me met rust, protesteerde Lana zwakjes terwijl haar armen en benen bleven bewegen en ze met hangend hoofd voortkroop, als een hond. Als... als iemand...

*Ik ben de gaiaphage.*

Wat betekent dat? vroeg Lana.

Ze was zich nu meer bewust van zichzelf. Ze kon in haar geheugen kijken en wist weer wie ze was en waarom ze hier was. Ze herinnerde zich de dwaze hoop die ze had gekoesterd dat ze de Duisternis zou vernietigen. De gaiaphage.

Maar nu zag ze zijn hand in alles wat ze had gedaan. Hij had haar van begin af aan geroepen. Had haar gedachten verdraaid zodat ze deed wat hij wilde.

Ze had nooit een schijn van kans gemaakt.

En nu kroop ze. Door de kapotte voorruit. Door de laadbak.

De andere vriendin van Superman, Lana. De ware liefde van Aragorn, Arwen. Lazar, een afkorting van Lazarevic. Lazarus, die opstond uit de dood. Lana Arwen Lazar. Dat was wie ze was.

Ze kon niet ophouden met kruipen. Dieper en dieper de mijnschacht in.

*Kom bij me.*

*Ik heb je nodig.*

Waarvoor? Waarom ik?

*Jij bent de Genezer.*

*Jij hebt de gave.*

Ben je gewond? Een sprankje hoop bij de gedachte dat het wezen misschien gewond zou zijn.

Lana's ledematen waren nu zo zwaar dat ze nauwelijks nog vooruit kon komen. Nauwelijks haar knieën nog vijf centimeter over de ruwe rotsgrond kon schuiven. Nauwelijks haar handpalmen naar voren kon duwen. Maar nu zagen haar ogen de zwakke groene gloed die ze na die eerste keer in deze afschuwelijke mijnschacht nooit meer vergeten was.

Een gloed als oplichtende horlogewijzers. Een gloed als de sterren die lichtgaven in het donker en die Lana's vader op haar plafond had geplakt toen ze klein was.

De gedachte aan haar vader sneed door Lana's ziel. Haar moeder. Haar vader. Zo ver weg. Of dood. Of, wie weet? Wie zou het ooit weten?

Ze stelde zich voor dat ze haar zo zouden zien. Alsof ze een bacterie was die op een objectglaasje lag en haar moeder en vader door een enorme microscoop keken. En hun dochter zo zagen. Kruipend door het donker. Vol angst. Hongerig. Zo bang.

Kruipend naar de Duisternis. Slaaf van de gaiaphage.

Ze stopte op bevel van de stem in haar hoofd. Hijgend en nat van het zweet wachtte ze af.

*Leg je hand op me.*

'Wat?' fluisterde ze. 'Waar? Waar ben je?'

Ze draaide haar vermoeide hoofd opzij, tuurde het radioactieve duister in, maar zag alleen maar lichtgevende rots.

Nee. Toen ze beter keek, toen ze zichzelf dwong om beter te kijken, zag ze dat het geen rots was. Haar onwillige ogen leken door de zwakke groene gloed te priemen en zagen daar geen gladde steen, maar een kolkende, pulserende massa. Duizenden, misschien wel miljoenen piepkleine kristallen: zeshoeken, vijfhoeken, driehoeken. Ze waren niet groter dan een halve pinknagel, en sommige waren zelfs zo klein als een punt achter een zin in een boek. Ze hadden allemaal talloze, piepkleine pootjes, zodat Lana het gevoel kreeg dat ze naar een enorme mierenhoop keek, een groen, glinsterend insectennest dat klopte als een blootliggend hart.

*Leg je hand op me.*

Ze stribbelde tegen. Maar ook al verzette ze zich tegen de wil van de gaiaphage, ze wist dat ze het nooit van hem kon winnen. Haar hand bewoog. Bevend. Ze zag de donkere omtrek van haar vingers tegen de groene gloed.

Ze raakte hem aan, voelde hem, en het was net alsof ze haar hand op het grove zand van het strand had gelegd. Maar dit zand bewoog, vibreerde.

Heel even was er alleen maar die ene gewaarwording.

Toen liet de gaiaphage zien wat hij wilde.

Ze zag wezens. Een wezen van levend vuur. Een opwindslang. Monsters.

En ze zag een Russische matroesjkapop.

Eén pop... in een andere pop... en nog een... en nog een...

Nu kende ze hem, ze had hem in één verblindend helder ogenblik leren kennen. Nu voelde ze zijn honger. En nu was ze zich bewust van zijn angst.

Hij had haar nodig, dit walgelijke wezen van menselijk en buitenaards DNA, van steen en vlees, dat zich in de uithoeken van de ruimte en nu in de uithoeken van de aarde had gevoed met harde straling. Het lichtgevende voedsel was helemaal opgegeten in de dertien jaar dat de gaiaphage hier in de duisternis was gegroeid en gemuteerd.

Hij had honger. Er kwam eten aan. En als het er was, zou hij sterk genoeg zijn om met Lana's kracht een lichaam te scheppen. Hij had haar kracht gebruikt om Drake zijn zweephand te geven, om hem in een monster te veranderen. Nu zou hij haar, zodra hij gegeten had, gebruiken om een monsterlijk lichaam voor zichzelf te creëren. Lichamen in lichamen, lichamen die gebruikt konden worden om weer weg te smijten als het volgende zich aandiende.

Hij wilde hier weg.

Weg uit de mijn. Dat was zijn doel.

Hij wilde de FAKZ in en iedereen uit de weg ruimen die weerstand bood.


Sam beleefde een dag van emotionele uitersten.

Taylor kwam langs om te zeggen dat Mickey Finch was omgekomen toen hij aan Caine probeerde te ontsnappen. Maar dat Mike Farmer het had overleefd. En dat Caine nu geen gijzelaars meer had.

Toen brak er brand uit in een huis waar twee kleuters van vijf samen met twee kinderen van negen woonden. Een van de negenjarigen had zitten blowen.

Brandweercommandant Ellen arriveerde met de brandweerauto snel genoeg bij de plek des onheils om te kunnen voorkomen dat de brand naar het huis ernaast oversloeg. In dat gedeelte van de stad kwam er nog water uit de kraan.

De kinderen hadden het pand allemaal ongedeerd kunnen verlaten.

En toen Sam daar op straat stond, in de rook van het afgebrande huis, terwijl de zon al opkwam en hij probeerde te bedenken hoe en of hij een jongen moest straffen die wiet had gerookt en brand had veroorzaakt, voelde hij een windvlaag.

'Hoi Sammie,' zei Brianna.

Sam staarde haar aan. Ze grijnsde naar hem.

Sam slaakte een diepe zucht van opluchting. 'Ik vermoord je als je nog een keer zomaar verdwijnt.'

'Ah toe,' zei Brianna terwijl ze haar armen spreidde. 'Een knuffel om het goed te maken.'

Ze omhelsde Sam kort en deed toen een stap achteruit. 'Meer krijg je niet hoor, anders heb ik straks ruzie met Astrid.'

'Hm-mm.'

'Maar goed, wanneer gaan we Caine uitschakelen en het licht weer aandoen?'

Sam schudde zijn hoofd. 'Dat gaat nu even niet, Brianna.'

'Hè? Wat? Hoe bedoel je, dat gaat niet? Hij zit daar zonder gijzelaars. We kunnen hem makkelijk aan.'

'Er zijn nog meer dingen waar we ons zorgen over moeten maken,' zei Sam. 'We hebben problemen tussen de freaks en de normalo's.'

Brianna maakte een laatdunkend geluid. 'Zal ik even rondrennen en een paar meppen uitdelen? Dan zijn ze zo weer genezen en kunnen wij met de kerncentrale aan de slag.' Ze boog zich naar hem toe. 'Ik heb een ingang gevonden via het dak.'

Dat was interessant nieuws. Zo interessant zelfs dat Sam het toch nog eens overwoog. 'Een ingang? Naar de turbinehal?'

'Gast, er is een deur op het dak. Ik weet niet waar hij op uitkomt, maar hij zal wel naar de turbinehal leiden. Denk ik.'

Sam probeerde de moedeloosheid van zich af te schudden, maar hij kon het niet. Hij kon zich niet concentreren. Hij was helemaal leeg. Zo ongelofelijk moe. 'Je bent gewond,' merkte hij op.

'Ja, en het brandt. Waar is Lana? Ik moet eerst even genezen worden. Dan kunnen we daarna wat mensen op hun lazer gaan geven.'

'We zijn Lana kwijt. Ze is ervandoor gegaan.'

Dat nieuws bracht zelfs Brianna's onstuimige zelfvertrouwen aan het wankelen. 'Wat?'

'Het gaat niet goed,' zei Sam.

357

Hij voelde Brianna's bezorgde blik. Hij gaf het slechte voorbeeld. Hij nam niet bepaald de leiding. Dat wist hij best. Maar hij kon de onverschilligheid die elke poging om een plan te verzinnen ondermijnde niet doorbreken.

'Jij zou eens wat moeten slapen,' zei Brianna uiteindelijk.

'Ja,' zei Sam. 'Dat sowieso.'

De stemmen klonken vertrouwd. Dekka. Taylor. Howard.

'De zon komt op,' zei Taylor. 'De lucht wordt grijs.'

'We moeten iets met Brittney en Mickey doen,' zei Dekka.

'Ik raak geen lijk aan.' Howard.

'We zouden ze eventueel wel terug naar de stad kunnen brengen zodat Edilio ze kan begraven,' zei Dekka.

Taylor zuchtte. 'Het gaat daar helemaal niet goed. Zo heb ik Sam nog nooit meegemaakt. Hij is gewoon, zeg maar...'

Dekka zei: 'Hij komt er wel overheen.' Ze klonk niet erg overtuigd. 'Maar ja, misschien is dit niet het juiste moment om te vragen of hij een grafrede wil houden.'

'Misschien kunnen we ze met iets bedekken. Dat we Mickey hierheen slepen en voorlopig gewoon een deken of zo over ze heen leggen.'

'Ja. Er ligt vast wel ergens een deken in een van deze auto's. Of een zeil. Wat dan ook. Wil jij aan Orc vragen of hij een paar kofferbakken kan openbreken?'

En zo kwam Brittney dicht tegen Mickey aan te liggen, onder het stoflaken van een schilder.

Ze had geen pijn.

Ze zag geen licht.

Ze hoorde wel, maar heel weinig.

Haar hart was roerloos en stil.

Maar ze ging niet dood.

Albert had geen tijd te verliezen. Quinn en hij hadden Sam eindelijk over hun goudmissie verteld. En ze hadden ook verteld dat Lana er met Cookie vandoor was gegaan.

Sam had heel mat gereageerd, lang niet zo boos als ze allebei hadden verwacht. Hij had met gesloten ogen naar hun verhaal geluisterd en Albert kreeg een paar keer het idee dat hij wegdoezelde. Het was een hele opluchting geweest dat Sam niet tegen hen uitgevallen was. Maar ook verontrustend. Ze brachten immers wel heel slecht nieuws. Sams lauwe reactie voelde onwerkelijk. Sam was Sam niet.

Des te meer reden voor Albert om zijn zaakjes op orde te stellen. Hij had de verbijsterde Quinn weggestuurd om te gaan vissen.

'Het kan me niet schelen hoe moe je bent, Quinn. Er is werk aan de winkel.'

En toen was Albert aan de slag gegaan.

Het smelten van het goud vormde een probleem. Het smeltpunt van goud was drie keer zo hoog als dat van lood, en Albert kon niets vinden waarmee hij die temperatuur kon bereiken. Niet tussen de apparaten in zijn McDonald's in elk geval, die het nu sowieso niet deden zonder stroom.

Albert was in de doe-het-zelfzaak wanhopig op zoek naar een oplossing toen hij de lasbrander zag.

Hij sleepte twee branders en alle acetyleentanks die hij kon vinden mee naar de McDonald's en deed de deur op slot.

Hij zette een grote gietijzeren pan op het fornuis en liet die zo heet mogelijk worden. Daar zou het goud niet in smelten, maar de pan zou wel het afkoelingsproces vertragen.

Hij legde een van de goudstaven in de pan, zette de brander aan en richtte de dunne blauwe vlam op het goud. De bovenste laag werd meteen zachter en al snel liep er een klein stroompje gesmolten goud de pan in.

Een uur later wipte hij de eerste zes gouden kogels uit de kogelmal.

Het was uitputtend werk. Heet werk. Maar na een tijdje produceerde hij vierentwintig kogels per uur. Hij werkte tien uur lang aan één stuk door en telde toen, doodmoe, uitgedroogd en hongerig, 224 kogels van 32 kaliber.

Er klopten kinderen op de deur die naar de McClub wilden.

Maar Albert hing een briefje op waarop stond: SORRY, WIJ ZIJN VAN-
AVOND GESLOTEN, MORGEN WEER OPEN.

Hij dronk wat water, nuttigde een karige maaltijd en voerde een
paar berekeningen uit. Hij had genoeg goud voor ongeveer vierduizend kogels, en dat betekende dat, als ze eerlijk verdeeld werden, elke inwoner van Perdido Beach er net iets meer dan tien zou
krijgen. Het zou weken duren voor hij ze allemaal af had.

Maar hij had bij lange na niet genoeg acetyleen. En dat zou betekenen dat hij om al het goud te kunnen smelten, de hulp zou
moeten inroepen van degene die waarschijnlijk het minst geneigd
was om hem te helpen: Sam.

Albert had Sam bakstenen zien verbranden. Dan moest goud
smelten toch een fluitje van een cent zijn.

Voor het zover was, wilde Albert iedereen één kogel geven. Als
een soort visitekaartje. Een voorproefje van wat eraan zat te komen.

En dan zou er papiergeld komen, gedekt door het goud, en uiteindelijk: krediet.

Ondanks zijn vermoeidheid ging Albert tevreden neuriënd met
een pen en een schrijfblok zitten om mogelijke namen voor de
nieuwe munteenheid te verzinnen.

'Kogels' was duidelijk geen gepaste benaming. Hij wilde dat
mensen aan geld dachten, niet aan doodgaan.

Dollars? Nee. Dat woord had weliswaar een vertrouwde klank,
maar hij wilde iets nieuws.

Euro's? Francs? Dubloenen? Marken? Bonnen? Kronen?

Alberts?

Nee. Dat ging te ver.

Eenheden?

Die zou kunnen. Het had precies de juiste betekenis.

'Het probleem is dat we niet genoeg hebben, hoe we ze ook noemen,' mompelde Albert. Als er maar vierduizend van de nieuwe...
dingesen zouden komen, zouden die per stuk een heleboel waard
moeten zijn. Tien pegels zouden, laten we zeggen...

Pegels?

Het waren wel knallers, tenslotte.

Als een kind in eerste instantie tien pegels zou krijgen, zou elke pegel meer waard moeten zijn dan, laten we zeggen, één blikmaaltijd. Dan had hij naast de pegels ook nog kleinere eenheden nodig. Een munt die bijvoorbeeld één tiende van een pegel waard was.

Maar als hij papiergeld zou maken, zou iedereen dat meteen als een gek gaan kopiëren. Hij had iets nodig wat niet vervalst kon worden.

Er schoot hem iets te binnen. Een herinnering. Hij rende naar het magazijn, waar allang geen eten meer stond. Er stonden twee dozen op de stalen roosterschappen. Ze zaten allebei barstensvol met McDonald's Monopoly-speelkaartjes, van een of andere allang weer vergeten promotieactie.

Twaalfduizend kaartjes per doos. Moeilijk na te maken.

Hij zou genoeg hebben om vierduizend pegels te kunnen wisselen voor zes Monopolykaartjes per pegel.

'Eén pegel is zes kaartjes,' zei Albert. 'Er gaan zes kaartjes in een pegel.'

Wat is dit mooi, dacht Albert. Hij kreeg tranen in zijn ogen. Wat was dit verschrikkelijk mooi. Hij vond het geld opnieuw uit.

# Tweeëndertig

Worm was heel voorzichtig geworden. Sams mensen wisten dat hij er was. Dat was al zo sinds het grote gevecht om Perdido Beach. Maar nu begonnen ze tegenmaatregelen te nemen. Worms zelfvertrouwen was danig aangetast door de onverwachte aanval met de spuitbus.

Dus toen Caine hem apart nam, ergens in een hoekje zodat Drake hen niet kon horen, en hem een nieuwe opdracht gaf, had Worm zo zijn twijfels.

'Ze staan gewoon te wachten tot er iemand naar buiten komt,' wierp Worm tegen. 'Dekka is er sowieso. En een stel kinderen met wapens. En Sam ligt vast ook ergens op de loer.'

'Niet zo hard,' zei Caine. 'Hoor eens, Worm, je doet het hoe dan ook, of je nou wilt of niet. Moet ik moeilijk gaan doen?'

En dus deed Worm het. Hij vond het niet leuk, maar hij deed het.

Eerst maakte hij zich langzaam onzichtbaar. Zelfs als hij wel zichtbaar was, zagen kinderen hem meestal over het hoofd. Ze vergaten dat hij er was. Zodra hij vervaagd was, leken ze zich hem nog maar zelden te herinneren.

Hij bleef een tijdje in de hoek van de controlekamer staan, om er zeker van te zijn dat niemand – oftewel Drake – zou merken dat hij weg was.

Iedereen was weer een beetje tot bedaren gekomen toen duidelijk werd dat Sams mensen niet naar binnen zouden stormen met hun geweren en laserhanden in de aanslag.

Maar de sfeer was nog steeds gespannen. Drake en Caine keken de hele tijd paranoïde om zich heen, omdat ze een aanval van buiten of van elkaar verwachtten. Diana was chagrijnig en slaperig. Computer Jack had duidelijk heel veel pijn en hij stopte de ene na de andere pijnstiller in zijn mond, maar hij zat nog steeds op het toetsenbord te rammen. Drakes bullebakken hadden een draagbare spelcomputer gevonden en speelden om de beurt tot de batterijen op waren. Toen gingen ze weg om nieuwe batterijen te zoeken.

Niemand merkte dat Worm er niet meer was.

Hij glipte de kamer uit, vlak langs Drake, met ingehouden adem, doodsbang dat de zweep plotseling zou uithalen.

De situatie buiten viel hem alleszins mee. Dekka zat voor in een auto te knikkebollen en een discussie met Taylor en Howard te voeren. Orc liep aan de overkant van de parkeerplaats en sloeg lui met een bandenlichter de voorruiten van auto's in. En er zaten twee, nee drie kinderen met geweren verscholen achter auto's en om hoekjes te wachten tot er iets zou gebeuren. Die verveelden zich ook.

Ze waren in een zeer slecht humeur. Worm ving flarden van gemopper op in het voorbijgaan.

'...Sam gaat er gewoon vandoor en laat ons hier aan ons lot over...'

'...Als je niet een of andere superfreak bent, is er geen hond die...'

'...Echt hoor, ik ga mijn eigen been afsnijden en opeten, zo veel honger heb ik...'

'...Ratten zijn veel lekkerder dan je zou denken. Je moet alleen wel eerst een rat zien te vinden...'

Worm liep stilletjes verder tot hij bij de weg was. Niks aan, zoals ze vroeger bij de kleuters altijd zeiden.

En daarna moest hij een heel, heel eind lopen. Zonder iets te eten.

Worm had het gevoel dat zijn maag hem probeerde te vermoorden. Alsof hij een vijand in zijn eigen lijf had zitten. Een soort kanker. Zijn maag deed gewoon constant pijn. Het water was hem in de mond gelopen toen hij die jongen iets over het eten van een rat had horen zeggen.

Worm zou zo een rat kunnen eten. Zonder blikken of blozen. Een dag geleden misschien nog niet, maar nu had hij al heel lang niets meer gegeten. Misschien werd het weer tijd om wormen te gaan eten. Niet voor een weddenschap, maar als maaltijd.

Hij vroeg zich af hoe lang je zonder eten kon voor je doodging. Nou, hij zou hoe dan ook iets te eten krijgen. Hij was al eerder de supermarkt binnengeglipt, en daar kwam hij onderweg naar Coates bijna langs.

Hij móést iets eten. Dat moest Caine maar begrijpen.

Hij zou heus nog wel op tijd bij Coates zijn om dat freakmeisje van die dromen te vinden.

Worm stak zijn hand in zijn zak en haalde de kaart tevoorschijn die Caine op een vel kopieerpapier had getekend. Het was best een goede, duidelijke kaart. Hij begon bij Coates en liep dan om de heuvels heen naar de woestijn. Er stond een kruisje bij iets waar Caine SPOOKSTAD bij had geschreven. Bij een tweede kruisje, boven de stad, stond MIJN.

Op de kaart stond een geschreven boodschap aan iedereen die Worm zou aanvallen: *Worm handelt in opdracht van mij. Doe wat hij zegt. Iedereen die hem tegen probeert te houden, krijgt met mij te maken. Caine.*

Worm moest de dromer halen, Orsay, zo veel mogelijk jongens uit Coates mee zien te krijgen en haar met hun hulp naar het kruisje brengen waar MIJN bij stond.

'Ik weet niet of het dromen zijn of niet,' had Caine gezegd. 'Maar volgens mij zijn al zijn gedachten op een bepaalde manier een soort dromen. Ik denk dat Orsay misschien in zijn hoofd kan komen.'

Worm had geknikt alsof hij het begreep, ook al was dat niet waar.

'Ik wil weten wat hij voor me in petto heeft,' zei Caine tegen Worm. 'Zeg dat maar tegen haar. Als ik hem eten breng, wat gaat hij dan met me doen? Zeg maar tegen Orsay dat ik haar vrijlaat als ze mij kan vertellen waar de Duisternis, de gaiaphage, over droomt. Dan mag ze gaan.'

Toen had Caine erachteraan gezegd: 'Ík zal haar in elk geval niet tegenhouden.'

Het was een belangrijke opdracht. Caine had Worm beloofd dat hij als eerste mocht kiezen uit al het eten dat ze ooit nog zouden krijgen. En Worm wist dat hij dit maar beter niet kon verpesten. Het liep altijd erg slecht af met mensen die Caine teleurstelden.

Het was een heel eind lopen naar de supermarkt. Het gebouw werd nog steeds bewaakt. Worm zag twee gewapende kinderen op het dak, twee bij de ingang en twee op het laadperron naar het magazijn. En het was er bovendien heel druk: een hele groep kinderen verdrong zich duwend en schreeuwend voor de deur.

De meesten waren er om hun dagelijkse rantsoen op te halen, bestaande uit een paar blikken vol smerige troep die werden uitgedeeld door verveeld kijkende, cynisch geworden zesdegroepers.

'Hallo, denk maar niet dat ik daar intrap,' zei een van hen tegen een meisje in de rij. 'Jij was hier twee uur geleden ook al om eten te halen. Je kunt niet zomaar even andere kleren aantrekken en me om de tuin leiden.'

Andere kinderen kwamen niet voor voedsel maar voor stroom. De supermarkt lag aan de snelweg, buiten het stadscentrum. Hier was duidelijk nog elektriciteit, want ze hadden verlengsnoeren naar buiten getrokken met stekkerdozen eraan. De kinderen stonden in de rij om hun iPod, zaklampen en laptops op te laden.

Worm zou tegen Caine zeggen dat de winkel nog stroom had. Dat leverde hem vast een schouderklopje op. Caine zou Jack opdragen om er iets aan te doen.

De winkel was een griezelige plek. De groenteafdeling, het eerste wat hij tegenkwam, was leeg. De verrotte groente was grotendeels opgeruimd, maar de schoonmakers waren niet bepaald grondig te werk gegaan. Een grote pompoen was zo verrot dat er alleen nog een plas pulp van over was. Overal lagen maïsbladeren en uienschillen en de grond was bedekt met een plakkerige grijze brij, het restant van de opruimactie.

De vleesafdeling was leeg, maar stonk desondanks.

Eindeloze lege schappen. Al het eten dat nog over was, was naar één pad in het midden van de winkel gebracht.

Heel voorzichtig, zodat hij niet tegen een van de vijf medewerkers op zou botsen, liep Worm door het pad.

Potten vleesjus. Pakjes kruidenmix voor de chili. Potten Spaanse pepers en Amsterdamse uien. Zoetstof. Oestersaus. Zuurkool in blik. Boterbonen.

In een apart gedeelte met een bewaker ervoor was een iets uitnodigender schap. Op een bordje stond GERESERVEERD VOOR DE CRÈCHE. Hier stonden bussen havermout, blikjes gecondenseerde melk, gekookte aardappels en een paar blikken groentesap.

Het ging niet goed in Perdido Beach, peinsde Worm. De dagen van snoep en chips waren nu definitief voorbij. Er was nog geen cracker te zien, laat staan een koekje. Hij had echt mazzel gehad dat hij dat handje chocoladetoffees had weten te scoren tijdens zijn spionagemissie in de kerncentrale.

Dat was mazzel. En nu had Worm nog meer mazzel. Door puur toeval ontdekte hij het geheim van de supermarkt. Hij was opzijgedoken om een stel kinderen te ontwijken en stond toen opeens recht voor de klapdeuren naar het magazijn. Toen een van de deuren even openzwaaide, zag hij twee kinderen die samen een plastic kuip vol ijs probeerden te tillen.

Als hij het magazijn in wilde, moest hij de klapdeuren openduwen en dan liep hij het risico ontdekt te worden. Maar Worm dacht dat dat het wel waard zou zijn: als mensen iets wilden verbergen, was dat altijd interessant genoeg om nader te onderzoeken.

Hij haalde diep adem, klaar om ervandoor te rennen als dat nodig mocht zijn. Hij duwde de deur open en glipte erdoorheen. De kinderen met de kuip waren verdwenen. Maar om de hoek hoorde hij iets bewegen, achter een muur van kartonnen dozen waar PLASTIC BEKERTJES op stond.

In dit gedeelte hadden ooit de slagers hun werk gedaan. Nu waren er vier kinderen met messen in de weer. Ze hadden rubberen schorten voor die over de grond sleepten.

Ze maakten vis schoon.

Worm bleef met open mond staan; hij kon zijn ogen niet geloven. Sommige vissen waren heel groot, misschien wel een meter lang, zilver en grijs aan de buitenkant en wit en roze aan de binnenkant. Andere vissen waren kleiner, bruin en plat. Een van de vissen was zo lelijk dat hij volgens Worm misvormd was. En twee andere leken helemaal niet op vissen, maar eerder op natte blauwe vogels zonder veren, of misschien op vleermuizen.

De kinderen met de schorten stonden enthousiast te kletsen – als mensen die goed te eten kregen, dacht Worm bitter – terwijl ze de vis opensneden en met veel kreten als: 'Ieeeuw, dit is echt vies' de ingewanden in grote, witte plastic bakken lieten glijden.

Andere kinderen pakten de schoongemaakte vissen, sneden hun kop en staart eraf en schraapten onder de kraan de schubben weg.

Worm haatte vis. Vanuit de grond van zijn hart. Maar hij zou er alles voor over hebben gehad, alles, om een bord vol gebakken vis voor zijn neus te krijgen. Ketchup zou het nog mooier maken, maar zelfs zonder ketchup, zelfs al wist hij dat er misschien wel nooit meer ketchup zou zijn, klonk het idee van een groot bord met iets heets erop overheerlijk.

Worm viel bijna flauw. Vis! Gebakken, gestoomd, uit de magnetron, het maakte hem allemaal niks uit.

Worm ging na wat de mogelijkheden waren. Hij kon een vis meegraaien en wegrennen. Maar híj mocht dan niet goed zichtbaar zijn, een vis die door de winkel de deur uit vloog, zouden ze hier vast niet over het hoofd zien. En die kinderen bij de ingang en op het dak waren waarschijnlijk geen goede schutters, maar dat was ook niet nodig als je een mitrailleur tot je beschikking had.

Hij kon proberen om een vis in zijn broek of onder zijn shirt te verstoppen. Maar wie zei dat de kinderen met de fileermessen niet meteen zouden reageren?

Er kwam een jongen binnen die Worm herkende: Quinn. Een van Sams vrienden, hoewel hij zich op een gegeven moment even bij Caine had aangesloten.

'Hé jongens,' zei Quinn. 'Hoe gaat het?'

'We zijn bijna klaar,' antwoordde iemand.

'Het was een goede dag, hè?' zei Quinn vol trots. 'Hebben jullie allemaal al iets gehad?'

'Ik heb in mijn hele leven echt nog nooit zoiets lekkers gegeten,' zei een meisje hartstochtelijk. 'En vroeger lustte ik niet eens vis.'

Quinn gaf haar een schouderklopje. 'Wat er allemaal al niet lekker wordt als je maar genoeg honger hebt, hè?'

'Mag ik wat mee naar huis nemen voor mijn broertje?'

Quinn keek moeilijk. 'Albert zegt van niet. Ik weet dat het nu heel veel vis lijkt, maar het is nog niet eens één hap per persoon voor iedereen in de FAKZ. We willen wachten tot we nog wat meer in de diepvries hebben liggen. En...'

'En wat?'

Quinn haalde zijn schouders op. 'Niks. Albert is een plannetje aan het uitwerken. Als hij klaar is, zeggen we tegen iedereen dat we een klein beetje vis op voorraad hebben.'

'Maar je gaat toch nog wel meer vangen?'

'Je weet het nooit. Maar luister eens, jongens, jullie weten toch dat dit geheim moet blijven, hè? Albert zegt dat je je baan kwijtraakt als je het aan iemand doorvertelt.'

Ze knikten alle vier verwoed. Wie zich daar niet aan hield, kreeg ook geen gebakken vis meer. Die gedachte was zo angstaanjagend dat hij alle ongehoorzaamheid direct de kop in drukte.

Een van de jongens keek om zich heen, alsof hij iets verdachts had opgemerkt. Hij keek Worm recht aan, hoewel zijn ogen over hem heen gleden. Alsof hij iets voelde, maar niet goed kon benoemen wat het was.

De honger was verschrikkelijk. Hij was al verschrikkelijk geweest toen Worm alleen nog maar op een blik bietjes hoopte. Maar alleen al de aanwezigheid van verse vis... Hij stelde zich voor hoe de gebakken vis zou ruiken. Hoe hij zou smaken. Hij hunkerde, kwijlde, zijn buik...

'Als jullie me wat vis geven, zal ik jullie een geheim verklappen,' zei Worm opeens.

Quinn sprong minstens dertig centimeter de lucht in.

Worm schakelde zijn camouflage uit.

Quinn greep naar een van de messen en schreeuwde: 'Bewakers! Bewakers, hier!'

Worm stak zijn handen in de lucht om te laten zien dat hij ongewapend was. 'Ik heb gewoon honger. Ik heb gewoon zo'n honger.'

'Hoe ben je hier binnengekomen?'

'Ik wil wat vis. Geef me wat vis,' smeekte Worm. 'Ik zal alles vertellen. Ik zal vertellen waar Caine mee bezig is. Ik heb zo'n honger.'

Quinn keek verschrikkelijk ongemakkelijk. Zenuwachtig zelfs. Er stormden twee gewapende kinderen het magazijn in. Ze keken vragend naar Quinn voor nadere instructies en richtten hun geweren zonder al te veel overtuiging op Worm.

Quinn zei: 'O, jemig.'

'Ik wil gewoon wat eten,' zei Worm. Hij barstte in tranen uit en snikte als een baby. 'Ik wil wat vis.'

'Ik moet je naar Sam brengen,' zei Quinn. Hij leek dat geen prettig idee te vinden.

Worm viel op zijn knieën. 'Vis,' smeekte hij.

'Hij mag één hapje,' zei Quinn om de knoop door te hakken. 'Eén hapje. En ondertussen moet een van jullie Sam en Astrid gaan halen. Dan moeten zij maar beslissen of die kleine gluiperd nog meer krijgt.'

Een van de bewakers rende weg.

Quinn keek op de jammerende Worm neer. 'Sjonge, je hebt wel een slecht moment uitgekozen om over te lopen.'

Zijn surfplank stond nog steeds tegen de wasmachine in het kleine hokje naast de keuken. Een Channel Island MBM.

Sam wilde de plank aanraken, maar hij kon het niet. Hij stond voor alles wat hij in de FAKZ had verloren.

Zijn wetsuit hing aan een haakje. Het blikje was stond op de gammele plank naast het wasmiddel en de wasverzachter.

De lichtbol hing nog steeds in zijn slaapkamer. Hij zweefde nog steeds in de lucht, vlak voor de deur van Sams kledingkast.

Hij was al heel lang niet meer in zijn oude huis geweest. Hij was vergeten dat het licht er nog zou zijn.

Vreemd.

Hij haalde zijn hand erdoorheen, maar voelde er vrijwel niets van.

Hij wist nog wanneer het voor het eerst was gebeurd. Hij was bang geweest voor het donker. Vroeger. Vroeger, toen hij nog gewoon Sam Temple was geweest, gewoon een jongen, gewoon een jongen die wilde surfen.

Nee. Dat was ook niet waar. Hij was toen al geen gewone jongen meer geweest. Hij was toen al Schoolbus Sam, de doortastende brugklasser die het stuur had overgenomen toen de buschauffeur een hartaanval had gekregen.

Die jongen was hij geweest.

En hij was de jongen geweest die geflipt was omdat hij niet doorhad dat de ruzie tussen zijn moeder en stiefvader niet zo ernstig was als hij leek. Hij had gedacht dat zijn stiefvader zijn moeder wilde slaan.

Dus toen Sam in paniek het licht had gecreëerd dat nooit uitging, was hij al Schoolbus Sam geweest, en de jongen die de hand van een volwassen man eraf had gebrand.

Geen gewone puber.

Hij haatte zijn huis en hij haatte deze kamer. Waarom was hij hiernaartoe gegaan?

Omdat iedereen wist dat hij het haatte, dus zouden ze hem hier nooit zoeken. Ze zouden hem overal zoeken en hem niet vinden.

De spullen in zijn kamer – de kleren, de boeken, de oude schoolschriften, de foto's die hij ooit met een waterdicht toestel had gemaakt toen hij aan het surfen was – deden hem allemaal niets. Het waren spullen van iemand anders, niet van hem. Niet meer.

Hij ging op het voeteneind van zijn bed zitten en voelde zich een indringer. Een vreemd gevoel, want dit was het enige huis waar hij de afgelopen drie maanden in had gewoond dat ook echt van hem was.

Hij staarde naar de lichtbol. 'Uit,' zei hij.

De bol reageerde niet.

Sam stak zijn handpalmen in de lucht, richtte ze op het licht en dacht het woord 'donker'.

Het licht verdween.

Het was opeens aardedonker in de kamer. Zo donker dat hij letterlijk geen hand voor ogen kon zien. In de hele stad zaten kinderen nu precies zo in ditzelfde donker. Hij zou misschien langs alle huizen kunnen gaan om overal kleine lichtbolletjes te laten verschijnen. Sam de elektricien.

Hij was niet bang meer in het donker. Dat besef verbaasde hem. Het donker voelde bijna knus, veilig. In het donker kon niemand hem zien.

Er zat een lijst in zijn hoofd, een lijst die de hele tijd voorbij bleef glijden. Woorden en zinnen. Het ging maar door. Allemaal dingen die hij eigenlijk zou moeten doen.

Pieren. Caine en de kerncentrale. Kleine Pete en zijn monsters. Voedsel. Zil en Hunter. Lana en... iets. Water. Jack. Albert.

Dat waren de hoofdpunten. Daaromheen zoemden als een nest horzels oneindig veel kleinere dingen. Kinderen die ruziemaakten. Honden en katten. Ingegooide ruiten. Gras. De benzine die op rantsoen moest. Bergen vuilnis. Verstopte wc's. Tanden die gepoetst moesten worden. Kinderen die alcohol dronken. Bedtijden. Maria die overgaf. Sigaretten en wiet.

Dingen die hij moest doen. Beslissingen die hij moest nemen.

Niemand luisterde.

En Astrid dan?

En Quinn dan?

En de kinderen die steeds openlijker overwogen om eruit te stappen als hun fatale verjaardag naderde? .

En zo draaide alles rond en rond en rond in zijn hoofd.

Hij zat in het donker aan het voeteneind van zijn bed. Hij had zin om te huilen. Dáár had hij zin in. Maar er zou niemand komen om hem over zijn schouder te wrijven en te zeggen dat het allemaal wel goed zou komen.

Niemand. En het kwam allemaal niet goed.

Het viel allemaal uit elkaar.

Hij stelde zich voor dat hij voor een gerecht moest verschijnen. Keiharde gezichten die hem woedend aanstaarden. Beschuldigingen. Je hebt hen laten verhongeren, Sam. Je hebt de normalo's de freaks laten aanvallen.

Vertel ons eens over de dood van E.Z., meneer Temple.

Vertel ons eens wat u hebt gedaan om de kinderen in de kerncentrale te redden.

Vertel ons eens waarom u geen uitweg uit de FAKZ hebt kunnen vinden.

Vertel ons eens waarom we, toen de muur rond de FAKZ verdween, kinderen aantroffen die dood in het donker lagen.

Ze stonden op het punt om ratten te eten, meneer Temple.

We hebben bewijzen van kannibalisme.

Legt u dat eens uit, meneer Temple.

Sam hoorde zachte voetstappen in de woonkamer. Natuurlijk. Er was één persoon die zou weten waar hij zich schuilhield.

De slaapkamerdeur ging piepend open. Een zaklamp ging zoekend door de kamer en vond zijn gezicht. Hij kneep zijn ogen dicht tegen het licht.

De zaklamp werd uitgeknipt. Zonder iets te zeggen liep ze naar hem toe en ging naast hem zitten.

Heel lang zaten ze zo zwijgend naast elkaar. Haar been drukte tegen het zijne.

'Ik heb medelijden met mezelf,' zei hij uiteindelijk.

'Hoezo?'

Het duurde even voor hij besefte dat ze een grapje maakte. Ze wist precies wat er allemaal op de lijst in zijn hoofd stond.

'Je kwam me vast iets heel belangrijks vertellen,' zei hij. 'Ik wil het niet horen, goed? Ik weet zeker dat het van absoluut levensbelang is. Maar ik wil het niet horen.'

Hij voelde haar aarzeling. Verslagen besefte hij dat hij goed gegokt had. Ze hadden weer een nieuwe crisis. Iets wat schreeuwde om Sam Temples aandacht, besluitvaardigheid en leiderschap.

Het interesseerde hem niet.

Astrid zweeg. Te lang. Maar ze leek heen en weer te wiebelen, een heel klein beetje maar. En hij zou bijna denken dat hij haar hoorde fluisteren.

'Wat doe je?' vroeg hij.

'Ik ben aan het bidden.'

'Waarvoor?'

'Een wonder. Een aanwijzing. Eten.'

Sam zuchtte. 'Wat voor eten?'

'Een heel dik belegd broodje. Met kalkoen, ham en guacamole.'

'O ja? Als God jou dat broodje geeft, mag ik dan een hapje?'

'Echt niet. Ga maar lekker voor je eigen eten bidden.'

'Er bidden driehonderd kinderen voor eten. En toch hebben we geen eten. Driehonderd kinderen bidden voor hun ouders. Bidden om te vragen of hier een eind aan kan komen.'

'Ja,' gaf ze toe. 'Soms is het moeilijk om te blijven geloven.'

'Als er een God is, zou die dan in het donker aan het voeteneind van zijn bed zitten en zich afvragen hoe hij er zo'n puinhoop van heeft kunnen maken?'

'Misschien,' zei Astrid, met een heel klein lachje.

Sam had geen zin om te lachen. 'O ja? Nou, die God van jou mag van mij naar de hel lopen.'

Hij hoorde haar naar adem happen. Het gaf hem een goed gevoel. Mooi zo. Laat haar maar lekker geschokt zijn. Zo geschokt dat ze wegging en hem hier alleen in het donker liet zitten.

Ze zeiden allebei een hele tijd niets. Toen stond Astrid op, zodat hun lichte aanraking verbroken werd.

'Je wilt het niet horen,' zei Astrid, 'maar ze konden jou niet vinden, dus toen hebben ze mij gevonden. En nu heb ik jou gevonden.'

'Het interesseert me echt niet,' waarschuwde Sam.

Maar Astrid praatte gewoon door. 'Worm is naar ons overgelopen. Hij moest een opdracht uitvoeren voor Caine. Ze hebben een freak die dromen kan zien, en Caine wilde dat Worm haar ging halen om haar naar een mijn in de heuvels te brengen. Naar een of ander monster.'

'O ja?' zei Sam. Niet dat het hem iets interesseerde. Hij was gewoon beleefd.

'En Cookie is weer terug. Hij moest helemaal teruglopen naar de stad. Hij heeft de hele nacht gelopen. Hij had een brief van Lana bij zich.'

Niets. Sam had er niets op te zeggen.

Astrid was even stil en zei toen: 'Worm zegt dat zij het "de gaiaphage" noemen. Lana noemt het "de Duisternis".'

Sam verborg zijn gezicht in zijn handen. 'Het interesseert me niet, Astrid. Los het zelf maar op. Misschien moet je bidden en aan Jezus vragen of hij het wil oplossen.'

'Weet je Sam, ik heb nooit gedacht dat je volmaakt was. Ik weet dat je opvliegend bent. Maar ik heb je nooit gemeen gevonden.'

'Ben ik gemeen?' Hij lachte bitter.

'Gemeen, ja. Dat was gemeen.'

Hun stemmen werden snel harder. 'Ik ben gemeen? Kun je niets ergers verzinnen?'

'Je bent gemeen en zwelgt in het zelfmedelijden. Beter?'

'En wat ben jij dan, Astrid?' schreeuwde hij. 'Een zelfgenoegzame betweter! Je wijst naar me en zegt: "Hé Sam, neem jij alle beslissingen maar, dan krijg jij ook alle ellende over je heen."'

'O, dus is het mijn schuld? Dat is niet waar. Ik heb je niet aangesteld.'

'Wel waar, Astrid. Je hebt me een schuldgevoel aangepraat zodat ik het zou doen. Ik heb je heus wel door, hoor. Je hebt me gebruikt om Kleine Pete te beschermen. Je gebruikt me om je zin door te drijven. Je manipuleert me wanneer je maar zin hebt.'

'Je bent een ontzettende eikel, wist je dat?'

'Nee, ik ben geen eikel, Astrid. Weet je wat ik ben? Ik ben de jongen die mensen laat sterven,' zei Sam zacht.

En toen: 'Mijn hoofd barst ervan. Mijn hersenen kunnen het niet aan. Ik kan dit niet. Ik kan die jongen niet zijn, Astrid, ik ben nog maar een kind, ik zou mijn wiskundehuiswerk moeten maken of zoiets. Ik zou bij mijn vrienden moeten zijn. Ik zou televisie moeten kijken.'

Zijn stem werd harder, steeds hoger en harder tot hij aan het schreeuwen was. 'Wat wil je van me? Ik ben Kleine Petes vader niet. Ik ben niemands vader. Sta je er wel eens bij stil wat mensen allemaal van me vragen? Weet je wel wat ze van me verwachten? Ze willen dat ik mijn broer vermoord zodat de lichten weer aangaan. Ze willen dat ik kinderen vermoord! Dat ik Drake vermoord. Diana. Onze eigen kinderen.

Dat vragen ze van me. Waarom niet, Sam? Waarom doe je niet wat je moet doen, Sam? Zeg tegen die kinderen dat ze levend opgegeten moeten worden door de pieren, Sam. Zeg tegen Edilio dat hij nog een paar gaten in het plein moet graven, Sam.'

Het geschreeuw was overgegaan in gesnik. 'Ik ben vijftien jaar. Vijftien.'

Hij liet zich weer op de rand van het bed vallen. 'Jezus, Astrid. Ik moet de hele tijd aan al die dingen denken. Ik krijg ze maar niet uit mijn hoofd. Alsof er een of ander smerig beest in mijn hoofd zit dat ik nooit maar dan ook nooit meer kwijt zal raken. Ik voel me er zo ellendig door. Het is verschrikkelijk. Ik wil overgeven. Ik wil dood. Ik wil dat iemand me door mijn hoofd schiet zodat ik nergens meer aan hoef te denken.'

Astrid ging naast hem zitten en sloeg haar armen om hem heen. Hij schaamde zich, maar hij kon de tranen niet tegenhouden. Hij huilde zoals hij vroeger als kind had gehuild, als hij een nachtmerrie had gehad. Onbeheerst. Met woeste uithalen.

Langzaam kwam zijn schokkende lijf tot rust, tot het weer helemaal gekalmeerd was. Zijn hortende ademhaling werd weer regelmatig.

'Ik ben heel blij dat het licht uit is,' zei Sam. 'Het is al erg genoeg dat je dat moest horen.'

'Ik trek het niet,' zei hij even later.

Astrid gaf geen antwoord maar drukte hem dicht tegen zich aan. En na wat voelde als een heel lange tijd schoof Sam bij haar vandaan om voorzichtig weer wat afstand tussen hen te creëren.

'Luister. Je zegt toch niet tegen iemand...'

'Nee. Maar Sam...'

'Niet zeggen dat het niet erg is,' zei Sam. 'Je hoeft niet meer aardig tegen me te zijn. Ik wil niet eens horen dat je van me houdt. Als je naar me wijst, stort ik alweer in.'

'Goed.'

Sam slaakte een diepe zucht. En toen nog een. En toen zei hij: 'Oké. Vooruit. Vertel maar wat er in Lana's brief staat.'

# Drieëndertig

Hunter had nooit gedacht dat je zo veel honger zou kunnen hebben. Hij had al heel lang honger, al sinds er niets anders meer te eten was dan dat slijmerige, smakeloze, walgelijke spul dat ze bij de supermarkt uitdeelden. Drie blikken drab per dag. Zo noemde iedereen het. Alleen zeiden ze soms geen 'drab' maar iets ergers.

Maar dit was veel heftiger. Nu leken de dagen van drie blikken drab per dag die goeie ouwe tijd.

Nadat hij bij Duck was weggegaan, was hij gesnapt en achtervolgd door Zils vrienden. Hij had ternauwernood aan ze kunnen ontkomen. En om niet weer in hun handen te vallen, was hij de enige kant op gegaan die ze niet zouden verwachten: de stad uit.

Hij was rennend de snelweg overgestoken, bang dat hij werd achtervolgd, ook al was dat niet zo. Hij had het gevoel dat Zil en zijn lompe vrienden hem elk moment in zijn nekvel konden grijpen. En dan... hij wilde niet al te veel denken aan wat er dan zou gebeuren.

Het voelde zo bizar. Hij kon het nog steeds niet geloven. Zil was nooit zijn beste vriend geweest of zo, maar ze hadden samen in één huis gewoond. Ze waren maten geweest. Ze kenden elkaar niet supergoed, maar ze waren maten. Jongens die samen een beetje rondhingen en naar sport of meisjes keken en dat soort dingen. Zil, hij en Harry...

En dat was natuurlijk het probleem: Harry.

Het was helemaal niet zijn bedoeling geweest om Harry iets aan te doen. Het was niet echt zijn schuld. Of wel?

Of toch wel?

Hunter was stiekem over de snelweg geslopen en het voelde alsof hij een grens overstak. Alsof hij van het ene land naar het andere ging. Perdido Beach daar, en iets anders hier.

In eerste instantie dacht hij erover om naar Coates te gaan. Maar Coates bood geen oplossingen voor Hunter. Op Coates zaten Drake en Caine en Diana, die bedrieglijke heks. Drake was het ergst. Hunter had Drake gezien tijdens het Thanksgiving-gevecht. Toen had Hunter nog niet eens geweten dat hij zelf ook een gave aan het ontwikkelen was. Hij was een omstander geweest en had voornamelijk de jongens in de weg gestaan die het echte gevecht leverden. Hij had met grote ogen vol doodsangst toe staan kijken hoe Sam enorme energieflitsen uit zijn handen liet schieten en hoe Caine dingen en mensen optilde en in het rond smeet.

En de coyotes. Die hadden ook meegedaan.

Maar Drake was degene die Hunter in zijn nachtmerries achtervolgde. Hij noemde zich Zweephand, en dat dekte de lading wel. Maar Hunter was niet zozeer bang voor die zweephand. Hij was bang voor de blinde, krankzinnige gewelddadigheid van die jongen. Voor zijn gekte.

Nee. Niet naar Coates. Daar kon hij niet heen.

Hij kon nergens heen.

Hunter had zich de rest van de nacht verstopt in een van de verlaten huizen aan de voet van de heuvels.

Maar hij had niet goed geslapen. De angst en de honger maakten slapen onmogelijk.

Nou ja, zei Hunter tegen zichzelf, als de situatie over twee dagen nog steeds zo uitzichtloos zou zijn, had hij in elk geval een oplossing. Misschien geen goede oplossing, maar hij had er tenminste een. Over twee dagen werd Hunter vijftien. En vijftien betekende de poef, de grote overgang. Mazzel, FAKZ.

Hij had gehoord hoe je het moest overleven. Hoe je in de FAKZ kon blijven, dat je niet moest toegeven aan de verleiding. Maar hij had ook gehoord dat de laatste tijd steeds meer kinderen zeiden: 'Laat maar, als ik vijftien word dan ben ik hier weg.'

Ze zeiden dat je tijdens de poef verleid werd met datgene wat je het allerliefst wilde. Door degene die je het meest miste. Als je die verleiding kon weerstaan, bleef je in de FAKZ. Als je eraan toegaf... nou ja, dat was nou juist het punt. Niemand wist wat er gebeurde als je het deed.

Hunter wist waardoor hij zich zou laten verleiden. Een cheeseburger. Of een pizzapunt. Geen snoep, snoep was niet belangrijk. Niet meer. Het enige wat hij wilde was stevige, hartige kost.

Als er nu een duivel naar hem toe zou komen met een stel spareribs, wist Hunter zeker dat hij die zou aannemen, ongeacht de gevolgen.

Hij zou zijn leven geven voor een dubbele hamburger. De enige vraag was of hij die ook daadwerkelijk op zou mogen eten van de duivel in kwestie, of dat hij met nog evenveel honger naar de vergetelheid geflitst zou worden.

Hunter bleef de hele nacht in het huis en ook een groot deel van de ochtend, want hij durfde eigenlijk niet naar buiten. Maar hoe goed hij ook zocht, hij vond niets te eten. Niets. Het huis was helemaal leeggehaald. De kastjes stonden allemaal open, de deur van de koelkast stond open, allemaal duidelijke aanwijzingen dat Alberts voedselverzamelaars hier al waren geweest.

Niets. Te. Eten.

Hunter stond met een wezenloze, wanhopige blik in de woonkamer. Hij staarde naar de achtertuin en dacht na over het gras en het onkruid. Dat waren ook planten. Dieren aten ze ook. Dan had hij in elk geval weer een volle maag.

Gras en onkruid. Gekookt. Dat zou kunnen.

Toen zag hij het hert.

Het was een hinde. Ze was vreselijk schichtig en slaagde erin tegelijkertijd schattig en dom te kijken. De hinde knipperde met haar grote zwarte ogen.

Een hert. Zo groot als een kalf.

Voor hij besefte wat hij deed of waarom, was Hunter al onderweg naar de achterdeur.

Hij liep snel en deed de verandadeur open. Het hert schrok en rende met grote sprongen weg. Hunter stak zijn handen omhoog en dacht: brand.

Het beest viel niet dood neer, maar maakte een piepend geluid waarvan Hunter niet wist dat herten het konden maken. De hinde rende door, maar een van haar poten sleepte over de grond.

Hunter richtte nog een keer en dacht: brand.

Het hert struikelde. Haar voorpoten liepen door, maar haar achterpoten waren verlamd. Ze viel voorover.

Hunter rende naar het dier toe. Toen hij bij haar was, merkte hij dat ze nog leefde. Ze vocht. Ze keek hem met haar grote, fluweelzachte ogen aan en heel even aarzelde hij.

'Het spijt me,' zei hij.

Hij richtte zijn handen op haar kop. Binnen een paar seconden hield haar lijf op met spartelen. De donkere ogen werden mat.

Ze rook als een stuk vlees op de barbecue.

Hunter barstte in tranen uit. Hij snikte wild en ongecontroleerd. Dit had hij ook met Harry gedaan. Arme Harry. En nu dit arme beest, dat zelf ook gewoon honger had.

Hij wilde het hert niet opeten. Het was bizar. Nog geen minuut geleden stond ze levend en wel op een paar blaadjes te knabbelen. Levend. Nu was ze dood. En niet alleen dood, maar deels gebraden.

Hij zei tegen zichzelf dat hij het hert niet zou opeten. Maar terwijl hij tegen zichzelf zei dat hij het niet zou, kon en mocht doen... was hij al op zoek naar het grootste mes in de keuken.

Orsay Pettijohn smachtte niet meer naar dromen. Ze smachtte naar voedsel.

Sinds ze naar Coates was gekomen, had ze nauwelijks genoeg gegeten om in leven te blijven. De situatie was wanhopig. Sommige kinderen gingen in het omliggende bos op zoek naar paddenstoelen en joegen op eekhoorns en vogels. Eén jongen had een val gezet en had daarmee een wasbeer weten te vangen. De wasbeer had de jongen meerdere keren gebeten voordat die hem met een stalen kabel had doodgeslagen.

Een meisje dat Allison heette had een kom vol paddenstoelen geplukt. Ze had zichzelf ervan overtuigd dat ze die veilig kon eten als ze ze zou opwarmen. Ze had ze in de magnetron gestopt tot ze van rubber waren maar lekker roken.

Orsay had de paddenstoelen geroken en was bijna gek geworden van de geur. Een van de jongens had Allison aangevallen, haar geslagen en de paddenstoelen gestolen, waarna Allison huilend en vloekend achterbleef.

Binnen een paar minuten moest de jongen overgeven. Toen begon hij te ijlen en te huilen en te schreeuwen tegen dingen die er niet waren. Na een tijdje was hij stil geworden. Niemand was daarna ooit zijn kamer in gegaan om te kijken of hij nog leefde.

Sommige kinderen hadden gras en onkruid geplukt en gekookt. Die waren niet heel erg ziek geworden, een klein beetje maar. Maar ze waren ook niet echt verzadigd geweest.

De kinderen waren mager. Hun wangen waren ingevallen. Ze zagen er nog niet uit als hongersnoodslachtoffers, omdat ze pas een paar dagen echt honger hadden. Maar Orsay wist dat binnenkort hun buiken zouden opzwellen en hun haar rood en broos zou worden en ze futloos en apathisch zouden worden. Ze had een keer een werkstuk over hongersnood geschreven, maar ze had nooit gedacht dat ze het ooit zelf zou meemaken.

Er werden steeds vaker zwarte grappen over kannibalisme gemaakt.

Orsay was er steeds minder zeker van dat ze daar niet aan mee zou doen.

Tenzij ze natuurlijk zelf de maaltijd was.

Ze lag in haar huisje in het bos achter de school en keek naar een oude gedownloade serie die wel van een andere planeet leek te komen. De aflevering werd voorafgegaan door een reclame voor Doritos. De personages waren constant aan het eten. Het was haast niet voor te stellen dat die wereld ooit echt had bestaan.

Plotseling merkte Orsay dat er iemand in haar kamer stond. Ze zag of hoorde hem niet. Ze rook hem.

Hij rook naar... naar vis. Haar maag begon te rammelen en het water liep haar in de mond.

'Wie is daar?' vroeg ze bang.

Worm kwam langzaam tevoorschijn tegen de achtergrond van Mose' rommelige kamer.

'Wat moet je?' vroeg Orsay, niet echt bang meer nu ze wist dat het Worm was. Ze kwijlde als een hongerige hond door de geur, door dat rijke, heerlijke aroma van de vis.

'Ik wil dat je iets voor me doet,' zei Worm.

'Heeft Caine je gestuurd?"

Worm aarzelde. Hij keek opzij en heel even ging hij weer op in de kamer. Toen werd hij weer zichtbaar. Zijn gezicht was vertrokken in een zeer on-Wormachtige, vastberaden uitdrukking. Hij keek angstvallig over zijn schouder, alsof hij bang was dat daar een soort tweede versie van hemzelf op de loer lag die hen afluisterde. 'Ze hebben vis.'

'Ik ruik het,' piepte Orsay.

'Ik heb wat voor je meegenomen,' zei Worm.

Orsay dacht dat ze zou flauwvallen. 'Mag ik het hebben?'

'Als je belooft dat je doet wat ik zeg.'

Orsay wist dat Worm een kleine gluiperd was. Hij kon wel van alles van haar willen. Maar ze wist ook dat ze zich nooit zou kunnen verzetten. Er was vrijwel niets wat ze niet zou doen voor eten. Ze had veel en veel liever vis dan het andere vlees dat de kinderen hier overwogen.

'Wat moet ik doen?' vroeg Orsay.

'We moeten een wandeling maken. En dan moet jij jouw ding doen. Er zit daar een soort monster of zo. Ze willen dat je zijn dromen bekijkt. Om te zien wat hij wil.'

'Die vis,' fluisterde Orsay dringend. 'Heb je die bij je?'

Worm haalde een afgesloten plastic zak uit zijn capuchontrui met daarin witte, kruimelige, geplette vis. Orsay griste de zak uit zijn handen, scheurde hem met trillende vingers open en begon als een beest te eten, met haar mond in de zak.

Ze hield pas op toen ze de zak binnenstebuiten had gekeerd en helemaal had schoongelikt. 'Heb je nog meer?' vroeg ze smekend.

'Je moet eerst je ding doen. Dan gaan we terug naar de stad om te praten.'

'Doen we dit voor de kinderen in Perdido Beach?' vroeg Orsay.

Worm snoof. 'We doen dit voor degene die ons het beste bod doet. Op dit moment hebben die lui van Sam vis. Dus nu horen we bij hen. Maar als Drake ons op de een of andere manier te pakken krijgt, hebben we al die tijd aan zijn kant gestaan. Begrepen?'

'Ik ben te zwak om een heel eind te lopen,' zei Orsay.

'We hoeven maar tot de snelweg. Daar staat iemand met een auto op ons te wachten.'

# Vierendertig

Edilio was chauffeur voor die enge kleine mutant Worm en het meisje dat hij had meegebracht. Hij was niet erg blij met deze opdracht. Hij wilde het liefst in de stad blijven. De nacht zou wel eens problemen kunnen brengen. En Sam... nou ja, Sam gedroeg zich niet als Sam.

Sam had wel een zombie geleken toen hij gisternacht naar de bekentenis van Quinn en Albert had geluisterd.

En toen had Worm vanochtend zijn verhaal gedaan. Allerlei slecht nieuws passeerde de revue in de ene beschaamde bekentenis na de andere, en Sam had alleen maar gestaard. Gelukkig had Astrid ingegrepen.

Sam, Edilio, Brianna, Taylor, Quinn, Albert en Astrid – ze hadden met z'n zevenen in Astrids woonkamer gezeten en geluisterd hoe Worm afwisselend door het stof kroop en jengelde.

Daarna had Astrid Lana's brief voorgelezen.

*Sam,*
*Ik ga proberen de Duisternis te vermoorden. Ik zou wel willen uitleggen wie dat is, maar dat weet ik zelf eerlijk gezegd niet eens. Ik weet alleen dat hij het allerengste is wat je maar kunt bedenken. Dat zal wel niet echt helpen.*
*Ik had geen keus. Hij had me in zijn greep, Sam. Hij zat in mijn hoofd. Hij roept me al dagen. Hij heeft me ergens voor nodig, ik weet niet waarvoor. Maar wat het ook is, ik mag dat niet laten gebeuren.*

*Ik hoop dat ik het overleef. Zo niet, wil jij dan alsjeblieft voor Patrick zorgen? En ook voor Cookie.*

*Lana*

'Ik wist dat ze ergens mee zat,' zei Quinn op een schuldbewuste toon. 'Maar dit wist ik niet... Ik bedoel... het klinkt alsof Lana mij en Albert heeft gebruikt om terug naar de woestijn te kunnen.'

'Dat zou voor jouw eigen stiekeme gedrag wel mooi uitkomen, hè Quinn?' had Astrid gesnauwd.

'Zij is tegen mij over het goud begonnen,' zei Albert bedacht-zaam, die zich absoluut niet liet intimideren door Astrids boos-heid. 'Het was een goed idee, dus ik ben er meteen op ingegaan. Maar zij kwam ermee. Misschien moeten we ons afvragen of Lana wellicht met dat monster samenwerkt.'

'Nee,' zei Quinn.

Iedereen wachtte op een uitleg. Hij haalde zijn schouders op en herhaalde: 'Nee.' En toen: 'Ik denk van niet.'

'We kunnen niet zonder Lana,' zei Sam, die voor het eerst zijn sombere zwijgen doorbrak. 'Het doet er haast niet toe of ze dat ding nou helpt of niet. Vriend of vijand, we hebben Lana nodig.'

'Mee eens,' zei Albert, alsof hij dit gesprek in zijn eentje met Sam voerde, alsof zij met z'n tweeën bespraken wat ze moesten doen. Voor een jongen die betrapt was op het overtreden van diverse regels, leek Albert zich niet al te veel zorgen te maken.

Maar waarom zou hij ook, peinsde Edilio. Hij had eten. Eten be-tekende macht. Zelfs Astrid maakte het Albert niet al te moeilijk, hoewel het duidelijk was dat ze hem niet erg mocht.

'We moeten weten wat dat voor wezen is,' zei Albert.

Sam keek naar Worm, die de opdracht had gekregen zichtbaar te blijven. 'Wat kan dat meisje, die Orsay, precies?'

Worm haalde zijn schouders op. 'Volgens mij kan ze dromen van anderen zien.'

'En Caine wil dat ze dat wezen bespioneert.' Sam raakte haast onwillekeurig steeds meer bij het gesprek betrokken. Edilio had gezien hoe de radertjes in het hoofd van zijn vriend weer begonnen te draaien. Een grote opluchting. 'Als Caine het wil, willen wij het misschien ook wel,' had Sam gezegd, en de anderen hadden één voor één bevestigend geknikt. 'Albert heeft gelijk: we moeten weten wat daar aan de hand is.'

En zo was Edilio uiteindelijk met Worm en dit vreemde meisje in de auto beland.

'Hoe heette je nou ook alweer?' vroeg Edilio, terwijl hij haar via de achteruitkijkspiegel aankeek.

'Orsay.'

Onder normale omstandigheden was ze waarschijnlijk best knap. Maar op dit moment was ze doodsbang. En vel over been. Haar haar zat helemaal in de war. En Edilio was niet iemand die snel klaagde, maar een van die kinderen op de achterbank stonk, of misschien waren ze het allebei wel, en niet alleen naar de vis van Quinn en Albert.

'Waar kom je vandaan, Orsay?'

'Ik woonde in het huis van de parkopzichter. In Stefano Rey.'

'Goh. Da's best cool.'

Aan haar blik te zien was ze het daar niet mee eens. Toen zei ze: 'Jij hebt een pistool.'

Edilio keek even naar het machinepistool op de stoel naast hem. Twee volle patroonhouders rammelden mee met elke hobbel. 'Jep.'

'Als we Drake zien, moet je hem neerschieten.'

Daar was Edilio het eigenlijk wel mee eens. Maar hij moest het toch vragen. 'Waarom?'

'Ik heb zijn dromen gezien,' zei Orsay. 'Ik heb zijn innerlijk gezien.'

Ze waren van de weg af gereden en gingen nu ongeveer in de richting van de heuvels. Ze hadden het hutje van Kluizenaar Jim gevonden – Edilio had een goed richtingsgevoel – maar ze waren alle drie nog nooit bij de mijnschacht geweest. Ze hadden alleen de aanwijzingen die Caine aan Worm had meegegeven. De zon ging onder achter de heuvels, die daardoor een onheilspellende, dieppaarse kleur kregen. De nacht viel te snel. Ze zouden nooit voor het echt donker was weer terug in de stad kunnen zijn als Orsay eerst nog haar ding moest doen, wat dat ook precies mocht wezen.

'Wat kun jij eigenlijk?' vroeg Edilio.

'Hoe bedoel je?'

'Je bent toch een freak? Worm was een beetje vaag.'

Worm keek op toen hij zijn bijnaam hoorde. Toen verdween hij uit beeld, alsof hij Edilio's punt wilde onderstrepen.

'Ik zie dromen. Dat heb ik toch al gezegd,' zei Orsay terwijl ze weer uit het raam keek.

'O ja? Mijn dromen wil je niet zien, hoor. Die zijn vrij saai.'

'Dat weet ik,' zei het meisje.

Nu had ze Edilio's volledige aandacht. 'Pardon?'

'Lang geleden. Jullie liepen door het bos. Jij, Sam, Quinn en een meisje dat Astrid heette. En dat jongetje. Ik heb jullie gezien.'

'Dus daar was jij bij,' zei Edilio. Hij tuitte zijn lippen, helemaal niet blij met het idee dat een of ander meisje in zijn dromen kon kijken. Hij had gezegd dat zijn dromen saai waren, en dat waren ze meestal ook. Maar soms, nou ja, soms gebeurden er dingen in waarvan hij niet wilde dat een vreemde ze zag. En al helemaal geen meisje. Hij ging even ongemakkelijk verzitten.

'Maak je geen zorgen,' zei Orsay met een zweem van een glimlach. 'Ik ben wel gewend aan... je weet wel. Dat.'

'Hm,' mompelde Edilio.

De jeep bonkte en rammelde over een rotsachtig stuk grond. Ze hadden de kap dichtgetrokken en stevig vastgeknoopt. Het was hier stoffig en Edilio was bang dat Worm anders misschien uit de auto zou stappen en simpelweg zou verdwijnen.

En de coyotes waren er ook nog. Edilio hield de omgeving scherp in de gaten.

Ze kwamen steeds dichter bij de heuvels. Daar was de inham naast een uitloper van de berg, precies zoals Caine had aangegeven op Worms kaart.

De plek had iets griezeligs. De schaduwen leken dieper dan ze op dit tijdstip zouden moeten zijn.

'Ik vind dit eigenlijk maar niks,' zei hij tegen niemand in het bijzonder.

'Heb jij familie?' vroeg Orsay.

Die vraag verraste Edilio. Over het algemeen vermeed iedereen gesprekken over familie. Niemand wist wat er met de families was gebeurd. 'Tuurlijk.'

'Als ik bang ben, probeer ik altijd aan mijn vader te denken,' zei Orsay.

'Nou, ik niet,' zei Worm.

'Niet aan je moeder?' vroeg Edilio.

'Nee.'

'Want ik denk altijd aan mijn moeder. In mijn gedachten is ze heel mooi. Ik weet dus niet of ze dat in werkelijkheid ook was... is... zeg maar. Maar hier,' Edilio tikte tegen zijn hoofd, 'hier is ze heel mooi.' Hij tikte tegen zijn borst. 'En hier ook.'

Ze reden om de rotsachtige uitloper heen en daar, in het onheilspellende licht van de ondergaande zon, kwam een spookstad tevoorschijn.

Edilio trapte op de rem.

'Heeft Caine het zo aan jou beschreven?' vroeg hij aan Worm.

Worm knikte.

'Goed.'

'Caine zei dat we door de stad moesten rijden. Langs een gebouw dat nog overeind stond. Een pad op. Mijnschacht.'

'Juist ja,' zei Edilio. Hij wist wat hem te doen stond. Maar het beviel hem niet. Absoluut niet. Nog minder nu hij hier was. Hij was niet bijgelovig, hij dacht in elk geval van niet, maar het was hier helemaal niet pluis.

Hij zette de jeep weer in de versnelling en ze kropen verder, niet harder dan vijftien kilometer per uur. Hij had absoluut geen zin om te moeten uitzoeken hoe hij een band moest verwisselen.

'Ik vind het hier maar niks,' zei Orsay.

'Je hebt gelijk. Laten we van de zomer ergens anders op vakantie gaan,' zei Edilio.

Door het stadje.

Langs het vervallen gebouw.

Het was een smal pad, maar stapvoets ging het nog net.

'Stoppen!' gilde Orsay.

Edilio trapte op de rem. Ze kwamen naast een hoge rotspartij tot stilstand. Als dit een oude western was geweest, dacht Edilio, dan waren ze hier in een hinderlaag gelopen.

Hij pakte zijn pistool. Het gewicht voelde geruststellend in zijn hand. Hij controleerde even of de haan echt gespannen was. Duim op de veiligheidspal. Zijn vinger lag om de trekker, precies zoals hij het zijn rekruten had geleerd.

Hij luisterde, maar hij hoorde niets.

'Waarom moesten we stoppen?' vroeg Edilio aan Orsay.

'We zijn dichtbij genoeg,' fluisterde ze. 'Ik...'

Edilio draaide zich om in zijn stoel. 'Wat is er?'

Hij schrok toen hij haar zag. Orsays ogen waren wijd opengesperd, met heel veel wit rond haar irissen.

'Wat heeft zij?' vroeg Worm met een trillend stemmetje.

'Orsay. Gaat het wel?' vroeg Edilio.

Haar enige antwoord was zo'n angstaanjagend gegrom dat Edilio eerst niet besefte dat zij het was. Het geluid leek uit haar borst te komen, en het was veel te zwaar voor dit fragiele meisje. Het klonk bijna dierlijk.

'Dat kind is gek,' kreunde Worm.

Orsay begon te beven. Steeds heviger, tot ze spastisch aan het stuiptrekken was, alsof ze geëlektrocuteerd werd. Haar tong hing uit haar mond, verstikte haar.

Ze beet op haar tong. Alsof ze hem af probeerde te bijten.

'Hé!' Edilio rukte het handschoenenkastje open en begon het verwoed leeg te halen – schroevendraaier, zaklamp, een dikke digitale bandenspanningsmeter. Hij greep de spanningsmeter en klom naar de achterbank. Hij schreeuwde: 'Pak haar beet, hou haar vast!' tegen Worm, die zich meteen klein maakte in zijn hoekje.

Edilio greep Orsay bij haar haar, want er was niets anders wat hij met één hand kon vasthouden, hij draaide een flinke bos om zijn vuist tot hij haar stevig vast had, rukte haar hoofd naar achteren en duwde de spanningsmeter tussen haar tanden.

Haar kaken klemden hard, zo hard dat ze het plastic van de

meter kapot beten. Er stroomde bloed uit haar mond, maar haar tanden zaten niet meer in haar tong.

'Druk dat in haar mond!' schreeuwde Edilio tegen Worm.

Worm kon alleen maar verlamd toekijken.

Edilio vloekte en zei: 'Doe het of ik schiet je neer, ik zweer het!'

Worm kwam uit zijn trance en greep Orsays hoofd met beide handen vast.

Edilio gooide de jeep in zijn achteruit en begon zo snel mogelijk terug te rijden over het pad. Hij kreeg de coyotes pas in de gaten toen hij ergens overheen reed en een hondachtig gejank hoorde.

Met één hand op het stuur reed Edilio de jeep schreeuwend van angst een heuveltje op. Hij rukte aan de versnellingspook, reed een meter naar voren om los te komen en toen weer knarsend in z'n achteruit, terwijl er een enorme, grauwende kop naast hem verscheen. Van het kwijl druipende coyotetanden trokken aan het dakzeil.

Edilio richtte en schoot meteen. Het was een kort salvo, vijf kogels misschien, maar het waren er meer dan genoeg om de coyotekop in rode druppels uiteen te laten spatten.

Ze bonkten verder naar beneden, over het pad, hotsend en botsend. Edilio kon nauwelijks de macht over het stuur behouden.

En toen waren ze plotseling op vlak terrein. Hij gaf van schrik een ruk aan het stuur toen twee coyotes zich op het plastic dakzeil stortten. Ze landden zo hard dat het plastic indeukte en tegen Edilio's arm kwam, zodat zijn hand van het stuur vloog en hij even helemaal overrompeld was.

Maar zijn voet lag op het gaspedaal en hij trapte het helemaal in. De jeep vloog recht op een gebouw af. Edilio pakte het stuur weer vast, remde, draaide aan het stuur tot ze op twee wielen de bocht namen en scheurde weg van de spookstad.

De coyoteroedel achtervolgde hen nog een tijdje, maar gaf het op toen duidelijk werd dat hij de voortrazende auto nooit zou kunnen inhalen.

Worm had nog steeds Orsays hoofd vast. Maar ze maakte nu weer normalere geluiden, en zo te horen vroeg ze of hij haar los wilde laten.

'Laat haar los,' commandeerde Edilio.

Worm haalde zijn handen weg.

Orsay veegde met de rug van haar hand het bloed van haar mond. Edilio vond een lap tussen de troep uit het handschoenen-kastje en gaf die haar over zijn schouder aan.

'Hij zei dat ik mijn tong moest afbijten,' hijgde ze uiteindelijk.

'Hè?' vroeg Edilio fel. 'Wat? Wie?'

'Hij. Het. Hij zei dat ik mijn tong moest afbijten en ik kon me er niet tegen verzetten,' huilde ze. 'Hij wilde niet dat ik het jullie zou kunnen vertellen.'

'Dat je ons wat niet zou kunnen vertellen? Wat dan?' vroeg Edilio wanhopig en in de war.

Orsay spuugde bloed op de vloer van de jeep. Ze veegde haar mond nog een keer af met de lap.

'Hij heeft honger,' zei ze. 'Hij wil eten.'

'Ons? Wil hij ons opeten?' jammerde Worm.

Orsay staarde Worm aan. Toen schoot ze zowaar in de lach. 'Nee. Hij wil ons niet opeten. Au. Mijn tong.'

'Wat dan? Wat dan?'

Orsay negeerde Worm en zei tegen Edilio: 'We hebben niet veel tijd meer. Er is eten onderweg. Het wordt naar hem gebracht. En als hij eet, wordt hij sterk, en dan zal hij haar gebruiken.'

'Wie?' wilde Edilio weten, maar hij wist het antwoord al voor hij de vraag stelde.

'Ik weet niet hoe ze heet. Dat meisje. Met de genezende gave. Hij kan haar gebruiken om armen en benen te krijgen. Om een lichaam te krijgen. Nu is hij nog zwak,' voegde ze eraan toe. 'Maar als hij krijgt wat hij hebben wil… wordt wat hij worden wil … dan zul je hem nooit meer kunnen tegenhouden.'

'Honger in het donker,' zei Kleine Pete.

Hij lag in zijn bedje onder de dekens, maar zijn ogen fonkelden.

'Ik weet het, Petey. We hebben allemaal honger. Maar het is niet echt donker,' zei Astrid vermoeid. 'Ga maar lekker tukkiepukkie doen. Tijd voor een slaapje.'

Het was een heel lange nacht en ochtend geweest. Ze wilde dat Pete een dutje zou doen zodat zij ook even kon slapen. Ze zat voortdurend te knikkebollen. Het was warm in huis nu ze geen stroom hadden en de airconditioning het niet meer deed. Warm en benauwd.

Ze was heel erg van slag door Sams inzinking. Ze wilde begripvol zijn, medeleven tonen. Ze lééfde ook met hem mee. Maar ze was vooral bang. Sam vormde in wezen de enige scheiding tussen het betrekkelijke fatsoen van Perdido Beach en de gewelddadige gestoordheid van Caine, Drake en Diana.

Sam was de enige die Kleine Pete en Astrid zelf beschermde.

Maar hij stortte in. PTSS, vermoedde ze, posttraumatische stressstoornis. Wat soldaten krijgen als ze te lang in een oorlog gezeten hebben.

Iedereen in de FAKZ had er waarschijnlijk in meer of mindere mate last van. Maar niemand had midden in elke gewelddadige confrontatie gezeten, was bij elke nieuwe verschrikking geweest, en werd vervolgens ook nog eens opgezadeld met alle eindeloze details. Sam had geen moment voor zichzelf gehad. Geen rust.

Ze wist nog hoe Quinn lachend had gezegd dat Sam nooit danste. Ze hield van hem, maar het was wel waar dat Sam zich verschrikkelijk slecht kon ontspannen. Nou, als ze ooit een keer de kans kreeg, moest ze hem daarbij proberen te helpen.

'Hij is bang,' zei Kleine Pete.

'Wie?'

'Nestor.'

Nestor was de matroesjka waar Sam per ongeluk op was gaan staan. 'Het spijt me dat Nestor kapot is. Ga maar slapen, Petey.'

Ze boog zich voorover om hem een kus op zijn voorhoofd te geven. Hij reageerde uiteraard niet. Hij gaf haar geen knuffel, vroeg niet of ze een verhaaltje wilde voorlezen, zei niet: 'Hé, wat fijn dat je zo goed voor me zorgt, zusje van me.'

Als hij iets zei, ging het alleen maar over de dingen in zijn hoofd. De buitenwereld zei hem vrijwel niets. En daar hoorde Astrid ook bij.

'Ik hou van je, Petey,' zei ze.

'Hij heeft het meisje,' zei Kleine Pete.

Ze was de deur al uit gelopen toen die laatste opmerking tot haar doordrong. 'Wat?'

Petes ogen vielen dicht.

'Petey. Petey.' Astrid ging naast hem zitten en legde haar hand op zijn wang. 'Petey... praat Nestor tegen jou?'

'Hij vindt mijn monsters leuk.'

'Petey. Is...' Ze kon de vraag nauwelijks formuleren. Ze had kortsluiting in haar hoofd. Ze was meer dan uitgeput. Ze ging naast haar broertje liggen en kroop dicht tegen zijn onverschillige lijfje aan. 'Vertel eens, Petey. Vertel eens over Nestor aan mij.'

Maar Kleine Pete was al in slaap gevallen.

Een paar seconden later sliep Astrid ook. En in haar slaap begonnen de stukjes van de puzzel langzaam op hun plek te vallen.

# Vijfendertig

Eenentwintig uur zonder eten. Nog geen hapje.

En de kans was zeer gering dat er nu opeens eten zou verschijnen. Jacks maag rammelde en knorde niet meer. Hij verkrampte. De pijn kwam in golven. Elke pijnscheut hield ongeveer een minuut aan, gedurende een uur. Dan had hij even een uur rust, soms anderhalf. Maar wanneer de pijn terugkwam, was hij heviger dan daarvoor. En hij duurde langer.

Na een uur of twaalf was het echt begonnen. Voor die tijd had hij ook al honger gehad, hij had al heel lang honger, maar dit was anders. Dit keer zei zijn lichaam niet: 'Zeg, zullen we gaan eten?' Dit keer zei zijn lichaam: 'Doe iets: we verhongeren.'

Er was net een nieuwe ronde krampen begonnen. Jack was er bang voor. Hij kon niet goed met pijn omgaan. En deze pijn was op de een of andere manier nog erger dan de pijn in zijn been. Die pijn zat aan de buitenkant. Deze pijn zat binnen in hem.

'Ben je er al uit?' wilde Caine weten. 'Heb je het gevonden, Jack?'

Jack aarzelde. Als hij ja zei, zou deze nachtmerrie zijn volgende fase ingaan.

Als hij nee zei, zouden ze hier blijven zitten en zitten en zitten tot ze allemaal dood neervielen van de honger.

Hij wilde geen ja zeggen. Hij wist nu wat Caine van plan was. Hij wilde geen ja zeggen.

'Ik kan het doen,' zei Jack.

'Kun je het nú doen?'

'Ik kan een losse splijtstofstaaf uit de reactor halen,' zei Jack.

Caine staarde hem aan. Het leek haast alsof dat niet het antwoord was dat hij had willen horen.

'Oké,' zei Caine zacht.

'Maar ik zal eerst de regelstaven helemaal moeten laten zakken. Dan stopt de reactie, wat betekent dat alle elektriciteit zal worden uitgeschakeld.'

Caine knikte.

Diana zei: 'Je wilt zeggen dat de stroom dan overal uitvalt. Niet alleen in Perdido Beach.'

'Tenzij iemand de reactor opnieuw opstart,' zei Jack.

'Ja,' zei Caine, maar hij klonk afwezig, alsof hij met zijn gedachten ergens anders zat.

'Ik kan er een splijtstofstaaf uit halen. Die is vier meter lang en er zitten balletjes uranium 235 in. Hij lijkt een beetje op een heel lange, dunne buis vol steentjes en is extreem radioactief.'

'Dus je gaat ons allemaal vermoorden?' zei Diana.

'Nee. Er zijn met lood beklede buizen waar ze de staven in vervoeren. Die zijn niet honderd procent veilig, maar als het goed is, beschermen ze ons lang genoeg. Tenzij...'

'Tenzij?' vroeg Caine.

'Tenzij de buis beschadigd raakt. Als je hem laat vallen bijvoorbeeld.'

'Wat gebeurt er dan?' wilde Diana weten.

'Dan worden we aan enorme hoeveelheden straling blootgesteld. Je kunt het niet zien, maar het is net alsof iemand heel kleine kogeltjes op je afvuurt, die talloze kleine gaatjes in je lichaam maken. Dan word je ziek. Je haar valt uit. Je geeft over. Je zwelt op. Je gaat dood.'

Niemand zei iets.

'Dan moeten we hem dus niet laten vallen,' zei Drake uiteindelijk.

'Juist. We brengen de buis naar een plek die kilometers verderop ligt en we laten hem niet vallen,' zei Diana. 'En ondertussen hebben we geen last van Sam, Dekka en Brianna. Ik zie het probleem niet.'

Jack zei: 'Hoe dichter je erbij in de buurt komt, hoe dodelijker het is. Dus als je een meter verderop staat, ga je heel snel dood. Als je verder weg bent, ga je langzaam dood. Als je ver genoeg uit de buurt bent, ga je misschien pas dood als je kanker krijgt. En als je nog verder weg bent, ben je veilig.'

'Ik ga voor nog verder weg,' zei Diana droog.

'Hoe lang heb je nodig?' vroeg Caine.

'Dertig minuten.'

'Het is al laat; we moeten wachten tot het donker is,' zei Caine. 'Hoe komen we naar buiten?'

Jack haalde zijn schouders op. 'Er is een laadperron achter de reactor.'

Caine zakte onderuit in een stoel en begon verwoed op zijn duimnagel te knagen. Drake keek naar hem en deed geen enkele poging zijn minachting te verbergen.

'Goed,' zei Caine na een tijd. 'Jack, jij zorgt ervoor dat alles klaarstaat. Drake, we hebben een afleidingsmanoeuvre nodig. Jij trekt Sams aandacht bij de ingang en dan haal je ons later in.'

'We kunnen toch gewoon een vrachtauto meenemen,' stelde Drake voor.

'We kunnen niet over de kustweg, dan zien ze ons meteen,' zei Caine. 'We moeten door de heuvels en nemen een pad naar de snelweg. Die steken we over. Dan zoeken we een voertuig en gaan de woestijn in.'

'Waarom zouden we zo stiekem doen?' vroeg Drake. 'We hebben dat uranium toch bij ons? Niemand durft ons tegen te houden. Ze zijn als de dood dat je het laat vallen.'

'Stel je even voor, Drake,' zei Caine. 'Dat jij Sam was en je zag mij, jou, Diana en Jack samen over de kustweg marcheren, en je zag dat ik een groot, gevaarlijk radioactief ding bij me had, wat zou je dan doen?'

Drake fronste zijn wenkbrauwen.

'Kijk nou, Drake probeert na te denken,' zei Diana.

'Daarom heb ík de leiding en jij niet, Drake. Ik zal proberen het zo uit te leggen dat jij het misschien ook begrijpt. Als ik Sam ben, en ik zie ons vieren lopen, en ik weet dat ik ons niet kan aanvallen...' Caine stak vier vingers in de lucht. Hij duwde ze één voor één naar beneden tot alleen zijn middelvinger nog omhoog stak.

'Dan valt hij de anderen aan,' zei Drake. Hij knarste met zijn tanden en zijn ogen gloeiden vol onderdrukte woede.

'Dus als jullie drieën heel stoer en dapper gewoon naar buiten willen wandelen, dan moet je het maar zeggen,' zei Caine en hij keek net zo boos terug naar Drake. Toen boog hij zich naar Drake toe, hij omhelsde hem bijna. Met zijn lippen tegen Drakes oor fluisterde hij: 'Je hoeft niet te denken dat je mij van mijn plek kunt stoten, Drake. Nu kan ik je nog gebruiken. Maar zodra ik het idee krijg dat je nutteloos bent geworden...'

Hij glimlachte, gaf Drake een klopje op zijn ingevallen wang en zei met een zweem van zijn oude arrogantie: 'We gaan de boel eens flink opschudden. Sam denkt dat hij alle troeven in handen heeft. Maar wij gaan alles veranderen.'

'We gaan het monster te eten geven dat jou in zijn greep heeft,' zei Diana koeltjes. 'Probeer het nou maar niet mooier te laten lijken dan het is. We gaan een monster voeden en hopen dat het uit dankbaarheid jou zal loslaten.'

'Hou je mond, Diana,' zei Caine. Zijn stoere houding was verdwenen.

Diana keek om zich heen om zeker te weten dat Drake hen niet kon horen. 'Worm komt niet meer terug. Dat weet jij ook wel.'

Caine kauwde op zijn nagel. Jack kreeg het verontrustende vermoeden dat hij misschien wel genoeg honger had om zijn eigen duim op te eten.

'Dat weet je niet,' zei Caine. 'Misschien kon hij Orsay niet vinden. Hij zou zich nooit tegen mij keren.'

'Niemand is trouw aan jou, Caine,' zei Diana. 'Drake staat te popelen om je uit te schakelen. Er is niemand vanuit Coates hiernaartoe gesneld om je uit de problemen te helpen. Er is maar één iemand die echt om jou geeft.'

'Jij?'

Diana gaf geen antwoord. 'Ik weet dat hij je in zijn greep heeft,

Caine. Ik heb het gezien. Maar dat monster van jou is jou ook niet trouw. Het zal je gebruiken en weggooien. En dan is hij sterk en machtig en jij bent nergens meer.'

'In principe is alles wat ik ga zeggen hypothetisch,' begon Astrid.

Sam, Astrid en Edilio hadden haast van begin af aan een team gevormd. Ze hadden het tegen Orc opgenomen toen hij zichzelf nog commandant Orc noemde en de baas over de FAKZ probeerde te spelen. Ze hadden het tegen Caine en Roedelleider opgenomen. Ze hadden geleerd hoe ze hun fatale verjaardag moesten overleven.

Nu kregen ze een steeds duidelijker beeld van iets wat nog veel erger was.

'Ik ga uit van wat Edilio heeft gezegd, van wat er in Lana's brief stond, van wat Lana ons eerder over Drake heeft verteld, en van alle kleine details die een groter geheel lijken te vormen.'

Ze wierp een snelle blik op Kleine Pete, die in een stoel bij het raam naar de ondergaande zon zat te kijken en dwangmatig zijn hoofd op en neer liet knikken. 'En van wat ik uit mijn broertje denk te kunnen afleiden. Er zit iets... misschien een soort freak, een gemuteerd mens, of misschien een gemuteerd dier... of misschien iets heel anders wat wij helemaal niet begrijpen... in die mijnschacht.'

'En dat ding, die gaiaphage, is in staat om in de gedachten van anderen te kruipen en mensen te beïnvloeden. Misschien wel met name mensen met wie hij op de een of andere manier contact heeft gehad. Zoals Lana,' zei Sam.

'Of Orsay,' onderbrak Edilio hem. 'Iemand met zo'n soort geest, als je begrijpt wat ik bedoel. Iemand die daar gevoelig voor is, of zoiets.'

Astrid knikte. 'Ja. Het zou goed kunnen dat sommigen vatbaarder zijn dan anderen. Ik weet nu zeker dat hij contact heeft met Kleine Pete.'

'Praten ze met elkaar?' vroeg Edilio sceptisch.

Astrid draaide met haar hoofd, strekte haar hals en probeerde de spanning uit haar kaken te schudden. Sam stond ervan versteld dat ze nog steeds zo mooi was. Ondanks alles. Maar hij zag ook hoe breekbaar ze eruitzag, hoe mager en fragiel. Ze was afgevallen, net als iedereen. Haar jukbeenderen staken verder uit en ze had blauwe kringen onder haar ogen van de zorgen en de vermoeidheid. Vlak voor haar slaap zat een buil.

'Ik geloof niet dat ze echt praten zoals jij bedoelt,' zei Astrid. 'Maar ze voelen elkaar. Petey heeft geprobeerd me te waarschuwen... maar ik begreep hem niet.'

'Samengevat,' zei Sam zacht. 'Wat denk je?'

Astrid knikte. 'Je hebt gelijk. Sorry, ik ben niet...' Haar stem stierf weg. Maar toen schudde ze verwoed haar hoofd en concentreerde zich. 'Goed, het is dus een of ander gemuteerd wezen. We weten niet waar het vandaan komt. Het is zo sterk dat het de gedachten van mensen kan beïnvloeden. Dat lukt beter bij mensen die al eens bij het wezen in de buurt zijn geweest. Zoals bij Lana. En Drake. En Caine misschien ook,' zei ze erachteraan.

Sam zei: 'Denk je dat Caine ook bij die gaiaphage is geweest?'

'Je vroeg om de samenvatting, dus ik laat de epistemologie achterwege.'

Sam herkende Astrids lievelingstruc: mensen van hun stuk brengen met moeilijke woorden. Hij glimlachte vaag. 'Ga verder. Laat die... dinges maar zitten.'

'Caine,' ging Astrid verder, 'komt na maanden van betrekkelijke rust opeens weer tevoorschijn. Van Worm weten we dat hij daarvoor in een soort coma lag, in een soort ijltoestand. Maar opeens is hij beter. En het eerste wat hij doet, is de kerncentrale bezetten. Tegelijkertijd voelt Lana dat de gaiaphage haar roept. En Petey heeft het plotseling over iets wat honger heeft in het donker.'

'Orsay zegt dat het ding binnenkort eten verwacht,' zei Edilio.

'Ja. En dan hebben we Duck nog.'

Sams wenkbrauwen vlogen omhoog. 'Duck?' Die had hij niet verwacht.

'Niemand heeft echt naar zijn verhaal geluisterd, ikzelf ook niet,' gaf Astrid toe. 'Maar hij zei de hele tijd dat hij daarbeneden een lichtgevende grot had gezien. Alsof die radioactief was. Hij zei dat hij zoiets wel eens bij *The Simpsons* had gezien.'

'En?' spoorde Edilio haar aan.

'De kerncentrale vormt het middelpunt van de FAKZ,' zei Astrid. 'We weten dat er een kernsmelting bezig was en dat Kleine Pete reageerde door die… die koepel te creëren. Maar waarom veranderden dingen voor die tijd ook al? Hoe kwam Pete aan die kracht?'

'Dat ongeluk dertien jaar geleden,' zei Sam voordat hij het echt besefte.

'Het ongeluk. We hebben altijd gezegd dat de centrale door een meteoriet was getroffen. Maar misschien was het niet zomaar een meteoriet. Misschien was het meer dan dat.'

'Zoals?'

'Sommige mensen denken dat het leven op aarde is ontstaan uit een heel klein organisme dat hier via een komeet of meteoriet terecht is gekomen. Stel nou dat er zoiets kleins als een levend virus op het voorwerp zat dat op de kerncentrale is gevallen. Een virus plus straling betekent mutatie.'

'Dus dat is die gaiaphage?' vroeg Sam.

'Doe nou niet net alsof ik het antwoord heb gegeven,' zei Astrid. 'Want ik raad ook maar wat. En het verklaart uiteindelijk nog niets, zelfs als het waar is. Met de nadruk op "als". Met heel veel nadruk op "als".'

'Maar?' drong Sam aan.

'Maar misschien leeft dat ding onder de grond al dertien jaar van straling. Heeft het zich daarmee gevoed. Denk maar eens aan een virus dat in de ruimte duizenden jaren zou kunnen overleven. Er is maar één voedselbron mogelijk: harde straling.'

Het volgende gedeelte viel Astrid zwaar, dat zag Sam aan de manier waarop haar onderlip trilde. 'De energiemaatschappij heeft gelogen: ze hebben nooit alle straling van het ongeluk opgeruimd. Hij heeft al die tijd in de grond gezeten, is in ons water gesijpeld, opgenomen door het voedsel dat we eten.'

Astrids vader was ingenieur geweest in de kerncentrale. Ze vroeg zich ongetwijfeld af of hij van het bedrog op de hoogte was geweest.

'Misschien wisten ze wel niet dat ze niet alles hadden opgeruimd,' zei Sam. 'De mensen die daar werkten hadden er vast geen idee van.'

Astrid knikte. Haar lip hield op met trillen, maar haar gespannen, boze uitdrukking bleef. 'Toen de gaiaphage muteerde, zijn sommige kinderen ook gemuteerd – misschien is het een soort synthese, dat weet ik niet. Maar ik denk dat we vrij zeker kunnen stellen dat het eten van de gaiaphage op raakt. Hij heeft meer nodig. Hij kan er zelf niet bij, hij kan alleen proberen om anderen zijn wil op te leggen. Ik denk – ik geloof – dat de kernsmelting waar Kleine Pete een eind aan heeft gemaakt, veroorzaakt is door iemand in de centrale. En dat diegene de gaiaphage gehoorzaamde. Misschien was het een poging om de centrale op te blazen, zodat de straling zich overal zou verspreiden en alles in de buurt zou doden… behalve het wezen dat leeft van die straling.

Kleine Pete heeft die kernsmelting onderbroken en de FAKZ gecreëerd. Maar hij heeft de gaiaphage niet gedood. En de gaiaphage heeft nog steeds honger.'

'Honger in het donker,' zei Kleine Pete.

'Caine gaat hem eten geven,' zei Sam.

'Ja.'

'En dan?'

'En dan zal de gaiaphage blijven leven en zich aanpassen. Hij kan niet in een gat in de grond blijven leven, waar hij afhankelijk is van anderen. Hij wil ontsnappen. Zich vrijuit kunnen bewegen. En onze aanvallen kunnen afslaan.'

'Misschien is het wel goed als hij uit de mijn komt om te vechten,' zei Edilio. 'Misschien kunnen we hem doden.'

'Hij weet welke gaven wij hebben,' zei Astrid. 'En hij heeft hulp gehad bij het verzinnen van een lichaam dat onaantastbaar zou zijn.'

'Hulp? Van wie dan?'

Sam legde zijn hand op Edilio's arm om hem te kalmeren. 'Van iemand die niet weet wat hij doet,' zei hij.

'Nestor,' zei Kleine Pete.

'Probeer het nou gewoon eens, gast. Je bent toch geen drie meer?'
Antoine wilde de joint aan Zil geven, maar die sloeg hem af.

'Ik heb het al eens geprobeerd,' zei Zil. 'Ik vind het niet lekker.'

'Ja ja, dat zal wel.' Antoine nam een lange haal van de joint en begon onmiddellijk de longen uit zijn lijf te hoesten. Hij hoestte zo hevig dat zijn knie tegen de salontafel stootte en Zils water omviel.

'Hé!' riep Zil.

'O, sorry hoor,' zei Antoine toen hij weer kon praten.

Lance nam een hijs, trok een grimas en gaf de joint door aan Lisa. Ze giechelde, rookte, hoestte en giechelde nog wat meer.

Zil had nog nooit een vriendinnetje gehad. Meisjes vonden hem nooit leuk. Niet op die manier. Hij was nooit populair geweest.

Vroeger had Zil vooral bekendgestaan om de vreemde lunchpakketten die zijn moeder hem meegaf. Die waren altijd veganistisch, biologisch en vooral heel 'groen', dus geen voorverpakte etenswaren, geen wegwerpmateriaal. Helaas hadden de meeste dingen die zijn moeder voor hem inpakte een nogal doordringende geur. Azijndressing voor over de salade, tapenade of hummus die naar knoflook rook, gevulde wijnbladeren.

Zil hield heel erg van zijn ouders, maar in één opzicht was de FAKZ een bevrijding: hij kon eindelijk net zo veel koekjes en chips eten als hij wilde. Hij had zelfs iets gedaan wat in de ogen van zijn ouders onvergeeflijk zou zijn geweest: hij had vlees gegeten. En hij vond het lekker.

Nu zou hij natuurlijk alles overhebben voor een dikke klodder hummus en een volkorenpitabroodje.

Hij had geen eten. Hij had buikkrampen. En hij had zijn team. Zijn *gang*. De Mensenclub. Die alleen maar uit losers bestond, besefte hij. Behalve Lance dan. Door Lance werden ze net iets stoerder dan ze eigenlijk waren. Lance zag er zelfs bij het flakkerende kaarslicht nog stoer uit.

'De freaks hebben eten,' zei Turk voor de tienduizendste keer. 'Zij hebben altijd eten. De gewone kinderen hebben honger, maar de freaks hebben altijd genoeg.'

Zil betwijfelde dat, maar hij had geen zin om ertegenin te gaan.

Hij haatte de freaks niet om een of ander onzinverhaal over dat zij wel te eten hadden. Hij haatte ze om hun superieure houding. Maar goed.

'Ik heb gehoord dat Brianna een stel duiven heeft gevangen en opgegeten,' zei Lisa, waarna ze weer begon te giechelen. Zil wist niet zeker of ze gewoon altijd giechelde, of dat ze vooral giechelde doordat ze stoned was.

Ze had een zaklampje op schoot en tekende met een viltstift verschillende versies van de M en de C op een blocnote, hun afkorting van de Mensenclub. Ze had één tekening gemaakt die Zil wel mooi vond, waarbij de M en de C met allemaal harde hoeken schuin aan elkaar geschreven waren.

Antoine had de wiet in de slaapkamer van zijn ouders gevonden, tijdens een zoveelste wanhopige zoektocht naar voedsel.

'Dat bedoel ik nou,' zei Turk terwijl hij naar Lisa wees alsof zij het bewijs vormde. 'Zij kunnen telkens aan eten komen. Die freaks werken allemaal samen.' Turk rookte niet. Hij staarde naar Zil, alsof Zil met een oplossing zou komen. Alsof Zil een plan zou bedenken.

Zil had geen plan. Zil wist alleen dat de freaks de baas waren in de FAKZ. En niet alleen in Perdido Beach, ook daarboven op de Coatesheuvel. En nu ook nog in de kerncentrale. De freaks waren overal de baas. Nou ja, de freaks en hun hulpjes, zoals Edilio en Albert en Astrid.

En Zil wist ook dat alles een grote puinhoop was. Iedereen had honger. En als de freaks de baas waren, dan was het toch ook hun schuld?

'Zij hebben eten, echt, ik zweer het je,' zei Turk.

'Tja, nou ja, wij hebben skunk,' zei Antoine, en hij moest lachen om zijn eigen spitsvondigheid.

De voordeur ging open en Zil greep naar zijn honkbalknuppel, want je wist maar nooit. Het was Hank. Hank kwam binnen, liep recht op Antoine af, die minstens twee keer zo groot was als hij, en zei: 'Maak dat ding uit.'

'Hoezo, ben jij een smeris of zo?'

403

'We zijn hier niet om stoned te worden. Daar staat Zil niet voor. Daar staat de Mensenclub niet voor.'

Antoine keek met waterige oogjes naar Zil.

Zil was verrast omdat hij zijn naam uitgesproken hoorde worden alsof hij belangrijk was. Het was vleiend. En verwarrend. 'Ja, doe dat spul weg, joh,' zei Zil.

Antoine maakte een laatdunkend geluid.

Tot ieders verbazing sloeg Hank de joint uit de hand van Antoine.

Antoine kwam van de bank en keek alsof hij kleine Hank zou verpletteren. Maar Zil zei: 'Nee. Er wordt hier onderling niet gevochten.'

Lance zei: 'Precies. Zo is dat,' maar hij klonk niet al te overtuigd.

Uiteindelijk moest Turk de boel sussen. 'Hank heeft gelijk. Zil wil niet dat we ons net als iedereen gedragen, als een stel kinderen. Zil wil dat we met de freaks afrekenen. Hoe moet Zil dat probleem aanpakken als wij de hele dag alleen maar zitten te blowen? We moeten ons hoofd erbij houden.'

'Ja,' beaamde Lance. 'Waarbij precies?'

'Ik heb Hunter gevonden,' meldde Hank met stille trots. Alsof hij een rapport met alleen maar negens en tienen aan zijn ouders overhandigde.

Zil sprong overeind. 'Heb je hem gevonden?'

'Ja. Hij heeft zich aan de overkant van de snelweg verstopt in een huis. En je raadt nooit wat hij heeft.'

'Nou?'

'Eten. Die gemuteerde freak heeft een hert vermoord. Toen heeft hij het met zijn freakkrachten gebraden en het laatste wat ik zag, was dat hij het met een mes in stukken sneed.'

'Hij houdt het allemaal voor zichzelf,' zei Turk. 'Alleen voor hem en de andere freaks. Zij eten lekker hertenvlees, en de rest mag zeker gras koken of zo.'

Het water liep Zil in de mond. Vlees. Echt vlees. Geen rat of duif, maar écht vlees.

'Ik heb wel eens hertenvlees gegeten,' zei Lance. 'Lekker.'

'Vast lekkerder dan hond,' zei Antoine. 'Hoewel ik best nog een stuk hond zou eten, als ik het had.'

'Wat gaan we doen?' vroeg Lance aan Zil.

Alle ogen, zelfs die van Lisa, richtten zich op Zil.

'Wat dénk je dat we gaan doen?' vroeg Zil retorisch, om tijd te winnen.

'We pakken hem!' zei Antoine.

Zil sloeg Antoine op zijn schouder en lachte. 'Precies.' Toen gaf hij Hank een high five. 'Goed gedaan, man. Er staat hertenvlees op het menu.'

'Nadat we Hunter hebben opgehangen,' zei Hank.

Iedereen hield verschrikt zijn mond.

'Wat zeg je nou?' vroeg Lance.

Hank keek Lance koeltjes aan. 'Denk je dat die freak ons dat eten gewoon zal geven? Hij vermoordt ons als-ie de kans krijgt. Wij doen er niet toe voor die freaks, het kan hun niet schelen als we verhongeren. En hij is toch een moordenaar? Wat moet je dan doen met een moordende freak?'

Zil slikte moeizaam. Hank ging wel erg ver. Dit was heel iets anders dan Sam op zijn nummer zetten om ervoor te zorgen dat de normalo's wat meer respect kregen.

Tot Zils opluchting deed Lance zijn mond open. 'Ik denk niet dat het een goed idee is om die gast, zeg maar, zelf te vermoorden of zo.'

'Het was Zils idee,' zei Hank. 'Tijdens die eerste nacht. Waarom hadden we anders een touw bij ons, als we toch niet van plan waren het recht te laten zegevieren en Hunter zijn verdiende loon te geven?'

Zil had dat touw niet meegenomen. Maar moest hij dat toegeven? Hij had Hunter alleen maar een pak slaag willen geven. Hij wilde dat Hunter jankend zou toegeven dat hij het laatste blokje worst had opgegeten. Hij was helemaal niet van plan geweest om Hunter echt te vermoorden. Dat was alleen maar stoere praat.

'Denk je nou echt dat Sam en Edilio en de rest niet ingrijpen als wij Hunter zomaar ophangen?' wierp Lance tegen.

Hank glimlachte. Het was een vreemde kleinejongetjesglimlach. Onschuldig. 'Ze zijn allemaal weg. Dekka is bij de kerncentrale. En

Sam en Edilio zijn net in die jeep de stad uit gescheurd. Ik denk dat ze met z'n allen Caine te grazen willen nemen of zo.'

Zils hart bonkte. Zijn mond was droog. Ze gingen dit toch zeker niet echt doen?

Maar Hunter had vlees. En hoe moesten ze dat vlees anders van hem afpakken?

Turk zei: 'We kunnen Hunter niet zomaar van kant maken.'

'Zo is dat,' stootte Zil uit.

'We moeten hem eerst een proces geven,' zei Turk.

En Zil merkte dat hij knikte. En hij merkte dat hij grijnsde, alsof hij dat de hele tijd al in zijn hoofd had gehad. En misschien was dat ook wel zo. Misschien had hij in zijn hart geweten dat ze dat moesten doen.

Ja, zei Zil tegen zichzelf. Je bent een goedzak, maar je weet dat het niet anders kan, Zil. Je weet dat het niet anders kan.

Iedereen keek hem verwachtingsvol aan. Lisa was eigenlijk best knap. Vooral als ze naar hem glimlachte alsof hij een of andere popster was.

'We geven hem een proces. Want de Mensenclub doet niet zomaar aan zinloos geweld,' zei Zil, alsof hij het zelf geloofde. Hij ging voor het gemak maar even voorbij aan het feit dat ze tot nu toe niets anders gedaan hadden dan zinloos geweld plegen door ruiten in te gooien en dergelijke. 'Dit gaat over gerechtigheid. Anders zullen de andere normalo's, onze eigen mensen, het misschien raar vinden. Dus we moeten hem een proces geven. En dan beslissen we wat we met Hunter doen. We laten gerechtigheid geschieden. En we gaan wat van dat hertenvlees uitdelen, goed?'

'Ja,' beaamde Lance.

'Dan krijgen we meer kinderen aan onze kant,' zei Zil. 'Ze zullen denken: hé, die Zil heeft ons eten en gerechtigheid gegeven.'

'En zo is het,' zei Turk.

# Zesendertig

Drake sloop naar het gat in de buitenmuur. De rand van het gat voelde nog steeds een beetje warm aan. Hij hield zijn gezicht verborgen in de schaduwen en keek naar links en rechts.

Dus Caine wilde een afleidingsmanoeuvre? Prima, dan kon hij die krijgen.

Drake zag Dekka met gebogen hoofd in een tuinstoel zitten; misschien deed ze even een dutje. Hij zag een zeil liggen over iets wat alleen maar lijken konden zijn. Hij zag twee kinderen een potje duimworstelen. Hun geweren stonden tegen een auto. Sam en die onafscheidelijke metgezel van hem, Edilio, zag hij niet. En Brianna ook niet.

De zon zakte al in het water. De nacht zou snel vallen. Caine had gewaarschuwd dat hij niets moest doen voor Jack de reactor had uitgezet.

'Je ziet vanzelf de lichten op de parkeerplaats uitgaan,' had Jack op dat betweterige toontje van hem gezegd. 'En je hoort de turbines langzaam tot stilstand komen.'

Sam moest daar ook ergens zijn, net buiten het smalle stukje parkeerplaats dat Drake kon zien. Dat moest wel. Sam zou Dekka nooit in haar eentje achterlaten met alleen een stel geschifte achtstegroepers.

Drake wilde degene zijn die Sam uitschakelde. Als hij Sam zou uitschakelen, zou niemand er nog iets tegenin kunnen brengen als Drake zei dat hij de baas was. Als de grote jongens het uitvechten dan blijft er uiteindelijk één winnaar over. Caine had zijn kans om Sam te doden gemist. Dat zou Drake niet overkomen.

Maar hoe lang hij ook keek, hij zag geen enkel teken van Sam of iemand anders om wie hij zich zorgen zou moeten maken.

Net toen hij zich wilde omdraaien, stampte Orc zijn blikveld in. Hij liep naar het eind van de parkeerplaats, waar hoog gras groeide.

Drake lachte stilletjes. Het gedrocht moest een plasje doen.

Goed, dus je had Orc, Dekka en een paar kinderen met geweren. Het zou stom zijn om een van hen te onderschatten. Drake had één keer eerder met Orc gevochten en hij kon niet bepaald zeggen dat hij toen had gewonnen. Maar toen had hij natuurlijk geen machinegeweer bij zich gehad.

Drake legde zijn linkerhand op de rand van het gat. Heet, maar niet té heet. Hij maakt een vuist en legde daar de loop van zijn geweer op. Hij zakte door zijn knieën om de juiste positie te vinden, legde zijn wang tegen de koele kunststof kolf, kneep zijn linkeroog dicht en bracht de keep en de korrel op één lijn. Hij sloeg de punt van zijn tentakel om de trekker.

Hij verschoof het vizier twee centimeter naar links. Nog twee centimeter. En nu was het op Dekka gericht.

Nog niet. Wachten tot Jack de reactor heeft uitgezet. En dan nog tien minuten wachten.

Maar het moest niet al te lang meer duren. De zon wierp lange paarse schaduwen over het terrein en als het licht op de parkeerplaats uitging, zou het moeilijk worden voor Drake om goed te richten.

Dekka sliep. Zo te zien lag ze te kwijlen.

Een kort salvo. Dat zou hij doen. Hij zou een kort salvo afvuren en kijken hoe de rode bloemetjes zouden uitwaaieren over Dekka's...

'Aaah!' gilde Howard.

Drake deinsde achteruit. Howard ook.

Howard stond pal voor zijn neus, pal voor het gat, als een of andere toerist die even naar binnen kwam gluren.

Ze keken elkaar recht aan.

Drake rukte het geweer naar links en schoot. Het wapen bonkte op en neer in zijn handen. Maar Howard had zich plat tegen de muur gedrukt.

Dekka werd met een schok wakker.

Drake vloekte en richtte het geweer op haar.

Hij haalde de trekker over. Maar Dekka hing al drie meter in de lucht en steeg snel op. De tuinstoel wervelde achter haar aan.

Drake richtte. Een soort kleiduivenschieten, dacht hij. Je moest net iets hoger mikken en...

Net iets te laat strekte Dekka haar handen uit naar Drake. De plotseling gewichtloze loop van zijn geweer ging omhoog. Het salvo scheurde over Dekka's hoofd en ze viel op de grond omdat de zwaartekracht onder haar weer terugkwam.

Ze kwam hard op het beton terecht. De tuinstoel viel boven op haar. Ze bewoog niet.

Toen keek ze heel, heel langzaam op.

Drake nam de tijd. Hij keek naar haar. Zag dat ze naar hem keek. Zag dat ze wist dat hij had gewonnen. Zag de angst en berusting in haar donkere ogen.

'Weer een freak minder,' fluisterde Drake terwijl hij langzaam de trekker overhaalde.

'We moeten hem stiekem besluipen,' zei Hank. 'En hem overvallen voor hij iets kan doen.'

Zil vond het niet prettig dat Hank de bevelen uitdeelde. Helemaal niet prettig. 'Het is vooral belangrijk dat we hem snel buiten westen slaan voor hij onze hersenen kan braden. Dan binden we hem vast en gebruiken de aluminiumfolie.'

'Dan braadt hij zijn eigen handen,' zei Turk met grimmige voldoening. 'Als een kalkoen.'

Ze waren lopend op pad gegaan, omdat ze niet wilden dat Hunter hen in een auto zou horen aankomen. Ze sprintten over de snelweg, alsof ze in de gaten werden gehouden, hoewel ze geen idee hadden wie dat zou moeten doen. Het was leuk. Alsof ze weer soldaatje speelden, net als vroeger.

Edilio's soldaten waren nergens te zien. En Sams kliek was ook afwezig.

Ze roken het hert al zodra ze de weg over waren. Je stond ervan te kijken, peinsde Zil, hoe goed je reukvermogen werd als je verschrikkelijk veel honger had.

Zil gebaarde dat Hank, Turk en Lisa zich achter de garage moesten verstoppen. Hij sloop met Lance voorzichtig om de garage heen en gluurde op zijn hurken door de latten van het hek.

Hunter was met een groot slagersmes in de weer. Hij deed een zeer onervaren poging om het hert van haar huid te ontdoen en maakte er een potje van. Sommige delen van het dier waren bijna pikzwart. Andere delen waren bloederig. Hunter stopte even om een brok vlees los te hakken en in zijn gulzige mond te stoppen.

Zil begon bijna ongecontroleerd te watertanden. Zijn maag deed pijn.

Samen met Lance kroop hij terug naar de anderen.

'Dat gulzige gedrocht eet alles op,' meldde Zil. 'Hij gaat dat hele beest in zijn eentje opeten, ik zweer het.'

'Inderdaad,' beaamde Lance.

'Oké, dit is het idee,' zei Zil en hij legde de anderen zijn plan voor.

Turk, Hank, Lisa en Zil liepen helemaal om het huis heen naar de andere kant. Lance had een cruciale rol gekregen omdat Hunter hem niet kende en dus geen reden had om bang voor hem te zijn.

Toen iedereen klaar was, ging Lance achter het hek overeind staan. 'Hé man.'

Hunter draaide zich vliegensvlug met een schuldbewuste, bange blik om. 'Wat doe jij hier zo stiekem? Wie ben jij?'

'Jemig, rustig maar. Ik rook dat vlees. Ik heb honger.'

Hunter keek uiterst wantrouwig. 'Ik wilde het aan Albert verkopen, zodat iedereen er wat van kan krijgen. Maar ik was in slaap gevallen nadat ik wat had gegeten. Maar ik ben het nu aan het klaarmaken.'

Lance klom over het hek en deed zijn best om vooral niet bedreigend over te komen. 'Zal ik je helpen om dat beest te villen? In ruil voor een hapje? En je weet toch wel dat je de ingewanden er ook uit moet halen, hè?'

'Natuurlijk weet ik dat,' zei Hunter snel. 'Daar wilde ik net aan beginnen.'

Zil wist zeker dat zijn vroegere huisgenoot daar geen flauw benul van had. Hij keek zenuwachtig en ongeduldig toe hoe Lance rustig en zelfverzekerd op Hunter af liep.

Hunter leek alleen nog maar oog te hebben voor de grote, knappe jongen. Maar hij viel hem niet aan. Hij dreigde niet eens.

'Nu,' fluisterde Zil.

Hij en Hank waren als eersten door het hek. Ze liepen snel maar zachtjes, zonder echt te rennen.

Op dat moment maakte Lance de fout om een snelle blik op hen te werpen. Hunter zag de glinstering in de ogen van de jongen, keek over zijn schouder, zag Zil, draaide zich te laat om en kreeg Hanks koevoet tegen zijn voorhoofd.

Hij viel als een zak bakstenen op de grond.

Hank wilde nog een keer uithalen met de koevoet, maar Zil greep zijn hand en zei: 'Zo is het wel genoeg. Bind hem vast. Wikkel de folie om zijn handen.' En toen Turk Hunters handen voor zijn buik wilde vastbinden, zei hij: 'Nee stomkop, op zijn rug.'

Turk grijnsde schaapachtig. 'Daarom ben jij de leider.'

Ze bonden Hunter heel stevig vast. Toen kwam Lisa naar voren met een rol aluminiumfolie en wikkelde die meerdere keren om Hunters handen.

Daarna plakte Turk de folie vast met een breed stuk plakband zodat Hunters vingers geen kant meer op konden.

Hunter bewoog niet.

Zil deed twee stappen naar voren, griste Hunters mes van de grond en sneed een stuk vlees van het achterlijf van de hinde. Het brok vlees was voor de helft gaar en voor de andere helft nog bijna rauw. Als een hongerige wolf viel hij erop aan. De anderen lachten en deden hetzelfde. Turk at te veel en gaf over bij een hoekje van het hek. Toen kwam hij terug voor een tweede ronde.

Ze aten en lachten, blij met deze overwinning.

Hunter begon te bewegen. Hij kreunde.

'Jammer dat we geen beton hebben,' zei Zil. 'Drake wist wel wat hij deed toen hij die freaks inmetselde.'

'Maar Drake is ook een freak, toch?' vroeg Lisa onschuldig.

Daar was Zil even stil van. Was Drake een freak? Volgens de verhalen was zijn zweephand op de plaats van zijn arm gekomen toen Sam die tijdens een gevecht van zijn lijf had gebrand.

'Ik denk het wel. Ik weet het niet zeker,' zei Zil bedachtzaam met een mond vol vlees.

'We moeten eigenlijk een manier verzinnen om daarachter te komen, zeg maar,' zei Turk.

Hunter kreunde harder.

'De freak komt bij,' zei Lance. 'Hij zal wel hoofdpijn hebben.'

Dat vond Zil grappig. Hij lachte. En toen hij lachte, deden de anderen dat ook. 'Zien jullie nou: als je bij mij blijft, krijg je lekker vers vlees.'

'Helemaal waar,' zei Turk.

'Is het dan nu tijd om dit gedrocht zijn verdiende loon te geven, leider?' vroeg Hank respectvol maar ongeduldig.

Zil lachte opnieuw. Het eten in zijn buik gaf hem een goed gevoel. Hij werd er bijna duizelig van. En ook een beetje slaperig, nu de zon onderging.

En hij vond het prettig om met 'leider' aangesproken te worden. Dat paste bij hem. Het voelde uitstekend.

Zil Sperry. Leider van de Mensenclub.

'Tuurlijk,' zei Zil. 'We zullen eens even een proces houden.' Hij keek de tuin rond. 'Turk en Hank, sleep hem naar het verandatrapje en zet hem daartegenaan.'

Hunter leek niet goed overeind te kunnen zitten. Hij was wel bij bewustzijn, maar niet helemaal. Een van zijn ogen zag er raar uit, en Zil besefte dat dat kwam doordat de pupil twee keer zo groot was als de andere. Zil vond dat Hunter dom keek en lachte.

'Je had gewoon moeten toegeven dat je dat blokje worst had gejat,' zei hij boos tegen Hunter.

Hank knielde neer en bracht zijn gezicht dicht bij dat van Hunter. 'Beken je dat je het blokje worst van de leider hebt gestolen?'

Hunters hoofd hing slap opzij. Hij leek zijn best te doen om iets te zeggen, maar er kwam alleen wat gebrabbel uit zijn mond.

'Blrrrr grmbll pleh,' deed Turk hem na.

'Volgens mij zei hij: "Ja, dat heb ik gedaan",' zei Hank spottend.

'Ik vertaal wel voor hem,' zei Turk.

Hank vroeg: 'Hunter, geef je toe dat je Harry hebt vermoord?'

Hunter zei niets, maar Turk verschafte het antwoord. 'Jazeker. Ik ben een freak, een onmens, een vies gedrocht dat Harry heeft vermoord.'

Zil lachte vrolijk. 'Tja, dat lijkt me duidelijk, hè? Hij heeft bekend.' Hij sloeg een strenge toon aan. 'Hunter, ik verklaar je schuldig. Schuldig aan de tenlastelegging.'

'En nu?' vroeg Lisa zich af. 'Hij is gewond. Misschien moeten we hem weer vrijlaten.'

Zil wilde daar net mee instemmen. Zijn woede jegens Hunter was grotendeels opgebrand, de vlammen waren gesmoord door het heerlijke gevoel van een volle maag.

'Heb je medelijden met een freak, Lisa?' vroeg Hank honend.

'Nee,' zei Lisa vlug.

Hank keek haar doordringend aan. 'Denk je dat hij het erbij laat zitten als we hem vrijlaten? Echt niet. Dan komt hij samen met de andere freaks achter ons aan. Denk je dat Sam aardig zal zijn voor ons?'

Zil keek naar Lance. 'Wat vind jij ervan, gast?'

'Ik?' Lance keek bezorgd. 'Ik doe gewoon wat jij zegt, Zil.'

Het was dus aan hem, besefte Zil. Die gedachte verpestte zijn gelukzalige roes. Tot nu toe was hij zich ervan bewust geweest dat hij zijn daden nog wel enigszins kon verdedigen. Hij zou kunnen zeggen: 'Hoor eens, Hunter heeft Harry vermoord. Hij verdiende straf en die heb ik hem gegeven.' Dat zouden ze wel accepteren. Sam misschien niet, maar hij zou waarschijnlijk geen andere keus hebben dan het er maar bij te laten zitten.

Maar als ze Hunter echt zouden ophangen, zoals Hank duidelijk wilde, dan zou Sam met zijn hele groep achter Zil aan komen. En zij zouden met z'n vijven geen schijn van kans maken tegen Sam.

Als ze Hunter vermoordden, zouden ze de oorlog aan Sam verklaren. En die zou Sam winnen.

Maar dat kon Zil niet toegeven. Dan zouden ze hem een watje vinden.

Hij kon geen kant op. Als hij te slap reageerde, zou Hank zich tegen hem keren. En Hunter zou zeker weten wraak willen nemen als hij hem nu liet gaan. Maar als hij Hunter vermoordde, bezegelde Zil zijn eigen lot.

'We hebben meer dan vijf mensen nodig,' zei Zil. 'Er moeten meer kinderen bij betrokken worden.'

Hank keek achterdochtig.

Maar Zil had een idee. Als een bloem ontvouwde het zich in zijn hoofd. 'Van ons vijven heeft Sam zo gewonnen, maar hij kan het moeilijk tegen de hele stad opnemen, toch? Over wie moet hij de baas spelen als de hele stad tegen hem is?'

'Maar hoe moeten we al die kinderen overhalen om bij ons te komen?' vroeg Hank.

Zil grijnsde. 'Wij hebben een heleboel vlees. En iedereen heeft heel erge honger. Wat denk je dat ze allemaal doen voor een hertenbiefstukje?'

Edilio reed harder dan hij ooit had gereden. Hij scheurde met 110 kilometer per uur over de snelweg en zigzagde om de lege en verongelukte vrachtwagens en auto's heen.

De wind sloeg hun woorden weg zodra ze werden uitgesproken, dus ze zwegen allebei.

Toen hij de kustweg naar de kerncentrale op reed, moest Edilio wel afremmen. De weg zat vol haarspeldbochten en als hij even niet oplette, zouden ze zo door struikgewas en rotsblokken over de helling de zee in tuimelen.

Plotseling liet hij de auto met gierende remmen tot stilstand komen.

'Wat is er?' vroeg Sam.

Edilio stak een vinger in de lucht en spitste zijn oren. En daar was het weer. 'Schoten,' zei hij.

'Rijden,' zei Sam.

Orc stond te pissen toen hij Howard hoorde gillen: 'Aaah!'

Hij maakte zich er niet druk om. Howard gilde zo vaak. Hij was klein en zwak en heel gauw bang.

Hij draaide zich om en op hetzelfde moment begon Drake te schieten. Hij zag de vlammen uit de loop door het gat in de muur komen.

Dekka zweefde. En viel. En Howard stond plat tegen de muur gedrukt.

'Orc!' schreeuwde Howard.

Dekka plofte op de grond. Dat vond Orc niet heel erg. Hij mocht Dekka niet zo. Ze negeerde hem meestal en keek altijd weg als hij in de buurt was. Ze walgde van zijn uiterlijk.

Tja, wie niet? Orc walgde ook van zichzelf.

Toen zag hij het gezicht achter het pistool. Drake. Drake had tegen Orc gevochten en hem geslagen met zijn tentakel. Het had nauwelijks pijn gedaan, maar Orc had het toch niet prettig gevonden. Drake had geprobeerd hem te vermoorden.

Orc mocht Drake niet. Dat wilde niet zeggen dat hij Dekka wel mocht. Maar Sam mocht haar wel, en Sam had Orc netjes behandeld. Sam had hem bier gegeven.

Orc wou dat hij nu een biertje had.

Als hij Dekka zou redden, zou Sam hem waarschijnlijk belonen. Het leven van Dekka was vast wel meer waard dan één krat. Misschien kreeg hij wel iets uit het buitenland. Orc had nog nooit buitenlands bier geproefd.

Drake stond dertig meter verderop. Dekka lag tussen Orc en Drake in. En nog geen anderhalve meter verderop stond een motor.

Orc greep de motor vast. Hij pakte het voorwiel met zijn ene hand en het stuur in de andere. Hij gaf een harde ruk en het wiel brak af.

'Er wordt geschoten!' riep een van Drakes soldaten terwijl hij aan kwam rennen.

'Ja, raad eens door wie?' zei Diana.

'Te vroeg,' snauwde Caine. 'Ik heb gezegd dat hij moest wachten. Jack. Doe het.'

'Ik wil het niet te haastig doen en...'

Caine hief zijn handen, tilde Jack op en gooide hem tegen het bedieningspaneel.

'Nu!' schreeuwde Caine.

Ze stonden buiten de controlekamer bij een apart beeldscherm waarop de binnenkant van de reactor te zien was.

Jack typte een serie cijfers in op een toetsenpaneel.

De elektromagneten gingen uit.

De regelstaven van cadmium schoten naar beneden.

Op het zwart-witbeeld gebeurde alles in stilte. Maar het had onmiddellijk effect. Het geluid van de turbines, het constante gezoem dat de hele tijd op de achtergrond aanwezig was geweest, vertraagde opeens.

De lampen knipperden. Het beeld op de monitor rimpelde even en werd toen weer scherp.

'Kunnen we veilig naar binnen?' wilde Caine weten.

'Tuurlijk, wat kan er nu gevaarlijk zijn aan een kern...'

'Hou je bek!' riep Caine. 'Doe de deur open, Jack.'

Jack gehoorzaamde.

Ze liepen een enorme ruimte in die bijna helemaal van roestvrij staal gemaakt leek te zijn. Een roestvrijstalen vloer. Roestvrijstalen loopbruggen. Kranen. Caine had het gevoel dat hij in een enorme restaurantkeuken was beland.

Wat niet van roestvrij staal was, was fluorescerend geel. De relingen. De traptreden. Zwart met gele borden die waarschuwden voor iets waar hier niemand aan herinnerd hoefde te worden: stralingsgevaar.

De koepel boven hun hoofd leek rechtstreeks uit een kathedraal te komen. Maar dit beton was niet opgesierd met fresco's.

Hij was zo groot dat Caine zich nietig voelde.

Midden in de ruimte was een rond gat, als een spookachtig zwembad dat blauw licht gaf. Maar je moest wel goed gek zijn wilde je in de verleiding komen hier een duik in te nemen. Er liep een loopbrug omheen. En er hing een robotarm boven. Daar beneden, in de griezelige diepte, hingen de splijtstofstaven. Stuk voor stuk gevuld met grijze balletjes die er niet heel opzienbarend uitzagen. Dikke, grijze, cilindervormige tabletten die net zo goed van lood hadden kunnen zijn.

Een gigantische vorkheftruck hield een stalen vat in de lucht. Nog precies op dezelfde plek waar de chauffeur het had achtergelaten toen hij poefte.

'Ik zet de procedure in gang,' zei Jack, en hij begon verwoed te typen, opgejaagd, doodsbang, maar ook opgewonden.

De robot bewoog sneller dan Caine had verwacht. Hij hing als een roofzuchtig insect boven het veel te blauwe water.

Het was heet in de ruimte. De airconditioning werkte niet op de noodaggregaten en de temperatuur steeg vrijwel meteen.

'Hoe lang duurt het?' vroeg Caine.

'We moeten hem eruit halen, zo veilig mogelijk maken, naar de koelcel voor gebruikte staven brengen en...'

'Daar hebben we allemaal geen tijd voor,' zei Caine. 'Drake is al aan het schieten. We moeten hier weg.'

'Caine, we kunnen echt niet...' begon Jack.

'Pak die splijtstofstaaf nou gewoon. Haal 'm uit dat zwembad. Laat de rest maar aan mij over,' zei Caine.

'Caine, we moeten de juiste procedure volgen om de staaf naar buiten te kunnen krijgen. De enige uitgang is door...'

Caine hief zijn handen. Hij concentreerde zich op de koepel om hen heen, de veiligheidsomhulling die de straling binnen zou houden als er ooit iets mis zou gaan.

Hij schoot al zijn krachten af op het beton. De enorme dreun die volgde deed pijn aan zijn trommelvliezen.

'Wat doe je?' jammerde Jack.

'Caine!' schreeuwde Diana.

Het beton bleef heel. Het lukte niet van deze afstand. Hij had iets nodig wat hij ernaartoe kon smijten.

Caine richtte zijn kracht op de vorkheftruck.

417

'Ga klaarstaan, Jack,' zei Caine schor.

De vorkheftruck vloog de lucht in, alsof hij een trap had gekregen van een onzichtbare god. Hij suisde in een rechte lijn naar voren, zo snel dat hij met een harde knal door de geluidsbarrière ging. Dat geluid verzoop echter onmiddellijk in het donderende geraas waarmee staal en ijzer door beton beukten.

'Hoe sterk is die splijtstofstaaf, denk je?' vroeg Caine.

'Ben je gek geworden?' huilde Diana.

'Nee, ik heb gewoon haast,' zei Caine.


Drake haalde de trekker over.

Een serie kogels sloeg vlak voor Dekka in het beton.

Drake probeerde de terugslag op te vangen. Hij liet het wapen iets omhoogkomen en de kogels raakten Dekka, die alleen maar naar haar naderende dood kon staren, nu op een haar na.

Plotseling lag Drake op zijn rug. Hij had nog steeds het pistool vast en vuurde ratelende salvo's op het plafond af.

Er stuiterde een wiel door alle hoeken van de kamer voor het met een harde klap op een bureau bleef liggen.

Drake liet de trekker los en krabbelde overeind. Hij keek naar het wiel en snapte er niets van. Waar was dat opeens vandaan gekomen? Hoe kon er nou zomaar een wiel door het gat vliegen?

Orc.

Drake klikte de patroonhouder los en propte een nieuwe in het magazijn. Hij had een paar blauwe plekken en was geschrokken, maar niet ernstig gewond. Hij sloop terug naar het gat, heel voorzichtig voor het geval er nog iets anders naar binnen zou vliegen.

Dekka lag niet meer op de grond.

Orc was...

Er kwam een enorme hand van grind naar binnen die Drakes hoofd op een paar centimeter na miste.

Drake vuurde blindelings op het gat.

Toen draaide hij zich om en rende ervandoor.

# Zevenendertig

1 uur, 6 minuten

De jeep schoot door de toegangspoort. Edilio reed recht naar de plek waar een geschrokken, bont en blauwe en heel erg boze Dekka zichzelf net van het beton raapte.

'Wat is er gebeurd?' vroeg Sam terwijl hij uit de auto sprong.

De adrenaline begon eindelijk door zijn aderen te gieren. Maar zelfs nu voelde hij een vreemde afstand. Zelfs nu hij zich vol op de problemen stortte. Alsof het niet echt zijn problemen waren. Alsof het een ander deel van hem was dat dit deed.

'Ik probeerde te vliegen,' zei Dekka met een diepe grom. Ze schudde haar hoofd en boog zich voorover om in haar knie te knijpen. 'Au.'

'We hoorden iets harders dan schoten,' zei Edilio. 'Als onweer. Of een ontploffing.'

'Sorry, ik was even met iets anders bezig,' zei Dekka.

Orc kwam van de ene kant op hen af en Howard van de andere.

'Orc jongen, wat een fantastische actie,' riep Howard enthousiast. Hij rende naar zijn vriend toe en sloeg het monster een paar keer op zijn schouder.

'Ik sta bij je in het krijt, Orc,' zei Dekka.

'Wat is er gebeurd?' herhaalde Sam.

Howard gaf antwoord. 'Drake, jongen. Drake begint op Dekka te schieten. Dus Dekka vliegt de lucht in en komt dan, bam, keihard weer neer. En toen Orc, Orc pakt dus zo'n motor hè, rukt het wiel eraf, en gooit het zo naar Drake. Als een frisbee.' Howard

419

klapte zowaar in zijn handen van plezier. 'Recht door dat gat dat jij in de muur hebt gebrand, Sammie. Zo van de andere kant van het veld erin.'

'Dat wordt lappen,' gromde Orc.

'Uiteraard,' viel Howard hem bij. 'Lappen. Orc is een held, daar moet natuurlijk wel iets tegenover staan.'

'Heeft er verder niemand een heel hard geluid gehoord?' vroeg Edilio dringend.

'Er werd hier nogal geschoten, Edilio,' snauwde Dekka.

'Gaat het, Dekka?' vroeg Sam.

'Ik overleef het wel,' zei ze.

'Dekka: wat denk je dat er met een grot of een mijnschacht gebeurt als je de zwaartekracht uitschakelt?' vroeg Sam.

'Is dat een quizvraag?'

'Nee.'

Dekka knikte. 'Goed dan. Ik denk dat als ik hem een paar keer goed zou raken, aan-uit, aan-uit, dat idee, dat hij dan langzaam zou afbrokkelen. En misschien zelfs wel in elkaar stort.'

'Oké.' Sam legde zijn hand op haar schouder. 'Ik wil je iets vragen.'

'Ik heb zo'n vermoeden dat je wilt dat ik een grot of een mijnschacht in elkaar laat storten. Maar?'

'Maar het is geen gewone mijnschacht,' zei Edilio grimmig. 'Er zit iets in. Het is... Ik weet niet hoe ik het moet uitleggen. Het kruipt in je hoofd. Het maakt je bang.'

'Ik wil dat je met Edilio meegaat en dat ding opsluit,' zei Sam. 'Howard? Ik wil dat jij en Orc teruggaan naar de stad. Ik had niet gedacht dat ik dit ooit zou zeggen, maar ik wil dat jullie een oogje in het zeil houden daar.'

'Dat wordt la...'

'Ja, ik weet het,' onderbrak Sam Howard. 'Zullen we daar later over onderhandelen?'

Howard haalde zijn schouders op. 'Goed, maar ik heb iets van je tegoed.' Hij wees naar zijn eigen ogen en toen naar Sam in een ik-hou-je-in-de-gaten-gebaar.

'Wat ga jij dan doen?' vroeg Dekka aan Sam.

'Ik ga met Caine afrekenen. Ik moet hem hier tegenhouden.'

'Je kunt het niet in je eentje tegen Caine en Drake opnemen,' protesteerde Edilio. 'Echt niet. Ik wil niet dat jij jezelf hier van kant laat maken.'

Sam lachte geforceerd. 'Ik zou niet durven. Howard, zodra je in de stad bent, moet je Wind voor me zoeken, als je haar onderweg niet tegenkomt. Als je Brianna niet kunt vinden, zoek je Taylor. Zeg dat ze hulp moeten sturen. En zeg dat ik iemand nodig heb die me kan laten weten hoe het jullie bij de mijn vergaat.'

'Was het misschien toch beter geweest om het telefoonnetwerk weer aan te zetten, hè?' zei Edilio. Hij kromp even in elkaar, want hij besefte te laat dat het klonk alsof hij Sam op zijn nummer zette.

Sam zei: 'Ja. Zet maar op de lijst met fouten die ik de laatste tijd heb gemaakt.'

'Nou, als je deze nou eens níét maakte, Sam: je moet niet in je eentje de centrale in gaan.'

'Ik zei toch al dat ik dat niet van plan was?' zei Sam vlak.

Edilio keek hem recht aan. Sam sloeg zijn ogen neer en zei: 'Maar als mij iets overkomt, moeten jullie allemaal doen wat Edilio zegt.'

Dekka knikte plechtig.

'Doe me dat alsjeblieft niet aan,' zei Edilio. 'Laat me niet in de steek, Sam.'

De splijtstofstaaf. Vier meter lang. Hij zat nu in een buis van lood, maar hij was nog steeds ontzettend gevaarlijk en ontzettend dodelijk.

Jack hield iets vast wat op een enorme afstandsbediening leek. Zijn ogen puilden uit. Hij slikte krampachtig. Hij drukte op een knop op de afstandsbediening en de staaf ging niet verder omhoog. Hij slaakte een beverige zucht.

De splijtstofstaaf hing aan de kraan en zwaaide zachtjes heen en weer. Caine merkte dat hij ernaartoe werd getrokken, dat hij hem wilde aanraken. Maar hij was gloeiend heet. Caine stond zes meter verderop, maar zelfs daar verschenen de zweetdruppels al op zijn voorhoofd.

Caine hoorde voetstappen achter zich. Zonder zich om te draaien zei hij: 'Je was te vroeg, Drake.'

'Niet mijn schuld,' zei Drake hijgend. 'Howard had me in de gaten.'

'En Sam?' vroeg Caine, gehypnotiseerd door die matgrijze splijtstofstaaf, door het contrast tussen de vernietigende, dodelijke kracht en de kleurloze buitenkant.

'Die kwam net aanrijden met die Mexicaan.'

Caine keek naar het gat dat hij in de koepel had gemaakt. Een los brok beton brak af, viel een heel eind naar beneden en kletterde met veel kabaal op een of ander apparaat dat ze niet konden zien. Hij zag de heuvels door het gat, paars verlicht door de laatste zonnestralen.

Jack had nog tien minuten tot een kwartier nodig om de splijtstofstaaf naar het laadperron te manoeuvreren. Sam kon hier over tien minuten al zijn.

'Ik wil niet dat Sam ons straks op de hielen zit,' zei Caine. Hij kreeg een idee. Prachtig in al zijn eenvoud. Twee vliegen in één klap.

'Tijd om te bewijzen dat je echt zo stoer en bruut bent als je denkt, Drake,' zei Caine.

'Ik hoef helemaal niets te bewijzen,' snauwde Drake.

Caine keek in de woedende ogen van zijn tweede man. Hij liep naar hem toe. Hij kwam zo dichtbij dat hij in zijn oor zou kunnen fluisteren, maar nee, hij wilde dat iedereen dit zou horen. 'Drake, weet je wat er gebeurde toen ik Diana op pad stuurde om Jack te halen? Toen haalde ze Jack voor mij. Nu heb ik iemand nodig die Sam tegenhoudt, of hem in elk geval afremt. Moet ik vragen of Diana dat voor me doet? Want zij kan vast wel een manier verzinnen. Sam is ook maar een jongen, tenslotte.'

Diana had meteen door waar Caine naartoe wilde.

'Wie, Sam?' Ze lachte haar veelbetekenende lachje. 'Hij zal wel flink gefrustreerd zijn door die ijsprinses van hem. Ik denk niet dat het me veel moeite zal kosten om hem... af te remmen.'

Het zou nog beter geklonken hebben als Diana haar lange haar nog had gehad en geen jongenskleren zou dagen, maar Caine zag dat Drake meteen toehapte.

'Wil je dat?' vroeg Drake. 'Wil je dat ik Sam uitschakel? Ik vermoord hem of hij vermoordt mij, daar komt het op neer, toch? Het zou jou en die heks daar allebei goed uitkomen.'

'Je draait eromheen, Drake,' zei Caine.

Caine kon de gedachten van die psychopaat bijna lezen terwijl de radertjes in zijn hoofd de mogelijkheden overwogen. Drake kon met geen mogelijkheid weigeren. Met geen mogelijkheid. Niet als hij Zweephand wilde blijven. Niet als hij Caine ooit van zijn troon wilde stoten.

'Ik reken wel met Sam af,' zei Drake op een toon die dreigend bedoeld was maar net iets te onzeker klonk.

Hij was er zelf kennelijk ook niet erg tevreden over, dus hij herhaalde met een diepe grom: 'Sam komt niet verder dan hier.'

Caine knikte en gaf verder geen enkele blijk van erkentelijkheid. Hij draaide zich om en gaf Diana een knipoog, die haar gezicht zorgvuldig in de plooi hield.

Arme Drake. Ambitie alleen was niet genoeg. Een leider moest ook slim zijn. Een leider moest meedogenloos en manipulatief zijn, niet zomaar een bruut. Grote leiders moesten weten wanneer ze moesten manipuleren en wanneer ze de confrontatie aan moesten gaan. En een groot leider moest bovenal weten wanneer hij een groot risico moest nemen.

'Laten we hopen dat ze die splijtstofstaven een beetje sterk gebouwd hebben,' zei Caine.

Hij stak zijn handen in de lucht en de staaf zweefde omhoog, met één uiteinde nog aan de kraan.

'Maak hem los,' beval Caine.

Jack zei: 'Caine, als hij openbreekt...'

'Nu!' brulde Caine.

Zelfs Drake deed een stap achteruit. En Jack drukte op de knop waarmee de robotarm losliet.

Caine strekte zijn armen en duwde zijn handpalmen naar voren. De buis vloog weg als een pijl uit een boog.

Hij had goed gemikt. Maar niet perfect. De buis schraapte langs het beton toen hij door het gat schoot.

'Zo doe je dat snel,' zei Caine.

'Als we straks merken dat hij is opengebarsten, gaan we allemaal dood,' kreunde Jack.

Caine negeerde hem. Hij draaide zich om naar Drake. Hij zag de sluwe, berekenende blik in de ogen van zijn onderbevelhebber.

'Laat Sam maar aan mij over,' zei Drake.

Caine lachte. 'Misschien laat ik jou wel aan hém over.'

'Ik haal jullie straks in, Caine,' zei Drake.

Het was een waarschuwing. Hij liet er weinig twijfel over bestaan dat hij klaar was om het tegen Caine op te nemen als hij de confrontatie met Sam zou overleven.

'Ik weet het goed gemaakt,' zei Drake. 'Ik neem de hand van je broer mee. Hij heeft de mijne eraf gebrand: het wordt tijd dat ik hem dat betaald zet.'


Sam keek Edilio en de anderen na toen ze wegreden. Hij voelde zich opvallend kalm. Voor het eerst in dagen.

Het enige leven dat hij hier op het spel zette, was dat van hemzelf. En hij had een plan: als dit achter de rug was, was hij klaar. Klaar.

Hij had te veel fouten gemaakt. Hij had te veel dingen over het hoofd gezien. Het was niet zíjn idee geweest om te gaan vissen, maar dat van Quinn. En het was niet Sams idee geweest om de plukkers in terreinwagens tegen de pieren te beschermen. Dat had Astrid bedacht.

Sam was te laat geweest, te langzaam, te verward, te onzeker. Hij had het voedsel niet op tijd laten rantsoeneren. Hij had niet genoeg mensen kunnen motiveren om de handen uit de mouwen te steken. Hij had de haat tussen de freaks en de normalo's vreselijk uit de hand laten lopen. Hij had de supermarkt niet beschermd tegen Drake, en de kerncentrale niet tegen Caine.

In Perdido Beach zaten nu kinderen in het donker kannibalisme te overwegen. Hij had de leiding, dus het was zijn schuld.

Zelfs nu had Sam het knagende gevoel dat hij iets belangrijks over het hoofd zag. Iets. Een hulpmiddel.

Een wapen.

Maar goed, als hij deze dag overleefde, dan was hij er klaar mee. Astrid mocht de leiding krijgen. Of Albert. Of Dekka. Of, en dat zou waarschijnlijk het beste zijn, Edilio.

Als hij vandaag zou winnen, als hij Caine tegenhield en Dekka de mijnschacht afsloot, dan was dat genoeg. Meer dan genoeg.

En als een van hen tekort zou schieten? Als Caine zou ontsnappen en Dekka de gaiaphage niet zou doden? Hij had Lana. Hij was in Caines hoofd geweest. Hij wist wat Lana wist, wat Caine wist. En ook wat Drake wist, ongetwijfeld. Hij kende al hun sterke punten en hun grenzen. En als hij werd wat hij wilde worden, wat dan?

Hij zag iets over het hoofd.

Maar dat was ook niets nieuws. Binnenkort mocht iemand anders zich ermee bezighouden. Hij ging lekker surfen.

Hij had eigenlijk niet per se golven nodig. Hij kon gewoon op zijn surfplank de zee op peddelen en in het water liggen. Gewoon lekker liggen. Dat was ook prima.

Maar eerst...

Sam stak de parkeerplaats over naar de deur van de turbinehal. Hij verwachtte dat ze zouden proberen hem tegen te houden. Dat hij beschoten zou worden. Maar toen hij bij de deur kwam, bleek die niet meer bewaakt te worden.

Een opluchting. Maar geen goed teken. Als Caine nog binnen was, zou hij iemand bij de deur gezet hebben.

Hij liep een onverwachte, griezelige stilte in. De centrale lag stil. De turbines draaiden niet meer. Normaal gesproken hoorde je hier niets door al het lawaai. Nu hoorde hij zijn eigen voetstappen.

Toen hij in de gang naar de controlekamer kwam, zag hij dat de deur met geweld naar binnen was geduwd. Het duurde even voor hij begreep waarom die stukken gereedschap daar kromgebogen in de grond stonden.

De controlekamer zelf was leeg en donkerder dan normaal. De

noodlampen gloeiden. De instrumenten en de computerschermen stonden allemaal nog aan. Maar er was nergens een teken van leven te bespeuren.

Er lag een plas kleverig, opgedroogd bloed waar heel veel doorheen was gelopen. Overal rode voetstappen.

Dit had hij niet verwacht, deze stilte. Waar was Caine? Waar was Drake?

De kerncentrale was een enorm gebouw en ze konden overal zijn. Er waren wel honderd verschillende plekken waar ze hem konden opwachten, waar ze in een hinderlaag konden liggen tot hij toevallig voorbijkwam. Caine zou hem raken voor hij ook maar de kans kreeg om te reageren.

Onzeker bleef Sam staan. Wat was hier aan de hand? Hij wou dat hij Edilio had gevraagd om Brianna naar de centrale te sturen. Zij zou het hele gebouw in twee minuten doorzocht hebben.

Denk na, zei hij tegen zichzelf. Ze waren hier om uranium te stelen. Vervolgens wilden ze hun buit naar de mijn brengen. Hoe zouden ze dan te werk gaan? Waar zouden ze zijn?

In de reactor natuurlijk. Dáár lag het dodelijke metaal opgeslagen.

'Niet iets om blij van te worden,' zei Sam tegen de lege ruimte.

Hij liep de gang door en volgde de bordjes aan de muren.

De reactor werd afgesloten door een deur van massief staal. Caine had niet de moeite genomen om hem achter zich dicht te doen.

Door een lange, galmende, schemerige, lange gang. Nog een massief stalen deur, ook open, hoewel er een cijferpaneel in de muur zat waarop je een code in moest toetsen. Deze deur hoorde normaal gesproken ongetwijfeld ten allen tijde dicht en op slot te zitten.

Hij was met opzet opengelaten, besefte Sam. Voor hem. Omdat Caine hier radioactiviteit had verspreid? Daarom? Kreeg zijn lichaam op dit moment al een fatale dosis binnen?

Nee. Caine zou nooit zo kortzichtig zijn om de hele centrale te besmetten zodat de stroom nooit meer aangezet zou kunnen worden. Het enige wat hij zeker wist, was dat Caine op een dag de elektriciteit weer aan zou willen hebben, al was het maar om zelf te kunnen bepalen wat hij ermee deed.

Dat was logisch. Maar dat nam Sams angsten nog niet weg. Als Caine de centrale had besmet, was Sam nu een wandelend lijk.

Hij liep de reactorruimte in. Ondanks de enorme, ronde koepel was het er heet en benauwd. Iedereen zou bang zijn voor de kernreactor zelf, voor dat veel te blauwe, verticale zwembad vol opgehoopte kracht. Iedereen wist wat die reactor betekende.

Hij liep eromheen, gespannen en op zijn hoede, op alles voorbereid. Hij kwam bij de andere kant van de reactor aan en daar, met een loom zwaaiende zweephand langs zijn zij, stond Drake Merwin op hem te wachten. Hij leunde op zijn gemak tegen een bedieningspaneel.

'Dag Sam,' zei Drake.

'Drake,' zei Sam.

'Weet je wat nou zo leuk is, Sam? Ik heb nooit erg mijn best gedaan op school, maar dat kwam doordat ik nooit inzag waar ik al die onzin ooit voor nodig zou hebben.'

Drake haalde een soort heel grote afstandsbediening uit zijn zak en drukte op een knop.

Er begon een doordringend alarm te loeien.

'Ga weg, Drake,' riep Sam over de sirene heen.

'Ik ga je pijn doen, Sam. En jij gaat het over je heen laten komen.'

'Waar ben je mee bezig, Drake?'

'Nou Sam, ik heb begrepen dat hier van die regelstaven in zitten. Als je ze laat zakken, gaat de reactor uit. Als je er een paar omhooghaalt, gaat hij weer aan. En als je ze allemaal tegelijk omhoogtrekt, krijg je een kernsmelting.'

Er kwam iets omhoog uit de onheilspellende blauwe vloeistof. Tientallen smalle staven die aan een lichtgevende ring hingen.

'Je bluft, Drake.'

Drake grijnsde. 'Als jij dat graag wilt denken dan moet je dat vooral doen, Sam. Hoe zal die mooie Astrid eruitzien als haar haar bij bosjes begint uit te vallen, denk je?'

Hij hield de afstandsbediening voor zich zodat Sam hem kon zien. 'Zie je dat knopje hier? Daarmee kun je de regelstaven weer laten zakken. En dan blijft iedereen leven. Als er niemand op die knop drukt... Tja. Als ik Computer Jack moet geloven, gaan wij dan heel snel dood. En de rest van de FAKZ wat langzamer.'

'Maar dan ga jij ook dood,' zei Sam, en hij wist dat hij gewoon tijd probeerde te rekken terwijl hij koortsachtig nadacht, op zoek naar een oplossing.

Was Drake gek genoeg om... Ja. Ja, natuurlijk.

Het alarm werd twee keer zo hard en indringend. Het klonk nu als elektronisch gegil.

'Ik maak me geen zorgen, Sam, want jij zal dat nooit laten gebeuren,' schreeuwde Drake over het alarm heen.

'Drake...' Sam stak zijn handen in de lucht met zijn handpalmen naar Drake toe gekeerd.

Drake hield zijn hand boven het lichtgevende, borrelende water. Hield de afstandbediening nog maar met twee vingers vast.

'Als ik hem laat vallen...' waarschuwde Drake.

Langzaam liet Sam zijn armen weer zakken.

Hij kon niet meer nadenken door het alarm. Hoeveel minuten nog? Hoeveel seconden? De regelstaven kwamen met een majestueuze onafwendbaarheid steeds verder omhoog. Hoe lang nog voor het te laat was?

Alweer een mislukking, dacht Sam verslagen.

'Wil je niet weten wat ik wil, Sam?' kraaide Drake.

'Mij,' zei Sam mat. 'Je wilt mij.'

'Dat is wel het idee, Sam. En jij blijft daar staan en je laat het over je heen komen. Want anders...'

Astrid zat met Kleine Pete een van de oefeningen te doen die ze de laatste tijd erg had laten versloffen. In dit geval moest hij balletjes op kleur sorteren. Er was een blauwe doos en een gele doos, er waren blauwe ballen en gele ballen. Elke normale kleuter van vijf zou daar geen enkel probleem mee hebben. Maar Kleine Pete was geen normale kleuter van vijf.

'Kun jij deze bal op de goede plek leggen?' vroeg Astrid.

Kleine Pete staarde naar het balletje. Toen dwaalden zijn ogen af.

Astrid pakte zijn hand en legde die op het gele balletje. Te hard. Ze deed hem pijn.

'Kun jij die op de goede plek leggen?' Haar stem klonk schril en ongeduldig.

Ze zaten in een hoekje op de vloerbedekking van Kleine Petes kamer. Kleine Pete had zich teruggetrokken in zijn hoofd, hij was afwezig, ongeïnteresseerd.

Soms kon ze hem wel schieten.

'Probeer het nog eens, Petey,' zei Astrid. Ze merkte dat ze haar handen samenkneep en dwong zichzelf ze los te laten. Ze zond gespannen signalen uit. Niet goed.

Ze zou dit soort oefeningen eigenlijk elke dag met hem moeten doen. Een paar keer per dag. Maar dat deed ze niet. Ze deed ze nu alleen omdat ze niet tegen het wachten kon. Ze moest iets omhanden hebben om niet de hele tijd aan Sam te hoeven denken.

'Sorry,' zei ze tegen Kleine Pete, maar haar verontschuldiging liet hem net zo koud als de oefening.

Er klopte iemand op de slaapkamerdeur en ze keek geschrokken op.

De deur stond al op een kier en zwaaide open.

'Ik ben het, John.'

Astrid krabbelde overeind, opgelucht dat het alleen John maar was. En teleurgesteld dat het alleen John maar was.

'Wat is er, John?' Als er slecht nieuws te melden was, hadden ze wel iemand anders gestuurd. Toch?

'Ik kan Maria niet vinden.'

Ze voelde een golf van opluchting die meteen plaatsmaakte voor nog meer ongerustheid. 'Is ze niet op de crèche?'

Hij schudde zijn hoofd. Zijn rode krullen sprongen alle kanten op, een scherp contrast met zijn ernstige blik. 'Ze had er al uren geleden moeten zijn. Ze komt haast nooit te laat. Ik kon niet weg om haar te zoeken omdat we te weinig mensen hebben en er heel veel kinderen ziek zijn. Ik ben zo snel mogelijk hierheen gekomen. Ik heb al in haar kamer gekeken, maar daar is ze niet.'

Astrid wierp een snelle blik op Kleine Pete. Zijn hand lag nog steeds op de gele bal, maar hij leek niet van plan te zijn er iets mee te doen.

'Ik kijk wel even,' zei Astrid.

Ze liepen Maria's kamer in. Hij was net zo netjes en opgeruimd als anders, maar haar bed was niet opgemaakt.

'Ze maakt altijd haar bed op,' zei Astrid.

'Klopt,' beaamde John.

'Heb je al in de badkamer gekeken?'

Astrid probeerde de badkamerdeur open te duwen, maar er lag iets voor. Ze leunde ertegenaan en duwde hem open tot ze naar binnen kon kijken.

Maria lag bewusteloos op de grond. Ze droeg een badjas die tot haar kuiten kwam.

'O nee,' riep Astrid. 'Maria!'

'Help me duwen,' zei ze. Met z'n tweeën kregen ze de deur ver genoeg open om door de kier te kunnen glippen. Astrid rook onmiddellijk de geur van braaksel.

'Is ze ziek?' zei John.

Het water in de wc had een gelige kleur en er liep een dun straaltje overgeefsel uit Maria's mond.

'Ze ademt nog,' zei Astrid snel. 'Ze leeft.'

'Ik wist niet eens dat ze ziek was.'

Toen zag Astrid het kleine make-uptasje dat met inhoud en al op de tegelvloer was gevallen.

Ze raapte het op en keerde het om boven de grond. Er kwam een bijna leeg flesje braakmiddel uit. En diverse soorten laxeermiddelen.

'John, doe je ogen eens even dicht.'

'Waarom?'

'Omdat ik Maria's badjas open ga doen.' Ze trok de knoop van het koord los en sloeg met een wat ongemakkelijk gevoel de badjas open.

Maria had alleen een onderbroek aan. Een roze. Vreemd, dacht Astrid, dat haar dat überhaupt opviel. Want wat pas echt opviel aan Maria waren haar ribben. Die kon je makkelijk tellen. Haar buik was hol.

'O, arme Maria,' zei Astrid geschrokken en ze sloeg de badjas weer terug.

John deed zijn ogen open. Ze stonden vol tranen. 'Wat heeft ze?' Astrid boog zich voorover en stak haar hand uit naar Maria's gezicht. Voorzichtig duwde ze haar lippen omhoog om haar tanden te kunnen bekijken. Ze trok aan een lok van Maria's haar en hield meteen een losse pluk in haar hand.

'Ze is uitgehongerd,' zei Astrid.

'Ze krijgt net zo veel te eten als iedereen,' protesteerde John.

'Ze eet niet. En wat ze eet spuugt ze weer uit. Daar is dat braakmiddel voor.'

'Maar waarom zou ze dat doen?' vroeg John huilend.

'Het is een ziekte, John. Anorexia. Boulimia. Allebei denk ik.'

'We moeten iets te eten voor haar halen.'

'Ja.' Astrid legde niet uit dat het misschien niet genoeg zou zijn om alleen iets te eten voor Maria te halen. Ze had wel eens iets gelezen over eetstoornissen. Soms gingen kinderen dood als ze niet behandeld werden.

'Nestor, Nestor, Nestor, Nestor,' scandeerde Kleine Pete uit volle borst. 'Nestor, Nestor, Nestor, Nestor.'

Er ging een golf van wanhoop door Astrid heen. Ze deed haar ogen dicht en probeerde zich te beheersen. Ze had hier geen behoefte aan. Ze had geen behoefte aan een bewusteloze, misschien wel bijna dode Maria. Ze had al een autistisch broertje en een depressieve vriend die momenteel midden in een gevecht zat. 'Nou, kom op,' zei ze bestraffend tegen zichzelf. 'Kom John, we moeten Maria naar Dahra brengen.'

'Dahra heeft alleen maar een medisch handboek. Ze is geen deskundige.'

'Dat weet ik wel. Luister eens, ik weet niet hoe je een anorexia-patiënt moet behandelen. En Dahra heeft in elk geval veel gelezen over medicijnen.'

'We moeten haar wat van dat hertenvlees geven,' zei John. 'Ze moet iets eten.'

'Welk hertenvlees?'

'Zil heeft een hert,' zei John. 'Hij gaat het aan iedereen uitdelen. Rond etenstijd.'

Ondanks alles begon Astrids maag te knorren. Vlees klonk buitengewoon aanlokkelijk. Maar zelfs de honger kon niet voorkomen dat er in haar hoofd een alarmbel begon te rinkelen. 'Zil? Heeft Zil een hert?'

'Iedereen heeft het erover,' zei John. 'Turk zegt tegen iedereen die het maar horen wil dat Zil Hunter heeft gevonden. Hunter had een hert en wilde het helemaal in zijn eentje opeten. Iedereen die een stukje vlees wil, hoeft alleen maar naar Zil toe te gaan en te helpen om Hunter te straffen.'

'Dat wil zeggen,' zei hij nog, 'alle normalo's. Freaks mogen niet meedoen.'

Astrid staarde hem aan. John leek niet goed te beseffen wat hij zojuist had gezegd.

'Komt het dan weer goed met Maria?' vroeg John. 'Als we haar wat hertenvlees geven, bedoel ik? Wordt ze dan weer beter?'

'Aaaaah!' brulde Sam toen Drake nog een keer toesloeg.

En nog een keer en nog een keer.

Sam zat op zijn knieën. Hij huilde.

Hij huilde als een baby. Zijn kreten van pijn vermengden zich met het harde, krankzinnige geloei van de sirene.

Was er maar een manier om dit vast te leggen, dacht Drake. Kon hij dit maar opnemen zodat hij het telkens weer opnieuw zou kunnen bekijken.

De grote Sam Temple, die het bloedend op zijn knieën uitschreeuwde van de pijn, terwijl Drake zijn zweephand telkens weer op hem liet neerkomen.

'Doet het pijn, Sam?' vroeg Drake wellustig. 'Het deed best wel pijn toen jij mijn arm eraf brandde. Denk je dat dit net zo veel pijn doet?'

Nog een keer. Tsjak!

En dan die beloning in de vorm van een vreselijk gekreun.

'Ze zeiden dat ik alles liet lopen toen ze het stompje eraf zaagden,' zei Drake. 'Heb jij dat al gedaan, Sam? Heb jij al in je broek gepist?'

Sam lag op zijn zij, met zijn armen beschermend over zijn gezicht geslagen. De laatste klap had niet eens meer een schreeuw opgeleverd. Alleen een rilling. Een stuiptrekking.

'Tijd om dat gezicht van jou eens onder handen te nemen,' snauwde Drake, en hij deed een stap achteruit om extra hard te kunnen toeslaan.

De zweephand ging naar beneden.

Er flitste iets langs. Drake wist niet eens zeker of hij wel echt iets had gezien.

En toen schreeuwde zijn eigen stem het opeens uit van schrik en afschuw. Eerst deed het niet eens pijn, het deed geen pijn, het...

Een halve meter van zijn tentakelarm lag als een stervende slang sidderend en schokkend op de grond.

Uit het andere eind spoot bloed. Hij boog het naar zich toe en staarde naar de stomp.

De draad was uit het niets verschenen. De ene kant zat om een van de ladders van de loopbrug gewikkeld. En aan het andere eind stond Brianna, die de draad strak gespannen hield.

'Hé Drake,' zei Brianna. 'Ik hoorde over dat idee van jou om me met draad kapot te snijden. Slim, hoor.'

Drakes mond hing open, maar er kwam geen geluid uit.

Dit was zo onverwacht dat hij te verdwaasd was om te kunnen reageren. Hij kon alleen maar verstijfd blijven staan.

Het afgesneden stuk kronkelde en schokte nog steeds. Alsof het een eigen leven leidde.

'De afstandsbediening!' riep Sam.

Drake spreidde zijn vingers.

De afstandsbediening viel.

'Wind!' schreeuwde Sam.

Drake draaide zich om en rende weg.

Brianna's lichaam bewoog sneller dan menselijkerwijs mogelijk was.

Haar hersenen werkten op een normaal tempo. Ze had dus een aantal fracties van een seconde nodig om de afstandsbediening te zien vallen en te beseffen dat als Sam er in zijn huidige toestand iets over schreeuwde het heel, heel erg belangrijk was.

Nog een fractie van een seconde om te bedenken dat het licht-gevende blauwe water hoogstwaarschijnlijk geen zwembad was.

De afstandsbediening viel.

Brianna dook naar voren.

Haar hand greep de afstandsbediening twintig centimeter bo-ven het wateroppervlak vast.

Als ze in dat water viel...

Ze trok haar voeten in, maakte een koprol in de lucht en botste zo hard mogelijk tegen de omhoogkomende regelstaven aan.

Het was niet heel elegant. Ze vloog over de rand van het bad en schoof door over de grond.

Maar ze had de afstandsbediening. Ze staarde ernaar.

En nu?

'Sam? Sam?'

Sam zei niets. Ze sprong naar hem toe, rolde hem op zijn rug en zag toen pas tot haar afgrijzen de ellende die Drake had aan-gericht.

'Sam?' Het klonk als een snik.

'Rode knop,' wist Sam uit te stoten.

# Achtendertig | 53 minuten

Edilio's handen klemden zo hard om het stuur dat zijn vingers wit waren. Dekka zag het.

Hij knarste met zijn tanden en dwong zichzelf zijn kaken van elkaar te halen in een vergeefse poging te ontspannen. Dat zag Dekka ook.

Ze zei er niets over. Dekka was geen spraakzaam meisje. Dekka sloot zich niet zozeer in zichzelf op, maar ze hield dingen gewoon graag voor zichzelf. Haar hoop was van haar. Haar gevoelens gingen niemand wat aan, behalve haarzelf. En haar angst... Tja, je angst moest je sowieso nooit laten zien, want dat kon alleen maar slecht aflopen.

De kinderen in Perdido Beach, net als de kinderen op Coates vroeger, interpreteerden Dekka's gereserveerde houding vaak als vijandig. Ze was niet vijandig. Maar op Coates, de stortplaats voor probleemkinderen, was het niet erg als mensen een beetje bang voor je waren.

Op Coates had Dekka bij geen enkele kliek gehoord. Ze had geen vrienden gehad. Ze had geen herrie geschopt, ze had goede cijfers gehaald, zich aan de meeste regels gehouden en haar neus niet in andermans zaken gestoken.

Maar ze zag wel wat er om haar heen gebeurde. Ze had eerder dan de meeste anderen in de gaten dat sommige Coatesleerlingen onmogelijke veranderingen ondergingen. Ze had geweten dat Caine vreemde, nieuwe krachten had ontwikkeld. Ze had de ware,

435

gevaarlijk gestoorde Drake gezien. En Diana natuurlijk, de mooie, verleidelijke, uitgekookte Diana.

Dekka had de aantrekkingskracht van dat meisje gevoeld. Diana had met haar gespeeld, plagerig, spottend, tot Dekka zich voor het eerst sinds tijden kwetsbaar had gevoeld. Maar Diana had Dekka's geheim aan niemand onthuld. In de besloten omgeving van Coates zou Dekka dat snel genoeg te horen hebben gekregen.

Dekka wist hoe ze geheimen moest bewaren. Voor haar eigen bestwil.

Toen Dekka net op Coates zat, was Brianna haar nauwelijks opgevallen. Pas later, toen Caine en Drake de macht hadden gegrepen en alle ontluikende freaks hadden ingemetseld, was ze haar met andere ogen gaan bekijken.

Dekka was naast Brianna gevangen gezet, allebei met een blok beton rond hun handen. Naast elkaar hadden ze als beesten uit een trog gegeten. Dekka had bewondering gekregen voor Brianna's onverwoestbare levenskracht. Je kon Brianna neerhalen, maar ze kwam altijd weer overeind. Geweldig vond Dekka dat.

Er zou natuurlijk nooit iets gebeuren tussen hen. Brianna was waarschijnlijk zo hetero als de pest. En dan had ze ook nog eens een beroerde smaak wat jongens betreft, in Dekka's ogen.

'We zijn er bijna,' zei Edilio. 'Nog een klein stukje tot de spookstad. Bereid je voor.'

'Waarop?' mopperde Dekka. 'Niemand heeft mij ook maar iets verteld. Het enige wat Sam heeft gezegd is dat ik een of andere grot moet laten instorten.'

Edilio had zijn machinegeweer op zijn schoot liggen en haalde het van de veiligheidspal. Onder zijn been had hij een pistool gepropt. Hij pakte het, haalde de veiligheidspal eraf en gaf het aan Dekka.

'Ik word hier een piepklein beetje zenuwachtig van, Edilio.'

'Coyotes,' zei Edilio. 'En misschien nog wel erger.'

'Wat bedoel je met "erger"?'

Ze remden af terwijl ze door de hoofdstraat reden van iets wat ooit een stadje geweest moest zijn, besefte Dekka, een stadje dat nu helemaal in puin lag. Er was niets meer van over dan planken, stof en verbleekte vegen gebarsten, afgebladderde verf.

'Voel je het niet?' vroeg Edilio.

En ze voelde het inderdaad. Al een paar minuten, zonder te weten wat het was, hoe ze het moest noemen.

'Hoe dichtbij moet je zijn om je ding te kunnen doen?' vroeg Edilio.

Dekka wilde antwoord geven, maar haar mond was te droog, haar keel zat dicht. Ze slikte moeizaam en probeerde het nog een keer. 'Heel dichtbij.'

De jeep was nu bij het pad aangekomen. Edilio keerde de auto zodat hij weer met zijn neus naar de stad wees en liet de sleutels in het contact zitten. 'Ik wil straks niet naar de sleutels hoeven te grabbelen,' zei hij. 'Hopelijk hebben de coyotes nog niet geleerd hoe ze een auto moeten stelen.'

Dekka merkte dat ze helemaal geen zin had om de auto uit te stappen. Ze zag medeleven en begrip in Edilio's ogen.

'Tja,' zei hij.

'Ik weet niet eens waar ik bang voor ben,' zei Dekka.

'Wat het ook is,' zei Edilio, 'we gaan het nu vermoorden.'

Ze liepen het pad op. Al snel kwamen ze langs het met vliegen bedekte lijk van een coyote.

'Dat is er tenminste één,' zei Edilio.

Voorzichtig stapten ze over het dode beest heen. Edilio hield zijn machinegeweer in de aanslag en bewoog de loop langzaam van links naar rechts.

Het pistool voelde zwaar in Dekka's hand. Haar ogen gleden over elk rotsblok en elke kloof en ze wachtte gespannen af, terwijl ze spieren aanspande waarvan ze niet eens wist dat ze ze had.

Langzaam gingen ze verder omhoog.

En daar was dan eindelijk de ingang van de mijn.

'Kan het vanaf hier?' fluisterde Edilio.

'Nee,' zei Dekka. 'Dichterbij.'

Hun voeten sleepten door het stof en grind. Alsof ze door stroop waadden. Elke luchtmolecuul leek aan hen te trekken terwijl ze in slow motion verder schuifelden. Edilio's vinger boog zich krampachtig om de trekker. Dekka's hart bonkte.

Dichterbij.

Hier.

Dekka bleef staan. Edilio draaide zich tergend langzaam om en richtte zijn geweer op de twee coyotes die als bij toverslag boven de mijnschacht waren verschenen.

Dekka stopte haar pistool achter haar rug onder haar riem. Ze kon zich ergens heel vaag herinneren dat iemand wel eens tegen haar had gezegd: 'Als het afgaat kun je beter een gat in je kont hebben dan in je...'

Heel lang geleden. Een heel eind hiervandaan. Op een andere planeet. In een ander leven.

Dekka hief haar handen, spreidde haar armen en...

Een beweging in de grot.

Langzaam maar zeker. Een glimp bleke huid in de schaduw.

Lana liep als een slaapwandelaar. Ze kwam net voor de rand van de grot tot stilstand, onder de overhangende rots.

Ze keek Dekka recht aan.

'Niet doen,' zei Lana met een stem die niet van haar was.

Toen Sam een tijdje later bijkwam, zat Brianna op haar knieën over hem heen gebogen met een open EHBO-doos naast haar op de grond. Ze spoot vloeibare pleisters op de ergste striemen.

'Drake,' wist Sam hijgend uit te stoten.

'Daar reken ik straks wel mee af,' zei Brianna. 'Eerst jij.'

Het alarm snerpte niet meer.

Hij probeerde overeind te gaan zitten, maar ze duwde hem terug. 'Je bent zwaargewond, hoor.'

'Ja,' gaf Sam toe. 'Pijn. Brandt.'

'Ik heb dit,' zei ze bedenkelijk. Ze hield een donkergele blisterverpakking omhoog. Op het etiket stond MORFINESULFAATINJEC-TIE 10 MG.

Sam kneep zijn ogen dicht en klemde zijn kaken op elkaar. Hij had zo veel pijn dat hij wilde schreeuwen. Het was ondraaglijk. Alsof zijn lichaam in brand stond, alsof iemand een gloeiend hete strijkbout op zijn huid drukte.

'Tja,' zei Sam met opeengeklemde kaken.

'We hebben Lana nodig,' zei Brianna.

'Ja,' zei Sam. 'Beetje jammer dat ik Dekka op pad heb gestuurd om haar te vermoorden.'

De pijn die door hem heen golfde was zo hevig dat hij wilde overgeven. De morfine zou de pijn verdoven. Maar hij zou waarschijnlijk ook niet meer kunnen vechten. Hij was de enige die Caine kon tegenhouden. De enige...

Hij moest door... moest...

Hij schreeuwde het uit, hij kon zich niet meer inhouden, had zichzelf niet meer in de hand.

Brianna rukte de verpakking open en stak de spuit in zijn been.

Er ging een golf van verlichting door hem heen. Maar hij werd opeens ook heel moe. Hij voelde zich raar en kreeg een wazige onverschilligheid over zich. Hij zakte steeds dieper het donker in. Hij liet zichzelf vallen, en Brianna keek op hem neer terwijl hij naar het midden van de aarde viel.

Een hulpmiddel, dacht een laatste flard van zijn bewustzijn nog.

Een wapen.

'Wind,' wist Sam uit te brengen.

'Wat is er, Sam?'

'Wind...'

'Ik ben hier, Sam.'

Het zou er klaar voor zijn. Het wezen kende hun krachten. Kende hun grenzen. Wist alles wat Lana wist. En waarschijnlijk ook alles wat Caine en Drake wisten.

Maar het wist niet álles.

Met een plotselinge, krampachtige stuiptrekking wist Sam haar arm te pakken en hij kneep er hard in. 'Wind. Wind... Ga Duck halen.'

'Ik blijf bij jou, baas,' protesteerde Brianna.

'Wind. De straling. Je bent aan de straling blootgesteld.'

Hij kon de uitdrukking op haar gezicht niet zien. Maar hij hoorde hoe ze haar adem naar binnen zoog.

'Ga ik dood?' vroeg Brianna. Ze lachte ongelovig. 'Echt niet.'

Ze was zo ver weg. Kilometers bij Sam vandaan. In een andere wereld. Maar hij moest haar bereiken.

'O nee,' huilde Brianna.

'Wind. Ga Duck halen. De mijn. Lana.'

Toen liet hij haar los, viel het gat in en zweefde weg uit de werkelijkheid.

Brianna vloog door de stad als een ridder op een raket in plaats van een paard. Ze zoefde door de straten, bonkte op deuren en riep: 'Duck! Duck, kom als de wiedeweerga hierheen!'

Geen Duck. Wel een heleboel andere kinderen die haar zagen en van schrik bijna door de grond zakten. Wat ze op een andere dag misschien best grappig had gevonden.

Ze rende zo hard ze kon. Maar niet hard genoeg om haar eigen angst achter zich te laten. Straling. Ze had het reactorbad aangeraakt. Was ze nog te redden?

Ze kwam Astrid tegen, die met Broeder John en haar eigen rare broertje een rood wagentje naar het stadhuis trok. In eerste instantie kon ze haar ogen niet geloven. In dat wagentje zat Maria Terrafino, helemaal in elkaar gedoken onder een deken die over de stoep sleepte.

Brianna trapte op de rem en kwam slippend voor Astrid tot stilstand. Kleine Pete stond uit volle borst te scanderen: 'Nestor! Nestor! Nestor!' Gek in z'n hoofd. Hij leek wel zo'n raaskallende zwerver. Brianna snapte niet hoe Astrid het uithield.

Toen Kleine Pete Brianna zag, hield hij op met schreeuwen. Zijn ogen werden dof en hij haalde langzaam een gameboy uit zijn zak.

'Brianna! Hoe is het met Sam?' riep Astrid.

'Slecht. Drake heeft hem kapotgeranseld.' Ze wilde stoer klinken, maar de snikken borrelden omhoog en ze kon ze niet tegenhouden. 'O Astrid, hij is er zo slecht aan toe.'

Astrid hapte naar adem en sloeg haar hand voor haar mond.

Brianna legde haar armen om Astrid heen en snikte in haar haar.

'Gaat hij dood?' vroeg Astrid met trillende stem.

'Nee, ik denk het niet,' zei Brianna. Ze deed een stap achteruit en veegde haar tranen weg. 'Ik heb hem een pijnstiller gegeven. Maar hij is heel erg toegetakeld, Astrid.'

Astrid greep Brianna's arm vast en kneep zo hard dat het pijn deed.

'Nestor,' zei Kleine Pete.

'Hé,' zei Astrid fel tegen Brianna. 'Hou je hoofd erbij.'

Brianna was geschokt. Ze had Astrid nooit echt als zwak of meisjesachtig beschouwd, maar ze had haar ook nooit stoer gevonden. Maar nu klemde Astrid met een koude, staalharde blik haar kaken op elkaar.

'Nestor,' herhaalde Kleine Pete.

'Ik moet Duck halen,' zei Brianna.

'Duck?' zei Astrid met gefronste wenkbrauwen. 'Sam was vast aan het ijlen.'

'Duck,' zei Kleine Pete.

Astrid staarde hem aan. Brianna zag haar blik en ze kon Astrids hersenen bijna horen kraken.

Op dat moment ontstond er tumult. Een stuk of twintig kinderen, van wie sommige rondsprongen alsof ze in een carnavalsoptocht meeliepen, kwamen de hoek van het plein om. Een auto met open dak en knipperende lichten reed stapvoets achter hen aan. Uit de cd-speler van de auto blèrde een nummer dat Brianna niet kende.

Op de motorkap lag het zwaar verminkte karkas van een hert.

Achter de auto strompelde Hunter. Zijn gezicht was bebloed en hij trok met een van zijn benen, alsof hij daar niet op kon staan. Zijn handen waren bedekt met iets metaalachtigs dat met breed plakband was vastgeplakt. Om zijn nek hing een touw. Het touw werd vastgehouden door Zil, die op de kofferbak van de auto zat met zijn voeten op de achterbank, alsof hij een politicus was die in een parade werd rondgereden. Lance zat achter het stuur. Antoine, die Brianna altijd een stonede sukkel had gevonden, zat naast hem. Op de achterbank zaten nog twee kinderen die ze niet goed kende. Een van hen hield een handgeschreven bordje omhoog met daarop GRATIS ETEN VOOR NORMALO'S.

'Wat krij...' zei Brianna.

'Hou je erbuiten, Brianna,' zei Astrid. 'Ga Sam helpen.'

'Dit kunnen ze niet maken!' riep Brianna.

Astrid pakte haar weer bij haar arm. 'Luister, Brianna. Jij moet Sam helpen. Doe wat hij gezegd heeft: ga Duck halen.'

'Dit gaat helemaal mis, Astrid.'

'Het gaat slecht,' zei Astrid. 'Het gaat heel erg slecht. Luister naar me, Brianna. Luister je naar me?'

Iemand had Brianna kennelijk in het oog gekregen, want plotseling stormden de kinderen uit de processie op haar af, kinderen met honkbalknuppels en bandenlichters en minstens één grote bijl.

'Een freak! Pak haar!'

'Ze bespioneert ons!'

'Maak dat je wegkomt, Brianna,' zei Astrid dringend. 'Je moet een manier verzinnen om Sam te helpen. Als hij doodgaat is het afgelopen met ons.'

'Ik ben niet bang voor die gluiperds!' gilde Brianna. 'Kom maar op, stelletje rotzakken!'

Om haar aandacht te krijgen pakte Astrid Brianna's gezicht vast. Ze kneep er hard in, zoals een heel boze moeder bij een heel stout kind zou doen. 'Het gaat niet om jou, Brianna! En nu wegwezen!'

Brianna rukte zich los. Haar gezicht was rood van woede. De kinderen renden op haar af. Maar hun definitie van 'rennen' was heel anders dan de hare.

Astrid had ongetwijfeld gelijk. Ze werd niet voor niets Astrid het Genie genoemd. Maar Brianna wist dat als de kinderen zich niet op haar konden storten, ze dat waarschijnlijk op Astrid zouden afreageren.

'Breng jezelf in veiligheid, Astrid,' zei Brianna.

Brianna schoot vijftien meter bij Astrid vandaan en bleef toen weer staan. 'Hé, stelletje sukkels. Ik ben hier. Wilden jullie het tegen mij opnemen? Willen jullie tegen de Wind in?'

De meute zag haar, boog af en ging achter haar aan, weg van Astrid.

'Pak haar!'

'Pak die gemuteerde freak!'

'Ja hoor,' sneerde Brianna. 'Pak me dan, als je kan.'

Ze wachtte met een kille, woedende grijns op haar gezicht tot de eerste achtervolgers drie meter bij haar vandaan waren.

Toen stak ze haar middelvinger op en stoof zo hard weg dat zelfs een auto haar niet had kunnen bijhouden.

# Negenendertig

Duck Zhang had het prima naar zijn zin, als je even buiten beschouwing liet dat er blijkbaar geen eten meer werd uitgedeeld en hij scheel keek van de honger.

Hij was ondertussen al zover dat hij vol weemoed terugdacht aan de stukgeslagen pot hotdogsaus die hij aan Hunter had willen geven.

Maar daar stond tegenover dat hij niet meer bang was dat hij door de grond helemaal naar de gesmolten aardkern zou zakken. Langzamerhand begon hij controle over die absurde gave van hem te krijgen.

Duck was geen Einstein, maar het was eindelijk tot hem doorgedrongen dat zijn gave om dichtheid draaide. Hij kon de dichtheid van zijn lichaam aanpassen zonder groter of kleiner te worden. Als hij de ene kant op ging werd hij zo dicht dat hij recht door de grond kon zakken. Alsof je een knikker in een schaal pudding liet vallen.

En dat, had hij aan den lijve ondervonden, was niet goed.

Maar als hij de andere kant op ging, wat hij nu aan het leren was, kon hij zweven. Niet vliegen, maar zweven. Als een heliumballon. Hij kon het nu zelfs zonder extreem heftige stemmingswisselingen te moeten ondergaan. Hij kon gewoon besluiten te zakken. Of te zweven.

Zweven was veel fijner. De hele wereld was opeens een soort gigantisch zwembad geworden. En dit keer zou niemand de boel komen bederven.

Hij zweefde nu ongeveer vijftien meter boven het plein. Hij was begonnen bij de school. Hij was opgestegen en had zich toen gewoon... laten drijven. Hij moest er alleen op letten dat hij niet te ver van de stad af dreef en dan een heel eind naar huis zou moeten lopen. Of dat hij naar de zee dreef, nog erger. Dat zou niet goed zijn. Hij zag al voor zich hoe hij hierboven lekker een beetje indommelde en dan opeens drie kilometer voor de kust wakker werd. In het donker. Dat was een heel eind zwemmen.

'Ik heb dus eigenlijk,' zei hij tegen het dak onder hem, 'een soort vleugels nodig. Of zo'n jetpack voor op m'n rug. Dan zou ik echt kunnen vliegen.'

'Net als Superman.'

Hij werd er blij van. Dat maakte het nóg makkelijker om ontspannen te blijven zweven.

Een ander probleem was dat je je in lucht, in tegenstelling tot in water, nauwelijks kon verplaatsen. Naar boven of beneden was een fluitje van een cent. Naar voren of naar achteren was onmogelijk. Het was al lastig om je om te draaien als je bijvoorbeeld op je rug lag.

Merkte hij nu.

Hij lag op zijn zij om precies te zijn, en probeerde een bijna volledige omwenteling te maken tot hij met zijn gezicht naar de grond hing. Je kon je niet echt afzetten tegen lucht.

Maar dat gaf niet. Hij vond wel een manier.

Hij zat erover te denken om wat kool of meloenen te plukken. Niet nu, want het werd al bijna donker. Maar de volgende ochtend misschien. Al dat overheerlijke eten lag daar gewoon op de akkers te wachten. En hij zou net boven de grond kunnen zweven, buiten het bereik van de pieren, maar wel laag genoeg om zo'n lekkere, sappige meloen mee te kunnen grissen.

Het enige probleem was hoe hij boven het veld moest komen. En vervolgens weer terug. Als er geen wind stond, bleef hij misschien wel voor altijd boven een dodelijk pierenveld hangen.

Daar werd hij niet blij van. Helemaal niet zelfs. Als hij zijn gave echt goed wilde benutten, moest hij leren hoe hij zich moest voortbewegen als hij eenmaal in de lucht hing.

Op dit moment was het al moeilijk genoeg om zijn ogen op de grond gericht te houden.

Er was beslist iets aan de hand daarbeneden. Iets heftigs. Iemand had een auto met open dak zomaar het gras op gereden. Daar zou Sam niet blij mee zijn. En nu liepen er misschien wel vijftig kinderen rond, alsof er een feest was of zo.

Duck rook het vlees voordat hij het zag.

Hij tuurde ingespannen door de schemering. Daar lag het, op de motorkap van de auto. Een hert.

Nu stak iemand op de droge bodem van de fontein een vuur aan. De rook steeg op naar Duck, een paar flarden maar, hoewel het na een tijdje waarschijnlijk wel vervelend zou kunnen worden.

Hij dreef op een licht windje, dus daar maakte hij zich niet al te veel zorgen over. Maar wel over zijn enorme honger. De geur van vlees was onweerstaanbaar. Geen wonder dat die kinderen beneden helemaal uit hun dak gingen.

Hij kon niet zeggen wie het waren, want hij zag alleen de bovenkant van hun hoofd, waar je niet veel uit kon afleiden. Maar toen zag hij dat een van de jongens met een touw aan de bumper van de auto was vastgebonden.

Plotseling kreeg Duck een heel naar gevoel bij deze bijeenkomst.

Hij zag een bekend gezicht, van Mike Farmer, een van Edilio's soldaten. Hij stond met zijn hoofd in zijn nek naar Duck te staren.

Duck zwaaide even. Hij glimlachte. Hij wilde net zeggen: 'Zeg, wat gebeurt er allemaal daarbeneden?'

Toen gilde Mike: 'Daar is er nog een! Kijk, daarboven! Die hoort ook bij hen!'

Bij wie? vroeg Duck zich af.

Het ene na het andere gezicht keek omhoog. Zelfs de jongen die was vastgebonden. Hunter. Het was Hunter, en hij zag er niet best uit. Alsof hij in elkaar was geslagen.

Er keken nog meer kinderen in de menigte naar Duck. En toen keek ook Zil omhoog.

Duck merkte dat hij naar Zil staarde. Hij keek hem recht in zijn ogen. En in één verschrikkelijke klap drong het tot hem door wat er beneden aan de hand was. Sam weg. Edilio weg. Niemand die de leiding had. Alle leiders verdwenen. En Zil die Hunter gevangen had genomen en vers vlees op het menu zette.

'Een spionnenfreak!' schreeuwde Turk.

'Pak hem!' riep Zil.

Iemand gooide een steen. Duck zag hoe de kei op hem afkwam, een mooi boogje beschreef en weer omlaag viel.

Nog een steen, dichterbij, maar nog steeds te laag.

Toen zette Mike zijn geweer op zijn schouder en richtte.

Sam zat in de bus. De zon scheen fel door de ramen.

De bus bonkte voort. Quinn zat naast hem. Maar er was iets mis met Quinn, iets waar Sam niet naar wilde kijken.

Sam voelde dat er kinderen naar hem staarden. Prikkende ogen in zijn achterhoofd. Ergens ver weg klonk muziek. Against Me! zong 'Borne on the FM waves of the heart'.

Voor in de bus was iets aan de hand. De chauffeur. Hij greep naar zijn hart.

Ik heb dit meegemaakt, dacht Sam. Dit is echt gebeurd.

Dit is echt gebeurd.

Alleen zou het dit keer anders aflopen. De vorige keer, zo vreselijk lang geleden, had hij het stuur overgenomen toen de chauffeur door zijn hartaanval voorover was gezakt.

Maar had de chauffeur toen ook een tentakel om zijn nek gehad?

En had Sam toen ook geschreeuwd?

Sam sprong overeind en was verbaasd over zichzelf. Hij was het niet van plan geweest. Maar nu stond hij in het gangpad en wiebelde van links naar rechts, hij pakte de stoelruggen beet om niet te vallen terwijl alle ogen op hem gericht waren.

De chauffeur draaide zich om en grijnsde naar hem. Zijn tanden dropen van het bloed.

De vangrail zwaaide als een groot hek opzij. De bus schoot er brullend doorheen en stortte van de klif. Ze vielen, vielen, de rotsen en de zee kwamen duizelingwekkend snel op hem af, niemand in de bus vol kinderen deed iets, het kon ze niets schelen, ze keken alleen maar en de chauffeur grijnsde en nu kwamen de wormen...

Sam probeerde het uit te schreeuwen, maar zijn stem deed het niet. Hij werd gewurgd door de slangenarm van de chauffeur; al tollend werd hij gewurgd.

Sam wist dat het een droom was, ja, dat moest wel, want de bus bleef maar eindeloos vallen en niets kon eindeloos blijven vallen. Toch?

Zijn droom veranderde plotseling en nu zat hij niet meer in de bus. Hij liep zijn keuken in en Astrid – niet zijn moeder, die hij eigenlijk had verwacht, maar Astrid – stond tegen iemand te schreeuwen die hij niet kon zien.

Geen tijd, zei Sam tegen zichzelf. Geen tijd voor dromen.

Geen tijd te verliezen.

Wakker worden, Sam.

Maar geen enkel onderdeel van zijn lichaam leek het nog te doen. Hij was vastgeplakt. Vastgebonden met talloze piepkleine touwtjes die wriemelden en kronkelden als slangen of wormen.

En toch, toch bewoog hij nu, op de een of andere manier.

Hij deed zijn ogen open. Zag hij dit echt? Zag hij deze ruimte, de vloer, het koepelplafond kilometers boven hem? Was dit echt?

Op de grond lag iets wat rechtstreeks van de bodem van de diepste zee leek te komen. Bleek, vlezig en vochtig. Nog geen halve meter lang. Het pulseerde een beetje, een lichte rimpeling waardoor het heel langzaam vooruit leek te kruipen. Zoals een slak vooruit kruipt.

Sam wist zeker dat hij behoorde te weten wat dat ding was. Maar hij wist niet eens zeker of het wel echt was. En hij moest nu weg. Nu of nooit. Weg uit deze donkere put en de wereld in, nu de morfine nog werkte.

Niet echt, dacht hij toen hij langs de slak kwam.

Misschien, zei hij tegen zichzelf terwijl hij zijn ene voet naar voren zette. Misschien is dit allemaal niet echt. Behalve deze voet. En die voet. Eerst de ene en dan de andere.

Duck voelde de eerste kogel langssuizen.

Hij zweefde zo snel hij kon verder omhoog. En dat was niet erg snel.

De tweede kogel kwam minder dicht in de buurt.

Duck riep: 'Hé! Hou eens op!'

'Freak! Freak!' hoorde hij kinderen naar hem schreeuwen.

'Ik heb niemand kwaad gedaan!' riep Duck terug.

'Waarom kom je dan niet naar beneden?' schreeuwde Turk. Vervolgens, alsof Turk een heel briljante opmerking gemaakt had, beantwoordde hij de high five van een vadsige jongen die in zijn andere knuist een fles sterkedrank had.

Er keken nu ongeveer vijftig gezichten naar Duck op, feloranje en diepzwart in het licht van het vuurtje. Halloweenkleuren. De gezichten zagen er raar uit. Kleine ovaaltjes met starende oogbollen en openhangende monden. Hij herkende ze nauwelijks, want zo keek je normaal gesproken nooit naar mensen, van heel hoog naar beneden terwijl zij allemaal hun nek verrekten.

Hij zag de loop van het geweer, en het gezicht erachter, met één oog open en het andere dichtgeknepen. De jongen richtte. Op hem.

'Pak hem!' moedigde Zil hem aan. 'Als je hem raakt, krijg jij het eerste stuk vlees.'

'Mike!' riep Duck. 'Je bent een soldaat, joh. Je hoort niet...'

Duck zag de vlam uit de loop schieten. Hij hoorde de knal.

'Waarom schiet je op me?' jammerde Duck.

Zorgvuldig richten. Een vlam. Een harde knal.

'Hou nou op, man! Hou op!'

'Je mist hem,' riep Zil.

'Geef mij dat stomme geweer maar,' zei Hank gebiedend. Hij sprong de open auto uit en rende naar Mike.

Het was goed mogelijk dat Hanks geduw Ducks leven redde. De derde kogel floot rakelings voorbij.

Hank griste het geweer alsnog uit Mikes handen.

Ondertussen was Duck nog zo'n tien tot twaalf meter gestegen. Hij was nu echt duizelingwekkend hoog, hoger dan hij ooit was geweest. Hij zag het dak van het stadhuis. Hij was hoger dan de kerktoren was geweest. Aan de ene kant zag hij de school liggen en aan de andere kant Kliftop. Hij kon helemaal tot aan de zee kijken.

Hij was waarschijnlijk zo'n dertig meter hoog nu, tien verdiepingen. En hier was de zeewind net iets sterker, zodat hij zachtjes als een losgeraakte heliumballon landinwaarts werd geduwd.

Te langzaam.

Hank schoot. Mis. Maar het scheelde niet veel.

Dit was belachelijk. Hij steeg en steeg, maar veel en veel te langzaam, en Hank had alle tijd van de wereld om zorgvuldig te mikken, de keep en korrel goed te positioneren, ze net onder zijn doelwit te leggen en een kogel af te vuren.

Duck spande zijn spieren in afwachting van de kogel. Hij vroeg zich af of het projectiel zijn arm of been zou raken en alleen maar vreselijk veel pijn zou veroorzaken. Of dat het in zijn hart of hoofd zou belanden en hem zou doden.

Hank haalde de trekker over. Er gebeurde niets.

Vol afschuw gooide Hank het geweer naar Mike.

Mike begon het als een bezetene te herladen, maar in de tijd die hij nodig had om er meer kogels in te schuiven, was Duck steeds verder gedreven en hoger gestegen.

Hank schoot. Toen de kogel in de buurt van Duck kwam, werd hij al afgeremd door de zwaartekracht. Duck zag hem langs zijn hoofd zoeven. Hij zag hoe hij zijn hoogste punt bereikte. En toen keek hij hoe de kogel weer terug naar de aarde viel.

Toen hij boven de kerk was, moest Duck overgeven. Dat zou wel heiligschennis zijn. Maar zijn maag was leeg, dus er kletterde ook niet zoveel op het ingestorte gebouw onder hem.

Duck dreef verder. Weg van de verschrikkingen op het plein. Ze gingen Hunter vermoorden. Hunter, die hem gesmeekt had hem te helpen.

Hij kon niets doen: hij ging waar de wind hem heen voerde. En hij had ook niets kunnen doen – behalve neergeschoten worden – als de wind hem de andere kant had opgeblazen.

'Wie superkrachten heeft,' zei hij tegen zichzelf, 'is nog niet automatisch ook een superheld.'

Lana was zichzelf weer kwijtgeraakt.

Ze bleef maar komen en gaan. Het ene moment was ze er nog, en het volgende was ze weer weg.

Soms zat ze in zichzelf. In haar eigen hoofd. Op andere momenten was ze ergens anders en keek ze van een afstandje naar zichzelf.

Het was zo'n treurig gezicht om te zien wat er van Lana Arwen Lazar geworden was.

En dan zat ze opeens weer in haar eigen slaphangende hoofd en keek ze door haar eigen roodomrande ogen.

Nu liep ze. Met twee voeten. Die liepen.

Ze zag de stenen wanden naast haar.

Verderop was gevaar – de gaiaphage voelde het, en zij ook. Zij ook. Ze moest het tegenhouden.

Er was iets wat Lana moest halen. Iets wat ze had laten vallen.

Ze bleef staan. De gaiaphage wist niet hoe hij het moest noemen. En heel even kon Lana geen wijs worden uit de beelden in haar hoofd. De gladde stalen vlakken. Het kruislings gearceerde handvat.

'Nee,' smeekte ze het wezen.

'Nee, dat wil ik niet,' huilde ze knielend.

Haar hand tastte ernaar. Haar vingers voelden het. Het was koud. Haar wijsvinger krulde om de trekker. Kon ze het maar naar haar eigen hoofd brengen, kon ze maar…

Maar nu liep ze, en ze voelde het in haar hand, zo zwaar. Zo verschrikkelijk zwaar.

Ze kwam bij de pick-up, die nog steeds de ingang van de mijn blokkeerde. Ze kroop snikkend over de laadbak. Gleed door de verbrijzelde ruit, zonder acht te slaan op het glas dat in haar handpalmen en knieën sneed.

Waarom kon ze zichzelf niet tegenhouden? Waarom kon ze die hand, dat been niet tegenhouden?

Het licht van de sterren verblindde haar toen ze naar de opening van de mijnschacht liep.

Daar was de vijand, het gevaar.

Lana wist hoe de vijand heette. Ze wist wat de vijand zou gaan doen. Als de gaiaphage had gegeten, kon hij Dekka aan. Met gemak.

Maar nu nog niet.

'Niet doen,' zei Lana tegen Dekka. 'Niet doen.'

Dekka verstijfde en keek Lana vol afschuw aan.

Die ander stond een eind verderop. Hij droeg een wapen. Lana wist ook hoe hij heette. Edilio. Maar hij vormde geen gevaar.

'Het is Lana,' zei Dekka.

'Lana, ren naar ons toe,' zei Edilio. Hij stak zijn hand uit.

Lana voelde een overweldigend verdriet. Een snik die de hele wereld vulde. Het was alsof die uitgestoken hand het enige was wat ze kon zien, het enige wat ze kon voelen.

Ze wilde die hand zo verschrikkelijk graag grijpen.

'Kom maar, Lana,' zei Edilio dringend.

Lana's ogen stonden vol tranen. Haar hoofd bewoog langzaam van links naar rechts. 'Ik wil het niet,' zei haar stem.

Lana hief het pistool.

'Ik wil het niet...' fluisterde Lana.

Ze richtte. In haar hoofd klonk een schreeuw, een schreeuw, een schreeuw...

'Lana, niet doen!' gilde Dekka.

Lana hoorde het schot niet. Maar ze voelde het pistool terugspringen in haar hand. Ze zag de vuurflits.

En ze zag Edilio achterovervallen.

Ze zag hem op zijn rug terechtkomen.

Zijn hoofd stuiterde tegen de grond.

Lana verplaatste haar arm. Richtte het vizier op Dekka, die verlamd leek van schrik.

Lana haalde de trekker over.

Klik.

Klik.

Dekka stak haar handen omhoog. Ze had een woedende, vastberaden uitdrukking op haar gezicht. Maar ze gebruikte haar kracht niet. Haar ogen schoten heen en weer. Ze liet haar handen zakken en rende naar Edilio.

Dekka knielde naast Edilio neer. Ze hapte naar adem. Duwde haar hand tegen de wond in zijn borst. Probeerde het bloeden te stelpen.

'Lana, Lana,' smeekte Dekka terwijl de tranen over haar wangen stroomden. 'Help hem.'

Lana bleef staan, in de war. Het pistool deed het niet. Waarom werkte het niet? De vraag werd niet door haar gesteld, de gedachte was niet de hare.

De gaiaphage was in de war. Waarom doodde het wapen niet? Hij begreep het niet. Hij wist zoveel. Maar niet alles.

Het pistool gleed uit Lana's vingers. Ze hoorde het op de rotsen kletteren.

'Lana, jij kunt hem redden,' zei Dekka smekend.

Ik kan niemand redden, dacht Lana. Mezelf al helemaal niet.

Lana deed twee stappen achteruit.

Het laatste wat ze zag was hoe Dekka wanhopig Edilio vastgreep.

Lana ging terug naar haar meester.

# Veertig
## 38 minuten

De zon zakte de zee in. De schaduwen in Perdido Beach werden langer. Het plein stond vol kinderen, veel meer dan Zil met één hert ooit te eten zou kunnen geven.

Eerst maakte hij zich daar nog even zorgen om. Maar toen bedacht hij een heel eenvoudige oplossing: wie meedeed aan de terechtstelling van Hunter, kreeg te eten. Wie alleen maar toekeek, kreeg niets.

De kinderen die Hunter lijfelijk zouden straffen, zouden bij Zils groep mogen komen. Zij zouden onomstotelijk bewezen hebben dat ze hem trouw waren. Zij zouden hun schepen achter zich verbranden. Ze zouden met lichaam en ziel aan Zil toebehoren.

Ze zouden de rest van hun leven lid zijn van de Mensenclub.

Er was een groot vuur aangelegd in de opgedroogde fontein. Een of andere slimmerik had de doe-het-zelfzaak geplunderd en een spit gefabriceerd waar nu grote brokken hert – het beest was met een bijl in stukken gehakt – aan hingen te roosteren.

De geur was onbeschrijflijk.

Turk had een paar spuitbussen gepakt en het door Lisa ontworpen MC-logo op de fontein en de stoeptegels gekalkt.

'Hoe gaan we dit aanpakken?' vroeg Antoine.

'Gaan we wat aanpakken?' antwoordde Zil.

'Hunter. Hoe gaan we dat doen?'

Hunter was weer een beetje bijgekomen van de klap op zijn hoofd. Hij had geprobeerd om zijn handen los te trekken, maar toen had Hank hem een flinke mep verkocht. Sommige kinderen hadden gejoeld. Andere hadden ongemakkelijk hun hoofd afgewend.

'We gaan 'm ophangen,' zei Turk, en hij maakte een grappig gebaar alsof hij zichzelf ophing.

'Ja hè hè, maar waar? Dat bedoelde ik, joh,' zei Antoine. Hij praatte met een dubbele tong en brabbelde zo dat hij nauwelijks nog verstaanbaar was. Dronken.

'Daar.' Lance wees naar de gammele kerk. 'Zie je die plek waar vroeger de deur zat? Dat is een boog. Je kunt het touw door dat gat halen en dan doe je het ene eind om Hunters nek. Als je het andere eind nou heel lang maakt, dan kun je dat helemaal tot aan het plein laten lopen en dan kun je daar bij wijze van spreken honderden kinderen aan laten trekken.'

Hij fronste zijn wenkbrauwen en keek naar de kerk en weer terug. 'Als Hunter omhooggetrokken is, kun je het touw om een van de bomen knopen, rond de onderkant van de stam.'

Zil nam Lance nieuwsgierig op. Hij vond het nog steeds vreemd dat deze populaire jongen zich zo betrokken voelde en zelfs een plan voor een executie opperde. Bizar. Lance had niet die ziedende, haast bezeten woede die Hank in zijn greep hield. Hij was geen wanhopige strooplikker, zoals Turk. Hij was geen sneue blower, zoals Antoine.

'Goed plan, Lance,' zei Zil.

Hanks ogen begonnen gevaarlijk te fonkelen.

'Als we het willen doen, kunnen we maar beter opschieten,' zei Turk. 'Astrid is dol op die freaks. En misschien komt die Brianna straks wel terug met Sam.'

'Sam heeft het druk. En bovendien ben ik niet bang voor Sam. Er staan nu superveel kinderen aan onze kant,' zei Zil, veel zelfverzekerder dan hij zich voelde. 'Maar je hebt gelijk, aan de slag! Hank. Lance. Hang het touw op.'

Zil ging op de kofferbak van de auto staan. 'Jongens! Even luisteren allemaal!'

Hij had vrijwel meteen de aandacht. De wanhopige menigte had honger en was vooral heel erg ongeduldig. Een paar kinderen hadden al geprobeerd om een stuk vlees uit de vlammen te grissen. Ze moesten teruggemept worden door Hank en een groep kinderen die hij als bodyguards had aangesteld.

'Het eten is klaar,' kondigde Zil onder luid gejoel aan. 'Maar we hebben eerst iets heel belangrijks te doen voor we kunnen aanvallen.'

Gekreun.

'We moeten gerechtigheid laten geschieden.'

Dat leverde hem alleen maar wazige blikken op, tot Turk en Hank met hun handen in de lucht begon te juichen om iedereen te laten zien hoe ze moesten reageren.

'Deze mutant, dit wanstaltige monster, Hunter, die freak daar…' Zil wees met een uitgestrekte arm naar zijn gevangene. 'Dat gedrocht heeft met opzet Harry, mijn beste vriend, vermoord.'

'Nie waa,' zei Hunter. Hij kon nog steeds niet goed praten. Zil vermoedde dat hij een hersenbeschadiging had opgelopen door dat tikje tegen zijn hoofd. De ene helft van Hunters gezicht hing naar beneden, alsof het niet goed vastzat. Daardoor had de meute kinderen er minder moeite mee om hem uit te jouwen, en zoals Hunter nu met zijn kwijlende debielenstem stond te wauwelen, maakte hij het er zelf niet bepaald beter op.

'Het is een moordenaar!' riep Zil plotseling, terwijl hij met zijn vuist in zijn handpalm sloeg.

'Een freak! Een mutant!' schreeuwde hij. 'En we weten allemaal hoe die zijn, nietwaar? Ze hebben altijd genoeg te eten. Ze zetten alles naar hun hand. Zij zijn de baas en wij verhongeren. Is dat toeval? Ik dacht het niet.'

'Nie waa,' kreunde Hunter opnieuw.

'Pak hem!' schreeuwde Zil tegen Antoine en Hank. 'Pak hem, dat moordende mutantenmonster!'

Ze pakten Hunter bij zijn armen. Hij kon lopen, maar hij trok nog steeds met een van zijn benen. Ze sleepten hem over het plein. Ze sleurden hem de kerktrappen op.

'Goed,' zei Zil, 'we doen het zo.' Hij gebaarde met zijn hand naar het touw dat Lance vanaf de kerk over het plein uitrolde.

Een verwachtingsvolle stilte. Een gevaarlijk, opgewonden gevoel.

Ze waren allemaal door het dolle heen door de geur van het vlees. Zil voelde het.

'Willen jullie allemaal wat van dat heerlijke hertenvlees?'

Ze brulden instemmend.

'Pak dan allemaal het touw maar vast.'

Minstens tien kinderen sprongen naar voren om het touw te grijpen. Anderen aarzelden. Keken naar de kerk. Keken naar Hunter die door Zils kliek werd vastgehouden.

Lance had een strop geknoopt.

Hank duwde de strop nu over Hunters hoofd en trok hem aan rond zijn hals.

Maar nu ontstond er beroering in de menigte. Iemand baande zich een weg door de meute. Er werd geschreeuwd tegen de indringer. Er werd geduwd. Maar uiteindelijk kwam Astrid tevoorschijn. Ze zag er verhit uit, haar haar en kleren zaten in de war, en ze keek woedend. Ze trok geen wagentje meer achter zich aan. En John was niet meer bij haar, waar Zil blij om was: Maria en John waren erg populair. Veel van deze kinderen hadden kleine broertjes of zusjes op de crèche zitten.

Maar Astrid was een heel ander verhaal. Ze hoorde bij Sam, en veel kinderen vonden haar arrogant. Bovendien had ze dat enge kleine broertje bij zich. Niemand mocht hem. Het gerucht ging dat dat joch heel sterke krachten had, maar dat hij te achterlijk was om er iets mee te kunnen doen.

Wat een verspilling om een debiel in leven te houden terwijl er mensen doodgingen van de honger.

'Hou op!' riep Astrid. 'Hou hier onmiddellijk mee op!'

Zil keek op haar neer. Hij was bijna verbaasd toen hij merkte dat hij niet bang voor haar was. Astrid het Genie. Sams vriendinnetje. Een van de drie of vier belangrijkste mensen in de FAKZ.

Maar Zil had een hele menigte achter zich, en die gaf hem macht. Hij voelde het in zijn hart en in zijn ziel, het was als een drug waar hij oppermachtig van werd. Hij was onoverwinnelijk en onbevreesd.

'Ga weg, Astrid,' zei hij. 'We moeten hier geen verraders.'

'O nee? En wat vinden we dan van misdadigers? Wat vinden we van moordenaars?' Ze was echt heel knap, zag Zil. Veel lekkerder dan Lisa. En nu hij de macht kreeg...

'We zijn hier om een moordenaar terecht te stellen,' zei Zil terwijl hij naar Hunter wees. 'We laten in naam van alle normalo's gerechtigheid geschieden.'

'Zonder proces kan er geen gerechtigheid zijn,' zei Astrid.

Zil grijnsde. Hij spreidde zijn handen. 'We hebben al een proces gehad, Astrid. En dit monstergedrocht is veroordeeld voor de moord op een normalo. Veroordeeld,' zei hij erachteraan, 'tot de dood.'

Astrid draaide zich om naar de meute. 'Als jullie dit doen, zul je het jezelf nooit vergeven.'

'We hebben honger,' riep een stem, en zijn kreet werd onmiddellijk overgenomen door anderen.

'Gaan jullie in een kérk een jongen vermoorden?' vroeg Astrid op hoge toon terwijl ze naar de kerk wees. 'In een kerk? In het huis van God?'

Zil kon zien dat die woorden indruk maakten. Er werden nerveuze blikken uitgewisseld.

'Jullie zullen deze smet nooit van je handen kunnen wassen,' riep Astrid. 'Als je dit doet, zul je het jezelf nooit kunnen vergeven. Wat zouden jullie ouders hier wel niet van zeggen?'

'Er zijn geen ouders in de FAKZ. En er is ook geen God,' zei Zil. 'Er zijn alleen maar mensen die proberen te overleven, en freaks die alles voor zichzelf willen houden. En jij, Astrid, jij bent het hulpje van de freaks. Waarom? Dat vraag ik me nou echt af: waarom?'

Hij begon er echt lol in te krijgen. Het was hartstikke leuk om die mooie, slimme Astrid zo wanhopig te zien kijken.

'Weten jullie wat ik denk?' zei Zil. 'Ik denk dat Astrid misschien wel krachten heeft waar ze nog tegen niemand iets over heeft gezegd. Of anders...' Hij zweeg even voor een dramatisch effect. 'Of anders heeft die kleine debiel misschien wel superkrachten.'

Hij zag de angst op haar gezicht verschijnen. Haar rechtschapen woede zwichtte voor de angst.

Zo slim en zo fel, die Astrid. En zo dom, dacht Zil.

'Ik geloof,' zei Zil, 'dat we nog een stel freaks op onze picknick hebben.'

'Nee,' fluisterde Astrid.

'Hank,' zei Zil met een knikje.

Astrid draaide zich te laat om om te zien dat Hank achter haar stond. Hij haalde uit. Astrid voelde de klap alsof ze zelf was geraakt.

Maar hij had Kleine Pete geslagen.

Hij viel als een marionet waarvan de touwtjes zijn doorgesneden op de grond.

'Nu!' zei Zil. 'Grijp haar.'

Diana kon het nauwelijks geloven. Ze waren én zonder problemen de heuvel naast de kerncentrale op gelopen én ze hadden de splijtstofstaaf gevonden.

Ze hadden niet lang hoeven zoeken. De droge struik waar hij in was gevallen had vlam gevat. Lage, jagende vlammetjes. Caine had de staaf zonder moeite van de grond laten komen en liet hem hoog in de lucht zweven.

Jack stond onder de splijtstofstaaf, zwetend van de hitte – en van de angst, vermoedde Diana. Het vuur vormde hun enige lichtbron.

'Ik geloof niet dat hij gescheurd of gebroken is,' zei Jack. Hij haalde een soort gele afstandsbediening uit zijn zak en staarde ernaar.

'Wat is dat?'

'Een stralingsmeter,' zei Jack. Hij zette met zijn duim een knopje om en Diana hoorde een onregelmatig geklik. Klik. Klikklik. Klik. Klikklikklik.

'Alles oké,' zei Jack met een zucht van opluchting. 'Voorlopig nog wel, tenminste.'

'Wat is dat geklik?'

'Hij klikt als hij een radioactief deeltje waarneemt. Als hij te veel gaat klikken hebben we een probleem. En als het niveau te gevaarlijk wordt, gaat hij piepen.'

Zelfs nu vond Jack het nog heerlijk om al zijn kennis te spuien.

Ook al wist hij wat er gebeurde, en wat er wás gebeurd. En al kon hij wel raden wat er nog zou gaan gebeuren.

'Wat je nu hoort is gewoon achtergrondstraling.'

'We gaan,' zei Caine. 'Vuur klimt. We moeten het voor blijven.'

Ze klommen de heuvel op. Het vuur haalde hen niet in. Het leek zich zelfs niet te verspreiden. Misschien omdat er geen wind stond.

Ze liepen aan de andere kant weer naar beneden, richting de snelweg.

Er was niemand achter hen aan gekomen. Sam was nergens te bekennen.

Ze rustten even uit – je kon het beter instorten noemen – in het kantoor van een autoverhuurbedrijf. De twee soldaten begonnen een zoektocht naar eten in de stoffige bureaus en archiefkasten.

Een van hen hield triomfantelijk een klein blikje pepermuntjes omhoog. Er zaten negen snoepjes in. Genoeg om er allemaal één te nemen en vervolgens kwijlend naar de overige vier te loeren.

'Tijd om een auto te halen,' meldde Caine. Hij had de splijtstof-staaf zolang even tegen de buitenmuur geparkeerd. 'We hebben iets nodig met een open dak.'

Hij hield een pepermuntje omhoog naar de twee soldaten. 'Deze is voor degene die het beste voertuig voor me vindt, mét sleutels.'

De twee bullebakken spurtten naar de deur. Diana's maag verkrampte en ze kon een kreet niet onderdrukken. Eén klein snoepje stilde de honger niet, het maakte hem alleen maar erger.

Er was geen licht in het kantoor. En op de snelweg buiten ook niet. Het was overal donker, op het licht van de nepmaan en de nepsterren na.

Ze ploften in de doorgezakte bureaustoelen en legden hun vermoeide voeten op de bureaus.

Diana begon te lachen.

'Wat is er zo grappig?' vroeg Caine.

'Het is stikdonker, we zijn bereid onze ziel te verkopen voor één lullig pepermuntje en hebben een hoeveelheid uranium bij ons waar een terrorist een natte droom van zou krijgen.' Ze veegde de tranen uit haar ogen. 'Helemaal niet grappig.'

'Hou je mond, Diana,' zei Caine vermoeid.

Diana vroeg zich of hij uitgeput raakte nu hij zijn telekinetische kracht de hele tijd moest aanwenden om de splijtstofstaaf te 'dragen'. Het zou kunnen.

Diana dwong zichzelf overeind te komen. Ze liep naar Caine toe en legde haar hand op zijn schouder. 'Caine.'

'Als je het maar laat,' zei Caine.

'Je hoeft dit niet te doen,' zei Diana.

Caine gaf geen antwoord.

Een van de soldaten stak zijn hoofd om de hoek. 'Ik heb een Cadillac Escalade gevonden. De sleutels zitten erin, maar hij zit op slot.'

'Jack? Ga die auto eens openmaken voor hem,' beval Caine. 'En ruk dan meteen even het dak eraf, als je toch bezig bent.'

'Krijg ik dan een pepermuntje?' vroeg Jack voordat hij naar buiten spurtte.

Diana gierde van het lachen – het klonk nog net niet hysterisch.

'Wat denk je dat jouw vriendje in de woestijn zal doen als je hem hebt gegeven wat hij wil?' Toen Caine geen antwoord gaf, zei Diana op een peinzende toon: 'Ik zal toch maar gewoon "hem" zeggen, hè? Of is het een "het"?'

Caine sloeg zijn handen voor zijn gezicht.

'Heeft hij een bijnaam?' ging Diana genadeloos verder. 'Ik bedoel, "gaiaphage" is zo lang. Kunnen we hem niet "phage" noemen? Of misschien gewoon "G"?'

Buiten klonk het geluid van scheurend metaal en glas dat aan diggelen werd geslagen. Jack bouwde een suv even om tot cabriolet.

'Het G-monster,' zei Diana.

Een paar seconden later vloog de deur open. Jack.

'Er komt iemand aan,' zei Jack dringend. 'Over de weg.'

'Met de auto?' vroeg Caine terwijl hij overeind sprong.

'Nee. We hoorden alleen voetstappen, het klonk alsof er iemand rende.'

Diana's hart maakte een sprongetje. Sam. Dat moest Sam zijn.

Maar op hetzelfde moment werd ze bang. Ze wilde dat iemand Caine tegenhield. Ze wilde niet dat iemand hem vermoordde.

Caine rende naar buiten, met Diana op zijn hielen, en er werd onmiddellijk geschoten. De twee soldaten vuurden blindelings op de snelweg. Er sloegen felgele vlammen uit de lopen, er klonk een oorverdovend lawaai en in het ondoordringbare duister hoorden ze een stem schreeuwen dat ze moesten ophouden, gevolgd door een woedende scheldkanonnade.

'Hou op met schieten, stelletje idioten!' brulde Caine.

Het geknal hield op.

'Ben jij dat, Drake?' riep een van de soldaten bang en bibberig naar het donker.

'Ik sla jullie vel eraf!' loeide Drake.

En daar was de magere psychopaat, met ogen die schitterden in het maanlicht en haar dat alle kanten op piekte. Hij liep vreemd en hield met zijn hand zijn tentakel vast.

Hij zag er raar uit. Diana kon alleen niet goed benoemen waarom.

'Waar bleef je nou?' vroeg Caine.

'Waar ik bleef? Ik heb Sam uitgeschakeld,' zei Drake. 'Ik. Ik heb hem afgeranseld en aan stukken gereten en hij zal nooit meer genezen, nooit meer, niet na wat...'

'Wow,' zei Jack, zo geschokt dat hij Drake midden in zijn tirade durfde te onderbreken. 'Je... je ding.'

Toen pas zag Diana dat Drakes zweephand niet meer in een punt toeliep, maar recht was afgehakt.

En toen kwam er, tot Diana's stomme verbazing, een snik uit Drakes keel. Eentje maar. Eén gesmoorde snik. Dus hij is toch menselijk, dacht Diana, ook al kon je het nauwelijks zo noemen. Maar hij wist wat angst was, hij voelde pijn.

'Heb je hem niet vermoord?' vroeg Caine aan Drake.

'Dat zeg ik toch net,' riep Drake. 'Hij is er geweest!'

Caine schudde zijn hoofd. 'Als je hem niet hebt vermoord, is hij er niet geweest. Het doet me eigenlijk een beetje denken aan de vorige keer dat je met Sam hebt gevochten: toen raakte je ook al het een en ander kwijt.'

'Dit was Sam niet,' zei Drake met opeengeklemde kaken. 'Luister nou, ik heb Sammie uitgeschakeld. Ik! Ik heb hem uitgeschakeld.'

'Waarom zie je er dan opeens zo... stomp uit?' vroeg Diana, die de verleiding om haar aartsvijand eens flink te treiteren niet kon weerstaan.

'Brianna,' zei Drake.

Vanuit haar ooghoek zag Diana hoe Jack opkeek en hard uitademde.

'Ze was er opeens. Te laat om Sam te redden. Sam zien we niet meer terug.'

'Dat geloof ik pas als ik zijn lijk zie,' zei Caine droog.

Daar was Diana het mee eens. Drake hield iets te fel aan. Zijn stem klonk te schril. Hij wilde hen allemaal net iets te graag overtuigen.

'We gaan,' zei Caine.

Een van de soldaten draaide het sleuteltje van de toegetakelde suv om. De accu was zwak. In eerste instantie leek het of de auto niet zou starten, maar toen sloeg de motor brullend aan. De lichten in de auto sprongen aan. De koplampen waren verblindend fel.

'Instappen,' commandeerde Caine. 'Als Drake gelijk heeft en Sam is uitgeschakeld – zelfs al zou het maar tijdelijk zijn – dan hoeven we ook niet meer stiekem te doen. Het is zestien kilometer naar de mijn. Over twintig minuten zijn we er.'

'Waar is mijn pepermuntje?' vroeg Jack.

Caine tilde de splijtstofstaaf op en liet hem vlak boven hun hoofden in de lucht zweven. Hij was zo heet dat het leek of ze om twaalf uur 's middags in de brandende zon zaten.

Kleine Pete was bewusteloos.

Astrid werd meegesleurd, geschopt en geduwd terwijl Antoine haar polsen vastbond en zijn drankadem in haar gezicht blies.

Haar hoofd tolde. Wat moest ze doen? Wat kon ze zeggen om deze waanzin te laten ophouden?

Niets. Ze kon niets zeggen, niet nu de meute geregeerd werd door honger. Ze kon alleen maar toekijken.

Astrid keek in elk gezicht, op zoek naar de menselijkheid die hun toch in hun achterhoofd een halt zou moeten toeroepen, zelfs nu. Maar ze zag gekte. Wanhoop.

Ze hadden te veel honger. Ze waren te bang.

Ze zouden Hunter vermoorden, en dan zou Zil zich op Kleine Pete en Astrid zelf storten. Hij had geen andere keus. Zodra Hunter stierf, zouden Zil en zijn kliek met een streep van bloed de FAKZ in tweeën hebben gedeeld.

'Heer, ik weet dat u kijkt,' bad Astrid. 'Laat hen dit niet doen.'

'Zijn jullie er klaar voor?' schreeuwde Zil.

De meute brulde.

'God…' bad Astrid.

'Het is tijd voor gerechtigheid!'

'…nee.'


'Niet doodgaan, Edilio,' smeekte Dekka. 'Niet doodgaan.'

Edilio maakte een gorgelend geluid dat misschien wel een poging tot praten was.

Dekka had zijn shirt opengescheurd. Het gat zat in zijn borst, net boven zijn linkertepel. Als ze haar handen ertegenaan hield, sijpelde het bloed onder haar handpalm door. Toen ze haar hand heel even weghaalde, gutste het bloed eruit.

'Help,' snikte Dekka.

Opnieuw gegorgel, en Edilio probeerde zijn hoofd op te tillen.

'Je mag niet bewegen,' beval Dekka. 'En ook niet praten.'

Maar plotseling schoot Edilio's rechterhand omhoog. Hij leek haar kraag te willen pakken, maar de hand raakte de stof niet, de vingers vonden geen houvast. Edilio liet zijn hand zakken en leek even buiten bewustzijn te raken.

Maar toen sprak hij met haast bovenmenselijke inspanning twee woorden. 'Doe het.'

Dekka wist wat hij van haar vroeg.

'Ik kan het niet, Edilio, ik kan het niet,' zei Dekka. 'Lana is de enige die je nu nog kan redden.'

'Doe…'

'Als ik het doe, gaat ze dood,' zei Dekka. Ze was nat van het zweet; de druppels vielen van haar voorhoofd op zijn bloedende borst. 'Als ik het doe, kan Lana je niet meer redden.'

'Doe... huh...'

Dekka schudde verwoed haar hoofd. 'Je gaat niet dood, Edilio.' Ze sloeg haar armen van achteren om zijn borst, alsof ze de Heimlichmanoeuvre op hem wilde toepassen. Ze duwde haar eigen gewicht naar voren om met haar handen de wond dicht te houden.

Ze sleepte hem bij de mijnschacht vandaan. Sleepte hem over het pad; zijn hielen trokken sporen in de aarde. Ze huilde en snikte tijdens het lopen, struikelde bijna onder zijn gewicht, viel tegen rotsblokken aan, maar ze zorgde ervoor dat de afstand tussen haar en de mijnschacht steeds groter werd.

Want hij had gelijk. Hij had gelijk, die arme Edilio. Hij had gelijk: ze moest het doen. Ze moest die mijn laten instorten. Maar Edilio zou daar niet begraven worden, nooit van haar leven niet. Nee, Edilio zou een eregraf krijgen op het plein.

De geëerde doden. Weer een graf. Het eerste dat Edilio niet zelf gegraven had.

'Hou vol, Edilio, je redt het wel,' loog Dekka.

Ze zakte onder aan het pad in elkaar, aan de rand van de spookstad. Dekka ging op Edilio zitten en duwde op de wond. Het bloed stroomde nu minder hard. Ze kon het bijna tegenhouden, en dat was niet goed, helemaal niet, want dat betekende dat zijn einde naderde, dat zijn dappere hart bijna klaar was met kloppen.

Dekka keek op, recht in de glinsterende ogen van een coyote. Ze voelde de andere om haar heen, steeds dichterbij. Op hun hoede, maar in de wetenschap dat er een verse maaltijd aan zat te komen.

# Eenenveertig

Duck vloog zo hoog dat hij rook uit de kerncentrale in de verte kon zien komen.

Hij was nog steeds helemaal ondersteboven van het feit dat hij beschoten was. Beschoten! Hij had nog nooit een vlieg kwaad gedaan.

En nu had hij het gevoel dat hij mee moest vechten in een oorlog waarvan hij niet eens had geweten dat hij werd gevoerd. Het was krankzinnig. Hij had wel vermoord kunnen worden. Misschien werd hij alsnog wel vermoord.

Maar hij was ongedeerd weggedreven.

Terwijl anderen vochten om te overleven. Terwijl anderen in opstand kwamen tegen het kwaad dat geschiedde.

Gelukkig voerde het lichte briesje hem weg van het plein in de stad waar iedereen gek was geworden. Over een paar minuten zou hij zijn dichtheid laten toenemen en zachtjes terug naar de aarde zakken. En dan zou hij hopelijk iets te eten vinden. Door de geur van het gebraden vlees was hij bijna gek van de honger geworden.

'Je had er niks tegen kunnen beginnen,' zei hij tegen zichzelf.

'Dat is waar,' beaamde hij. 'Helemaal niks.'

'Het is niet onze schuld.'

Hij deed een zwakke uithaal naar een meeuw die net buiten zijn bereik op zijn boemerangvormige vleugels zweefde. Hij had zo veel honger dat hij dat beest rauw zou hebben opgegeten. Midden in de lucht.

Vanuit zijn ooghoek zag hij op de grond onder hem een wazige streep die plotseling stopte. Hij kon haar gezicht niet zien, maar dat kon alleen Brianna zijn. Ze had een duif in haar hand.

Brianna kon wat Duck niet kon. Brianna kon vogels vangen en opeten. Misschien wilde ze wel met hem delen. Ze waren wel allebei freaks tenslotte. Ze stonden aan dezelfde kant, nietwaar?

'Hé!' schreeuwde hij naar beneden.

Brianna keek omhoog. 'Duck!' riep ze. 'Ik heb je overal gezocht!'

'Ik heb zo'n honger,' kreunde Duck.

'Hoe ben je daar terechtgekomen?'

Hij liet zijn dichtheid langzaam toenemen en zakte naar de grond.

'Het werkt twee kanten op,' zei Duck. 'Het draait allemaal om de dichtheid. Ik weeg wat ik wil wegen. Ik kan zoveel wegen dat ik door de grond zak, of ik kan zweven zod...'

'Ja leuk, het zal best. Ik moest je halen van Sam.'

'Mij?'

'Jou. Kom hier.'

Ze scheurde een vleugel van de duif en gaf Duck een druipend, gelatineachtig stuk vlees aan. Hij aarzelde geen moment.

Na een minuut vol grommend geschrok keek hij schuldbewust op. 'Hoef jij niet meer?'

'Neuh,' zei ze. 'Mijn eetlust... ik weet het niet. Ik ben een beetje misselijk.'

Duck werd erg zenuwachtig van de manier waarop Brianna naar hem keek.

'Er is natuurlijk wel wat windweerstand,' zei Brianna.

'Watte?'

'Dus jij kunt zelf bepalen hoeveel je weegt? Met vier kilo moet het lukken.'

'Moet wat lukken?'

'Spring maar op mijn rug, Duck. We gaan een ritje maken.'

De morfine verdreef de pijn niet. Ze verdoezelde hem alleen maar. Hij was er nog wel, als een ijzingwekkende, verslindende leeuw, een brullend, machtig, overweldigend beest. Dat ternauwernood op afstand werd gehouden.

Ternauwernood.

Zijn wonden waren angstaanjagend om te zien. Felrode striemen over zijn rug, schouders, nek en gezicht. Op sommige plekken was zijn huid weggeslagen.

De morfinenachtmerrie was weggezakt en de werkelijkheid nam weer enigszins vaste vormen aan. De grond was beneden en de lucht was boven. De sterren straalden fel en het geluid van zijn schoenen op het beton klonk vertrouwd, net als zijn ademhaling die door zijn keel schuurde.

Hij had nog even. Geen idee hoe lang. Maar hij had nog heel even de tijd om Caine tegen te houden.

En Drake te vermoorden. Want op dit moment wilde Sam, voor het eerst in zijn leven, iemand van het leven beroven.

Drake. Hij ging Drake vermoorden. Meer nog dan een soort edelmoedige bezorgdheid over wat Caine van plan was, was het de gedachte aan Drake die Sam op de been hield. Hij moest Drake afmaken voor de morfine was uitgewerkt en die afschuwelijke pijn terugkwam en hij alleen nog maar zou kunnen huilen en schreeuwen en...

Hij had het meteen de eerste keer moeten doen toen hij de kans had.

Hij had...

Hij zag het tafereel flakkerend en onwerkelijk weer tot leven komen. Het gevecht op de trappen van het stadhuis. Orc en Drake – de hamerende vuist van de kiezeljongen en de striemende zweep van het ware monster.

Sam had zijn handen vol gehad aan Caine. Hij had het nauwelijks overleefd. Maar hij had die psychopaat van een Drake op dat moment kunnen en moeten doden. Hij had hem als het hondsdolle dier dat hij was moeten afmaken.

De werkelijkheid wankelde terwijl Sam de parkeerplaats overstak. Er was niemand meer. Dekka was... wat was ze ook alweer gaan doen? Hij kon niet helder nadenken.

Ze was naar de mijnschacht gegaan om die te laten instorten. Samen met Edilio.

Lana. Als Lana in de schacht was... Als ze...

Sams benen stokten. Lana was zijn enige hoop. Zonder haar zou hij het niet overleven. Zij kon hem genezen. Zij kon de pijn laten verdwijnen. Hem weer oplappen.

Zodat hij kon...

Hij sleepte zich een auto in en zakte in elkaar. Een tijdlang, hij wist niet hoe lang, verloor hij het bewustzijn. Zijn gedachten gingen op zwart. Hij sliep niet, maar had wel een nachtmerrie vol herinneringen en beelden en telkens maar die pijn in zijn buik, de pijn van zijn gehavende vlees.

Doorgaan, zei hij tegen zichzelf. Welke kant op? De stad lag zestien kilometer verderop. Maar dat was niet de kant die Caine op was gegaan.

De heuvelhelling achter de kerncentrale gloeide. Alsof er lapjes grond in brand stonden. Hij hallucineerde.

Hij zou nooit zo'n eind kunnen lopen. Het medicijn zou nooit zo lang blijven werken. Sneller. Hij moest sneller zijn.

Hij had hulp nodig. Iemand...

'Kan iemand me helpen?' fluisterde hij.

Hij begon aan de lange, vermoeiende wandeling over de glooiende weg naar de toegangspoort. Hij zou het nooit redden over land. Geen schijn van kans. En zelfs...

Zelfs...

Sams hersenen lieten hem dingen zien die er niet waren. Hij zag een lichtje. Als van een zaklamp. Maar het kwam van de zee.

Hij ging met een plof op de grond zitten. Het licht gleed langzaam over de parkeerplaats, alsof iemand vanaf de zee een nieuwe auto uitzocht.

Het licht kroop langs de zijkant van de kerncentrale. Het beklom de heuvel en kwam toen weer naar beneden. Iemand zocht iets.

Maar hij was maar een klein, in elkaar gestort hoopje op de weg, veel te klein om gezien te kunnen worden. Het licht zou hem nooit vinden. Het leek wel een sadistisch spelletje. Het licht zou zijn kant op komen en dan weer afbuigen.

Hij was onzichtbaar.

'Nee, Sam,' zei hij tegen zichzelf, terwijl de oplossing belachelijk langzaam tot zijn verwarde hersenen doordrong. 'Stomme sukkel. Je hébt licht, doe er iets mee.'

Sam stak zijn handen hoog in de lucht. Een zuil van felgroen licht spoot omhoog naar de nachtelijke hemel.

Het zoeklicht schoot onmiddellijk zijn kant op.

'Ja, ik ben hier,' zei Sam.

Het duurde een paar minuten voor Quinn de boot op het strand had gelegd en over de rotsen naar Sam was geklommen.

'Bro,' zei Quinn.

Sam knikte. 'Ja. Ik zie er niet best uit. Hoe...'

'Ik was aan het vissen en zag het vuur.' Quinn knielde naast hem neer en vroeg zich duidelijk af wat hij kon doen om het lijden van zijn vriend te verlichten.

'Ik zie er slecht uit en mijn hoofd doet ook niet wat ik wil,' brabbelde Sam.

'Ik breng je naar de stad,' zei Quinn.

'Nee, bro. Ga een auto halen.'

'Sam, je kunt niet...'

'Quinn.' Sam pakte Quinns arm en kneep erin. 'Ga een auto halen.'

'Achteruit, hondjes,' gromde Dekka.

De coyotes sloten haar in, cirkelden om haar heen – ze bleven maar cirkelen. En met elke cirkel kwamen ze iets dichterbij.

'Wie van jullie is Roedelleider?' wilde Dekka weten. Ze was wanhopig. Hoe kon ze voorkomen dat ze nog dichterbij kwamen? 'Ik heb een voorstel. Ik... ik kan jullie helpen. Ik wil met Roedelleider praten.'

Een van de coyotes bleef staan en draaide zijn schrandere kop naar haar toe. 'Ik Roedelleider.'

De stem was hoog, gespannen, alsof het praten zeer deed.

Dekka had Roedelleider alleen nog maar van een afstandje gezien, maar ze wist dat dit hem niet was. Roedelleider had een akelige kop met een litteken over zijn snuit. Hij was oud en schurftig.
Deze coyote was duidelijk veel jonger.

'Jij bent Roedelleider niet,' zei Dekka.

De coyote hield zijn kop enigszins schuin en keek haar vragend
aan. 'Roedelleider dood. Roedelleider nu.'

Roedelleider dood? Misschien lag daar haar kans. 'Als je mij aanvalt,' waarschuwde Dekka, 'zullen mijn mensen coyotes doden.'

Roedelleider – de nieuwe Roedelleider – leek daar even over na
te denken. Hij had een geconcentreerde blik in zijn glinsterende
ogen, en hij leek haast een beetje geamuseerd naar haar te kijken.

'Roedel eet dood mens,' zei Roedelleider met die griezelige, ras-
pende stem van de gemuteerde coyotes.

'Hij is niet dood,' zei Dekka.

'Roedel eet,' zei Roedelleider.

'Nee,' zei Dekka. 'Waag het niet, want wij...'

Ze zag een flits van bruine en grijze vacht en Dekka werd tegen
de grond gegooid. Ze maakte een achterwaartse koprol en kwam
op haar hurken te zitten. Boven op Edilio zaten drie coyotes. Het
bloed gutste ongehinderd uit zijn borst.

'Nee!' schreeuwde Dekka.

Ze hief haar handen en plotseling kwam Edilio van de grond,
samen met drie angstige, krabbelende, kef-kef-keffende coyotes.

Roedelleider zocht met grote sprongen een veiliger heenkomen.

En toen hoorden ze het geluid van een auto die met grote snelheid kwam aanscheuren.

'We zijn er bijna!' riep Drake extatisch.

De wind striemde in hun gezicht terwijl de opengereten suv
bonkend door de nacht scheurde. Boven hen vloog de splijtstofstaaf als een soort kruisraket in hetzelfde tempo met hen mee.
Caine stond overeind en zette zich schrap tegen de rugleuning van
zijn stoel met zijn handen in de lucht.

Diana kon alleen zijn profiel zien, maar hij had niet die opgewonden, verrukte uitdrukking die Drake op zijn gezicht had. Hij had een starende blik onder zijn gefronste wenkbrauwen. Zijn mond was vertrokken in een grimas. Dit was de allereerste keer dat Diana naar hem keek en hem lelijk vond. Al zijn ongedwongen charme was verdwenen. Hij had nog steeds zijn filmsterrenkaaklijn, maar hij zag eruit als een lijk, een karikatuur, een flauwe afspiegeling van zijn oude zelf.

'Kijk nou! Ha ha ha! Hij groeit weer aan!' gilde Drake terwijl hij de punt van zijn afschuwelijke tentakel voor haar gezicht heen en weer zwaaide. Hij had gelijk. De recht afgehakte stomp werd rond, er zat een nieuw stuk aan. De zweep was net de staart van een salamander: je kon hem afhakken, maar hij groeide vanzelf weer aan.

'Daar! Daar is de stad,' riep Drake. 'Daar! Wacht maar! Nu zullen jullie het eindelijk zien!'

'Waar zijn we in vredesnaam?' vroeg Jack zich hardop af. Hij keek boos en verwijtend naar Diana, alsof het haar schuld was.

Ik kan er niets aan doen, protesteerde Diana zwijgend. Ik kan er niets aan doen, Jack. Ik kan er niets aan doen dat jij een slappeling bent en met me meeging, domme sukkel, domme, wanhopige sukkel. Ik kan hier allemaal niets aan doen.

Ik probeer gewoon te overleven. Ik probeer gewoon mijn hoofd boven water te houden, net als altijd. Net als altijd.

Diana was een overlever. En ze overleefde met stijl. Op haar eigen voorwaarden, wat anderen ook mochten denken. Dat was haar speciale talent: ze werd gebruikt, maar ze gebruikte zelf ook altijd. Ze werd misbruikt, maar ze betaalde het altijd terug, en met rente. En ze bleef altijd Diana, de ijskoude Diana.

Zij kon hier allemaal niets aan doen.

'Kijk!' riep een van de soldaten.

Er was iets aan de hand op de weg voor hen. Alsof er een kleine tornado hing, een bizarre wervelwind van coyotes met daartussenin een menselijk lichaam.

'Dekka,' zei Drake vergenoegd.

Dekka liet de coyotes vallen. Samen met Edilio. Ze kon niet anders. Ze kon niets meer doen om hem te helpen.

'Dag Edilio,' fluisterde ze.

Nu was er alleen de mijnschacht nog. Ze rende.

De suv kwam slippend tot stilstand. Drake was er tijdens het rijden al uit gesprongen en sprintte achter Dekka aan.

Ze had niet meer dan een meter of tien voorsprong. En Drake was sneller dan zij.

Zijn zweephand knalde door de lucht. Ze voelde de wind langs haar nek strijken. Ze zou het nooit halen tot aan de mijn. Nooit.

Dekka draaide zich om en stak haar handen omhoog.

Plotseling trappelden Drakes benen door de lucht. Hij kwam in een draaikolk van stof en stenen van de grond. Alsof er onder hem een vertraagde ontploffing had plaatsgevonden. Zijn zweephand kronkelde als een bezetene.

'Ik vermoord je, Dekka!' gilde hij.

Dekka schakelde de zwaartekracht weer in en Drake viel drie meter naar beneden.

Ze draaide zich om en rende verder, en nu sprongen de coyotes aan beide kanten van het pad met haar mee, voor haar uit. Ze zouden haar met gemak de pas kunnen afsnijden.

Ze zwoegde de heuvel op. Haar adem schuurde in haar keel. Ze sloeg een hoek om, en daar stond de nieuwe Roedelleider. Ze hief haar handen. Te langzaam. Ze kwamen van links en van rechts. Sprongen van alle kanten boven op haar.

Dekka werd bedolven onder een grauwende, keffende, bijtende berg coyotes.

Schreeuwend probeerde ze haar krachten op ze los te laten, maar haar polsen werden vastgehouden door ijzeren kaken.

De machtige stond machteloos.

De coyotes zouden haar verslinden.

# Tweeënveertig

Drake was als eerste bij het pad. Hij hinkte: een van zijn benen was bij zijn val zwaar gekneusd. Jack volgde vlak achter hem.

Drake hinkte naar de grommende coyoteroedel die om zijn beoogde prooi heen stond. Een van de coyotes, een beest met een bijna menselijke blik vol gereserveerde interesse in zijn heldere ogen, grauwde een waarschuwing.

Dekka kon geen kant op. Als ze nog bij bewustzijn was dan liet ze dat niet merken. Maar ze leefde nog wel. Jack zag dat ze nog leefde. En hij zag ook dat ze binnen een paar seconden, minder nog, niet meer zou leven.

'Geen paniek, coyotebroeders van me,' zei Drake met een lachje. 'Ik was niet van plan jullie tegen te houden.'

Drake keek omlaag en schudde spottend zijn hoofd naar Dekka. 'Je ziet er niet zo best uit. Ik ben bang dat dit niet goed zal aflopen voor je.' Toen keek hij over zijn schouder naar Jack en zei: 'Daar sta je dan met al je mutantenkrachten. Hè Jack?'

Het was een waarschuwing. Een dreigement. Maar het kon Jack niets schelen. Hij was misselijk. Zo verschrikkelijk misselijk. Hij wilde overgeven, maar er zat niets in zijn maag. Hij wilde wegrennen, het donker in. Maar Drake of Caine of de coyotes zouden achter hem aan komen.

Waarom was hij hier?

Omdat hij een domme sukkel was, zei Jack tegen zichzelf. Slim dom. Dom slim.

474

'Nog een klein stukje,' riep Drake verderop op het pad. 'Kom, dan stel ik je aan hem voor, Jack.'

Jack bleef staan en keek achterom. Hij zag eerst de splijtstofstaaf die door de lucht zweefde. Toen Caine. Caine leek bijna voorover te buigen, alsof hij het gewicht op zijn schouders meetorste. Alsof het hem bijna te zwaar werd.

Jack had het gevoel dat hij werd verpletterd. Verpletterd door een gewicht dat al het bloed uit zijn lijf wilde persen en hem als een overrijp stuk fruit tot moes wilde drukken. De tranen stroomden over zijn wangen, hoewel hij zich niet kon herinneren dat hij was gaan huilen.

Ondanks al zijn bovennatuurlijke kracht had Jack het gevoel dat zijn armen en benen van lood waren. Elke stap vergde oneindig veel inspanning terwijl hij vocht tegen zijn eigen verlammende angst en afschuw.

Te veel. Het werd hem allemaal te veel. Brittney, die arme Brittney. En nu Dekka. Hoeveel kinderen zouden er nog op deze manier eindigen? En hoe zou het met hemzelf aflopen?

Zonder erbij na te denken greep Jack de dichtstbijzijnde coyote in zijn nekvel. De coyote jankte en probeerde zich om te draaien om hem te bijten. Jack gooide het beest van zich af. De coyote vloog uit het zicht. Hij greep een tweede coyote en smeet hem de nacht in. Een doffe klap in de verte.

Er kwamen twee coyotes op hem af gerend, met opengesperde muil en ontblote tanden. Jack deed een stap naar achteren en gaf de voorste een schop. Zijn voet raakte de bek van het beest. De kop van de coyote scheurde los van zijn schoft en rolde als een dolgedraaide bowlingbal het pad af. Het lijf van de coyote bleef nog even overeind staan, leek zelfs nog een stap te zetten. Toen viel het om.

De andere coyotes staarden naar hem. Toen vluchtten ze met de staart tussen de benen weg.

'Wat is er, Jack? Durf je niet?'

Drake leek met elke stap sterker te worden terwijl Jack zich flauw en slap voelde, ondanks zijn bovenmenselijke krachtsvertoon. Die kracht, die hoorde niet bij hem. Dat was hij niet.

Drake torende op de top van de heuvel boven hem uit. Zijn silhouet tekende zich scherp af in het maanlicht. Zijn zweephand trilde in de lucht.

'Ik vond het gewoon geen prettig gezicht,' zei Jack. Zijn hart bonsde in zijn keel.

Drake sloeg zijn zweep uit naar Jack en wikkelde hem bijna teder om zijn nek. Hij trok hem naar zich toe. Drakes lippen kietelden tegen zijn oor toen hij bijna geruisloos fluisterde: 'Maak het me makkelijk, Jack.'

'Wat?' vroeg Jack radeloos.

'Als je me niet tegenwerkt,' zei Drake, 'laat ik je leven. Dan mag je zelfs Brianna hebben van me.'

Jack legde zijn hand op Drakes zweep. Hij trok hem van zijn nek. Het ging bijna te makkelijk. Hij zou met gemak die afschuwelijke arm van zijn romp kunnen rukken.

Drake lachte ongemakkelijk. 'Als je het maar laat, Jack. Jij bent geen type voor harde acties.'

Drake draaide zich om en beende weg.

Caine kwam zwoegend naar boven. Diana, de heks die al deze ellende over Jack had uitgestort, liep naast hem. Hij zou haast zweren dat ze Caine ondersteunde tijdens het lopen.

Lana had het pistool in de grot laten vallen. Ze had er nu niets meer aan.

Probeerde het uit te leggen... Probeerde beelden op te roepen om het uit te leggen... Maar het interesseerde de gaiaphage eigenlijk niet, hij was alweer met andere dingen bezig en maakte zich niet druk meer om het meisje dat macht had over de zwaartekracht.

Iemand had Edilio neergeschoten, dacht Lana verwonderd. Iemand. Edilio.

Er schoot een herinnering aan een gevoel door haar heen, het gevoel van het pistool dat terugsprong in haar hand.

Iemand...

Ze snakte naar adem toen de gaiaphage haar hoofd openspleet en de beelden in haar hersenen stortte. Beelden van monsters.

Het grootste monster was een harig wezen, een soort grizzlybeer met klauwen van bijna een halve meter... Er waren monsters die alleen maar uit scherpe kantjes leken te bestaan, alsof ze in elkaar waren gezet met scheer- en keukenmessen... Monsters met een gloeiend vuur in hun lijf. Monsters die vlogen. Monsters die kropen.

Maar toen ze hen zag, zag ze niet alleen de buitenkant. Ze zag ze tegelijkertijd vanbinnen en vanbuiten. Zag hoe ze gemaakt waren. Zag dat ze allemaal in elkaar pasten, de ene in de andere, monster in monster. Als een Russische matroesjka.

Verdelg er een en bevrijd de volgende.

Er kwamen voortdurend nieuwe bij. Ze pasten zich aan. Elke nieuwe verschijning was net zo gevaarlijk en dodelijk als de vorige.

De gaiaphage had een volmaakte biologische machine ontworpen.

Nee, het was niet zijn eigen ontwerp. Hij had in een hoofd gekeken, in een verbeelding die oneindig veel fantasierijker was dan de zijne.

Nemesis. Zo had de gaiaphage hem genoemd: Nemesis.

Nemesis, met zijn eindeloze kracht die alleen werd ingetoomd door de bochten en kronkels, de doodlopende steegjes en onverwacht hoge muren van zijn eigen beschadigde brein.

Nemesis en Genezer. De gaiaphage had hen allebei gebruikt en samengebracht om zichzelf onoverwinnelijk en onverwoestbaar te maken.

Er ontbrak nog één ding. Het eten. De brandstof.

*Het komt eraan*, zei de gaiaphage.

*Gauw.*

Iemand had Edilio neergeschoten. En geprobeerd om Dekka neer te schieten.

Lana's verwarde, overweldigde geest, die overspoeld werd door de plannen van de gaiaphage, klampte zich vast aan dat ene feit.

Iemand had...

Van heel, heel ver weg voelde ze hoe het pistool in haar hand omhoog was gesprongen toen ze de trekker had overgehaald.

Nee. Nee.

Edilio viel.

Nee.

Er rolde een golf van woede door Lana's hoofd, met zo veel kracht dat de beelden van de gaiaphage begonnen te haperen. De plannen en details die met een hogedrukspuit haar hersenen in werden gespoten vervaagden.

Ik haat je! schreeuwde Lana zwijgend.

De gaiaphage duwde terug, dwong haar in haar eigen hoofd weer op haar knieën.

Maar het ging langzamer dan eerst.

'Hij zal achter jou aan gaan, Caine,' fluisterde Diana in zijn oor.

Caines armen deden pijn. Hij voelde zijn handen niet meer. Hij hield ze omhoog. Gebruikte zijn kracht. Gebruikte zijn kracht om het te dragen...

'Drake zal proberen je te vermoorden,' zei Diana dringend. 'Je weet dat ik gelijk heb.'

Caine hoorde haar wel. Maar haar stem klonk zo vreselijk zwak en haar waarschuwing was zo vreselijk onbeduidend vergeleken met de aanhoudende, bonkende druk in zijn borst.

De honger van de gaiaphage was nu zijn honger. Als hij de gaiaphage te eten gaf, zou hij zichzelf te eten geven.

Niet waar, zei Caine tegen zichzelf.

Een leugen.

'Als je dit doet, ga je dood, Caine,' smeekte Diana. 'Als je dit doet, ga ík dood. Hou op, Caine. Doe het niet.'

Caine probeerde antwoord te geven, maar zijn mond was droog en hij kreeg zijn kaken niet van elkaar.

Stap voor stap. Het pad op. Naar het wezen. Naar hem.

Daar was Jack. Met Drake. Drake praatte tegen Jack. Er lag een dode coyote op het pad. Zonder hoofd.

En Dekka. Misschien leefde ze nog, misschien ook niet. Niet zijn zorg. Haar probleem. Had ze maar niet met Sam moeten heulen. Had ze maar niet tegen Caine moeten vechten.

Niet zijn probleem.

Hij was boven aan het pad. Daar was de ingang van de mijn.

De splijtstofstaaf bleef in de lucht hangen.

*Geef me eten.*

Caine kwam dichterbij.

'Doe het!' schreeuwde Drake.

'Caine, hou op!' zei Diana.

Het lopen werd makkelijker nu de grond weer vlak was. Dichterbij. Hier was het goed. Hij kon de staaf van hieruit naar binnen werpen. Als een speer. De mijnschacht in.

Als een speer.

Makkelijk.

'Doe het niet,' zei Diana. Toen zei ze: 'Jack. Jack, doe er wat aan.'

'Geen sprake van,' snauwde Drake.

'Hou je bek, psychopaat,' schreeuwde Diana in een plotselinge aanval van woede, waarbij ze alle subtiliteit liet varen. 'Sterf toch, vieze gore ploert!'

Drakes ogen kregen een doodse blik. De gevaarlijke, opgewonden schittering verdween. Hij staarde haar aan, met pure haat.

'En nu is het genoeg,' zei Drake. 'Ik wilde eigenlijk wachten. Maar als het nu moet, dan doen we het nu.'

Zijn zweep kwam zwiepend neer.

# Drieënveertig | 13 minuten

Drakes zweephand draaide Diana rond als een tol.

Ze gilde het uit. Dat geluid, die gil, doorboorde Caine als een pijl.

Diana wankelde en het lukte haar bijna om rechtop te gaan staan, maar Drake stond al klaar, hij was te snel.

Zijn tweede slag gooide haar de lucht in. Ze vloog en viel.

'Vang haar!' riep Caine tegen zichzelf. Hij zag de boog die ze beschreef. Zag waar ze zou neerkomen. Zijn handen gingen omhoog, hij kon haar opvangen met zijn kracht, hij kon haar redden. Maar hij was te langzaam.

Diana viel. Haar hoofd kwam hard op een uitstekende rotspunt terecht. Het klonk alsof er een pompoen op de grond viel.

Caine verstijfde.

De vergeten splijtstofstaaf viel met een kletterend kabaal uit de lucht.

Hij kwam drie meter voor de ingang van de mijn neer, boven op een rotsblok in de vorm van een scheepsboeg.

Hij boog, barstte, rolde van het rotsblok en bonkte hard op de grond.

Drake rende met klappende zweep op Caine af, maar Jack ging struikelend tussen hen in staan en riep: 'Het uranium! Het uranium!'

De stralingsmeter in zijn zak klikte zo snel dat het een snerpende gil werd.

Drake botste tegen Jack op en ze tuimelden naar beneden.

Caine stond nog steeds verbijsterd naar Diana te kijken. Diana bewoog niet. Ze bewoog niet. Geen bitse opmerking. Geen bijdehand grapje.

'Nee!' riep Caine.

'Nee!'

Drake stond weer overeind en rukte zich boos vloekend los van Jack.

'Diana,' huilde Caine.

Drake vertrouwde niet meer op zijn zweephand nu hij zo ver weg stond, want Caine zou hem te makkelijk met zijn krachten kunnen uitschakelen. Hij hief zijn geweer. De loop spuugde vlammen en kogels uit, BAM BAM BAM BAM BAM.

Hij richtte onzorgvuldig, maar met dit automatische wapen kon Drake de tijd nemen. Hij zwaaide het geweer naar rechts en de kogels zwiepten naar de plek waar Caine nog altijd als versteend stond.

Toen gingen de vlammen uit de loop opeens op in een explosie van groenwit licht die de nacht in de dag veranderde. De lichtbundel miste zijn doel. Maar hij was zo rakelings langs Drakes geweer geschoten dat de loop smolt en naar beneden droop, terwijl de rotsen achter Drake openbarstten van de hitte.

Drake liet het geweer zakken. En nu was het zíjn beurt om in opperste verbijstering op te kijken. 'Jij!'

Sam stond wankelend op de heuvel. Quinn ving hem op toen hij omviel.

Toen hij zijn broer zag, toen hij het verwoestende licht zag, kwam Caine met een ruk weer terug in de werkelijkheid.

'Nee,' zei Caine. 'Nee, Sam: hij is van mij.'

Hij hief een van zijn handen en Sam vloog samen met Quinn achterover.

'De splijtstofstaaf!' jammerde Jack aan één stuk door. 'We gaan allemaal dood! Misschien zijn we allemaal al wel dood!'

Drake rende op Caine af. Zijn ogen waren groot van angst. Hij wist dat hij het niet zou halen. Hij wist dat hij niet snel genoeg was.

Caine stak zijn hand omhoog en de splijtstofstaaf leek van de grond te springen.

Een speer.

Een werpspeer. Hij liet hem stil hangen, zodat hij recht naar Drake wees.

Caine stak zijn andere hand uit en zorgde er met zijn telekinetische kracht voor dat Drake ook niet meer kon bewegen.

Drake stak zijn menselijke hand in een kalmerend gebaar omhoog. 'Caine... je wilt toch niet... niet om een meisje. Ze was een heks, ze was...'

Drake kon zich niet verroeren; hij vormde een menselijke schietschijf. De splijtstofstaaf die Caine op hem richtte, kon hem elk moment doorboren.

Caine wierp de splijtstofstaaf naar voren. Tonnen staal en lood en uranium.

Recht op Drake af.

Drake draaide snel als een slang zijn schouder en nek opzij. De staaf raakte hem niet vol op de borst, maar knalde tegen zijn schouder en duwde hem de donkere schacht in.

De splijtstofstaaf verdween achter hem aan.

Er klonk een donderend geraas. Er kwamen dikke wolken stof uit het gat.

Stilte.

Geen geluid, op het getik van vallende kiezels in de mijn na.

'Nee nee nee, is hij opengebarsten?' kreunde Jack. 'O, ik wil niet dood.'

Caine tilde zijn handen omhoog en stond met zijn armen gespreid voor de ingang van de mijn.

De grond begon te rommelen.

De rotsen scheurden en barstten.

*Nee!* riep de gehate stem in Caines hoofd.

'Ik ben niemands slaaf,' raspte Caine.

*Nee! Je doet het niet!*

Caine aarzelde. Hij had messen in zijn hoofd, messen die maar bleven steken, en de pijn was onvoorstelbaar.

'O nee?' zei Caine.

Caine hief zijn handen hoog in de lucht. Hij reikte met zijn kracht de grot in en bracht toen met een ruk zijn armen naar achteren.

Tonnen rots, houten steunbalken, de gebarsten splijtstofstaaf, een gedeukte oude pick-up, het lijk van Kluizenaar Jim en het kronkelende, vloekende lichaam van een gewonde maar nog altijd levende Drake Merwin vlogen de grot uit. Alsof de grot zijn inhoud had uitgebraakt.

Alles bleef midden in de lucht hangen. En toen Caine een kommetje van zijn handen maakte, begon de samengeklonterde massa als een wervelwind te draaien.

Drakes kreten gingen verloren in het gierende lawaai toen Caine zijn armen naar voren gooide en de hele ronddraaiende massa door de ingang weer terug de mijn in wierp.

Het maakte zo veel lawaai dat Jack zijn handen over zijn oren sloeg.

Toen, met een traag gerommel, een scheur en een plotselinge, overweldigende aardschok stortte de mijnschacht in elkaar. Miljoenen kilo's rots sloten de ingang voor altijd af.

Caine liep met wankele benen naar Diana toe. Hij knielde naast haar neer. Ze bewoog niet. Hij legde zijn oor naast haar prachtige mond. Hij hoorde geen ademhaling.

Maar toen hij zijn handpalm op haar rug legde, voelde hij die heel licht op en neer gaan.

Voorzichtig rolde hij haar op haar rug. De beschadiging aan de zijkant van haar hoofd voelde afschuwelijk aan. Hij kon het niet goed zien door de tranen in zijn ogen, maar hij voelde iets warms en glibberigs waar haar gladde slaap had moeten zitten.

Er kwam een snik uit zijn mond.

Hij hoorde zware voetstappen. Sam kwam aangewaggeld alsof hij dronken was.

'Sam,' zei Caine rustig, zonder zijn blik af te wenden van Diana's donkere gestalte. 'Als je me wilt vermoorden: ga je gang. Dit lijkt me een goed moment.'

Sam zei niets.

Eindelijk keek Caine naar hem op. Door zijn tranen zag Caine hoe Sam zwalkte en schijnbaar nauwelijks overeind kon blijven staan. Hij was heel erg toegetakeld. Hij moest onvoorstelbaar veel pijn hebben.

Dat had Drake gedaan. Drake had Sam niet vermoord. Maar het had niet veel gescheeld. En het leek onmogelijk dat Sam nog lang zou leven.

Quinn wankelde onder het gewicht van het lichaam dat hij in zijn armen hield. Die Mexicaanse jongen, vermoedde Caine, of Dekka misschien.

'Goed. Dus hier houdt het op,' zei Caine mat. Hij streelde Diana's stekeltjeshaar. 'Ik hou van haar. Wist je dat, Sam?'

'Het is nog niet voorbij,' zei Sam.

Caine schrok van zijn stem. Hij had nog nooit zo veel pijn gehoord in een stem. Onder Sams woorden klonk een nauwelijks onderdrukte schreeuw. 'Ze overleeft het niet,' zei Caine.

'Edilio is gewond. Hij heeft niet lang meer,' zei Quinn. 'Ze hebben hem neergeschoten. En Dekka…'

'Ik niet,' zei Caine. 'Wij niet. Ze waren al zo toen wij hier kwamen.'

Edilio en Dekka konden hem niets schelen. Zelfs Sam kon hem niets schelen. Het was zo treurig dat Diana op deze manier moest sterven, met al haar mooie haar eraf. Ze zag er jonger uit zo. Onschuldig. Een woord dat nog nooit op Diana van toepassing was geweest.

'Lana,' zei Sam.

Caine voelde een piepklein sprankje hoop. Lana. Maar waar was de Genezer?

Alsof hij de vraag had gehoord zei Quinn: 'Ze is daarbinnen. Ze is daarbinnen, met… hem.'

Caine keek naar de mijnschacht. Hij was daar al eens in geweest. Hij wist wat daar was. En nu lag daar ook nog de splijtstofstaaf.

'We moeten…' kreunde Sam, maar hij kon zijn zin niet afmaken.

Caine knikte. 'Maar ze is nu vast dood.'

'Misschien niet,' wist Sam uit te stoten. 'Misschien niet.'

'We kunnen daar nu toch niet meer naar binnen. Het is één grote

muur van rots. Het is veel te moeilijk om die brokstukken weer
naar buiten te laten komen. Dan zou ik de hele berg moeten verzetten,' zei Caine. 'Uren. Dagen.'

Sam schudde zijn hoofd en beet op zijn lip alsof hij hem eraf
wilde scheuren. Caine zag dat hij zijn best deed om niet flauw te
vallen terwijl de pijn door zijn schokkende lijf golfde.

'Misschien is er een andere manier,' zei Sam uiteindelijk terwijl
hij langs het pad naar beneden staarde.

'Een andere manier?' vroeg Caine.

'Duck,' zei Sam.

Instinctief dook Caine weg. En toen stond in een opwaaiende
stofwolk opeens Brianna voor hun neus.

En achter haar, als een bizarre ballon aan een touwtje, zweefde
een jongen in de lucht die keek alsof hij zojuist een achtbaanritje
door de hel had gemaakt.

'Zijn we er?' vroeg Duck met dichtgeknepen ogen. 'Ben ik nu
klaar?'

'Willen jullie eten?' brulde Zil vanaf zijn verhoging op de kofferbak.

De menigte brulde instemmend. Maar niet iedereen leek het
ermee eens. Daar klampte Astrid zich aan vast: hier en daar werd
ook onzeker gemord.

'Pak het touw dan maar!' riep Zil.

Het touw liep over het plein en eindigde rond Hunters nek. Er
zouden niet meer dan een stuk of vijf bereidwillige beulen nodig
zijn om het afschuwelijke vonnis te voltrekken.

Astrid begon te bidden. Ze bad hardop, in de hoop dat ze zich
dan zouden schamen, in de hoop dat ze op de een of andere manier door de gekte heen kon prikken.

'Pak het vast!' riep Zil, en hij sprong op de grond om het touw
zelf ook te grijpen. De rest van zijn kliek volgde zijn voorbeeld.

Toen vier anderen... vijf... tien...

Kinderen die Astrid bij naam kende, pakten het touw vast.

'Trekken!' schreeuwde Zil. 'Trekken!'

Het touw werd strakker getrokken. Nog meer kinderen kwamen naar voren om mee te helpen. Maar anderen, een paar maar, veranderden van gedachten en lieten los.

Het was een wirwar van handen. Een wanorde die al snel in een duw-en-trekpartij veranderde.

Het touw kwam steeds strakker te staan en werd een rechte lijn.

En toen zag Astrid tot haar grote afschuw dat Hunter van de grond kwam.

Maar het gevecht om het touw begon akelige vormen aan te nemen. Er werd gestompt, geschreeuwd, met woeste vuisten uitgehaald.

Het touw werd weer slap. Hunters trappelende voeten raakten de grond.

Kinderen snelden toe om het touw weer strak te trekken. Anderen versperden hun de weg. Langzamerhand werd het één grote chaos. En toen renden een paar kinderen op het vlees af – ze duwden Antoine, Hank en Turk opzij en liepen in hun wanhoop letterlijk over hen heen.

Astrid maakte van het gewoel gebruik om overeind te komen.

Zil, die woedend toekeek hoe hij de controle kwijtraakte, hoe het hertenvlees door wanhopige handen werd weggegraaid, gaf haar een harde duw.

'Liggen, vuile freakfan!'

Astrid spuugde naar hem. Ze zag het bloed uit Zils ziedende gezicht wegtrekken. Hij greep een honkbalknuppel en hief hem hoog boven haar lijf. En toen vloog hij de lucht in.

Zijn plek was ingenomen door Orc.

Zil bungelde aan zijn vuist. Orc hield Zil op twee centimeter van zijn angstaanjagende gezicht. 'Niemand doet Astrid pijn,' loeide Orc zo hard dat Zils haar naar achteren waaide.

Orc draaide een langzaam rondje. Toen nog een, sneller dit keer, en hij wierp Zil van zich af.

'Gaat het?' vroeg Orc aan Astrid.

'Ik geloof het wel,' kon ze uitbrengen. Ze knielde neer naast

Kleine Pete en voelde aan de enorme bult op zijn hoofd. Hij bewoog even en deed zijn ogen open.

'Petey. Petey. Gaat het?' Ze kreeg geen antwoord, maar dat was normaal bij Kleine Pete. Astrid keek op naar Orc. 'Bedankt, Charles.'

Orc gromde. 'Ja.'

Howard baande zich een weg door de langzaam uiteenvallende menigte en liep naar hen toe. 'Mijn man Orc,' zei hij en hij sloeg Orc op zijn enorme granieten schouder. Toen riep hij tegen de kinderen, die nu allemaal wegrenden, vaak beladen met brokken hertenvlees: 'Ja, ga maar gauw. Lekker slim om het vriendinnetje van Sammie te grazen te nemen. Als Orc jullie niet te pakken krijgt, komt Sam wel achter jullie aan.'

Hij gaf Astrid een knipoog. 'Jouw kerel mag ons wel heel erg dankbaar zijn.'

'Ja,' beaamde Orc. 'Bier, en snel een beetje.'


'Wat is er met Edilio gebeurd?' wilde Brianna weten. Hij lag op de grond. Stil. Ze hoorde hem niet eens ademen.

Quinn gaf antwoord. 'Edilio is neergeschoten. Ik ben bang dat hij niet lang meer te leven heeft.'

'Onvoorstelbaar dat Dekka hem niet beschermd heeft,' zei Brianna. 'Waar is ze?'

Quinns ogen schoten onwillekeurig even opzij, maar daar had Brianna al genoeg aan. Ze vloog naar Dekka, die als een weggesmeten lappenpop op de grond lag.

Brianna hijgde. Staarde. Er ruiste een waterval door haar oren. Een brul. Toen werd alles wazig terwijl de omgeving voorbijgierde en ze met alle snelheid en woede die ze in zich had tegen Caine op liep. Caine vloog door de lucht.

Voor hij kon ademhalen zat Brianna al boven op hem met een steen in haar hand.

'Wind! Nee!' gilde Sam.

Brianna verstijfde. Caine lag op zijn rug. Hij verweerde zich niet. Hij hief zijn handen niet. Hij leek haar nauwelijks op te merken zoals ze daar op haar hurken zat, klaar om hem te slaan met die kei, klaar om hem honderd keer te slaan voor hij ook maar een vinger naar haar kon uitsteken.

'Nee, Wind,' zei Sam. 'We hebben hem nodig.'

'Ik heb hem niet nodig,' siste Brianna.

'Wind. Dekka is niet meer te redden. En Edilio heeft misschien nog een paar minuten. Als-ie niet al dood is,' antwoordde Quinn voor Sam, die zo hard op zijn tanden beet dat Brianna bang was dat de schilfers van zijn kiezen zouden vliegen. 'En Sam…'

'En wat zou deze smeerlap daaraan kunnen doen?' vroeg Brianna fel.

'We hebben Lana nodig,' stootte Sam uit.

Caine krabbelde overeind en sloeg het stof van zijn shirt. 'Diana gaat dood. Die Mexicaan gaat dood. Dekka – nou ja, je hebt haar zelf gezien. En Sam ziet er ook niet al te best uit,' zei Caine. 'Lana zit daarbinnen.' Hij gebaarde met zijn hoofd naar de ingestorte mijnschacht.

'Maar wat ik niet snap,' zei Caine, 'is hoe we naar binnen kunnen om haar te zoeken. De hele mijn is in elkaar gedonderd. Het zal veel meer tijd kosten om alles weer weg te halen, dan het heeft gekost om hem af te sluiten. Als ik er dingen uit haal, stort hij nog verder in.'

'Duck,' zei Sam. 'Duck gaat een tunnel boren.'

'Eh… sorry?' vroeg Duck.

'Dat doen ze ook als ze mijnwerkers moeten bevrijden,' zei Sam. 'Dan boren ze een gang naar de eigenlijke schacht.'

'Eh… sorry?' herhaalde Duck.

Haastig zei Quinn tegen de verblufte Caine: 'Duck schijnt een gave te hebben waarmee hij recht door de grond kan zakken.'

'Ik geloof niet dat ik…' zei Duck.

'Hij kan zijn eigen dichtheid bepalen,' bevestigde Brianna. 'Daarom kon ik hem ook hiernaartoe dragen. Net alsof ik een rugzak omhad. Maar dan met meer windweerstand.'

'Hij boort,' zei Sam. 'Wij gaan naar binnen. Jij bent toch al eens beneden geweest, Caine? Op die plek…' Er ging zo'n hevige pijnscheut door zijn lijf dat hij even zijn bewustzijn leek te verliezen.

'Jongens, ik wil eigenlijk geen...' zei Duck.

'Geen held worden?' vroeg Quinn.

'Nee,' zei Duck eerlijk.

'Ik ook niet,' bekende Quinn. 'Maar Edilio, dat is een held. Zonder meer. En Sam... nou ja, ik hoef je natuurlijk niet te vertellen wat Sam allemaal voor ons heeft gedaan.' Quinn pakte Ducks arm en zei: 'We hebben je nodig, Duck. Jou. Jij bent de enige die dit kan.'

'Gast, ik wil heus wel helpen, maar...'

'Je krijgt de eerstvolgende vis die ik vang,' zei Quinn.

'Niet als ik levend begraven word,' wierp Duck tegen.

'Gebakken. Gebakken, heerlijk zacht en vol smaak...'

'Je kunt me niet omkopen met eten,' snoof Duck beledigd. 'Ik... Ik wil ook een zwembad.'

# Vierenveertig | 7 minuten

De mijnschacht was ingestort.

Lana stond tegenover een muur van puin. En één kortstondig ogenblik hoopte ze dat nu eindelijk het monster zou sterven dat haar in zijn greep hield.

Maar uit die muur stak het gebutste, stompe uiteinde van de splijtstofstaaf.

De talloze kristallen die tezamen het enige lichaam vormden waar de gaiaphage over beschikte, krioelden over de balletjes uranium die overal op de grond lagen.

Lana voelde de hoop van de gaiaphage, zijn opgewonden jubelstemming. Zijn angst om vernietigd te worden nam af. En een tijdlang waren Lana's gedachten weer bijna de hare, terwijl de gaiaphage zich wentelde in zijn duistere vreugde.

Het was niet prettig om weer bij zinnen te komen. Lana wist nu honderd procent zeker dat zij degene was geweest die de trekker had overgehaald en Edilio had neergeschoten. Zij was er niet in geslaagd om de grot op te blazen. Zij had dit laten gebeuren.

Te zwak.

Ze was een dwaas die zich zonder enige moeite had laten manipuleren en zichzelf bij het monster had afgeleverd om te doen wat hij wilde. Ze was te zwak om zich te verzetten.

En terwijl het wezen groter werd, zwakte zijn angst af; het zou weer in haar hoofd gaan zitten en haar kracht gebruiken om een lichaam te vormen dat uit dit hol zou kruipen. Je kon dit ding niet tegenhouden door het onder de rotsblokken te bedelven. Het zou een lichaam creëren waarmee het zich een weg naar buiten kon graven, die vernuftig ontworpen monster-in-monster-matroesjka die nooit gedood zou kunnen worden.

Het draaide nu om haar, wist Lana. De tunnel was met een donderend geraas afgesloten en de gaiaphage zou alleen nog naar buiten kunnen komen als zij hem de sleutel tot zijn ontsnapping zou bieden.

Alleen haar eigen dood kon hem tegenhouden.

Haar wilskracht was te zwak. Haar enige hoop was uitstel. Ze zou vast en zeker sterven door het uranium. Het zou haar vast en zeker vernietigen als ze niets zou doen om zichzelf te genezen.

Maar zou het snel genoeg gaan?

En zou de gaiaphage weten wat er met haar gebeurde en haar dwingen zichzelf te redden? Begreep het wezen dat zijn eten haar dood betekende?

Duck stond op de helling, een meter of dertig boven de mijnschacht. Ze hadden gegokt dat hij nu boven de grot stond die Caine had omschreven als een grote, onderaardse kamer.

Het was natuurlijk allemaal giswerk. Als Duck uiteindelijk niet in een open ruimte zou vallen, zou hij weer opnieuw moeten beginnen. En opnieuw.

Quinn moest Sam bijna dragen en hield hem in zijn armen overeind terwijl Sam door de ene pijnaanval na de andere werd gemarteld.

'De morfine is bijna uitgewerkt,' zei Sam. 'Schiet op.'

Caine stond klaar. Brianna was weggerend om een touw te halen. Maar bij terugkomst was ze op haar knieën gevallen en had ze hevig overgegeven, hoewel er niets uit haar maag kwam.

'Het moet nu,' zei Sam. Hij hijgde. Hij klampte zich met zijn laatste krachten aan het leven vast.

'Doe het, Duck,' zei Quinn dringend.

Ze stonden allemaal op hem te wachten. Naar hem te kijken. Er stonden zo veel levens op het spel, en ze keken naar hem. Naar Duck Zhang.

'O, jemig. O wee als die vis niet lekker is,' zei Duck.

En toen viel hij door de grond. Hij viel en viel en tijdens het vallen zwaaide hij met zijn armen en ploegde door de rotsen alsof het pudding was.

Hij viel en zwaaide, viel en zwaaide. Hij ging ervan uit dat hij straks weer omhoog zou kunnen zweven, maar hij wist het niet honderd procent zeker. Bijna zeker. Maar niet helemaal. Misschien zou hij dit keer...

Duck gleed plotseling weg toen hij door het plafond van de mijngang viel. Hij was al zestig centimeter door de vloer van de schacht gezakt toen het hem eindelijk lukte om te stoppen.

Duck haalde opgelucht adem. Hij was niet in een grote, open ruimte, maar in een smalle mijnschacht terechtgekomen. Het was een wonder dat hij precies hierlangs was gevallen.

Hij vroeg zich af of hier vleermuizen zaten. Nou ja, naar de bange blikken van alle anderen daarboven te oordelen zat hier beneden nog iets veel ergers. Dus misschien was het wel geen probleem als er vleermuizen waren. Misschien waren vleermuizen juist een goed teken.

'Oké!' riep hij omhoog.

Geen reactie.

'Oké!' riep hij zo hard hij kon.

Er viel een touw naar beneden.

Caine kwam als eerste. Hij gebruikte zijn eigen kracht om zijn landing te verzachten en kwam soepel neer.

'Donker hier,' zei Caine. 'Oké broertje, springen maar,' riep hij omhoog.

Er scheen een verblindend fel licht door de schacht die Duck had gemaakt. Als spookachtig zonlicht dat door een kier in de luiken kwam.

Caine hief zijn handen en Sam viel langzaam door de schacht.

Het leek alsof Sam een schitterende lichtbol vasthad. Nee, hij had hem niet echt vast, besefte Duck toen zijn ogen gewend waren. Het licht gloeide gewoon op uit Sams handpalmen.

'Ik herken het hier,' zei Caine. 'Het is nog maar een meter of tien naar de grot.'

'Duck, misschien hebben we je nog wel nodig,' zei Sam.

'Maar ik wilde net...'

Sams knieën begaven het en Duck kon hem nog net vastgrijpen voor hij op de grond viel.

'Ik blijf wel,' hoorde Duck zichzelf zeggen.

Hè? Wat ga je doen? vroeg hij in gedachten.

Toe nou, Duck, zei hij tegen zichzelf. Je kunt er niet zomaar vandoor gaan.

Echt wel! protesteerde Ducks anders stem.

En toch ondersteunde hij Sam terwijl ze dieper de tunnel in liepen.

Wil je geen held zijn? vroeg Duck spottend aan zichzelf.

Blijkbaar wel, antwoordde hij.

'Hou het licht aan,' zei Caine.

Sam liet het licht branden. Dat kon hij wel. Dat lukte. Licht.

Zijn hart was een roestige, haperende machine die bonkte alsof hij zou ontploffen. Zijn lichaam was van gloeiend ijzer: heet, stijf, onbuigzaam.

De pijn...

De pijn had zich op hem gestort, een brullende tijger die hem bij elke stap verscheurde, aan zijn gedachten trok, zijn zelfbeheersing versnipperde. Hij kon er niet mee leven. Het was te erg.

'Vooruit, Sam,' zei Duck in zijn oor.

'Aaaah!' schreeuwde Sam.

'Nou, daar gaat onze verrassingsaanval,' zei Caine.

Hij weet toch wel dat we er zijn, dacht Sam. Geen verrassing. Geen list. Hij wist het. Sam kon hem voelen. Als koude vingers die in zijn hoofd porden, pookten, op zoek naar een opening.

Dit is de hel, dacht Sam. Dit is de hel.

Hou het licht aan, zei Sam tegen zichzelf, wat er ook gebeurt, hou het licht aan.

Caines voeten schopten luidruchtig een paar kiezels opzij, die bij nadere inspectie allemaal korte staafjes van donker metaal bleken te zijn.

'De brandstofballetjes,' zei Caine mat. 'Nou. Ik hoop dat Lana ook stralingsziekte behandelt. Anders gaan we allemaal dood.'

'Wat zei je?' vroeg Duck.

'Die dingetjes die hier overal liggen, dat is uranium. Als ik het goed begrepen heb, boort het op dit moment miljarden gaatjes in ons lijf.'

'Wát?'

'Toe nou, Gans,' zei Caine. 'Je doet het hartstikke goed.'

'Duck,' verbeterde Duck.

'Voel je de Duisternis, Gans?' vroeg Caine op een eerbiedige fluistertoon.

'Ja,' zei Duck. Zijn stem stokte. Als een kind dat elk moment kan gaan huilen. 'Het voelt niet goed.'

'Helemaal niet zelfs,' beaamde Caine. 'Hij zit al heel lang in mijn hoofd, Gans. Als hij er eenmaal in zit, gaat hij nooit meer weg.'

'Hoe bedoel je?' vroeg Duck.

'Hij voelt nu toch al aan je gedachten? Hij laat zijn sporen na. Vindt een manier om naar binnen te komen. En als hij binnen is, kun je hem nooit meer buitensluiten.'

'We moeten hier weg,' zei Duck.

'Ga jij maar, Gans,' zei Caine. 'Ik sleep Sam wel mee.'

Sam hoorde hen van een enorme afstand. Een gesprek tussen twee verre spoken. Schaduwen in zijn hoofd. Maar hij wist dat Duck niet weg mocht.

'Nee,' raspte Sam. 'We hebben Duck nodig.'

'Is dat zo?' vroeg Caine.

'Het enige wapen waarvan hij niet weet dat we het hebben,' zei Sam.

'Wapen?' herhaalde Duck.

'Daar verderop wordt het breder,' zei Caine. 'De grot.'

'Wat is het? Hoe ziet hij eruit?' vroeg Duck.

Caine gaf geen antwoord.

Sams lijf trok samen van pijn. De pijn leek in golven te komen, en elke golf was erger dan de vorige. Surfen op pijn, dacht hij. Maar tussen de golven door had hij af en toe een paar heldere seconden.

Hij deed zijn ogen open. Hij maakte het licht feller.

Zoals Caine al had gezegd, kwamen ze nu in een ruimte die geen mijnschacht meer was, maar een enorme grot.

Maar dit reusachtige, doodstille gat onder de grond was niet op een natuurlijke, geologische wijze ontstaan. Er hingen geen stalactieten aan het ronde plafond. Uit de vloer staken geen stalagmieten.

Het leek haast wel alsof de muren gesmolten waren en toen gestold. Er hing nog steeds een zwakke brandgeur, maar er was geen rook en de enige hitte kwam van de splijtstofstaaf achter hen in de schacht.

'Weet je al waar we zijn, Sam?' vroeg Caine.

Sam kreunde.

'Ja, je hebt zeker wel iets anders aan je hoofd momenteel, hè? Je weet toch dat er jaren geleden een meteoriet in de centrale is geslagen, Sam? Ja, natuurlijk weet je dat. Jij komt hiervandaan.'

Sam probeerde een nieuwe golf te bedwingen. Hij wilde niet schreeuwen. Wilde niet schreeuwen.

'Die meteoriet schiet zo door de centrale, rechtstreeks de grond in. Net als onze Gans hier: zo zwaar en zo snel als een pijl door een pakje boter. Maakt een enorm gat. Stopt hier, wat er nog van over is.'

Ze waren nu vijftien meter de kathedraalachtige grot in gelopen.

Sam knikte omdat hij even niet in staat was iets te zeggen. Hij probeerde zijn handen op te tillen, maar ze waren te zwaar.

Caine pakte zijn polsen en trok zijn handen omhoog, en Sam brulde het uit van de pijn.

Maar het licht werd feller.

En scheen op het ding dat geboren werd. Het was meer een klont dan een vastomlijnde vorm. Een ziedende zwerm razendsnelle, rondwentelende, groenige kristallen.

Maar terwijl ze keken, vormden de zijden die naar hen toe waren gericht een glad, weerspiegelend oppervlak.

'Zo te zien is hij klaar voor je, Sam,' zei Caine.

Toen klonk er een andere stem. Griezelig en afschuwelijk.

'Ik ben de gaiaphage,' zei Lana.

De verandering was begonnen toen de gaiaphage het eerste staafje aanraakte van het uranium dat overal verspreid lag. Lana voelde een krachtige schok, alsof ze schrikdraad vastgreep, alsof ze al het schrikdraad van de hele wereld vastgreep.

Ze had het uitgeschreeuwd, dol van de vreugde die ze met hem deelde.

Eten!

De vreselijke honger van de gaiaphage was gestild. Zijn kracht nam toe. Zijn woede laaide op.

Nu! Nu zou hij zijn lichaam vormen!

De miljarden kristallen waar de willekeurige, uitwaaierende gestalte van de gaiaphage uit bestond, begonnen als mieren door elkaar heen te rennen. Straaltjes werden stroompjes, stroompjes werden ruisende rivieren. Wat in eerste instantie slechts schuim op de rotsen was geweest, vormde nu bergen en dalen, soms met scherpe pieken. Hier plat en daar puntig, hier buigzaam en daar stijf.

Kristallen die zich in eindeloze dimensies plooiden, laag in laag. Zelfs met deze krankzinnige snelheid zou het nog dagen duren voor hij af was, maar de eerste zwakke contouren begonnen zich nu reeds af te tekenen.

De gaiaphage, die eerst verspreid over de driehonderd meter lange grot had gelegen, klonterde nu samen. Hij kwam bijeen als sterren die naar een zwart gat worden getrokken.

Lana voelde het allemaal, alsof haar eigen zenuwen verbonden waren met de gaiaphage. En misschien was dat ook wel zo, dacht ze. Misschien waren ze niet meer van elkaar gescheiden. Misschien maakte ze nu onderdeel uit van hem.

Hij was overal. Hij zat in haar oren en neus, in haar mond en haar. Krioelende insecten die elke centimeter van haar lijf bedekten.

En toch begon ze langzaam misselijk te worden. En dat gevoel was van haar, niet van het monster.

Het voedsel van het monster maakte haar cel voor cel kapot. Ze moest het verbergen. Mocht het niet laten merken. Ze moest sterven om hem een halt toe te roepen, moest sterven aan de straling waar ze nu al steeds misselijker van werd.

De kristallen om haar heen werden harder, vormden een dik schild. En het oppervlak van dat schild begon te glanzen, als staal. Nee, als een spiegel.

Er ging een hevige siddering van angst door de gaiaphage.

Lana deed haar ogen open en zag waarom. Drie donkere gestalten. Ze waren bang en zwak, maar ze stonden voor de gaiaphage.

Te laat, Caine. Jouw kracht kan de gaiaphage niet vermorzelen.

Te laat, Sam, dacht ze. Je verzengende licht zal niets uitrichten.

De derde... wie was dat? Ze voelde hoe de vraag in haar eigen hoofd grote paniek teweegbracht bij de gaiaphage.

De gaiaphage hield haar gevangen als een mug in barnsteen. Hij liet haar zien aan de naar adem happende mensen.

'Ik ben de gaiaphage,' zei Lana.

Caine keek vol afschuw naar het tafereel voor hem. Lana's gezicht zweefde in een wriemelende massa van dingen die op spiegelende insecten leken.

'Sam! Meer licht!'

Sam was onderuitgegleden. Hij zat op zijn knieën. Zijn lichtgevende handen steunden op de stenen grond en hij kreunde.

Duck staarde met open mond naar het glinsterende, bewegende monster met het gezicht van het gekwelde meisje erin.

Caine kon niet zien tot hoe ver het wezen reikte, maar het voelde enorm, alsof er nooit een einde aan kwam.

Hij stak zijn handen over zijn schouders om achter zijn rug iets te kunnen pakken. De gebogen splijtstofstaaf gleed uit de berg van rots en puin.

Caine gooide zijn handen met alle kracht die hij in zich had naar voren. De staaf vloog tegen de monsterlijke, glinsterende massa op. Hij stuiterde terug en viel kletterend op de grond terwijl er nog meer balletjes uranium uit rolden.

Niets. Geen effect. Alsof je de gaiaphage met een wattenstaafje te lijf ging.

'Sam? Als je nog iets overhebt, is dit het moment,' jammerde Caine.

'Nee,' fluisterde Sam. 'Hij weet wat ik zal doen. Duck.'

'Wat is er met Duck?'

'Duck...' zei Sam en hij viel plat op de grond waar hij doodstil bleef liggen.

'Kun je nog iets anders behalve door de grond zakken?' vroeg Caine schril aan Duck. 'Je hebt zeker niet toevallig een kernbom in je zak zitten?'

Duck gaf geen antwoord.

'Sam?' riep Caine, en nu kwam de gaiaphage in beweging, hij verplaatste zijn gewicht en golfde naar Caine toe, en Lana's verwrongen gezicht huilde, haar mond zei iets maar Caine kon het niet horen door het bloed dat in zijn oren bonsde en hij wist dat het voorbij was, hij wist...

De gaiaphage goot vloeibaar vuur in Caines hoofd, bedolf al zijn zintuigen, vermorzelde zijn bewustzijn met pijn.

*Wilde je mij uitdagen?*

Caine deinsde achteruit en viel bijna op de grond.

'Gooi me!' riep Duck.

*Ik ben de gaiaphage!*

'Gooi me, gooi me dan!' herhaalde een stem.

'Hoe bedoel je?' riep Caine.

'Zo hard je kunt!'

De gaiaphage besteedde geen aandacht aan het zachte mensenlichaam dat naar hem toe vloog.

Hoog door de lucht vloog de jongen. Richting het plafond van de grot.

En toen viel hij weer omlaag.

De gaiaphage voelde dat lichte gewicht niet eens terwijl het...

...neerkwam met de impact van een berg die vanuit de ruimte naar beneden wordt geduwd.

Duck viel op de gaiaphage en boorde recht door zijn kristallen oppervlak.

En recht door de vloer van de grot daaronder.

En in die draaikolk, als zandkorrels die door een zandloper glijden, verdween de gaiaphage.

# Vijfenveertig
**0 minuten**

Het leek wel een beetje op de eerste keer, vond Duck.

Net als toen in het zwembad. Zo voelde het. Toen hij was gevallen en het water achter hem aan was gestroomd.

Alleen leek dit water meer op zand. Miljarden piepkleine kristalletjes die allemaal naar de afvoer werden gezogen die Duck in de aarde had gemaakt.

Hij zag niets tijdens het vallen. De kristallen zaten in zijn ogen en oren en mond. Hij kreeg geen lucht, en daarvan raakte hij in paniek en toen viel hij nog harder, alsof hij het monster dat met hem mee viel te snel af wilde zijn.

Geen zuurstof.

Zijn hoofd tolde als een bezetene. Hij was niet eens bang meer, alleen maar...

Flitsen van herinneringen, als een schokkerige videoband. Die keer dat hij op zijn vijfde verjaardag van een pony was gevallen.

Die keer dat hij een hele taart had opgegeten...

Zijn moeder. Zo mooi. Haar gezicht...

Papa...

Het zwembad...

Hij viel niet meer. Zijn val was eindelijk gestopt.

Te laat, dacht Duck.

Ik val niet naar China, dacht hij.

Nou, dacht Duck, blijkbaar wilde ik dus toch wel een held worden.

En toen dacht Duck helemaal niets meer.

# Zesenveertig

Caine stond in de duisternis.

Sams licht was uitgegaan.

Er klonk een zacht, ruisend geluid. Als een stromende beek, maar dan zonder de melodieuze klank van water.

Caine stond in de duisternis terwijl het geluid langzaam wegstierf.

En nu was er niet alleen duisternis maar ook nog stilte.

Diana. Hij zou haar nooit meer kunnen redden. Misschien overleefde hij het wel, maar voor het eerst in zijn leven besefte Caine dat zijn bestaan zonder Diana ondraaglijk zou zijn.

Ze had hem getreiterd. Ze had hem gebruikt. Ze had tegen hem gelogen. Ze had hem gemanipuleerd. Bedrogen. Uitgelachen.

Maar ze was hem wel trouw gebleven. Zelfs toen hij haar had bedreigd.

Kon je wat zij hadden echt 'houden van' noemen? Hij had het eruit geflapt. Maar waren zij tweeën wel in staat om van iemand te houden?

Misschien.

Maar nu niet meer. Nu niet. Boven op de heuvel lag zij nu, dood, of bijna dood. Haar bloed sijpelde de grond in.

'Diana,' fluisterde hij.

'Leef ik nog?'

Eerst dacht Caine dat het misschien haar stem was. Onmogelijk.

'Licht,' zei Caine. 'Ik heb licht nodig.'

Er was geen licht. Eindeloos lang was er geen licht. De stem zweeg. Verslagen bleef Caine roerloos in het donker zitten. Zijn broer lag opgekruld op de grond. Sam was dood, of zou in elk geval willen dat hij dood was. En Diana...

Quinn vocht tegen zijn paniek terwijl hij de onregelmatige schacht afdaalde die Duck in de grond had geboord. Het touw voelde dun aan. De muren van de verticale tunnel schraapten langs zijn rug en zij. Er vielen de hele tijd steentjes op zijn hoofd.

Quinn wist dat hij niet dapper was. Maar er was niemand meer over. Er was iets mis met Brianna. Ze lag dubbelgeklapt op de grond te huilen met haar hand tegen haar maag gedrukt.

Quinn wist niet wat er beneden aan de hand was. Maar hij wist dat hij er niet aan wilde denken wat er zou gebeuren als Sam en Caine Lana niet mee naar boven zouden nemen. Zo veel doden kon Quinn niet aan.

Hij moest het doen.

Dat moest.

Hij was bij de bodem van de put en voelde geen touw meer tussen zijn voeten. Het gleed uit zijn handen en hij viel de laatste meter.

Hij kwam hard op de grond terecht, maar hij brak niets.

'Sam?' fluisterde Quinn, maar het geluid sloeg een paar centimeter voor zijn mond al dood.

Hij tastte naar de zaklamp in zijn zak en knipte hem aan. Zijn ogen waren al aan het donker gewend en het licht verblindde hem. Hij knipperde met zijn ogen. Hij richtte de lichtbundel op de grond voor hem.

Daar, nog geen dertig meter verderop, zag hij het silhouet van een menselijke gestalte. Het silhouet bewoog.

'Caine?'

Caine draaide zich langzaam om. Zijn lijkbleke gezicht stond strak. Zijn ogen waren roodomrand.

Langzaam, als een jichtige oude man, kwam Caine overeind.

Quinn rende naar hem toe en liet het licht door de grot schijnen. Hij zag Sam op zijn buik liggen.

En daar, met haar armen langs haar zij, stond Lana.

'Lana,' zei Quinn.

'Leef ik?' vroeg Lana.

'Je leeft, Lana,' zei Quinn. 'Je bent vrij.'

Lana's gezicht betrok. Haar mondhoeken wezen naar beneden. Ze draaide zich om en wilde weglopen.

Quinn legde zijn arm om haar schouder. 'Laat ons niet in de steek, Genezer. We hebben je nodig.'

Lana bleef staan.

'Ik...' begon ze.

'Lana,' zei Quinn. 'We hebben je nodig.'

'Ik heb Edilio vermoord,' zei ze.

'O nee, hoor. Nog niet,' zei Quinn.

Maria werd wakker en rook vis.

Meteen draaide ze haar hoofd opzij. Wat een walgelijke geur.

Ze keek wild om zich heen – ze was vastgebonden, tot haar grote verbazing. Vastgebonden aan een leunstoel in haar kantoor op de crèche.

'Wat doe ik hier?' vroeg ze verbijsterd.

'Je krijgt je avondeten,' zei haar broertje.

'Hou op! Ik heb geen honger. Hou op!'

John hield de lepel voor haar mond. Zijn engelachtige gezicht was vertrokken van woede. 'Je zei dat je me nooit in de steek zou laten.'

'Waar heb je het over?' wilde Maria weten.

'Je zei dat je het niet zou doen. Je zou me niet in de steek laten,' zei John. 'Maar nu heb je het toch geprobeerd, of niet soms?'

'Ik weet niet waar je het over hebt. Je raaskalt.' Op dat moment kreeg ze Astrid in het oog, die tegen een archiefkast geleund stond. Astrid zag eruit alsof ze een oorlog had overleefd. Kleine Pete zat in kleermakerszit heen en weer te wiegen. 'Dag Nestor, dag Nestor,' zong hij onophoudelijk.

'Maria, je hebt een eetstoornis,' zei Astrid. 'We weten ervan, dus hou nou maar op met die onzin.'

'Eten,' commandeerde John en hij duwde weinig zachtzinnig een lepel eten in haar mond.

'Doorslikken,' beval hij.

'Maar ik…'

'Hou je mond, Maria,' snauwde John.

Eerst Diana. Caine dwong haar eerst Diana te behandelen.

Toen Edilio, die zo dicht op het randje van de dood zweefde dat Lana zeker wist dat zijn hand al op de hemelpoort had gelegen.

Dekka. Vreselijk zwaargewond. Maar niet dood.

Brianna, wier haar met bosjes uitviel.

En ten slotte Sam.

Quinn had hem langs het touw omhooggesleurd, met heel veel hulp van Caine.

Lana zat op de stoffige grond terwijl de zon opkwam.

Quinn kwam haar water brengen. 'Gaat het?' vroeg hij.

Ze kon zeggen wat hij wilde horen, maar Lana wist dat hij er nooit in zou trappen. 'Nee,' zei ze.

Quinn ging naast haar zitten. 'Caine en Diana zijn ervandoor gegaan. Sam ligt te slapen. En Dekka… ik geloof niet dat zij er al overheen is.'

'Iemands herinneringen kan ik niet genezen,' zei Lana mat.

'Nee,' beaamde Quinn. 'Dan zou je jezelf wel genezen.'

Hij legde zijn arm om haar schouders en ze begon te huilen. Het voelde alsof ze nooit meer zou kunnen ophouden. Maar het voelde ook niet slecht. En Quinn bleef bij haar zitten. In de verte hoorden ze het gebrom van een auto.

Quinn zei: 'Hé, Brianna is terug naar de stad gezoefd en heeft Astrid gehaald, en nog iemand anders.'

Het kon Lana niet schelen. Het kon Lana allemaal niets meer schelen, nooit meer.

Maar toen ging er een portier open en dicht. En plotseling duwde Patrick zijn koude, natte neus onstuimig in haar hals.

Lana sloeg haar armen om zijn nek, trok hem dicht tegen zich aan en huilde in zijn vacht.

# Zevenenveertig

Edilio kon zich er pas laat de volgende dag toe zetten om te doen wat er gedaan moest worden. Maar toen startte hij de graafmachine en dolf twee graven in een hoekje van het plein.

Mickey Finch. Met een kogelgat in zijn rug.

Brittney, die zo verminkt was dat niemand naar haar kon kijken. Er zat een soort naaktslak op haar lijf, een tentakelachtig iets van een halve meter lang dat ze niet loskregen.

Uiteindelijk begroeven ze haar met ding en al. Ze was toch dood – ze zou er geen last van hebben.

Er was geen gat voor Duck Zhang. Maar voor hem zetten ze een kruis neer. Ze hadden de grot zo grondig mogelijk doorzocht. Maar ze hadden alleen een diep, schijnbaar bodemloos gat in de grond gevonden.

Het gat stortte in toen Sam zijn licht erin liet schijnen. Het vulde zich met tonnen rots en aarde.

'Niemand kende Duck echt goed,' zei Sam tijdens de herdenkingsdienst. 'Ik denk niet dat iemand ooit had durven vermoeden dat hij een held zou worden. Maar hij heeft onze levens gered. Vrijwillig. Hij heeft ervoor gekozen om zijn leven voor ons te geven.'

Ze hadden een paar bloemen geplukt en op de graven gelegd.

Na de dienst pakte Edilio een zwarte verfbus en begon de mc-logo's over te spuiten die op veel te veel winkelpuien waren verschenen.

# Drie dagen later

'Goed, hoe gaan we dit aanpakken, Albert?' vroeg Sam. Hij was niet zo geïnteresseerd als hij zou moeten zijn. Waarschijnlijk omdat hij zo weinig slaap had gehad. Hij had zoveel te doen. Zoveel uit te zoeken.

Hij was er klaar mee. Hij had het tegen iedereen gezegd: hij was er klaar mee. Hij was er klaar mee om de hele tijd dé Sam Temple te moeten zijn. Van nu af aan was hij gewoon een jongen. Net als iedereen. En niet meer dé wat dan ook.

Maar nu nog niet. Nu was er nog te veel te doen. Er moest eten komen. Er was een afschuwelijke kloof ontstaan in de stad die op de een of manier weer gedicht moest worden.

Er waren pijnlijke herinneringen waar hij iets mee moest doen, die hij op de een of andere manier moest verwerken, een plek moest geven.

Ze stonden aan de rand van het koolveld. Sam, Astrid, Albert, Edilio en Quinn.

Quinn stond met hoge rubberlaarzen aan in de laadbak van een pick-up. In de pick-up lagen een stuk of twaalf exemplaren van Ducks fameuze blauwe vleermuizen. Ze hingen constant aan de hengels van Quinn en zijn vissers. Ze waren zeer eiwitrijk, maar zo smerig, zo walgelijk dat zelfs de grootste hongerlijders de giftig smakende beesten niet door hun keel konden krijgen.

'We geven iedereen een bepaalde hoeveelheid goud,' legde Albert uit. Híj was in elk geval enthousiast. 'Dat kunnen ze, als

ze willen, omruilen voor papiergeld, de speelkaartjes van Mc-
Donald's. Het goud wordt in één centrale kluis bewaard. Ze kunnen wanneer ze maar willen terugkomen en hun papiergeld
weer voor goud inwisselen. Zo weten ze dat hun papiergeld van
blijvende waarde is.'

'Juist,' zei Sam voor de vijftienduizendste keer. Hij probeerde zo
goed en zo kwaad als het ging een gaap te onderdrukken.

In de drie dagen na de verschrikkingen in de grot was Sam alleen nog maar van hot naar her gevlogen. Het ene probleem was
nog niet opgelost of het volgende diende zich alweer aan. De ene
crisis na de andere.

Ze hadden Zil gevonden. Hij had drie gebroken ribben en vreselijk veel pijn. Niemand had erg veel medelijden met hem. Astrid
wilde dat hij werd opgesloten. Misschien gebeurde dat nog wel.
Maar Sam had te veel andere dingen aan zijn hoofd.

Er werden de hele tijd nieuwe antifreakleuzen op de muren van
Perdido Beach gekalkt.

Maria at, maar Astrid had hem gewaarschuwd dat dat nog niet
veel hoefde te betekenen. Maria was nog lang niet genezen.

De kerncentrale was beschadigd en kon waarschijnlijk niet meer
gerepareerd worden.

Het licht was nu overal uit. Waarschijnlijk voor altijd.

Het was donker geworden in de FAKZ.

Maar Jack was weer teruggekomen, en misschien kon hij boete-
doen door de elektriciteit weer op gang te brengen. Hij stond opgelaten naast Brianna.

Dekka keek naar hen en hield haar mond.

'Goed, we gaan ervoor,' zei Sam tegen Quinn. Toen zei hij tegen
Astrid: 'Wedden om vijf berto's dat het niet gaat werken?'

Howard had Alberts lijst met namen voor de nieuwe munt afgekeurd en ze 'Alberto's' gedoopt. Berto's. Die naam was blijven
hangen. Howard had een uitzonderlijk talent voor het verzinnen
van rare namen.

'Ik hoef geen geld,' zei Astrid. 'Ik wil je haar knippen. Ik vind het
fijn om je gezicht te kunnen zien. Al snap ik zelf ook niet waarom.'

'Afgesproken.' Sam schudde haar hand om de weddenschap te bezegelen.

'Klaar?' riep Quinn.

'Orc, ben je er klaar voor?' vroeg Sam.

Orc knikte.

'Toe maar,' zei Sam.

Quinn pakte een van de blauwe vleermuizen en smeet hem in het koolveld. Het beest werd onmiddellijk bedolven door de wormen. Binnen een paar seconden waren er alleen nog een paar botjes van over, als een kalkoen na het kerstdiner.

'Goed, we gaan het uitproberen,' commandeerde Sam.

Quinn gooide de tweede vleermuis naar Orc. Orc ving hem en liep het veld op. Na tien stappen gooide hij de blauwe vleermuis voor zich uit.

De wormen krioelden weer en vraten het dier helemaal kaal.

'Toe maar, Orc,' zei Sam.

Orc bukte zich en rukte een kool uit de grond.

Hij gooide hem weg en het ding kwam voor Sams voeten terecht, en een tweede en een derde kool ook.

De pieren deden geen poging om Orc aan te vallen.

Maar ze konden het pas zeker weten als ze de pieren iets aanboden wat makkelijker te verteren was dan Orcs stenen voeten.

'Wind?' zei Sam.

Wind pakte een vleermuis en zoefde het veld op. Sam wachtte gespannen af. Hij wist wel dat ze sneller was dan de wormen, maar toch...

Brianna gooide de vleermuis weg. De pieren stortten zich erop.

En Brianna rukte een kool uit de grond.

'Goh,' zei Astrid, 'ik meen me nog een bepaalde meewarige – of wellicht zelfs minachtende – reactie te kunnen herinneren toen ik voor het eerst voorstelde om met de pieren te onderhandelen.'

'Sjonge,' zei Sam. 'Wie is er nou zo dom om jou minachtend te behandelen?'

'O, een of andere kale kerel die ik ken.'

Sam zuchtte. 'Oké, oké. Pak je schaar maar en leef je uit.'

'Nou,' zei Astrid, 'eigenlijk is er eerst nog iets anders wat je moet doen.'

'Er is altijd wel iets,' zei Sam somber.

Quinn kwam bij hen staan en verontschuldigde zich voor de visgeur die om hem heen hing.

'Je hoeft echt je excuses niet aan te bieden, hoor. Mede dankzij jou gaan we nu niet dood van de honger.'

De andere reden waarom het gevaar van een massale hongersnood in elk geval weer even was teruggedrongen, was Hunter. Hij functioneerde weer bijna volledig, hoewel hij waarschijnlijk altijd een spraakgebrek zou houden en zijn ene oog boven een omlaag trekkende mondhoek naar beneden hing.

Hunter was veroordeeld voor de moord op Harry. Hij was verbannen uit Perdido Beach en zou voortaan alleen wonen, zonder anderen, maar hij deed de naam die zijn ouders hem hadden gegeven eer aan: hij was jager geworden.

Tot nu toe had Hunter nog een tweede hert gedood en een aantal kleinere dieren. Hij legde ze bij het laadperron van de supermarkt. Hij hoefde er niets voor terug te hebben.

Dekka boog zich voorover en raapte een van de kolen op. 'Die smaakt vast heel lekker met een stukje geroosterde duif.'

Hunters proces was uitgevoerd door een jury van zes kinderen, volgens de regels die door de Tijdelijke Raad waren opgesteld: Sam, Astrid, Albert, Edilio, Dekka, Howard en het jongste lid, Broeder John Terrafino.

'Nou, dan gaan we maar weer aan het werk, hè?' zei Sam.

'Ga maar in de auto zitten,' zei Astrid.

'Wat gaan we...'

'Ik zal het anders zeggen. Namens de Tijdelijke Raad beveel ik je om in de auto te gaan zitten.'

Astrid was niet te vermurwen en weigerde uit te leggen wat er aan de hand was terwijl ze terug naar de stad reden. Edilio zat achter het stuur en hield zijn lippen al even stijf op elkaar.

Edilio remde en zette de auto op de parkeerplaats bij het strand.

'Waarom gaan we naar het strand? Ik moet terug naar het stadhuis. Ik heb nog van alles te...'

'Nu niet,' zei Edilio vastberaden.

Sam bleef staan. 'Wat is er aan de hand, Edilio?'

'Ik ben nu toch de politiecommissaris? Dat is toch mijn nieuwe titel?' zei Edilio. 'Nou, dan ben je bij deze gearresteerd.'

'Gearresteerd? Waar heb je het over?'

'Je bent gearresteerd voor poging tot moord. Op een jongen die Sam Temple heet.'

'Niet leuk.'

Maar Edilio hield voet bij stuk. 'Je hebt geprobeerd een jongen genaamd Sam Temple te vermoorden, een kínd nog maar nota bene, door het gewicht van de hele wereld op zijn schouders te leggen zodat hij zwaar overspannen is geraakt.'

Sam vond het absoluut niet grappig. Boos draaide hij zich om om terug naar de stad te lopen. Maar Astrid stond vlak achter hem. En Brianna, en Quinn.

'Waar zijn jullie mee bezig?' vroeg Sam kwaad.

'We hebben gestemd,' zei Astrid. 'En we waren unaniem. Op bevel van de Tijdelijke Raad van Perdido Beach moet je verplicht ontspannen.'

'Goed. Ik ben ontspannen. Mag ik dan nu weer aan het werk?'

Astrid pakte zijn arm en sleurde hem praktisch over het strand. 'Zal ik je eens iets interessants vertellen, Sam? Een relatief kleine verstoring in diep water kan uitgroeien tot een fikse golf als hij de kust nadert.'

Sam zag dat iemand een tentje had opgezet op het zand. Het stond er een beetje verlaten bij.

Op zee tufte langzaam een bootje voorbij.

'Is dat Dekka in die boot?' vroeg Sam.

Ze waren bij de tent. In het zand lagen twee surfplanken. Die van Quinn. En die van Sam.

'Je wetsuit ligt binnen, bro,' zei Quinn.

Sam sputterde nog even tegen. Maar niet lang. De raad was tenslotte de baas tegenwoordig. Als zij zeiden dat hij moest surfen, tja...

Tien minuten later lag Sam op zijn buik op zijn surfplank. Het koude water liet zijn voeten tintelen. Zijn rug gloeide onder zijn wetsuit in de brandende zon. Hij proefde het zout in zijn mond.

Verderop, op open zee, was het bootje voor anker gegaan. Dekka ging in de boeg staan en stak haar handen hoog in de lucht. Het water steeg op, steeds hoger, een grote zuil van water die tijdelijk van de zwaartekracht werd bevrijd.

Dekka liet de zuil vallen en de rimpeling waaierde uit.

'Weet je eigenlijk nog wel hoe je op die plank moet komen?' zei Quinn plagerig.

De rimpeling was een golf geworden. Een voortrazende golf, die steeds groter werd naarmate hij dichterbij kwam. Het waren misschien geen Hawaïaanse afmetingen, maar hij zou hoog genoeg zijn om goed te kunnen pakken.

Eindelijk brak er een glimlach door op het gezicht van Sam. 'Zal ik je eens wat zeggen, bro? Opeens schiet het me allemaal weer te binnen.'

In een gat. Zonder licht. Zonder geluid.

Zelfs niet het geluid van een kloppend hart.

Er bewoog niets, behalve de bleke slak die samen met haar op deze afschuwelijke plek lag.

Bid voor me, Tanner, smeekte Brittney.

Bid voor me...